Tag des Zorns

ANDREAS FUCHS

Tag des Zorns

Roman

FSC
www.fsc.org
MIX
Papier aus verantwortungsvollen Quellen
Paper from responsible sources
FSC® C105338

Besuchen Sie uns im Internet:
www.hockebooks.de

Andreas Fuchs: Tag des Zorns

Covergestaltung: Karl Pfitzner

Die Originalausgabe ist 2014 als E-Book in der Edel Germany GmbH, Hamburg, erschienen.

Herstellung: BoD – Books on Demand, Norderstedt
Printed in Europe

ISBN: 978-3-95751-161-4

Prolog

Aus der Chronik des Klosters Mattenthal
19. Juli 1247
(nach gregorianischem Kalender)
Archiv der Universität Luzern
Übersetzung aus dem Lateinischen: Dr. L. Stocker

Er war gekleidet wie ein Tagelöhner und am Ende seiner Kräfte. Nikolaus, der Köhler, fand ihn und verbrachte ihn zu uns ins Kloster. Über den Augen trug er eine Binde. Als wir ihn davon befreiten, entdeckten wir, dass man ihm die Augen ausgestochen und dann, wie es üblich ist, die Augenhöhlen ausgebrannt hatte. Sein rechter Arm war verhüllt von einem schmutzigen Tuch. Als wir ihn auch von diesem befreiten, entdeckten wir, dass man ihm die rechte Hand abgeschlagen hatte. All das musste vor nicht allzu langer Zeit geschehen sein. Er lallte und war nicht fähig, ein verständliches Wort hervorzubringen. Man hatte ihm offenbar schon lange vor den anderen Verstümmelungen die Zunge herausgeschnitten, wie es bisweilen geschieht, wenn ein Mächtiger dieser Welt einen Wissenden zur Ohnmacht zwingen will. Unsere Landessprache konnte er nicht verstehen, aber als ich ihn auf Latein ansprach, nickte er mit dem Kopf. Ich weiß seinen Namen. Ob es der Name seiner Eltern ist oder einer, den der Herr ihm verlieh, vermag ich nicht zu sagen, glaube aber, dass Letzteres der Fall ist. Ich saß an seinem Lager und las ihm die Namen aller Heiligen vor. Als ich den Namen des heiligen Bischofs und Mönchs Basilius vorlas, nickte er, lachte und bekreuzigte sich mit seinem rechten Armstumpf. Auch versuchte ich den Ort seiner Herkunft zu ergründen, dies aber gelang mir nicht. Ich bat ihn, mit seiner linken Hand zu schreiben. Voll Angst blickte er mich an. Vielleicht hieß der Ort, den er mit verdrehten Lettern auf das Pergament kritzelte, Perusia oder Perugia. Oder er hatte die Schriftzeichen wahllos aneinandergereiht, weil er niemanden wissen lassen wollte, von wo er gekommen war.

Wie er zu uns heraufgefunden hat, weiß ich nicht. Er muss Hilfe gehabt haben. Man muss ihn hier heraufgebracht und dann liegen gelassen haben, in der Sicherheit, dass er gefunden wird. Auch was mit ihm geschehen ist, ist mir unbekannt. Er verstand Latein. Er war ein gebildeter Mann, kein Verbrecher, den man gestraft hatte, davon bin ich überzeugt. Er wusste um die Regeln des heiligen Benedikt, wiegte seinen Kopf beim Chorgebet und bewegte dabei seine linke Hand. Man hatte ihn aus Gründen, die ich nicht kenne, so zuschanden gemacht, dass er weder reden noch schreiben noch sich durch das Entziffern von Schriftzeichen verständlich machen konnte. Er liebte unseren Herrn Jesus Christus und nahm täglich mit großer Inbrunst vom Mahl des Herrn. Er war von großer Demut und Freundlichkeit. Meine Mitbrüder – und auch ich – liebten ihn ob dieser Eigenschaften. Uns allen war er, wie Hiob, ein Vorbild an Tugend und im Ertragen des Leids. Nur ein einziges Mal, als ich ihm vom Papst in Rom, dem Herrscher über den Erdkreis, von Innozenz IV., sprach, schrie er auf wie ein gepeinigtes Tier, lallte unverständliche Laute und verfiel danach in eine Stunden andauernde Starre.

Fast vier Jahre lang war er unser Mitbruder. Ich habe ihm selbst die Hände auf den Scheitel gelegt und ihm die Versprechen abgenommen. Ich habe ihm keinen anderen Namen gegeben, denn mir schien es, als habe er den Namen Basilius schon vom Herrn erhalten, und mir als Abt kommt es nicht zu, die Entscheidung des Herrn zu ändern.

Gestern ist er zu seinem Schöpfer gegangen. Der Herr sei seiner armen Seele gnädig. Die Engel mögen ihn tragen vor das Angesicht Gottes, vor dem Herrn möge er die Barmherzigkeit finden, die ihm auf Erden verwehrt blieb. Er war nicht nur mein Freund, sondern der Freund aller. Als er verschied, hob er kurz sein Haupt. Er lächelte, als würde er jemanden sehen. Ohne Zunge sprach er ein Wort, das ich nicht verstand.

Zu Ehren Gottes und im Gedächtnis an unseren verstorbenen Bruder verfüge ich, dass fürderhin und in aller Zukunft immer ein Mitglied unserer Klostergemeinschaft den Namen Basilius tragen soll.

Teil I

Chronik des Klosters Mattenthal

Regel des heiligen Benedikt, Kapitel LVII / 7:
Ut in omnibus glorificetur Deus –
Damit in allen Dingen Gott verherrlicht werde.

21. Juni, am Tag des heiligen Aloisius von Gonzaga

»Sie meinen also, Basil sei abgehauen?«

Abt Othmar saß mir entspannt gegenüber. Seine rechte weiße Hand zog mit einem der Spielzeugautos schnurgerade Linien auf der Schreibtischplatte. Diese Marotte verunsichert. Immer holt er sich aus der Schachtel mit Spielzeug einen Gegenstand und tut damit herum. Bei den Kindern, die, aus welchen Gründen auch immer, zum Abt gerufen werden, mag das zur Auflockerung nützlich sein, bei einem Gespräch mit einem Mitbruder, auch wenn es nur ein kleiner Novize ist, halte ich das für verfehlt. Jedes Mal fühle ich Unbehaglichkeit. Vielleicht irritiert der totale Gleichmut, mit dem er alles angeht und den er durch diese Spielereien unterstreicht.

Zurück zu unserem Pater Basil! Eigentlich Dr. phil. Martin Perhamer, im Kloster jedoch Basilius genannt. Nicht gerade ein üblicher Name. Aus Gründen, die mir unbekannt sind, hat es in Mattenthal jedoch immer einen Basilius gegeben. Ganz hinten in unserer Gruft ist eine Tafel eingelassen, die aus dem hohen Mittelalter stammen muss. Mit einiger Mühe kann man den Namen »Basilius« entziffern, aber keine Jahreszahlen.

Den Mitbruder Perhamer jedenfalls nennt ein jeder Basil – zumindest wenn er anwesend ist. In seiner Abwesenheit ist er der Basilisk, und das nicht nur seiner dicken Brillengläser wegen, durch die seine hellen Augen vergrößert scheinen. Es ist seine Zurückgezogenheit, seine Abgeschiedenheit, selbst innerhalb der Gemeinschaft. Beim Chorgebet ist er stets der Erste und vernachlässigt keine seiner klösterlichen Pflichten, wenn ich auch »in aller Demut« anmerken darf, dass seine Pflichten sich im Grunde im Schreiben unserer Chronik erschöpfen. Undurchsichtig, schweigsam, in sich gekrochen, gleicht er einem Olm, einem Reptil, das außerhalb der Chor- und Essenszeiten höchstens in seinem Garten zu finden ist. Nur manchmal erlebt man ein Rucken des fast kahlen Kopfes, eine überraschend rosige Zunge, die vorschnellt, und eine ironische Bemerkung, die genau an dem Punkt verletzt, wo man schwach und verwundbar ist.

In jedem Fall ist der Basilisk verschwunden – und so wird seit heute mir die Pflicht zuteil, die Chronik Mattenthals fortzuführen. Es ist eine große Ehre für mich, bin ich doch nur ein unbedeutender Novize, der inständig hofft, in den ältesten Orden der heiligen katholischen Kirche aufgenommen zu werden. Unser hochwürdigster Abt Othmar hat mich mit diesem Amt betraut. Alle meine Beobachtungen solle ich aufschreiben, auch meine eigenen Gedanken und Schlussfolgerungen. »In aller Demut und in aller Offenheit«, so trug er es mir auf, »wobei die Demut diesmal die zweite Stelle einnimmt, mein junger Anselm. Und vergessen Sie nicht: Sie schreiben einzig zu meinem persönlichen Gebrauch.«

Vorerst sollte ich den Computer benutzen, den Basilius sich entgegen der Klosterregel zugelegt hatte. Später würde Abt Othmar entscheiden, ob man zum Schreiben mit Papier zurückkehren und Seite um Seite einen Folianten füllen sollte, der sich zu den anderen kaum gelesenen Klosterberichten im Regal gesellen würde.

Es war eines der Marienmädchen, das an die Tür meiner Zelle klopfte. Schon seit einiger Zeit wird die Klausur auch für halbwüchsige Mädchen durchbrochen, doch noch immer verblüfft es ein wenig, wenn zu den Buben in ihren schwarzen Kitteln nun Mädchen in grauen, knöchellangen Kleidern durch die Gänge laufen. Sie sind leiser, bewegen sich hurtiger, klopfen mit einer gewissen Ehrfurcht an die Zellentüren, wenn sie mit ihren kleinen Botengängen unterwegs sind. Als wenn sie Angst hätten in dem Labyrinth der Flure. Angst auf verbotenem Gebiet, vor den Bildern alter Männer in ihren Kukullen wie vor den Bildern aus der Heiligengeschichte. Schräg und doch fasziniert sehe ich manchen Blick aus Kinderaugen zum Martyrium des heiligen Johannes wandern. Es ist nicht das gütige Gesicht des in den Wolken thronenden Herrn, es ist der stürzende Blutstrahl, der gleichsam geschleuderte Kopf, und es sind die Augen der mit der Schale wartenden Salome, welche die Fantasie beleben und die kleine Seele frühzeitig prägen.

Ich weiß nicht, wie lange die Kleine schon an meine Zellentür klopfte. Mit meinen Gedanken war ich bei der nachmittäglichen Novizenunterweisung »Keuschheit nach der Regel des heiligen Benedikt im Licht der Gnade«. Pater Notker, unser Novizenmeister, lässt uns nichts durchgehen, und es ist mein Bestreben, unter den Novizen der Erste zu sein. Das ist nicht einfach bei nun acht neu ins Kloster eingetretenen, in Liebe zu Gott erglühenden Männern. Aber es ist auch nicht einfach für Pater Notker, nach so langer Leere in Mattenthal plötzlich einen Haufen junger Burschen zu unterweisen.

Endlich vernahm ich das dünne Pochen. »Herein in Gottes Namen!« Die Tür öffnete sich. Das Marienmädchen hatte ich schon irgendwo gesehen, wahrscheinlich beim Gottesdienst in der vordersten Bankreihe.

»Hochwürdiger Frater Anselm, schnell kommen, sagt der heilige Vater Abt. Ganz schnell!«

Mit hüpfenden Schritten lief das Mädchen vor mir her durch den langen Flur bis zu dem schmiedeeisernen Tor, das die obere Klausur vom profanen Klosterbereich trennt. Ohne auf mich zu warten, stemmte es das Tor einen Spaltbreit auf, schlüpfte hindurch und ließ es wieder zufallen. Wie eine Maus verschwand sie im Winkel des Treppenhauses. Ich hörte das Klappern der Holzsandalen. Dann Stille. Hatte die Kleine auf dem nächsten Treppenabsatz haltgemacht? Beobachtete sie mich durch die Brüstung, während ich an der kleinen Prälatur vorbei zur großen hastete? Manchmal sind mir trotz allem diese Kinder unheimlich. Sie wissen mehr, als man annehmen mag, beobachten andere Dinge und ziehen andere Schlüsse, von denen ich nicht weiß, ob sie falsch oder richtig sind.

Wie sehr hat sich doch die klösterliche Welt verändert, seit wir unsere Pforte für das Projekt Formosus' II. geöffnet haben. »Bringet alle Kinder zum Herrn!« lautet das Motto, und sie kommen in Scharen:

Vertreter staatlicher Stellen wie drogensüchtige Mütter und verzweifelte Väter. Zu Gesicht bekommen wir sie nie. Wie es Vorschrift ist, wenden wir uns ab, wenn die Glocke in der Kammer hinter den Wirtschaftsgebäuden schrillt und anschließend jemand davonschleicht, -rennt oder in ein Auto mit laufendem Motor springt. Die Kleinen, die in der Kammer warten, nehmen wir bei uns auf.

Trotz meines guten Willens, trotz meines Betens habe ich den Zugang zu den Seelen der geistig verwirrten Kinder, die wir Marienkinder nennen, noch nicht finden können. Noch immer verspüre ich ein leichtes Grauen, und doch weiß ich, dass der Herr sie so gewollt hat und sie ihm im Paradies besonders nahestehen werden. Ich wünschte, sie wären mir weniger fremd. Ich bemühe mich und nehme Buße für meine Haltung bereitwillig auf mich, bisher allerdings mit wenig Erfolg. Stets wurde mir Pater Basilius in dieser Hinsicht als Vorbild anempfohlen, doch damit ist es nun wohl vorbei.

Es sei denn, der verschwundene Basilisk taucht unverhofft wieder auf – und Abt Othmar verzeiht ihm seine Sünden, auf die ich später noch zu sprechen kommen werde. Dann brabbelt er wieder mit den Marienkindern, erzählt ihnen seltsame Geschichten, verschwindet in seinem Garten und ist uns allen ein Ärgernis.

Vorerst aber war er erst einmal verschwunden.

»Sie meinen also, Basil sei abgehauen?«

So ist er, unser Abt Othmar. Er kommt unerfreulich rasch und drastisch auf den Punkt.

Ich fand den Begriff »abhauen« unpassend. Mönche hauen nicht aus einem Kloster ab. »So habe ich das nicht gemeint«, wandte ich vorsichtig ein. »Aber fest steht doch nun einmal, dass Pater Basil seit zwei Tagen spurlos verschwunden ist. Er war nicht beim Chorgebet, und niemand hat ihn gesehen. Ich dachte, er sei bei Verwandten oder bei einem Arzttermin in Luzern, aber Sie sagen mir, das ist nicht der Fall. Also hat er wohl die Gemeinschaft verlassen.«

Abt Othmar legte die Fingerspitzen beider Hände wie betend unter sein Kinn. »Und wo liegt der Unterschied zwischen Ihrem lyrischen ›verlassen‹ und meinem schlichten ›abhauen‹? Ich sehe keinen. Nur wundere ich mich, dass Ihnen diese Idee als Erstes kommt. Basil packt seine Sachen, zieht den Habit aus und verschwindet klammheimlich aus dem Kloster? Ich bitte Sie! Basil ist fast vierzig Jahre bei uns. Wenn er hätte gehen wollen, so hätte er es mir gesagt. Kann es sein, dass ich da eine gewisse Antipathie bemerken muss? Sie hätten es wohl gerne, wenn Basil – bleiben wir ruhig bei dem Ausdruck, der Ihnen missfällt – abgehauen wäre?«

»Wenn ich ehrlich sein darf …«, wagte ich mich vor.

»Sie dürfen.«

»Ja dann – Antipathie möchte ich es keinesfalls nennen, aber einer gewissen Verwunderung würde ich schon gern Ausdruck geben.«

»Dann raus damit. Also – was nervt Sie?«

»Nun, im Grunde tut Pater Basil hier doch nichts. Während wir alle unsere Aufgaben erfüllen, verschwindet er in seinem Garten, züchtet Rosen und gibt von seiner Blütenpracht nichts für den Altarschmuck ab. Und was er im Winter macht, weiß kein Mensch. Er ist kein … klösterliches Vorbild.«

Sanft wie ein schnurrendes Kätzchen erwiderte der Abt: »Meinen Sie nicht, dass die Einteilung der klösterlichen Aufgaben Sache des Abtes ist? Irgendwo steht so etwas in unserer Regel. Vergessen Sie nicht, dass Basil von mir beauftragt ist, die Chronik unseres Klosters zu führen. Ich bin überzeugt, dass er das mit größter Sorgfalt tut. In unserer jetzigen Situation des Umbruchs, der Neubelebung der Klöster, der Kirche selbst, ist gerade die Chronik enorm wichtig. Aber kommen wir zur Sache.«

Abt Othmar hatte wieder eines seiner Spielzeugautos in der Hand und ließ es hin und her rollen.

»Fakt bleibt, dass Basil seit vorgestern verschwunden ist. Am Montagabend hat Placidus ihn noch gesehen, und seither weiß ich nicht, wo er ist oder sein könnte. Das Gerücht mit dem Verwandtschaftsbesuch oder dem Arzttermin, dem Sie aufgesessen sind, habe ich übrigens selbst in die Welt gesetzt.«

Er bemerkte mein Erstaunen, tastete ein wenig unsicher an seinem goldenen Pektorale und fuhr fort: »Manchmal muss auch ein Benediktiner jesuitisch denken, mein Lieber. Der Zweck heiligt die Mittel.«

Auf seinem Schreibtisch verschob er ein grünes Auto von links nach rechts.

»Basil ist verschlossen, vielleicht weil er zu viel gesehen hat. So genau will ich das gar nicht wissen, eines aber weiß ich mit absoluter Sicherheit. Er ist nicht abgehauen. Dafür würde ich mein Brustkreuz versetzen und bis zu meinem Lebensende in der Station Maria/Johannes den Babys die Windeln wechseln. Wobei ich bisweilen ohnehin denke, dass dieser Job mir lieber wäre als mein jetziger.« Die Hand mit dem Spielzeugauto hielt auf der Tischplatte inne. »Ich mache mir Sorgen, Anselm.«

Es verursachte mir ein seltsames Hochgefühl, dass mein Abt mit mir über seine Sorgen sprach. Mit mir, nicht mit einem bedeutenden Mitglied des Konvents! Um mich dessen würdig zu zeigen, dachte ich so konzentriert wie nur möglich nach.

»Dass Sie sich Sorgen machen, kann ich gut verstehen, aber es sind erst zwei Tage, Vater Abt. Vielleicht hat er vergessen, sich an der Pforte abzumelden, und ist wirklich beim Arzt.«

»Glaube ich nicht. Basil ist die Korrektheit in Person. Wenn er Geld für ein Paar neue Socken brauchte, tauchte er bei mir nach Voranmeldung auf und bat darum. Basil vergisst nichts.«

Meine neue Rolle stieg mir zu Kopf. Gewichtig legte nun auch ich meine Finger ans Kinn. »Dann müssen wir wohl an ernstere Dinge denken. Ich nehme an, das haben Sie bisher nicht getan?«

Seine äbtliche Gnaden schüttelte unwirsch den Kopf: »Ach was! Meinen Sie, ich bin von gestern? Er könnte irgendwo auf dem Klostergelände zusammengebrochen sein. Kreislaufkollaps, Herzinfarkt …«

Ich nahm meinen Mut zusammen und wagte es: »Oder er hat sich …«

Mit heller, fast brüchiger Stimme beendete Abt Othmar meinen Satz: »Oder er hat sich umgebracht und hängt da an einem Sparren. Denken Sie, ich habe daran nicht auch gedacht? Ich habe mit Bruder Placidus jeden Winkel in den Klostergebäuden durchsucht, natürlich zuerst Basils Zelle, danach aber wirklich den gesamten Rest. Sogar die Schuhkammer und die alte Duschanlage, die keiner mehr benutzt. Das ganze Klostergelände und jedes Wirtschaftsgebäude haben wir durchkämmt. Nichts. Da lag keiner, und da hing auch keiner. Keller und Speicher waren ordnungsgemäß verschlossen, und Basil hatte, soweit ich weiß, keinen Schlüssel.«

»Aber wenn er einen gehabt hätte, hätte er von innen zuschließen können, nicht wahr?«

»Gut gedacht. Hilft aber nichts. An sämtlichen Türen hängen alte Vorhängeschlösser. Und die waren unberührt.«

»Möglich wäre natürlich auch, dass Basil irgendwo orientierungslos herumirrt. Er ist kein junger Mann mehr. Ein Apoplex kommt in seinem Alter nicht selten vor.«

»Eine Variante, die man in Erwägung ziehen muss. Aber ich mag nicht daran glauben. Er war fit wie ein Turnschuh.«

Ich konnte mir die kleine Bosheit nicht verkneifen: »Gartenarbeit ist eben gut für die Gesundheit.«

»Ihre Spitzen bringen uns nicht weiter. Wenn Sie es allerdings wirklich für möglich halten, dass Basil irgendwo herumirrt, dann macht mir das Angst.«

»Auch wenn es Ihnen nicht gefällt«, warf ich zögernd ein, »wir müssen wohl auch die Berge als Möglichkeit einbeziehen.«

»Was wollen Sie damit sagen? Dass er in eine Schlucht gestürzt sein könnte? Tögiberg, Drofelerspitze, Zockenbach ... Paradiesli. Gerade Letzterer wäre ein hübscher und beziehungsreicher Ort. Ich habe nie herausgefunden, weswegen man diesen gefährlichen Steilhang Paradiesli genannt hat. Aber was ist, wenn das alles nicht zutrifft? Wenn er weder abgehauen ist noch plötzlich gestorben ist, weder Selbstmord begangen hat noch hilflos herumirrt – welche Möglichkeit gibt es noch?«

Er ließ mir Zeit und beobachtete mich. Kein Autorädchen unterbrach die Stille. »Und?«

Ich schüttelte den Kopf.

»Er könnte entführt worden sein.«

»Wie bitte?«, platzte ich heraus. »Wer sollte ein Interesse daran haben, einen völlig unwichtigen Benediktinermönch aus seinem Kloster zu entführen?«

»Eine Möglichkeit bleibt es trotzdem. Oder nicht?«

»Aber eine ganz und gar theoretische.«

»Pater Korbinian will am Montag nach der Komplet zwei fremde Männer in der Nähe von Basils Garten gesehen und das Geräusch eines aufheulenden Motors gehört haben.«

Ich zupfte erregt an meinem Skapulier. »Aber wir wissen doch alle, dass Pater Korbinian ein alter Herr mit enormer Sehschwäche ist und bisweilen trotzdem Dinge sieht, die, sagen wir – ungewöhnlich sind. Denken Sie nur an die Erscheinung der heiligen Scholastika letztes Jahr!«

Abt Othmar verzog verdrossen den Mund. »Ach, hören Sie auf mit dieser dummen Geschichte.«

»Im Übrigen war es nach der Komplet bereits stockdunkel«, fuhr ich fort.

»Aber es wäre doch möglich«, beharrte Abt Othmar mit einer Spur von Unsicherheit in der Stimme.

Ich tat ihm den Gefallen: »Möglich wäre es. Ja.«

Der Abt erhob sich. »Was also schlagen Sie vor?«

Dass er mich um Rat fragte, erfüllte mich mit Stolz, auch wenn ich die Animositäten, die so etwas hervorrief, kannte. Als man ihn zum Abt wählte, bestand der Konvent aus elf alten Männern. Inzwischen sind wir vierundzwanzig, die vielen Jungen verdrängen die Alten und fordern damit Neid und Tücke heraus. Da mich mein Abt aber einmal darum bat, blieb mir nichts anderes *übrig, als die Führung zu übernehmen: »Zuerst einmal muss der Konvent zusammengetrommelt werden. Es ist ja möglich, dass doch noch jemand etwas weiß. Dann brauchen wir Suchtrupps, selbstverständlich muss der örtliche Rundfunk verständigt werden und das Fernsehen, der Talsender. Und nicht zuletzt die Polizei. Wenn es* Ihnen recht ist, werde ich das in die Wege leiten.«

Abt Othmar schaute still vor sich hin, dann sagte er sehr leise: »Es muss anders gehen, mein lieber Anselm.«

Noch nie hatte mich mein Abt »mein lieber Anselm« genannt.

»Wäre es unserem Kloster etwas *nütze, wenn man herausfinden würde, dass da ein Mönch sich selbst gerichtet hat? Und was könnte bei Presse und Polizei nicht alles herauskommen? Sie wissen doch selbst, dass* diese Journalisten vor nichts haltmachen und die Kriminalleute ihre Nase in alles und jedes stecken. Ich möchte, dass die Sache diskret gehandhabt wird.«

Jetzt verstand ich. Er hatte Angst, die Selbstmordvariante könnte mehr als nur blanke Theorie sein, und ebendeshalb hatte er das Gerücht vom Arztbesuch in die Welt gesetzt. »Ich fürchte, an den Ruf unseres Klosters können wir im Augenblick nicht denken«, wandte ich ein. »Basil irrt irgendwo hilflos herum, liegt vielleicht verletzt in einer Schlucht oder tot im Wald. Bei allen Varianten muss schleunigst etwas geschehen. Sollte sich wirklich herausstellen, dass Basil sich selbst getötet hat, gibt es immer noch Möglichkeiten, das in den Augen der Presse herunterzuspielen. Geistige Verwirrtheit, Altersdemenz oder ein Unfall. Machen Sie sich darum keine Sorgen. Das kriegen wir schon hin.«

Mit einer fahrigen Geste schob mein geistliches Oberhaupt die Autos von der Schreibtischplatte. »Also schön. Mit Ihren Suchtrupps erkläre ich mich einverstanden. Aber mit nichts anderem. Ich wünsche absolute Diskretion. Ist das klar? Sie werden das schon machen, mein lieber Anselm. Sie sind der geeignete Mann.«

Es war mir klar, dass das kein Kompliment war, sondern eher das Gegenteil.

»Nein, hochwürdigster Herr Abt, ich bin dafür nicht geeignet«, erwiderte ich gekränkt. »Ich finde Ihre Haltung verantwortungslos, vor allem dem armen Basil gegenüber. Es brennt in diesem Kloster, und wenn es brennt, kann man nicht erst diskret nach einem Gartenschlauch suchen.«

Abt Othmar zuckte zusammen, und ich erwartete einen donnernden Verweis. Stattdessen schob er nach einer Pause sein Pektorale in die Mitte der Brust und gewann seine Beherrschung zurück. »Frater Anselm«, begann er mit eiskalter Autorität. »Meine Verantwortung als Abt, die Sie höchst ungehörig anzweifeln, zwingt mich, Ihnen etwas zu eröffnen, was außer mir in diesem Kloster niemand weiß. Wären die Umstände nicht, wie sie nun einmal sind, wären Sie der Letzte, dem ich es anvertrauen würde. So aber sage ich es Ihnen als Ihr Abt und sub sigillo. Ist das klar?«

Sub sigillo? Unter dem Siegel? Der Begriff stammte aus dem Mittelalter, als man kleine oder große Kleriker dazu verdonnerte, über Anrüchigkeiten und dunkle Geheimnisse zu schweigen. Wie passte das drohende »sub sigillo« zu dem Verschwinden des Basilisken? Mit einer Demut, die nicht ganz echt war, senkte ich meinen Kopf und antwortete: »Ja, ich verspreche es, Vater Abt.«

Abt Othmar stand auf, brachte sein Skapulier in Ordnung und ging zu dem Tresor, der neben dem Betschemel stand. Umständlich holte er einen Schlüsselbund aus der Tasche seines Habits und wählte einen der Schlüssel. Dann öffnete er die mit goldenen Ranken verzierte Tür und griff mit beiden Händen in den Hohlraum. Wieder am Schreibtisch, legte er behutsam eine große, mit einem Purpurband umwickelte Pergamentrolle vor sich hin und daneben ein schmales, geöffnetes Kuvert. Hörbar holte er Atem, dann schob er mir das Kuvert zu. »Lesen Sie, Frater! Beachten Sie das Wappen auf dem Umschlag!«

Das Kuvert war aus weißem, dickem Papier. Vorne, unten links, tief und gelb eingeprägt, prangte das Wappen, das in der christlichen Welt jeder kennt: Zwei gekreuzte Schlüssel unter der Tiara – das Wappen des Heiligen Stuhls.

Meine Hände zitterten, als ich in den Umschlag griff. Ein Bogen handgeschöpftes Bütten, zur Hälfte beschrieben mit einer fahrigen, doch lesbaren Schrift. Natürlich kannte ich diese Handschrift, und die Unterschrift war nicht weniger bekannt als das Wappen. Das Schreiben war in Deutsch abgefasst. Kein Wunder, war doch der Verfasser einige Jahre Nuntius in unserem Land gewesen und ließ als Papst keine Gelegenheit aus, darauf hinzuweisen. Nur die Anrede war in Italienisch. Ich kann mich an jedes Wort erinnern:

Fratellino,
der Segen des Herrn sei mit Dir.

Ich weiß, dass Du zurückgefunden hast zu dem Weg, den der Herr zu gehen Dir aufgetragen hat. Gott hat Dir sicherlich vergeben, also tue auch ich es. Ich weiß nicht, wie lange ich noch zu leben habe. Manchmal glaube ich, dass es nicht mehr lange dauern wird.

Der Delfin ernennt Sie, Pater Basilius Perhamer, Ordo Sancti Benedicti, hiermit zum Kardinaldiakon der heiligen katholischen und apostolischen Kirche. Alles Weitere können Sie der förmlichen Urkunde entnehmen.

Ich habe es in pectore getan. Pietro wird es Ihnen erklären. Sie können den Purpur tragen, dann wird man Sie eben vorher noch schnell zum Bischof machen. Wollen Sie dies tun, so werden ich oder mein Nachfolger uns daran halten. Sie wissen ja, dass wir Päpste uns manchmal über den Tod hinaus kleine Kassiber zuschieben. Auch mündliche. Sie können den Purpur aber auch verleugnen. Dann wird kein Hahn danach krähen, auch der des heiligen Petrus oder dessen Nachfolger nicht. Eine Ablehnung jedoch ist nicht möglich. Denken Sie an den Gehorsam und die Verschwiegenheit, die Sie mir und der Kirche schulden … Usque ad effusionem sanguinis, bis zum Vergießen Ihres Blutes. Aus diesem Grund tragen Kardinäle Purpur. Sie können meinen Nachfolger mitwählen, wenn Sie mögen. Er wird die Last nicht mehr tragen müssen.

+ Formosus II

PS: Vielleicht interessiert es Dich, dass Dr. Grassi nicht mehr in Rom ist. Ich nehme an, dass sie sich irgendwo in der Dritten Welt engagiert. Gott ist mit ihr.

Sah ich in den Augen Abt Othmars Ironie, ja fast Amüsement über meine Verblüffung? »Wollen Sie die Rolle auch überprüfen?«, fragte er. »Das ist die Ernennung mit allen Klauseln, Inkunabeln und Schnörkeleien. Und um Ihre Neugierde zu befriedigen, mein so überaus gescheiter junger Freund, erzähle ich Ihnen auch die dazugehörende Geschichte:

Vor etwa zweieinhalb Jahren kam ein Weltpriester an die Klosterpforte, ein unscheinbarer Mann mit Baskenmütze, langem Priestermantel und einer abgeschabten Aktentasche. Ich war zufällig an der Pforte, um Bruder Emmeram zusammenzustauchen, weil er beim Suppenausteilen wieder einmal den Knauser herausgekehrt hatte. Der Priester begrüßte mich höchst ehrerbietig, wohl geblendet durch mein Brustkreuz, und fragte in gebrochenem Deutsch nach Basil. Das Ganze wirkte recht harmlos, ich sah nichts Violettes, keinen Purpurstreifen und schon gar keinen Ring! Also ließ ich Basil holen. Später sah ich, wie er mit dem Besucher im winterlichen Klostergarten auf und ab ging. In der Nacht kam Basil dann zu mir und legte mir diese Papiere auf den Schreibtisch. Sie können sich vorstellen, dass ich nicht weniger verblüfft war als Sie gerade eben. Bevor ich meinem zu so großen Ehren gelangten Mitbruder gratulieren konnte, bat mich Basil, ihn anzuhören und nicht zu unterbrechen. Er war absonderlich ruhig, die großen Augen starr auf mich gerichtet. Diese Sache sei eine Angelegenheit zwischen dem Papst und ihm. Der Mann, der ihn besucht habe, sei der Privatsekretär des Papstes, Pietro Bertonazzi, gewesen. Er sei lediglich in petto ernannt worden, noch wisse kein Mensch im Vatikan von ihm. In der Liste des Heiligen Kollegiums sei er ›non nomen‹, ohne Namen, eingetragen, und Bertonazzi habe ihm gesagt, das könne so bleiben. Er wäre dann einfach ein im Geheimen ernannter Kardinal, lediglich dem Papst und Bertonazzi bekannt. Sogar die Ernennungsurkunde sei von Bertonazzi ausgefüllt und dann vom Papst unterzeichnet worden.

Ich kann mich noch genau an die Worte Basils erinnern: ›Pietro wird schweigen. Pietro hat immer geschwiegen. Schweigen ist seine Seele.‹ Wenn ich nichts tue, dann werde ich eine vatikanische Karteileiche sein.

Ich weiß noch, dass dieses Wort mir aufstieß: ein Kardinal der heiligen römischen Kirche als Karteileiche. Aber Basil fuhr schon fort: ›Ich bitte Sie, hochwürdigster Abt, nehmen Sie diese Dinge zu sich! Sie können sie aufheben oder verbrennen. Ich bitte Sie nur demütig, alles zu vergessen, nicht mit mir oder anderen über *diese Sache* zu reden und mich auch in Zukunft zu nehmen als den, der ich bin, ein kleiner, demütiger Mönch unseres Vaters Benedikt.‹

Niemals werde ich das Gesicht Basils vergessen. Trotz meiner Neugier habe ich mich an die Ordensregel gehalten: Der Abt soll die Herzen seiner Jünger durchdringen, und er lasse sich von seinem Gespür für den rechten Augenblick leiten. Ich habe die Papiere vor den Augen Basils in den Tresor gelegt und ihm gesagt, dass ich seinen Wunsch respektiere. Dann ging er mit diesen zierlichen, trippelnden Schritten aus dem Zimmer. Bevor er die Tür schloss, rief ich ihm nach, dass Gott ihn segnen möge. Er murmelte noch eine Antwort. Seit Montag grübele ich, ob ich sie richtig verstanden habe.

Er sagte: ›Vielleicht. Am Tag des Zorns.‹«

Eine Weile lang herrschte Schweigen zwischen uns. Ich wagte nicht, eine Frage zu stellen, und irgendwann sprach Abt Othmar, nun wieder im Ton des gestrengen Herrn, weiter: »Aus Rom kam danach nichts. Ich habe mich die ganze Zeit über an mein Versprechen gehalten, habe nichts gesagt und keine Frage gestellt – auch nicht die nach dem Vergehen Basils, das eine päpstliche Verzeihung notwendig machte. Nicht einmal nach dieser Dr. Grassi habe ich gefragt und keine Nachforschungen angestellt. Und Sie werden sich ebenfalls an diese Grundsätze halten. Ich will keine Gossenpresse im Kloster – einen Skandal können wir uns unter keinen Umständen leisten. Schon gar nicht zum jetzigen Zeitpunkt, und wer weiß, was für eine Hornisse sich im vatikanischen Bienenstock verstecken mag? Gerade erst haben wir Formosus den Großen zu Grabe getragen, und das Konklave steht bevor. Sie wissen, wie sehr wir im Fokus der Medien stehen. Ich will jetzt keinen verirrten oder an einem Ast hängenden Kardinal – und erst recht keinen unter obskuren Umständen verschwundenen oder, was am schlimmsten wäre, einen Kardinal, der entführt wurde. Verstehen Sie mich jetzt? Wollen Sie vielleicht nach Rom zitiert und dort vom neuen Heiligen Vater höchstpersönlich zur Schnecke gemacht werden? Haben Sie immer noch Anmerkungen zu machen über meine Verantwortung und wie ich sie handhabe? Kommt Ihnen immer noch das Lachen hoch, wenn ich von Entführung rede? Irgendwas ist faul an der Sache. Ich weiß zwar, dass Basil nach der Wahl von Formosus längere Zeit in Rom war, aber ich habe keine Ahnung, was er da gemacht hat. Immerhin muss er es da soweit gebracht haben, dass ihn das Oberhaupt der Christenheit mit ›fratellino‹ anredet und ihn zum Kardinal ernennt. Und dann ist da noch etwas, das die Sache alles andere als besser macht. Letzte Woche war Basil zwei Tage in Rom. Er hat mir nicht gesagt, was er dort wollte, und ich habe ihn auch nicht gefragt. Kardinäle fragt man nicht. Er war in Rom an dem Tag, an dem Formosus gestorben ist.«

Ich weiß nicht mehr genau, was in meinem Kopf vorging. Das, was mir da gerade eröffnet wurde, überstieg meinen Horizont. Ich bin ins Kloster gegangen, damit man mich führt. Zumindest in diesem Augenblick ließ ich mich nur allzu gern führen. Ich senkte meinen Blick, dann meinen Kopf und sagte leise: »Ich verstehe vollkommen. Ich bitte um Verzeihung. Was soll ich tun?«

»Sie werden einen Suchtrupp zusammenstellen. Novizen, wie ich schon sagte. Erfinden Sie irgendetwas! Sie werden die Zelle von Pater Basil genauestens auf den Kopf stellen. Es ist mir gleichgültig, ob Sie dabei auch höchst persönliche Papiere überprüfen. Die weiteren Schritte überlasse ich Ihnen – aber keine Presse, kein Fernsehen und keine Polizei! Sub sigillo! Versprechen Sie mir das?«

Natürlich versprach ich es.

Abt Othmar stand auf, sah mich gelassen an und sagte kühl: »Gehen Sie mit Gott, Frater Anselm!« Vor dem rankenverzierten Safe fügte er hinzu: »Sie berichten ausschließlich mir! Und noch etwas: Sie führen bis auf Weiteres die Chronik unseres Klosters fort.«

22. Juni, am Fest des heiligen Paulinus von Nola

Ich habe einen Mann namens Professor Senf erfunden, einen älteren Bücherwurm, etwas geistesabwesend und leicht gehbehindert. Im Kloster sei er zu Gast, um einige seltene Handschriften in der Bibliothek zu studieren, und nun sei er abgängig. Sei nicht zum Essen erschienen und habe sich womöglich bei einem seiner Spaziergänge verlaufen.

Seit gestern umkreisen sieben Novizen das Kloster. Meine Konfratres waren ein wenig bockig, als ausgerechnet ich mit Anordnungen daherkam. Zweifellos hegen sie immer noch Vorbehalte, weil ich aus einer reichen, calvinistischen Bankiersfamilie stamme und zum katholischen Glauben konvertiert bin. Als ich ihnen aber mitteilte, der Abt habe mich beauftragt, hielten sie sich an die Regel unseres Ordensgründers und übten sich in Gehorsam. Ich habe darum gebeten, die jungen Männer sollten sich Jeans oder Sporthosen anziehen und nicht im Habit aus dem Kloster gehen. Eine Gruppe durch den Wald hastender, rufender Mönche wäre allzu auffällig. Seit gestern also sind sie auf der Suche. Bislang vergeblich. Kein Basil und kein Professor Senf.

Mit Emmeram, unserem über achtzigjährigen Bruder Pförtner, habe ich ein wenig geplaudert. Wer im Kloster ein und aus geht, muss an ihm vorbei. Die früheren Schleichwege über die Sakristei oder den Kreuzgang sind längst verschlossen. Emmeram war nichts Ungewöhnliches aufgefallen. Es war ihm überhaupt nichts aufgefallen.

Während des gestrigen Mittagessens warf ich diskret meine Angel aus: Wo steckt eigentlich Pater Basil? Fehlt ihm was? Ist er krank? Reaktionen erhielt ich so gut wie keine. Basil lebt zu isoliert und pflegt keine der distanzierten »Klosterfreundschaften«. Er ist unbeliebt. Einige hatten etwas gehört von einem Besuch bei Verwandten. Oder war nicht die Rede von einem Arzttermin in Luzern? Abt Othmar hatte ganze Arbeit geleistet.

Der alte Pater Korbinian, neben den ich mich bei der Recreatio setzte, mümmelte an seinem Kuchenstück und berichtete etwas von zwei Männern und einem Auto. Ein großes Auto sei es gewesen, vielleicht sogar einer dieser kleinen Busse, aber das könne natürlich auch letzte Woche gewesen sein. Er habe nicht sonderlich darauf geachtet, sondern im Klostergarten nach der Komplet sein Brevier gelesen. Brevierlesen, wenn es schon stockfinster war? Entweder schwindelte Korbinian sich um seine Brevierpflicht herum oder es stand schlimmer um ihn, als man denkt. Mit seiner Aussage war jedenfalls nicht das Geringste anzufangen.

Nachdem der mönchische Suchtrupp abgezogen war, ging ich in Basils Zelle. Wie es der Regel entspricht, war sie unverschlossen.

Der heilige Benedikt hätte seine Freude an dieser Mönchszelle gehabt. Nichts Unnützes befand sich darin, und die Ordnung war geradezu klinisch. Die Männer im Kloster umgeben sich je nach ihrem Charakter mit persönlichen Gegenständen, hängen sich Bilder der Eltern an die Wand, horten Bücher, Zeitschriften oder lassen ihre Behausung verkommen. Ich habe schon Zellen altgedienter Mönche gesehen, da gab es zwischen Zeitungsstößen und ungewaschenen Kleidungsstücken nur Trampelpfade zu Waschbecken, Bett und Betschemel, während sich im Spind verschimmelte Semmeln und Kuchenreste türmten. Ich hatte erwartet, Basils Zelle in ähnlichem Zustand vorzufinden. Nun stand ich stattdessen in einem Raum, in dem außer dem Bett, einem Nachtkästchen, einem billigen Resopalschrank und dem Betschemel nur ein Schreibtisch und ein Stuhl die Einrichtung bildeten. An der Wand hingen keine Bilder, nur ein Kruzifix ohne Korpus und ein kleines Stringregal mit ein paar Büchern. Es lag nichts herum, keine Papiere auf dem Schreibtisch, nicht einmal ein Blumentopf am Fenster, was beim Hobby unseres Basils verwunderlich war. Mein erster Verdacht keimte erneut in mir auf: Basil musste »abgehauen« sein. So sah eine Zelle aus, die ihr Bewohner für den Nachfolger aufgeräumt hatte, um ihr auf immer »Adieu« zu sagen.

Ich machte den Schrank auf, und mein Verdacht verflog. Auch hier war alles penibel aufgeräumt, doch es schien nichts zu fehlen. Der zweite Habit baumelte neben der Kukulle, der graue Anzug, den Basil trug, wann immer das Mönchskleid nicht angebracht war, hing auf seinem Bügel, die Unterwäsche war sorgfältig gefaltet, Pullover und Hemden stapelten sich ausgerichtet in den Fächern. Die Schuhe standen geputzt am Boden, und an der Schrankwand entdeckte ich einen Lederkoffer. Ohne Koffer haute niemand ab. Brauchte ich noch einen Beweis, so fand ich ihn in dem Stapel Papiere neben der Wäsche: die persönlichen Urkunden von Basil, Geburtszeugnis, Promotionsnachweis und

Krankenversicherungskarte. Lediglich eine Brieftasche mit Ausweispapieren war nicht zu entdecken.

Etwas Eisiges kroch mir den Rücken hinunter. Zum ersten Mal erfasste nun auch mich die Sorge um Pater Basil.

Abt Othmar hatte gesagt, ich solle alle Papiere, auch die persönlichen, durchsehen. Ich leerte den Schrank und zog die Schubladen des Schreibtischs auf, durchwühlte die Wäschestapel und blätterte durch leere Schreibblöcke, fand aber nichts als zwei Brillen, ein Exemplar des liturgischen Kalenders, eine angebrochene Packung Aspirin, ein zerlesenes Brevier ohne Merkzeichen und einen Teller mit einem verschrumpelten Apfel. Keine Papiere, keine Korrespondenz mit Eltern oder Freunden, geschweige denn mit Papst Formosus. Keine Zeitungsausschnitte, weder Weihnachtspostkarten noch Sterbebildchen. Auf dem Wandregal stand neben Büchern über Rosen- und Staudenzucht eines über giftige Pflanzen, doch auch dieses erwies sich als harmloses Nachschlagewerk.

Ich untersuchte das Bett, schob die Matratze vom Rost und fand wiederum nichts. In der Lade des Nachtkästchens lagen lediglich zwei alte Pantoffeln aus Leder. Auf dem Bord über dem Waschbecken gab es die üblichen Toilettenutensilien. Kein angebrochenes Röhrchen Veronal.

Nichts in diesem Raum war verdächtig – nichts als der schier antiseptische, vollkommen leblose Raum selbst. Dass hier ein Kardinal, ein Fürst der heiligen katholischen Kirche, wohnen sollte, erschien nicht vorstellbar. Unvermittelt fiel mir ein, dass Formosus, der große, wenn nicht der größte Papst der Kirchengeschichte, seinen »fratellino« nur zum Kardinaldiakon gemacht hatte. Der Heilige Vater hatte es offenbar für richtig befunden, Basil zwar unter die höchsten Diener Gottes zu berufen, ihn dort aber auf der untersten Stufe zu belassen. Ich habe Basil nicht gemocht. Als Kardinal, so musste ich mir eingestehen, mochte ich ihn nicht mehr als zuvor.

Für meine Suche blieb mir jetzt nur noch der Computer auf dem Schreibtisch übrig. Ein altes Modell. Ich setzte mich auf den klapprigen Stuhl und fuhr den Rechner hoch. Dabei bemerkte ich an der Frontseite des Gehäuses Kratzspuren, wie wenn jemand mit einem groben Werkzeug ins Innenleben des PC hatte eindringen wollen.

Auf dem Bildschirm erschien eine grüne Wiese unter blauem Himmel. Die üblichen Programme. Nichts Aufregendes. In einer der gelben Boxen auf dem Himmel prangte der Schriftzug: »Chronik Mattenthal«. Ich klickte sie an.

Seit meinem Eintritt ins Kloster vor knapp zwei Jahren hatte sich Basil regelmäßig in seine Zelle zurückgezogen, um diese Chronik unseres Klosters abzufassen, der unser Abt zu Recht so viel Wichtigkeit beimisst. Was aber fand ich, als ich die Datei öffnete? Nichts. Für Sekunden stockte mir buchstäblich der Atem. Die Chronik unseres Klosters war eine endlose Folge von Daten ohne einen einzigen Eintrag.

Ich gebe gern zu, dass in einer Ordensgemeinschaft wie der unseren nichts wirklich Sensationelles geschieht, doch auch die kleinen Dinge sind es wert, festgehalten zu werden, sie machen die Textur des Klosterlebens aus. Die Krankheit eines Mitbruders, seine Genesung, eine Profess, die sich so wunderbar häufenden Neueintritte in unsere Klostergemeinschaft, die Entwicklung der aufgenommenen Kinder, die Eröffnung der anonymen Entbindungsstation. Alles zusammen bildete ein Großes: die spirituelle Erneuerung und die wieder erstarkende Macht unserer heiligen Mutter Kirche. Nichts davon war für Basil erwähnenswert gewesen. Jeden Tag hatte er penibel aufgeführt, ihn mit dem Datum und der entsprechenden Bezeichnung nach dem liturgischen Kalender versehen, den Namen des Heiligen und den kirchlichen Festtag hinzugefügt. Danach folgte nur noch ein Doppelpunkt und dann in endloser Wiederholung dasselbe Wort: Nichts. Seitenlang, über Monate, Jahre schrie es mir entgegen: Nichts. So wie Ludwig XVI. am Tag der Erstürmung der Bastille »rien« in sein Tagebuch gekritzelt hatte, ehe die Guillotine ihn eines Besseren belehrte.

Was musste in einem intelligenten Mann vorgehen, damit er eine solche Art von Klosterchronik aufsetzte? An jedem Tag, den unser Herr ihm schenkte, hatte der Basilisk den Computer hochgefahren, die Datei geöffnet, das Datum geprüft und dann dieses kleine Wort hingeschrieben. Jeden Tag! Die Gewissenhaftigkeit erschien mir erschreckend. Der letzte Nichts-Eintrag stammte vom Sonntag.

Offenbar hatte sich niemand, nicht einmal Abt Othmar, die Mühe gemacht, Basils Arbeit zu überprüfen. Vielleicht hätte man ihm helfen können in seiner Verwirrtheit oder seiner Bosheit. Ein öffentliches Sündenbekenntnis im Kapitel wäre erforderlich gewesen: Ja, ich habe meine Arbeit nicht, so gut ich es kann, verrichtet. Ich habe leider gar nichts getan.

Warum, unser aller Bruder Basilius, warum? Gehe in dich und erzähle es uns!

Hätte sich Basil uns anvertraut, hätte er Gründe für diese Groteske aufdecken können?

Noch etwas anderes an diesem Computer war mehr als nur merkwürdig: Auf dem gesamten Desktop und in sämtlichen anderen Rubriken gab es außer der leeren Chronik von Mattenthal keine weitere Datei. Keine wissenschaftlichen Niederschriften, Exzerpte oder Gedanken, obwohl Basil als Historiker und Schriftgelehrter galt. Kein Wort über Gärten und Pflanzen, keine Briefe – nichts.

Ich bin kein Experte in Computerfragen und erst recht kein tüfteliger Hacker, aber natürlich kann ich mit den digitalen Möglichkeiten umgehen. Der Computer ist ein fester Teil unseres klösterlichen Lebens, und ich habe mich seit meiner Gymnasialzeit mit diesem Gebiet beschäftigt. Auch als Christ muss man mit der Zeit gehen, das Potenzial moderner Errungenschaften erkennen und ausnutzen. Zur Ehre Gottes und um den Einfluss der göttlichen Gnade zu mehren. Die Kenntnisse, die ich vor diesem Hintergrund gesammelt hatte, genügten mir, um schließlich festzustellen, dass ein Teil von Basils Festplatte für den arglosen Benutzer nicht sichtbar war.

Ich konnte einfach nicht glauben, dass Basil sich in so langer Zeit mit nichts anderem beschäftigt haben sollte. Brennend vor Neugier, die der Herr mir verzeihen möge, startete ich das Betriebssystem erneut und entdeckte, dass die sichtbare Größe der Festplatte nie und nimmer mit der realen Dimension übereinstimmen konnte. In Basils Festplatte musste ein riesiger inaktiver Datenspeicher stecken. Diente die unschuldige Box »Chronik Mattenthal« womöglich dazu, ein dunkles, ausgedehntes Höhlensystem zu verbergen? Oder war der Rechner vielleicht nur defekt, lag ein Fehler in der Handhabung vor?

Mit den üblichen Tricks war nichts herauszufinden. Also schaltete ich den Rechner wieder aus und ging hinüber zu den Wirtschaftsgebäuden, um mir im Büro des Cellerars das notwendige Handwerkszeug zu besorgen. Es dunkelte bereits. Die Mitglieder des Suchtrupps trudelten ein und berichteten, sie hätten nichts gefunden. Ich sagte ihnen, sie bräuchten sich keine Sorgen zu machen, bei schusseligen Professoren wüsste man schließlich nie, was ihnen einfiele. Wahrscheinlich sei er in irgendeiner Almhütte untergekrochen. Trotzdem sollten sie am nächsten Morgen noch einmal ausschwärmen, die weitere Umgebung überprüfen und bei den bewirtschafteten Almen nachfragen. Anschließend ging ich dann ins Wirtschaftsbüro und ließ mir von Bruder Gordian, dem Buchhalter, die CDs mit den Prüfprogrammen geben.

Zurück in Basils Zelle, ließ ich eins nach dem anderen durchlaufen und wurde fündig. Kein kaputter Computer. Der verdeckte Teil war formatiert und von Daten besetzt. Natürlich versuchte ich alles, um diesen Bereich der Festplatte zu aktivieren. Ich probierte aus, was immer mir einfiel, ließ das Abendessen ausfallen und tippte mich in Schweiß. Kurz bevor es zur Komplet läutete, war ich so weit, die Waffen zu strecken – und genau in diesem Augenblick öffnete sich auf dem blauen Himmel jäh eine rechteckige Kartusche: »Zugriff auf Laufwerk verweigert. Passwort eingeben!«

Obwohl ich so etwas Ähnliches erwartet hatte, war ich schockiert. Widerstrebend eilte ich in die Kirche zum Chorgebet. Zweifellos war es nicht gottgefällig, wenn ein Mönch beim Singen des »Salve Regina« an eine Computerfestplatte dachte und den Segen des Abtes nicht erwarten konnte, weil ihm Worte und Gedankenfetzen im Kopf herumjagten: Passwort! Schlüssel! Ein riesiger geheimer Datenspeicher in einem Kloster des heiligen Benedikt – in einem Kloster, dessen Regel jegliches Geheimnis untereinander untersagte! Und der unglaubliche Blaubart, der dafür verantwortlich zeichnete, war der fratellino eines Papstes, war ein höchst befremdlicher Kardinal und spurlos verschwunden!

Konnte ein heimliches Laster dahinterstecken – Basil als User von Pornos aus dem Internet? Das schien mir unwahrscheinlich, Basil war nicht der Typ. Ein Satz aus dem päpstlichen Schreiben, das Abt Othmar mir gezeigt hatte, kam mir in den Sinn: Nicht nur durch Gehorsam habe sich ein höchster Diener der Kirche auszuzeichnen, sondern ebenso durch Schweigen. Wie lautete das Passwort zu diesem Schweigen? Beim »Salve Regina« bot ich meine Seele der heiligen Gottesmutter nur äußerst unzulänglich dar, doch ich hoffte, sie würde mir verzeihen.

Nach dem Chorgebet trat Abt Othmar wie zufällig an meine Seite. Wir blieben ein wenig zurück. Als Abt durfte er mir die Erlaubnis erteilen, das Schweigegebot zu durchbrechen, und so flüsterte ich ihm zu, dass weder die Suche noch meine Recherchen bisher etwas ergeben hätten. Die »Chronik des Nichts« verschwieg ich ihm. Abt Othmar hatte Sorgen genug, und ich wollte nicht derjenige sein, der Basil verpetzte, auch wenn ich ihm jegliche Bestrafung von Herzen gönnte.

Über den Computer sagte ich lediglich, ich wäre auf eine Unregelmäßigkeit gestoßen und würde daran arbeiten. Abt Othmar nickte und flüsterte: »Tun Sie das und tun Sie es schnell.«

Er zog mich am Ärmel in eine dunkle Ecke des Kreuzgangs. Seine Stimme war ebenso leise wie drängend. Von der kühlen Gelassenheit des Mannes mit den Spielzeugautos schien nichts mehr übrig. »Tun Sie es schnell, Anselm, ich beschwöre Sie! Heute

Nachmittag erhielt ich einen sonderbaren Anruf. Jemand wollte unbedingt mit Basil sprechen. Eine barsche Männerstimme mit fremdem Akzent verlangte ausdrücklich nach Pater Basilus Perhamer. Ich habe versucht, mich herauszureden. Der Mann wurde unverschämt und erklärte, ich müsse ein wahrhaft vorbildlicher Abt sein, wenn ich nicht wüsste, wo meine Schafe sich befänden. Dann hängte er abrupt ein.«

Abt Othmar ließ meinen Ärmel los, wandte sich ab und knurrte mit nie da gewesener Unbeherrschtheit: »Verdammte Sauerei!«

Dann lief er mit großen Schritten und wehender Kukulle hinter den anderen Mitgliedern des Konvents her, die schweigsam durch den Kreuzgang ins Klostergebäude zogen, und ließ mich mit meiner Suche nach dem Passwort in der Dunkelheit stehen.

Ich beschloss, nicht noch einmal in Basils Zelle zurückzukehren. Der Gedanke, stundenlang mit der erbärmlichen Kartusche vor Augen vor dem flimmernden Kasten zu sitzen, machte mich schwach. Also ging ich in meine Zelle, legte mich aufs Bett und versuchte nachzudenken.

Wahrscheinlich hat Abt Othmar recht mit seiner Forderung nach Diskretion. Ohne Zweifel hatten wir einen obskuren Kardinal im Kloster, der spurlos verschwunden war und obendrein eine Riesendatei mit einem Passwort versehen hatte. Zwar bestand theoretisch noch die Möglichkeit, dass Basil morgen wieder auftauchte, doch mein Gefühl sagte mir, dass es nicht so sein würde. Wenn ihm wirklich etwas passiert war, würde sich die Presse darauf stürzen. Was hatte Abt Othmar gemeint mit der Hornisse im Vatikan? Gab es eine undichte Stelle, womöglich diesen Pietro, der so schweigsam, wie er tat, gar nicht war? Wenn der geringste Hinweis durchsickerte, würde es in den Medien von Schlagzeilen über den verschwundenen Kardinal nur so wimmeln. Umso schlimmer, wenn der Gesuchte sich auch noch tot im Wald anfand – ich sah die Fernsehscheinwerfer auf den Gängen des Klosters förmlich vor mir und stellte mir vor, wie Reporter mit ihren Mikrofonen über den Hof flitzten. Sie würden uns beim

Chorgebet filmen, und wenn Abt Othmar Einspruch erhob, würden sie einfach Ausschnitte aus einem anderen Kloster dazwischenschneiden. Gerade jetzt, wo der Glaube wieder Einzug in die Seelen der Menschen hielt, war die Kirche Angriffen ausgesetzt wie selten zuvor, und ein Skandal wie dieser wäre ein gefundenes Fressen für die Journaille. Ganz besonders, da die Wahl des Papstes unmittelbar bevorstand und die Blicke der Welt sich auf Rom richteten.

Und dann war da noch die Zeitbombe auf Basils PC. Wut auf einen Mitbruder, der sich nicht scheute, uns in solchen Schlamassel zu reiten, erfasste mich. Eine harmlose Erklärung hielt ich mittlerweile für ausgeschlossen. Jäh fielen mir die Kratzspuren am Gehäuse des Computers wieder ein, und auf einmal fragte ich mich, ob es im Dorf keinen pensionierten, katholischen Kriminalbeamten gab, den man mit diskreten Recherchen beauftragen könnte. Befanden sich nur Basils Fingerabdrücke auf dem Blech, oder gab es nicht einzuordnende fremde? Und wenn ja, konnten sie von den Insassen des Kleinbusses stammen, den Frater Korbinian gesehen haben wollte? Leider kannte ich keinen Kriminalisten, den ich um Hilfe hätte bitten können, aber ich nahm mir vor, noch einmal herumzufragen, ob jemand Fremde in der Klausur gesehen hatte. Höchstwahrscheinlich würde nichts dabei herauskommen, und dass einer von uns sich an dem Gerät zu schaffen gemacht hatte, konnte ich mir nicht vorstellen.

Ich lag auf meinem Bett, sah blicklos ins Dunkel und bemühte mich krampfhaft, meine Gedanken zu ordnen. Wie ich es auch drehte und wendete, als Anhaltspunkt blieb mir nichts als die monströse Datei auf Basils Rechner. Also würde ich mich darauf konzentrieren. Eigentlich hätte ich Abt Othmar von der Sache mit dem Passwort erzählen müssen, doch während ich an die Decke starrte, gestand ich mir ein, warum ich es nicht getan hatte: Ich fühlte mich herausgefordert. Keiner als ich sollte derjenige sein, der das Geheimnis des Basilisken löste.

Vor welche Probleme stellte mich meine Neugier? Zuerst einmal musste ich natürlich das Passwort finden, doch damit wusste ich noch nicht, in welches System Basil dieses Passepartout eingebettet hatte. Führte die einmalige Verwendung eines falschen Wortes womöglich dazu, dass die ganze Datei sich automatisch löschte? Wie sollte ich Basils Gedankengänge verstehen? Hätte er sich umgebracht, wie ich anfangs vermutet hatte, dann hätte er sein geheimes Datengewölbe doch sicher zum Absturz gebracht? Oder hatte er im Gegenteil versucht, eine Spur zu legen?

Mörder zieht es zurück an ihren Tatort, heißt es. Kriminalpsychologen behaupten, Serientäter legten immer eine Spur mit der unbewussten Absicht, entdeckt zu werden. Ist also ein Geheimnis nur dann ein Geheimnis, wenn zumindest die geringste Möglichkeit der Entdeckung besteht? War das ganze mysteriöse Labyrinth nichts als die Neckerei eines törichten alten Mannes? Hatte der zum Schweigen verpflichtete »Kirchenfürst« am Computer Seite um Seite nur für den ihm nahen oder fernen Gott gefüllt, um sich selbst zu entlasten, zur Reinigung seiner Seele? Genau Formuliertes lässt sich leichter ertragen als eine ungeformte, fluoreszierende Geschichte im Kopf. Vor seinem tödlichen Entschluss hatte er womöglich beschlossen, den Text zu löschen – nur ein paar Mausklicks, und alles wäre wie nie da gewesen. Wer aber brächte das schon fertig?

Bin ich nicht selbst in einer ähnlichen Lage? Ich schreibe einen Bericht, der nur für die Augen meines Abtes bestimmt ist, sub sigillo, geheim wie die Beichte. Trotzdem ertappe ich mich, wie ich immer mehr an den Sätzen feile, mir dies oder jenes an stilistischen Arabesken einfallen lasse und mit Wohlgefallen die bisherigen Seiten betrachte. Ich wäre erbittert, würde mein Abt von mir verlangen, mein Werk zu löschen. Ich könnte mich damit abfinden, wenn mein Bericht auf einer Diskette tief in einer Schreibtischschublade oder im Tresor der Abtei aufgehoben bliebe, aber nicht mit der unwiderruflichen Vernichtung. Und wenn es schon mir so ergeht, wie muss es dann Basil ergangen sein, der nach der formatierten Speichergröße zu schließen unendlich lange an dieser Datei gearbeitet hatte? Vielleicht schied es sich leichter aus der Welt mit dem Wissen, dass das eigene Werk darin bestehen blieb, wenn auch durch einen Passwortschutz unzugänglich gemacht. In jedem Fall konnte ich die Möglichkeit eines Selbstmords nicht von meiner Liste streichen.

Und wenn Basil uns mit seiner verborgenen Datei tatsächlich eine letzte Herausforderung hatte liefern wollen, durfte ich vermutlich keine Vielzahl von Passwortvariationen ausprobieren, sondern nur ein einziges. War es das falsche, würde sich der Speicher in das Chaos unzusammenhängender Daten auflösen, aus dem er entstanden war.

25. Juni

Die Suchtrupps haben Professor Senf nicht gefunden. Ich habe mich entschlossen, ihn wegen des Todes seiner bejahrten Cousine auf eine Reise nach Zürich zu schicken. Hals über Kopf. In der Aufregung musste er glatt vergessen haben, sich abzumelden.

Ich habe mir Pater Basils Professakten angesehen; vielleicht ein wenig außerhalb der Legalität, aber jeder weiß, wo die Schlüssel zum Archiv aufbewahrt werden. Was für ein überschaubares Leben! Geboren in Pertzen, die Eltern betrieben die Gastwirtschaft »Zur Post«, Grundschule in Pertzen, Gymnasium in der Kreisstadt, Ministrant, ein sehr guter Schüler. Nach dem Abitur Eintritt in unser Kloster. Theologiestudium, die letzten Semester auf der Benediktinerhochschule Sant'Anselmo in Rom. Bester seines Jahrgangs, gute Italienischkenntnisse. Nichts Auffallendes, keine Besonderheit, die mir weiterhelfen könnte. Die Urkunde über die ewigen Gelübde. Nicht die geringsten Vermögenswerte. Und am Ende die gestochene, kleine Unterschrift Basils. Dann zusätzliches Studium der älteren Geschichte auf Veranlassung des damaligen Abtes und gegen den Wunsch Basils, der lieber Biologie studiert hätte.

Promotion »summa cum laude«.

Mit einigen Schwierigkeiten habe ich in unserer Bibliothek seine Doktorarbeit gefunden. Ein schmaler, broschierter Band, billiges Papier und Computerdruck. Ich kann damit nichts anfangen. Geschichte hat mich nie interessiert. Was gehen mich vermoderte Urkunden an bei den Herausforderungen unserer Zeit? Ist das Wühlen in der Vergangenheit nicht auch gegen unsere Regel? »Ora et labora.« Akademische Beschäftigung, das Tändeln mit Theorien, Axiomen, Thesen und Hypothesen ist keine Arbeit; nicht einmal wenn es um theologische Aspekte geht. Wäre ich Abt gewesen, ich hätte Basil Studium und Promotion nicht gestattet. Aber das war ja noch zu einer Zeit, wo jeder Mönch seine wissenschaftlichen oder sonstigen Passionen ausleben durfte, weil man ja schon froh war, dass überhaupt jemand ins Kloster eintrat. Heute stehen wir – dem Herrn sei Dank – ganz anders da. Basils idyllisches, nutzloses Gärtchen war das letzte Relikt dieses unbenediktinischen Schlendrians.

Was für einen Nutzen, welche reale Wirkung konnte schließlich eine wissenschaftliche Arbeit haben, die mit einem Titel wie »Die Rolle 3 Q 15 von Qumran und einige Fragmente aus Höhle 1 in historischer und theologischer Sicht« protzte? Hunderte von Anmerkungen, Fußnoten und Verweisen sammelten sich auf den Seiten, und am Ende prangte glorreich das Prädikat »summa cum laude«. Wen aber interessierten heute noch die Funde von Qumran? Die hektische Aufregung über die nach dem Zweiten Weltkrieg am Toten Meer gefundenen Schriftrollen hatte sich längst gelegt. Schon als Basil sein »wissenschaftliches Werk« verfasste, musste dieses Thema mehr als exotisch gewesen sein. Zweifelsfrei hatte sich herausgestellt, dass diese Texte ausschließlich etwas mit der winzigen Sekte der Essener und nichts, aber auch gar nichts mit der Person von Jesus Christus zu tun hatten. Damit hatten sich die Verschwörungstheorien, der Vatikan halte ein fünftes oder gar sechstes Evangelium zurück und Jesus sei nicht am Kreuz, sondern irgendwo in Indien gestorben, als das erwiesen, was sie waren: Sensationsmache der Presse, populärwissenschaftlicher Unsinn und antikirchliche Propaganda. Eine wissenschaftliche Eintagsfliege – war das ausgerechnet Pater Basil nicht klar gewesen?

Beim Überfliegen des schwer lesbaren Textes stellte ich fest, dass Basil offenbar irgendeinen verqueren Bezug zum 13. Jahrhundert und dem Stauferkaiser Friedrich II. angenommen hatte. Das erschien mir hanebüchen. Nur weil Autoren historischer Romane den ketzerischen alten Friedrich zum ersten modern denkenden Fürsten emporstilisierten, wurde schließlich kein wissenschaftliches Ei des Kolumbus daraus. Dass die Rolle 3 Q 15 und irgendwelche synoptischen Spinnereien dazu einen Bezug auf mein Passwort hatten, hielt ich für unwahrscheinlich. Dazu hätte auch die Widmung auf dem Deckblatt des schäbigen Büchleins nicht gepasst, in der Basil »demütig und dankbar meine bescheidene Arbeit dem Abt, dem Kloster und dem Orden des heiligen Benedikt« dedizierte. In Demut sicherte man keine Datei mit einem Passwort und ließ die Welt vor dem Rätsel des Passworts stehen. Mein Gespür sagte mir, dass ich auf der falschen Fährte war.

Verließ ich mich wahrhaftig auf mein Gespür, noch dazu beim Basilisken? Mein Leben lang hatte ich auf Intuition nichts gegeben, sondern mich an klaren Gedanken und Fakten ausgerichtet. Die Sache wuchs sich zu einer fixen Idee aus. Fast glaubte ich, zu sehen, wie die spitze rosige Zunge vorschnellte, und zu hören, wie die Greisenstimme überdeutlich artikulierte: »Lösen Sie es, kleiner Anselm, lösen Sie es!«

Ich war in eine Falle geraten. Und mir schwante auch, warum. Die totale Verschiedenheit zwischen ihm und mir war schuld. Er hatte etwas, was mir fehlte. Aber es war etwas, das ich beileibe nicht haben wollte! Ich werde es lösen, mein lieber Basil, schwor ich ihm und mir stumm. Ich werde es lösen. Was hatte Papst Formosus II. dem Mönch aus Mattenthal zu verzeihen? Darüber würde ich – vielleicht – Auskunft bekommen, wenn ich mir erst Zugang zu der Datei verschafft hätte. Auf das Passwort aber fehlte mir noch immer der geringste Hinweis. Die im päpstlichen Schreiben erwähnte Dr. Grassi fiel mir ein. War mit der etwas anzufangen? Offenbar handelte es sich um eine Frau, die in Rom gewesen war, sich jetzt aber nicht mehr dort, sondern im Nirgendwo aufhielt, das war alles, was ich von ihr wusste.

Sollte ich versuchen, *Grassi* oder *Dr. Grassi* oder *Doktor Grassi* in die Kartusche zu tippen? Ich war am Ende und nahe daran, herumzuprobieren, ließ es dann aber sein. Vielleicht, weil ich dachte, dass Basil genau das von mir erwartete. Stattdessen beschloss ich, zu Abt Othmar zu gehen und ihm Bericht zu erstatten. Er sollte entscheiden, was jetzt zu geschehen habe. Seit dem Verschwinden Basils waren inzwischen fünf Tage vergangen, und um die Polizei würde man nicht länger herumkommen. Sollte die sich doch um Korbinians Beobachtungen und diesen vermaledeiten Datenkram kümmern. Vorher wollte ich zur Sicherheit aber noch Bruder Placidus genauer ausfragen, dem etwas aufgefallen sein mochte. Placidus war ein einfach strukturierter und schweigsamer Mensch, aber seinem tief verwurzelten Ordnungssinn entging nichts, weshalb er für den gesamten Klostergarten und die Bienen zuständig war.

Auf meiner Suche machte ich einen Abstecher in das Gärtchen von Basil. Vorher war mir dieses Stück Grund nie besonders aufgefallen. Ich hatte wenig Interesse an der Natur, doch jetzt sah ich es mit anderen Augen. An der Südseite unserer großen Gartenanlage, direkt an der hohen Backsteinmauer, an drei Seiten umgeben von Gemüsepflanzen und Beerensträuchern in genau gezogenen Reihen, lag dieses nicht mehr als einhundertfünfzig Quadratmeter große Areal des verschwundenen Kardinals. Ich sagte ja bereits, dass mir die Natur nichts gab, dass mich der Anblick der Berge rund um uns in ihrem ewigen Eis kaltließ und dass ich bei sich wiegenden Bergblumen oder tosenden Wasserfällen nicht an Beseeltheit denken konnte. Nur der Mensch besaß eine unsterbliche Seele, um die Teufel und Gott rangen. Und nur die Kirche, meine Kirche in Rom, schärfte den Blick für das Wesentliche. Trotzdem überkam mich ein Anflug von Rührung, besser gesagt, Sentimentalität, als ich den schmalen Weg in dieses Paradiesgärtlein betrat. Es gab ein mittelalterliches Bild, das in jedem Gebetskalender abgebildet ist: die Muttergottes, Tiere, Engel, Heilige und jede Menge Blumen. Für meinen Geschmack war es zu süßlich, aber doch beeindruckend. In Basils Garten fehlten zwar die Figuren, aber die Blumenpracht hätte durchaus als Vorlage für den unbekannten Maler dienen können. Um ein kleines, wie mit der Nagelschere geschnittenes Rasenrondell prangte eine farbige, duftende Vielfalt von Blüten und Rispen. In der Größe steigerten sie sich bis hin zu den über zwei Meter hohen Sonnenblumen, die wie ein abwehrender Zaun an der Grenze zu Placidus' Nutzgarten standen. Sogar die Farben schienen bewusst aufeinander abgestimmt. Basil hatte sich hier ein eigenes kleines Traumreich erschaffen, das mit unseren Ordensregeln nichts zu tun hatte. Wenn es überhaupt möglich war, so wurde mir Basil hier noch fremder, und das Passwort fand ich inmitten dieser von Bienen umsummten Idylle bestimmt nicht. Als ich sie verließ, um Placidus zu suchen, sprang mir jedoch etwas ins Auge: Eine Schneise aus zertretenen Blüten und geknickten Stängeln zerstörte die Vollkommenheit. Jemand musste von außen durch die sorgsam gehegten Blumen getrampelt sein und sich einen Weg zum Rondell gebahnt haben.

Placidus, im Arbeitshabit, mit blauer Schürze und Hut, werkelte bei den Kompostsilos. Wie es sich gehört, redete ich zuerst über das Wetter und fragte ihn dann nach seiner Gärtnerei.

»Es geht.«

»Salat?«

»Der schießt.«

Wie sollte ich bei diesem wortkargen Mitbruder etwas über ein Passwort erfahren?

Ich fragte, ob ihm die Verwüstung von Basils Garten aufgefallen sei.

»Ja, schon. Ist noch nicht lange. Gibt ja nur einen niederen Holzzaun ums Gelände. Ist halt einer drüber und hat Blumen gestohlen … Mir stehlen sie manchmal auch das Gemüse. Gesehen hab ich nichts.«

»Sagen Sie einmal, wie ist eigentlich Ihre Zusammenarbeit mit Pater Basil?«, tastete ich mich vor. Ohne sich in seiner Arbeit stören zu lassen, knurrte Placidus: »Er macht seines, ich mach meines.« Dann, nach einer kleinen Pause, fügte er hinzu: »Ist er wieder da?«

»Er wird schon wiederkommen«, antwortete ich vorsichtig.

»Aha.« Placidus stellte seine Grabgabel akkurat an das Silo, wischte sich seine schmutzigen Hände an der Schürze ab und blickte mich abwartend an.

»Es würde mich wirklich interessieren, wie es hier im Garten so zugegangen ist, Bruder Placidus. Sie haben sich doch täglich gesehen. Über was haben Sie sich unterhalten?«

»Über gar nichts.« Fast verächtlich ergänzte er: »Er kümmerte sich nur um Blumen, und für den Altar hat er nichts hergegeben. Nie was abgeschnitten, das nicht verblüht war. Alles wie in der Natur, hat er gesagt. Meinen Kompost wollte er auch nicht. Hat seinen eigenen gemacht.«

»Also haben Sie sich doch ab und zu unterhalten?«

»Höchstens einmal. Über Kompost. Er hat ja nie was gesagt, nur immer dieses Brummen, wenn er in seinem Garten war.«

»Was denn für ein Brummen?«

»Er hat halt immer vor sich hin gebrummt oder gesungen. Manchmal hat er auch mit seinen Blumen geredet. Als ob sie ihn kennen würden. Aber meistens hat er gebrummt.«

»Wissen Sie, was er da gebrummt oder gesungen hat?«

»Einen Choral, glaube ich.«

»Was für einen Choral? Bitte versuchen Sie, sich zu erinnern.«

»Weiß ich nicht. Eben ein Choral. Ich glaube, man singt ihn, wenn einer von uns in die Gruft kommt. In Latein. Ich kann kein Latein.«

Mein Interesse war geweckt. Wenn Basil in seinem Garten immer das Gleiche vor sich hin gesungen hatte, dann konnte das eine Bedeutung haben.

»Können Sie mir den Choral vorsingen, Placidus?«

»Ich kann nicht singen.«

»Versuchen Sie es doch! Bitte.«

»Nein.«

»Und wenn ich Ihnen etwas vorsinge? Würden Sie es dann erkennen?«

»Weiß nicht. Kann sein.«

Also begann ich, bei den Kompostsilos gregorianische Choräle zu singen. Das »Paternoster«, das »Salve Regina«, den Psalm »Gott ist mein Hirte« und was sonst noch beim Begräbnis eines Mönchs gesungen wird.

Placidus schaute mich groß an und schüttelte bei jedem neuen Versuch den runden Kopf.

Ohne viel Hoffnung versuchte ich es schließlich mit dem »Dies irae«. Im 2. Vaticanum war es aus der Totenliturgie herausgenommen worden, doch inzwischen hatte man es wieder eingeführt, und wir hatten es im März gesungen, ehe wir Pater Luitfried zu Grabe trugen. Ich sang langsam die erste Strophe, und je länger ich sang, desto mehr erhellten sich die Gesichtszüge meines Mitbruders. Er brummte sogar ein wenig mit. Dann nickte er und sagte abschließend: »Ja, das ist es, Frater Anselm. Aber jetzt muss ich weitermachen.«

Damit ließ er mich in der Nachmittagssonne stehen und trottete zu seinem schießenden Salat.

Dies irae, dies illa –

Tag des Zorns, Tag der Rache, Tag der Sünden,
Wird das Weltall sich entzünden …
Welch ein Graus wird sein und Zagen,
Wenn der Richter kommt mit Fragen,
Streng zu prüfen alle Klagen.
Tuba mirum spargens sonum …

Laut wird die Posaune klingen,
Durch der Erde Gräber dringen,
Alle hin zum Throne zwingen.
Schaudernd sehen Tod und Leben
Sich die Kreatur erheben,
Iudicanti responsura – Rechenschaft dem Herrn zu geben.

In meinem stummen Gesang hielt ich inne und murmelte die nun folgenden Zeilen vor mich hin: »*Liber scriptus proferetur, in quo totum continetur …*«

Und ein Buch wird aufgeschlagen,
Treu darin ist eingetragen
Jede Schuld aus Erdentagen.

»*Liber scriptus proferetur …*«, wiederholte ich ungläubig. Ein Buch, in dem alles eingetragen wird – nichts vergessen und nichts vergeben. Damals gab es Bücher. Heute gibt es Dateien.

Ein Blumengarten. Ein Paradies. Ein alter, basiliskenhafter Mönch und Kardinal der heiligen römischen Kirche pflegt dieses Paradies und singt ständig vom Tag der Rache, vom Tag der Sünden, vom Tag des Elends und vom Tag des Zorns. Er gießt, beschneidet und betrachtet die unschuldige Blütenpracht, den Rhythmus der Melodie im Kopf, die schrecklichen Worte auf den Lippen. In meinem Kopf fügten sich die Informationen zusammen. Vielleicht war es ja auch Intuition. Was hatte Basil damals, als er Abt Othmar die Papiere aus Rom übergab und der Abt ihm den Segen Gottes wünschte, gesagt? »Vielleicht. Am Tag des Zorns.« *Dies irae.*

Ich ging nicht zu Abt Othmar, um Bericht zu erstatten, sondern zurück in Basils Zelle, um augenblicklich den Rechner hochzufahren. Summend kam das alte Gerät auf Touren. Die grüne Wiese, der blaue Himmel, das rechteckige Symbol mit der Inschrift: »Passwort eingeben!«

»*Dies irae*«, tippte ich im vollen Bewusstsein des Risikos, das ich einging.

Das Fenster schloss sich, und ein anderes tat sich auf:

OPENING FILE

Imperator Fridericus Secundus Romanorum Caesar Semper Augustus Italicus Siculus Hierosolymitanus Arelatensis Felix Victor Ac Triumphator/dies irae//domini infantibus.

»*Tempus fugit*«, las ich gebannt.

»Das ist das Dilemma, wenn man etwas aufschreibt, das man ungesehen mit in den Tod nehmen will: Man weiß nicht, wann man stirbt.

Tempus fugit.

Ich bin Pater Basilius Perhamer. Über zwei Jahre habe ich nun an meinem Bericht gearbeitet. Nur für mich. Ein allseits empfohlenes Therapeutikum: Schreibe auf, was dich bedrückt, und es wird leichter um dich und deinen Tod. Aber was ist, wenn Gott mich mit einem Apoplex straft und ich wie ein Marienkind orientierungslos durch die Klausur irre?

Oder ich falle um und bin tot, wie ich es mir so sehr wünsche. Ich könnte auch bewegungslos im Bett liegen und erdulden müssen, wie meine Brüder mir Suppe einlöffeln.

Und die letzte Möglichkeit, selbst wenn ich sie für unwahrscheinlich halte: Ich verschwinde plötzlich, und nur einer in Rom weiß, wo ich bin oder dass ich nicht mehr bin.

Ich hinterlasse einen Rechner mit einer großen Datei und habe sie mit einem Passwort, das mich von Anfang an begleitet hat, versiegelt. Wer auch immer Du bist, der Du diese Worte dennoch liest: Ich habe nicht gewollt, dass Du meine Last auf Dich nimmst. Neugierde wird von jeher mit zu viel Wissen bestraft.

Für mich selbst hatte ich vorgesorgt. Von Anfang an hatte ich mir eine kleine Stiege in mein Labyrinth gebaut, die es für Dich nun nicht mehr gibt. Das Passwort allein löst einen unerfreulichen Mechanismus aus, den Du schon bald bemerken wirst. Was macht der kühne Held in unterirdischen Gängen, wenn das Wollknäuel seiner Ariadne sich plötzlich wie ein biegsames Maßband aufspult?

Er steht vor dem riesigen Ungeheuer, das er meinetwegen umbringen kann. Aus dem Labyrinth aber findet er nicht mehr heraus.

Der Tag des Zorns ist immer nur ein Tag im Gefüge Gottes. Immerhin hast Du ihn herausgefunden. Also weißt Du um seine Besonderheit.

Auf der Sonnenuhr über unserem Kirchenportal steht unter dem freundlichen Sensenmann: Tempus fugit. Die Zeit flüchtet, sie eilt schnell und sie eilt unwiederbringlich.

Weißt Du, was auf der Tafel geschrieben ist, die das Gerippe in der linken Hand hält? Es ist schwierig zu entziffern, weil die Schrift so klein und die Malerei so hoch oben angebracht ist. Es bezieht sich auf den natürlichen Tod. Ich fasse es weiter. Es gibt viele Arten des Todes. Auf der Tafel steht: Heute ich, morgen du. Also lies, wenn es denn sein muss, aber lies schnell. Tempus fugit.«

Spanisches Sprichwort:

El diablo sabe *más* por viejo que por diablo.

Der Teufel weiß viel, weil er alt ist und nicht weil er der Teufel ist.

Mattenthal

Es war ungefähr ein halbes Jahr nach der Krönung des neuen Papstes.

Allenthalben hatte man sich gewundert, dass der Heilige Vater wieder die jahrhundertealte, von Paul VI. abgeschaffte Zeremonie verlangte. Erstaunen breitete sich aus, kaum dass die Porta venerabilis sich öffnete, der Chor das erste Mal das »Tu es Petrus« anstimmte und der neue Papst auf der Sedia gestatoria hereingetragen wurde. Freundlich lächelnd, thronte der Nachfolger Petri auf dieser Trage. Sogar die acht Begleiter mit den meterhohen Fächern aus Pfauenfedern waren zur Stelle.

Paul VI. hatte dieses päpstliche Fortbewegungsmittel gehasst, weil ihm durch das Hin-und-her-Schwanken *übel wurde.*

Er würde seekrank, hatte er gesagt, und die Sedia wurde als unzeitgemäß abgeschafft. Ersetzt wurde sie durch das kugelsichere Papamobil Johannes Pauls II., an das die Welt sich gewöhnt hatte. Und nun gab es auf einmal wieder die erhöhende Sedia. Vor Anschlägen schien der Heilige Vater keine Angst zu haben, denn er ließ sich über den gesamten Petersplatz durch die wogende Menschenmenge tragen.

Die bescheidene Inthronisation, wie sie seit Johannes Paul I. üblich geworden war, schien vergessen. Zur Überraschung aller und ohne vorherige Nachricht an die Presse ließ der neue Papst sich wieder mit der dreifachen Krone krönen, der Tiara: Du bist Vater der Fürsten und Könige, du bist der Lenker des Erdkreises, du bist der Stellvertreter unseres Erlösers! Dabei hatte Paul VI. die Tiara ein für alle Male abgelegt, und keiner seiner Nachfolger hatte sie getragen. Nur im Wappen des Heiligen Stuhls blieb sie nach wie vor mit den goldenen gekreuzten Schlüsseln stehen. Aber ein Papst konnte alle Entscheidungen seiner Vorgänger rückgängig machen. Und was für eine Tiara schimmerte da im Licht der Scheinwerfer und der Unzahl von Kerzen! Gold, ein dreifacher Ring aus Rubinen, Opalen und gelben Topasen und in der Mitte der Kuppel ein juwelenbesetztes Kreuz. Es war eine fürstliche, eine kaiserliche Bekrönung. Ein in den Facetten der Kirchengeschichte bewanderter Reporter fand später heraus, dass es sich bei der Tiara um ein Geschenk Alfonso d'Estes an seinen Schwiegervater, den Borgiapapst Alexander VI., handelte. Ein Entwurf seiner Frau Lucrezia war dazu verwendet worden, und der große Tizian soll an den Zeichnungen mitgewirkt haben. Das Kreuz galt als Präsent des Vaters an seine Tochter, Lohn oder Schweigegeld für Liebesdienste, die über normale familiäre Zuwendung weit hinausgegangen waren.

Das war die zweite Überraschung dieses Pontifikates. Die erste war noch größer: der Name, den der neue Papst sich wählte. Ich habe das Ganze natürlich am Fernseher verfolgt. Der gesamte Konvent saß vor dem Apparat versammelt, und der einzige

Novize, den wir damals hatten, lief unziemlich brüllend durch die Klausur: »Er ist weiß, er ist wirklich weiß.« Damit war der Rauch gemeint, der aus einem Ofenröhrchen auf dem Dach der Sixtinischen Kapelle gequollen war. Seit Wochen hatte er sich lediglich schwarz oder grau in den blauen Himmel über Rom gekräuselt und die Sache damit wirklich spannend gemacht. Die Konklaves, die wir bisher miterlebt hatten, waren kurz gewesen: schwarzer Rauch nur für wenige Wahldurchgänge, dann sogleich der erwartete weiße. Dieses Konklave dagegen dauerte lang. Etliche Male gab es falschen Alarm, der die Fernsehleute in hysterische Erregung versetzte und Kirchengeschichtler, Politiker, ja sogar einen gestandenen Kaminkehrermeister auf dem Bildschirm versammelte. Der hatte darüber gegrübelt, ob das Kanonenöfchen defekt sein könnte. Doch jetzt war der Rauch wahrhaftig blütenweiß. Wir hatten einen neuen Papst.

Die Türflügel hinter der mittleren Loggia des Petersdomes öffneten sich, und ein Kardinal, ein ziemlich alter und gebeugter Herr, trat weiß und purpurn heraus. Eine brüchige Fistelstimme hallte über den besonnten Petersplatz und die Menschenmenge, die sich trotz der vielen Fehlversuche eingefunden hatte. Die bekannten lateinischen Worte erklangen, die sofort vom Moderator in gewichtigem Tonfall übersetzt wurden:

»Annuntio vobis gaudium magnum. Habemus Papam. Eminentissimum ac Reverendissimum Dominum Ascanium Cardinalem Sforza ...«

Sforza, das also war der neue Papst, wie uns der alte Herr verkündete – ein totaler Außenseiter, von dem niemand etwas gehört hatte, irgendein Kurienkardinal in einem abgelegenen Büro des Vatikans. Wir kannten ihn natürlich, weil er bei uns in der Schweiz ein paar Jahre Nuntius gewesen war, aber einen bleibenden Eindruck hatte er nicht hinterlassen. Doch ebendieser unscheinbare Nuntius war nun zum verehrungswürdigsten Herrn geworden. Und dann folgte die Sensation. Nach einer effektvollen Pause hallte die Stimme in noch höherer Tonlage über den Platz:

»... *qui sibi nomen imposuit Formosum secundum.*«

»... der sich den Namen Formosus der Zweite gab.«

Formosus II. Ich erinnere mich noch gut an die völlig überraschten Ausrufe meiner Mitbrüder. Was für einen Namen hatte sich der neue Papst, der noch unsichtbar im Schatten hinter der Loggia stand, zugelegt? Wer war Formosus I.? Papstnamen zeigen ein Programm an, und schon manchen Pontifex hat die Entscheidung in erhebliches Grübeln gebracht. Hinter dem unbekannten und exotischen Namen Formosus mussten ein klarer Wille und längere Überlegung stecken. Wer also war der erste Formosus? Pater Notker rannte in die Bibliothek, in den Medienzentralen wurden die Papstannalen und Lexika gewälzt, und der Fernsehmoderator, hoch oben postiert auf den Bernini-Arkaden, klopfte an seinen Ohrstöpsel und erzählte etwas über Pius, Paul und Johannes.

Soweit mir bekannt, hatte man die Umbenennung von Päpsten irgendwann im 6. Jahrhundert eingeführt. Ein Papst, der mit bürgerlichem Namen Mercurius oder Gaius hieß, nannte sich Johannes oder Jakobus, damit man ihn unschwer von den Heiden unterscheiden konnte. Jetzt schien dieses Prinzip auf faszinierende Weise ins Gegenteil verkehrt: Statt Pius, Paul, Benedikt oder Johannes wählte der neue Pontifex einen altrömisch-heidnischen Name. Inzwischen war Pater Notker fündig geworden, und dem Moderator über dem Petersplatz zitterten die Hängebacken, weil er begriff, dass er seinem Millionenpublikum eine Megastory zu präsentieren hatte: Welcher heilige oder unheilige Geist hatte den neuen Papst geritten, diesen Formosus gewissermaßen zum dritten Mal aus seinem Grab zu holen?

Formosus war im 9. Jahrhundert Pontifex gewesen und hatte sich in absonderliche politische Dinge verstrickt. Neun Monate nach seinem Tod ließ ihn sein Nachfolger wieder ausgraben. Die schon verweste Leiche wurde mit dem päpstlichen Ornat bekleidet und auf den Thron gesetzt, wo der Nachfolger sie der Erschleichung der Papstwürde und weiterer übler Dinge beschuldigte. »Kadaversynode« wurde diese Veranstaltung später treffend benannt. Man riss dem Leichnam des Papstes die Gewänder wieder vom Leib, hackte ihm zwei Finger der rechten Hand ab, mit denen er unrechtmäßig den apostolischen Segen gespendet hatte, und warf ihn geradewegs in den Tiber. Freundliche Leute fischten ihn wieder heraus und begruben ihn still in St. Peter. Kurze Zeit später wurde der Leichenschänder, Papst Stephan VI., erwürgt.

Damit aber noch nicht genug. Zehn Jahre später erteilte Papst Sergius III. den Befehl, die Leiche erneut auszugraben. Diesmal wurde sie enthauptet, ging weiterer drei Finger verlustig und ward abermals in den Tiber befördert. Dort verfing sie sich im Netz mitfühlender Fischer, die sie wiederum nach St. Peter verbrachten. Und dort musste sie wohl nach wie vor sein.

Was für eine ungeheure Story! Unermüdlich, starrsinnig, durch nichts aus der Ruhe zu bringen fand dieser bemerkenswerte Papst immer wieder nach St. Peter zurück. Was für ein Programm, welche Absichten steckten hinter diesem Namen – wer oder was steckte hinter dem neuen Pontifex maximus?

Ich betrachtete den schmalen Mann, der nun, von der Loggia aus, mit ausgebreiteten Armen den Segen »urbi et orbi« spendete. Sein Lächeln fiel mir auf. Ein unverrückbares, wie in die Kinnlade gemeißeltes Lächeln. Das Lächeln eines Delfins. Es war nicht so, dass uns damals die Wahl eines neuen Papstes vom klösterlichen Hocker gerissen hätte. Wir waren eine Schar *älterer Männer, die mit nachlassendem Gottvertrauen auf Nachwuchs hofften*. Die meisten Zellen standen leer, und jeden Interessenten und Novizen umhegten wir mit gluckenhafter Sorge. Aber die jungen Leute gingen bald wieder. Sie litten unter psychogener Schuppenflechte, geheimnisvollen Marienerscheinungen oder fanden bessere Zuflucht bei einer Frau aus dem Bibelkreis. Wir waren zur aussterbenden Rasse geworden. Korbinian malte Ikonen in Acryl, Notker saß im Lotussitz in seiner Zelle, Bonifaz meditierte über Hildegard von Bingen, rührte seltsame und übel riechende Mixturen an, und ich begann über einen Blumengarten nachzudenken. Frater Martin, den ich mochte, verließ uns und ging zu den Trappisten, zum strengsten Orden der Kirche. Nur Schweigen, Beten und Askese. Wir haben da etwas falsch gemacht. Es war nicht das Klosterleben, das wir führten, was der stille Martin sich vorstellte. Es war die spirituelle Existenz oben, ganz einsam auf dem Sims einer Säule, bei Wind und Wetter, bis man tot herunter- und in die Hand Gottes fällt. Eine Art der Religionsmechanik, die Formosus zutiefst begriffen hat. Aber davon später. Ein neuer Papst jedenfalls würde unser Leben nicht ändern. Lediglich das Porträt neben dem Fenster der Klosterpforte würde ausgewechselt werden.

Wir alle waren einmal in der heiligen Stadt gewesen und hatten an einer der großen Papstaudienzen teilgenommen. Wir hatten geklatscht und auf ein wunderbares Gefühl gewartet, das bei dem einen oder anderen sogar aufkam, aber rasch verflog. Immerhin aber riss uns dieser neue Pontifex kurzfristig aus unserer Lethargie. Es war nicht das Gesicht mit dem Delfinlächeln, das wir in den Tagen nach der Wahl überall zu sehen bekamen. Es war dieser verrückte Name. Zumindest eine Überraschung! Und wer sagt, dass ältere Mönche nicht anfällig sein können für kleine oder große Sensationen? Absonderlichkeiten um Papstnamen hatte es auch zuvor schon gegeben, doch sie alle waren nichts im Vergleich zu diesem geschändeten Leichnam, der ständig aus dem Tiber auftauchte und in die Peterskirche zurückkehrte.

Der unbekannte Sforza hatte sein Pontifikat wahrlich mit einem Paukenschlag begonnen. Es ist erstaunlich, welches Interesse die Menschen, und keineswegs nur die Katholiken, an der Wahl eines neuen Papstes aufbringen. Ohne Zweifel ist es der hübscheste Wahlvorgang der Welt, obwohl er überhaupt nichts mit Demokratie zu tun hat. Was fasziniert so an alten Männern, die eingesperrt bei Kerzenschein mit nassem oder trockenem Stroh, Pech und einem alten Ofen hantieren? Die älteste noch bestehende absolute Monarchie? Oder ist es die Vorstellung, dass etwas Übersinnliches zu Gange sein könnte? Wir haben alle eine tief verwurzelte Vorliebe für dunkle Dinge, für Höhlen, Labyrinthe, Fackelschein und Männerchoräle in einer unverständlichen Sprache. Es ist ein Relikt unserer Vorfahren, die in ihren lichtlosen Steinzeitgrotten auf den Knien lagen, weil der nächste Berg Feuer spie oder ihre Kinder verhungerten.

Ich weiß, bei meiner Betrachtung habe ich scheinbar Jesus Christus und den Heiligen Geist vergessen; besonders den Heiligen Geist, der die einhundertneunundzwanzig Kardinäle im Konklave erleuchtete und nach dem »Habemus Papam« wieder davonflog in den hellen Himmel über Rom.

Ich habe ihn nicht vergessen. Ich habe ihn nur nicht genannt, weil mir die Lästerung des Heiligen Geistes nicht vergeben wird: »Und wer irgendein Wort reden wird wider den Sohn des Menschen, dem wird vergeben werden; wer aber irgendein Wort reden wird wider den Heiligen Geist, dem wird nicht vergeben werden, weder in diesem Zeitalter noch in dem zukünftigen«, sagt der Evangelist Matthäus. Kann ich aber etwas lästern, was nicht da war? Meine Schuld muss man mir erst nachweisen, erst recht eine, die mir auch in meinem zukünftigen Zeitalter nicht vergeben werden kann.

Es war klar gewesen, dass dieses Konklave lange dauern würde. Die Strömungen innerhalb der Kirche strebten inzwischen so weit auseinander, dass die Differenzen nicht länger durch gemeinsames Gebet und Appelle des Heiligen Vaters verdeckt werden konnten. Aus der ecclesia triumphans war eine ecclesia miserabilis geworden, eine jammernde, erbarmungswürdige Angelegenheit. Eine jahrtausendealte Kletterpflanze, die sich selbst langsam zu erwürgen drohte. Was hatten die vatikanischen Botaniker nicht alles mit Fungiziden und Beschwörungen getan, um diese Selbstzerstörung zu verhindern oder aufzuhalten! Aber außer ein paar zu blank geputzten, weinroten Schuhen und zwei ausgetretenen Trotteurs, die unten im Blattwerk baumelten, war nichts von Bedeutung geblieben. Es waren wohl nicht die Schuhe des Fischers Petrus gewesen. Ohne es offen zu sagen, hatte man die Sedisvakanz sehnlichst erwartet, um einen neuen Weg zu finden. Streit war also vorprogrammiert, doch der Boulevardpresse zufolge hatte die tatsächliche Kontroverse die schlimmsten Befürchtungen übertroffen. Die purpurnen Umhänge wogten hierhin und dahin und dorthin. Ein Schwarzafrikaner brachte es als leuchtendes Fanal für das träge, säkularisierte Europa auf siebenunddreißig oder achtunddreißig Stimmen. Ein erbitterter Kampf entspann sich zwischen dem Wiener Kardinal Prohaska, dem Vertreter des konservativen Flügels, und Pereira, dem Befürworter einer »Kirche der Armen«. Nach dem dreißigsten Wahlgang war nicht mehr die absolute Mehrheit plus einer Stimme notwendig, sondern die einfache Mehrheit genügte. Vielleicht war es der einunddreißigste Wahlgang, bei dem man höchst knapp Letterman, den Erzbischof von Boston, wählte. Der lehnte die Wahl am ganzen Körper zitternd und totenbleich mit den Worten »*Venerabiles fratres, non sum dignus*« ab. »Verehrungswürdige Brüder, ich bin nicht würdig.«

Danach gab es nicht einmal mehr die Andeutung einer Mehrheit. Den Unauffälligsten und Stillsten wählten sie schließlich, den 78-jährigen Leiter einer unwichtigen Kurienbehörde, den außer seiner Abstammung aus dem uralten Adelsgeschlecht der Sforza nichts bemerkenswert machte. Erstaunlicherweise erwähnte kein einziger Journalist, dass Sforza »Macht« heißt. Und dieser so gänzlich unscheinbare Sforza suchte sich diesen sensationellen Namen aus. Entweder hatte der neue Heilige Vater die ganze Papstgeschichte im Kopf und war ein Mann rascher Entscheidungen oder er hatte schon lange vorher darüber nachgedacht, welchen Namen er sich bei seiner Wahl geben würde. Letzteres schien mir ausgeschlossen, aber trotzdem fiel mir die Geschichte über die Wahl Sixtus' V. ein.

Nach der Tischlesung beim Mittagessen erzählte ich sie Notker, der neben mir saß. Erst nach einiger Zeit bemerkte ich, dass die Gespräche an den anderen Tischen verstummten, während ich von dem Franziskanerkardinal Felice Peretti di Montalto erzählte, der 1585 zum Papst gewählt worden war. Was für ein Mann musste das gewesen sein! Während der Amtszeit seines Vorgängers war er in Rom kaum noch auffindbar gewesen, und allerorten wurde laut, er habe zur Bedürfnislosigkeit des kleinen Mannes aus Assisi zurückgefunden. Obendrein habe er die Schwindsucht und bereite sich auf seinen Tod vor. Musste er, weil es einfach nicht anders ging, ins Heilige Kollegium, so hustete er sich die Seele aus dem Leib und stimmte demütig mit der Mehrheit. Als man ihn bemitleidete und beteuerte, er sei zu jung zum Sterben, machte er sich um acht Jahre älter. Ein Zeitgenosse, der ihn zufällig sah, schrieb nach Hause ins ferne England, er habe »den gebücktesten, demütigsten Kardinal« gesehen, »der je an einem Ofen hockte«.

1585, nach dem Tod Gregors XIII., humpelte der nun ehrwürdige zweiundsiebzig Jahre alte Kardinal auf Krücken ins Konklave. Wenn er überhaupt etwas sagte, dann lispelte er Unverständliches über das Paradies. Wieder quoll gewissermaßen ständig schwarzer Rauch aus dem Rohr. Man suchte einen Kompromiss, einen leicht lenkbaren Übergangskandidaten. Wer bot sich besser an als dieser Greis, der demütig in seinem zerschlissenen Chorhemd in einer Ecke vor sich hin mümmelte? Die Wahl fiel auf ihn. Die Überraschung muss groß gewesen sein, als der alte Herr plötzlich seine Krücken wegwarf, in Sekundenschnelle größer und frischer wurde und dann mit donnernder Stimme das »Te deum« anstimmte. Er soll sogar vor den verblüfften Kardinälen gesagt haben: »Jetzt bin ich Caesar.« Damit hatten sie ihren Sixtus V., der die Michelangelokuppel des Petersdomes vollenden und den malerischen Obelisken auf dem Petersplatz aufstellen ließ, den Nero in Ägypten hatte mitgehen lassen. Bis heute heißt es, im Sockel dieses Obelisken liege die Asche Caesars und in der Spitze sei ein Partikel von Jesu Kreuz verborgen. Obendrein brachte der illustre Sixtus V., den man den »heiligen Wirbelwind« nannte, die Kirche durch seine falsche Bibelbearbeitung in höllische Schwierigkeiten. Wer weiß, vielleicht komme ich ja noch einmal auf ihn zu sprechen – im Arbeitszimmer des Delfins hing ein kleiner Kupferstich von ihm. Meine Mitbrüder jedenfalls fanden meine Geschichte so gut, dass sie laut und herzlich lachten.

In den Monaten nach der Papstkrönung legte sich die Aufregung. Wichtigere Dinge kamen in die Schlagzeilen, die Scheidung im *dänischen Königshaus und die neuen Unappetitlichkeiten in Washington D.* C. An den Anblick des in seiner Sänfte schwankenden Papstes gewöhnte man sich. Auffällig war, dass er bei seinen kurzen und seltenen Ansprachen in der Ichform sprach und nicht wieder zum Pluralis Majestatis zurückkehrte. Auffällig war auch, dass der Mann in seiner weißen Soutane entweder einen guten PR-Assistenten hatte oder die Menschen wirklich mochte. Wenn er die Arme ausbreitete, wirkte dies nicht wie eine leere Geste, sondern wie eine wirkliche Umarmung. Ich bin für euch da. Ich nehme jeden von euch in die Arme. Jeden von euch. Die Menschen spürten das. Wenn er beim mittäglichen Angelus an seinem Fenster über dem Petersplatz erschien und sagte, man solle jetzt die Sonne ausnutzen, gut zu Mittag essen und sich dann die Sehenswürdigkeiten Roms ansehen, denn morgen würde es regnen, dann lachten oder lächelten alle. Und beugten sich der segnenden Hand. Wahrscheinlich bemerkten nur wenige, dass diese Hand nicht viele kleine, wedelnde Kreuzchen links und rechts in den Himmel malte, sondern nur ein einziges, weit ausholendes Kreuz über den Petersplatz meißelte.

Es war der Anfang der späteren, so unvorstellbaren Begeisterung, die fast schon an Hysterie grenzte.

Um dieselbe Zeit bat ich mir von meinem Ordensoberen ein kleines Stück Land an der Klostermauer aus, wo ich gärtnern wollte. Placidus, der für Gartenbau und Bienenzucht zuständige Bruder, beschwerte sich bitter, weil man ihm seine Gemüsezucht einschränkte, doch seine Klagen verhallten. Ein Pater gilt immer noch mehr als ein Bruder. So kam ich also zu meinem kleinen, wundersamen Garten, der hier Erwähnung findet, weil ich überzeugt bin, das eine habe mit dem anderen zu tun.

Im Spätherbst kam der Brief aus Rom. Bruder Emmeram hatte ihn vor meine Zellentür gelegt. Ein Kuvert aus billigem Umweltpapier mit einer eigenhändig aufgeklebten italienischen Briefmarke, handschriftlich adressiert an den H. H. Pater Dr. Basilius Perhamer. Das H. H. verwunderte mich. Wer schrieb da so altertümlich an den »hochwürdigen Herrn Pater«? Die Zeiten, wo die Buben einen Diener, die Mädchen einen süßen Knicks vor dem auf der Dorfstraße schreitenden Pfarrherrn machten und »Gelobt sei Jesus Christus, hochwürdiger Herr Pfarrer« riefen, kannte ich nur aus den Erzählungen meiner Mutter. Als Absender diente ein verwackelter Stempel: Collegio S. Cecilia, Roma, Via delle carozze 8. Ich nahm den Brief mit in meine Zelle. Draußen vor dem Fenster war ein Tag aufgezogen, der schon den Winter spüren ließ. Die Berge zeichneten sich überdeutlich hinter dem Bannwald des Klosters ab, und das Lammerhorn war auch unterhalb seines Gipfels schon verschneit. Sorgfältig öffnete ich den Umschlag mit meinem Federmesser. Was war ich doch damals für ein Pedant, und was ist aus meiner Pedanterie geworden? Ein halber Briefbogen glitt mir entgegen, die Handschrift war dieselbe wie auf dem Kuvert:

Verehrter Mitbruder in Christo,

im Auftrag des Heiligen Stuhles bitte ich Sie, mich in Rom aufzusuchen zu einem discorso.

Ich erwarte Sie bis zum 15. November. Sagen Sie mir bitte schrift-

lich, wann Sie am Bahnhof Johannes Paul II. ankommen werden. Man wird Sie abholen. Ein biglietto ist beigelegt. Die Züge nach Rom sind in jener Zeit wenig besetzt. Ich freue mich, Sie bald zu sehen.
Saluti
P. Bertonazzi

Es war der 28. Oktober. Ich schaute mir den Fahrschein an. Italienisch, von einem Rechner ausgedruckt, präzise waren die Umsteigebahnhöfe bis Roma/Stazione Giovanni Paolo II gelistet. Sogar die Busfahrt von Mattenthal nach Luzern war aufgeführt. Ich stellte auf den ersten Blick fest, dass das Ticket nur zweiter Klasse, und auf den zweiten Blick, dass es one-way ausgestellt war. Kein Hinweis auf eine Platzreservierung. Nun, auch daran hatte P. Bertonazzi gedacht. In »jener Zeit« seien die Züge wenig besetzt. Wer fuhr schon im Winter nach Rom? Auch ich verspürte auf einen winterlichen Rombesuch wenig Lust und hätte gerne zurückgeschrieben: »Wieso, weswegen und warum soll ich kommen? Und weshalb hat es nicht wenigstens bis zum nächsten Frühjahr Zeit?« Aber da waren die ersten Worte des Brieftextes: »im Auftrag des Heiligen Stuhles«. Es war nicht P. Bertonazzi, der nach mir verlangte – dahinter steckte der riesenhafte Kurienapparat, und in diesem Labyrinth saß einer, der sich für mich interessierte.

Natürlich besprach ich die Sache mit Abt Othmar. Er las den Brief und sagte: »Aha, Rom hat ein Auge auf Sie geworfen. Haben Sie etwas ausgefressen? Wann fahren Sie?«

Es war also immer noch so: Rom befahl, und ein kleiner Benediktiner musste seine Kutte lüpfen und die Beine in die Hand nehmen. Zumindest versuchte ich herauszubringen, was man eigentlich von mir wollte. Ich hegte die vage Hoffnung, dass es dieses Kolleg der heiligen Orgelspielerin und diesen P. Bertonazzi daselbst gar nicht gäbe. Versuchsweise ließ ich mich von Bruder Emmeram mit einem Amt verbinden und wählte die Nummer auf dem Absender des Briefes. Lange meldete sich niemand, dann eine muffige Männerstimme. Es gab dieses Collegio Santa Cecilia, und es gab auch Padre Bertonazzi. Nur war der nicht da, und wann er käme, das wüsste man nicht. In meinem schönsten Toskanisch versuchte ich, den muffigen Zerberus gütig zu stimmen. Ein wenig freundlicher wurde er, als ich ihm mitteilte, ich hätte einen Termin mit dem Padre. Ich erfuhr, dass Bertonazzi tagsüber im Vatikan und dort nicht erreichbar sei. Er käme, wenn überhaupt, erst spätabends zurück. Handy? Santa Maria, no. Dann gab er mir noch den Rat, mich an den Termin, den der Padre bestimmt habe, zu halten. Eine kleine, sicher gut gemeinte Drohung.

Ein wenig Selbstbestimmung bewahrte ich mir dennoch. Ich schrieb meine Antwort erst am 11. November, erklärte meinem Bruder in Christo, ich würde »seinem Ersuchen« nachkommen, obwohl ich nicht wüsste, womit ich ihm »dienlich« sein könne. Ich käme am 15. November um 20.15 Uhr in Rom an. Neben meine Unterschrift setzte ich übergroß das OSB für Ordo Sancti Benedicti – als Zeichen meines Aufbegehrens. Ein Angehöriger des heiligen Benediktinerordens lässt sich nicht so einfach herumkommandieren.

Nachdem ich den Brief in den Postkasten neben der Kirche geworfen hatte, fiel mir ein, dass es bei meiner Ankunft in Rom Schwierigkeiten geben würde. Ich würde womöglich nicht der einzige Benediktiner im Zug sein. Bertonazzi hatte mir keine Anweisungen gegeben. Keine rote Rose in der Hand und auch keinen grünen Koffer. Nun, mir konnte es egal sein, versuchte ich, mich zu beruhigen. Sollte doch Rom zusehen, wie es mich erkannte! Zumindest in diesem Punkt war meine Sorge allerdings umsonst.

Mattenthal / Rom

Es war draußen noch stockfinster, als ich durch den langen Flur im Ostflügel zur hinteren Pforte ging. Nur die trübe Nachtbeleuchtung brannte. Man hatte sie vor Jahren installiert, weil ein alter Mitbruder des Nachts herumspaziert war und nicht mehr in seine Zelle zurückgefunden hatte. Im Gewölbe der Prälatenstiege hörte ich aus der Basilika Choralgesang: mein Konvent, der den kommenden Tag mit schütterer Inbrunst erwartete. Nach den uralten Regeln sangen sie die lateinischen Worte, verbeugten sich gemeinsam und richteten sich wieder auf, während ihr Gesang im kalten Kirchenschiff widerhallte. Ich spürte ein großes Wohlwollen. Früher hätte ich Liebe gesagt. Mattenthal war mein kleines, aber mir völlig genügendes Vaterland. Im Nachhinein muss ich sagen, dass ich es mir zu leicht gemacht habe. Ich bin in dieses Leben sanft hineingeglitten, habe nie das empfunden, was man die Last, die Einsamkeit, das Opfer eines Lebens im Kloster nennt. Ich habe nie mit mir und Gott gerungen um meine Entscheidung für Kloster und Priestertum. Allerdings habe ich auch nie die Stimme des Herrn aus dem Dornbusch vernommen, die mich rief und auserwählte. Das Fieber, die Zweifel und die Grübeleien, die die anderen Studenten im Priesterseminar heimsuchten, blieben mir ebenso fremd wie die schlaflosen Nächte. Ich schlief ausgezeichnet. Bei einem der verordneten Gespräche mit dem Regens meines Seminars vertraute ich ihm diese seltsame Gelassenheit an. Er fand meine Bedenken nicht »welterschütternd«, sprach von den geheimnisvollen Wegen Gottes, fragte sanft nach Sexualität und empfahl mir, mich »mehr der Gottesmutter anheimzugeben«.

Wie ich schon sagte: Ich war ein stilles Kind, ein Muttersöhnchen, wie mein Vater das »Büebli« nannte, wenn ich so gar keine Lust zeigte, in der Gastwirtschaft mitzuhelfen oder in unseren Sportverein einzutreten. Aber ich war ein gescheites »Büebli«, was meinen Vater wieder versöhnte. Natürlich war ich Messdiener. Meinen Eltern gefiel der Junge, der mit frisch gezogenem Scheitel in seinem Chorrock hin- und herschritt. Ich selbst gefiel mir auch. Der Dienst am Altar, das Gold und der Weihrauchduft in der Kirche, die Fremdheit und das Geheimnis, das sich hinter allem abzuzeichnen schien, prägten mich. Während diese Prägung bei den anderen rasch verblich, blieb sie mir erhalten. Es gibt eben Menschen, die sind für etwas Bestimmtes geboren. Wenn sie Glück haben, finden sie ihren Ort, auch wenn ihnen die Seele beim »Adsum« der Priesterweihe nicht glüht. Ja, da bin ich, Herr, für immer, weil *du* mich auserwählt hast. Ich, das gescheite »Büebli«, der Frater, dann der Pater Basilius, hatte brav mein »Adsum« gesagt, meine klösterlichen Gelübde abgelegt, war geborgen und nach meinem Verständnis glücklich. Meinen Namen trug ich mit Stolz, hatte mir doch Abt Wolfram, der Vor-Vorgänger Abt Othmars bei meiner Einkleidung als Novize erklärt, weswegen er mir den Klosternamen Basilius gegeben hatte: »Das ist der Name eines Mannes, der vor über sieben Jahrhunderten in unser Kloster gebracht wurde. Man sagt, er stammte aus Perugia. Er war geblendet worden, man hatte ihm die Zunge aus dem Mund geschnitten und ihm die rechte Hand abgeschlagen. Und doch wurde er zu einem so wunderbaren Vorbild für den ganzen Konvent, dass der damalige Abt bestimmt hat, einer von uns solle immer Basilius genannt werden. Daran hat man sich gehalten. Und ich halte mich auch daran. Jener erste Basilius liegt in unserer Gruft begraben. Sei seiner und der großen Anzahl derer, die ihm folgten, würdig.«

Für würdig hielt ich mich damals allerdings. Und auf die verwitterte Grabplatte des Mannes aus dem tiefsten Mittelalter warf ich nur ab und an bei Begräbnissen einen flüchtigen Blick. Namen sind aber nicht Schall und Rauch. Sie holen einen ein.

Heute nennen sie mich den Basilisken. Heute bin ich ein verbitterter, alter Mann, der sich mehr als um alles andere um seinen Garten und um verrückte Kinder kümmert, die ihn nicht verstehen und die er nicht versteht. Heute stehe ich oft vor dem Stein mit den verwaschenen, eckigen Schriftzeichen »Basilius«, gehe an den vielen Grabplatten mit demselben Namen vorbei und verharre vor den wenigen noch leeren Löchern in der Wand.

Ich trat durch die hintere Pforte in die Dunkelheit, versperrte das Tor hinter mir und steckte den Sicherheitsschlüssel in meine Manteltasche. In früheren Zeiten war diese Pforte nur dem Abt und zu Besuch weilenden kirchlichen Würdenträgern erlaubt. Alle anderen hatten sich am Hauptportal abzumelden, doch inzwischen hatte jeder von uns seinen eigenen Schlüssel. Es war unangenehm kalt. Bei uns oben beginnt der Winter früh. Ich stellte meinen kleinen Koffer auf den Rand des Marienbrunnens. Der Chorgesang war verstummt. Die Gebäude lagen dunkel und wuchtig in der Finsternis. Nur durch die Fenster der Basilika schimmerte ein wenig Licht.

Der Bus kam pünktlich. Es gab nur wenige Fahrgäste, Leute aus den zwei Ortschaften im Talschluss, wo die Welt zu Ende ist und man nur mehr mit Bergschuhen und Eispickel weiterkommt. Schlaftrunkene, verschlossene Gesichter sahen mir entgegen, Müllfahrer und Postangestellte auf dem Weg nach Luzern. In der gegenüberliegenden Sitzreihe saß ein junges Mädchen, hübsch und schon ganz erwacht. Ein Zimmermädchen in einem der Seehotels, obwohl die Saison schon vorbei war? Oder eine junge Frau, die ein Flugticket nach Brasilien in der Tasche hatte, um dort einen Plantagenbesitzer oder Indiohäuptling zu heiraten? Was weiß man schon? Was haben die anderen in dem dunklen Bus gedacht, wohin ich fahre? Ich döste vor mich hin.

Es war heller geworden, als wir unten am See die Uferstraße entlangfuhren. Die Haltestellen folgten immer kürzer aufeinander. Man erwachte allseits und erging sich in Gesprächen über Preise, Politik und Krankheiten. Aus dem glatten See stiegen Nebel. Man konnte das gegenüberliegende Ufer grau erkennen. Irgendwo da drüben war die Tellskapelle. Da hatte unser wackerer Nationalheld Wilhelm Tell den bösen Landvogt durch den stürmischen

See gesteuert, hatte einen plötzlichen Sprung auf einen am Ufer liegenden Felsen getan und das Boot samt dem Landvogt wieder in die hohen Wellen zurückgestoßen. Keine sehr christliche Tat, doch das Boot ging nicht unter, und niemand kam zu Schaden. Was aber wäre im umgekehrten Fall? Wenn einer von der sicheren Felsplatte in ein sturmgebeuteltes Schifflein springt? Ein Verrückter! Hinter mir aber stand damals schon P. Bertonazzi mit gespannter Armbrust, und eine Kapelle würde man mir mit Sicherheit nicht errichten.

Am Bahnhof in Luzern kaufte ich mir von meinem Zehrgeld eine Tageszeitung und die Illustrierte »Gartenparadies«. Am Abend zuvor hatte Abt Othmar mir aus der kleinen Stahlkassette die Reisekasse gefüllt. Eher kärglich, denn für den Rest werde »sicherlich der Heilige Vater aufkommen«, und diesbezüglich solle ich das mittelalterliche Sprichwort nicht vergessen: »Qui mange du pape en meurt – wer beim Papst isst, stirbt.« Abt Othmar mochte mein Abt sein, doch seine Vorstellungen von Humor waren unerträglich.

Irgendwo nach Mailand stieß ich in der Zeitung auf einen kurzen Artikel, der mich interessierte: Der neue Papst hatte überraschend die Verwaltung der gesamten Kurie umgestaltet. Obwohl alle Ämter mit dem Tod eines Pontifex automatisch erlöschen, blieben für gewöhnlich sämtliche Würdenträger noch längere Zeit im Amt. Diesmal jedoch waren alle hohen Posten in der Verwaltung der Kirche auf einen Schlag neu besetzt worden. Die Nachricht gab mir zu denken. Nicht dass ich ein »Vaticanista« gewesen wäre, einer, der imstande war, aus dem Kaffeesatz der spärlichen Informationen aus Rom etwas Bedeutsames herauszulesen, doch ein wenig als Insider fühlte ich mich schon auf dieser Reise. Was lag näher, als über die Neuerungen im Machtzentrum der katholischen Kirche nachzudenken, wenn man schon per Befehl in ebendieses Machtzentrum zitiert wurde?

Ging es um mehr als um den uralten Kampf zwischen Kurie und neuem Papst? Und wer war er überhaupt, dieser Formosus II., der nun als letzter absoluter Monarch über 458 Staatsbürger und eine Milliarde Katholiken herrschte?

Bislang war das Echo, das er in den Medien erhielt, geradezu begeistert gewesen. Nach den ersten einhundert Tagen seiner Regierung bezeichneten die Journalisten ihn als Charismatiker vom Kaliber eines Johannes Paul II., der darüber hinaus Züge tiefer Intellektualität wie der junge Paul VI. besaß. Sein Lächeln hingegen wurde mit dem des Luciani-Papstes verglichen. Akzente neuer Kirchenpolitik gab es noch nicht. Aber es gab Hinweise. So war ein Stöhnen durch Presse und Christenheit gegangen, als der Papst in einem Interview erklärte, er halte das schusssichere Gefährt und die Männer mit den Sonnenbrillen, die nebenherlaufen sollten, für überflüssig. »Nur das Wort des Herrn zählt. Ich bin der Stellvertreter Jesu Christi, der auf einer Mauleselin in Jerusalem eingeritten ist, kein Politiker oder König. Erschießt mich jemand, so ist das Gottes Wille. Und wenn schon nicht der Stellvertreter auf den Willen und die Liebe seines Herrn vertraut, wer dann? Wir sind alle in der Hand Gottes. Darauf sollen wir, darauf dürfen wir, darauf müssen wir vertrauen.«

Das war eine echte Sensation. Der Papst zeigte sich furchtlos und ließ sich zur Not dafür erschießen! Presse und Sicherheitsdienst mochten stöhnen, doch die Liebe der Gläubigen strömte ihm dafür zu, und selbst Nichtgläubige machten keinen Hehl aus ihrer Bewunderung.

Bei einer Fernsehübertragung vom Petersplatz hatte es mich überrascht, dass Formosus seine Rede nicht von einer Vorlage ablas, sondern frei sprach. Das war ein wirkliches Novum, da die Reden des Heiligen Vaters von der Kurie mit höchster Präzision formuliert werden, damit nicht ein spontaner Einfall die jahrtausendealte Kirchenlehre durcheinanderbringt. Bei dem Fernsehauftritt ging es um die Armut in der Dritten Welt, also kein Thema, bei dem man hätte Fehler begehen können, und wie nicht anders zu erwarten, forderte der Papst uns alle auf zu helfen. Am Ende der Rede aber gab es eine lange Pause und ein ernstes Lächeln in die Kameras. Dann war das Lächeln plötzlich verschwunden, wie ausgeknipst, und stattdessen erklang Formosus' Stimme scharf, streng, ja fast herrisch: »*Deus lo vult!* Gott will es! Gott will es! Amen.«

Das war das erste Mal, dass sein »Deus lo vult« über den Petersplatz hallte. Später sollte es über die ganze Welt hallen, wie vor nahezu tausend Jahren, als Papst Urban II. das Abendland zum ersten Kreuzzug aufrief, um die heiligen Stätten im Morgenland zu befreien und den »Leiden der Christenheit« ein Ende zu machen. Deus lo vult. Gott will es.

Der »famose Formosus«, wie er damals schon manchmal in der Presse genannt wurde, ließ sich also offenbar nichts gefallen. Aber gleich alle Kurienmitglieder austauschen? Ohne Vorankündigung? Zum Teil seien die neuen Leute nicht einmal in den päpstlichen Jahrbüchern aufgeführt, hieß es in dem Artikel, sie seien also nicht einmal Bischöfe oder Kardinäle. Im Vatikan war offenbar eine kleine Bombe explodiert. Am Ende des Artikels stand, der Heilige Vater habe auch den Präfekten der heiligen Glaubenskongregation seines Amtes enthoben und werde die Kongregation selber leiten. Vermutlich lasen die meisten Leser über diesen Hinweis hinweg, denn wer wusste schon etwas von dem Namen, den diese Behörde jahrhundertelang trug? Die Heilige und Universale Inquisition, ein Name, der nach Galileo Galilei, Folterungen, mundtot gemachten Theologen und verbranntem Fleisch klang.

Dahinter verbarg sich damals das wichtigste Amt der Kurie, und das tut es noch heute, wo eine schlichte Glaubenskongregation daraus geworden ist. In jedem Fall schien Formosus II. alles andere als ein Übergangspapst werden zu wollen.

Danach las ich weiter im Brevier und lächelte dem dicken Mädchen zu, das mit seiner Mutter in Mailand zugestiegen war und mir gegenübersaß. Vielleicht elf Jahre war sie alt, trug Pigtails und bonbonrosa Schleifen im Haar. Ich blinzelte ein wenig verschwörerisch, der Versuch eines kleinen priesterlichen Flirts und der Wunsch nach Abwechslung. Die Kleine schien mich in meinem Mönchshabit und mit lautlos sich bewegenden Lippen höchst interessant zu finden. Und mir war nach einem Gespräch zumute, um mich von meinen immer bohrender werdenden Gedanken abzulenken. Die stark geschminkte, nicht mehr ganz junge Signora Mutter des Mädchens saß am Fenster und schaute interessiert auf die vorbeiziehende Landschaft hinaus, betrachtete mich aber sehr genau, sooft sie meinte, ich sei tief in meine Gebete vertieft. Um ihren drallen Nachwuchs kümmerte sie sich kaum, bemerkte jedoch meinen Anbiederungsversuch und schien auf diesen Moment gewartet zu haben.

»Sie fahren sicher nach Rom!«

Das war nicht schwer zu erraten. Wohin sollte ein Mann im Mönchshabit, der im Zug nach Rom saß, sonst fahren? »Ja, Signora, nach Rom. Ich bin dort eingeladen.«

Die Dame schien an der basedowschen Krankheit zu leiden; ihre Augen traten weit hervor. Der dunkelrote Mund tat sich auf: »Oh, etwa beim Papst?«

Das war sehr direkt, aber ein Gespräch über Spiritualität und die Geheimnisse des Vatikans konnte ich ja wohl kaum erwarten. »Nein, natürlich nicht. Der Heilige Vater hat Besseres zu tun.«

»Aber Sie werden ihn doch sicher sehen.«

»Auch das nicht.«

Wenn sie enttäuscht war, verbarg sie es gut. Wozu ich denn eingeladen wäre? Als ich sagte, dass ich das eigentlich selbst nicht wisse, hob sie die Hände, und ihre Augen quollen noch weiter aus ihren Höhlen. »Aber, Padre, jetzt machen Sie mir etwas vor. Man fährt doch nicht irgendwohin und weiß nicht, warum. Kommen Sie, erzählen Sie es mir. Ich gelobe auch strengstes Stillschweigen. Wissen Sie, alles, was mit der Kirche zu tun hat, interessiert mich enorm, seitdem wir diesen fantastischen neuen Papst haben. Also?«

Ich ärgerte mich über mich selbst. Das hatte man davon, wenn man geschwätzig wurde. Aber nun hatte ich mich auf ein Gespräch eingelassen, und Höflichkeit war nun einmal die kleine Münze der Brüderlichkeit. Ich berichtete meiner neuen Bekanntschaft von Bertonazzis Brief, vom Collegio der Cäcilia, der Heiligen der Musiker, verschwieg auch nicht, dass ich vollkommen unmusikalisch sei und als Priester eben gehorchen müsse, wenn der Heilige Stuhl mich riefe. Sie hörte mit gespitzten Ohren und runden Augen zu, sagte ab und zu: »Nein, das ist ja hochinteressant« oder: »Das ist ja richtig geheimnisvoll«, und fragte endlich: »Aber eine Vermutung werden Sie doch sicher haben.«

Ich hatte keine und sagte das auch, während ich wieder zu meinem Brevier griff, um klarzumachen, dass mir diese glupschäugige Neugierde auf die Nerven ging.

»Aber, Padre, da können Sie doch nicht einfach so drauflosfahren. Wer weiß, was die mit Ihnen machen? Man hört ja so einiges. Vielleicht kann ich Ihnen behilflich sein? Lassen Sie uns gemeinsam nachdenken!« Und mit einem schrägen, nervösen Lächeln fügte sie hinzu: »Einer Frau fällt manchmal etwas ein, auf das ein Mann nicht kommt.«

Dabei beugte sie sich vor und legte ihre heiße Hand auf meine. Ich zuckte zusammen. Mir war das Gespräch nun zuwider, aber die Signora merkte das nicht.

Plötzlich quengelte das dicke Kind und hatte Hunger. Lautes Klatschen ertönte. Blitzschnell, wie aus einem Reflex, hatte die Mamma ausgeholt und dem Mädel eine saftige Ohrfeige verabreicht. »Du sollst nicht dazwischenreden, wenn Erwachsene sich unterhalten.«

Das dicke Kind brüllte: »Das muss ich mir nicht gefallen lassen. Das sage ich Dottore Martini. Ich hasse Sie.«

Die Signora packte ihr Kind, das Sie zu ihr sagte und sie hasste, am Arm, lächelte mich entschuldigend an, und beide verschwanden in Richtung Speisewagen.

Ich dachte mir nichts weiter dabei. Bei den modernen

Patchworkfamilien weiß sowieso keiner, wer zu wem gehört. Stattdessen nahm ich mein Brevier wieder zur Hand und dachte nach, während ich automatisch an der Stelle weiter betete, an der ich vorhin aufgehört hatte. Man kann das durchaus gleichzeitig machen, Beten und Denken. Immer dieselben Gedanken seit diesem Brief aus Rom.

Was wollte man von mir? Was wollte Rom von einem Mönch in mittleren Jahren aus einem abgelegenen Bergkloster ohne jedwede Auffälligkeit? Ich hatte nichts »ausgefressen«, wie Abt Othmar das angesprochen hatte. Seltsam, zuerst denkt man immer, man habe etwas falsch gemacht, wenn man vor die Oberen zitiert wird. Das Gefühl für Sünde und Schuld ist tief verwurzelt, doch ich hatte mir nichts vorzuwerfen. Mein Studium hatte ich als Bester meines Jahrganges abgeschlossen, während meines Zweitstudiums der Geschichte und der aramäischen Sprache blieb ich das reinste Unschuldslamm, und meine Jahre im Konvent von Mattenthal waren unauffällig und brav verlaufen. Ein Vergehen meinerseits kam also als Grund nicht infrage – aber ich besaß auch keine besonderen Fähigkeiten, für die der Heilige Stuhl sich hätte interessieren können.

Das Einzige, das mir bei all diesen Grübeleien übrig blieb, war meine Doktorarbeit. Aber die lag Jahre zurück und hatte mir außer einem »Summa cum laude« keine wissenschaftlichen Lorbeeren eingebracht. Niemand hatte sich danach für mein Thema erwärmen können, das, wie ich in Demut zugeben musste, durchaus ein wenig hochgestochen und abseitig war. Es ging um nicht mehr als ein paar Schnipselchen aus der Höhle 1 bei Qumran, die bis heute nicht zu einer eigenen wissenschaftlichen Bezeichnung gekommen sind. Bruchstücke eines Textes über Reinigungsriten, die ich ein wenig mit der Taufe im christlichen Sinn in Verbindung gebracht hatte. Obendrein hatte ich allerdings noch ein »gewisses Raffinement« zu bieten, wie mein Doktorvater, Professor Blatter aus Basel, das nannte: Ich hatte eine Verbindung zu Qumrans berüchtigter Kupferrolle, der sogenannten »3 Q 15«, aufgezeigt und als Sahnehäubchen keinen Geringeren als Kaiser Friedrich II. von Hohenstaufen ins Feld geführt.

Was mich zu jener geheimnisvollen Rolle hinzog, ist nicht mit einer Handvoll rationaler Argumente erklärt: Es war nicht die körperlose Liebe des Wissenschaftlers zum Objekt erhofften Ruhms, denn zu dem Thema war längst alles publiziert worden. Es waren die Träume eines kleinen Jungen von Höhlen, seltsamen Orten und verborgenen Schätzen, die mich getrieben hatten, die Geschichte des rätselhaften Fundes von ihren Anfängen an zu verfolgen und schließlich auf eigene Faust dazu zu forschen. Die nackten Fakten sind allgemein bekannt: 1947 hatte man in einer Höhle bei Khirbet Qumran am Toten Meer uralte Schriftrollen gefunden, zunächst offenbar nur wichtig für ein paar Wissenschaftler und eine Handvoll Beduinen, die ein Geschäft aus ihren Funden machten. 1952 jedoch entdeckte ein Forscherteam in einer dritten Höhle zwei Fragmente einer Rolle aus Kupferblech mit eingravierten Schriftzeichen. Das Metall war durch Oxidation so brüchig geworden, dass es sich auf herkömmlichem Wege nicht entrollen ließ. Erst Mitte der Fünfzigerjahre gelang es, das Kupfer doch noch zu öffnen und die Zeichen zu entziffern: Schlagartig wurde 3 Q 15, der Fund Nummer 15 aus der Höhle 3 in Qumran, zum berühmtesten Stück. Bei der Kupferrolle handelte es sich um ein Inventar von Schätzen, die man vor dem Vernichtungskrieg der Römer gegen das jüdische Volk in Sicherheit zu bringen versucht hatte. Aufgelistet waren 61 Orte, an denen Gold, Silber, Weihegefäße und weitere Schriftrollen versteckt worden waren. 65 Tonnen Silber, 25 Tonnen Gold, so hatten fleißige Historiker es umgerechnet. In Jerusalem und Umgebung machten sich die Schatzsucher auf den Weg. Ein regelrechter Goldrausch setzte ein, und die Legendenbildung blühte: Sogar die Bundeslade sollte irgendwo in einem unterirdischen Gemach ihrer Entdeckung harren.

Gefunden wurde bekanntlich nichts. Die Wissenschaftler wandten sich den zerfransten Papyri und Pergamenten zu, und ihre popularistischen »Kollegen« machten aus ihren Ergebnissen Bestseller, sahen Jesus in Qumran herumwandeln und die Evangelien nebst der katholischen Kirche davonschwimmen. Alles müsse neu geschrieben werden, hieß es, und Jesus tauchte nach langer Zeit wieder einmal in den Schlagzeilen auf. Eine Zeit lang verkaufte sich das spekulative Geschreibsel prächtig, dann fand der Markt etwas Neues, und das Interesse erlosch. 3 Q 15 oxidierte unter einem Glassturz in einem Museum vor sich hin. Und tut es heute noch.

Ich aber liebte dieses Blechstück. Über seinen Schriftzeichen erfasste mich die fiebrige Erregung des Schatzsuchers: *In der Höhlung des alten Hauses des Tributs, auf der Ebene der Kette: 65 Goldbarren. Grabe vier Ellen tief in der nördlichen Ecke des Teiches, der sich östlich von Kohlit befindet. Dort sind 22 Talente Silbermünzen.* Während ich fleißig exzerpierte, Fußnoten sammelte und Schnipsel hin und her schob, speicherte ich alle 61 Fundstellen gewissermaßen für die Freizeit im Hinterkopf. Nachts hörte ich von ferne Hunde bellen, der Mond schien, und ich wandelte von Kohlit nach Horebbah im Tal von Achor und von da nach Beth Ahsor oder Beth Hakerem, Makos oder Sekaka. Was für wunderschöne Namen! Was ist Basel gegen Beth Hakerem? Und ist vielleicht Pertzen zu vergleichen mit Beth Ahsor? Beth Ahsor, das Heilige Land, wo der geschweifte Stern am Himmel aufging, wo die Engel über den Stall flogen, sich die Sonne verfinsterte und der Vorhang im Tempel zerriss! Mit einem solchen grandiosen Spektakel konnte Pertzen im Kanton Innerrhoden, wo ich geboren wurde und die Leute vom Käsemachen lebten, schwerlich mithalten.

Als hätte der Zauber der Kupferrolle nicht genügt, betrat dann auch noch Friedrich II. von Hohenstaufen die Bühne. Der vielleicht berümteste und geheimnisvollste Kaiser der abendländischen Geschichte, genannt »stupor mundi«, das Staunen der Welt, schlüpfte gewissermaßen aus einem der 61 morgenländischen Verstecke, ohne dass ich etwas dafür konnte. Seine Allerchristliche Majestät entstammte einem Zufallsfund aus der schlampigen Ablage der Uni Basel. Kurzerhand brachte ich den Kaiser des 13. Jahrhunderts mit meinen Erkenntnissen zu 3 Q 15 und ein wenig Jesus Christus zusammen und schlachtete die Mischung in meiner Dissertation aus. Ohne eine wissenschaftliche Novität bekommt man eben kein »Summa cum laude«. Nicht einmal bei Professor Blatter, auch wenn er mich mochte und mich zu sich einlud. Auch wenn er für Friedrich II., das Forschungsobjekt seines Lebens, in die Knie ging und meinen Zufallsfund in der Bibliothek von Basel wahrscheinlich immer noch hütet wie ein alter Vogel sein letztes Ei.

Ich gebe gerne zu, dass die verklausulierten Schlussfolgerungen in meiner Arbeit ein wenig kühn, ein wenig exotisch oder, wie Blatter, der eingefleischte Schweizer Calvinist, es nannte, »kathoolisch raffiniert, aber luschtig« waren. Diese »luschtige Arbeit« konnte jedoch kaum der Anlass sein, dass ich jetzt vor den Heiligen Stuhl zitiert wurde. Und was war mit den geschickt versteckten kleinen Fragen, die ich ein wenig blauäugig und nicht frei von jugendlicher Hinterfotzigkeit gestellt hatte? Weshalb aber sollten Fragen aus dem 1. oder auch dem 13. Jahrhundert den Vatikan von heute interessieren? Zitierte man deswegen den winzigen Doktor Martin alias Basilius Perhamer nach Rom, wo der Papst alle Ämter neu besetzt hatte und mit seinem »Deus lo vult« die katholische Welt zur Erneuerung und zu einem neuen Kreuzzug aufrief?

Kurz vor Rom hatte ich mein Brevier zu Ende gebetet und schaute ohne Erlösung aus dem Fenster. Vielleicht wollte man im Vatikan ja auch nur wissen, wie es um unser Kloster bestellt war. Ob wir uns brav an die Regeln des heiligen Benedikt hielten. Ich würde auf der Hut sein und nichts von Notkers rotem Zimmer und Korbinians Acrylbildern sagen. Aber warum bestellte man dann nicht meinen Abt, sondern mich ein? Und weshalb kümmerte sich darum ein P. Bertonazzi aus einem obskuren Collegio der heiligen Cäcilia, der nicht einmal meinem Orden angehörte?

Die Dame und ihre Tochter waren in Perugia ausgestiegen. Kurz vorher waren sie aus dem Speisewagen zurückgekommen. Das Kind machte einen gesättigten Eindruck und schmiegte sich ostentativ an Signora Glupschauge. Jetzt merkte ich auch, dass das Mädchen erheblich älter war, als ich anfangs dachte. Die Kinderfrisur hatte mich verwirrt. Jetzt war ich alleine im Abteil, obwohl der Zug inzwischen gut besetzt war.

Die Einfahrt in die Außenbezirke Roms macht der Ewigen Stadt keine Ehre. Triste Mietskasernen drängten sich aneinander, doch die Wäsche hing noch immer auf den Balkonen und an den Schnüren, die man von Fenster zu Fenster gezogen hatte. Die Abendsonne trocknete sie. Am Morgen hatte ich trotz meines Mantels gefroren, jetzt würde ich ihn mir sparen können. Kein Wunder, dass ständig Kaiser und Könige aus dem kalten Norden nach Rom gezogen waren, auch wenn sie andere Gründe als den Sonnenschein im Hinterkopf hatten. Dann der Bahnhof. Früher hieß er »Termini«, dann taufte man ihn um und gab ihm den Namen von Papst Johannes Paul II. Vielleicht deswegen, weil damals zu dessen Leichenfeier Millionen mit dem Zug angereist waren und man meinte, eine Umbenennung würde den Umsatz steigern und die Kirchen Roms mit Gläubigen füllen. Die Hoffnung sollte enttäuscht werden. Auch zu Lady Diana auf ihrem Inselchen im Park von Schloss Althorp fährt heute keiner mehr. Jetzt nennen die Römer ihren Bahnhof »Gioppa due«, und keiner denkt dabei noch an das alte, vom Tod gezeichnete Gesicht im Fenster des Vatikans. Bahnhof bleibt Bahnhof.

Ich stieg aus, den Mantel über dem Arm, den Koffer in der Hand. Weit vorne bei den ersten Waggons sah ich für einen Moment bonbonrosa Schleifen wippen. Entweder war das dicke Kind nicht in Perugia ausgestiegen oder derartige Schleifen waren derzeit bei jungen Mädchen der neueste Modetrend. Hastig grüßte ich zwei Mitbrüder, die ich erst jetzt bemerkte. Dann entdeckte ich ihn. Vom Ende des Bahnsteigs kam er zielsicher auf mich zu, wie ein

Anlageberater, nur ohne Aktenkoffer. Dunkelblaue Hosen, scharf gebügelt, weißes Hemd, anthrazitfarbener Cashmerepullover, lässig um die Schultern drapiert. Vielleicht fünfundzwanzig. Jung, dynamisch, intelligent. Gut geschnittenes, wenngleich ein wenig kantiges Gesicht. Kurzer Haarschnitt. Durchtrainiert. Sanft, aber bestimmt schob er die Reisenden beiseite, blieb vor mir stehen und sagte in diesem fürchterlich gequetschten Italienisch, das nur Amerikaner beherrschen: »Willkommen in Rom, Hochwürden. Darf ich um Ihren Koffer bitten? Der Wagen steht auf dem Parkplatz. Wenn Sie mir bitte folgen würden. Ich heiße David.«

Keine Frage, ob ich überhaupt der sei, auf den er gewartet hatte. Während er sich umdrehte, wagte ich zu meiner eigenen Sicherheit zu sagen, dass ich der Padre Basilio aus Mattenthal sei. »Das weiß ich«, beteuerte mein junger Begleiter und ging mir so schnell voraus, dass ich um ein, zwei Schritte zurückblieb. Meine Befürchtungen, man würde mich bei meiner Ankunft nicht erkennen und vereinsamt auf dem Bahnhofsgelände herumstehen lassen, hatten sich in Wohlgefallen aufgelöst. Nur fragte ich mich, wie er mich so ohne jeden Zweifel in dem Haufen der Reisenden gefunden hatte.

Es war ein dunkles, unauffälliges Auto mit römischem Kennzeichen, keine der Limousinen des Vatikans mit ihren gelb-weißen Kennzeichen SCV, Stato della Città Vaticano, aus dem spottlustige Römer »Se Cristo vedesse« machten – »wenn Christus das gesehen hätte«. Mein dynamischer Begleiter verstaute mein Gepäck in einem perfekt gereinigten Kofferraum und öffnete die hintere linke Wagentür, obwohl ich gern vorn gesessen und mich mit ihm unterhalten hätte. Ich schob mich ins Auto, und der junge Amerikaner schloss wie für eine Dame die Wagentür. Er setzte sich ans Steuer und legte den Cashmerepullover neben sich auf den Sitz. Dann zog er etwas aus der Brusttasche seines Hemdes und schob es unter den Pulli. Als der beim Anfahren verrutschte, sah ich ein Farbfoto, auf dem man unschwer mein Konterfei erkennen konnte. Kein altes Foto, sondern ein gestochen scharfes Bild des Paters Basil mit seiner schwarzen Baskenmütze und der erst kürzlich verschriebenen Brille, der irgendwohin schaute, jedenfalls nicht in ein Fotoobjektiv. Es war ohne mein Wissen aufgenommen worden, offensichtlich mit einem Teleobjektiv. Bei der Parkschranke entdeckte mein Begleiter das Foto und steckte es rasch weg.

Wir verließen den Parkplatz, fuhren an der Kirche Santa Croce in Gerusalemme vorbei und ordneten uns dann in den dichten Verkehr auf der Viale Carlo Felice ein. Mein Fahrer wandte mir sein kantiges Profil zu: »Sie werden nicht ins Collegio gebracht, Padre. Anweisung von PiBi.« Lässig und englisch gesprochen – PiBi.

»Wer ist das?«

»Padre Bertonazzi«, warf er beiläufig hin. »Der Verkehr ist übel. Sie sind gerade zur Rushhour angekommen. Es wird also noch eine Weile dauern, bis ich Sie abliefere. Enjoy the tour!« Der Innenraum des Autos füllte sich mit dem Geruch eines sicher teuren, aber scheußlichen Rasierwassers, Lavendel und Maiglöckchen.

Damit war das Gespräch beendet. Ich hatte ein befremdliches Foto entdeckt, sollte irgendwo »abgeliefert« werden und dann – enjoy the tour! In mir wurde ein Gefühl wach, das ich schon fast nicht mehr kannte: Angst. Etwas Bedrohliches schien sich zusammen mit dem Geruch des Parfums auszubreiten.

Es dunkelte bereits, als ich schließlich in Trastevere »abgeliefert« wurde. Die schmale Einbahnstraße lag in der Nähe der Piazza Sidney Sonnino. Im rechten Flügel des großen, eisenbeschlagenen Holztors befand sich eine kleinere Tür. Mein Blick wanderte an der Fassade eines heruntergekommenen Palazzo hinauf. Obwohl Trastevere in früheren Zeiten kein vornehmes Viertel gewesen war, hatten sich ein paar Individualisten unter den Adeligen und Kardinälen dennoch hier niedergelassen. Vor Jahrhunderten hatte erlesener Barock mit Balustern, Stuck und vorkragenden

Fenstersimsen geprahlt, jetzt hingegen konnte man nicht einmal mehr die Konturen der Medaillons über den Fensterstöcken des ersten Stocks erkennen. Waren das die Porträts irgendwelcher Päpste oder schlangenhäuptige Medusen? Solche entschwundene Pracht findet sich überall in Rom, aber dieser Palast war besonders übel heruntergekommen. Kein hübsches Kloster mit Dusche auf dem Flur, kein von freundlichen Nonnen geführtes Pilgerheim, wo einem zu später Stunde ein belegtes Brot und eine Tasse Früchtetee serviert wird. Ich wollte aussteigen, aber David bat mich, noch sitzen zu bleiben. Plötzlich hatte er ein Handy in der Hand, erklärte, dass »der David« mit dem Padre aus der Schweiz da sei und man das Tor öffnen solle. Nach ein paar Sekunden taten sich die schweren Flügel wie von Geisterhand auf, und wir fuhren in die dunkle Einfahrt. Sofort hinter uns schloss sich das Tor. Für einen Augenblick saßen wir im Dunkeln, dann schalteten sich zuckend ein paar Leuchtstoffröhren an der Decke ein. Eine großräumige, betonierte Durchfahrt war auf der anderen Seite wieder durch ein Tor versperrt. Früher waren fürstliche Kutschen dort hindurchgefahren, oder Sänftenträger hatten unter der Last eines dicken Kardinals gekeucht. Heute befand sich dort ein Raum mit dem Charme einer aufgeräumten Garage. David holte mein Gepäck aus dem Kofferraum. Ich bin, glaube ich, kein sehr guter Beobachter. Jetzt aber entging mir nichts. Während ich auf den jungen Mann wartete, sah ich über den beiden Toren Videokameras, die den Raum überwachten. Wir gingen seitlich ein paar Stufen hinauf, und auf ein Summen ließ sich eine weiß gestrichene Stahltür nach innen drücken. Nach einem schmalen Flur standen wir in einem dämmrig erleuchteten Treppenhaus, das aussah wie die Kulisse aus einer schlechten Inszenierung der Götterdämmerung. Zwei säulengeschmückte Aufgänge führten zu einer Galerie, von der irgendwelche römischen Kaiser düster herunterblickten. Ich sah beschädigte Stuckgirlanden mit Früchten und Blumengebinden, verwaschene, teilweise nur mit hellem Putz ausgebesserte Fresken, die sich nach oben hinzogen, wo weitere Treppen sich im Dunkel der oberen Stockwerke verliefen. Man hatte das Gefühl, dass einem im nächsten Moment ein Stück Gips oder Marmor auf den Kopf fallen würde. Der Eindruck des Verfalls wurde noch verstärkt durch das vergitterte Gestänge eines Lifts, den man zwischen den Aufgängen installiert hatte und der bis zum Ende des Treppenhauses hinaufreichte. David öffnete die Gittertür vor mir und drückte den obersten Knopf auf dem Messingschild. Mit überraschender Lautlosigkeit schwebten wir empor. Schweigend blickte David auf den Boden der Kabine. Das Aftershave wurde noch penetranter. Dunkle Bilder biblischer Szenen in Trompe-l'oeil-Malerei glitten an uns vorüber, ein bärtiger Titus oder Nero blickte eine Sekunde lang herein, um gleich darauf unter uns zu verschwinden. Jetzt bekam ich wirklich Angst.

Über mir sah ich durch das Gitter die blanken Räder der Zugvorrichtung zum Stillstand kommen. Wir stiegen aus und gingen ein paar Meter über brüchiges Parkett. Eine Tür öffnete sich. Im hellen Licht stand eine dickliche italienische Mamma mit schwarzem Kleid und weißem Spitzenkragen, die mir meinen Seelenfrieden zurückgab.

Überschwänglich begrüßte sie mich. Sie schimpfte über den Verkehr in Rom und die Abgase, reichte mir verhuscht eine kleine trockene Hand und zog mich hinein. Der Kontrast hätte nicht auffälliger sein können. Da stand ich in einem breiten, vornehmen Flur, der durch Scheinwerferspots erleuchtet war. Hier waren die Farben der Fresken an der gewölbten Decke so frisch wie am ersten Tag. Ein blauer Läufer verdeckte zum Teil das glänzende Parkett. Das Inventar bestand aus einer kleinen, aber feinen Sitzgruppe, ein paar Stücken aus dem Museum für barocke Einrichtung und Bildern in schweren Goldrahmen. David stand mit meinem Koffer unschlüssig neben der Tür, während die Signora schnatterte: »Sie werden müde sein nach der langen Reise, Padre. Und jetzt auch noch dieser entsetzliche Verkehr. Und sicher hat David sich nicht ausreichend um Sie gekümmert. Diese jungen Amerikaner, keine Lebensart, nur ihre Pflichten im Kopf. Kommen Sie, Padre, kommen Sie. Ich habe das Venuszimmer für Sie vorbereitet. Nehmen Sie an dem Namen keinen Anstoß, es ist unsere schönste Suite. Sie sind heute unser einziger Gast.«

Sie hielt meine Hand fest, neigte ihren Kopf mit den sorgfältig ondulierten Löckchen schräg und blickte mich aus runden braunen Augen an: »Ich habe eine kalte Platte für Sie hergerichtet. Und vorher eine Tasse heiße Minestrone, dazu eine halbe Flasche Weißen, besonders kalt gestellt. Aus einem Weingut in den Albaner Bergen, direkt neben Castel Gandolfo. Ist das nicht ein schöner Gedanke, Padre? Der Heilige Vater blickt auf die Weinberge, von denen Ihr Wein herkommt …«

David stellte meinen Koffer mit einem unfreundlichen Knall aufs Parkett. »Signora Elvira, der Padre ist müde.«

»Oh, verzeihen Sie, Padre, was für eine geschwätzige alte Frau ich geworden bin, kommen Sie, kommen Sie.« David hob mein Gepäck wieder hoch, ich bedankte mich für den Empfang und beteuerte, ein derart fürstliches Ambiente hätte ich als Jünger des heiligen Benedikt nicht verdient. Signora Elvira öffnete eine Tür, und ich betrat das Venuszimmer. David entledigte sich meines Koffers, quetschte ein »Ciao, Padre, buona notte« heraus und ging. Ich hörte das Klirren des Liftzuganges. Die Signora zwitscherte etwas von Frischmachen und Eingewöhnen und dass sie in zehn Minuten das Essen bringen würde. Dann war ich alleine.

So hatte ich mir die Prominentensuite im Grand Hotel National von Luzern immer vorgestellt. Kein Zimmer, ein Saal. Ein großes Messingbett, die Tagesdecke schon zurückgeschlagen, schwere cremefarbene Vorhänge, ein Lüster, der aus tausend Facetten funkelte, Möbel mit Schnitzereien und feuervergoldeten Beschlägen. An der stuckverzierten Decke der Höhepunkt fürstlicher Wohnlichkeit: die Dame, die diesem Zimmer den Namen gegeben hatte und an der ich keinen Anstoß nehmen sollte. Ich war schon damals nicht prüde, wenn man einmal von der Angst vor Fantasien, die allen katholischen Klerikern gemeinsam ist, absieht.

Die Venus, die sich da oben in rosigem Farbton rekelte und dem Betrachter eine kallipygische Rückfront, den linken Busen und ein unschuldsvoll blondes Lächeln bescherte, musste von einem besonders lüsternen Potentaten in Auftrag gegeben worden sein. Der bis auf einen mit Federn geschmückten Helm nackte Mars hegte offenbar ähnliche Gefühle wie sein Auftraggeber. Er stand neben einer Säule und hatte sich so postiert, dass ein Farnwedel sein Geschlecht verbarg. Sicher nicht das Werk eines erstklassigen Künstlers, aber der Mann hatte sein Geschäft verstanden.

Ich nahm keinen Anstoß. Ich fand die Situation eher belustigend. Eine Tapetentür war einladend geöffnet. Ich fand ein marmorgekacheltes Badezimmer mit bereitgelegten flauschigen Handtüchern für dies und jenes. Sogar an hübsch verpackte Seife und Duschgel hatte man gedacht. Nachdem ich meine Habseligkeiten in dem großen, mit Intarsien verzierten Schrank verstaut hatte, setzte ich mich in den Sessel vor dem Rauchtisch und verschränkte die Hände im Nacken.

Kaum war ich mit dem Frischmachen fertig, trat die Signora mit einem Tablett herein. Der Gedanke, sie könne jeden meiner Schritte über Video verfolgen, kam mir nicht. Die Minestrone war vorzüglich, das kalte Geflügel schmeckte, und ich hatte wirklich Hunger. Während ich die halbe Flasche Wein langsam austrank, dachte ich an die milden Blicke aus den Fenstern von Castel Gandolfo, der päpstlichen Sommerresidenz. Die Signora kam noch einmal, um das Tablett abzuholent, wünschte mir eine »gesegnete und friedliche Nacht« und erklärte dann mit einem sehr bestimmten Unterton, ich würde morgen um halb acht geweckt und um acht sei Frühstück. Bevor ich etwas fragen konnte, entschwand sie und machte geschickt mit einem Fuß die Tür hinter sich zu.

Schon im Pyjama, drehte ich noch eine Runde durch meine prachtvolle Unterkunft. Über der Kommode hing in einem schmalen Rahmen das Foto eines älteren Herrn mit Priesterkragen und dunkler Hornbrille. Zwei Leuchter standen davor. Eine Art verschämter Herrgottswinkel, dachte ich mir. Der Mann war mir unbekannt.

Ich kam mir in dem riesigen Bett ein wenig verloren vor, las noch im Brevier und blickte auf das ausladende Hinterteil über mir. Kurz bevor ich einschlief, fiel mir ein, dass ich den Mann mit der Hornbrille schon gesehen hatte. Es war Josemaría Escrivá de Balaguer, der Gründer des Opus Dei, den Johannes Paul II. im Jahr 2002 heiliggesprochen hatte. Böse Zungen nannten das Opus Dei allerdings die Mafia der Kirche.

Rom I / 1

Da saß ich. In diesem schmuddeligen Büro, auf einem wackelnden Besucherstuhl, sollte ich meine Kenntnisse über Friedrich II. von Hohenstaufen zum Besten geben. Über jenen Kaiser des Heiligen Römischen Reiches, der die Weltgeschichte durcheinanderbrachte und immerhin seit 1250 im Dom von Palermo des Jüngsten Gerichts harrte, einen Mann, den Zeitgenossen mit dem Blick einer Schlange und sarkastischer Ironie ausgestattet hatten. Stupor mundi, das Staunen – und wenn man es anders übersetzt –, der Schrecken der Welt. Immutator mirabilis, der wunderbare Weltenverwandler, der Messiaskaiser, der wirkliche Erlöser der Welt. Für die Päpste, die mit ihm zu tun hatten, war er hingegen der Widersacher Christi, der falsche Teufelskaiser, das apokalyptische Untier, ein »rasender Jäger der Unzucht vor dem Herrn, der nur Worte der Lüge liebt«. Und der eigentlich faire Dante verbannte ihn, den König der Pestilenz, in eins der unteren Stockwerke der Hölle. Zugestanden, dieser zweite Friedrich war eine faszinierende und schillernde Persönlichkeit des Mittelalters. Nicht umsonst hatten Professor Blatter und ich nächtelang historisches

Rätselraten rund um den Kaiser gespielt und die Fakten, die für meine bescheidene wissenschaftliche Arbeit eine Rolle spielten, ein wenig hin und her geschoben. Aber zum einen war ich deshalb noch lange kein Spezialist des 13. Jahrhunderts und zum anderen: Was sollte dieses Interesse an Friedrich hier und heute? Wo der Smog wie eine mehlige Glocke über der heiligen Stadt hing, der Papst nicht länger auf einer weißen Mauleselin durch die verrotteten Gassen ritt und keine Leichen mehr im Tiber schwammen?

Es hat keinen Sinn, vorauszueilen. Zumindest den Anforderungen einer gewissen ordentlichen Buchhaltung soll mein Bericht entsprechen, also kehre ich zur chronologischen Erzählung zurück:

Altgediente Mönche müssten eigentlich ohne Glockengeläute um 4.30 Uhr aufwachen. Die übliche Zeit aufzustehen, um dann zum ersten Chorgebet zu gehen. Das ist kein belastender, nur eben ein anderer Tagesrhythmus. Wir sind keine Masochisten, die nachts aus den Betten springen müssen, um sich mit Schlaflosigkeit und langweiligen Gesängen zu kasteien. Ich zumindest habe dieses eingeteilte, spirituelle Leben immer als mir angemessen und angenehm empfunden. Es war mir recht, dass die Verantwortung über mich Obliegenheit meines Abtes und des lieben Gottes war.

Vielleicht war es meine luxuriöse Bleibe oder das im Schlaf schon in mich gekrochene »Dolcefarniente« des Südens, jedenfalls zeigte mein Reisewecker bereits kurz vor sechs an, als ich erwachte. Ich zog den Brokatvorhang von einem der Fenster zurück. Natürlich war es noch dunkel, aber die Konturen des gegenüberliegenden Hauses waren schon erkennbar. Ein Palazzo, ähnlich dem, in dem ich residierte, aber noch schlimmer heruntergekommen. Unbewohnt. Die Fenster waren mit Brettern verschlagen. Neugierige Nachbarn gab es also nicht.

Noch nie hatte ich so ausgiebig gebadet, in Schaumwolken, die auf dem bläulich verfärbten Wasser schwammen. Mit einem der flauschigen Badetücher trocknete ich mich vor dem Spiegel, der die ganze Stirnseite dieses bagno di venere einnahm, ab. Für meinen nackten Körper hatte ich mich nie besonders interessiert. Mein Gesicht hingegen war mir vertraut: ein weiß geseiftes Gesicht mit dicken Brillengläsern, das mich anstarrte.

Vorsichtig trat ich auf den Flur hinaus. In der Badewanne hatte ich mir einen kleinen Morgenspaziergang ausgedacht. Ich wollte die erwachende Ewige Stadt erkunden, Erinnerungen auffordern und vielleicht sogar im Widerschein der Mosaiken in Santa Maria in Trastevere die Messe hören. Im Flur brannten nur die Wandleuchter. Es war still, bis auf das leise Knarzen meiner Schritte auf dem edlen Parkett. Ich drückte die Messingklinke der Eingangstür. Sie war verschlossen. Aus dem alten Schlüsselschild ragte der Zylinder eines modernen Sicherheitsschlosses. Dann hörte ich hinter mir ein neues Knarzen. Vom Ende des Flures kam mir jemand entgegen, der mich wach und frisch anlächelte. Es war Carlos, der sich in Zukunft zusammen mit seinem Kollegen David um mich bemühen würde. Mit seinem Kameraden aus den USA hatte er nicht nur das Alter, den akkuraten Haarschnitt und das Lächeln, sondern auch die Kleidung gemeinsam: eine scharf gebügelte, dunkelblaue Hose, ein weißes Hemd und einen schwarzen Cashmerepullover. Das Aftershave war zwar ein anderes, aber es roch genauso scheußlich. Carlos sagte ein artiges »Guten Morgen, Padre«. Sein Italienisch war südländisch und fast akzentfrei. Kein Wunder bei seiner Herkunft aus Caracas. »Es tut mir leid, Padre, während der Nacht ist diese Tür verschlossen.«

»Dann seien Sie bitte so freundlich und sperren Sie sie auf. Ich möchte einen kleinen Spaziergang machen und zur Messe nach Santa Maria in Trastevere.«

»Das wird leider nicht gehen, Padre.«

»Wieso nicht?«

»Weil es der Hausordnung widerspricht. Bevor nicht Signora Elvira kommt und die Entscheidungen übermittelt, sollten Sie hier noch weiter der Ruhe pflegen.«

Der Ruhe pflegen? Hatte dieser Jüngling sein Italienisch aus einem Lehrbuch des 19. Jahrhunderts gelernt? Hatte er nicht. Aber die Lehrbücher, die sich ein wissbegieriger Bengel in einem Slum von Caracas besorgen kann, sind nicht auf dem neuesten Stand, und der Schliff, den man später vom Opus Dei erhält, wird die ersten erlernten Ausdrücke und Wendungen nie überdecken. Wir haben uns später häufig über Carlos' sprachliche Antiquitäten amüsiert. Er liebte Ausdrücke wie »schier«, »just«, »hat nicht wollen dulden« oder »mit Respekt zu sagen«. Sonst liebte er vermutlich gar nichts, nur seinen »Vater« Josemaría.

Ärgerlich antwortete ich: »Ich habe schon genug der Ruhe gepflegt. Ich möchte raus. Es wird hier doch irgendeinen geben, der einen Schlüssel hat.«

»Außer mir ist niemand da. Und ich bin nicht ermächtigt, Ihnen den Schlüssel zu geben. Vielleicht bekommen Sie später einen. Es gibt auch Gäste mit Schlüssel. Aber selten.«

»Sagen Sie es doch gleich, dass ich ein Gefangener bin. In einem goldenen Käfig.«

Carlos ließ meinen Ärger an seinem Lächeln abprallen und hob die Arme in einer Geste, die ich von jungen Pfarrern kannte, die ihre Schäflein begrüßten: »Aber nein. Um Gottes willen, nein, hochwürdiger Padre. Es sind die Regeln, an die wir uns alle halten müssen, die Regeln, die Klügere als wir aufgestellt haben. Beruhigen Sie sich. Was ist, ich könnte Ihnen einen Kaffee machen?«

Sollte ich mich aufregen und auf meine Bürgerrechte pochen? Ich entschied mich, Carlos stattdessen in ein kleines Büro ohne Fresken zu folgen. Die Tür zum Flur war ausgehängt, und auf dem Sofa in der Ecke, auf das ich mich setzte, hatte Carlos offenbar seine Nachtwache verbracht wie ein Pfleger neben der Intensivstation. In der modern eingerichteten Küche machte er mir einen Cappuccino.

»Espresso, Cappuccino, Caffè lungo, americano, macchiato? Sie sehen, es ist für alles vorgesorgt. Für Sie, Padre, nur für Sie.« Ich bemerkte keine Ironie in seiner Stimme. Es war fast gemütlich. Er nippte an seinem Americano, ich an meinem Cappuccio, und auf dem Monitor des PC, der auf dem Schreibtisch stand, flitzten die Sterne des Bildschirmschoners wild hin und her. Natürlich habe ich meinen jungen Aufseher ausgefragt, aber entweder wusste er nichts oder er wollte nichts sagen. Immerhin war er gesprächiger als David. »Sicher ist es etwas Großes, weswegen man Sie nach Rom geholt hat. Hier im Palazzo Ghislenghi werden nur VIPs untergebracht. Personen, die wichtig sind für das Opus.«

»Opus? Welches Opus?«, stellte ich mich dumm.

Die ständig freundlichen Augen wurden groß und enttäuscht. »Aber Padre. Opus Dei. Das Werk Gottes. Der heilige Josemaría de Escrivá?«

»Nicht böse sein! Ich komme aus den Schweizer Bergen. Aus einem abgelegenen Kloster des heiligen Benedikt. Natürlich weiß ich ein wenig über Josemaría Escrivá de Balaguer und das Opus Dei, das er gegründet hat, aber ...«

»Ich muss Sie unterbrechen: Nicht der Vater hat unser Werk gegründet, sondern Gott selbst. Der Vater war nur das Werkzeug. So wie er das immer betont hat: Das Opus ist nicht meine Schöpfung; ich bin nur der Gärtner. Es ist etwas ganz Besonderes, nicht das Werk eines Menschen, sondern Gottes eigenes Werk, das die Welt durchdringen soll, und, glauben Sie mir, es wird sie durchdringen ...«

»Aber was habe ich als Mönch damit zu tun?«

»Das weiß ich nicht«, erwiderte er mit Ernst und Emphase. »Und es steht mir auch nicht zu, darüber nachzudenken. Wegen eines Fehlverhaltens sind Sie nicht im Palazzo Ghislenghi. Da gibt es andere Orte. Ich glaube, Sie sind Teil des Werkes Gottes oder sollen es werden. Und Sie dürfen sich dem Ruf Gottes nicht verschließen. Der Wille des Vaters ist der Wille Gottes. Sie müssen doch in Ihren Bergen von der Bulle ›Mit sehr großer Hoffnung‹ gehört haben, die Johannes Paul II. erlassen hat.« Es fehlte noch, dass er die brüchige Stimme des Wojtyla-Papstes und dessen schräge Kopfhaltung nachahmte: »›Mit sehr großer Hoffnung richtet die Kirche ihre Aufmerksamkeit und mütterliche Fürsorge auf das Opus Dei, das der Diener Gottes Josemaría Escrivá de Balaguer am 2.Oktober 1928 – durch göttliche Eingebung – in Madrid gründete, auf dass es stets ein geeignetes und wirksames Instrument der Heilsmission sei, die die Kirche zum Wohle der Welt ausführt.‹ Das ist O-Ton unserer heiligen Kirche, Padre, der doch wohl auch in Ihr Kloster gedrungen sein dürfte.« *O-Ton!* Vor mir stand kein mittelalterlicher Eiferer im härenen Gewande, sondern ein moderner junger Mann, der einen PC bedienen und einen schicken Cashmerepulli tragen konnte. Ich dachte an das Bild drüben in meiner Suite. Das großflächige Gesicht, die auffallende schwarze Hornbrille, die sinnlichen, beherrschten Lippen und die Aufhellung hinter dem Kopf als moderne Form des Heiligenscheins. An die Augen konnte ich mich nicht erinnern. Wahrscheinlich waren sie hinter der Brille gar nicht richtig zu erkennen. Und natürlich fiel mir in meiner Vorliebe für mönchische Bescheidenheit ein, was ich irgendwann in einem bösen Artikel gelesen hatte. Dass der »Vater« in seinem uninteressanten spanischen Provinzstädtchen ursprünglich Joseph Maria Escrivá geheißen hatte. Dann wurde aus dem Joseph Maria der windschnittige Josemaría, der sich dann mit dem »de Balaguer« ein wenig adelig machte. Hatte der »Vater« nicht irgendwann einmal auch den Titel eines »Marques de Peralta« hinter den immer interessanteren Namen gehängt? Aber wahrscheinlich war dies nicht aus Eitelkeit geschehen, sondern unter Gewissensqualen zur höheren Ehre seines Werkes. Außerdem soll man über Tote nichts Schlechtes sagen und über Heilige schon gar nicht.

Ich hörte noch, wie Carlos mit großen beschwörenden Augen flüsterte: »Sie müssen sich öffnen, Padre Basilio. Wir sind da, um die Kirche an vorderster Front zu verteidigen. Vielleicht ist es Zeit, dass Sie Ihr beschauliches Leben im Kloster verlassen. Wir sind heute und jetzt aufgerufen, für Christus zu kämpfen als milites Christi, als Soldaten unseres Herrn. Nehmen Sie das Motto unseres Heiligen wie einen Schlachtruf in Ihr Herz. Dios y audacia! Gott und Kühnheit!«

Dann wurde draußen im Flur das Sicherheitsschloss geöffnet, und Signora Elvira schwebte herein, fürsorglich wie eine Mamma, mit einem hübschen Einkaufskorb und einer vollen Plastiktüte. »Oh, Sie sprechen über den Vater. Wie schön! Man kann den Tag nicht besser beginnen. Dios y audacia! Gott immer im Herzen und jeden Tag aufs Neue der Entschluss, kühn zu sein für ihn und die heilige Kirche. So ist es recht!«

Im Büro wurde ein Summton laut. Die Signora ging hinüber. Ich hörte ein unitalienisches Okay, und kurze Zeit später öffnete sie David die Tür. Nun waren es drei, die lächelten. Ich solle alle meine Sachen dalassen, sagte David, denn wir kämen ja wieder zurück. Den Mantel solle ich allerdings mitnehmen, denn es sei noch frisch und wir würden zu Fuß gehen. Also kam ich wieder nicht ins Collegio der heiligen Cäcilia, denn dann hätten wir den halben Vormittag gebraucht. Das Treppenhaus aus der Götterdämmerung war durch das hereinfallende Licht nicht heimeliger geworden, wirkte aber wenigstens nicht mehr unheimlich. Die Metalltür unten in der Halle sprang nach einer Weile auf. Es musste jemand im Haus sein, der das Kommen und Gehen genau überwachte. In der Durchfahrt winkte David in die Videokamera an der Decke wie der amerikanische Präsident in der offenen Tür der Air Force One. Die kleinere Tür öffnete sich lautlos, und wir standen draußen in der Via Riposte. Nun kam ich doch noch zu meinem Morgenspaziergang. Sogar an Santa Maria di Trastevere führte unser Weg vorbei, nur hinein gingen wir nicht.

Es gibt Herbsttage in Rom, da ist die Luft trotz des Verkehrs ganz klar. Die Sonne wärmt kaum mehr und strahlt in einem kalten Licht. Die Schatten bilden sich nicht verschwommen und dunstig, sondern präzise. Rom ist dann ehrlicher. Man sieht die Risse in den Mauern, das Bröckeln der Simse, aber auch die unübertroffene Raffinesse der alten Baumeister. Nicht unbedingt etwas für die Touristen, die es gerne weichgezeichnet und märchenhaft haben.

An der Kreuzung Via di nepoti und Via regula tauchte die Kuppel des Petersdomes vor uns auf. Weiß, scharf, wie aus dem Himmel herausgeschnitten. Und riesig! Die größte Kuppel der Christenheit. Die größte Kirche der Christenheit. Für eine Milliarde Katholiken das Zentrum der Welt. In der Rotunde der Kuppel, am unteren Ende des Himmelsgewölbes, war das Band mit der Zeile »Tu es Petrus« erkennbar. Es diente als architektonische Begrenzung und zugleich als Grenze, die es zu überschreiten galt, wenn man in den Himmel der Kuppel eingehen wollte. Tu es Petrus – Du bist Petrus, und auf diesen Felsen will ich meine Kirche bauen. Eine sehr große Kirche für den Sohn eines Zimmermanns. Aber ich glaube dennoch, dass der alte Sturkopf Michelangelo in aller Demut an den Plänen der Kuppel gearbeitet und Jesus ihm freundlich über die krumme Schulter geschaut hat. Dass dann alles so schrecklich beeindruckend wurde, mögen die beiden in der Freude des Erschaffens übersehen haben.

Wir gingen weiter auf die Kuppel zu. In Richtung Vatikan, am Gianicolo entlang, in eine stille Straße hinter dem vierfachen Ring der Bernini-Kolonnaden. Sehr überrascht war ich nicht. Ich hatte es geahnt. Via del S. Uffizio. Zumindest den alten Namen hatte man nicht in Via del congregatione del fide geändert. Heiliges Offizium. Es hätte auch Inquisitionsstraße auf dem Schild stehen können. Zwei Schweizergardisten standen jung und rotgesichtig Wache. David holte einen gelben Zettel aus seinem Lederköfferchen, und man winkte uns in einen sonnigen Innenhof, in dem ein Priester im schwarzen Anzug brevierbetend auf und ab ging. Vor uns erhob sich ein prächtiges Renaissanceschloss mit schönen, ruhigen Linien und schattigen Arkaden. Nur das große Portal sah mit seinen stachelartig hervorstehenden Bronzebeschlägen etwas martialisch aus. Es war ein Relikt aus alten Tagen, als ein Großinquisitor als Kardinal Ghislieri ins Konklave ging und als inquisitorischer Pius V. wieder herauskam. Als erste Amtshandlung gab er diesen Bau in Auftrag, der ihm so wichtig war, dass sogar die Arbeiten am Petersdom dafür eingestellt wurden. Die Eile war notwendig, nachdem die aufgebrachte Bevölkerung den alten Palast der Inquisition in der Via di Ripetta gestürmt und angezündet hatte. Heute wirkte das Gebäude friedlich. Kein Jammern von Gefolterten, kein leiser Brandgeruch wehte aus vergangenen Jahrhunderten zu uns herüber, doch noch immer befand sich hier die wichtigste Behörde des Vatikans. Zuständig für die kitzligen Sachen, für Fragen des Glaubens, Bestrafungsmaßnahmen des Klerus und die Überpüfung von unerklärlichen Vorfällen, die in diesem Palast zu Wundern erklärt werden konnten. Und ihr Amtschef war seit Kurzem nicht mehr ein Kardinal, sondern der Papst höchstpersönlich.

Innen lungerten ein paar gelangweilte Aufseher. Einem von ihnen gab David den gelben Zettel und erntete hochgezogene Augenbrauen. »Folgen Sie mir bitte!«

David schwenkte sein Aktenköfferchen, drehte ab und rief mir zu: »Good luck, Father!«

Ich rannte dem Aufseher, der schon vorgegangen war, hinterher. Es ging über Treppen und Flure, bis irgendwann keine schönen Möbel und Gemälde mehr zu sehen waren. Am Ende eines muffigen, engen Gangs, der nur durch ein rundes Fensterchen erleuchtet war, wartete eine verkratzte Resopaltür. Der Heilige Vater saß dahinter sicher nicht, sondern einer seiner kleinen Diener. Sanft klopfte mein Führer an. Als sich nichts rührte, versuchte er es ebenso sanft noch einmal. Endlich ertönte ein entferntes »Avanti«. Mein Führer öffnete die gepolsterte Doppeltür. »Pater Basilio Perhamer. 9 Uhr.«

So lernte ich Pietro kennen. Entweder war mein Gegenüber wirklich nur ein winziges Licht in der Kathedrale der heiligen Mutter Kirche oder hier wurde Understatement mit maßloser Koketterie zelebriert. Zumindest entwickelte das Licht enormen Rauch, der in Schwaden das Zimmerchen durchzog und nach selbst gedrehten Zigaretten roch. Hinter dem Schreibtisch, der eher wie ein Katheder aus einer armen Dorfschule aussah, erhob sich ein schmaler Mann in Priestersoutane. Er hatte etwas von einem Insekt, wobei ich das gar nicht abfällig meine. Insekten sind nützliche und in ihrer unendlichen Vielfalt faszinierende Tiere. Bei einem Atomschlag überleben sie, während alles andere Leben vernichtet wird. Die grau werdenden Haare standen wie pinselartige Fühler vom Schädel ab. Die Nase war gerade, lang und ohne sichtbare Nasenflügel, der Mund klein, dünnlippig, aber in einer gewissen Sensibilität geschwungen. Die nikotinverfärbten Vorderzähne standen ein wenig vor. Der Mann ging um seinen Katheder herum und streckte mir seine Hand entgegen: »Ich bin Pietro Bertonazzi. Aber alle nennen mich PiBi. Mit Akzent auf dem zweiten i. Bei Akzent auf dem ersten i würde ich mich beschweren. Pibi klingt nach Kanarienvogel.« Obwohl mein römischer »Brieffreund« sicher nicht viel älter als ich war, lagen um die hellbraunen Pupillen weiße Kreise, Ränder, die normalerweise nur Menschen im Alter bekommen. »Bitte setzen Sie sich, lieber Mitbruder! Sie werden es mir nachsehen, dass wir uns in meiner Muttersprache unterhalten. Mein Deutsch war nie gut. Die Grammatik ist schrecklich. Und Sie sprechen ja, wie ich gehört habe, ein geradezu mediceisches Toskanisch. Nun setzen Sie sich doch!«

Ich setzte mich auf einen wackeligen Stuhl ohne Lehne, der aus demselben Klassenzimmer wie der Schreibtisch stammen musste.

»Wo habe ich es nur? Gestern war es doch noch da.« Bertonazzis Hände mit den langen Fingern schoben hier einen Stoß grüner Akten, dort einen Haufen grauer Akten auf dem Schreibtisch hin und her. Der halb volle Plastikaschenbecher mit der Aufschrift »Cinzano« wurde hochgehoben, als hätte sich darunter etwas versteckt. »Heute früh, als ich ins Büro kam, war es noch da.« Sein Blick wanderte über die grün und grau gefüllten Aktenböcke links an der Wand, dann nach rechts auf den Bürotisch, auf dem ein Flachbildschirm stand, unter dem dicke Kabelstränge hervordrängten. »Ja, wo ist es denn nur geblieben? Darf ich Ihnen eine Zigarette anbieten? Wohl nicht. Ihr Schweizer lebt ja so gesund. Da lernen Sie gleich zwei meiner schlechten Eigenschaften auf einmal kennen.« Er gab seine Suche auf und blickte mich voll an. »Ja, nun sagen Sie doch auch einmal was, lieber Mitbruder! Ich hoffe, Sie sind gut untergebracht.«

»Ich kann nicht klagen, obwohl alles schon ein wenig ungewöhnlich ist.«

Er lachte. Es war ein heiteres, geradezu sympathisches Lachen. »Ist Ihr Zimmer nicht hübsch? Missfällt Ihnen die Dame mit dem runden Popo?«, fragte er mit fröhlicher Jungenhaftigkeit, zog eine Schachtel Gauloises unter einem grünen Ordner hervor und zündete sich mit einem billigen Feuerzeug eine an.

»Die Dame mit dem Popo ist es nicht. Sie ist hübsch gemalt.«

Während die gelben Zähne weiter lachten, zog Bertonazzi seinen Springer vor. »Oh, neben Ihrer ausschweifenden Fantasie haben Sie auch noch Kunstverstand, caro Basilio.«

»Ich habe nicht nur Kunstverstand, sondern auch Augen im Kopf«, konterte ich. »Das Ganze ist doch mehr als befremdlich.«

»Ah, es sind die Mysterien unserer Brüder und Schwestern vom Opus Dei, die Sie irritieren? Das gibt sich bald. Geheimnistuerei gehört da zu den Ordensregeln wie bei euch Benediktinern das Chorgebet.«

»Ich werde überwacht.«

»Na, was ist das schon? Man will eben wissen, wann einer kommt und wann einer geht. Und dass sich keine Katze bei den adretten Cashmeremäuslein einschleicht.«

»Ich wurde fotografiert.«

»Ja, ja, ich weiß. Es geschah auf meine Anweisung. Man möchte doch schließlich wissen, mit wem man es zu tun haben wird. Also hat irgendein Kollege von David oder eine fotobegeisterte Adeptin des Opus Dei Sie beim Spazierengehen abkonterfeit. Ich will echte Gesichter sehen. Kein Passfoto, das wir viel einfacher hätten besorgen können. Was wollen Sie, das Foto ist doch hübsch. Sie können einen Abzug davon haben.«

»Finden Sie das fair, einem Mitbruder gewissermaßen einen Detektiv auf den Hals zu schicken?«

»Ach du meine Güte! Fairness? Was für eine niedliche Vorstellung von der Welt. Wir sind nicht auf dem Tennisplatz. Wir haben keine Zeit für Umarmungen übers Netz und ähnliche Artigkeiten, Sie Sportsfreund.«

»Es ist ungerecht, dass man mich ohne mein Wissen fotografiert hat, mich ohne Angabe von Gründen nach Rom zitiert, mich hier unter Überwachung stellt und mich behandelt wie ein kleines Würstchen. Immerhin gehören wir zu demselben Verein.«

Blitzschnell reckte sich der Hals aus dem Priesterkragen. Die abstehenden Haarbüschel wurden zu kleinen Hörnern, der Mund zu einem wie mit dem Lineal gezogenen Strich. Das Vorgeplänkel schien ein Ende zu haben. »Verein? Kleines Würstchen? So sehen Sie das also?« Bertonazzis rechter Daumen streckte sich mir drohend entgegen. »Ad 1: Der Verein ist die katholische Kirche, aufgerufen zur Erlösung der Welt. Begründet durch Jesus Christus, den Sohn Gottes, auf dem Felsen, den wir Petrus nennen. Dieser Fels heißt heute Papst, und in seinem Haus sitzen Sie gerade. Sie haben in Ihrem gottverlassenen Kloster einiges verlernt.« Die Stimme wurde zischend: »Das ist kein Kegelklub oder ein Schützenverein. Haben Sie das Credo vergessen, das Sie jeden Tag bei der Eucharistie beten? Et unam sanctam catholicam et apostolicam Ecclesiam.« Nach jedem Wort machte er eine Pause:

»Die eine … heilige … katholische … und apostolische … Kirche.« Noch einen Zug nahm er aus seiner Zigarette, dann drückte er sie mit drehenden Bewegungen in dem Cinzano-Aschenbecher aus. Aus dem skurrilen PiBi war ein strenger Inquisitor geworden.

»Ad 2: Das kleine Würstchen. Glauben Sie, Sie sind eine große Wurst? Ja? Nein? Gut. Also lassen Sie das Gerede über Fair Play. Sie wurden hierherbefohlen, und nun sind Sie da. Basta! Sie sind nicht in Ihrem Kloster, wo man, um bei der Metzgerei zu bleiben, vor sich hin wurstelt. Sie sind hier.« Er stach mit seinen beiden Fingern in die Luft. Dann, ebenso rasch, wie er herausgekommen war, kroch der Hals wieder in den Kragen zurück, und die Hand griff zur Zigarettenschachtel.

»So, und nun wollen wir uns unterhalten. Sitzen Sie bequem? Ich weiß, dieses Mobiliar ist nicht kommod. Ich habe es von meinem Vorgänger übernommen.« Er schob die Ordner beiseite, legte die Hände auf die freie Fläche und verschränkte sie. »Kommen wir zur Sache. Sie haben eine Arbeit verfasst mit dem Titel ›Die Rolle 3 Q 15 von Qumran und einige Fragmente aus Höhle 1 in historischer und theologischer Sicht. Der Versuch einer Synopse‹. Inauguraldissertation, Universität Basel.«

Also doch. Jetzt war es heraus. Ich setzte mich auf meinem nicht kommoden Stuhl gerade und blickte mein Gegenüber an. Bertonazzi sah auf seine Hände. Überflüssigerweise sagte ich: »Das ist richtig.«

»Sie haben dafür ein ›Summa cum laude‹ bekommen.«

»In aller Bescheidenheit, auch das ist richtig.«

»Bei mir wäre das nicht einmal ein ›Rite‹ gewesen. Aber lassen wir das. Versuchen wir zusammenzufassen.« Der Daumen schnellte wieder vor. »Erstens: 1947 fanden Beduinen in Qumran am Toten Meer Schriftrollen. Bis in die Sechzigerjahre folgten weitere Funde. Die Funde wurden insgesamt der Wissenschaft zugänglich gemacht und …«

Ich setzte mich noch gerader. »Darf ich unterbrechen?«

»Unterbrechen Sie mich, wenn Sie etwas zu den Fakten zu sagen haben. Über Ihre Theorien und hinterlistigen Fußnoten unterhalten wir uns später.«

»Die Funde wurden nicht insgesamt der Wissenschaft zugänglich gemacht. Es wurde und wird immer wieder behauptet, dass Artefakte beiseitegeschafft wurden. Auch ich persönlich bin der Überzeugung, dass man nicht alles offengelegt hat.«

»Ihre persönliche Ansicht interessiert mich – offen gestanden – im Augenblick überhaupt nicht. Natürlich weiß ich um die Odyssee der Rollen. Hier ein paar Pergamente bei einem Wüstenscheich, dort ein paar Papyri bei einem Trödler in der Hintergasse. Später dann ein Teil im Rockefeller-Museum in Jerusalem-Ost, ein anderer Teil bei den Israelis in Jerusalem-West.

Auch der Mossad, der israelische Geheimdienst, soll seine Finger mit drin gehabt haben, aber wir wollen das nicht vertiefen. Dass die Beduinen, die Entdecker der ersten Höhlen, aus den Funden ein Geschäft machen wollten und nicht alles brav beim nächsten Museum ablieferten, versteht sich von selbst. Irgendwann fanden die Papierchen eben doch wieder zusammen und können heute in klimatisierten Räumen unter Panzerglas betrachtet werden. Museumskram! Uninteressant, seit man herausgefunden hatte, dass die Sache nichts Sensationelles bedeutete, dass da kein neuer Messias oder ein alter in neuem Gewande aus dunklen Höhlen getreten war. Kein umzuschreibendes Evangelium! Kein neuer Jesus von Nazareth! Nichts weiter als ein paar abgehobene Verrückte, die sich am Toten Meer in Askese übten und offenbar unter Schreibzwang und Verfolgungswahn litten. Und unter Sammelwut, weil sie längst bekannte Texte in abgelegenen Höhlen aufhäuften. Von Belang nur für ein paar introvertierte Wissenschaftler und Fantasten. So wie Sie einer sind, Perhamer.« Milde blickte er von seinen Händen auf.

Das war nun wirklich eine grobe Vereinfachung eines über zwanzig Jahre andauernden wissenschaftlichen Prozesses, und mit den von Bertonazzi verlangten Fakten hatte diese schlampige Kurzfassung nicht das Geringste zu tun. Mich ärgerte das. Noch mehr ärgerte mich, dass er mich einen Fantasten nannte und meiner Doktorarbeit nicht einmal ein »Rite« gegeben hätte. Also sagte ich, so spitz ich konnte: »Ich glaube nicht, dass Sie hier über die notwendige Kompetenz verfügen, Padre Bertonazzi.«

Ich hatte erwartet, dass sich nun wieder der Hals aus dem runden Kragen recken würde, doch in sein Gesicht trat geradezu freundschaftliches Amüsement.

»Ach, lassen Sie doch den Padre. Nennen Sie mich PiBi! Wir sind doch vom selben Verein, nicht wahr? Und was die Kompetenz angeht, woran hapert es denn?«

»Also meinetwegen, PiBi. Sie kennen die Wege, welche die Funde genommen haben, nicht so präzise, wie es nun einmal notwendig ist. Ich will ja gerne zugeben, dass aus der ganzen Qumran-Geschichte nichts Weltbewegendes herausgekommen ist. Aber für die Wissenschaft und insbesondere für die Religionswissenschaft sind diese Funde von außergewöhnlicher Bedeutung. Ich glaube, und damit stehe ich nicht alleine, dass bewusst ein Teil der Funde beiseitegeschafft wurde. Ich weiß nicht, warum, und ich weiß auch nicht, wo diese Handschriften gelandet sind. Aber so einfach, wie Sie sich das machen, geht es nun doch nicht.«

»... und nun erzählt mir der so kompetente Basilio aus der Schweiz etwas aus einem Kriminalroman, in dem verschlissene Pergamente, ein dunkelhäutiger Beduinenjunge namens Muhammad adh-Dib und ein zwielichtiger Trödler mit dem schönen Namen aus 1001 Nacht Khalil Iskander Schahin vorkommen, ja? Und als Nächstes erzählt er von einem schwarzbärtigen Kettenraucher, der seit 1945 Leiter der Ecole Biblique im jordanischen Ostsektor von Jerusalem war – wie hieß der?«

»Roland de Vaux. Pater Roland de Vaux. Mitglied des Ordens des heiligen Dominikus.«

PiBi hob theatralisch die Arme vom Schreibtisch und blickte zur Zimmerdecke empor, als käme von dort Erleuchtung. »Ah, da haben wir ihn, den Bösewicht. De Vaux! Ein starker Raucher! Wie schlimm.«

Er sog genussvoll an seiner Gauloise und blies den Rauch zur Decke. »Und noch dazu ein Dominikaner, ein Domini canis, ein Spürhund unseres Herrn. Noch schlimmer! Obwohl man das in diesem Haus nicht laut sagen darf. Die besten Inquisitoren gehörten dem Ordo Sancti Dominici an. Von diesem Krimi und dem verdächtigen Schwarzbart steht aber nichts in Ihrer schönen Doktorarbeit.«

Ich hatte mich zu weit vorgewagt in meinem Ärger und meiner Rechthaberei. Auf einmal hatte ich den Eindruck, dass er mich zielsicher in eine Falle locken wollte. »Es hatte keinen Bezug zu meinem Thema«, sagte ich. »Im Übrigen haben mich die Mutmaßungen, die da in der Literatur dann und wann auftauchten, auch nicht interessiert.«

Es schien ihm Spaß zu machen, mich aufs Glatteis zu führen. »Ach, mein Lieber, im Lügen sind Sie schlecht. Natürlich haben diese Mutmaßungen Sie interessiert. Wenn man Ihre Arbeit über Qumran nach Überfliegen des wissenschaftlichen Brimboriums genau liest, so stellt man fest, dass Sie Mutmaßungen geradezu lieben. Also mutmaßen wir zusammen. Wir müssen diesen Punkt ohnehin abhaken, bevor wir uns den interessanteren Dingen in Ihrem Elaborat widmen. Wie ist das? Ein Espresso? Wir werden noch ziemlich lange miteinander plaudern.«

Er wartete meine Antwort nicht ab, griff zum Telefonhörer und bestellte zwei Espressi. »Schön, kommen wir also zu den Hirngespinsten, die sich antikirchliche Autoren aus den schmutzigen Fingern gesogen haben und die offenbar noch immer in Ihrem klugen Kopf herumgeistern. Sie haben da kirchliches Gras wachsen hören, hm? So eine kleine Verschwörungstheorie? Nicht dass Sie das so offen ausgesprochen hätten, aber zwischen den Zeilen sitzen die Teufelchen der Spekulation. Kann da nicht vielleicht etwas fehlen? Modert da nicht ein Pergamentchen in einem dunklen Archiv? Es muss da noch etwas versteckt, beiseitegeschafft, vergraben, verdunkelt oder gefälscht worden sein.« PiBi blickte mich mitleidsvoll an. »Ach, mein lieber Basilio, diese jungen Wissenschaftler, die ihre spätpubertären Träume und schillernden Theorien hinter Fußnoten, Fragezeichen oder Gänsefüßchen verbergen! Da hat man in seinem Kopf Geschichte neu geschrieben und ist ganz stolz darauf. Aber offen kann man das natürlich nicht sagen, schon gar nicht, wenn es um die heilige Kirche geht und man zum Priester geweiht ist. Also hier ein Fragezeichen und dort ein Gänsefüßchen, wie beim Rätsel um Waterloo und die Frühstückseier! Nicht bekannt, Sie großer Historiker?«

Ich schüttelte den Kopf.

»Hat Napoleon am Morgen von Waterloo wirklich das Omelett mit vier frischen Eiern gegessen, wie man das überall lesen kann?«, fuhr er umgehend fort. »Oder hatten die Hühner den Pips, wie die Wirtin es ihrer Enkelin auf dem Totenbett anvertraut hat?

Hat der große Korse seine Schlacht womöglich aus diesem Grund verloren? Schließlich kann man keine vernünftige Strategie entwickeln, wenn einem ständig ein verdorbenes Omelett die Speiseröhre hochkommt. Waterloo in völlig neuer Sicht! Und wenn die Wirtin noch ein Verhältnis mit einem Engländer gehabt hätte ... toll. Ein harmloses Fragezeichen und dahinter eine wundervolle Sensation. Es gibt sie, diese ausschweifenden Satzzeichen in Ihrem Opus miserabilis. Man muss sie nur lesen können. Und glauben Sie mir, ich kann sie lesen.« Er kicherte boshaft wie eine Zikade, die ihre Beine gegeneinanderreibt.

»Nun kramen Sie nicht in Ihren enzyklopädischen Schubladen herum! Natürlich hat Napoleon kein Omelett gegessen, sondern frisch gebackene Croissants mit Mirabellenkonfitüre. Aber die Geschichte ist doch hübsch. Für einen Artikel in der ›Historical Review‹ reicht sie allemal. Aber jetzt Schluss mit Allotria. Gehen wir in medias res und betrachten die Fakten dieser Qumran-Sensation.« PiBi leierte wie ein Professor vor einem Anfangssemester. »Unser Muhammad adh-Dib, was so viel wie Muhammad, der Wolf, bedeutet, hütet wie Ihr Geißenpeter seine Ziegen, nur nicht auf einer Schweizer Alpe, sondern in den Felsen von Qumran. Auf der Suche nach einem verirrten Zicklein entdeckt er über sich in der Felswand eine Öffnung. Er versucht hineinzuspähen, sieht aber nichts. Er wirft einen Stein in die dunkle Öffnung und hört das Geräusch zerbrechender Tonscherben. Sein Entdeckerdrang ist geweckt. Er klettert hoch, kriecht durch die Öffnung und findet sich in einer niedrigen, etwa zwei Meter breiten und sieben Meter langen Höhle wieder. Um sich sieht er etliche Tongefäße von etwa 25 Zentimetern im Durchmesser und 60 Zentimetern Höhe, zum Teil zerbrochen. Unser junger Wolf bekommt es mit der Angst zu tun – vor dem Scheitan oder anderen bösen Geistern. Er läuft davon. Diese Angstgefühle vor dem Teufel halten, wie dies leider häufig der Fall ist, nicht lange an. Am nächsten Tag kommt er mit einem Freund zurück, um die Höhle genauer zu untersuchen. Einige der Tongefäße sind mit großen, schüsselartigen Deckeln verschlossen. In einer von ihnen stecken drei in verrottetes Leinen eingewickelte Lederrollen. Die ersten der geheimnisvollen Schriftrollen vom Toten Meer! Später, als die Archäologen die Bühne betreten, finden sie Tonscherben, die auf eine Anzahl von mindestens vierzig Gefäßen schließen lassen. Einiges fehlte also, wobei ich den Verdacht habe, dass sich die Beduinen mit den Rollen ein Feuerchen gemacht haben. Aber sooft jemand in dunklen Höhlen herumschlüpft und dort etwas findet, treibt die Fantasie nun einmal exotische Blüten. Ein bescheidenes Feuerchen ist ihr zu simpel, lieber beschwört sie einen Scheich, der in seinem Zelt sitzt und Wasserpfeife raucht. Zu dem trägt unser junger Wolf seine Funde. Der Scheich streicht bedächtig seinen Bart, und vor seinem geistigen Auge verwandelt sich das alte Gelump in neues Papier, frisch bedruckt mit Dollar- und Pfundzeichen. Er wendet sich an den Antiquitätentrödler Khalil Iskander Schahin, der Interesse zeigt. Khalil sattelt sein Kamel oder steigt in einen Jeep und macht sich auf nach Qumran. Dort krabbelt er in der Höhle und den Zelten der Beduinen herum und nimmt alles mit sich, was an Verrottetem zu finden ist.« PiBi lehnte sich zurück. »Sind wir bis dahin d'accord?«

»Grundsätzlich ja. Auch wenn Sie den Sachverhalt reichlich vereinfacht und lieblos erzählt haben.«

»Na, hören Sie, mit Liebe hat das Ganze nun wirklich nichts zu tun. Es ist eine böse Geschichte, und deswegen muss man sie auch böse erzählen. Zurück zu Khalil Iskander Schahin? Der ist nicht etwa ein Moslem, der sich nach Mekka verneigt, sondern ein Mann, der das Kreuzzeichen über sich macht. Er ist Christ und gehört der syrischen Jakobitengemeinde an. Und was schließt man daraus?«

Ich blieb die Antwort schuldig.

»Ist doch sonnenklar«, trumpfte PiBi auf. »Unseren christlichen Trödler überkommt der Heilige Geist und flüstert ihm ins Ohr, dass diese alten Schriftrollen und Fragmente etwas mit dem frühen Christentum zu tun haben könnten. Damit wird es Zeit für den Auftritt von Pater de Vaux, Leiter der Ecole Biblique, der

Sachverständige für alte Handschriften in Jerusalem. Ich habe mir sagen lassen, de Vaux sei ein tiefgläubiger, charismatischer Mann gewesen, dem die Wissenschaft über alles ging, der integer war und den jeder mochte. Natürlich kann das nicht stimmen, weil es nicht ins gewünschte Bild passt. Also war er ein engstirniger, rachsüchtiger Mönch, der mit dem Franco-Regime sympathisierte und dem Rom über alles ging. Dieser verlogene Hund des Herrn sichtete also das Material, das Khalil ihm gebracht hatte, und stieß bei dem einen oder anderen Stück auf explosive Brisanz. Er ließ die Gesetze, die sofortige Anmeldung jedweden Fundes verlangten, außer Acht, wurde bleich, schlug drei Kreuzzeichen und kaufte sich eine Fahrkarte. Und wohin wohl?«

Leise und fast schuldbewusst sagte ich: »Nach Rom.«

»Ganz recht. Und in Rom kaufte er sich eine Buskarte und fuhr wohin, um seine für die Kirche so schrecklichen Geheimnisse loszuwerden?«

»Hierher.«

»Richtig.« PiBi schüttelte den Kopf. »Die Geschichte hat nur einen Nachteil. Hier ist er nie angekommen. In den Archiven da unten ist nichts. Gar nichts.«

Ganz wollte ich mich noch nicht geschlagen geben. »Und anderswo?«, fragte ich frech.

Einen Augenblick lang glaubte ich ein Zucken in dem schmalen Gesicht zu sehen. Für den Bruchteil einer Sekunde sah ich in angsterfüllte weiß geränderte Pupillen. Dann zündete Bertonazzi sich umständlich eine weitere Zigarette an und erwiderte vollkommen ruhig: »Anderswo auch nicht.«

Ohne anzuklopfen, kam eine dunkelhäutige Nonne mit einem kleinen Tablett herein. Mit inbrünstig gesenktem Blick stand sie vor dem Schulkatheder, in den Händen die Espressotassen. Bertonazzi bohrte seine Zigarette aus. »Nun habe ich schon wieder Ihren Namen vergessen, Schwester.«

Die junge Frau, eher noch ein Mädchen, hauchte, ohne ihren Blick zu heben: »Laetitia, Monsignore.«

Bis in die scheue Welt der Klosterfrauen war das PiBi offenbar noch nicht vorgedrungen. Der Monsignore hob ein wenig theatralisch die Hände. »Laetitia! Die Freude! Ich habe doch gewusst, dass es etwas Nettes ist. Stellen Sie die Tassen hierhin und dorthin zu meinem benediktinischen Freund! Und dann machen Sie es wie sonst! Alle halbe Stunde neuer Kaffee!«

Sie nickte und nahm einen Anlauf: »Ich habe einen größeren Aschenbecher gefunden, Monsignore. So einen, wo man draufdrückt und die Stummeln verschwinden.«

PiBi faltete die Hände. »Das ist lieb von Ihnen, Schwester, aber ich hänge an meinem alten Ding. Ich werde dieses Gemäuer schon nicht anzünden.«

PiBi packte den vollen Cinzano-Aschenbecher und leerte ihn schwungvoll in den Papierkorb. »Sehen Sie, so wird das gemacht. Und verschonen Sie mich auch mit diesen Plastiktüten, die neuerdings in meinen Papierkorb gelegt werden. Es stört mich. Ist das klar, Schwester?«

Sie verbeugte sich, flüsterte ein erschrecktes »Jawohl, Hochwürden« und verschwand. PiBi nahm einen Schluck aus seiner Tasse.

»Immer dieser Ordnungsfimmel. Aber sie ist willig. Und an meine habits and rites müssen sich die Leute hier eben erst gewöhnen.«

Ich hatte es schon gemerkt. »Sie sind noch nicht lange hier, nicht wahr?«, fragte ich prompt. »Das Revirement, das der Heilige Vater letzte Woche vorgenommen hat …«

»Ach, davon wissen Sie auch schon. Dabei haben die Zeitungen doch gar nicht viel darüber gebracht. Ich sitze allerdings schon länger in diesem Büro, nur erst jetzt gewissermaßen in gesicherter Position.« Allmählich war ich des Spiels aus Andeutungen, bösen Bemerkungen über mich und meine Arbeit überdrüssig. Und ich fand es gemein, wie er mit der kleinen Nonne umgesprungen war. »Falls Sie glauben, ich hätte Ehrfurcht vor Ihnen, dann täuschen Sie sich, Herr Bertonazzi«, sagte ich mit besonderer Betonung auf dem »Herr«.

Still sah er mich aus seinen blassen Augen an. Ich entdeckte, dass aus seinen Ohren Haarbüschel herausstanden. Er war also doch erheblich älter, als ich geschätzt hatte. »Schön«, sagte er, zog seine Schachtel Gauloises zu sich und lächelte. »Da haben wir den ehrlichen, aufrechten und tapferen Eidgenossen. Für Gott und Vaterland! Und – wir wollen es hoffen – auch für die heilige Kirche und unseren Heiligen Vater Formosus secundus. Wo waren wir übrigens stehen geblieben?«

»Bei meiner Arbeit«, erwiderte ich kühn. »Als Nächstes werden Sie mir die Übersetzung des von mir bearbeiteten Textes und dessen Einordnung zerfleddern und mir dann vielleicht endlich sagen, weswegen ich hier bin.«

»Aber nicht doch«, rief er geradezu entsetzt. »Das hätte ich auch nicht besser machen können. Übersetzung, Textexegese, Einordnung in den Kontext, Argumentationskette, das ist alles perfekt, wenn auch nicht sehr originell. Sie befassen sich mit einem religiösen Text über rituelle Waschungen, die sich von der Gottesdienstordnung im Judentum zur Zeit der römischen Besetzung durch nichts unterscheiden. Man hat sich da gewaschen, wie wir uns beim Lavabo auch die Hände waschen. Nur als Sie dann mit Ihren frisch gewaschenen Händen weiter in der Höhle Nummer 3 von Qumran herumtasteten und diese verrotteten Kupferbleche in die Finger bekamen, war dann Schluss mit der fröhlichen Wissenschaft. Oder etwa nicht?« PiBi durchbohrte mich mit seinen Blicken wie ein Lehrer, der einen Schüler beim Abschreiben erwischt hatte.

Ich blieb die Antwort schuldig.

»Da war dann also die Kupferrolle und dieses absonderliche Stück Papier, das Ihnen der Zufall in die törichten Finger gespielt haben soll«, fuhr PiBi erregt fort. »Und daraufhin sind Sie wie ein besoffener Affe vom Morgenland einmal quer durch das gesamte Abendland des 13. Jahrhunderts geturnt. Haben mal eben die Tunika des Schismatikers Friedrich von Hohenstaufen gelüpft, im Harem eines mohammedanischen Großfürsten durchs Schlüsselloch geguckt und schamlos unter päpstlichen Dalmatiken nach schmutziger Wäsche geforscht. Und zu alledem haben Sie Hypothesen aufgestellt, dass einem graut, hübsch versteckt in Fragesätzen und Fußnoten, damit Ihnen keiner auf die Finger klopfen konnte. Aber wer hätte das auch tun sollen, Ihr seniler Doktorvater hat ja selbst fröhlich mitgemacht. Ja, waren Sie denn von allen guten Geistern verlassen, Sie …«

»Wie wäre es mit Würstchen?«, half ich ihm ruhig aus. Seine Mundwinkel zuckten. »Wir wollen uns nicht wiederholen, fratellino.«

Fratellino. Brüderchen. Nie zuvor hatte jemand mich so genannt.

»Nun erzählen Sie schön brav, wie Sie ins 13. Jahrhundert, zu Seiner Majestät von Hohenstaufen und deswegen letztendlich hierher zu mir geraten sind«, forderte PiBi mich auf. Und mit einem Unterton fügte er hinzu: »Und vergessen Sie nicht, in welch schrecklichem Gebäude Sie sich befinden, auch wenn es hier ganz gemütlich scheinen mag.«

Zumindest andeutungsweise wusste ich nun, weswegen ich nach Rom zitiert worden war.

OPENING FILE

Imperator Fridericus Secundus Romanorum Caesar Semper Augustus Italicus Siculus Hierosolymitanus Arelatensis Felix Victor Ac Triumphator/dies irae//domini infantibus.

Liest Du auch fleißig, wer immer Du bist? Wen hat unser weltkluger Abt in unserem nun so viel größeren Konvent wohl mit der Aufgabe betraut, sich mit meinem schlimmen Datenspeicher zu beschäftigen? Ganz sicher will er, dass die Sache unter uns bleibt. Wer ist in solchem Fall am besten geeignet? Einer von uns Altgedienten? Oder einer der schlauen, frisch gewaschenen Novizen?

Hast Du es schon bemerkt? Ein hübscher Mechanismus, nicht

wahr? Langsam rollen die Seiten vor Dir ab, aber doch so schnell, dass flinke Augen nicht zum Ausruhen kommen. Und nichts kann den Mechanismus stoppen. Ich habe mir große Mühe gegeben und eine Softwarefirma mit meinen Fragen zur Verzweiflung gebracht, ehe ich endlich zufrieden war.

Als ich mit meinen Aufzeichnungen begann, gab es kein Passwort. Ich schrieb für mich. Für niemanden sonst. Hätte jemand den Speicher angetastet, er hätte sich in nichts aufgelöst. Jetzt aber, wo ich am Ende angekommen bin, habe ich das Programm entwickeln lassen und in Kraft gesetzt. Ich sehe Dich förmlich vor mir, wie Du fieberhaft nach einer Möglichkeit suchst, den Ablauf zu unterbrechen. Auf Diskette abspeichern? Natürlich hast Du das schon probiert und herausgefunden, dass es nicht funktioniert. Den Stecker herausziehen? Mit Recht traust Du Dich nicht. Abt Othmar holen? Aber wer liest das, was in der Zwischenzeit über den Schirm läuft und unrettbar verschwindet? Außerdem reizt es Dich gewiss zu sehr, Dein Wissen für Dich allein zu behalten. Zumindest vorerst? Na also.

Rom I / 2

Ich habe die Kupferrolle 3 Q 15 inzwischen ja schon mehrmals erwähnt, das »Ding«, das von Anfang an nicht hineingepasst hat in die Funde vom Toten Meer. Ein Kuriosum, das erst den Religionswissenschaftlern, dann den Historikern und zu guter Letzt den Schatzsuchern nichts, aber auch gar nichts gebracht hat. Nur mir – und nicht nur mir – bringt sie etwas. Unheil.

3 Q 15. So heißt sie, weil Wissenschaftler gern Menschenleben und Schicksale auf einen knappen Begriff zusammenschnurren lassen. 3 ist die dritte Höhle, in der die Suchenden fündig wurden, Q steht natürlich für Qumran, und die 15 gesellt sich dazu, weil man einen Fund, um ihn ganz dingfest zu machen, eben zählen muss. 3 Q 15, so harmlos und unschuldig. Zwischen vermoderten

Pergamenten, angenagten Schnipseln und kaputten Tonkrügen lag ein Stück Blech. Kein Papyrus, keine verschrumpelte Ziegenhaut, nichts, worauf man damals für gewöhnlich geschrieben hat, sondern Blech. Eine Sensation! Später stellte man fest, dass das »Ding« eine zusammengebackene, oxidierte Rolle aus Kupferblech war und dass sich Schriftzeichen darauf befanden. Man rollte das Blech auf, schnitt es säuberlich in parallele Streifen und entzifferte die ins Metall geritzten Buchstaben. Und dann wurde es wieder sensationell. Denn bei den entzifferten Worten handelte es sich keineswegs um einen freundlichen Text mit religiösem Bezug, wie er beispielsweise in Höhle 1 gefunden worden war:

Der Herr sei dir gnädig.
Er mache dich fröhlich mit allem Guten,
er sei dir gnädig mit heiligem Geist.
Er sei dir barmherzig.
Er sei dir gnädig
in gerechtem Gericht,
dass du nicht stolperst.
Er sei dir gnädig in allen deinen Werken.
Er sei dir gnädig mit ewiger Treue.

Aber es lag auch kein Text vor wie der, den man in der gleichen Höhle entdeckt hatte und der mich nun schon so lange verfolgt:

Ich verstumme,
mein Arm ist aus seinem Gelenk gebrochen,
und mein Arm ist im Sumpf versunken.
Blind sind meine Augen,
weil ich das Böse mit ansehen muss …
und alle Grundfesten meines Hauses bersten.
Mein Körper ist wie zerhackt,
meine Glieder baumeln herunter an mir
wie ein führerloses Schiff im wilden Sturm.

In der Rolle 3 Q 15 wird kein Gott erwähnt, nur Geld und ein paar Schriftstücke. Und 61 Orte irgendwo in Judäa. »Grabe vier Ellen tief in der nördlichen Ecke des Teiches, der sich östlich von Kohlit befindet. Dort sind 22 Talente Silbermünzen.« Kohlit? Wo ist Kohlit? Wo war Kohlit im 1. Jahrhundert nach der Zeitenwende? Hieß der Ort überhaupt Kohlit? Sicher war das nicht, da es bei der Übersetzung manchmal unmöglich ist, zwischen verwitterten Buchstaben, die sich ähnlich sind, zu unterscheiden. Nicht Kohlit, sondern Kahlit? Und wo ist der Teich, in dem vor rund 2000 Jahren die Frauen ihre Kleider wuschen und braunhäutige Kinder herumplanschten?

Ich wusste, dass viele Leute mit elektronischen Suchgeräten durch die Wüste geirrt waren und außer Patronenhülsen und Granatsplittern nichts mit nach Hause gebracht hatten. Was hatten sie sich vorgestellt? Dieses Land hatte die Römer, Mohammed, sieben Kreuzzüge, Türken, Engländer, Ben Gurion, Golda Meir, 2000 Jahre, in denen mehr oder minder Krieg herrschte, hinter sich, und dann wollten sie bei der Ruine von Horebbah einfach 40 Schritte nach Osten gehen und Silberbarren ausbuddeln? Oder an einem der anderen verwehten Orten, die in der Kupferrolle genannt sind, herumstolpern und in Makos, Sekaka, Chasa, Nataf, Bet Ha-Quos, Beth Hakerem, Sarizim, Beth Ahsor verborgene Reichtümer horten? Trotz allem: Ich bin Realist. Nie wäre ich auf den Gedanken gekommen, nun mit einem Spaten bewaffnet auf Schatzsuche zu gehen. Die Namen der Orte aber sind mir in den Ohren geblieben, weil sie so fremd und so schön klangen.

Als Junge habe ich mir vorgestellt, ein Wort, ein Name könne meine Welt verändern. Sprach man es aus, so verwandelte sich das Fräulein Löhmer, das uns im Rechnen zwiebelte und uns, obwohl es verboten war, an den Schläfenhaaren zog, in eine Frau, die so aussah wie meine Mutter. Nur musste man das Wort eben kennen. Was habe ich damals nicht alles erfunden und leise vor mich hin gesagt! Das Fräulein Löhmer aber unterrichtete uns, bis ich ins Gymnasium kam, und zog weiter an meinen Haaren.

Die Faszination der Worte blieb mir dennoch erhalten. Horebbah, Beth Hakerem. Und natürlich Beth Ahsor. Es war ein Wort, das sich in mir eingenistet hatte, das die Kettenreaktion auslöste. Es wartete, lauerte wie ein Virus, bis es sich in einen größeren Kontext einloggen konnte. Das Wort zur rechten Zeit am rechten Ort. Ich glaube nicht an die Vorsehung. Es war Zufall. Oder es gibt den Teufel wirklich. Beth Ahsor. »Ein Silberbarren, 10 Opfergefäße und 10 Bücher sind im Aquädukt an der Straße, die östlich an Beth Ahsor vorbeiführt.«

Ich hegte also ein Kleinjungeninteresse für 3 Q 15, aber sonst gab ich mich ganz zufrieden mit meinen kleinen Papyrusfragmenten, die ich niemals wirklich zu Gesicht bekommen und berühren würde, weil sie in den klimatisierten Kellern in Jerusalem verschlossen waren. Fragmenten, die nur in einer Fotokopie vor mir lagen, ihrer Entzifferung, Übersetzung und Einordnung harrten und mir die Doktorwürde bescheren sollten, weil »Pater Doktor Basil Perhamer« auf meiner Gruftplatte mehr hermachen würde. Mein Doktorvater, Professor Blatter, hätte als abgeklärter Wissenschaftler für 3 Q 15 nur Spott und Hohn übrig gehabt, also beschloss ich, ihn nicht damit zu belästigen. Es bestand ja auch kein Anlass dazu. Noch nicht.

Der größere Kontext – oder salopper ausgedrückt, der Knüller – fand sich in der Universitätsbibliothek in Basel. Dorthin hatte Professor Blatter mich zum Recherchieren geschickt, weil er seinem Lieblingskaiser wieder einmal einen Artikel widmen wollte. Wir haben in Basel eine Menge Unterlagen mit Bezug auf den Stauferkaiser. Wohl keine Kanzlei hatte einen größeren Papier- und Pergamentausstoß als die seine, und so blieb einiges, wenn auch nur Nebensächliches, hängen und landete auf Umwegen in Basel. In den säurefreien Kartons im Souterrain unserer Uni ließ sich durchaus noch etwas Unveröffentlichtes finden, um einen Artikel damit aufzumotzen.

Über den Katalogcomputer pirschte ich mich zu den alten Karteikästen und von diesen zu einem Einzelkatalog, wo noch alles fein säuberlich mit der Hand auf die Karteikärtchen geschrieben war. Einen Karton, bei dem ich fündig zu werden hoffte, trug ich zum Arbeitstisch unter den Neonröhren. Vergilbte Pergamente, die man immerhin schon geglättet und unter Bögen aus Japanpapier gelegt hatte. Abrechnungen, Anweisungen und ab und zu ein Erlass mit einem Siegel. Schludriges Latein, wie ich beim Überfliegen feststellte. Aber aus dem einen oder anderen ließ sich etwas machen. Dann fand ich in einem Umschlag aus schützendem Papier hinter einem Stück Pergament, das sich offenbar mit der Aufbewahrung von Feldfrüchten im Winter befasste, eine noch zusammengefaltete Urkunde aus Papier. Die war da offenbar versehentlich hineingeraten, hatte keinen eigenen säurefreien Umschlag, war auch nicht im Katalog enthalten und trug nicht einmal ein Bibliothekszeichen. Da hatte sich etwas aus dem 13. Jahrhundert total verirrt.

Etwas Erregendes konnte es allerdings nicht sein, hatte doch der Kaiser Friedrich nichts aus seinen Schlangenaugen gelassen und alles und jedes geordnet. Nichts Wichtiges durfte dem Papier anvertraut werden, so hatte er per decretum befohlen, denn Papier vergilbte, zerbröselte, Text und Unterschrift waren leicht zu fälschen, und obendrein musste Papier aus Arabien importiert werden, weil im Heiligen Römischen Reich noch niemand wusste, wie Papier hergestellt wurde. Aus all diesen Gründen griff der Kaiser zum Pergament, auch wenn es teuer war.

Mein papierner Fund konnte also unmöglich von Bedeutung sein, doch die Neugier hatte mich gepackt. Vorsichtig löste ich die zusammengeklappten starren Teile der Urkunde auseinander. Das Papier brach nicht, aber ich traute mich nun doch nicht, es ganz aufzufalten. Es ging auch so. Bräunlich verfärbte, wässrig gewordene Schriftzeichen wurden sichtbar. Eines war auf den ersten Blick klar: Eine Anweisung für die Aufbewahrung von Feldfrüchten im Winter hielt ich nicht in den Händen. Auch kein anderes

Dokument aus der Kanzlei Friedrichs II., sondern eine Botschaft an diese beziehungsweise an den Kaiser selbst. Das ergab sich schon aus der lateinischen Anrede, die der Schreiber mit dem Namen Fakhr ad-Din benutzte:

Imperator Fridericus Secundus Romanorum Caesar Semper Augustus Italicus Siculus Hierosolymitanus Arelatensis Felix Victor Ac Triumphator

Kaiser Friedrich den Zweiten, der Römer immer erhabenen Caesar, König Italiens, Siziliens, Jerusalems, des Arelats, glückhaften Sieger und Triumphator

Ich überflog die engen Zeilen. Genaues, flüssiges Latein mit richtig gesetzten Abkürzungen. Zwischen den üblichen Lobhudeleien war die Rede von einem »donum«, einem Geschenk, das für Seine Erhabenheit unterwegs sei, und der Bote, solle, wenn es genehm wäre, persönlich empfangen werden. Für Professor Blatters Thema fand sich hier nichts Nützliches. Ich wollte das aufgefaltete Papier wieder zusammenschnellen lassen, da fiel mein Blick auf Begriffe, die mit dem flüssigen Latein nichts zu tun hatten, Ortsnamen. »... *in loco vetere Wadi B'Herib, Iudaei nominata Beth Ahsor* ... – ... an einem alten Ort Wadi B'Herib, der von den Juden Beth Ahsor genannt wird ...« Da las ich etwas von einer Wasserleitung, von Schriftrollen und goldenen Gefäßen, die man dort gefunden habe, und als Nächstes las ich etwas über »den Propheten Isa, den die Ungläubigen Jesus nennen«.

Schweigend faltete ich die Urkunde zusammen, sortierte alles, was an Pergamenten auf meinem Tisch herumlag, wieder unter die schützenden Papiere, schloss den Karton und trug ihn an seinen Ort zurück. An der Tür wechselte ich mit dem Aufseher noch ein paar Worte und ging. Man verdächtigt keinen Benediktiner des Diebstahls, und wer weiß schon, wie es unter unserem Skapulier ausschaut, dass man da Knöpfe aufmachen kann und dass es Platz für ein Papier gibt, erst recht, wenn es nicht viel größer ist als ein Briefumschlag.

Blatter war nicht in seinem Büro, was bei einem Professor, der kurz vor seiner Emeritierung stand, nicht verwunderte. Kurzerhand machte ich mich auf den Weg nach Oberwil, wo er in einem Reihenhaus wohnte. Seine Frau, die mich sonst Martin nannte, tat so, als würde sie mich nicht kennen, erklärte sich aber immerhin bereit, mich beim »Herrn Professor« anzumelden. Blatter nannte sie »meine Terpsychore«, weil sie eine Ballettausbildung abgebrochen hatte, doch manchmal, wenn sie nicht dabei war, nannte er sie »meine Psyche«, weil sie ab und an manisch wurde, wilde Anrufe bei der Uni tätigte und Geschirr in den Vorgarten warf. Blatter erschien in Wolljacke, weiten Hosen und Sandalen im Flur und zog mich in sein Arbeitszimmer, das er sein »Stübchen« nannte, obwohl es fast das ganze Parterre des Hauses okkupierte. Durch die schmale Gasse zwischen den aufgetürmten Zeitschriften folgte ich ihm zu seinem Schreibtisch.

Dass ich die Urkunde entgegen den Ausleihvorschriften einfach mitgenommen hatte, interessierte ihn nicht. Vorsichtig entfaltete er die Urkunde, schob seine Brille auf die Stirn und beugte sich über die Schrift. Seine Lippen formten unhörbar die Worte beim Lesen des Textes. Dann schob er die Brille wieder herunter und blickte mich freundlich an: »Interessant, interessant, was Sie da gefunden haben. Soweit ich weiß, noch nicht veröffentlicht. 1230 oder 1231. Auf jeden Fall nach dem fünften Kreuzzug. Aber weswegen kommen Sie damit zu mir heraus? Solche Briefe gibt es ad infinitum. Fakhr ad-Din ist eine durchaus bekannte Größe. Er war Vertrauter des Sultans Malik Al-Kamil und dem Kaiser sehr zugetan. Man hat sogar behauptet, die zwei hätten etwas miteinander gehabt. Da schickt ein Muslim dem Kaiser eine ganz besonders interessante Reliquie, weil er weiß, dass die gepanzerten Herren aus dem Abendland geradezu versessen sind auf morsche Gebeine, Windeln des kleinen Jesusknaben und dergleichen andere unappetitliche Dinge. Na ja, hier geht es zumindest um etwas

Reinlicheres, um etwas Geschriebenes, aber solche Dinge gibt es auch wie Sand am Meer. Jesu Beichtzettel? Das wäre doch etwas. Ach, ich vergesse schon wieder Ihre Provenienz, mein Lieber. Ich bin eben ein eingefleischter Calviner und kann mit eurem Reliquienkult nichts anfangen. Was meinen Sie, was damals alles gefälscht wurde? Und welche innige Freude die Araber daran hatten, die Herren aus dem Abendland zu belügen und zu betrügen. Da wurde alles nur Erdenkliche in Hinterhöfen hergestellt, vom Splitter des heiligen Kreuzes über Leichentücher bis eben auch zu Kritzeleien unseres Herrn Jesus Christus. Und hier hat offenbar ein Araber den anderen hereingelegt, denn dass Fakhr ad-Din nun seinem Freund Federico, dem Imberadour, wie man den Imperator Friedrich Zwo nannte, bewusst einen Fake übersendet, wollen wir nicht annehmen.«

»Es geht also mit Sicherheit um eine Fälschung?«, fragte ich ungläubig.

Blatter zuckte lediglich die Achseln. »Da Sie ja nun aber einmal da sind, können wir genauso gut eine Übersetzung anfertigen und miteinander schauen, was sich mit dem Text anstellen lässt. Es ist ja nicht ausgeschlossen, dass wir ein Fetzli Geschichte entdecken.«

Wir übersetzten gemeinsam, und ich schrieb, den Block auf die Tischkante gelegt, den Text auf. Diesen Zettel habe ich noch immer, obwohl ich PiBi versprochen habe, alles, was ich an Unterlagen hatte, zu vernichten. Ich werde diese Zeilen auf kariertem Papier auch noch verbrennen oder – weniger pathetisch – ins Klo spülen, wenn ich hier am Ende bin. Und das Original, über das Blatter und ich uns gebeugt hatten? Viel später, als wir einander schon besser kannten, habe ich PiBi einmal danach gefragt. Er legte seine Hand auf meinen Arm und sagte, er müsse mir etwas Schmerzliches mitteilen. »Nicht böse sein, mein Lieber. Ihr habt in eurem schönen Kloster nicht die ›Historical Review‹ abonniert, nicht wahr? Da ist schon vor geraumer Zeit ein Artikel erschienen, der darlegt, dass dieser Brief des morgenländischen Fürsten eine grobe Fälschung ist. Der Historiker, der ihn geschrieben hat, ist ein wenig über das ihm vorgegebene Ziel hinausgeschossen und hat den Verfasser der bewussten Doktorarbeit dieser Fälschung bezichtigt. Tragen Sie es mit Fassung! Ihr ›Summa cum laude‹ wird Ihnen niemand mehr wegnehmen, dafür ist gesorgt.«

Also ob mich das noch interessieren würde!

Der fragliche Brief an Friedrich II. hatte übrigens folgenden Wortlaut:

»Ich sende Euch Grüße, Erhabener. Nehmt das Geschenk an, das Euch ein Bote, den Ihr geneigt selbst empfangen wollt, überbringen wird. Hört die wundersame Geschichte an: Als Bauern an dem alten Ort Wadi B'Herib, der bei den Juden Beth Ahsor genannt wird, eine verfallene Wasserleitung zu erneuern versuchten, fanden sie in einer Höhlung ein Stück reinsten Silbers, 10 Gefäße aus reinstem Gold und 10 Tongefäße mit Schriftrollen. Allah sei Dank, sie brachten den Fund dem Ortsvorsteher. So gelangte er zu mir. Meine Gelehrten haben das in der alten Sprache Geschriebene übersetzt und fanden nichts, was Eure oder meine Aufmerksamkeit verdienen würde. In einem der 10 Tongefäße befand sich jedoch neben der Pergamentrolle eine Hülse aus Gold, in der ein beschriebener Papyrus enthalten war. Meine Gelehrten haben erklärt: Dies ist wahrhaftig geschrieben vom Propheten Isa, den die Ungläubigen Jesus nennen. Ihr wisst, Erhabener, den ich in meinem Herzen Freund nennen darf, dass wir einig sind in unserer Sicherheit, dass nichts gilt, wenn es nicht durch die Natur und die Vernunft bewiesen werden kann, und dass 50 Gelehrte ebenso viele sich widerstreitende Meinungen über ein und denselben Gegenstand zu äußern pflegen. Entsinnt Eure Erhabenheit sich an unsere Gespräche über Gott und den Menschen und was dessen Seele unsterblich macht oder nicht? Nehmt das goldene Behältnis und erfahrt dessen Inhalt, den ich zusätzlich übersetzen ließ, obwohl ich weiß, dass die Gelehrten an Eurem Hofe die meinen minder erscheinen lassen. Verfahrt damit nach Eurem Gutdünken. Oder gebt sie dem höchsten Priester, dem Kalifen von Rom, der sich Gregor IX. nennt, mit dem Ihr erneut im

Streit liegt, der Eure Lande erschüttert, und den Ihr, wie ich gehört habe, den Pharisäer nennt, von seinen Genossen gesalbt mit dem Öle der Bosheit, den großen Drachen, der das ganze Erdenrund verführt hat. Ich sende Euch meine Grüße, Erhabener. Die Stute, die Eure Herrlichkeit mir schenkten, hat wieder gefohlt. Steigt der Falke, den Ihr von mir annahmt, noch so wie früher? Der Allerbarmer sei mit Euch. Fakhr ad-Din.«

Noch heute habe ich Blatters Stimme im Ohr. »Das glaube ich nicht«, rief Blatter, als wir mit der Übersetzung fertig waren und ich ihn auf die Übereinstimmungen hinwies: Beth Ahsor, hier in diesem Brief war es genannt und ebenso in der Kupferrolle. Wasserleitung, Weihegefäße, sogar die Anzahl der Tonkrüge und der einzelne Silberbarren stimmten überein. »Das glaube ich nicht«, wiederholte Blatter, auch als ich ihm fast wörtlich die Stelle in 3 Q 15 vorbetete: »Ein Silberbarren, 10 Opfergefäße und 10 Bücher sind an der Straße, die östlich an Beth Ahsor vorbeiführt.«

»Das ist Quatsch: So etwas kommt nicht vor.«

Später dann, als ich ihm die Fotos der Kupferrolle, die vergrößerten Schriftzeichen und die gewissermaßen amtliche Übersetzung zeigte, begann er, nervös an seinem Wolljanker herumzuzupfen, als wäre von draußen, aus dem verwilderten Garten, ein kalter Lufthauch in sein »Stübchen« eingedrungen. Die alte Lunte, die beim Namen Fridericus secundus aufgeglommen war, glühte wie beim Böllerschießen an Silvester. Blatter wurde wieder jung, es war die Koinzidenz, die ihn erblühen ließ. Er hatte sein »Fetzli« Geschichte gefunden, einen Querverweis durch die Jahrhunderte, der ihn herausforderte. Ob er sich ernsthafte Gedanken machte über das goldene Behältnis und den Satz »Dies ist wahrhaftig geschrieben vom Propheten Isa, den die Ungläubigen Jesus nennen«? Ich weiß es nicht. Wahrscheinlich rubrizierte er die Sache unter »mittelalterlichem Aberglauben« und »faulem Zauber«. Ihn interessierte der faktische Zusammenhang zwischen der Urkunde eins, 3 Q 15, und der Urkunde zwei, dem Brief Fakhr ad-Dins, und obendrein gehörte das alles auch noch unter den Königsmantel seines geliebten Stauferkaisers. Ihn interessierte, ob diese Botschaft nebst dem goldenen Anhängsel und dessen Inhalt Eingang gefunden hatte in die bislang erforschte Geschichte des 13. Jahrhunderts. War die »goldene Hülse« in die Hände des »Kalifen von Rom« gelangt? Gab es irgendeinen Hinweis darauf in den bitterbösen Pamphleten, mit denen sich Kaiser und Papst gegenseitig zur Hölle schickten? Die Fakten waren für ihn von Bedeutung, nicht das mögliche Gotteswort des »Propheten Isa«. War das Problem ihm zu groß und zu dunkel? War es zu gefährlich für einen alten Mann im grauen Wolljanker mit einer C4-Professur und einer Terpsychore, die Tassen und Teller in den trostlosen Vorgarten warf?

»Und was haben Sie sich gedacht, Basilio?«

Bertonazzi saß vor seinem vierten Espresso. Nach dem zweiten hatte ich die demütige Schwester gebeten, mir keinen weiteren Nachschub zu bringen. Wenn ich wenigstens gewusst hätte, nach welcher Wahrheit er bei mir suchte!

Qumran schien ihn nicht mehr zu interessieren. Es war abgehakt, ebenso wie Beth Ahsor, der Silberbarren, die Bücher und das goldene Behältnis, das für Friedrich II. auf den Weg ins Abendland geschickt worden war. Die Koinzidenz zwischen dem »Stück Blech« und Fakhr ad-Dins Brief, die Blatter so fasziniert hatte, kümmerte PiBi nicht. Er jagte mich durch die erste Hälfte des 13. Jahrhunderts, immer hinter Friedrich von Hohenstaufen her, durch die schmutzigen Gassen von Palermo, von Sizilien nach Apulien, von dort über die Alpen und zurück, von Apulien nach Jerusalem, von Rom nach Worms, ein Abstecher nach Mailand, eine Sackgasse nach Cortenuova und ein Sträßlein entlang nach Castel Fiorentino. Zwischendurch hagelten seine Fragen auf mich nieder: Und die genauen Daten, mein lieber Mitbruder? Papst Gregor IX.? Wie war das mit den Bannflüchen gegen den Kaiser? Und Innozenz IV.? Was war 1246? Haben Sie das kaiserliche

Manifest von 1249 vergessen? Was war der Hintergrund ? Schon vergessen oder nie gewusst? Locker und ex tempore zitierte er aus dem Brief, den Friedrich an alle Höfe Europas gegen Innozenz IV. gerichtet hatte. Obwohl er leise sprach, spürte man in diesem schmuddeligen Zimmer einen Hauch Gewaltigkeit:

Hört, ihr Völker, die furchtbare, in aller Welt unerhörte Niedertracht! Öffnet die Augen und seht, wie in diesen jüngsten Tagen, in denen die Welt offenbar zum Äußersten treibt, die Ordnung der Dinge verkehrt, die schlichte Meinung getäuscht und der Hirten Amt entheiligt wird … Unlängst nämlich … hat dieser Priester, dieser große Hüter, der friedfertige Lenker Unseres Glaubens, versucht – o Schande! –, durch geheime Anschläge Unser Leben zu vernichten und mit Unserem Arzt unmenschlich und gottlos ausgemacht, dass er Uns Gift in Form eines Heiltranks eingäbe … Seht nun, wie Uns dieser teuerste Vater liebte, seht den löblichen Eifer und die geistliche Fürsorge! Seht die würdigen Werke des Priesterfürsten! Bei Gott, wie konnte in sein Herz ein so fluchwürdiger Gedanke emporsteigen! Bei Gott, welches Unrecht haben Wir ihm getan, dass er seinen Sinn auf so große Grausamkeit wendete.

»Was war der Hintergrund, mein lieber Basilio?«, hakte PiBi sofort wieder nach. »Glauben Sie, dass Innozenz wirklich an diesem Attentat beteiligt war? Und wenn ja, warum?«

Gleich darauf lauschte er konzentriert meinen Ausführungen über die Machtverhältnisse im Mittelalter, die Streitigkeiten zwischen Kaisern und Päpsten, die Stellung der lombardischen Städte, die Würde des Kaisers und die Angst des Papstes. Manchmal verhaspelte ich mich, brachte etwas durcheinander oder ließ die himmlische Erleuchtung von Gregor oder Innozenz ein wenig ruppig verdämmern. PiBi quittiert es schweigend, manchmal lächelnd, häufiger mit einem Hochziehen der büschelartigen Augenbrauen. Irgendwann kamen wir im Jahre unseres Herrn 1250 in Castel Fiorentino an. In der winterlich kalten Burg. Glühendes Holz in eisernen Pfannen, das nur Inseln von Wärme erzeugt. Murmeln in teppichverhängten Räumen. Die Fensterhöhlen sind mit dicken Holzläden verrammelt. Es riecht nach Rauch, ungewaschenen Leibern und Krankheit. Man hält den Atem an, tuschelt und betet. Der Kaiser stirbt. Was hatte man ihm geweissagt? Er werde unter Blumen sterben. Deswegen hat er immer einen großen Bogen um Florenz gemacht. Und nun: Castel Fiorentino, Castel der Blumen. Und dann sein Testament:

Eingedenk der stets von der eingeborenen Hinfälligkeit begleiteten menschlichen Beschaffenheit wollen Wir, Friedrich der Zweite, durch göttliche Gnade immer erhabener Kaiser der Römer, König von Jerusalem und Sizilien, da Uns das Ende des Lebens bevorsteht, in ungeminderter Kraft des Wortes und des Denkens, am Leibe krank, aber wachen Geistes, für das Heil Unserer Seele sorgen und über das Reich und Unsere Länder verfügen, auf dass Wir, auch wenn Wir den irdischen Dingen entrückt sind, zu leben scheinen.

PiBi blickte an mir vorbei. Die Zigarette verbrannte ihm fast die Finger, als wolle er auf den Schmerz warten und ihn dann hinnehmen. Leise sagte er: »Zu leben scheinen ... Und dann hat sich dieser ... Mensch die Sterbesakramente und die Absolution erschwindelt und ist am 13. Dezember gestorben. In der Kutte eines Zisterziensermönches. Widerwärtig!«

Der Tod des widerwärtigen Kaisers bildete das Ende unseres Gesprächs. Bertonazzi breitete die Arme aus und lächelte mit weitem Mund, sodass man den rosigen Gaumen und die Drähte seiner Teilprothese sehen konnte. »Das war doch gar nicht so schlimm. Ein interessantes Fachgespräch. Ich entlasse Sie ins sonnige Rom. Genießen Sie die Ewige Stadt. Aber ein bisschen was müssen Sie schon für mich tun, Basilio. Sie haben ein Gespür für Geschichte, doch die genauen Daten sind Ihnen ziemlich egal. Schlecht für einen Historiker. Die Menschen dagegen sind Ihnen nicht egal, und das ist gut für mich. Sie haben, erstaunlich für einen Mönch, Fantasie und Neugierde, ja sogar eine gewisse Kreativität. Ich weiß nicht, ob Ihr Ordensoberer das schon bemerkt hat und ob er darüber glücklich ist. Wahrscheinlich nicht. Ich jedenfalls habe es bemerkt. Und Sie sind sogar ein wenig tapfer, auch wenn Sie es vielleicht selbst nicht wissen. In diesem alten Gemäuer findet man heraus, ob einer tapfer ist oder nicht. Ich habe eine Aufgabe für Sie. Sagen Sie mir, was war das für ein Mensch, dieser verwahrloste Straßenjunge, der dann als Kaiser die Päpste das Fürchten lehrte? Hat er an Gott geglaubt? Hat er an Jesus Christus geglaubt? War er trotz allem ein Sohn unserer heiligen Kirche, wenn auch ein missratener? Der Kaiser interessiert mich nicht. Was er für ein Mensch war, will ich wissen! Denken Sie darüber nach! Kommen Sie ihm nahe, diesem ›chint von Pülle‹, diesem ›stupor mundi‹, diesem vermaledeiten Friedrich. Und dann kommen Sie mit ihm zusammen wieder zu mir.«

Er drückte auf eine der Tasten seiner Telefonanlage. Dann zog er aus der rechten Schublade seines Katheders lässig meine Doktorarbeit hervor und schob sie in meine Richtung. »Hier, ich brauche sie nicht. Sie werden auch nichts mit diesem Elaborat anfangen können, aber vielleicht bringt es Ihren Gedankenfluss zum Plätschern. Übrigens, was ich fast vergessen hätte: Woher wissen Sie eigentlich, dass der Bote, den Fakhr ad-Din an den Kaiserhof geschickt hat, auch tatsächlich dort angekommen ist?«

Ich war verblüfft. Diese Tatsache hatte ich immer als gegeben betrachtet.

»Sehen Sie, an das Naheliegende denkt man nie«, sagte PiBi. »Aber ich kann Sie beruhigen. Er ist angekommen.«

Die Tür wurde geöffnet. Der gleiche unscheinbare Aufseher wie am Morgen verbeugte sich vor PiBi. Ich war entlassen. Bertonazzi, der sitzen blieb, drohte mir schelmisch mit einem wedelnden Finger: »Nicht davonlaufen, fratellino, nicht wahr? Und nicht schwätzen! Zu niemandem! Aber die Habichte unseres heiligen Josemaría werden schon dafür sorgen, dass unser Schweizer Murmeltier nicht entfleucht oder unziemlich murmelt.« Dann wurde er ernst: »Sprechen Sie wirklich mit niemandem. Auch nicht mit Ihren Habichten, mit denen schon gar nicht. Gott segne Sie.« Als ich etwas sagen wollte, unterbrach er mich: »Nein. Ich werde Sie rufen lassen, wenn es Zeit ist.«

Unten, im noch fast sommerlich heißen Innenhof, fand ich David, der geduldig auf mich wartete. Er saß auf einer der Treppenstufen, nagte an einem Schokoriegel und las in einem Buch. Als er aufstand und es einsteckte, sah ich den Titel. Es war Machiavellis »Der Fürst« im italienischen Urtext. Was für eine Qual für einen aufrechten Amerikaner!

Rom II

Bis Mitte Dezember blieb ich im Palazzo Ghislenghi, als einziger Insasse, Gast oder Mönch in vatikanischer Quarantäne. Es war eigentlich ganz gemütlich. Aus Signora Elvira war inzwischen Tante Elvira geworden. Sie könne zwar nicht meine Mutter sein, hatte sie beim gemeinsamen Frühstück erklärt, aber ich sei ein so lieber, ein so außerordentlich feinfühliger Padre, dass es ihr großes Vergnügen bereiten würde, wenn ich sie künftig Tante nennen würde. Also nannte ich sie Tante und gewöhnte mich an die Murmelaugen, die kein Lächeln erreichte. Sie kochte vorzüglich. Ihre Linguine vongole verace waren ein Gedicht.

Carlos und David wechselten sich ab, saßen herum, lasen oder arbeiteten, Bücher um sich aufgetürmt, am Rechner. Einer von beiden begleitete mich fürsorglich, wenn ich eine Bibliothek aufsuchen wollte.

Erstaunlich, wie schnell man sich an andere Umstände gewöhnt. Vielleicht liegt das am Gehorsamsgebot, das der heilige Benedikt seinen Ordensbrüdern auferlegt, oder an der Demut, die wir im Kloster lernen. Wir richteten uns miteinander ein, Tante Elvira, David, Carlos und ich, dazu die Schar jener, die in dem alten Gebäude ihrem verschwiegenen Tagewerk nachgingen. Manchmal hörte man das Summen des Lifts oder das Schlagen der Gittertür, aber keine Stimmen. Stumme, unsichtbare Söhne und Töchter des Vaters Escrivá, die wie die Maulwürfe ohne Tageslicht vor sich hin werkelten. Ich lag im schaumigen Badewasser, trank den Wein mit dem Papstblick aus den Albaner Bergen, schlief länger und machte meine Hausaufgaben. Am Anfang tat ich es unwillig. Was gingen mich jetzt noch Friedrich Zwo und das Mittelalter an? Mit der Zeit jedoch wuchs mein Interesse, was entweder an dem toten Kaiser oder aber an dem Gehorsam lag, über den ich oben geschrieben habe.

»Was war das für ein Mensch?«

Wie sollte ich das herausfinden, wo ich doch nicht einmal wusste, wer ich war? Ein Mensch im Mittelalter! Wir haben doch schon unsere Großeltern vergessen, die mit dem Pferdefuhrwerk die Ernte einholten, Kröpfe hatten und keine Diätvorschriften einhielten. Zwischen Friedrich und mir lagen fast 800 Jahre Entfernung. Die Erde, auf der er lebte, war eine flache Scheibe mit Jerusalem als Mittelpunkt. Hunger, Krankheiten, Hagel, Hitze und Tod drohten als Strafen Gottes all jenen, die sich nicht an die Regeln hielten. Die Regeln kamen aus Rom und von den Heiligen, die – im Auftrag Roms – in Wäldern erschlagen, aufgehängt, gehäutet und verbrannt worden waren und deren Gebeine nun Wunder wirkten.

Wunder! Was ist das für ein schönes Wort. Für den Menschen des Mittelalters bedeutete es: Gott ist da. Er zeigt sich dir, hilft dir ganz persönlich in deiner mageren Lebensdauer von dreißig Jahren, in deiner zugigen Hütte oder deiner Burg hoch auf dem Felsen, wo die Gicht durchs Gemäuer kriecht und die Kinder genauso sterben wie unten im Dorf. Der Tod ist ganz nah, die Hölle ist ganz nah, und es bleibt nur die Hoffnung, dass der Herre Jesu Christ auch ganz nah ist. Ein Wunder half, diese Nähe zu beweisen. Und wenn die Wunder ausblieben, die Ernte verfaulte, Seuchen die Dörfer entvölkerten, die Heiligen oder ihre Körperteile in ihren Grüften und Reliquiaren nicht reagierten, dann war ein Komet oder der böse Blick des Nachbarn schuld. Papst Innozenz III., einer der Kontrahenten des jungen Kaisers Friedrich, schrieb ein Traktat »Über das Elend des menschlichen Daseins«, das in unzähligen Klosterskriptorien kopiert wurde: *Aus Staub, aus Kot, aus Asche, aus noch viel niedrigerem Stoff, aus dem unreinsten: dem Sperma ist der Mensch gemacht. Er wurde empfangen im Brand des Fleisches, in der Glut des Begehrens, im Pesthauch der Wollust, was aber noch schlimmer ist: im Stande der Sünde … Er wird zur Speise des Feuers, das unauslöschlich glüht und brennt; zur Nahrung der Würmer, die in Ewigkeit fressen und nagen; ein Haufen Fäulnis, quae semper foetet et sordet horribilis, der ständig stinkt und fürchterlich schmutzig ist.*

Und der von Gott bestimmte, gesalbte und gekrönte Herrscher über all das Elend war Friedrich II.

Ich fing meine Recherche mit Friedrichs Schlangenblick an. Allen Zeitgenossen war er aufgefallen und mehr oder minder unheimlich gewesen. »Grün schillernde« Augen soll er gehabt haben, die moderne Historiker jedoch nicht länger für reptilienhaft, sondern lediglich für kurzsichtig halten. Brillen kamen erst ein Jahrhundert später auf.

Kurioserweise dachte ich nicht darüber nach, weswegen mein neuer Freund PiBi mir diese Aufgabe gestellt hatte. Ich hatte einen Auftrag erhalten, und ich führte ihn aus. Womöglich liegt es in der Mechanik, die im Gebäude an der Via del S. Uffizio angewendet wird, dass man nicht mehr danach fragt, warum man etwas gefragt wird.

David las in seinem Machiavelli, während ich in Monografien blätterte. Manchmal blickte er mir über die Schulter, wenn ich vor dem Internetterminal im Ghislenghi saß. Friedrich II. und Machiavelli mochten Brüder im Geiste gewesen sein, aber was interessierte das den jungen Amerikaner? Ich war versucht, ihn wegzuscheuchen, aber er war so überaus freundlich und interessiert. Trotzdem war mir seine Nähe unangenehm. Er merkte es schließlich und zog sich zurück. Carlos saß da, tat nichts und sah wachsam auf, wenn ich die Toilette aufsuchte. Beide lächelten mit schneeweißen, gesunden Zähnen.

Abends stahl sich dann Seine Majestät Kaiser Friedrich II. in mein Zimmer, lächelte nicht und löschte die Nachttischlampe. Manchmal hörte ich die Schleppe seines Mantels, golden, mit Kamelen bestickt, auf dem Parkettboden rascheln. Ein schmaler, sehniger Bengel, der durch die Gassen von Palermo streifte und von moslemischen, jüdischen und christlichen Hausfrauen durchgefüttert wurde, weil es zu Hause, im königlichen Palast, nichts Vernünftiges zu essen gab. Er war ein gekrönter deutscher König, auch König von Sizilien, zu dem obendrein Apulien gehörte, aber die Speisefolge war karg. Die eine Krone hatte ihm ohnehin längst Otto IV. im fernen Deutschen Reich abgenommen, nachdem Heinrich VI., sein königlicher Vater, mit zweiunddreißig Jahren gestorben war und seinen dreijährigen Sohn weitab in Sizilien sitzen gelassen hatte. Als 1198 noch die Mutter starb, war auch mit der sizilischen Krone nicht mehr viel anzufangen, und der nächste Nachbar, zufällig Papst Innozenz III. mit seinem Kirchenstaat, übernahm die Vormundschaft über den kleinen Jungen.

Aber was tat dieser seltsame Junge? Er machte sich mit den verschiedenen Kulturen der Hafenstadt Palermo vertraut, lernte Arabisch, prügelte sich herum, lernte Latein, guckte den Frauen unter die Röcke, diskutierte mit Kadis, moslemischen Geistlichen und Rabbinern und fragte den alten Herren Löcher in die Bäuche. Was er sie fragte, ist nicht überliefert. Noch interessierte sich keiner für den Gassenjungen aus Palermo, den man in Rom spöttisch den »puer Apuliae« und im fernen Deutschland das »chint von Pülle«, den Buben aus Apulien, nannte. Aber ganz sicher legte er die Grundlage für das, was er später in seinem berühmten Buch »Über die Kunst, mit Vögeln zu jagen« als Ausgangspunkt beschrieb: *Intentio vero nostra est manifestare ea, quae sunt, sicut sunt* – Unsere Absicht ist es, sichtbar zu machen die Dinge, die sind, so wie sie sind. Indem er sein Buch über Falken schrieb, befasste sich Friedrich mit den Wesen auf der Erde, die ihm vielleicht am nächsten standen und ihm am ähnlichsten waren – tapfer, loyal, scharfäugig und hoch am Himmel kreisend.

Er fragte jeden Tag, jede Stunde. Später sollte er fragen: Warum gibt es heiße Quellen, salzige und süße Gewässer? Woher stammt das Feuer im Ätna? Und noch später bedrängte er seinen Hofgelehrten und Astrologen Michael Scotus: »Wir bitten Dich daher bei Deiner Liebe zur Weisheit und der Ehrfurcht vor Unserer Krone, erkläre Uns den Aufbau der Erde, das heißt, erkläre Uns, wie die Erde über dem Abgrund und wie der Abgrund unter der Erde steht und ob die Erde von alleine steht oder auf den Himmeln unter ihr ruht. Auch sag Uns, wie viele Himmel es gibt und wer über sie herrscht und wer sie bewohnt; und sag Uns genau, wie weit ein Himmel vom anderen ist und um wie vieles einer größer als der andere ist; was ist hinter dem letzten Himmel, wenn es mehrere gibt? In welchem Himmel ist Gott in seiner göttlichen Majestät, wie sitzt er auf dem Thron, und auf welche Weise wird er von Engeln und Heiligen begleitet, und was tun sie immerfort vor Gott? Sag Uns auch, wie viele Abgründe es gibt und die Namen der Geister, die darin wohnen. Wo sind Hölle und Fegfeuer und das himmlische Paradies? Unter oder über der Erde? Was ist der Unterschied zwischen den Seelen, die täglich dorthin gebracht werden, und denen, die vom Himmel gefallen sind? Kennt eine Seele die andere im nächsten Leben, und können wir in dieses Leben zurückkehren, können wir sprechen und uns sichtbar machen?«

Als er das fragte, da war aus dem »chint von Pülle« schon der Kaiser des Heiligen Römischen Reiches geworden. Da war der Achtzehnjährige mit wenigen Männern über die Alpen geklettert, weil die deutschen Fürsten und der Papst nicht mehr so recht zufrieden waren mit ihrem gewählten und zum Kaiser gekrönten Otto IV., und war einige Stunden vor Kaiser Otto in Konstanz einmarschiert. Hingerissen vom Charme des apulischen Knaben, schlossen die braven Konstanzer die Tore, und Otto blieb draußen. Er blieb auch draußen, als man Friedrich im selben Jahr zum deutschen König wählte und als man ihn in Aachen zum deutschen König salbte. Als Papst Honorius III. 1220 den früheren Nachbarsbuben zum Kaiser krönte und sich die Kirche damit unendlichen Ärger einhandelte, war Otto bereits tot.

Zur Zeit der Fragen an Michael Scotus hatte ihn Papst Gregor IX. schon in Acht und Bann getan, weil er mit seinem längst versprochenen Kreuzzug nicht voranmachte, weil er mit seiner Fragerei das Gefüge der Kirche durcheinanderbrachte und obendrein dem Papst in seinem »Patrimonium Petri«, seinem Kirchenstaat, immer näher auf die Pelle rückte. Damit holte er sich das »Anathema«, das »Sei verflucht«, an den Hals, und der Papst erklärte ihn europaweit zum Antichristen. Der Gebannte jedoch lief mit vierzig Galeeren von Brindisi aus, um die heiligen Stätten von den Ungläubigen zu befreien, und landete im Heiligen Land mit einem Heer von Männern, denen vom Papst Sündenfreiheit versprochen worden war. Seinen Hofastrologen Scotus fragte er weiter: »Und wie kommt es, dass die Seele eines lebendigen Menschen, wenn sie in ein anderes Leben als das unsrige übergeht, weder durch die erste Liebe noch durch den Hass zur Rückkehr gezwungen werden kann, als sei nichts gewesen, als ob sie sich um das, was sie zurückgelassen hat, nicht kümmert?«

Ausgerechnet der Kreuzzug des Antichristen wurde der einzig friedliche und dennoch erfolgreiche. Friedrich ging mit Fakhr ad-Din, dem Gesandten des Sultans, auf die Falkenjagd, sprach arabisch, setzte den Gott der Christen dem Gott des Islam gleich, schrieb Sultan Al-Kamil Traktate über arabische Poesie, schlief – wie man sich zuflüsterte – mit ad-Din, plauderte hier, plauderte da und erhielt ohne Schwertstreich Bethlehem, Nazareth und Jerusalem mit Ausnahme der Al-Aksa-Moschee und des Felsendoms zurück. Es gab kein Allah- und kein Jesusgeschrei, kein Flattern der Fahnen im Wüstenwind, kein Waffengeklirr, keine toten Heiden und keine christliche Märtyrer. Deshalb musste der gebannte Kaiser sich selbst die Krone Jerusalems aufsetzen. Dem fernen Gregor war alleine schon das Verhandeln mit den Ungläubigen ein Sakrileg, und er belegte ganz Jerusalem mit dem Interdikt. Friedrich fragte Ibn Sab'in, der den Beinamen »Polarstern der Religion« trug, nach Beweisen für die Unsterblichkeit der Seele. »Wenn sie denn überhaupt unsterblich ist«, fügte er freimütig hinzu.

Ist es da noch verwunderlich, dass der Heilige Vater in Rom in einer Enzyklika schrieb: »Dieser König der Pestilenz hat nach seinen eigenen Worten erklärt ... der Mensch solle nichts glauben, was nicht durch die Natur und die Vernunft bewiesen werden könne«, er habe die Jungfrauengeburt geleugnet und töricht genannt und habe geschrieben, die Welt sei von drei Betrügern in die Irre geführt worden: Moses, Christus und Mohammed? Dieser Friedrich hielt sich nicht an die Regeln. Er glaubte nicht in den richtigen Bahnen. Für ihn war ein Komet eine Himmelserscheinung und nicht der Vorbote von Pest und den anderen Schrecknissen Gottes.

Was war das für ein Mensch, Padre Bertonazzi?

PiBi in seinen übel riechenden Rauchschwaden wusste doch genauso viel wie ich. Schon deshalb war es mir unbegreiflich, warum PiBi offensichtlich zu inquisitorischen Methoden griff. Wenn ich von einem Gang zur Bibliothek zurückkam, fand ich meine handschriftlichen Skripten und die Fotokopien in anderer Ordnung vor. Meine bescheidenen Habseligkeiten im Intarsienschrank hatten sich verschoben, die zwei Pullover, die mir mein Orden gönnte, lagen plötzlich rechts, meine Socken schienen ordentlicher zusammengelegt, und meine ausgeblichene Unterwäsche war anders gestapelt. Als würde ich geheimnisvolle Notizen unter meinen Unterhosen verstecken! Ich ärgerte mich über PiBis Misstrauen und fand es lächerlich. In meinem Magen aber breitete sich allmählich ein flaues Gefühl aus: Welchen Zweck hatte diese Überwachung bei der Erstellung des Psychogramms eines längst toten Mannes, über den mein Inquisitor ohnehin selbst Bescheid wusste? Konnte es sein, dass sich noch jemand anders für meine Studien interessierte? Die Habichte meines Hausherrn, des heiligen Josemaría? Ich hatte zwar keine Ahnung, worin der Sinn des Ganzen bestand, aber immerhin hatte PiBi mir eingeschärft, besonders diesen Vögeln gegenüber Stillschweigen zu bewahren. Je länger ich meiner Hausaufgabe nachkam, desto unsicherer wurde ich. Tante Elvira machte sich Sorgen um mich, weil ich so geistesabwesend meine Pasta herunterschlang, und David und Carlos wurden ein ganz klein wenig unfreundlich, wenn ich schon wieder in die Bibliothek wollte und einer von ihnen untätig neben mir herumsitzen musste. Ich transkribierte, ließ den Fotokopierer in der Bibliothek heiß laufen, schrieb meine Gedanken auf und wusste doch am Abend, dass ich der Beantwortung der mir gestellten Frage keinen Schritt näher gekommen war. Es half alles nichts: Ich musste mit Bertonazzi reden.

David wurde noch unfreundlicher, als ich ihn bat, mir eine Telefonverbindung mit PiBi zu geben. Mürrisch kam er mit dem Telefon in mein Zimmer. Als ich schließlich Bertonazzi am Apparat hatte, blieb er wie angegossen an der Tür stehen. Erst als ich mit der Hand wedelte und sagte, er solle die Tür schließen, trollte er sich. PiBi war munter und aufgeräumt, fragte, wie es mir ginge und wie weit ich schon gekommen sei. Als ich ihm von meinen Beobachtungen berichtete, hörte seine Munterkeit abrupt auf: »Von wo rufen Sie an, Padre?«

Ich sagte es ihm.

»Wir beenden das Gespräch. Ich schicke Ihnen einen Laptop inklusive Schlüssel hinüber. Bleiben Sie morgen früh im Ghislenghi und nehmen Sie den Rechner persönlich in Empfang. Und rufen Sie nicht mehr an. Ich habe Ihnen doch gesagt, ich würde mich melden. Exzerpieren Sie nicht so viel herum und schreiben Sie nicht wieder eine Doktorarbeit! Strengen Sie Ihren Kopf an! Da kann niemand hineinschauen. Ciao.«

An einem Sonntag machten wir einen Familienausflug. Der Vorschlag kam von Elvira: »Glauben Sie mir, es wird Ihnen guttun. Sie arbeiten zu viel. Sie brauchen Zuspruch. Unser Vater hat gesagt, wenn der Herr ihn einst zu sich rufen würde, so werde er vom Himmel aus mehr und wirksamer helfen können. Wir gehen ihn besuchen, okay?«

So fuhren also meine beiden Dioskuren, Tantchen und ich durch die mild besonnten Straßen zur Messe in die Viale Bruno Buozzi, wo die Prälaturkirche des Opus Dei, Unsere Liebe Frau vom Frieden, stand. Wir waren früh dran. Elvira steuerte zielstrebig in die erste Bankreihe. Ältere Frauen wollen in der Kirche immer ganz vorne sitzen. Ein sehr großer, hagerer Mann mit gepflegter weißer Mähne und einem Bischofsring am Finger las die Messe konzentriert und mit großer Würde. »Das ist er«, flüsterte David mir zu.

»Das ist wer?«

»Esteban Vazquez de Castro«, antwortete er geradezu empört. »Der jetzige Vater. Der Chef des Opus.« Daraufhin betrachtete ich den Zelebranten in seinem brokatbesetzten Messgewand genauer. Wenn er ins erstaunlich gut gefüllte Kirchenschiff blickte, sah man unnatürlich geweitete hellblaue Pupillen. Ich kannte so etwas vom Augenarzt. Bekommt man Atropin eingeträufelt, werden die Augen so groß. Das Gesicht wirkte ungesund, doch auf der gespannten kreideweißen Haut waren keine Falten zu erkennen. Nur wer erbarmungslos hinschaute, erahnte die wie mit dem Silbergriffel gezogenen Linien, die über die Backen und am Mund entlang verliefen und über der hochgezogenen Albe verschwanden. Es war nicht das Gesicht eines Mannes, aber auch nicht das Gesicht einer Frau. Geschlechtslos. Zwitterhaft. Mir fielen Schildkröten ein, die ich mir als Kind gewünscht hatte, weil sie so alt und weise wirkten. Als Nächstes dachte ich an eine übergroße weiße Made. Manchmal hatte ich den Eindruck, dass mich Seine Exzellenz Vazquez de Castro ernst und aufmerksam fixierte.

Nach der Messe hielt man sich noch ein wenig vor dem Kirchenportal auf. Tante Elvira unterhielt sich angeregt mit gleichaltrigen Damen, die sich wie sie mit spitzenbesetztem Schleier für den Kirchgang zurechtgemacht hatten. Wir Männer standen so herum. Plötzlich zupfte mich jemand am Ärmel. Es war eine junge Frau, eigentlich eher ein Mädchen mit scheuen, von dunklen Ringen umgebenen Augen. »Wären Sie so freundlich, mitzukommen? Nur für einen Moment. Die Exzellenz würde Sie gern sprechen.«

Wer mich da sprechen wollte, war mir sofort klar. Hilflos blickte ich um mich, suchte Tante Elvira in der Menge. Sie hatte gerade ihr Gespräch mit einer ältlichen Matrone unterbrochen, blickte zu mir herüber und winkte mir zu, als wollte sie mir sagen, ich solle ruhig gehen.

Die junge Frau ging mit mir in das Portal neben der Kirche. Gleich darauf stolperte ich ihr eine Wendeltreppe in die Tiefe hinterher, und dann stand ich alleine in einem runden, von einer Kuppel umwölbten Raum. Hier gab es nichts mehr von dem Kitsch in der Grabeskirche des heiligen Escrivá. Die Wände waren weiß getüncht, die Umrisse der Backsteine noch zu erkennen. In der Mitte befand sich ein rechteckiger Altar aus einem Block, auf dem ein hölzernes Kreuz ohne den Leib des Herrn stand. Die nach oben gerichtete, indirekte Beleuchtung war in einigen Wandnischen angebracht. Ich kam mir vor wie in einer frühchristlichen Katakombe. Vielleicht haben sich aber auch die Kreuz-, die Tempel- oder die Gralsritter an einem solchen Ort zu ihren Schwüren getroffen.

Kargheit und Stille machten Eindruck. Er kam aus dem Schatten eines zweiten Zugangs mir gegenüber, ohne dass ich Schritte gehört hätte. Seine Exzellenz verursachte keine Geräusche. Er trug eine einfache Soutane, nicht einmal ein Brustkreuz. Esteban Vazquez de Castro war offenbar ein bescheidener Mann, zeigte nichts von der charismatischen Ausstrahlung des Mannes mit der dicken Hornbrille, der da aus dem Foto in meiner Venussuite mein Tun betrachtete. Er reichte mir eine schmale, lange Hand, deren Druck überraschend fest und kurz war. Ich fühlte meine Finger wie in einen Schraubstock gepresst. Seine Stimme war hell, fast die einer Frau. Es gab keine Präliminarien, was bei einem Priester, noch dazu bei einem Bischof, ungewöhnlich war.

»Danke, dass Sie gekommen sind, Padre. Ich habe während der Messe gesehen, dass Sie uns nicht besonders mögen.«

Er erwartete nicht, dass ich ihm widersprach oder mich hinausredete.

»Das macht nichts. Wir sind daran gewöhnt. Schauen Sie, wir sind hier in der Kapelle, in der gewisse Mitglieder den Eid ablegen. Ein einfacher Raum. Nicht zu vergleichen mit dem Petersdom oder Ihrer schönen Basilika in Mattenthal. Ein einfacher Ort, in dem sich Menschen treffen, die Jesus Christus angehören wollen. Wir sind zurückgekehrt zu den Anfängen. Damals mochte uns auch niemand. Wir wurden gefoltert und umgebracht, aber auf uns hat man die Kirche errichtet. Den heiligen Franziskus hat auch kaum ein Mensch sympathisch gefunden. Ein pazzo war er, ein verrückter Bettler. Als der hier in Rom auftauchte, flogen ihm nicht gerade die Herzen zu. Der muss ungewaschen und ungepflegt gewesen sein und sogar für damalige Verhältnisse schrecklich gestunken haben. Und doch hat er die Kirche aus ihrer geistigen Verwahrlosung geführt und ist heute einer ihrer größten Heiligen. Warten Sie es ab! Man wird uns mögen. Immer wenn die Kirche ohne Kraft ist und zu wanken beginnt, schickt der Herr einen Heiligen, Franziskus, Ignatius oder Josemaría. Die letzten Päpste haben das genau erkannt.« Vazquez de Castro nahm mich am Arm und führte mich vor den Altarblock. Seine helle Stimme klang sanft, aber er artikulierte sehr genau. »Hier übergeben Mitglieder sich selbst, ihre Gefühle, ihre Sehnsüchte, die Unsicherheit, ihre Fehler und ihre Fähigkeiten, ihr ganzes Leben Jesus Christus. Versprechen Sie nicht bei Ihrer Profess das Gleiche? Ihr Orden ist alt, wir sind jung. Das hat manchmal Vorteile. Wir erkennen schneller und handeln. Nichts gegen unsere Mitbrüder des heiligen Benedikt, aber jeder soll an dem Ort die Kirche heiligen, an den ihn Jesus Christus hinstellt. Wir in der Welt, ihr in der Contemplatio.«

Ich konnte mich dieser Argumentation nicht verschließen, doch um mir das zu erklären, hatte er mich wohl kaum hier heruntergebeten.

»Ich glaube zu wissen, dass der Heilige Vater vielleicht eine Aufgabe für Sie hat, mein lieber Bruder in Christo. Ich weiß nicht, welche. Es ist der Papst, der entscheidet, und ich glaube auch zu wissen, dass Formosus ein großer Papst sein wird. Ein Papst, der unsere Kirche wieder in die Richtung lenken wird, die den Regeln des Herrn entspricht. Er weiß genauso wie ich und wahrscheinlich wie Sie auch, wie es um unsere Kirche steht. Nämlich schlecht!«

Obwohl mich das nicht sonderlich interessierte, nickte ich, hob die Hand und wollte auch etwas dazu sagen. Vazquez ließ sich aber nicht unterbrechen. »Die katholische Kirche ist in Europa und den USA zu einer reinen Sonntagskirche verkommen, ohne Inhalt, ohne jedes Mysterium. Die Millionen, die zum Begräbnis des heiligen Johannes Paul II. angereist sind, sagen gar nichts. Das war nur eine Sensation und hatte mit dem Erleben unseres Glaubens nicht das Geringste zu tun. Bei der Trauerfeier dieses unsäglichen Michael Jackson haben mindestens genauso viele zugeschaut. Die Welt – und selbst unsere Priester – haben vergessen, dass die katholische Kirche im alleinigen Besitz der Wahrheit ist. Wir haben Appeasementpolitik betrieben, haben uns überall angebiedert und die Strenge unseres Glaubens vergessen. Was haben wir von einer großen, weltumspannenden Kirche, wenn die Gotteshäuser leer sind, wenn keiner mehr das Sakrament der Beichte achtet, wenn die Menschen, die uns der Herr anvertraut hat, nicht mehr das bei uns erfahren, was wir mit dem Glauben geben können und sollen: Spiritualität, Hoffnung, Erlösung, tiefes Geborgensein in Christi Kirche, unserer, der katholischen Kirche? Heute zimmert sich jeder seinen privaten Glauben zusammen, die Dogmen der Kirche werden nur mehr belächelt, die wenigen Priester, die wir noch haben, halten mit Wohlwollen ihrer Gemeinden den Zölibat nicht ein oder bringen durch Pädophilie den Papst in Bedrängnis. Das ist der Zustand unserer heiligen katholischen und apostolischen Kirche. Was, meinen Sie, geht in den Köpfen der Männer und Frauen vor, die sich im Namen Allahs in die Luft sprengen? Es sind – wenn auch verfehlte – Märtyrer.«

Vazquez' Stimme wurde laut, als er fortfuhr: »Wir müssen zurück zu den Anfängen. Wir werden dann vielleicht eine kleine Kirche haben, aber sie wird gedeihen und größer werden als je zuvor – eine unbeugsame und ganz überzeugte Kirche. Wir müssen zurück in die Katakomben. Christus ist nicht auf die Welt gekommen, um an Weihnachten oder Ostern in den Seelen der Menschen Sentimentalitäten zu erwecken. Er ist auf die Welt gekommen, um den ganzen Menschen zu erwecken, und dies durch die allein selig machende katholische Kirche. Haben Sie verstanden, Padre?«

Natürlich hatte ich verstanden, aber weshalb hielt er diese flammende Rede gerade mir? Der Papst habe mich »im Auge«, hatte er gesagt. Das verunsicherte mich. Ich wollte Vazquez danach fragen, doch dieser sprach schon weiter, als hätte er meine Gedanken gelesen: »Sie müssen das nicht so wörtlich nehmen. Der Heilige Vater hat uns alle im Auge. Das macht ihn so wunderbar.«

»Und weshalb haben Sie ausgerechnet mich zu sich bestellt?«

Er winkte ab. »Ich wollte Sie nur einmal sehen. Sie wohnen ja in einem unserer Häuser. Und ich wollte Ihnen sagen, dass Sie sich bei allen Sorgen und Kümmernissen an mich wenden können. Es ist immerhin möglich, dass Sie einmal hier unten sein werden und ein zusätzliches Gelübde ablegen. Der heilige Benedikt hätte sicher nichts dagegen. Sie wissen, wir sind offen für alle, mein lieber Bruder in Christo.«

Ehe ich mich versah, hatte er mich umarmt, drückte seine kühle, trockene Wange an meine und flüsterte: »Pax tecum. Friede sei mit dir.«

Über eine andere Treppe gingen wir nach oben und kamen in einem großen Flur heraus. Vazquez zeigte mir, wo der Ausgang war, verabschiedete sich mit einem altertümlichen »Gott befohlen« und ging sehr aufrecht den langen Flur entlang, bis er um eine Ecke verschwand. Draußen standen Elvira, David und ein paar andere Leute herum. Der Gedanke, in einer Gruft wie der, die ich gerade verlassen hatte, ein Gelübde abzulegen, behagte mir überhaupt nicht.

Die sonst so redselige Tante fragte nicht, wohin ich denn so plötzlich entschwunden war. Sie meinte fröhlich, wir würden jetzt nach Tivoli fahren und im Park der Villa d'Este ein Picknick machen. Also fuhren wir, setzten uns auf eine steinerne Bank und lauschten den Wasserspielen, von denen nur wenige in Betrieb waren. Lange blieben wir nicht. Es war kalt, fing an zu nieseln, und David wollte zu seinen Studien zurück. Ich fragte ihn freundlich und ohne Neugierde, ob seine Studien lange blonde Haare hätten und lächeln würden wie die Madonna. Er schaute keineswegs verschämt oder ertappt, sondern bleckte stolz seine regelmäßigen Zähne. »Nein, Padre, nicht blond, sondern kurze, schwarze Locken. Und keine Madonna, sondern eine kleine, wilde Hexe. Das merkt man ihr aber nicht an. Sie ist sehr klug. Und sie liebt mich!«

Er streckte die Brust heraus wie Muhammad Ali. Ich fragte nicht, ob der heilige Escrivá Liebesspiele seiner Jünger mit wilden, kleinen Hexen tolerierte oder ob David gegen Regeln seiner Organisation verstieß. Das Problem interessierte mich damals nicht im Geringsten. Tante Elvira stand abseits wartend mit dem Picknickkorb. Unser Ausflug war ein Reinfall gewesen, und die Rückfahrt verlief schweigend. Daheim zog ich mich in meine Venuskammer zurück und versank einmal mehr in Grübeleien.

Seit ich PiBis Rechner hatte, war der Papierkram übersichtlicher geworden. Das Internet ersparte mir häufig die Bibliothek. Nach Gebrauch verschloss ich den Laptop mit einem kleinen Schlüssel, den ich wie ein Pfadfinder um den Hals trug. Durch geschickt gelegte Fallen hatte ich jedoch bemerkt, dass Tante Elvira – oder wer auch immer – das Herumschnüffeln vorerst aufgegeben hatte.

Was war das für ein Mensch, der im Mittelalter, den »tausend Jahren ohne Bad«, täglich badete, der die bekannteste medizinische Fakultät des Mittelalters sowie die erste Schule der Anatomie in Salerno gründete und der gleichzeitig ohne seine Sterndeuter und

Astrologen keine Entscheidung traf? Zu dessen Hof männliche Sklaven gehörten und von Eunuchen bewachte Sarazeninnen, der sich auf Reisen begab mit einer Leibwache aus ungläubigen Turbanträgern, mit an Ketten geführten Leoparden, Bären und Löwen, einem Elefanten und einer Giraffe? Und der sich mit einer Mahlzeit am Tag begnügte, während sich die anderen Fürsten in ihren zugigen Burgen und Palästen den Bauch vollschlugen und über Magengeschwüre klagten? Waren die Quellen korrekt, oder hatte sich ein sensationslüsterner Tintenkleckser aus den Fingern gesogen, was von den Experimenten des Kaisers berichtet wurde? Da wollte Friedrich feststellen, welches die Muttersprache des Menschen sei. Also ließ er einige Kinder von Geburt an ohne menschliche Ansprache aufziehen, um zu sehen, welcher Sprache sie sich selbst bedienen würden. Was mag er gesagt haben, als diese Kinder starben?

Was kann man von jemandem halten, der zwei Gefangene die gleiche Mahlzeit einnehmen lässt, dem einen anschließend Ruhe gönnt, während er den anderen zwingt, sich zu bewegen, und schließlich beiden die Mägen aufschneidet, nur weil er, der Kaiser, wissen will, ob Bewegung oder Ruhe zu einer besseren Verdauung führt? Was soll man von jemandem halten, der am Abend eine Kanzone schreibt, die heute noch anrührt:

Weh, ich gedachte nicht,
dass gar so schweres Leide
das Scheiden wäre von der Fraue mein.
Ich wähnt, ich müsste sterben,
seitdem ich sie meide
und ich der Süßen nicht mehr darf Geselle sein.
Von solchem Kummer wusst ich nie zu sagen,
als seit das Schiff mich von ihr fortgetragen.
Ich sterb gewisslich, wenn ich sie entbehre
und mich nicht schnellstens wieder zu ihr kehre.

Sterben, zweimal Sterben. War das der Schlüssel oder zumindest ein Schlüssel zum ewigen Kaiser im Kyffhäuser, den erst später Barbarossa mit seinem langen Bart von seinem steinernen Thron verdrängte, weil der in den Legenden weniger unheimlich war?

Die Fragen nach der Unsterblichkeit der Seele, »wenn sie denn überhaupt unsterblich ist«. Einen zum Tode verurteilten Mann ließ Friedrich in ein Fass einschließen, um zu sehen, ob seine Seele nach seinem Tod daraus entwich. Als nichts geschah, erklärte der Kaiser, nun sei klar, dass die Seele den Tod nicht überdauere. Die Mitglieder des Hofes wiesen jedoch darauf hin, man habe die Schreie des Erstickenden durch das Fass hindurch gehört. Was für die Schreie gelte, müsse auch für die Seele gelten. Muss es das?

»Kennt eine Seele die andere im nächsten Leben, und können wir in dieses Leben zurückkehren, können wir sprechen und uns sichtbar machen?« Oder bleibt die Seele im Fass, oder gibt es überhaupt keine Seele?

War es diese Frage, die den Kaiser und die Päpste einander so abgrundtief verhasst machte? War es dieses mitleidlose, bohrende, durch keinen Glauben, kein Dogma, keinen römischen Zuspruch zu hemmende Fragen des Mannes aus Apulien, das zum 17. Juli des Jahres 1245 führte? Zu jenem Konzil von Lyon, auf dem der Papst, nun Innozenz IV., den Kaiser nicht nur bannte, sondern absetzte, »den Umstürzer des kirchlichen Glaubens und Kults, den Vernichter der Satzungen, den Verwandler der Zeit, den Verwirrer des Erdenrundes und den Hammer der ganzen Kirche, den, der gegen den Höchsten schwatzte, der glaubt, Gesetze und Zeiten verwandeln zu können, sodass die Wahrheit im Staube liegt«. Ich glaubte, den Papst in seinem Ornat vor mir zu sehen, um ihn die Kardinäle und Prälaten, Fackeln in den Händen, und ich hörte ihn langsam lesen: *Ob der angeführten und vieler anderer abscheulicher Frevel erklären Wir den besagten Fürsten, der sich des Kaisertums, der Königreiche und jeglicher Ehre und Würde so unwürdig gemacht hat … für einen Menschen, der von Gott in seinen Sünden verstrickt und verdammt und aller seiner Ehren und*

Würden vom Herrn beraubt ist, und entsetzen ihn durch Unseren Urteilsspruch. Dann stießen alle die Fackeln auf den Boden und löschten sie aus. Thaddäus von Suessa, der dabei war, schlug sich auf die Brust, weinte und rief: *Das ist der Tag des Zorns, des Unglücks und des Elends! Dies irae.*

Tag des Unglücks? War es ein Unglück, einen Mächtigen daran zu hindern, das Gefüge, in dem alle ihren Platz fanden und geborgen waren, zu untergraben? Der Papst war der Stellvertreter des Herrn, und was er band, das war gebunden, was er löste, das war gelöst. Er verteilte die Gnadengaben des Himmels, er wusste, wie die Scheibe Erde zu steuern war und wie man sie zum Leuchten brachte, jetzt und bis zum Ende aller Tage. Und dann kam ein von ebenjenem Stellvertreter Christi gesalbter Kaiser daher und erklärte, seine Absicht sei es, sichtbar zu machen die Dinge, die sind, so wie sie sind. Er stellte die Unsterblichkeit der Seele infrage und paktierte mit den Ungläubigen. Hinter dem papiernen Vorhang von Dekreten, Bullen, Enzykliken und Schmähschriften standen Christus und der Teufel. Was blieb Innozenz anderes übrig, als die Fackel auf den Marmorboden zu stoßen?

1250 befand sich der abgesetzte und gebannte Kaiser in Fiorentino. Du wirst nahe der eisernen Tür an einem Ort sterben, dessen Name von dem Wort »Blume« gebildet wird, war ihm geweissagt worden. Fiore, die Blume. Es fiel ihm auf, dass sein Lager neben einer zugemauerten Tür stand, die zu einem Turm führte; er ließ die Mauer entfernen und sah, dass sie eine eiserne Tür verdeckt hatte. »Oh, mein Gott«, rief er. »Wenn ich meinen Geist aufgeben muss, so geschehe dein Wille.« In die graue Kutte der Zisterzienser gehüllt, empfing er die Absolution und die Sterbesakramente. Vorher hatte ihn mehr schlecht als recht ein kaiserlicher Bischof vom Bann gelöst. So ganz hat die römische Kurie das nicht akzeptiert, aber nun war es gleichgültig. Das Untier war tot. Es wurde in Palermo in einem Sarkophag aus purpurfarbenem Porphyr bestattet. Auf dem Haupt trug es eine mit Edelsteinen besetzte Krone, und neben ihm lag die mit Erde gefüllte Weltkugel, doch sie trug kein Kreuz.

Abends saß ich über den Papieren und dem eingeschalteten Rechner. Ich hatte Tabellen angelegt und Rubriken eröffnet: »Eigenschaften«, »Psychologische Entwicklung unter Berücksichtigung von Kindheitserlebnissen«, »Auswirkung des Islam auf die grundlegend abendländische Denkweise Friedrichs II. unter Berücksichtigung des Verhältnisses von Kaiser- und Papsttum«. Immer länger, wissenschaftlicher und unverständlicher wurden meine Überschriften. Blatter hätte mir vielleicht helfen können, aber Blatter war weit weg. Allein hatte ich so viel zusammengetragen und zusammengeschrieben, dass ich zu fühlen glaubte, wie dieses Gesicht mir ein wenig näher kam. Es war mir nicht mehr so fremd. Ich mochte es. Was allerdings meine Gastgeber mit meiner kärglichen Einfühlung in dieses Gesicht anstellen wollten, blieb mir ein Rätsel. Heiligsprechen wollte man den Antichristen, das apokalyptische Untier, ja gewiss nicht. Und dass die Kirche nun postum den Bann über Friedrich II. aufheben würde, so wie Papst Johannes Paul II. das gewissermaßen bei Galileo Galilei gemacht hatte, hielt ich auch nicht für wahrscheinlich. Und warum nur hatte sich PiBi so aufgeregt über den Satz in Friedrichs Testament: »… auf dass Wir, auch wenn Wir den irdischen Dingen entrückt sind, zu leben scheinen«?

Nicht lange nach unserem Besuch in der Viale Bruno Buozzi saß ich abends vor dem Rechner, als Elvira mit dem Telefon hereintrippelte. Es war PiBi, der ziemlich aufgeregt war: »Benutzen Sie den Laptop?«

»Ja, natürlich.«

»Schalten Sie ihn aus! Löschen Sie alles und schalten Sie ihn nicht mehr an! Fragen Sie nicht, sondern tun Sie es einfach. Ihr Kopf mit dem, was Sie da reingeschaufelt haben, wird ausreichen, fratellino. Schlafen Sie gut.«

Eine schlaflose Nacht folgte. Hatte man ein trojanisches Pferd in meinen Rechner getrieben? Galoppierte es in Richtung Vatikan oder in die Viale Bruno Buozzi? Ich sah mich von Augen verfolgt. Es waren die Augen des Papstes, die nach Ansicht von Vazquez de

Castro auf mir ruhten; es waren wässrige blaue Augen, die mich unter einer Mitra anstarrten, und die grau umrandeten Pupillen des Mannes aus dem Santo ufficio. Alle blickten sie nur auf mich, ein jeder aus einer anderen Richtung. Warum, wusste ich nicht. Mönche sind arglos, und ich war einer.

An einem späten Vormittag klopfte es an meiner Tür. David schaute durch den Türspalt. »PiBi will Sie sprechen, bitte machen Sie sich fertig.« Offenbar war es nun an der Zeit.

Wir gingen in Richtung Vatikan. Kurz vor den Bernini-Arkaden bog David ab. Das Tor mit den Eisenstacheln war also diesmal nicht unser Ziel. Wir überquerten den ziemlich leeren Petersplatz. Ende November gibt es kaum Touristen in der Ewigen Stadt, und die wenigen kommen am frühen Vormittag oder am Abend, wenn die Fenster der Privatgemächer des Heiligen Vaters erleuchtet sind. Vielleicht sieht man die Bewegung eines Vorhangs oder einen Schatten.

Es ging entlang der Leoninischen Mauer in die enge Via Buonarotti und dann zum »Ristorante Bernini«. Die handgeschriebene Speisekarte im Glaskasten war vergilbt. Innen erwartete uns ein langer, ziemlich düsterer Schlauch mit Tischen zur Rechten und zur Linken. Kein Lokal für Touristen. Vorne diskutierten zwei Monsignori, die Hälse in den violetten Kragen, und quirlten in ihren Spaghetti. Ganz hinten saß unscheinbar Monsignore PiBi in seiner schäbigen Soutane und winkte mir fröhlich zu. Neben ihm, den Stuhl zum Gang gedreht, thronte Achilles, die langen Beine übereinandergeschlagen, die Füße in spitz zulaufenden, apfelgrünen Schuhen, den Rocksaum über die Knie geschoben.

Bertonazzi erhob sich von seinem Stuhl und sagte David, er könne sich trollen. Dann machte er eine winzige, aber doch übertriebene Verneigung nach links: »Darf ich Ihnen Dotoressa Giovanna Grassi vorstellen, mein lieber Basil? Kürzlich promoviert in Geschichte, Hauptfach Mediävistik, Nebenfach Archäologie,

Naher Osten, Hauptinteresse Schuhe, und im Übrigen ein schlimmes Heidenkind.«

Ich hielt für einen Moment eine schmale, gebräunte Hand in der meinen und blickte in leicht schräg gestellte Augen. Achat und Bernstein. Ein wenig vergrößert durch eine randlose, schmale Brille, die mindestens so teuer war wie die apfelgrünen Schuhe. Ich weiß nicht mehr, über was wir uns unterhalten haben. Ich weiß nur, dass PiBi gleich am Anfang seinen Arm über den Tisch hinwegstreckte und mir mit seinem Finger auf die Stirn tippte: »Ich hoffe, da ist jetzt alles drin, was nötig ist. Entschuldigen Sie meinen hektischen letzten Anruf. Manchmal eilt's eben.« Kein Wort über zu löschende Dateien und durcheinandergebrachte Aufzeichnungen. Er sagte, das Essen sei im »Bernini« ausgezeichnet, ein Geheimtipp im Vatikan, und besonders zu empfehlen seien die Tagliatelle con funghi. Ich hätte doch eine spezielle Vorliebe für Pilze.

Es interessierte mich überhaupt nicht, woher er das schon wieder wusste. Ich fühlte mich wie vor den Kopf geschlagen. Da hatte ich Wochen einsamer Studien hinter mir, deren Zweck sich mir nicht erschloss, hatte mich mit geheimnisvollen Computergespenstern herumgeschlagen, und jetzt, wo ich hoffte, es würde sich endlich etwas aufklären, sprach er über Nudeln und Pilze. Und obendrein bemühte sich eine junge Frau mit den Zügen des heldenhaften Achilles um den alten Tolpatsch aus der Schweiz. Hätte mich der weibliche Achilles daheim in Mattenthal bezirzt, ich hätte priesterlich »mein liebes Kind« gesagt und mir nichts weiter gedacht. In der Fremde und Einsamkeit, in die es mich seit Wochen verschlagen hatte, entfalteten die bernsteinfarbenen Augen ungemildert ihre Wirkung. Sie waren nur für mich da. Nur für mich strich ihre Hand die kurz geschnittenen schwarzen Achilleslocken, und nur mit mir sprach der feste, dunkelrot geschminkte Mund. PiBi zerteilte derweil geziert seine venezianische Leber. Wenn sie sich für etwas begeisterte, betrug sie sich wie ein kleines Mädchen. Sie legte ihre Hand auf meinen Arm und lächelte.

Die Zeit verging sehr schnell. Irgendwann nahm sie die Brille ab, rieb sich die Augen und schaute mich an. Die Fingernägel waren kurz und perfekt manikürt. Wenn sie lächelte, sah man, dass die oberen Schneidezähne ein wenig schräg standen. Es war die Unregelmäßigkeit ihres Gesichts, das sie so schön machte. Ich fuhr wie ein ertappter Dieb auf, als sie plötzlich den halb vollen Salatteller wegschob, das Besteck hinlegte und aufstand. Sie war kleiner, als ich es mir vorgestellt hatte. »Ich muss los. Wann habt ihr euer Date mit Onkel Hund?«

Bertonazzi blickte auf seine Uhr:

»Um halb drei.«

»Dann habt ihr ja noch Zeit. Nehmen Sie die Zabaglione, Basilio. Die machen sie hier wirklich frisch.« Sie schaute auf uns herunter und sagte lässig: »Ciao.«

Ich sah den apfelgrünen, hochhackigen Schuhen hinterher, die sich genau und elegant bewegten. PiBi tunkte sorgfältig die Soße mit Brotstücken auf.

»Eine bemerkenswerte junge Dame.«

Als hätte ich nichts gesagt, begann er von einem Konzert mit Werken von Luigi Nono und Ligeti zu erzählen. Achilles erwähnte er nicht mehr, und über Friedrich II. fiel weiterhin kein Wort.

Beim Espresso fragte ich: »Wer, bitte schön, ist Onkel Hund?«

PiBi grinste mich schräg von unten her an. »Da gab es einmal ein kleines frommes Mädchen, das hüpfte immer auf dem Schoß ihres bischöflichen Onkels herum und zerrte an seinem Brustkreuz. Der Onkel trug den schönen alten Namen Ascanio. Canis … cane … Hund, capito? Heute heißt der Bischof Formosus, aber das große Mädchen darf immer noch Onkel Hund zu ihm sagen. Das freut ihn, obwohl das große Mädchen offenbar gar nicht mehr fromm ist.«

Um ein Haar verschluckte ich mich. »Wir müssen dahin?« Ich deutete mit dem Daumen in Richtung Vatikan. »Zum Heiligen Vater?«

PiBi faltete akkurat seine Serviette zusammen. »Ja. Das müssen wir beide wohl, wenn wir da ein Date haben.« Dann zündete er sich seine Verdauungsgauloise an, obwohl das Rauchen in öffentlichen Räumen schon längst verboten war. Aber wer zeigt schon einen Priester an, noch dazu in der Bannmeile des Vatikans?

Wir gingen durch den langen Schlauch zum Ausgang. Draußen gab es das übliche Geplänkel, wer rechts von wem gehen sollte. PiBi machte eine Bemerkung über den altehrwürdigen Orden des heiligen Benedikt und ich eine über mit Bescheidenheit kokettierende päpstliche Prälaten. Bei alledem erfüllte mich der Gedanke an das »Date«, das mir bevorstand, mit Furcht. Aber ich dachte auch an apfelgrüne Schuhe, an bernsteinfarbene Augen, die mich schutzlos ohne Brille anblickten, und an eine schmale braune Hand, die mich berührte. Ich weiß nicht, warum ich Giovanna insgeheim schon damals Achilles taufte. Vielleicht erinnerte sie mich an ein Bild in unserem Griechischbuch. Der Helm schwarzen Haars, das klare Profil, der unbändige Wille zu siegen und eine Art geheimnisvoller Tragik, die alles noch erregender machte. Und geheimnisvolle Tragik umweht jede schöne Frau. Achilles, mutig und herrlich und den Göttern vergleichbar! Nichts für dich, kleiner Martin! Schon gar nichts für dich, Pater Basilius! Aber immerhin hatte ich ihr einen anderen Namen gegeben. Was man besitzen will, das tauft man neu nach eigener Vorstellung. So wie ich umgetauft wurde, als ich ins Kloster eintrat und in den Besitz Gottes überging. So wie aus dem purpurnen Ascanio der weiße Stellvertreter Jesu Formosus secundus wurde. Namen sind Schall und Rauch? Von wegen! Sie verändern. Statt Achilles hätte ich Hannchen wählen sollen. Es wäre besser gewesen, für mich und für sie.

Zwei ältere Rabenvögel steuerten auf den Petersplatz zu, wobei der eine vergnügt auf dieses und jenes zeigte und der andere schweigsam nebenherlief. Aufgefallen sind wir niemandem. Die Dichte schwarzer Vögel wird immer ausgeprägter, je näher man St. Peter kommt. Was hätte Friedrich der Zweite sich gedacht, wäre er mit uns über die weiße Linie geschritten, die das Diesseits des italienischen Staates vom Jenseits des Felsen Petri trennte? Hätte es ihm gefallen, dass ein paar Jahrhunderte nach ihm das Patrimonium Petri, der Staat der Kirche, um den so erbittert gekämpft wurde, zusammengeschrumpft war auf winzige 0,44 Quadratkilometer, auf ein paar Fußballfelder oder, um in seiner Vorstellungswelt zu bleiben, auf das Feld, wo er seine Falken übungsweise steigen ließ?

Einhundertvierzig überlebensgroße Heiligenfiguren blickten auf uns herab. Wie eine riesige Nadel stach der ägyptische Obelisk, den Sixtus V. hatte aufstellen lassen, fünfundzwanzig Meter hoch in die diesige Luft. Ursprünglich war er für den Gott Amun-Ra gemacht worden, die Spitze mit Elektron verkleidet. Jetzt lag die Asche Caesars im Fundament, und in der Spitze steckte ein Splitter des Kreuzes unseres Herrn. Als ich in Rom studierte, hatte ich mir um all dies keine tief greifenden Gedanken gemacht. Ich zog mit dem Dumont-Führer in der Hand von einer Sehenswürdigkeit zur anderen. Manchmal überkam mich die Wichtigkeit eines Ortes, manchmal überkam mich Rührung und die Begierde zu beten. Erst an diesem Tag verspürte ich die glatt geschliffene Macht, die da auf die zwei schwarzen Ameisen herabblickte, die dem vatikanischen Palast entgegensteuerten. Auf den hurtigen, schmalen Soutanenträger mit der abgeschabten Aktentasche und den ein wenig rundlichen Mann im Habit des Benediktinerordens, der Furcht und Neugier hinter den Brillengläsern kaum verbergen konnte. Der ein wenig rundliche Mann war ich. Dachte ich tatsächlich zum ersten Mal an den weißen Bauch, der sich unter meinem Skapulier vorwölbte, jetzt, wo ich zugleich unaufhörlich an Giovanna, an Achilles dachte?

Am Portone di Bronzo war nicht viel los. Bertonazzi zeigte einen Ausweis vor und dann ein Stück Papier. Der Gardist las es sorgfältig durch, blickte erst auf PiBi, danach länger auf mich und endlich auf seine Uhr. Erst dann winkte er uns durch. Wir schritten die Scala di Pio IX hinauf. Der Damasushof war wirklich beeindruckend. Noch vor fünf Minuten hatte man im 21.

Jahrhundert mit all seinen fürchterlichen Segnungen gestanden, und nun trat man durch ein Tor und fand sich plötzlich im stillen Mittelalter und der ebenso still gewordenen Rennaissance wieder. Jahrhunderte blickten auf mich herab, und inmitten dieser Jahrhunderte thronte der Papst.

Vor dem Lift mussten wir warten. Der war unter dem Pontifikat Pius' XII. eingebaut worden, wie eine weiße Marmortafel erläuterte: *Ab anabathrum electride actum quod ab imo ad summum ascendit patere iussit aditum.* Geradezu rührend hatte man sich angestrengt, um das Latein, das nur mehr hier Amtssprache war, up to date zu machen: Es befahl, dass der Zugang offen stehe durch einen elektrischen Aufzug, der vom Grund in die Höhe aufsteigt. Innozenz IV. hat einen römisch-deutschen Kaiser verflucht und in die Hölle geschickt, Sixtus V. befahl die Vollendung der Peterskuppel, Julius II. befahl Michelangelo, die Sixtinische Kapelle auszumalen, und Pius XII. befahl die Installation eines Lifts und ließ diese Tatsache in Marmor hauen. Die Kirchen wurden immer leerer, und bei mir zu Hause in Mattenthal gab es immer mehr unbewohnte Zellen.

Ein Schweizergardist in der üblichen blauen Arbeitsuniform mit dem schräg sitzenden Barett ließ uns den Vortritt. Der Lift war recht komfortabel und weiträumig, der Liftboy trug einen schwarzen Gürtel, in dessen Halfter eine Pistole steckte. In einem Ohr hatte er einen Knopf. PiBi bemerkte meinen Blick, wandte die Augen nach oben und hob die Arme.: »Ist leider notwendig, mein kleiner Bruder. Es ist immerhin der Papst! Eine Hellebarde würde kaum etwas nützen und wäre hier wohl auch ein wenig sperrig.« Mit spitzem Finger drückte unser Führer auf den dritten oberen Knopf der Armatur. Wir fuhren also nicht in den ersten oder zweiten Stock, wo üblicherweise die Audienzen stattfanden. Im dritten Stock befanden sich die Privatgemächer, das Allerheiligste des Heiligen Vaters. PiBi und ich schauten aneinander vorbei, während der blaue Liftboy uns ungeniert mit flinken Augen abtastete.

Oben angekommen, trat unser Schweizergardist als Erster hinaus und blickte rasch und routiniert nach links und rechts. Dann gab er uns einen Wink und ließ auch uns aus dem Lift. PiBi flüsterte ihm zu, er wüsste den Weg. In einem Italienisch, das weder aus dem Tessin noch aus einem Sprachkurs, sondern eindeutig aus den weniger bekannten Vierteln Palermos stammte, flüsterte unser Führer zurück, er werde trotzdem warten, bis wir »angekommen« seien. Wir gingen einen langen Flur entlang, vorbei an übergroßen kassettierten Türen. Vor einer stand wieder ein Wächter mit blauem Barett und derselben modernen Ausstattung. Vielleicht stammte er aus demselben Viertel wie sein Kollege aus dem Lift. Ich blickte mich um. Der Schweizer aus Palermo hatte sich am Eingang des Flurs postiert, die Daumen in den Gürtel gehakt. Einen Augenblick dachte ich an Papst Johannes XXIII. Der soll manchmal spät in der Nacht aus seinen Gemächern gekommen sein, um mit den Gardisten zu plaudern. Wo sie herkämen und ob sie traurig seien, so weit weg von ihren Bergen und Familien. War so etwas wohl auch mit harten Männern möglich, die Pistolen an den Gürteln trugen? Die Bewaffnung hatte mich überrascht: Draußen auf dem Petersplatz schwankte der Heilige Vater auf seinem tragbaren Thron völlig ungeschützt hin und her, und hier drinnen standen Männer mit ausdruckslosen Gesichtern, Schusswaffen und Stöpseln in den Ohren. Draußen unter Tausenden potenziellen Attentätern empfand sich der Lenker der Christenheit in Gottes Hand, doch hier im Vatikan, in seinem eigenen Haus, schien das anders zu sein. Wo sollten hier Gefahren lauern? Ich glaubte nicht an die Mordtheorien, die den Tod des 30-Tage-Papstes Johannes Paul I. umgaben. Der war an Herzversagen in seinem Bett gestorben, doch ich musste zugeben, dass ich beim Anblick der Pistolen und kantigen Gesichter kurz an ihn gedacht hatte.

Der Mann überprüfte noch einmal Bertonazzis Passierschein, blickte dann scharf auf mich, entdeckte jedoch keine verdächtigen Ausbuchtungen. Dann blickte er auf seine Armbanduhr, die sehr teuer war und nicht zu ihm passte. Er schüttelte den Kopf und streckte seine rechte Hand mit fünf gestreckten Fingern aus. Wir waren fünf Minuten zu früh. Offenbar wurde hier nicht gesprochen und wenn, dann nur geflüstert. Also standen PiBi und ich einfältig herum und warteten. Die Gelegenheit, Bertonazzi zu fragen, wie man den Heiligen Vater begrüßte, hatte ich verpasst. Sollte ich niederknien und den Ring des Fischers küssen? Nur eine tiefe Verbeugung vollführen? Die Zeiten, wo es üblich war, den Fuß des Papstes zu küssen, waren seit Kurzem vorbei, also war wohl Knien das Beste. Wo gab es heute noch einen Herrscher, vor dem man kniete? Ich traute mich nicht, die Stille zu unterbrechen. Stattdessen würde ich es machen wie in einem Nobelrestaurant, wenn man nicht weiß, wie man Schnecken isst – ich würde einfach den geschulten PiBi nachahmen. Während ich darauf wartete, vom Stellvertreter meines Herrn Jesus empfangen zu werden, dachte ich an Schnecken. Ich schämte mich.

Der Mann am Eingang des Flures stand immer noch da. Unser Leibwächter blickte wieder auf die Uhr. Dann klopfte er unendlich behutsam an die dunkle Tür. Sofort, als wäre drinnen auf das Klopfen gewartet worden, öffnete sich das Allerheiligste. Ein Herr mit Bürstenhaarschnitt und einem schlecht sitzenden schwarzen Anzug grinste lausbubenhaft Bertonazzi an, legte einen Finger an den Mund, machte »Pssst«, und wir hörten Klaviermusik.

Päpste öffnen nie selbst Türen, es sei denn die zu den Herzen der Gläubigen. Meine Ängste wegen des Kniefalls und des Küssens waren verfrüht. Der alte Mann, der wie ein Mesner einer Kleinstadtpfarrei aussah und offenbar das Faktotum des Heiligen Vaters war, ließ uns ein, deutete vage auf eine Sitzgruppe und setzte sich dann in eine Ecke. Der Raum war ziemlich groß und mit konservativem, eher schlechtem Geschmack eingerichtet. Der Alte in seiner Ecke passte zum Mobiliar, das dem Zimmer eines Kleinstadtpfarrers kurz vor dem Zweiten Weltkrieg zu entstammen schien. Jeder Papst kann seine Wohnung aus den riesigen

Speichern des Vatikans nach eigenem Gusto einrichten, doch mit seiner Wahl beginnt er ein zweites Leben und soll sein altes hinter sich lassen. Formosus hatte sich offenbar nicht an diese Regel gehalten.

Wir setzten uns in geblümte Polstersessel. Die Flügeltür zu einem Nachbarraum stand ein wenig offen, und von dort drang die Musik herüber. Anfangs dachte ich, der Papst säße vor einer Musiktruhe und hörte das Nachmittagskonzert. Dann sah ich ihn durch den Türspalt vor dem Flügel sitzen.

Fast jeder auf der Welt kennt das Gesicht von Formosus II. Der umstrittenste, gehassteste und geliebteste Papst seit Jahrhunderten. Zwei Archetypen haben die Medien dem Gedächtnis der Menschen eingebrannt: Zum einen das schmale Gesicht mit der Tiara, die größer als der Kopf ist, die weit geöffneten Augen geradewegs ins Objektiv der Kamera gerichtet, der Blick hart und das Lächeln fast wie ausgelöscht. Zum anderen der Kopf nach links gewendet, das weiße Scheitelkäppchen ein wenig verrutscht und das unverrückbare Lächeln voll Zärtlichkeit, Hinwendung, ja Charme. Das Lächeln ist auf beiden Bildern dasselbe. Aber das fiel den wenigsten auf.

Drüben am Piano saß der Heilige Vater, und ich hätte ihn wahrscheinlich nicht erkannt, hätte er mir in der Eisenbahn gegenübergesessen. Keine weiße Soutane, keine weiße Mozetta, kein Scheitelkäppchen. Da saß ein älterer, schlanker Herr mit ausgetretenen beigen Mokassins, Cordhosen von der gleichen Farbe, einem kanariengelben Rollkragenpullover und spielte Klavier.

Musik sagt mir nichts. Man teilt mich auch nur ganz selten als Assistenz in Pontifikalämtern ein. Beim Singen des Evangeliums fange ich meistens mit dem falschen Ton an und verheddere mich dann immer mehr. Die Töne aus dem Nachbarzimmer schienen mir zumindest sehr kunstvoll. Aneinandergereihte Girlanden, schnelle Läufe, die plötzlich abbrachen und in ruhigere Tonfolgen übergingen. Auf einmal eine Melodie wie ein einfaches Kinderlied. Sehr hübsch und eingängig. Aber kaum hatte man sich eingehört, folgten wieder hohe Triller, die zu einem getragenen Choral hinführten. Für meinen Geschmack war das zu romantisch, doch sogar mir fiel auf, dass der Mann in der Cordhose virtuos Klavier spielen konnte, und ich hatte den Eindruck, dass er seine Seele und sein Gefühl in diese Musik legte.

PiBi saß in seinem Sessel, hatte die Augen geschlossen und den Kopf ein wenig nach hinten gelegt. Der Mesner saß starr in seiner Ecke. Es schien, als würde der Papst ganz alleine für uns spielen. Aber er spielte für sich. Er ließ die letzten Töne pianissimo verklingen und horchte ihnen nach. Dann nahm er die Hände von den Tasten, machte vorsichtig den Deckel zu und blickte uns direkt an. Er stand auf und kam mit einer für seine achtundsiebzig Jahre erstaunlichen Beweglichkeit zu uns herüber. PiBi schnellte aus seinem Sessel hoch. Ich folgte ihm mit Verzögerung. Gleich darauf saß er uns gegenüber und sagte kühl: »Bitte setzen Sie sich wieder!«

Keine beringte Hand, die sich uns entgegenstreckte, kein leutseliges Lächeln oder die Aura dessen, was man sich für gewöhnlich unter Heiligkeit vorstellt.

Formosus verschränkte die Hände über dem rechten Knie und richtete den Blick auf mich. Jenen damals schon bekannten und heute weltberühmten päpstlichen Blick. Noch immer mit derselben distanzierten Kühle stellte er fest: »Es hat Ihnen nicht gefallen, Padre Perhamer. Sie halten Chopin für eine ›überzuckerte Auster‹. Es war das Nocturne Nummer 11. Man sagt immer, Chopins Musik sei lediglich artifiziell und er selbst haltlos und promiskuitiv. Das ist falsch. Chopin lernte von Bach. Im Übrigen war er ein aufrichtiger Katholik. Musik ist die Berührung zwischen Gott und Mensch. Wie ein Gebet. Mehr noch als ein Gebet. Sie ist ein direkterer Weg zu Gott. Ein Weg, den ein Erleuchteter vor uns gefunden hat und den wir erneut beschreiten können.«

Hinter uns klappte eine Tür. Der Mesner war hinausgegangen.

Hinterher fällt einem immer eine geistreiche Antwort ein. Ich hätte sagen können, dass der liebe Gott dann den Weg für Unmusikalische schwieriger gestaltet hat, was doch eigentlich nicht gerecht ist. Dort, vor Formosus, fiel mir jedoch überhaupt nichts ein. Ich war klein, demütig und vollkommen überwältigt. Der Papst war unnahbar und strahlte seine eigene Macht aus, nicht die seines Amtes. Keine weißen Gewänder und Kniefälle. Er war der Papst, aber er war noch mehr. PiBi saß in seinem geblümten Polstersessel, sagte nichts, rauchte nicht und war eigentlich gar nicht da. Mit seiner leisen, aber jede Silbe betonenden Stimme begann Formosus: »Sagen Sie, Padre Perhamer, war Friedrich II. ein guter Christ? Ihre persönliche Ansicht bitte.«

Vor ein paar Wochen war ich noch in Mattenthal gewesen, hatte auf das schon verschneite Lammerhorn geschaut und mein Leben gottgewollt langweilig gefunden. Nun saß ich privatissime dem Papst gegenüber, und der fragte mich nicht über mein desolates Kloster aus, sondern wollte von mir wissen, ob der Antichrist Friedrich II. ein guter Christ gewesen war. Schön, PiBi hatte mir befohlen, über diese Frage nachzudenken, aber dass ich nun die Antwort nicht ihm, sondern dem Herrscher der Christenheit geben sollte, brachte mich aus dem Lot. Wie ein verängstigter Hase in seiner Sasse schaute ich hierhin und dorthin und dann, weil es ja irgendwann sein musste, in die braunen Augen mir gegenüber. Unverwandt blickten sie mich an. »Bitte!«

Er wusste genau, was in mir vorging: »Machen Sie sich keine unnützen Gedanken, wie Sie mich anreden sollen. Heiliger Vater oder Eure Heiligkeit. So ist es üblich und richtig. Wundern Sie sich auch nicht, weshalb ich Sie das frage. Ich möchte Ihre Ansicht hören. Das muss genügen.«

Ich räusperte mich und hörte meine Stimme sehr laut: »Nach der Ansicht von Innozenz IV. war Kaiser Friedrich das Gegenteil eines guten Christen, und deswegen wurde er exkommuniziert … Heiliger Vater.«

»Ich habe nicht nach der Ansicht eines meiner Vorgänger auf dem Stuhl Petri gefragt, sondern nach Ihrer. Meine Zeit ist eingeteilt in sehr kleine Scheiben. Und auf einer sitzen Sie, Sie ganz persönlich.«

Der Delfin lächelte freundlich. In den Mundwinkeln zogen sich Falten nach außen, die das Lächeln breiter machten, als es von der Natur gedacht war. Ich wurde emporgehoben aus der grauen Masse von gut einer Milliarde Gläubigen: »Der Papst will Ihre persönliche Meinung hören, Padre Perhamer. Und er möchte sie kurz hören, denn er hat Termine in der Gegenwart, die wichtig sind, auch wenn die Vergangenheit die Gegenwart bestimmt.«

Philosophisch hatte er natürlich recht, aber was der längst vermoderte Fridericus secundus aus dem 13. Jahrhundert mit dem höchst lebendigen Formosus secundus aus dem 21. Jahrhundert zu tun haben sollte, wollte mir nicht eingehen. Doch was weiß man schon von den unerforschlichen Ratschlüssen eines 2000 Jahre alten Organismus und dessen Herrscher? Also richtete ich mich in meinem Sessel auf und begab mich weiter in mein Verderben: »Padre Bertonazzi hat mir diese Aufgabe gestellt. Ich war nicht darauf gefasst, dass ich dem Papst gegenüber würde Rede und Antwort stehen müssen.«

»Müssen? Wohl eher dürfen. Und was wäre anders, wenn sie Padre Bertonazzi antworten müssten?«

»Ich wäre offener und würde mit einer Frage beginnen.«

»Also seien Sie ebenso offen und fangen Sie meinetwegen mit Ihrer Frage an.«

Ich konzentrierte mich. »Was ist ein guter Christ?«

Das Lächeln blieb. »Ihre Frage wundert mich ein wenig«, gab er gelassen zurück. »Jesus Christus ist die Kirche, der mystische Leib unseres Herrn. Wer nicht an die römisch-katholische Kirche glaubt, der hat nicht Teil an der Erlösung durch unseren Herrn. Die römisch-katholische Kirche ist die einzig wahre, lebendige Verkörperung Gottes.«

Hier gab es offenbar keine der Spielmöglichkeiten wie in PiBis Räucherkammer. Eine dumme Frage, die ich mir da ausgedacht hatte. Schnellstens kam ich daher auf das Ergebnis meiner kaiserlichen Studien und fing an zu dozieren: »Friedrich II. war einerseits ein Mensch seiner Zeit, des Mittelalters mit all seinen dunklen

Seiten, der jedoch wohl durch seine ungewöhnliche Kindheit und durch eine erstaunliche Neugier eine spezielle Prägung erfuhr. Im 13. Jahrhundert war der Glaube an Christus und seine Kirche tief im Volksglauben verwurzelt, der Erlösungsgedanke war tragendes Fundament. Die Kathedralen wuchsen in den Himmel und …«

»… und wuchsen und wuchsen, und wir sitzen heute Abend immer noch da und sehen sie wachsen. Wahrscheinlich wissen Sie nicht, dass ich vor der Theologie Jura studiert habe. In den Pressemitteilungen steht davon nichts. Ein Paragrafenfuchser auf dem Thron Petri macht sich nicht besonders. Aber man wird geprägt. Man lernt Ordnung, Gesetzmäßigkeit und Logik, doch vor allen Dingen eines: auf den Punkt kommen.«

Neben mir glaubte ich PiBi kichern zu hören, aber das war sicher Einbildung. Ich fing noch einmal von vorne an: »Friedrich war ein modern denkender Mensch. Er hätte in unsere Zeit gepasst. Er glaubte sicher an Jesus Christus und auch an dessen Erlösungswerk. Anders kann ich mir nicht erklären, dass er sich auf dem Sterbebett in eine Mönchskutte hat kleiden lassen. Was die Kirche angeht, so sah er sie als Instrument der Ordnung. Ohne Kirche keine Ordnung bei den Menschen und keine Lenkbarkeit. In dem Staat, der ihm vorschwebte, war die Kirche zuständig für die Seelen, die Ängste, für das Ertragen der Armut, der Knechtung und der Unterdrückung. Und für das Himmelreich. Gebt dem Staat, was des Staates, und Gott, was Gottes ist. Aber gebt zuerst und vor allem dem Staat. Er glaubte nicht an, wenn ich Sie zitieren darf, an den mystischen Leib Christi. Also war er kein guter Christ.«

»Hat er an die Offenbarung Christi, das Evangelium, geglaubt?«

»An das eine oder andere, nicht an das Gesamte. Er hat sicher darüber nachgedacht, wer denn nun die Worte Christi auf dem Ölberg und die Erscheinung des Engels gesehen und überliefert hat, wo doch alle Jünger, die dabei waren, schliefen.«

»Was hätte er gemacht, wäre ihm Christus am Himmel erschienen und hätte ihn zur Demut aufgefordert?«

Das war eine interessante Frage. Ich sah meinen Kaiser von seinen Konkubinen, Kamelen, Tigern und Geparden auf zum Himmel blicken. »Wahrscheinlich hätte er seine Gelehrten und Astrologen nach besonderen, natürlich zu erklärenden Himmelserscheinungen befragt.«

»Und wie hätte er reagiert, hätte ihm einer eine Schrift gegeben und gesagt, dies sei geschrieben von Christus?«

Es klickte in meinem angestrengten Hirn. Aber das Klicken blieb leise. »Er hätte es anfangs nicht geglaubt. Man muss bedenken, dass damals schwunghaft mit jeder Sorte von Reliquien gehandelt wurde. Da wurde gefälscht wie im heutigen Antiquitätengeschäft. Von einer besonderen Reliquiengläubigkeit des Kaisers ist nichts überliefert.«

»Auf den Punkt bitte. Was heißt ›anfangs‹?«

»Er hätte das fragliche Schriftstück prüfen lassen. Ja … und dann …«

»Und dann?«

»Heiliger Vater, ich bin auf diese Frage nicht vorbereitet.«

»Das weiß ich. Antworten Sie trotzdem, so wie Sie es sich, vielleicht unter dem Beistand des Heiligen Geistes, denken.« Vielleicht dachte ich damals wirklich eine Sekunde lang an besondere Erleuchtung. »Natürlich kannte er die Heilige Schrift genau. Wenn in diesem eigenhändigen Schriftstück etwas Belangloses gestanden hätte, hätte er es an ein Kloster weitergegeben mit der Auflage, ihn an den Einnahmen der Wallfahrten zu beteiligen. Wenn aber …« Ich schwieg und dachte nach. Diesmal wurde ich nicht unterbrochen. Es war völlig still im Raum. »… wenn aber etwas völlig Neues, etwas von den überlieferten Texten ernsthaft Abweichendes in diesem fiktiven Pergament oder Papyrus gestanden hätte, dann hätte er es wahrscheinlich geglaubt. 1200 Jahre falsche Überlieferung. Das hätte seine Neugierde geweckt. Das hätte ihm gefallen. Was einem gefällt, das glaubt man gern.«

»Hätte er sein Wissen hinausposaunt?«

»Nein. Es hätte die Fundamente des Glaubens und der Kirche erschüttert. Und er brauchte die Kirche.«

»Also in die geheime Schatztruhe?«

»Vielleicht nicht. Wenn dieses Ding, dieses Schriftstück etwas enthalten hätte, das ihm in seinen Streitigkeiten mit den Päpsten genützt hätte, dann hätte er es eingesetzt.«

»An alle Fürsten des Erdkreises versandt in einem seiner berühmten Rundschreiben?«

»Niemals. Keiner hätte ihm geglaubt. Dunkles Mittelalter hin oder her, aber dümmer als wir waren die Menschen damals auch nicht. Da kommt plötzlich das Untier, der gebannte Kaiser daher und präsentiert eine Urschrift Jesu Christi. Wo doch jeder Fürst wusste, wie schnell eine Urkunde gefälscht war, und jeder seine eigene Kanzlei für diese delikaten Dinge unterhielt. Auch die Kirche. Der Kaiser war ein politisch denkender Mensch. Niemals hätte er einen solchen Fehler begangen.«

»Also doch die Geheimtruhe?«

»Eher eine geheime Botschaft an Papst Gregor IX. oder Innozenz IV.«

Die rechte Hand von Formosus erhob sich abwehrend. Ich sah den Ring schimmern. Es war kein einfacher goldener Reif. Er funkelte richtig. Rot und diamanten. Der Ring des Nachfolgers eines Fischers. Dann senkte sich die Hand und wurde schlaff. »Padre Bertonazzi hat mir schon berichtet, dass Sie eine Vorliebe für Geheimnisse und dunkle Gewölbe haben. Aber vielleicht brauchen wir gerade das. Verzeihen Sie die Unterbrechung.«

Ich blickte verblüfft auf. Was wollte der Heilige Vater von mir, dass er in Cordhosen vor mir Chopin spielte und mich um Verzeihung bat? Ich fühlte mich plötzlich sicherer. »Auf jeden Fall hätte er keinen normalen Kurier geschickt«, mutmaßte ich. »Petrus de Vinea, seinen Kanzler, oder einen hochrangigen Bischof, natürlich unerkannt und ohne Gepränge.« Auf einmal sah ich die Szene in Einzelheiten vor mir: »Eine Audienz alleine beim Papst im Lateranpalast. Noch einmal wird der Bote auf Dolche, Würgestricke und Giftampullen untersucht, dann wird das Gefolge hinausgeschickt. Der Kaiser Fridericus schickt Euch dies, Eure Heiligkeit. Er erwartet keine schriftliche, wohl aber eine mündliche Antwort. Es knistert, als das Siegel gebrochen wird, es raschelt beim Entrollen des Pergaments. Welke Lippen formulieren das Gelesene mit. Das alte Gesicht unter der purpurnen, hermelinbesetzten Kappe wird fahl …«

»Oder rot vor Zorn«, bemerkte der Heilige Vater. »Könnten Sie sich aus dem Mittelalter ein wenig mehr in die sachliche Neuzeit bewegen?«

»Ich werde es versuchen«, antwortete ich, hatte dies aber keineswegs vor. Meine neu gewonnene Sicherheit machte mich frech und versetzte mich in eine mir bislang unbekannte Euphorie.

Gleich steckte ich wieder in meiner Rolle als Gesandter des Staufers: »Ich, der Bote des Kaisers Friedrich, sage Euch dies, wie wenn der Mund meines Herrn zu Euch spräche: Eure Heiligkeit und Herrscher über den ganzen Erdkreis, gestellt über Könige und den Kaiser, ich habe etwas, was Euch interessieren dürfte. Etwas Geschriebenes. Leben wir nicht alle vom Geschriebenen und Ihr, Heiliger Vater, ganz besonders? Ist nicht das Evangelium geschrieben von Menschen, aber unter dem Diktat Gottes? Seit ein paar Jahrhunderten hält sich die Kirche daran und verkündet die Frohe Botschaft. Und die Menschen blicken in Demut nach Rom und zu Euch. Nun habe ich durch einen Zufall einen zerschlissenen, aber lesbaren Papyrus in die Hand bekommen. Er ist beschrieben von der eigenen Hand unseres Herrn Jesus Christus. Ihr haltet eine Abschrift in Händen, die mein Geheimschreiber angefertigt hat. Ich kann nichts dafür, dass der junge Schreiber kurz nach Beendigung seiner Arbeit in den Burggraben fiel und ertrank. Das heilige, das wunderbare, das unersetzbare Schriftstück, dessen Abschrift Ihr in Euren päpstlichen Händen habt, bleibt in meinen kaiserlichen Händen. Ich werde es verbergen am geheimsten Ort dieser Welt, das versichere ich Euch im Namen unseres Herrn. Und ich werde schweigen. O nein, Vater der Christenheit, ich will nicht daran denken, was ich täte, wenn Ihr mich weiter verfolgen würdet wie der Löwe das unschuldige Lamm. Müsste ich mich nicht, wie es jeder Kreatur zukommt, zur Wehr setzen und laut über den Erdkreis rufen, was ich nun weiß? Euer Thron geriete ins Wanken. Meiner nicht.«

Bei den letzten Worten schaute ich zu Formosus hinüber. Ich sah Müdigkeit in seinem Gesicht und einen abgrundtiefen Ekel. Einige Augenblicke lang herrschte Stille. Dann rieb der Papst seine Hände mit den langen Pianistenfingern gegeneinander und sagte: »Ich hatte den Eindruck, dass Ihnen diese Schilderung Vergnügen gemacht hat. Sie haben in der Tat eine ausufernde Fantasie, und es war recht interessant mit Ihnen. Dass Ihre listigen Überlegungen aus dem Mittelalter nicht funktioniert haben können, müssen wir ja nicht näher untersuchen. Innozenz belegte Friedrich II. mit dem Bann und setzte ihn ab.« Wie auf ein geheimes Zeichen öffnete sich hinter uns die Tür. Der Mesner kam wieder herein und sagte in unterwürfigem, aber bestimmtem Ton: »Heiliger Vater, die Maniküre wartet.«

Der Papst lachte. »Sie müssen nicht so verdutzt schauen, Padre. Morgen überträgt man die Messe in St. Peter im Fernsehen. Was meinen Sie, was die Menschen sagen würden, wenn ich da in Großaufnahme den Kelch mit dem heiligen Blut Christi hochheben würde und einen eingerissenen Fingernagel hätte? Man würde mir Nagelbalsam aus allen Teilen der Erde schicken, und in der Presse würde man sagen, der Papst habe ein verqueres Verhältnis zu seinem Körper.«

Formosus stand auf. PiBi und ich sprangen aus unseren Sesseln. Der Heilige Vater streckte mir in Höhe seines Gürtels seine rechte Hand entgegen. Ich lüpfte meinen Habit, ließ mich auf beide Knie nieder, ergriff die schmale Hand und küsste den Ring. PiBi stand neben mir und blickte auf mich herunter. Ich richtete mich wieder auf und wusste nicht recht, was nun von mir verlangt wurde. Der Mesner reichte Formosus einen Zettel mit einem Kugelschreiber. Der Papst beugte sich über eine Sessellehne, machte sein Handzeichen und gab dann den Zettel zurück. Der Mesner zog an meinem Ärmel. Ich hörte die Stimme des Heiligen Vaters: »Pietro, Sie bleiben noch. Und, Padre Perhamer, das war eine Privataudienz, also bleibt alles auch privat.«

Ich vollführte eine linkische Verbeugung. Der Mesner drückte mir den Zettel in die Hand. »Sie wissen ja, wo es hinausgeht. Den Laufzettel müssen Sie unten vorzeigen.«

Gleich darauf stand ich draußen in dem langen Flur, und die getäfelte Tür schloss sich hinter mir.

Man hatte mich getestet. Man hatte die weiße Maus in einer ungewohnten Umgebung ausgesetzt. Die Katze zeigte nicht ihre üblichen Krallen, sondern spielte Klavier und hatte ein Fell aus braunem Cordsamt. Und jetzt würde man sich darüber unterhalten, was sich mit der Maus wohl anfangen ließ. Der Mann aus Palermo nickte mir zu und begleitete mich zum Lift, wo er mich seinem Kompagnon übergab. Der blickte auf den gelben Zettel und schaute auf seine Uhr. Während wir nach unten fuhren, sah ich, dass auf dem Vordruck in der Rubrik »Name« nicht »Perhamer« stand, sondern »non nomen«. Kein Name. Ich war gewissermaßen inkognito beim Papst gewesen, würde in keiner Liste und keinem Vatikancomputer auftauchen. Als ich über den Damasushof ging, begrüßte mich freundlich ein älterer Herr mit weißen Haaren, schwarzem Mantel und einem hageren, bleichen Gesicht. Er strebte in die Richtung, aus der ich gerade kam. Erst als er längst an mir vorbei war und ich nicht zurückgegrüßt hatte, fiel mir ein, dass es Esteban Vazquez de Castro gewesen war.

Muss ich noch anmerken, dass David mich am Bronzetor erwartete? Er blickte mich aus großen bewundernden Augen an. »Oh, Sie sind beim Papst gewesen, Sie Glücklicher.«

Teil II

OPENING FILE

Imperator Fridericus Secundus Romanorum Caesar Semper Augustus Italicus Siculus Hierosolymitanus Arelatensis Felix Victor Ac Triumphator/dies irae//domini infantibus.

Der Papst ist das Destillat aus knapp einer halben Milliarde mehr oder minder gläubiger männlicher Katholiken. Jeder katholische Mann kann nach kirchlichem Recht Papst werden. Das wird immer wieder übersehen, wenn die Purpurträger in die Sixtinische Kapelle einziehen und die Portale donnernd hinter ihnen zuschlagen. Der weiße Rauch flattert aus dem kleinen Ofenrohr in den Smog über Rom, und damit hat der Heilige Geist den Stellvertreter Jesu Christi auf Erden unter der Masse katholischer Männer gefunden. Über ihm steht nichts mehr. Kein Parlament, kein Paragraf, kein Grundgesetz. Nur Gott, der unermesslich ist und allein nach den Worten seines Sohnes Jesus Christus wägbar. Die Stimme eines Purpurträgers hallt über den Petersplatz und über die Fernsehsender: »Annuntio vobis gaudium magnum. Habemus Papam.«

Kurz darauf tritt ein schneeweiß gekleideter, alter Mann auf die Loggia des Domes und breitet die Arme aus: »Ja, ich bin es.«

Ich bin Ascanio Sforza, stammend aus verarmtem Adel, ein alter Mann mit aufgequollenen Adern an den Beinen, schlechter Verdauung, Mundgeruch und minus 3,9 Dioptrien links und 4,2 rechts.

Aber ich bin hier auf Erden der Stellvertreter Jesu Christi, des Sohnes des allmächtigen Gottes.

Noch denke ich in meiner Verwirrung, dass ich ein ganz normaler Mensch bin. Noch höre ich aus dem Geläute aller Glocken des Petersdomes die dunkle Stimme der größten, des Campanone, heraus, der als Einziger bei meinem Tod zu schwingen anheben wird. Noch habe ich mein eigenes Lächeln im Gesicht und freue mich mit euch. Schon bald aber werde ich mich verwandeln in einen kleinen weißen Punkt zwischen riesigen Säulen, umgeben von goldenen und purpurroten Männern. Weihrauch und Hunderte von Stimmen werden in die Kuppel des Zentrums der Christenheit steigen: »Tu es Petrus – Du bist Petrus, und auf diesen Felsen werde ich meine Kirche bauen, und die Mächte der Unterwelt werden sie nicht überwältigen.«

Dieser kleine weiße Punkt ist das Zentrum der katholichen Christenheit. Dieser kleine weiße Punkt bin ich. Ich werde alleine zwischen der Welt und der Unterwelt stehen.

Zu Beginn werde ich erstaunt sein, dann werde ich daran glauben, dann werde ich es sein. Dann wird mir Jesus Christus, der Sohn eines Zimmermanns, zum einzigen Gesprächspartner und Freund werden.

Er beschäftigt mich, der delfinhafte Papst. Manchmal will ich mir den Delfin in der Badewanne vorstellen, die Zehen ragen aus dem Schaum, und er singt laut und falsch »La Montanara«. Trotz der mir attestierten Fantasie gelingt es mir nicht. Es gelingt niemandem. Wahrscheinlich auch dem Papst nicht mehr. Er ist zu weit weg von sich, von seinen Zehen, seinen Zweifeln, von uns und von »La Montanara«. Chopin, das geht gerade noch an. Aber auch darüber darf ich ja nicht reden, habe ich doch Stillschweigen über das Gepräch im dritten Stock geloben müssen. Entsetzlich, wenn die Presse erführe, der Papst habe ein Faible für den flatterhaften polnischen Klavierspieler. Der Papst hat keine Vorlieben und Eigenschaften. Nur eine: Er ist der Papst.

Ich jedoch habe ihn, verkleidet mit beigen Cordsamthosen und kanariengelbem Rollkragenpullover, am Flügel sitzen sehen. Der Sohn des Zimmermanns hörte vermutlich nicht zu. Aber ich, ich Glücklicher, ich hörte zu.

Rom III

Rom ist im Winter scheußlich. Es regnet. Das alte Kopfsteinpflaster ist glatt und rutschig. Es riecht dumpf nach feuchten Kellern und scharf nach Abgasen. Man hat das Gefühl, dass Minusgrade herrschen, obwohl das Thermometer Werte über null anzeigt. Hinter den alten Fassaden klopfen die Leute an ihren nicht funktionierenden Heizungen herum und stellen Eimer auf, weil die Dächer undicht sind. Die wenigen Touristen in grünen Parkas verlaufen sich und versuchen, ihre Stadtpläne und Kunstführer unter den Schirmen trocken zu halten. Das ist schwierig, wenn man nach oben zu Palästen, Treppen, Brunnen und Kirchtürmen schauen muss. Also wird alles nass, und man hastet in die nächste Kirche.

Bei mir im Ghislenghi funktionierte die Heizung ausgezeichnet. Sogar in der wenig heimeligen Halle war es wohltemperiert. Kein Tröpfeln von der Decke und keine Pfützen auf dem Marmorboden. Und es gibt auch winterliche Tage in der Ewigen Stadt, die wunderschön sind, selbst wenn es regnet.

Mit missbilligender Miene kam Tante Elvira in mein Appartamento und reichte mir das Telefon: »Telefono für Sie, Padre. Es ist eine Dame.«

Es war erst das zweite Mal, dass jemand für mich anrief. Der erste Anruf war der von PiBi gewesen, in dem er mich aufforderte, meinen Rechner kaltzustellen. Ich nahm das Telefon entgegen. Eine tiefe Altstimme mit einer in Winkeln versteckten Lässigkeit. Ich hatte auf diese Stimme gewartet. Natürlich nicht ständig, aber manchmal.

Achilles klang, als spräche sie mit einem uralten Studienfreund, mit dem sie Freud und Leid geteilt hatte. »Ciao, Basilio. Wie geht es Ihnen? Das Wetter ist deprimierend, ich weiß, aber haben Sie nicht trotzdem Lust, mit mir einen Spaziergang zu machen?«

»Bei diesem Regen?« Etwas Klügeres fiel mir nicht ein.

Achilles lachte. »Natürlich. In den Farnesegärten ist es bei Regen ganz besonders scheußlich. Und ebendeshalb ganz besonders schön.«

Sollte ich ihr von meiner Kasernierung erzählen? Noch immer hatte ich keinen Schlüssel und wurde wie selbstverständlich von meinen Cashmerejüngern, die inzwischen dunkle Mäntel im Einheitslook trugen, eskortiert. »Lust hätte ich schon«, brachte ich schließlich heraus. »Aber so einfach geht das mit einem spontanen Spaziergang hier leider nicht.«

»Ach was, Basilio. Tun Sie nicht so keusch! Wir treffen uns in einer Stunde vor dem Eingang am Kryptoportikus. Und danach lade ich Sie zum Mittagessen ein. Seien Sie kein Frosch!« Ehrfurcht vor meinem geistlichen Gewand schien sie nicht zu hegen. Also zog ich mir einen Pullover unter meinen Habit und holte den Mantel aus dem Intarsienschrank. Vor dem Badezimmerspiegel setzte ich mir meine Baskenmütze ziemlich schräg à la français auf den Kopf.

»Ich gehe aus, Tante Elvira«, verkündete ich auf dem Flur und erwartete die eilige Beteuerung, David oder Carlos stünden schon bereit, mich zu begleiten. Tantchen aber fragte nur, ob ich zum Mittagessen zurück sei. Als ich das verneinte, klagte sie lediglich, nun müsse sie den Ossobuco vom Herd nehmen. »Nehmen Sie einen Schirm mit. Das Wetter ist scheußlich«, sagte sie und sperrte mir die Tür auf.

»Einfach an der kleinen Außentür klingeln, wenn Sie zurückkommen. Wir machen Ihnen auf. Erkälten Sie sich nicht, Padre.«

Natürlich hätte ich mit der U-Bahn fahren können, aber der Regen war in Nieseln übergegangen, und ich hatte Zeit genug. Wir treffen uns am Kryptoportikus, hatte Achilles gesagt. Die wenigsten Touristen wissen, dass das ein alter schummeriger Gang ist, den die alten Römer angelegt und in dem sie Kaiser Caligula um die Ecke gebracht haben. Daneben führt eine Treppe hinauf zu den Ruinen des Tiberiuspalastes, auf denen Kardinal Farnese sich seinen Garten anlegen ließ. Offenbar hielt Achilles mich nicht für einen Touristen, sondern für einen Römer. Das machte mich stolz.

Sie stand schon da. Also gehörte sie nicht zu den Frauen, die bei einem Rendezvous auf sich warten lassen. Aber es war ja auch kein Rendezvous. Als ich auf sie zukam, wippte sie mit ihrem Schirm auf und nieder und winkte. In dem eng auf Taille geschnittenen Pelzmantel und den hohen Stiefeln sah sie nicht aus wie eine junge Wissenschaftlerin mit Zeitvertrag. Junge Römerinnen können mit nichts etwas aus sich machen, doch bei ihr vermutete ich väterliches Geld im Hintergrund. Immerhin hatte sie einen Onkel, der Papst war.

»Es ist lieb von Ihnen, dass Sie gekommen sind. Dabei habe ich gar nicht abgewartet, bis Sie zugesagt haben. Ich bin unhöflich. Mir ist bei dem Wetter die Decke auf den Kopf gefallen. Ich musste raus und mit jemandem reden.«

Ein wenig hölzern antwortete ich: »Und da bin gerade ich Ihnen eingefallen, dottoressa?«

»Ach, lassen Sie doch die dottoressa, dottore. Sagen Sie Giovanna.«

»Eigentlich würde ich Sie gern anders nennen«, erwiderte ich, ohne zu wissen, was in mich gefahren war. »Wenn ich darf.«

Ihre Augen hinter der Brille verrieten Neugier, keine Vorsicht. »Solange Sie mich nicht Jenny, Ginny, Jeanny oder sonst wie amerikanisch benennen wollen, bin ich zu Zugeständnissen bereit.«

Sie lächelte. Das Spiel amüsierte und überraschte sie. Ich glaube, dass Frauen es mögen, wenn ein Mann ihnen einen einzigartigen Namen gibt.

»Ich würde Sie gern Achilles nennen.«

Sie zog nicht einmal die Augenbrauen in die Höhe. »Achilles, der mutige Renner? Wie kommen Sie darauf? Bin ich so maskulin?«

»Nein. Natürlich nicht.« Ich geriet ins Stottern. »Ist mir nur ganz spontan eingefallen. Vergessen wir es!«

Sie nahm meinen Arm. »Kommen Sie unter den Schirm! Mir

gefällt der Name. Ganz spontan. Für Sie werde ich mir auch einen Namen ausdenken, aber dafür müssen Sie mir ein wenig Zeit lassen.«

Ein Garten im Stil des ausgehenden Barock wirkt bei Regen und Kälte trostlos. Da hat man sich so viel Mühe gegeben, die Natur am Zügel zu nehmen, hat den Buchs in hübsche Säulen, Pyramiden und Rondelle geschnitten und den Einfall des Lichts mit den entstehenden Schatten genau bemessen, doch bei Regen sieht das alles aus wie von Kindern verlassenes Spielzeug. Aber Kardinal Farnese wandelte ja auch nur bei Sonnenschein durch seinen Garten, Hand in Hand mit einer schönen, anschmiegsamen Frau.

»Ich gebe ja zu, in den Borghesegärten könnte man jetzt besser spazieren gehen«, sagte Achilles, während wir uns umblickten und feststellten, dass wir die einzigen Besucher waren. »Da sind die Ausblicke weiter, aber hier kann man so viel sehen. Und man steht auf dem Palatin, dem wichtigsten der sieben Hügel Roms. Hier fing Rom an. Nicht dass mich Geschichte noch zum Erschauern bringen könnte, aber ein bisschen kitzelt sie immer noch. Wie ist das bei Ihnen, Basilio?«

Ich dachte nach. Kitzelte mich Geschichte? »Schon lange nicht mehr, Achilles.« Zum ersten Mal sprach ich den Namen direkt aus. »Aber ich habe das Gefühl, sie könnte wieder damit anfangen.«

Sie lachte. »Das ist schön. Auch mein Onkel meint, Sie seien etwas Besonderes. Ich glaube, er mag Sie. Wie finden Sie ihn?«

Unvermittelt war sie beim Thema. Ich hätte mir denken können, dass sie nicht um meiner wundervollen Person willen bei Regen mit mir auf dem Palatin herumspazieren wollte. »Dass er mich mag, ist mir nicht aufgefallen. Im Übrigen stehen Päpste viel zu hoch, um jemanden zu mögen. Päpste lieben nur die Armen, die Menschheit oder die ganze Welt.«

Sie zog ein wenig mit ihrem eingehakten Arm an meinem. »Nun sind Sie verschnupft und glauben, ich hätte Sie hier heraufgelockt, um Ihnen etwas aus der Nase zu ziehen. Stimmt nicht. Oder vielleicht stimmt es doch. Ich mache mir Sorgen um meinen Onkel.«

Immer noch »verschnupft« antwortete ich: »Um den Papst muss man sich keine Sorgen machen. Der ist mehr in Gottes Hand als wir alle zusammen.«

Sie schaute mich von der Seite an. »Ach, lassen Sie doch die theologischen Spitzfindigkeiten. Für mich ist er nicht der Papst. Für mich ist er Onkel Hund. Mein Vater ist entschwunden, als ich noch ein kleines Mädchen war, und züchtet jetzt im Trentino Äpfel oder Birnen. Mein Onkel ist viel mehr ein Vater für mich.«

»Da haben wir etwas gemeinsam«, erwiderte ich barsch. »Für mich ist er auch ein Vater, mein Heiliger Vater.«

Wir waren am Casino Farnese angekommen. Achilles nahm den Schirm in die andere Hand. Nun standen wir getrennt voneinander und blickten über die Brüstung hinweg auf das Forum Romanum und das Colosseum. Auf dem Forum liefen ein paar Unentwegte mit Schirmen und Plastikumhängen im Regen herum.

»Hier oben auf dem Palatin ist Rom, Basilio. Wir schauen auf die Ruinen von Caesar und Augustus. Dann drehen wir uns um, gehen ein paar Schritte auf die andere Seite des Farnesegartens und schauen auf die Peterskirche und den Vatikan, auf Gregor den Großen und Johannes Paul, den Heiligen. Wir können einfach hin- und hergehen zwischen den Polen der Ewigen Stadt.« Dann blickte sie sinnend, wie Frauen es tun, wenn sie abwägen, in die Ferne und fragte: »Finden Sie ihn wenigstens sympathisch?«

Zögernd antwortete ich: »Ja, ich glaube schon.«

Es verging eine Pause, in der sie ihre Entscheidung traf. »Er hat gewusst, dass er Papst werden würde, und er wollte Papst werden.«

Überrascht zog ich den Atem ein. »Ach ja? Er wusste und wollte. So einfach geht das?«

Sie gab mir mit der Schulter einen freundschaftlichen Stoß. »Basilio, bitte unterbrechen Sie mich jetzt nicht mit geistvollen Überlegungen zur Wirkung des Heiligen Geistes und den Geheimnissen eines Konklaves. Ein Konklave ist genauso manipulierbar wie alles auf der Welt. Schon während der Krankheit des letzten

Papstes war doch allen klar, dass die Wahl eines neuen Pontifex enorm schwierig sein würde. Die Vorstellungen und Sehnsüchte der Welt und der Kardinäle waren zu verschieden. Es gab keinen klaren Weg für die Kirche, und es gab keinen wirklich herausragenden Mann. Nur ehrgeizigen Durchschnitt. Und der bringt keine Mehrheiten zusammen. Man kann im Voraus rechnen, wenn man die Kardinäle kennt, die Bücher, die sie lesen, die Predigten, die sie halten, die Offiziale, Generalvikare und Referenten, die sie einstellen, und ihre privaten Vorlieben, Abneigungen und dunklen Obsessionen. Die besonders.«

Irgendwie fand ich es falsch, dass eine Frau so über das ehrwürdige Kardinalskollegium daherredete. Also unterbrach ich sie, obwohl sie es mir verboten hatte: »Und alle diese intimen Informationen und Kalkulationen hatte Ihr Onkel im Kopf, hockte da wie die Spinne im Netz und setzte sich dann die Tiara auf den Kopf?«

Ein Paar in billigen Regenhäuten trat direkt neben uns an die Brüstung. Achilles' Stimme wurde leise, aber scharf. »Nicht mein Onkel. Dazu wäre er niemals fähig gewesen.«

»Wer dann?«

»Das spielt jetzt keine Rolle. Man ist an ihn herangetreten, lange vor dem Konklave, und hat ihn gefragt. Sie wissen, dass niemand mit seiner Wahl gerechnet hat. Auch er hatte nicht im Traum daran gedacht. Als man ihn fragte, hat er sicher gelacht. Dann ist er wohl in eine der Kapellen des Petersdomes gegangen, hat nachgedacht und als gelernter Jurist, der ordnet, rubriziert und abwägt, erkannt, dass seine Wahl möglich sein würde. Am Tag darauf hat man ihn noch einmal gefragt. Er hat Ja gesagt. In aller Demut, aber auch mit der Absicht, das Schiff Petri nach eigenem Willen zu steuern. Davon bin ich überzeugt, denn ich kenne ihn besser als meinen eigenen Vater.« Achilles war offenbar mit ihrem Monolog zu Ende. Sie schwieg und blickte in den Regen.

Ich wusste nicht sicher, worauf sie hinauswollte, ahnte es aber. »Auch wenn es keine Rolle spielt, wer ist ›man‹?«

Leise sagte sie: »Das ist doch klar, Basilio.«

»Mir ist gar nichts klar. Bitte vergessen Sie nicht, dass ich ein Hinterwäldler aus der schweizerischen Bergwelt bin. Ich weiß nichts von den Geheimnissen im Vatikan und wie man da einen neuen Papst fabriziert.« Dabei gab ich meinem fehlerfreien Italienisch einen Touch von schweizerischem Akzent.

»Lass das!«, fauchte Achilles mich an. »Es gibt nur eine Organisation, die alle Informationen zur Hand hat und die Fäden spinnt. ›Man‹ ist nicht einer, es sind viele. In den Gemeinden, in den Bistümern, den Vorzimmern und den Chefetagen. Nicht nur in der Kirche, sondern in der Wirtschaft, der Politik, den Universitäten und Zeitungsredaktionen. Überall ist *man*!«

Sie war mir böse. Aber sie hatte *Du* zu mir gesagt. »Es ist das Opus«, fuhr sie fort. »Alle Fäden laufen zusammen in der Viale Bruno Buozzi. Alle Informationen landen irgendwann einmal – und meistens schnell – in der Viale Bruno Buozzi. Ich weiß auch nicht, wie das funktioniert, aber – glaub mir – es funktioniert. Bevor ein Nuntius seinen Bericht für den Vatikan schreibt, ist das Konzept bereits in der Buozzi.«

Ich überlegte kurz, ob ich Achilles von meinem Sonntagsausflug in die kitschige Kirche des heiligen Josemaría berichten sollte, ließ es aber bleiben. Stattdessen überschritt ich ebenfalls die Grenze und sagte: »Machst du da nicht aus einer Mücke einen Elefanten? PiBi nennt die Leute vom Opus Cashmeremäuslein. Ich habe Vazquez de Castro zweimal erlebt. Einmal im Vorbeigehen und einmal in seiner Ritterkapelle. Er ist überheblich, fanatisch, aber meines Erachtens vollkommen ungefährlich. Und er ist nicht einmal Kardinal.«

Achilles blickte verschlossen in den Regen und auf die Ruinen des Forum Romanum. »Glaub es mir, Basilio, oder glaub es mir nicht. Es ist so. Warum erzähle ich dir das alles? Mir ist die Kirche gleichgültig. Ich bin ein Heidenkind, wie der schlaue Padre Pietro, der viel mehr weiß, als er vorgibt, erkannt hat. Aber dir als Geistlichem, noch dazu in Kirchengeschichte bewandert, müsste das doch bekannt sein. Päpste sind nicht nur Politiker, sie sind Stellvertreter Christi auf Erden. Und sie fühlen sich bisweilen auch so. Der direkte Draht nach oben – als gäbe Christus ihnen Entscheidungen ein. Immer wenn es der Kirche schlecht ging, kam einer, der einen Orden gründete, um die Säulen des wankenden Gebäudes wieder aufzurichten. Denk an Franziskus und welchen Einfluss die Franziskaner schließlich ausübten. Oder die Jesuiten, die Soldaten des Papstes. Früher nannte man den Jesuitengeneral den schwarzen Papst. Und jetzt sind es eben die Leute vom Opus Dei. Auch Soldaten Gottes, aber in anderem Gewand und mit anderen Methoden. Sei's drum: Mir ist es völlig egal, wenn alte Männer ihre absonderlichen Riten abhalten. Aber mein Onkel ist mir nicht egal. Ich hab ihn lieb.«

»Ist dein Onkel Mitglied des Opus, Achilles?«

»Ach du meine Güte! Onkel Hund Mitglied eines Vereins! Er hasst Vereinsmeierei. Die einzigen Vereine, denen er je angehört hat, sind die Kirche und der Eisenbahnersportverein. Und aus dem ist er ausgetreten.«

»Der Eisenbahnersportverein? Das gibt's doch nicht.«

»Doch. Gibt es. Als Kaplan kam er auf die Idee, Tennis zu spielen. Recht begabt war er, glaube ich, nicht, aber was er sich einmal in den Kopf setzt, das führt er auch durch. In seiner Pfarre gab es eine öffentliche Tennisanlage und eben einen Sportverein, der vor unvordenklichen Zeiten von Eisenbahnern gegründet worden war. Also wurde Onkel Hund Eisenbahner ehrenhalber.« Leise und ernst fuhr sie fort: »Von den beiden Vereinen ist nur noch die Kirche übrig. Seine Kirche, die er liebt. Für die tut er alles und nutzt alle Möglichkeiten. Er hat auch die Leute vom Opus benutzt, um Papst zu werden. Vielleicht haben die gedacht, sie könnten ihn anschließend manipulieren, aber wenn es so wäre, hätten sie sich geirrt. Mein Onkel lässt sich durch niemanden manipulieren, nur vielleicht durch das Evangelium.«

Lächelnd sagte ich: »Das darf er ja. Das ist schließlich sein Job.« Ihre Ansichten erschienen mir ein wenig naiv. Wenn es denn wirklich stimmte, dass die Leute aus der Viale Buozzi bei der

Wahl des unscheinbaren Kurienkardinals Sforza Einfluss ausgeübt hatten, hätten sie den alten Herrn doch nicht so einfach von der Leine gelassen.

Achilles schaute auf Caesars kaputtes Forum herunter. In diesem Augenblick hatte sie etwas von einem schüchternen, liebenswerten Mädchen. Sie rückte näher an mich heran.

Sanft sagte ich: »Und warum erzählst du mir das alles?«

Sie sprach so leise, dass ich sie kaum verstehen konnte: »Weil ich Angst habe, Basilio. Komm, lass uns ein wenig gehen.«

Sie nahm meine Hand und zog mich von der Brüstung weg. Wir gingen über den kiesbestreuten Weg an den akkurat geschnittenen Hecken entlang zur anderen Seite des Palatinischen Hügels. Nun hatten wir Sicht auf die Kuppel der Peterskirche und die regengrauen Gebäude des Vatikans. Achilles hatte recht. Hier oben stand man zwischen den zwei Welten Roms. Dort die Ruinen eines untergegangenen Weltreichs und hier das Zentrum einer 2000 Jahre alten Religion, die – das hatte ich in meinen Tagträumen immer häufiger und dunkler gespürt – nun ebenfalls dem Untergang zusteuerte. Achilles hatte den Ort unseres ersten »Rendezvous« mit viel Geschick ausgesucht.

»Am Anfang hat ihm die Sache Spaß gemacht«, nahm sie den Faden des Gesprächs wieder auf. »Schon der verrückte Name, den er sich da zugelegt hat, zeigt ja, dass er seine Fantasie und seine kirchengeschichtlichen Kenntnisse angestrengt hat. Als zweiter Formosus kam er aus dem 9. Jahrhundert mitten in die Gegenwart. So etwas macht man nur, wenn man etwas Großes vorhat. Kannst du dir nicht vorstellen, dass das echten Spaß macht?«

»Sich wieder eine Tiara auf den Kopf setzen lassen und von der Sedia gestatoria herunterzuwinken …«

»Ganz richtig«, fiel sie mir ins Wort. »Ich habe es sogar persönlich mitbekommen. Er hat mich kurz nach seiner Wahl, noch vor der öffentlichen Verkündung, auf dem Telefonino angerufen und gesagt: ‚Kind, eine kleine Neuigkeit. Ich bin Papst.‹ Es hat ihm gefallen, da bin ich sicher.«

»Und jetzt gefällt es ihm nicht mehr? Die Herren vom Opus verlangen also ihren Tribut, hm?«

Achilles schwieg eine Weile, und ich erwartete, nun etwas von schändlichen Kirchengeheimnissen, von Erpressung und nicht gehaltenen Wahlzusagen zu erfahren. Aber so kam es nicht. Es kam ganz anders.

»Ganz sicher nicht«, erwiderte Achilles. »Da kennst du Onkel Hund schlecht. Natürlich weiht er mich nicht ein und erzählt mir von seinen Sorgen, dazu nimmt er sein Amt viel zu ernst. Aber es bedrückt ihn etwas. Und der Druck wird immer schwerer. Angefangen hat das ein paar Wochen nach seiner Wahl. Da muss plötzlich etwas passiert sein, das ihn völlig durcheinandergebracht hat. Der Schwung, wenn du so willst, der Spaß war weg. Seitdem brütet er über etwas, und ich fürchte, es ist etwas Schreckliches.«

»Aber das ist doch nicht verwunderlich«, sagte ich. »Stell dir vor, du sitzt da im dritten Stock des Vatikans, alle Probleme der Weltkirche fallen auf dich herunter und du weißt nicht, wer an welcher Strippe zieht. Davon bekommst du schlaflose Nächte, und wenn du nicht aufpasst, bist du am Morgen tot. Denk an den ersten Johannes Paul! Papstsein ist ein knochenharter Job.«

»Nein, Basilio, der … Job ist es nicht. Vergiss nicht, dass mein Onkel viele Jahre in der Kurie gearbeitet hat. Er wusste, was auf ihn zukam.«

»Also doch die Leute aus der Buozzi?«

»Glaub es mir doch endlich: Nein. Es ist etwas viel Größeres, etwas Unheimliches, das sich dort abspielt.« Dabei streckte sie ihre Hand fast anklagend nach den grauen Gebäuden des Vatikans.

»Ich bitte dich, was soll da Unheimliches vorgehen?«, versuchte ich, ihre Angst herunterzuspielen. »Die Kirche hat 2000 Jahre damit zugebracht, so ziemlich alles, was auf Erden unheimlich ist, durchzuspielen. Was soll einem da noch Neues einfallen?«

Achilles packte meinen Arm. »Du willst das nicht begreifen, Basil. Aber du wirst es müssen, denn uns beide wird er auswählen. Dich und mich. Wir haben fast das Gleiche studiert. Dich wird er wählen, weil du ein bescheidener Mönch ohne Eigeninteressen bist, dazu ein Fachmann des Mittelalters und der alten Kirchengeschichte, und weil du vermutlich etwas Besonderes weißt. Mich wird er wählen, weil er mich lieb hat, weil er mir vertraut und weil ich dieselben wissenschaftlichen Interessen habe wie du. Vielleicht passt es ihm sogar in den Kram, dass ich mit der Kirche nichts am Hut habe. Darunter leidet er zwar, aber er mag meine Unbestechlichkeit als Wissenschaftlerin. Es kommt etwas auf uns zu. Und ich glaube, sehr bald.«

Achilles blickte mich an. »Verstehst du mich?«

Ich verstand nichts.

OPENING FILE

Imperator Fridericus Secundus Romanorum Caesar Semper Augustus Italicus Siculus Hierosolymitanus Arelatensis Felix Victor Ac Triumphator/dies irae//domini infantibus.

Ja, ich weiß, es ist anstrengend. Die Zeit verrinnt. Der Text läuft schnell vor Deinen Augen ab, und Du kannst ihn nicht bremsen. Als ich meinen Bericht in den Rechner tippte, vor Jahren damit anfing und dann unermüdlich weiterschrieb, habe ich nicht an Dich gedacht. Nun ja, ein wenig schon. Ohne den Zuschauer oder Leser, den man sich beim Schreiben vorstellt, geht es noch schwerer. Ich will mich nicht zu einer Person der Zeitgeschichte oder gar der Weltgeschichte machen. Wahrscheinlich kennst Du mich. Ich war doch eigentlich recht bescheiden. Oder? Ich war wie die Fliege, die in Kolumbien auf einer bestimmten Stelle landete und dann in Aserbaidschan ein Erdbeben auslöste. Du kennst diese hübsche Geschichte von Ursache und Wirkung. Von Unschuld, die zu Schrecklichem führt. Dich interessiert Achilles, nicht wahr? Du möchtest wissen, ob der alte Basilisk auf Abwege geraten ist? Das würde Dir gefallen – der zynische, verschlossene, faule Basil mit den klösterlichen Privilegien, den Du aller Voraussicht nach nicht magst (wer mag mich schon in unserer Klostergemeinschaft?), ist obendrein noch ein heimlicher Wüstling.

Der Blick auf die nahen Mäuse, die vor sich hin kopulieren, ist so interessant, dass man die Schlange, die ihren feuchten Rachen aufreißt, einfach übersieht.

Verkürzen wir die Sache ein wenig, mein lieber Mitbruder. Es ist anstrengend genug für Dich, und was geht Dich Achilles an? Ich lösche ein wenig Text. Erstaunlich, wie rasch man Geschichte löschen kann. Man fährt mit der Maus drüber, und mit einem Klick ist alles weg.

Rom IV

Wir waren vom Palatin wieder hinabgestiegen. Wie versprochen lud Achilles mich zum Essen ein. Wir gingen in ein kleines Lokal in der Nähe des Forums. Fisch und Schalentiere. Es regnete immer noch. Ein Telefon klingelte. Es war ein lautes, altmodisches Klingeln wie in einem Film mit Humphrey Bogart. Im Raum wurde es still, bis Achilles ihr Telefonino mit dem raffinierten Sound aus der Handtasche gekramt hatte. »Si, si, zio cane.«

Wahrscheinlich hätte es einen Volksauflauf gegeben, hätte jemand geahnt, mit welchem Onkel Hund sie da sprach. Mit ihrem Kuli schrieb sie etwas auf die Papierserviette und sagte gehorsam »si« und »capito«. Dann blickte sie auf ihre Uhr, rief nach der Rechnung und bat, ihr ein Taxi zu bestellen. Gemeinsam bestiegen wir den Fond des muffig riechenden Autos. Sie tätschelte meine Hand und sagte, ich solle mich nicht aufregen.

Der Vatikan bewahrt seine wirklichen Geheimnisse nicht in dunklen Gewölben unter der Engelsburg oder in den Kellern in der Via del S. Uffizio auf. Das stellt man sich nur so vor und liest es in Romanen, wo dann Kardinäle oder gar der Heilige Vater selbst durch unterirdische Gänge schleichen und an steinernen Rosetten drehen, damit sich quietschend eiserne Türen öffnen. Wie sollte ein Geheimnis bewahrt werden im Vatikanstaat, bei so vielen alten Männern, die nichts anderes im Sinn haben als die Kirche und ihre eigene Wichtigkeit? Wie sollte ein Geheimnis übergehen von einem Papst zum anderen? Ein Siegel ist schnell gefälscht, ein Brief leicht gestohlen, nicht einmal auf dem Totenbett ist ein Papst allein, und zudem weiß er ja nicht, wen sie zu seinem Nachfolger machen werden. Der Mächtige kann und darf nicht vertrauen. Also musste man sich etwas anderes einfallen lassen.

Und man hatte sich etwas einfallen lassen: das Institut des Herrn Wendelin Altinger in der Via dei Fienili, ganz in der Nähe von San Giorgio in Velabra. Ein schmalbrüstiges, dreistöckiges Haus, unscheinbar, aber mit feinen Barockbalustern, vornehm und zurückhaltend, wie eben eine Schweizer Bank zu sein hat. Ich habe darüber nachgedacht, und ich bewundere die Klugheit der Kirche. Wo wären ihre Geheimnisse besser aufgehoben als in den Händen ihres großen Feindes Calvin, der die Ehre Gottes über alles stellt? Das schweizerische Bankgeheimnis gilt auch für den Papst, und jeder calvinistische Banker würde sich eher foltern lassen, als ihm Anvertrautes zu verraten. Natürlich kostet das etwas, aber man ist verschwiegen bis ins Grab. Wir Schweizer sind eben so. Karg, kernig, eingleisig und deswegen so vertrauenswürdig.

Banca verkündete das schmale, in Bronze gegossene Schild am Eingangstor, und darunter in kleineren Lettern: *Wendelin Altinger.* Wahrscheinlich blieb der erste Altinger als schweizerischer Söldner einst in Rom hängen, weil die Beute zu gering für die Heimreise war oder er das Fieber bekam. Wahrscheinlich hießen alle Chefs der Banca in der Via dei Fienili seit dem 16. Jahrhundert mit Vornamen Wendelin.

Bertonazzi stand unter einem vorsintflutlichen Schirm vor dem Eingang der Bank, als wir mit dem Taxi ankamen. Er begrüßte uns seltsam reserviert, ohne seine sonstigen Clownerien. Gemeinsam gingen wir die Stufen hinauf und wurden auf ein Klingeln eingelassen. Die Frau, die in dem kleinen, mit dunklem Holz vertäfelten Foyer hinter dem Counter saß, war sehr blond und stand sofort auf, als wir nass und die Schirme ausklopfend zu ihr hinaufstolperten. Im gleichen Moment erschien aus dem linken der beiden Flure, die ins Gebäude führten, ein untersetzter Herr mit grauen Locken, dunkelblauem Anzug und leichtem, durch die Weste kaschiertem Bauchansatz. Er machte eine knappe Verbeugung. »Ich begrüße Sie. Sie sind avisiert.« Mit einer weiteren Verbeugung wandte er sich an PiBi: »Ich freue mich, Sie wiederzusehen, Monsignore.«

Sein Gesicht war glatt rasiert. Es erinnerte ein wenig an einen Berner Sennenhund, nur war es noch trauriger. Er blickte auf Achilles und mich und sagte: »Ich bin Wendelin Altinger. Sie sind Dottoressa Grassi. Buon giorno. Und Sie sind Pater Perhamer. Grüezi. Bitte folgen Sie mir!«

Der Flur, links und rechts mit kolorierten Kupferstichen dekoriert, war sehr lang. Das Gebäude der Altinger-Bank war erheblich größer, als es von außen den Anschein hatte. Am Ende des Flurs kam man in einen hell erleuchteten, nüchternen Raum mit mehreren geschlossenen Türen, neben denen Namensschilder befestigt waren. Dann ging es eine ganz normale, bequeme Treppe hinunter in den Keller. Von den Gewölben, die es einmal gegeben haben musste, war keine Spur geblieben. Kein Modergeruch, sondern indirekte Beleuchtung und eine große Stahltür wie vor dem Frischfleischlager einer Metzgerei. Altinger fischte eine Chipkarte aus seiner Sakkotasche. Fast verschwörerisch sagte er: »Nur mein Vertreter und ich haben diesen Chip. Der Code wird wöchentlich durch den Rechner geändert.«

Es gab ein rumpelndes Geräusch, dann rollte die Tür kaum hörbar links in die Wand. Als wir in den nun offenen Raum traten, sah ich, dass die Wand offenbar auch aus Metall war. Rechts reihten sich an die dreißig Schließfächer. Der Kundenkreis von Wendelin Altinger war klein, aber wichtig. Links, durch eine raumhohe Scheibe aus Plexiglas abgetrennt, befand sich ein kleines Konferenzzimmer mit Tisch und lederüberzogenen Stühlen aus Chrom. Das Licht war durch das Einführen der Chipkarte automatisch angegangen. Vielleicht brannte es aber auch immer.

Achilles und ich schauten uns verstohlen an. Wir hatten wohl beide etwas Dramatischeres erwartet. Altinger sagte wiederum ganz leise: »Würden Sie so freundlich sein, Monsignore, und Seiner Heiligkeit sagen, dass wir das Stimmerkennungsprogramm erneut überprüft haben. Eine Manipulation ist wirklich ausgeschlossen. Wenn Seine Heiligkeit hier anruft, wird er sofort mit mir oder meinem Vertreter verbunden, wobei jede anderweitige Telefonverbindung unterbrochen wird. Sodann wird das Computerprogramm aktiviert. Es läuft ausschließlich intern. Ruft Seine Heiligkeit nach den vereinbarten fünf Minuten erneut an, ist das Programm präsent, und die Stimme Seiner Heiligkeit wird überprüft. Auch wenn da ein Tonband laufen würde, man würde es sofort erkennen. Zusätzlich haben wir die vereinbarten Zwischenfragen, und dann haben wir ja auch noch die Schlüssel. Apropos, Sie haben den Ihren doch dabei?«

PiBi stellte seine abgeschabte Aktentasche auf den Boden und knöpfte mit einem mürrischen Zug um den Mund seine Soutane auf. Man sah den weißen Leokragen, ein Stückchen faltigen Hals und einen Zipfel vom Unterhemd. Er zog eine Kordel hervor, an der kein Kreuz, sondern zwei Schlüssel – ein großer und ein kleiner – hingen. Umständlich löste er die Kordel und nahm beide Schlüssel an sich. Altinger geleitete ihn zu den Schließfächern, während auf Achilles und mich keiner achtete. Zuerst steckte der Herr des Bankhauses seinen Schlüssel ins Schloss des ersten Schließfachs der obersten Reihe. Dann kam PiBis größerer Schlüssel zum Einsatz. Altinger entnahm dem Fach eine unscheinbare Metallkassette. »Wollen Sie sie nehmen, Monsignore? Oder darf ich sie hinübertragen?«

Der geschulten Stimme von Wendelin Altinger war so etwas wie Ehrfurcht zu entnehmen. PiBi schüttelte den Kopf und trug die

Kassette wie das Allerheiligste vor sich her in den Konferenzraum, wo er sie auf den schweren Glastisch stellte. Altinger machte wieder eine seine Verbeugungen. »Ich darf Ihnen die Prozedur in Erinnerung rufen? Ich werde die Tür von außen schließen. Der Raum hier ist absolut schalldicht und abhörsicher. Seine Heiligkeit weiß ebenso wie seine verehrten Vorgänger, dass man unserem Hause uneingeschränkt vertrauen darf. Sobald sich die Tür hinter mir geschlossen hat, leuchtet die rote Lampe auf. Wenn Sie auf den weißen Schalter drücken, werde ich Ihnen wieder öffnen.« Mit einem Lächeln des Bedauerns fügte er hinzu: »Es tut mir leid, Monsignore, aber Rauchen ist nicht möglich. Der Feuermelder würde unverzüglich anschlagen und die Sprinkleranlage in Betrieb setzen. Ich bitte um Verständnis.«

Die Tür schloss sich, die Riegel rasteten ein. Die Kassette stand zwischen uns. Der kleine Schlüssel lag daneben. PiBi, der uns am Glastisch gegenübersaß, senkte den Kopf wie im Gebet. Sonst gibt es immer Geräusche, selbst in einer nächtlichen Kirche oder spätabends in meiner Zelle. Hier aber herrschte völlige Stille. PiBi öffnete seine Aktentasche, holte eine DIN-A4-Mappe und ein abgegriffenes Quartbändchen heraus und legte beides auf den Tisch. Die Mappe war mit weißer Seide überzogen, trug das Wappen des Heiligen Stuhls, die Tiara mit den gekreuzten goldenen Schlüsseln, und das Wappen des Papstes, den kleinen Nachen mit dem aufgeblähten viereckigen Segel. Darunter stand sein Wahlspruch: Fac velum! Ziehe das Segel auf!

Die Stimme Bertonazzis klang in diesem abhörsicheren und schalldichten Raum wie in Watte verpackt: »Seine Heiligkeit Papst Formosus II. hat mich, seinen unwürdigen Diener, beauftragt, Sie, Padre Basilius Perhamer, und Sie, Giovanna Grassi, mit einer Frage zu betrauen, die für die heilige katholische Kirche von Wichtigkeit ist. Hierzu ist es notwendig, dass Sie mit gewissen Fakten vertraut gemacht werden, die der Geheimhaltung unterliegen. Es ist darum erforderlich, dass Sie, bevor wir weiter fortschreiten, einen Eid ablegen, der Sie zum strengsten Stillschweigen verpflichtet. Ich werde Ihnen nun die Eidesformel vorlesen, Sie werden sodann den Eid leisten und anschließend die entsprechenden Urkunden unterzeichnen. Haben Sie Bedenken, sehen Sie sich außerstande, den Eid abzulegen, so werden wir das Gespräch beenden. Der Heilige Vater erteilt Ihnen, Padre, seinen apostolischen Segen und ruft Ihnen in Erinnerung, dass Sie Werkzeug sind in der Hand Gottes und seines Stellvertreters auf Erden. Ihnen, Giovanna, erteilt er seinen väterlichen Segen und bittet Sie zu schwören, ich zitiere den Papst wörtlich, weil ›ich sicher bin in dem, was du glaubst nicht glauben zu können‹.«

Ich sah, wie Achilles kurz den Kopf schüttelte und dann die schmalen Hände vors Gesicht legte. PiBi öffnete die Mappe, nahm zwei Bögen heraus und leierte ohne jedes Pathos die Eidesformel herunter. »Profiteor et sacramento dico ... ich verspreche und schwöre in bedingungsloser Treue, Geheimhaltung zu wahren über alles, was mir nun eröffnet wird durch Pietro Bertonazzi, Priester der heiligen katholischen und apostolischen Kirche, der im Auftrag Seiner Heiligkeit des Papstes Formosus II. handelt, außer wenn mir vom Papst selbst eine ausdrückliche Erlaubnis zu anderem erteilt wird. Sollten sich aus den mir zuteilwerdenden Kenntnissen Folgerungen ergeben, die ich selbst erkenne oder die ich von anderen mitgeteilt erhalte, gleich welcher Art, so verspreche und schwöre ich, diese Kenntnisse nur dem Papst mitzuteilen. Dies verspreche ich, und dazu verpflichte ich mich, so wahr mir Gott helfe und diese Evangelien, die ich mit der Hand berühre.«

PiBi blickte auf und sah uns an. Vielleicht habe ich mich geirrt: Einen Augenblick sah ich in seinen weiß geränderten Augen wieder das gleiche Entsetzen wie in der schlampigen Bude in dem Gebäude mit den Bronzestacheln am Portal. Ruhig sagte er: »Es ist übrigens fast der gleiche Eid, den die Kardinäle vor dem Konklave abzulegen haben.« Dann schob er mir einen der Bögen über den Tisch. Ich überflog den lateinischen Text, sah meinen Namen oben und unten links mit einer Reihe von Pünktchen darüber. Wie bei einem Kreditvertrag am Bankschalter. Hätte ich den Eid verweigern sollen? Hätte ich mich auf Matthäus berufen sollen, der Jesus erklären lässt: »Ich aber sage euch, dass ihr überhaupt nicht schwören sollt, weder bei dem Himmel, denn er ist Gottes Thron, noch bei der Erde, denn sie ist der Schemel seiner Füße.«

Dort unten in jenem Keller wäre das jedoch Besserwisserei gewesen, zumal ich schon etliche Eide in meinem Leben abgelegt hatte, und alle im Namen Gottes. Konnte ich den Papst enttäuschen, der mich, wie Achilles sagte, mochte und der als Mensch für mich Klavier gespielt und nicht als weiße Lichtgestalt auf seinem Thron gesessen hatte? Sollte ich hinausgehen, ohne zu erfahren, um was es eigentlich ging? Hinausgehen, zurück in mein Kloster gehen und Achilles hinter mir lassen? Wie von selbst nickte ich. PiBi reichte mir freundlich seinen Kuli und schob mir nun auch das kleine Buch herüber. Eine zerlesene Volksausgabe des Evangeliums in Latein. »Es genügt, wenn Sie den letzten Satz laut und deutlich vorlesen und dabei die rechte Hand auf das Evangelium legen. Danach müssen Sie unterschreiben.«

Meine Stimme klang genauso wattig wie die von Bertonazzi. Ja, ich weiß, ich breche jetzt diesen Eid, indem ich das Geschehene niederschreibe. Aber es ist mir gleichgültig, und vielleicht hat Matthäus ja die Worte Jesu richtig wiedergegeben. Achilles hatte die Hände vom Gesicht genommen. Als PiBi sich an sie wandte, sagte sie fast frech: »Geben Sie es schon her!«

Sanft, aber mit einem kleinen Lächeln, das die vorstehenden Zähne zeigte, verrückte PiBi das Evangelium von meiner auf ihre Seite. Als Achilles ihre Hand darauf legte, fing sie plötzlich an zu weinen. »Das Buch kenne ich. Als Kind habe ich es schon gesehen. Es lag auf seinem Nachttisch, und er hat mir daraus vorgelesen.«

PiBis Lächeln wurde breiter. »Ganz richtig. Sein ganzes Leben hat es ihn begleitet, als Ministrant, als Kleriker und als Papst. Er hat es mir extra für Sie mitgegeben.«

Achilles schluchzte, als sie die Eidesformel sprach und dann unterschrieb. Erst jetzt fiel mir auf, dass ich immer vor Achilles an der Reihe war. Geschäftig wie ein Anwalt, der seine Mandanten zu Vollmacht und fetter Honorarvereinbarung überredet hatte, verstaute Bertonazzi die Papiere und das päpstliche neue Testament wieder in seiner Aktenmappe. Achilles holte von irgendwoher ein Papiertaschentuch und putzte sich die Nase. Bertonazzi legte die Hände flach auf die Metallkassette und blickte befriedigt um sich. Dann schloss er für einen Moment die Augen. »Wir werden in dieser Kassette vier Schriftstücke vorfinden. Ein Schreiben des Mannes, der das Schließfach eingerichtet hat und der sich darin an seinen Nachfolger wendet. Den Inhalt werde ich Ihnen bekannt geben. Drei weitere Urkunden werde ich Ihnen vorlegen. Mehr war nicht im Schließfach, als ich im Auftrag des Heiligen Vaters das Fach öffnete und die verschlossene zweite Kassette in den Vatikan brachte. Dies weiß ich vom Papst. Und ebendiesen Inhalt habe ich weisungsgemäß wieder zurückgelegt. Erstaunlicherweise hat keiner der Nachfolger auf dem Stuhl des heiligen Petrus etwas dazugeschrieben oder Anmerkungen gemacht. Von Altinger wissen wir, dass jeder Einsicht genommen hat, und die Tatsache, dass das Fach heute noch existiert, zeigt, dass jeder den Inhalt für außerordentlich wichtig hielt. Aber keiner hat dem Nächsten in der Sukzession Anweisungen oder Ratschläge erteilt. Allerdings hat einer etwas kommentarlos hinzugefügt. Wir wissen nicht, wer.«

Er schaute kurz auf. Einen Moment glaubte ich, er wolle mich fixieren, aber sein Blick glitt wieder auf seine Hände hinab. »Inwieweit der Inhalt dieser Kassette das Pontifikat der einzelnen Stellvertreter Christi auf Erden beeinflusst hat, weiß ich nicht. Es zu ergründen, ist weder meine Aufgabe noch die Ihre. Sie werden ohnehin Ihre Schlüsse ziehen, woran ich Sie nicht hindern kann. Nur konzentrieren Sie sich nicht darauf – es bringt Ihnen nicht das Geringste. Sie sollen vollkommen unbeeinflusst den Auftrag erfüllen, den Ihnen der Heilige Vater durch mich erteilt. Ich werde Ihnen gestatten, von bestimmten Passagen eine Abschrift zu erstellen, mehr aber auch nicht. Hierfür habe ich eigens Papier mitgebracht.«

Die Hände des Monsignore, der im hintersten Zimmer der Inquisition Nonnen mit seiner Raucherei schikanierte, der unscheinbar war bis zur Selbstaufgabe und doch vom Papst mit seinem Vornamen Pietro angesprochen wurde, lösten an der Schmalseite der Stahlkassette den Verschluss und klappten den Deckel auf. Warum fiel mir gerade jetzt wieder ein, dass er mich fratellino genannt hatte? Nie mehr, weder vorher noch nachher, habe ich dieses Zusammengehörigkeitsgefühl so stark gespürt wie in diesem Augenblick, auch als ich merkte, dass er die Erregung in meinem Gesicht sah und ein wenig seinen Insektenmund verzog. Ich blickte zu Achilles. Sie saß sehr aufrecht auf ihrem Konferenzstuhl, hatte die Tränen weggewischt und zeigte von Erregung keine Spur. Sie hob nur kurz die Hand und schob ihre modische Brille zurecht. Meinen Blick beantwortete sie nicht.

Bertonazzi hob aus der genormten Schließfachkassette eine zweite heraus. Sie schimmerte silbrig und zeigte keinerlei Gebrauchsspuren. Er schob den kleinen Schlüssel in eine an der Unterseite angebrachte Öffnung. Man hörte ein mehrmaliges, impulsartiges Klicken, dann ein schnappendes Geräusch. Wie bei einem alten Missale, dessen Schließen man öffnete, sprang der Deckel ein Stück weit auf. Bertonazzi schlug ihn zur Seite. Kein Wappen des Heiligen Stuhls, kein Rauchwölkchen, kein Blitz und kein sanftes Halleluja, das plötzlich den Raum erfüllte: nur ein paar weiße Kuverts, wie sie in jedem Büro benutzt wurden.

Bertonazzi nahm die unverschlossenen Kuverts heraus und legte sie pedantisch nebeneinander auf die Glasplatte. Einen kleinen, gelblichen Briefumschlag und drei weitere Umschläge, wie sie in Kanzleien zur Versendung von Schriftsätzen verwendet werden.

»Ad 1.« Er holte aus dem kleinen Briefumschlag einen einmal gefalteten Zettel und las ihn ohne Emotion vor:

»An meinen Nachfolger auf dem Stuhl des heiligen Petrus:

Ich muss Sie mit Dingen behelligen, die für mich und mein Verständnis vom Glauben keine Last waren, die jedoch für die Kirche von Bedeutung sein können, von so großer Bedeutung, dass ich diesen ungewöhnlichen Weg zu wählen gezwungen bin. Don Carlo Falcone, langjähriger Leiter des Geheimarchivs, übergab mir die Urkunden, die ich als Anlage 1 und 2 beifüge. Sie sind niemals veröffentlicht worden. Don Carlo fand sie zufällig in einem geheimen Fach, dessen Existenz in Vergessenheit geraten war. Der Inhalt dieser Urkunden wäre grundsätzlich nicht bedeutsam. Sie werden wissen, dass wir eine Unzahl von exotica in unseren Kellern haben.

Falcone wies mich jedoch auf die Forschung von Qumran hin und auf die dort gefundene Rolle aus Metall, in der gewisse Ortsnamen genannt sind. Der in der Anlage 1 genannte Name stimmt mit einem Namen in der Metallrolle überein. Der fragliche Ort heißt Beth Ahsor. Die Anlage 2 ist offenbar die in Anlage 1 genannte Urkunde. Falcone ist kurz nach unserem Gespräch an einem Karzinom gestorben. Ich nahm ihm die Beichte ab, verpflichtete ihn zu Stillschweigen, das er ohnehin gehalten hätte, tröstete ihn und nahm die Urkunden an mich. Mehr will ich nicht sagen. Der Rest ist Ihre Entscheidung. Verzeihen Sie einem alten Mann seine vielleicht unmäßige Vorsicht. Aber das Schiff des heiligen Petrus, wo treibt es hin? Ich umarme Sie brüderlich als

Ihr …« Den Namen des Schreibers nannte PiBi uns nicht.

»Und dann hat der alte Herr seine Unterschrift daruntergesetzt.« Bertonazzis Stimme verlor ein wenig den amtlichen Ton, wurde leiser, fast mitfühlend und verstummte. Er überließ es uns, über den Namen des Verfassers nachzudenken, und steckte den Zettel ordentlich wieder zurück. Dann griff er zum nächsten Kuvert. »Wir befassen uns nun mit der Anlage 1.« Er steigerte die Spannung. Kein Italiener lässt sich ein Crescendo entgehen, wenn es irgendwie unterzubringen ist. Aus dem Kuvert zog er ein Bündel mürber Schriftstücke, die er auffaltete. Ich kannte solche Urkunden. Es gibt sie zu Tausenden. Listen mit der Aufzählung von Zehnten und Grundstücken, Briefe hochgestellter Persönlichkeiten und Gerichtsprotokolle. Die Protokolle der Prozesse gegen Giordano Bruno oder Galilei sehen nicht anders aus, wenn man sie aus ihren Bucheinbänden löst: im Laufe der Jahrhunderte ockerfarbig gewordene Schrift, keine Absätze, kleine Unterstreichungen und Abkürzungen.

»Ich will uns nicht langweilen, indem ich das alles vorlese«, sagte PiBi. »Sie können sich hinterher so lange hineinvertiefen, wie Sie wollen. Ich warne Sie aber: Der Skribent hat eine Klaue wie ein Internist, und sein Latein ist so fürchterlich wie seine Schrift. Paraphiert hat er mit dem Kürzel Bas, in winzigen Buchstaben. Ich habe mir die Mühe gemacht, hier nachforschen zu lassen. In der Umgebung von Innozenz IV. haben wir nur einen gefunden, der infrage kommt. Wahrscheinlich handelt es sich um einen unbedeutenden Mönch, dem man die Zunge herausgeschnitten hat und der als unsichtbarer Diener in Ecken und Winkeln kauerte und auf einen Wink Seiner Heiligkeit wartete. Später taucht dieser Bas nicht mehr auf. Wahrscheinlich hat man ihn beiseitegeschafft oder sonst wie mundtot gemacht. Dieser Mann hatte den Namen Basilius und stammte offensichtlich aus Perugia. Jedenfalls stand das so in dem Memo des Archivmenschen, das ich auf den Schreibtisch bekam. Basilio da Perugia. Lustig, nicht wahr, Dottore Basilio? Ihr Latein ist auf jeden Fall besser als das Ihres Namensvetters aus dem Mittelalter.«

Ich fand daran nichts lustig. Im Gegenteil: Ich glaube, ich wurde auf einen Schlag totenblass. Jedenfalls musste sich in meinem Gesicht etwas geändert haben, denn Bertonazzi beugte sich besorgt vor: »Ist Ihnen etwas, fratellino? Sie sehen plötzlich so elend aus. Soll ich eine Pause machen?«

Spätestens jetzt hätte ich sagen müssen: Ja, machen wir eine Pause, machen wir eine Pause bis in die Ewigkeit. Ich höre nicht mehr zu. Ich schaue mir nichts mehr an. Holt mir diesen fetten Banker, denn ich will hier raus und in mein Kloster zurück.

Stattdessen sagte ich: »Nur ein Unwohlsein. Geht schon vorbei. Lassen Sie sich nicht stören!«

Es gibt nun einmal Zufälle im Leben. Das hier war einer, und ich war auch kein Diener, der in Ecken und Winkeln kauerte und auf einen Wink Seiner Heiligkeit zu warten hatte. Ich war ein

Geheimnisträger der Kirche, war unter Tausenden ausgesucht worden, und neben mir saß Achilles, deren Hand sich vor einer Stunde über meine gelegt hatte. Was ging mich dieses arme, geschundene Mönchlein aus dem Mittelalter an, dessen Namen ich zufällig trug?

Wie er wohl ausgesehen hat, dieser Basilio da Perugia? Vor mir sah ich rot vernarbte, eingesunkene Augenhöhlen und einen leeren, wahrscheinlich zahnlosen Mund, aus dem der Speichel tropfte. Einen hässlichen Krüppel. Dennoch musste er so viel Würde ausgestrahlt haben, dass sie bis heute, bis zu mir, überdauerte. Würde ich der letzte Basilius in Mattenthal sein? Nach mir würde man wohl keinen mehr haben wollen.

PiBi lächelte mich aufmunternd an und fuhr fort: »Sie haben übrigens richtig gehört: Innozenz IV. Jener Innozenz IV., der den Kaiser mit dem Schlangenblick absetzte und in die Wüstenei der Exkommunikation schickte. Das Mönchlein Bas hat nämlich geschrieben, dass er Bericht zu geben hat im Auftrag seines Herrn, des vierten Innozenz auf dem Thron des heiligen Petrus. Über was wird er uns nun berichten?«

Die Augenbrauen hoben sich, das Crescendo begann langsam zu brausen. »Unserem Freund Basilio wird die Geschichte nicht ganz unbekannt vorkommen. Übrigens ein Umstand, dem er verdankt, dass er jetzt hier ist. Der Heilige Vater zeigte sich beeindruckt von dem, was er Ihre ›wissenschaftlich fundierte Intuition‹ nannte. Aber von Anfang an:

Das Dokument ist nicht datiert, doch aus dem Kontext ergibt sich, dass es irgendwann im Frühling oder Frühsommer des Jahres 1244 ausgefertigt wurde. Ich werde Ihnen das später erklären, wenn Sie nicht selbst zu dem gleichen Schluss kommen. Der Papst weilte auf der Burg Fumone in der Nähe von Agnani und empfing einen kaiserlichen Abgesandten. Keine Gesandtschaft mit Erzbischöfen, Kamelen, Löwen und anderen Kinkerlitzchen, die sich der Stauferkaiser so einfallen ließ, sondern einen einzelnen Mann, der im Burghof vom Pferd stieg. Und doch schickte offenbar Innozenz sein Gefolge hinaus und rief den Schreiberling mit dem Kürzel Bas aus seinem Winkel. ›Privatissime consultantes‹ sollen sie gewesen sein, ganz privat haben sie sich beraten, der Pontifex maximus und der ›notarius summus imperatoris Friderici‹. Der Papst und der Kanzler des Kaisers, Petrus de Vinea, der hochberühmte Jurist, gewissermaßen das zweite Ich Friedrichs. Immerhin eine kleine Sensation für die Historiker, denn von einer derartigen Begegnung war bisher nichts bekannt.« PiBi lächelte schief. »Um es ganz offen zu sagen: Manchmal hasse ich die Geschichtswissenschaft, obwohl ich sie studiert habe. Manchmal hasse ich das geschriebene Wort, weil es ablenkt vom Wesentlichen. Was hat uns die Erfindung der Schrift genutzt? Nichts. Kultur haben wir bekommen und das Grundbuchamt. Aber wenn ich vor meinem Schöpfer und Herrgott stehe, schreibe ich dann?«

Achilles betrachtete PiBi wie ein seltenes Insekt. Der nahm sich zusammen und fuhr lentamente fort: »De Vinea berichtet, dass man im Heiligen Land, an einem Ort, genannt Beth Ahsor, eine Schrift gefunden habe, die von Jesus Christus mit eigener Hand verfasst worden sei. Und er erklärt, was da geschrieben stand. Der arme Bas wird mit seiner Protokollführung gar nicht mehr hinterhergekommen sein. Er schrieb nur noch von Schrecken und dem Einsturz des Weltengefüges und dass Seine Heiligkeit ›erzürnt‹ gewesen sei und dem Kaiser angedroht habe, ›die Fackeln auszulöschen und ihn hinauszureißen aus dem Leib des Herrn‹. Und Petrus de Vinea habe seinerseits dem Papst gedroht, die Worte Jesu Christi ›auf dem ganzen Erdkreis zu verkünden wie mit den Posaunen von Jericho‹, um das ›Haus des Verkünders der Irrlehre zum Einsturz zu bringen‹. Ganz sicher versuchten die beiden Herren, einen Deal abzuschließen, doch wie wir wissen, gelang es ihnen nicht. Zum Schluss habe dann de Vinea dem Papst ein ›documentum optime illuminatum‹, eine wunderbar illustrierte Urkunde, überreicht. Dort seien die Worte des Herrn aufgeschrieben, so wie sie ›auf der ehrwürdigsten Reliquie der Christenheit‹ zu lesen seien.«

Bertonazzi unterbrach sich und blickte dann entschuldigend zu Achilles, die nun zwar einen Teil der Geschichte kannte, damit aber nichts anfangen konnte, weil der andere ihr fehlte. Kurz fixierte er mich, als wolle er es mir überlassen, den fehlenden Rest hinzuzufügen, entschloss sich dann aber, sich das Heft nicht aus der Hand nehmen zu lassen. In wissenschaftlicher Kürze und ohne blumige oder spöttische Randbemerkungen erklärte er Achilles die Hintergründe. Dass man in Qumran die Kupferrolle entdeckt hatte, in der auf vergrabene Schätze und Schriften verwiesen wurde, wusste sie bereits. Auch war ihr bekannt, dass man niemals etwas gefunden hatte und dass in der Rolle auf einen Ort namens Beth Ahsor Bezug genommen wurde, auf Gold und Silber und Behältnisse mit Schriften. Neu war ihr, dass man zur Zeit Friedrichs II. in Beth Ahsor Gold und Silber und Behältnisse mit Schriften gefunden hatte.

Sie hatte sich auf ihrem lederbezogenen Freischwinger kaum merklich aufgerichtet und starrte auf das mit krakeligen Schriftzügen bedeckte Protokoll des stummen, längst verwesten Mönchs mit dem Kürzel Bas. Ihre Stimme klang gar nicht mehr melodisch, sondern hart, fast ein wenig hysterisch: »Aber … das ist eine Sensation. Das ist ungeheuer. Das ändert die ganze Qumran-Forschung.«

PiBi glitt in ein Diminuendo, um geschickt die Dramatik zu verstärken, und sagte milde: »Wohl wahr, Frau Doktor. Eine Sensation. Sie ändert die Fakten von Qumran. Aber nicht nur die. Vielleicht nicht nur die.«

Wieder hob er den Deckel der silbernen Kassette und holte wie ein Zauberer sein weißes Kaninchen ein schmales Buch heraus, das er Achilles herüberreichte. »Die Rolle 3 Q 15 von Qumran und einige Fragmente aus Höhle 1 in historischer und theologischer Sicht. Der Versuch einer Synopse« von Dr. Martin (Klostername Basilius) Perhamer OSB. Achilles schaute auf den Buchdeckel und dann auf mich. »Das ist der Irrläufer, den ich vorhin erwähnte. Wir wissen nicht, welcher Papst das Buch in die Kassette gelegt hat, aber seine Berechtigung hatte es durchaus. Nicht wegen der wissenschaftlichen Ausführungen, sondern wegen ein paar Fußnoten. Sehen Sie es sich an. Hinterher können Sie sich mit Basilio austauschen, obwohl das meines Erachtens nichts bringt.« Ich nahm mein epochales Werk aus der Hand meiner Mitverschworenen, in der Hoffnung, eine Widmung oder den Vermerk eines Papstes zu entdecken. Auf dem Deckblatt war nichts zu finden. Ich blickte zu Bertonazzi. Er lächelte versonnen, ehe er kühl bemerkte: »Es scheint mir nützlicher, sich auf dieses hier zu konzentrieren. Das ist die Anlage 2.« Als wäre er allein im Raum, zog er den letzten Umschlag zu sich herüber, griff mit spitzen Fingern hinein und holte ein etwa heftgroßes Stück Pergament heraus. Nachdem er es eine Zeit lang betrachtet hatte, schob er es wortlos zu uns hinüber.

Das, was nun vor Achilles und mir auf dem Glastisch lag, war die kostbarste und verrückteste Bilderhandschrift, die ich je gesehen hatte. Kostbar deswegen, weil sie mit den damals teuersten Farben, Malachit, Zinnober, Ultramarin und vor allem mit Blattgold bis zu den Randleisten ausgemalt war. Und verrückt? Allein schon das Format war ungewöhnlich. Das Pergament war rechteckig, aber nicht wie in der mittelalterlichen Buchmalerei üblich auf der Schmalseite, sondern auf der Längsseite bearbeitet. Die mit Akanthusblättern verzierten Randleisten waren nirgendwo durchstochen, also war die Handschrift nie Teil eines Buches gewesen, sondern eine Einzelanfertigung für einen speziellen Zweck. Meines Wissens gab es so etwas in keinem Museum. Wir sahen eine Landschaft mit einem grünen Hügel, auf dem ein einziges Kreuz errichtet war. Die Kreuze der beiden Schächer links und rechts fehlten. An dem Kreuz hing ein Mann, nur war es nicht der leidende Christus, sondern ein Christus mit offenen Augen, ohne Wunden und einem Lächeln um den Mund. Und was für die damalige Zeit vollkommen unmöglich war, der Mann war vollständig nackt. Man sah die Andeutung seines Geschlechts. Zu beiden Seiten des Hügels drängten sich Knäuel kleiner nackter

Menschen, die mit unheimlicher Genauigkeit gemalt waren. Man hätte an die Darstellung des Jüngsten Gerichts denken können, doch es fehlten die geöffneten Gräber, die Teufel und Engel, die Fröhlichkeit in den einen Gesichtern und das Verderben auf den anderen. Es sah so aus, als würden diese winzigen Figuren umherfliegen wie bleiche Insekten. Von der goldenen Aura um den Kopf des gekreuzigten Mannes gingen unzählige goldene Strahlen über die Landschaft und die Menschen bis zu den Rändern des Pergaments, teilweise sogar durch die Akanthusranken hindurch.

Kein noch so fantasievoller, begabter Buchmaler in der ausgehenden Romanik hätte sich so etwas ausdenken können. Da stand ein Auftraggeber dahinter, der genaue Vorstellungen hatte, der genaue Anweisungen gab und dessen Fantasie weit über die Schranken seiner Zeit hinausging. Das Verrückteste aber war, dass da ein Text an der Unterseite des Pergaments stand, der nicht mit den üblichen Initialen verziert war. Das wäre auch kaum möglich gewesen, denn der Text bestand nicht aus lateinischen oder griechischen Lettern, sondern aus Zeichen, die aussahen, als wäre ein kleiner Vogel mit seinen Krallen in Tinte geraten und dann über das Dokument gelaufen. Achilles und ich kannten diese Vogelspuren. Es war Aramäisch, die Sprache Jesu, die Schrift Jesu, falls er überhaupt schreiben gelernt hatte, was von vielen Historikern bezweifelt wird. Eine zweifellos von einem abendländischen Künstler gefertigte Malerei mit einer morgenländischen Schrift. So etwas war mir aus der Kunstgeschichte nicht bekannt. Aramäisch ist keine schwer zu erlernende Sprache. Aramaistik gehörte zu meiner und Achilles' Ausbildung.

Ich weiß nicht mehr, wer von uns beiden laut mit dem Übersetzen anfing. Wir beugten uns über das Pergament, unsere Köpfe berührten sich fast. Einer von uns tastete sich vor, wurde vom anderen unterbrochen und verbessert. Vorschläge wurden verworfen oder angenommen. Zwei Wissenschaftler, die mit hochroten Gesichtern wie Schulkinder über eine Fibel gebeugt saßen, um herauszufinden, was sich hinter den Zeichen verborgen hielt.

Dann las Achilles langsam, manchmal stockend, vor. Ich höre noch jetzt ihre leise, atemlose Kleinmädchenstimme, als wäre sie hier bei mir:

Ich habe es euch gesagt, und Dir, Johannes, Donnersohn, schreibe ich es auf, dass euch, die ihr durch das Wasser des neuen Bundes gesegnet seid, eure Sünden vergeben werden durch den Vater im Himmel und durch den Tod auf Erden und wieder auf Erden, so lange, bis ihr eins seid mit dem Vater, und so lange werde ich bei Dir und euch sein und den Tod mit euch erleiden. Und wer sich daran vergeht, dem soll ein Mühlstein an den Hals gehängt und der soll gestürzt werden, wo das Meer am tiefsten ist. Dies alles habe ich euch gesagt, aber ihr glaubt nicht. Ihr wollt es geschrieben haben, um es mit euch umherzutragen und einander zu zeigen und voreinander zu verbergen. Ich aber sage Dir: Du Kleingläubiger, nichts zählt das Geschriebene vor den Augen des Vaters, sondern nur der Glaube und die Liebe, denn nur ich bin das Wort.

Es entstand eine Pause, in der niemand etwas sagte. Bertonazzi saß still und in sich zusammengesackt und blickte unverwandt zu uns hinüber. Achilles unterbrach die Stille und fragte abrupt: »Wer war Johannes, Donnersohn?«

PiBi antwortete ruhig: »Diese Frage wird Ihnen unser clericus Basilio beantworten, meine Liebe.«

»Johannes, der Jünger, den Jesus lieb hatte«, erklärte ich. »Der Jünger unter dem Kreuz. Sohn des Zebedäus und Bruder des Apostels Jakobus. Die beiden waren aufbrausend. Es steht im Markusevangelium Kapitel 3, Vers 17: *Und er setzte die Zwölf ein und gab Simon den Namen Petrus; weiter: Jakobus, den Sohn des Zebedäus, und Johannes, den Bruder des Jakobus, und gab ihnen den Namen Boanerges, das heißt Donnersöhne.* Der Adressat stimmt …«

Keiner wollte etwas sagen. Ich konzentrierte mich auf die rote Lampe über der Stahltür und spürte eine riesige Leere in mir. Dann hörte ich mich fragen: »Ist keiner auf die Idee gekommen, dass das alles ein Riesenschwindel ist, den dieser Falconi oder wie er geheißen hat, aus irgendwelchen Gründen eingefädelt hat?«

»Doch«, antwortete PiBi lakonisch, »natürlich. Sie sehen, dass am oberen rechten Rand eine kleine Ecke abgeschnitten ist. Wir haben Pergament und Farbpigmente untersuchen lassen. Beides stammt aus der Mitte des 13. Jahrhunderts. Der Leim als Bindemittel ist aus der Schwimmblase eines Hausens hergestellt. Heute weiß keiner mehr, wie man so etwas macht. Man hat diesen Fisch, eine Art Stör, zwischen 1230 und 1240 gefangen. Mit modernen Untersuchungsmethoden lässt sich so etwas feststellen. Wenn Sie genau hinschauen, fehlt an der unteren linken Ecke ebenfalls ein Schnipsel. Jemand anders muss auf denselben Gedanken gekommen sein. Mit demselben Ergebnis. Sonst würden wir uns hier nicht gegenübersitzen und«, er lächelte scheu, »ein wenig ratlos sein ...«

Plötzlich erfüllte ein hohes, gackerndes Kichern den Raum. Erst nach mehreren Sekunden merkte ich, dass ich es war, der da vollkommen die Beherrschung verloren hatte. »Ein wenig ratlos? Sind Sie verrückt geworden? Dieser Text erschüttert den Glauben in seiner Substanz! Auf Erden und wieder auf Erden und wieder auf Erden. Ist Ihnen denn klar, was das bedeutet? Das ist genau die Passage, auf welche abseitige Theologen und Spiritisten seit dem 19. Jahrhundert gewartet haben. Das ist unverhüllte Reinkarnationslehre. Seelenwanderung wie bei den Buddhisten, nur mit dem Unterschied, dass wir irgendwann nach mehrfachen Wiedergeburten mit Auferstehung und Erlösung rechnen dürfen. Wenn das wahr ist! Sie wissen, was dann mit 2000 Jahren Kirchengeschichte und unserem eigenen Glauben passiert?«

Erstaunlicherweise war es Achilles, die mich vor weiteren hysterischen Anfällen bewahrte. Ruppig fauchte sie mich an: »Hör auf damit, Basil! Vor uns liegt eine in der Tat bemerkenswerte, ungewöhnlich ausgestaltete Urkunde aus dem Mittelalter, aber noch ist überhaupt nichts bewiesen. Wir sind vor allen Dingen Wissenschaftler, und als solche sind wir, denke ich, auch hier.«

Bertonazzi richtete sich auf. »Manchmal wundere ich mich. In gewissen Situationen ist auf Frauen doch mehr Verlass.«

Achilles zog die Handschrift zu sich herüber und blickte mit gerunzelter Stirn auf den grünen Hügel, die goldenen Strahlen und die mit Lampenschwarz geschriebenen Zeichen. »Wahrscheinlich war derjenige, der die aramäischen Schriftzeichen auf das Pergament gebracht hat, ein anderer als der Illuminator. Die Schrift hat nicht diese unheimliche Kunstfertigkeit. Der Schreiber konnte auch kein Aramäisch. Hier, das ›bet‹ ist nur halb ausgeformt, es fehlt die untere Krümmung, das ›sat‹ ist seitenverkehrt geschrieben. Er hat die Zeichen sorgsam von einer Vorlage abgemalt. Entweder hat er da Fehler gemacht oder die Vorlage war falsch. War die Vorlage falsch, gäbe es doch eigentlich kein Problem mehr. Dann wäre das alles ein Fake, ein gigantischer zwar, aber immer noch ein Fake. Wir wollen schließlich nicht annehmen, dass Christus, wenn er schon etwas geschrieben hat, eklatante Schreibfehler gemacht hat, oder?« Sie blickte triumphierend auf und schob die Brille zurecht. »Vorerst ist das eine herausragende illuminierte Einzelhandschrift, für die das Getty-Museum ein paar Millionen hinlegen würde. Die Bilddarstellung ist einzigartig. Ich habe noch nie etwas Ähnliches gesehen. Aber der Text ist apokryph. Solche Aussagen gibt es zuhauf. Denken Sie an das Judasevangelium, das Evangelium des Apostels Thomas, der Maria Magdalena und was da an Delikatessen noch so herumgeistert. Friedrich II. hat sich hier etwas besonders Listiges ausgedacht. Man müsste die Vorlage kennen, wenn es denn überhaupt eine gibt oder gegeben hat.«

»Genau, das ist die Frage«, bestätigte PiBi. »Gibt es eine Vorlage, gab es eine Vorlage, oder hat es nie eine gegeben? Deswegen sind wir hier.«

Achilles, ganz strenge Wissenschaftlerin, sagte: »Aber das kann man doch heute nicht mehr eruieren. Das ist über 700 Jahre her. Soweit ich weiß, ist in der ganzen Forschung über Friedrich II. nirgendwo von einer solchen Schrift die Rede. Mit Sicherheit wird diese Vorlage in keiner Bibliothek und in keinem Museum zu finden sein, und wenn doch, dann vollkommen unerkannt in unerschlossenen Archiven. Die Nadel im Heuhaufen. Aber ich bin hier nicht spezialisiert. Vielleicht gibt es eine Fundstelle, die mir nicht bekannt ist.«

Bertonazzi lachte trocken. »Doch, es gibt eine Fundstelle, eine einzige. Diese hier!« Er deutete auf meine Dissertation. »Aber die hilft uns auch nicht weiter. Trotzdem sind wir der Ansicht, dass der Versuch unternommen werden muss, diese Frage zu klären.«

»Wer ist *wir*?«

Die weiß umrandeten Pupillen fixierten mich. »Die Kirche«, erwiderte er scharf und endgültig.

Dann griff er wieder zu dem Protokoll des Mönchs, von dem er annahm, dass man ihm die Zunge herausgeschnitten hatte, und holte aus dem faltigen Papierstoß ein Blatt heraus. »Es gibt einen Anhaltspunkt. Petrus de Vinea sagt hier, kurz nach der Passage mit den Fackeln und dem Herausreißen aus dem Leib Christi: ›Mein Herr lässt Euch sagen, dass er dies Heiltum bei sich so verborgen hat, dass er es immer finden wird. Nicht nur jetzt, wo er auf Erden weilt, sondern auch später, wenn er wieder auf Erden weilt.‹ Damit kann man wenig anfangen, aber dies ist vielleicht ergiebiger: ›Wenn der Stern Eurer Heiligkeit gesunken ist und der Stern meines Herrn wieder erscheint, dann wird auf dem grünen Hügel die Verkündung sein für die gesamte Christenheit.‹

Sehr sibyllinisch, doch mehr kann ich aus diesem Geschreibsel nicht herausholen. Vielleicht finden Sie mehr.«

Wir fanden nicht mehr. Das Protokoll war in kaum übersetzbarem Latein mit vollkommen neuartigen Abkürzungen abgefasst. Wir übersetzten gemeinsam, wobei Bertonazzi, der den Text ja präsent hatte, uns immer wieder half. Wir schrieben uns Sätze auf, von denen wir meinten, sie könnten etwas bringen. Aber im Endeffekt behielt PiBi recht. Mehr als das, was er uns gesagt hatte, war nicht zu finden. Achilles schrieb den aramäischen Text ab und malte die falsch gesetzten Buchstaben groß auf ein gesondertes Blatt. Ich fertigte gleichzeitig eine italienische Übersetzung an. Dann sprachen wir über den Text, nannten ihn manchmal ironisch »Friedrichs Fake«, aber keiner von uns nahm mehr den Namen Jesus in den Mund.

Ich erklärte, wir bräuchten unbedingt eine Kopie der Handschrift. Es könne sein, dass in dem Bild, in den farbigen Akanthusblättern, den kleinen Vögeln, die dort ihre Nester bauten, in dem Gewühl der bleichen fliegenden Menschen ein Hinweis verborgen sei. Bertonazzi blieb hart. Keine Fotokopien! Achilles unterstützte mich nicht. Sie meinte, es wäre »schön blöd« von einem so intelligenten Mann wie Friedrich gewesen, eine verschlüsselte Botschaft zu hinterlassen oder eine andere Spur zu legen. Welchen Sinn hatte es, seinem Feind ein Rätsel aufzugeben, das dieser womöglich lösen konnte?

Wir bekamen keine klare Weisung. Unausgesprochen war klar, was wir als Nächstes zu tun hatten. »Sie berichten nur mir oder direkt Seiner Heiligkeit«, bestimmte PiBi in grämlichem Ton. »Für Ihre Ausgaben lasse ich Ihnen Kreditkarten ohne Limit zustellen.« Er legte alles wieder in die silberne Kassette, sogar mein Buch, was mich kurzfristig freute. Mein Werk befand sich in der Gesellschaft einer einzigartigen Buchmalerei und eines Textes, der 2000 Jahre Vergangenheit und obendrein die Zukunft durcheinanderwirbelte. Stunden waren vergangen, aber es dauerte nicht lange, bis das rote Licht erlosch, die Tür zur Seite glitt und Herr Wendelin Altinger uns empfing. Professionell wurde die Kassette wieder in ihr Fach geschoben, und anschließend geleitete Altinger uns ins Foyer. Die platingefärbte Dame war längst nach Hause gegangen. »Die brauchen Sie nicht mehr«, sagte Altinger und gab uns unsere Schirme. Vor der Tür verabschiedete er sich mit einem Diener und einem straffen Handschlag und verschwand wieder in seiner Bank. Bertonazzi erklärte, er wolle noch »ein wenig zu Fuß unterwegs« sein. Achilles hielt ein Taxi an.

Es war eine überraschend warme Nacht. Die Luft roch frisch nach dem Regen. Im Nachhinein bin ich sicher, gegenüber dem Bankhaus im Licht der Straßenbeleuchtung ein geparktes Auto gesehen zu haben. Kann sein, dass ich kurz das Profil von David erkannte. Vielleicht war es auch die südländische Silhouette von Carlos' Gesicht oder aber ein völlig Fremder. In dem Moment, als ich Achilles die hintere rechte Seitentür des Taxis öffnete, heulte plötzlich der Motor auf, das Auto schoss aus der Parkbucht heraus und hätte mich um ein Haar gestreift. Wir zuckten beide zusammen. Wütend tippte Achilles sich an die Stirn und hob dann drohend ihre rechte Faust mit lang gestrecktem Mittelfinger. Der Fahrer stoppte einen Augenblick, dann fuhr er gemäßigt weiter und fädelte sich in den Verkehr ein. »Die spinnen«, bemerkte sie zornbebend.

Trotz der stundenlangen Anspannung, die hinter uns lag, erwiderte ich todernst: »Ja, ja, die spinnen, die Römer.«

Wir lachten beide so laut, dass der Taxifahrer sich umdrehte.

Rom V

Als ordnungsliebender, gehorsamer Mönch war ich es gewohnt, in der frühen Dämmerung Habit und Wäsche säuberlich auf dem Hocker neben meinem Bett zu sehen, wenn die Glocke zum ersten Chorgebet läutete. Ich war ein ordnungsliebender und gehorsamer Mönch. Als ich an diesem Morgen erwachte, schien bereits hell die Sonne. Mein Skapulier schlang sich, vernestelt mit dem Zingulum, um das Chromgestänge eines cremefarbenen Designersessels, mein Habit lag wie ein Hügel schwarzer Asche auf dem Boden, und daneben häufte sich meine oft gewaschene Unterwäsche.

Achilles kam durch die Schiebetür mit einem Tablett herein. Mit dem weißen Bademantel und dem wie ein Turban um den

Kopf geschlungenen Handtuch sah sie aus wie eine Frau aus dem Harem, den Friedrich Zwo zusammen mit den wilden Tieren mit sich zu führen pflegte. Sie trug keine Brille. Sie kannte ja ihre Wohnung.

Ich hatte mir Achilles' Umgebung anders vorgestellt. Eine verspielte Dachwohnung mit Blick auf die Türme und Kuppeln Roms. Sukkulenten und Küchenkräuter in Terrakottatöpfen auf dem Balkon. Ein Hinterhof mit spielenden Kindern, ein barockes refugio, das der ferne Vater oder der päpstliche Onkel finanzierte. Zumindest vergilbte Fotos von ernst und debil aussehenden Großeltern hatte ich in silbernem Rahmen auf einem Vertiko erwartet. Stattdessen fand ich Chrom, schwarzes und cremeweißes Leder und honigfarbenes Parkett. An der Wand, auf die ich gestarrt hatte, ehe Giovanna eingetreten war, hing ein metallisch aussehender Kubus, der sich langsam und geräuschlos um sich selbst drehte. *Sie ist viel jünger als ich,* durchfuhr es mich scharf. Ihre Vorlieben waren die von jungen Menschen.

Sie stellte das Tablett neben das Sofa, auf dem ich die Nacht verbracht hatte, und schob sich einen Sessel an den gläsernen Couchtisch. »Ich habe nur noch Eier gefunden. Hoffentlich magst du Rühreier solo.«

»Was ist mit dir?«, fragte ich.

»Ich habe meinen Caffè Latte schon intus«, erwiderte sie. »Mehr brauche ich in der Frühe nicht. Stört es dein Zölibatsversprechen, wenn ich im Bademantel herumlaufe?«

Gestern Abend im Taxi hatte sie entschieden, mich nicht in meinem Palazzo abzuliefern. »Wir müssen das jetzt durchdiskutieren. Ich nehme dich mit in meine Wohnung. Ein Gästezimmer kann ich dir zwar nicht bieten, aber im Wohnzimmer ist eine bequeme Couch. Mein Vater übernachtet da auch, wenn er mich besucht. Wir trinken etwas und überlegen. Die Sache ist total irre, oder?«

»Signora Elvira wird sich Sorgen um mich machen« war der einzige Einwand, den ich vorbrachte.

»Mit Sicherheit nicht«, wischte Achilles ihn beiseite. »Und wenn doch, kann es dir egal sein. Du bist jetzt ein Geheimnisträger im Auftrag des Vatikans und damit sehr wichtig.«

Ich muss offen gestehen, dass ich mir auch sehr wichtig vorkam.

»Wir haben vielleicht ein wenig zu viel getrunken heute Nacht«, murmelte Achilles jetzt.

Verlegen blickte ich auf meine schludrig herumliegenden Mönchsgewänder. Dann schob ich die Decke weg, stand auf und schob den blauen Kimono von Papa Grassi, den mir Achilles herausgelegt hatte, als sie meine provisorische Bettstatt richtete, zusammen.

»Ich weiß nicht, ob ich Hunger habe, aber dass wir zu viel getrunken haben, weiß ich ziemlich genau. Entschuldige die Unordnung!« Ich nahm die schwarzen Kleidungsstücke vom Designersessel, setzte mich neben sie und fing an, das Rührei zu vertilgen.

Mit dem Kaffee, den Achilles mir eingoss, kehrten Erinnerungen zurück: Wir waren mit dem Taxi in Richtung Lunghezza gefahren und hatten vor einem teuer wirkenden Wohnblock angehalten. Kurz darauf saß ich in einer antiseptischen Küche auf einem Barhocker vor einem Tresen. Giovanna gab mir eine Flasche Rotwein und einen Korkenzieher, dann kramte sie schweigend im Eisschrank und in Regalen herum, bis sie eine Art Abendessen auf dem Tresen hatte. Vorgeschnittene Brotscheiben, Käse, Wurst, Schinken, alles direkt aus dem Pergamentpapier. Eine fürsorgliche Hausfrau war sie offenbar nicht. Sie setzte sich mir gegenüber und blickte mich durch getönte Brillengläser an. »So, Basilio, und nun erkläre mir bitte drei Dinge: Erstens, warum warst du in diesem Keller so hysterisch? Zweitens, warum stand in den Augen von Padre Bertonazzi die Hysterie, obwohl er so souverän getan hat? Und drittens, warum ist Onkel Hund ebenfalls hysterisch?«

Ich winkte müde mit der Hand. »Hysterische Päpste gibt es nicht.«

»Ach, hör doch auf«, blaffte sie. »Er lässt uns heilige Eide schwören, als wären wir Kardinäle, und obendrein gibt er seinem Hausdiener seine private Bibel mit, weil er weiß, dass mich das völlig durcheinanderbringt. Onkel Hund ist hysterisch. Ihre alle drei seid es. Also, bitte, warum?«

Ich griff unter meinem Skapulier in die Brusttasche, holte die von mir geschriebene Übersetzung des aramäischen Texts heraus und glättete das Papier neben der Wurst auf dem Tresen. Dann las ich langsam und laut vor. Am Ende angekommen, ließ ich eine Kunstpause verstreichen, ehe ich fragte: »Was fällt dir auf?«

Achilles funkelte mich an. »Mir fällt auf, dass der Text von Wortwahl und Duktus her ganz gut in eines der Evangelien passen könnte. Mir fällt auf, dass ich eine Passage schon einmal gehört habe, vielleicht als Schülerin im Religionsunterricht oder bei den Vorlesestunden bei Onkel Hund. Die Stelle mit dem Mühlstein am Hals. Ich erinnere mich, weil sie so grauslich ist. Kinder finden so etwas bekanntlich hochinteressant. Mir fällt auf, dass das alles eigentlich ganz plausibel klingt. Ansonsten fällt mir auf, dass du mich wie ein Oberlehrer behandelst. Ich verstehe zwar nicht viel von Kirchengeschichte, nichts von Exegese und ganz und gar nichts von den Geheimnissen eurer Lehre, aber ich bin volljährig, emanzipiert und promovierte Historikerin. Und das mit dem Schwerpunkt auf deinem Forschungsgebiet. Also spar dir diese Tour –›was fällt dir auf, mein Schätzchen?‹«

Ich fing an, Rotwein zu trinken und zu dozieren. »Du hast recht mit dem Mühlstein. Er kommt bei Lukas, Matthäus und Markus vor. Und immer im Kontext mit kleinen Kindern:

Lukas Kapitel 17, Vers 2: *Es wäre besser für ihn, man würde ihn mit einem Mühlstein am Hals ins Meer werfen, als dass er einen von diesen Kleinen zum Bösen verführt.*

Matthäus Kapitel 18, Vers 6: *Wer aber ärgert dieser Geringsten einen, die an mich glauben, dem wäre es besser, dass ein Mühlstein an seinen Hals gehängt und er ersäuft werde im Meer, da wo es am tiefsten ist.*

Markus Kapitel 9, Vers 42: *Und wer der Kleinen einen ärgert, die an mich glauben, dem wäre es besser, dass ihm ein Mühlstein an seinen Hals gehängt und er ins Meer geworfen würde.*«

Ich machte eine Pause.

Achilles fragte: »Und was steht im Johannesevangelium?«

»Nichts in dieser Hinsicht.«

»Aber gerade bei Johannes müsste doch etwas vom Mühlstein zu finden sein«, wandte Achilles ein. »Der hatte das von Jesus Aufgeschriebene schließlich in seiner Westentasche.«

Ein wenig mitleidig antwortete ich: »Der Evangelist Johannes ist nach Kenntnis der Wissenschaft nicht identisch mit Johannes, dem Donnersohn.«

»Ach so«, bemerkte sie. »Auch recht.«

Ich fuhr fort mit meinem Seminar über die Evangelien: »Bezug auf unseren Text findet sich also in drei Evangelien. Bei uns heißt es: Und wer sich daran vergeht, dem soll ein Mühlstein an den Hals gehängt und der soll gestürzt werden, wo das Meer am tiefsten ist.«

»Dann hat eben Friedrichs Schreiber bei Lukas, Matthäus oder Markus abgeschrieben. Wo ist das Problem?«

»Das Problem liegt im Fundort und in der Zeit«, erklärte ich. »In der Kupferrolle 3 Q 15 wird auf vergrabene oder versteckte Gegenstände an der Straße nach Beth Ahsor Bezug genommen. Leute von Fakhr ad-Din haben genau dort etwas gefunden, und aus diesem Fund soll unser Text stammen, jedenfalls die Urschrift, die dann Friedrichs Schreiber auf das bemalte Pergament gesetzt hat.«

Achilles runzelte die Stirn: »Okay, ich begreife. Soweit ich weiß, wurde Qumran 68 nach Christus zerstört. Unsere Jesusschrift kann also nicht jünger datiert werden.«

»Eher älter als 68, da die Leute von Qumran neben ihren Gold- und Silberschätzen mit Sicherheit wertvolle Schriften vor dem Zugriff der Römer schützen wollten.«

Achilles nickte zustimmend. »Und zu dieser Zeit hat es nirgendwo ein Evangelium gegeben, von dem man hätte abschreiben können.«

»Korrekt. Man streitet zwar seit vielen Jahrhunderten um die Datierung der Evangelien, aber keiner kommt heute noch auf die

Idee eines Evangeliums vor 68. Fixe Zäsur ist 70, die Zerstörung Jerusalems. Die kommt nämlich im Markusevangelium vor.«

»Was bedeutet, dass unser Text ziemlich auffällige Parallelen zu den Jesusworten aufweist, die erst viel später in den Evangelien niedergeschrieben wurden. Was wiederum bedeutet, dass zumindest an der Sache etwas dran sein könnte, wenn nicht …«

»… Kaiser Friedrich einen listigen Schwindel veranstaltet hat«, beendete ich ihren Satz. »Der kannte natürlich die Mühlsteine in den Evangelien.« Ich schenkte mir Rotwein nach, während Achilles ihre Hand über ihr Glas legte.

»Unterstellen wir einmal, der Text beruht tatsächlich auf einem Original von vor 68 nach Christus«, hob sie an. »Tun wir einfach so, als hätte Jesus Christus wirklich auf einem Felsen über dem See Genezareth oder in einer Taverne vor dem Donnersohn gesessen und hätte diese Worte geschrieben. Was passiert dann, professore?«

»Unser Mühlstein hat direkt nichts mit Kindern zu tun«, antwortete ich. »Aber indirekt doch. Hier steht: *Dass euch eure Sünden vergeben werden durch den Vater im Himmel und durch den Tod auf Erden und wieder auf Erden, so lange, bis ihr eins seid mit dem Vater, und so lange werde ich bei Dir und euch sein und den Tod mit euch erleiden. Und wer sich daran vergeht, dem …*« – »*… soll ein Mühlstein an den Hals gehängt und der soll gestürzt werden, wo das Meer am tiefsten ist*«, sprach Achilles für mich zu Ende. »Ich habe den Text durchaus noch in meinem hoffentlich hübschen Kopf. Und was hat das mit Kindern zu tun?«

Ich blickte sie verblüfft an. »Ist dir wirklich noch nicht aufgegangen, was der Text bedeutet?«

»Nein. Sag's mir!«

Ich weiß nicht, ob sie wirklich so unschuldig war, wie sie tat. Aber ich sagte es ihr trotzdem: »Die Heilslehre Jesu Christi basiert darauf, dass er als Sohn Gottes für unsere Sünden den Martertod erlitt, begraben wurde, am dritten Tage von den Toten auferstand und dann in den Himmel auffuhr. Von da wird er kommen, zu richten die Lebendigen und die Toten. Und wer an ihn glaubt und stirbt, darf zu ihm gehen, denn er erwartet uns im Himmel. In unserem Text hingegen steht, dass uns unsere Sünden vergeben werden durch den Vater im Himmel und durch den Tod auf Erden.« Ich wurde plötzlich so laut, dass Achilles zusammenzuckte. »Und wieder auf Erden, so lange, bis ihr eins seid mit dem Vater. Hab ich es dir nun erklärt? Wenn das stimmt, dann ist das Wiedergeburt! So lange geboren werden, sterben und wieder geboren werden, bis wir keine Sünden mehr auf uns geladen haben und mit dem Vater eins sind. Wir wären aufs Rad geflochten wie die Buddhisten. Die ganze Heilslehre der katholischen Kirche geriete ins Wanken!« Ich vergrub mein Gesicht in den Händen und schluchzte wie ein kleines Kind. Irgendwann musste sich die Anspannung dieses schrecklichen Abends ja einmal entladen.

Ungläubig spürte ich Achilles' Hände auf meinen Schultern und dann eine Hand auf meinem Kopf. Sie streichelte mich. Sanft und unermüdlich. Allmählich beruhigte ich mich, nahm meine Hände vom Gesicht und putzte mit einem Zipfel meines Skapuliers meine Brille. »Gut«, sagte Achilles leise. »Jetzt kann ich eure Hysterie andeutungsweise verstehen. Aber lass uns das aufschieben. Du musst etwas essen.«

Sie schenkte mir Wein nach, und ich aß. Salami aus dem Pergamentpapier, Käse, Brot, Schinken, alles stopfte ich wahllos in mich hinein, während Achilles mir ruhig gegenübersaß und nichts sagte. Nach einer Weile ermahnte sie den gefräßigen und verzweifelten Gottesdiener, wieder auf den Boden der Realität zurückzukehren. »Und jetzt sag mir, was mit den Kindern ist. In unserem Text kommen sie nicht vor.«

Mit vollem Mund antwortete ich: »Die Zitate, die ich vorhin aufgezählt habe, beziehen sich auf die Verführung von kleinen Kindern, im übertragenen Sinn auch von Schwachen und Machtlosen, zum Bösen. Hier ist das Jesuswort so brutal wie nirgendwo sonst in den Evangelien. Ein Mühlstein um die Gurgel und ins Meer, wo es am tiefsten ist. Das ist Todesstrafe. In unserem Text wird die Todesstrafe über diejenigen verhängt, die sich am Gesetz der Wiedergeburt vergehen, die Wiedergeburt also verhindern. Das sind alle, die abtreiben, die Empfängnis verhüten, den Samen vergeuden und sich selbst befriedigen, gleichgeschlechtlichen Umgang pflegen, das Leben der Mutter über das Leben des Ungeborenen stellen, mit den Zellen des Lebens Experimente anstellen…« Ich schluckte den letzten Bissen herunter. »Kapiert? Es geht auch um Kinder, aber um die Verhinderung von Kindern. Wenn der Mensch die Wiedergeburt stört, vergeht er sich am Plan Gottes. Deswegen: Mühlstein an den Hals und …«

Achilles' Pupillen weiteten sich. Nun hatte sie die Tragweite des Pergaments begriffen. Mit fast tonloser, unmodulierter Stimme sagte sie: »O je, jetzt muss ich etwas essen.« Während sie die letzte Scheibe Käse auf eine Brotscheibe legte, überraschte sie mich mit neuen Überlegungen: »Weißt du, was ich mich frage? Warum nimmt man nicht alle Schriftstücke aus dem Schließfach, macht ein kleines Feuer und beendet die ganze Angelegenheit? Wäre zwar schade um die einmalige Illuminierung des Pergaments, aber niemand müsste sich mehr aufregen, und alles wäre wieder im Lot. Wäre das nicht die praktischste Lösung?«

Ich grübelte. Wie sollte ich Achilles, dem Heidenkind, wie PiBi sie nannte, die Struktur der heiligen apostolischen und katholischen Kirche erklären? »Das Christentum ist eine Offenbarungsreligion wie der Islam und der jüdische Glaube«, begann ich zögernd. »Keiner weiß, ob Jesus wirklich eine Kirche gründen wollte oder ob seine Worte und Taten aufgeschrieben werden sollten. Dennoch gab es bald eine große Menge von Evangelien, die alle von Jesus berichteten und mehr oder minder voneinander divergierten. Das Evangelium nach Bartholomäus, nach Judas, nach Matthias, Nikodemus, Philippus, Thomas, auch nach Maria und eben Markus, Johannes, Lukas und Matthäus. Kaum wuchs die Kirche und kam aus den Katakomben heraus, schon gingen die Streitereien los. Was hat Christus verkündet? Wie hat er das gemeint? Wie ist dies zu verstehen und jenes? Muss man bei der

Taufe ganz untertauchen, oder genügt es, den Kopf zu benetzen? Kann ein ortsbekannter Sünder Mitglied der Kirche der Heiligen sein? Hat Christus wirklich Petrus zu seinem Stellvertreter auf Erden gemacht und den Bischof in Rom zu seinem Nachfolger? Du kennst die Menschen. Jeder, der sich gescheit fühlte, oder auch jeder, der sich wichtigmachen wollte, fing an, exegetisch zu wirken, und schrie die Ergebnisse seiner Funde ins Römische Reich. Dann aber, 312, hatte Konstantin der Große seinen Traum vor der Schlacht an der Milvischen Brücke, dass er im Zeichen des Kreuzes siegen würde, und von da an begann das Christentum seinen Weg zur Weltreligion.« Ich hielt inne. »Was schließt du aus dem bislang Vorgetragenen?«, fragte ich sie spitz.

»Aus der kleinen, ungeordneten Firma wurde ein Großunternehmen«, erwiderte sie.

Ich nickte. »Und das Großunternehmen brauchte Regeln, allgemeingültige Gesetze, die niedergeschrieben und einsehbar waren, und natürlich einen Chef. Und diese Gesetze waren die Worte von Jesus Christus in der Auslegung, die die Mächtigen den weniger Mächtigen aufzwangen. Je älter und mächtiger die Kirche wurde, desto mehr zählten die Worte Jesu, besser gesagt, die Auslegungen, die man diesen Worten angedeihen ließ. Die Konsequenzen waren verheerend. Nimm als Beispiel den Satz: ›Du bist Petrus, auf diesen Fels will ich meine Kirche bauen.‹ Ist das die Einsetzung des Papstes auf ewige Zeiten? Die orthodoxen Kirchen verneinen dies, Luther verneinte es ebenfalls, und alle berufen sie sich auf die Worte Christi. Auch die katholische Kirche, für die der Papst der Stellvertreter Gottes auf Erden ist.«

Achilles schaute mich ein wenig ratlos an. »Du meinst, Onkel Hund glaubt echt, er sei das?«

»Ja, davon bin ich überzeugt. Bitte sag nicht ständig ›Onkel Hund‹. Das irritiert mich wahnsinnig.«

»Von mir aus«, lenkte sie ein. »Ist ›Seine Heiligkeit‹ besser?«

»Viel besser. Ich bin der Meinung, alle Päpste haben daran geglaubt. Alle, sogar der Borgiapapst Alexander VI., denn sie alle haben auf das Wort Christi vertraut, in der Fassung, die seit Jahrhunderten galt und an deren Interpretation sie machtvoll mitwirkten.«

»Und was willst du mir damit sagen?«, fragte Achilles.

»Ich will damit sagen, dass kein Papst sich an einem Wort Jesu Christi vergreifen würde«, antwortete ich. »Keiner von ihnen könnte das Pergament ins Feuer werfen. Ganz besonders dein Onkel nicht. Er ist von Haus aus Jurist, und ich glaube, ein sehr ehrlicher, was bei Juristen bekanntlich nicht die Regel ist. Kein ehrlicher Jurist würde einen Teil der Verfassung klammheimlich ungeschehen machen.«

»Und wenn wir die Urschrift finden?«

»Dann ist sie die größte Reliquie der Christenheit.«

»Und alle kommen, um sie zu verehren, auch wenn 2000 Jahre lang etwas völlig anderes verkündet wurde? Das bringt doch Schwierigkeiten mit sich, oder? Meinst du, Seine Heiligkeit Onkel Hund stellt sich auf die Loggia des Petersdomes und verkündet urbi et orbi, dass man sich leider viele Hundert Jahre geirrt habe, es jetzt aber genauer wüsste, weil man nämlich einen Zettel von Jesus selbst gefunden habe? Ich kann mir das nicht vorstellen.«

Ihre Bemerkungen waren nicht von der Hand zu weisen. Ich nahm einen großen Schluck Wein und überlegte. »Wahrscheinlich hat das Ding längst angefangen zu wirken«, murmelte ich schließlich.

Achilles verschluckte sich fast: »Wie bitte?«

Bertonazzi hatte uns zwar gesagt, die Suche nach dem Papst, der das Schließfach bei Altinger eingerichtet hatte, würde uns bei unserer Aufgabe nichts bringen, aber ich weihte meine Gefährtin dennoch in das entscheidende Stück Papstgeschichte ein, um ihr zu beweisen, dass wir unser nächtliches Brot bereits im Auge des Taifuns verzehrten. Meiner Überzeugung nach konnte es nur Johannes XXIII. gewesen sein, der das Schließfach hatte einrichten lassen. »Zum einen wurde er 1958 Papst, also zu einer Zeit, als die Funde von Qumran wissenschaftlich aufbereitet und veröffentlicht worden waren«, erklärte ich Achilles. »Zum anderen änderte sich zu dieser Zeit etwas Grundlegendes: Zwar war nach der Lehre der Kirche der Beischlaf auch vorher nur zur Weitergabe des Lebens erlaubt, doch war es kein großes Problem, dass sich nur wenige daran hielten. Schließlich ließ die Wirkung der verfügbaren Empfängnisverhütung zu wünschen übrig, und die Natur verhalf der Kirche so zu ihrem Recht. Dann allerdings geschah etwas, was die Sache brisant machte.«

Achilles begriff den Ansatz meiner Argumentation. »Seit wann gibt es die Antibabypille?«

»Das müsstest du eigentlich besser wissen als ich«, antwortete ich. »Soweit ich weiß, kam sie in den USA 1960 auf den Markt und nicht lange danach überall. Nun konnte man der Natur ein Schnippchen schlagen, und die Kirche musste reagieren.«

»Und du meinst, gerade zu dieser Zeit gräbt der Geheimarchivar Falcone in den Kellern des Vatikans herum und findet dieses Ding? Kannst du dich erinnern, auf wann das Papstschreiben in der Kassette datiert ist?«

»Ich kann mich genau daran erinnern, dass Bertonazzi uns das nicht vorgelesen hat«, sagte ich. »Aber es kann sich nur um das Pontifikat von Roncalli – Johannes XXIII. – gehandelt haben. Kam im Text nicht auch etwas von einem alten Mann vor?«

Achilles nickte heftig.

»Roncalli war fast achtzig, als er Papst wurde«, erklärte ich ihr. »Zum Erstaunen der Welt berief er als Johannes XXIII. ein allgemeines Konzil ein. Weniger bekannt ist, dass eine eigene Studienkommission zu Fragen des Bevölkerungswachstums und der Geburtenregelung eingesetzt wurde. Vielleicht hatte das Ding aus der Kassette da schon sein Eigenleben entwickelt. 1963 starb Roncalli, und Montini wurde als Paul VI. sein Nachfolger.«

»Der Pillen-Paul«, ergänzte Achilles.

»Den Namen hat er nicht verdient«, erwiderte ich. »Paul VI. war ein sehr nachdenklicher, gerechter und vor allem gründlicher Mann auf dem Stuhl des heiligen Petrus. Unter ihm tagte die von Johannes eingerichtete Kommission bis 1966 weiter. Was dich vielleicht überraschen wird: Sie kam mit großer Mehrheit zu dem Ergebnis, dass Antikonzeptionsmittel an sich nicht verwerflich seien. Es wurde den Eheleuten überlassen, wie sie ihr Sexleben und die Anzahl der Kinder in Übereinkunft brachten. Eine winzige Minderheit von fünf Kardinälen verschloss sich dieser Ansicht und erstellte ein Gegengutachten. 1968 kam dann völlig unerwartet die Enzyklika ›Humanae vitae‹ heraus, die den Papst zum Pillen-Paul machte, weil sie die Antibabypille strikt verbot. Ich möchte nicht wissen, was in seinem Kopf vorgegangen ist, als er sich mit dem Inhalt von Altingers Kassette befassen musste. Vielleicht wurde auf seine Veranlassung das Stück Pergament abgeschnitten, um das Ding auf sein Alter hin zu untersuchen.«

Achilles hatte zu essen aufgehört. »Jetzt kommst du mir vor wie ein Bub auf Schnitzeljagd, Basilio. Ist das deine wissenschaftlich fundierte Intuition?«

Ich war nicht beleidigt. »Lass mich ausreden«, bat ich sie. »Ich gebe zu, es handelt sich um Spekulationen, aber sie ergeben einen Sinn. Weißt du, wie einer der fünf Kardinäle mit dem Gegengutachten hieß?«

»Keine Ahnung.«

»Es war der Erzbischof von Krakau, Karol Wojtyla, der spätere Papst Johannes Paul II. Kannst du ausschließen, dass sich Paul VI. zusammen mit dem völlig unbekannten polnischen Bischof, dessen Wahl zu einem der Nachfolger niemand voraussehen konnte, über das Pergament gebeugt hat? Als Nächstes wählten die Kardinäle dann Albino Luciani, der sich Johannes Paul I. nannte.«

»Der nach dreißig Tagen plötzlich verstarb«, fiel Achilles ein. »Man sagt ja, er sei ermordet worden …«

»Blödsinn«, widersprach ich. »Johannes Paul I. starb an einem Schlaganfall. Er hatte allerdings Notizen auf dem Bett liegen, die man später entfernt hat. Es wird vermutet, dass er in seinem Pontifikat die Kirche liberalisieren wollte. Vielleicht auch die Frage der Geburtenkontrolle. Ich würde für mein Leben gern das vatikanische Protokoll des Todestages von Luciani sehen. Fast möchte ich wetten, dass darin der Name Altinger auftaucht. Natürlich nicht unser Herr Wendelin, sondern sein Großvater, und dahinter steht in Klammer ›privatissime‹ und die genaue Uhrzeit. Ich möchte außerdem wetten, dass PiBi und natürlich dein Onkel dieses Protokoll kennen.«

»Und das hat Johannes Paul I. so in Schrecken versetzt, dass ihn am Abend der Schlag traf? Mio dio, was hast du für eine schlechte Fantasie, caro Basilio! Aber warum hat nicht Johannes XXIII. oder einer seiner Nachfolger einen begabten Detektiv losgeschickt, um der Sache auf den Grund zu gehen? Warum setzen sie erst jetzt, nach weiß der liebe Gott wie vielen Jahren, uns als Spürhunde ein?«

Wie nebenbei hatte sie mir das Glas wieder vollgefüllt, und ich trank es in einem Zug leer. »Weil sich bislang keiner getraut hat«, mutmaßte ich. »Die Geheimhaltung war ein Problem, und vermutlich fehlten die richtigen Leute. Am schwersten aber wog die Angst vor einem möglichen Ergebnis. Angst, Achilles.«

»Und Formosus II. hat diese Angst nicht?«

Ich schüttelte den Kopf. »Nein. Er nicht. Er hat sich einen verrückten Namen gegeben, trägt wieder die Tiara und lässt sich auf der Sedia gestatoria herumtragen, ohne Furcht, erschossen zu werden. Er sagt ›Gott will es‹, und was Gott will, das will er auch. Er will es genau wissen. Er ist der Stellvertreter Christi. Er vertraut auf Gottes Wort, auf Gottes Vorsehung und auf seine Nichte, die er liebt …«

Ich hörte Achilles' Stimme nur noch recht verschwommen: »Und er hat dich, mein Lieber.«

Sie zeigte mir, wo sich Bad und Toilette befanden. Im Wohnzimmer holte sie Bettwäsche und richtete mir ziemlich schludrig auf dem Sofa eine Bettstatt, während ich leicht schwankend dabeistand und auf den Boden starrte. Dann überkam mich plötzlich eine schreckliche Nüchternheit. Der von mir aufgeblasene Ballon entließ auf einen Schlag seine Luft. Ich hatte Sehnsucht nach Mattenthal, nach meinem Abt, nach meinen verschrobenen Mitbrüdern, nach dem Sonnenaufgang über den Bergen, nach Blumen und deren Buntheit und Duft. Ich wollte keine giftige Nadel im Heuhaufen der Geschichte suchen müssen. Ich wollte nach Hause.

Achilles wandte sich mir zu und nahm mir die Brille von der Nase. Dann umfasste sie mit beiden Händen meinen Kopf und küsste mich sanft auf den Mund. Leise sagte sie: »Caro, tomorrow is another day", und ging hinaus.

Rom VI

Nach dieser denkwürdigen Nacht fuhr Achilles mich in ihrem knallroten Fiat 500 wieder nach Trastevere zu meinem verfallenen Palazzo. Während der Fahrt schwiegen wir. Wir hatten wohl beide das Gefühl, genug oder zu viel geredet zu haben. Ich hatte wilde Kopfschmerzen. Bei jedem Schlagloch, jedem Pflasterstein in der Straße machte das rote Zwergengefährt einen Ruck, und ich stieß gedanklich einen Wehlaut aus. Vor dem Portal setzte sie mich ab. »Machen wir jeder für sich ein Brainstorming«, schlug sie vor. »Ich rufe dich an, wenn es dir besser geht.« Für alle Fälle schrieb sie mir jedoch ihre Telefonnummer auf.

Tante Elvira empfing mich, als wäre ich nie fort gewesen wäre, fragte nicht, wo ich die Nacht verbracht hatte, sondern meinte nur, ich sähe »povero« aus. Arm. Ich bat sie um ein Aspirin, zog mich in meine Venussuite zurück und legte mich ins Bett.

Als ich in meinem Daunenpfühl erwachte, war es schon dunkel, und es ging mir erheblich besser. Ich zog mich an und trat hinaus auf den Flur. Augenblicklich kam David aus der Kammer mit dem Computer geschossen, doch als ich erklärte, ich wolle hinaus an die frische Luft, händigte er mir schließlich einen Sicherheitsschlüssel an einem roten Band aus. »Er sperrt unten das kleine

Tor, die Tür ins Haus und auch hier oben auf. Bitte nicht verlieren. Es müssten sonst alle Schlösser ausgewechselt werden.«

Ich machte mich auf den Weg, zog an den hupenden, nahezu unbeweglichen Autoschlangen vorbei in eine Kirche. In welche, weiß ich nicht mehr. Ich setzte mich in die letzte Bank. Außer mir war niemand da. Vor einer Statue der Muttergottes mit einem dicken Kind brannten kleine Kerzen in roten Plastiktöpfen. Ich betete und fragte den Herrn, ob er das »Ding« aus der Kassette geschrieben habe. Ich betete und fragte den Herrn, ob ich abreisen und seinen Stellvertreter auf Erden enttäuschen solle. Dann hörte ich auf zu beten, saß einfach nur da und sah den flackernden Kerzen zu. Endlich kam mir so etwas wie eine Erleuchtung, die aber sicher nichts mit dem Herrn zu tun hatte, sondern nur mit meinem kleinen Menschenhirn, das meinen Wünschen entsprechend alle Optionen ordnete. Achilles und ich würden uns auf die Socken machen. Aber wie sollten wir das Original je finden, war nicht jede Suche von vornherein aussichtslos? Grüner Hügel, Friedrich II. und ein paar kryptische Sprüche, mehr Anhaltspunkte hatten wir nicht. Suchen mussten wir trotzdem. Diese Erkenntnis brachte Ruhe in meine Seele und Frieden in meinem Kopf. Ich überlegte, ob ich mich auf die Suche nach einem Mesner begeben sollte, um nachzufragen, ob ich am nächsten Morgen die Messe lesen dürfe. Seit Wochen hatte ich nicht mehr Eucharistie gefeiert. Ich ließ es bleiben, ohne dass mir der Grund dafür klar war. Heute weiß ich ihn sehr genau: Ich hatte Angst, mich über den Kelch zu beugen und zu sagen: »… mein Blut, das für euch und alle vergossen wird zur Vergebung der Sünden …«

Von meinem Zehrgeld, das ich dank der Gastfreundschaft im Palazzo kaum angebrochen hatte, kaufte ich mir in einem Stehimbiss eine Pizza, die ich im Laufen aufaß. Wieder beherrschte Friedrich II. meine Gedanken, der Schlangenblick, der Gefangene, der im Fass seine Seele aushauchte, und die Kinder, die ohne Sprache elend starben. Der Mann ging mir schlicht auf die Nerven. Wenn er überhaupt etwas versteckt hatte, wo sollte man mit der

Suche anfangen? In Palermo? Dort lag er im Dom begraben in einem nicht besonders bombastischen Sarkophag aus Porphyr. Zwei Monate hatten sie gebraucht, um die einbalsamierte Leiche von Castel Fiorentino über die Marktplätze und Kirchen halb Italiens nach Palermo zu schaffen. Der Sarg jedoch war schon zweimal geöffnet worden, zum ersten Mal 1781. Damals hatte man zwar keine schriftlich niedergelegte Sensation aus Jesu Hand, doch dafür eine andere gefunden, nämlich gleich drei Leichen. Die eine hat man als Pedro II. von Aragon identifiziert, die andere blieb ohne Namen. Es war die Leiche einer Frau. Wie Pedro da hineingekommen war, entzieht sich meiner Kenntnis. Er war schon gut dreißig Jahre vor Friedrich in einer Schlacht niedergemetzelt worden. 1998 öffnete man den Deckel erneut, fand aber auch nichts anderes. Nur fehlte diesmal dem toten Kaiser ein Stiefel und sein Schwert. Sollten wir eine dritte Exhumierung in Erwägung ziehen? Konnte uns die unbekannte dritte Leiche etwas bringen? Mit der mumifizierten Dame mochte ein mäßig begabter Autor von Thrillern etwas anfangen können, qualifizierte Wissenschaftler hatten bisher jedoch nichts herausgefunden. Im Übrigen steht der Dom von Palermo bekanntlich mitten in der Stadt, von einem grünen Hügel konnte also keine Rede sein. Während ich am krossen Rand meiner Pizza herumnagte, fielen mir die Zisterzienser ein. Friedrich hatte ein Faible für diesen Orden, unterstützte ihn und ließ sich in seine Ordenstracht kleiden, als er den Tod vor Augen hatte. Ein echter Hinweis! Wie viele Klöster des heiligen Bernhard von Clairvaux gab es im 13. Jahrhundert? Wo lagen sie? Welche gab es noch heute, und welche hatte Friedrich gegründet?

Im nächsten Augenblick fiel mir ein, dass die Zisterzienser ihre Klöster in Talsenken anlegten, wo es Einsamkeit gab, zu kultivierende Sümpfe und Flüsse für Fischteiche, nie aber auf grünen Hügeln. Ich brauchte einen neuen Ansatz. Kam Castel Fiorentino bei Lucera infrage, wo der Tod ihn erwischte? Ich hatte keine Ahnung, ob die Burg auf einem grünen Hügel stand oder immer noch steht. Aber Petrus de Vinea war vor dem Tod des Kaisers bei Innozenz in Rom eingetroffen, also konnte ich auch die Burg von der Liste streichen.

Wie stand es mit Jerusalem? Immerhin war Friedrich von Hohenstaufen auch Augustus Hierosolymitanus, König von Jerusalem, gewesen und hatte einen friedfertigen Kreuzzug geführt. Grüne Hügel würde es dort sicher geben, nur waren die in den letzten 800 Jahren bebaut und durch israelische Baumaschinen hin und her geschoben worden. Sollte ich etwa mehrere Jahre in dortigen Archiven verbringen und alte Stadt-, Bau- und Entwässerungspläne studieren? Die Vorstellung gefiel mir ganz und gar nicht. Zu meiner Erleichterung fiel mir ein, dass Friedrich nach seinem Kreuzzug nie mehr in Jerusalem gewesen war und die fatale Botschaft Fakhr ad-Dins erst später bekommen hatte. Auch diese Lösung musste ich also verwerfen.

Die Aufgabe, die der Heilige Vater uns gestellt hatte, schien unlösbar. Er würde weiter über dem brisanten Text brüten und sich auf den Heiligen Geist verlassen müssen. Mir zumindest gingen die Ideen aus, aber ich hatte die Rechnung ohne die besonnene Achilles gemacht.

Zwei Tage später kam Elvira im fahlen Morgenlicht in mein Zimmer, reichte mir das Telefonino und verschwand gleich wieder.

»Wie geht es dir?«, fragte Achilles. »Hat der Kater sich davongeschlichen?«

Wir redeten über Belanglosigkeiten, die Qualität meines Frühstücks und den ausnahmsweise sonnigen Tag. Hatte sie den Kuss vergessen? Vielleicht hatte ja auch sie in jener Nacht zu viel getrunken. »Ist dir zu unserer Sache etwas eingefallen?«

Lustlos erzählte ich ihr von den Zisterziensern, Castel Fiorentino, Jerusalem und meinen Einwänden gegen alle drei. Die dritte Leiche im Porphyrsarg ließ ich weg. »Es bringt nichts, Achilles. Das Vorhaben ist absurd. Wir brauchen gar nicht erst anzufangen.«

»Zu einem ähnlichen Ergebnis bin ich auch gekommen«, erwiderte sie. »Zu guter Letzt ist mir aber doch noch etwas eingefallen, das uns weiterbringen könnte.«

»Und was?«

»Wir müssen zu einem Fachmann gehen«, sagte sie. »Zu jemandem, der sich wirklich auskennt mit Friedrich von Hohenstaufen.«

So wie sie das »wirklich« betonte, zweifelte sie meine diesbezüglichen Studien der letzten Wochen an. Sie hatte ja recht, ein Experte war ich nicht geworden, höchstens ein »wissenschaftlich fundierter Spekulant«.

»Und wer soll dieser Fachmann sein?«, fragte ich sie mürrisch.

»Es wundert mich, dass du darauf nicht selbst kommst«, konterte sie. »Professor Blatter natürlich.«

Ich hatte Achilles von ihm erzählt, als ich ihr meine Rolle in der ganzen Geschichte erklärt hatte. Friedrich von Hohenstaufen war das Spezialgebiet, an dem Blatters Historikerherz hing, sein stupor mundi, das geheime Idol seines Lebens. Und den nirgends katalogisierten Fund, den ich nicht ganz legal aus der Unibibliothek entwendet hatte, hütete er wahrscheinlich heute noch wie einen Schatz. »Besser als gar nichts«, sagte ich ziemlich lustlos. Wenn wir schon mit etwas anfingen, dann war Blatter keine schlechte Wahl. Immerhin war es möglich, dass er privat weitere Forschungen zu dem Fakhr-ad-Din-Papier angestellt hatte. Aber Blatter war längst emeritiert. »Ich weiß nicht einmal, ob er überhaupt noch lebt«, gab ich zu.

»Im Telefonbuch von Basel steht er jedenfalls«, verkündete Achilles triumphierend und las mir die Adresse vor. Es war noch immer die alte.

»Soll ich ihn anrufen?«, bot ich halbherzig an.

»Auf keinen Fall«, protestierte Achilles. »Die Sache ist viel zu wichtig für ein Telefonat.«

»Und was tun wir stattdessen?«

»Wir fahren nach Basel«, entschied sie kategorisch. »Und zwar ohne Voranmeldung. Wir sind eben zufällig in der Stadt, und du als früherer Lieblingsstudent stattest dem alten Herrn einen Besuch ab. Wir trinken eine Tasse Kaffee mit ihm, und dabei fragen wir ihn dann aus. Was sagst du dazu – wir fahren zusammen in die Schweiz, caro. Ich besorge mir von Bertonazzi die Kreditkarte und kümmere mich um alles. Lass mich nur machen!«

Ehe ich überhaupt zu Wort kam, verblüffte sie mich mit Modefragen. Ob ich einen normalen Anzug dabeihätte. Ich könne nicht ständig mit dieser auffallenden Kutte herumlaufen, schon gar nicht außerhalb von Rom. In mir sträubte sich alles, doch ich kam nicht umhin, ihr recht zu geben: Ein ältlicher Mann in einem abgeschabten Mönchsgewand und eine junge, attraktive, modebewusste Frau gäben ein allzu seltsames Gespann ab. »Ich melde mich deswegen«, versprach sie fröhlich. »Mach du dir keine Sorgen, genieß die Sonne und geh in den vatikanischen Gärten spazieren.«

Drei Tage später verließ ich ein äußerst vornehmes Geschäft für Herrenausstattung mit mehreren Tüten. Gegen einen cremefarbenen Zweireiher hatte ich mich erfolgreich gewehrt, mir dafür eine anthrazitfarbene Hose und einen Blazer mit silbernen Knöpfen eingehandelt. Dazu gab es mehrere Hemden, vier Krawatten mit Punkten und einen Mantel aus hellbrauner Wolle mit einem unpraktischen Gürtel. Achilles hatte den jungen Verkäufer herumgescheucht wie eine Mamma, die für ihren Sprössling nur das Beste und Schönste im Auge hatte. Nur unterbrochen von ihrem Handy, das zweimal bimmelte. Den ersten Anruf drückte sie weg. Beim zweiten sagte sie kühl und laut, man solle sie jetzt in Ruhe lassen, sie würde zurückrufen. Meine Frage nach der Identität des Anrufers wimmelte sie ab und drängte mir stattdessen noch zwei Pullover, einen Schal im englischen Stil und eine sportliche Lederjacke auf. »Sehr chic, Basilio. Du siehst mindestens zehn Jahre jünger aus.«

An der Kasse legte sie eine goldene Kreditkarte vor, und auf dem Weg zum Taxistand hakte sie sich bei mir unter. Während sie ihre Schulter an meiner rieb und das Tempo unserer Schritte bestimmte, verkündete sie mir, dass die Flüge nach Basel für den übernächsten Tag gebucht seien. »Ist dir sonst noch etwas eingefallen?«, fragte sie.

Ich schüttelte lediglich den Kopf.

Wir flogen Businessclass mit der Alitalia vom Flughafen Rom-Fiumicino. Übervorsichtig, wie ich nun einmal war, fragte ich Achilles am Flugsteig: »Und was ist, wenn er nicht da ist? Auf Kur oder im Krankenhaus?«

Ein wenig mitleidig lächelte sie mich an. »Er ist da. Ich habe heute früh angerufen und dann gleich wieder eingehängt.«

»In deinem neuen Outfit siehst du verdammt gut aus«, sagte sie, während wir über die Alpen flogen.

Basel I

Wir landeten am frühen Nachmittag. Bei der Autovermietung am Flughafen holte Achilles den vorgebuchten Wagen ab, einen BMW oder einen teuren Audi, mit Autos kenne ich mich nicht aus. Jedenfalls war er silbergrau, hatte schwarze Ledersitze und ein Navigationssystem. Den Weg nach Oberwil hätte ich Achilles auch selbst sagen können und ihr dabei die Stadt zeigen, in der ich als junger Mann studiert hatte. Stattdessen wurden wir von einer sanft modulierten Frauenstimme über die Autobahn geleitet. Unterwegs kaufte Achilles in einer Konditorei ein großes Paket Kuchen. Ich fand es irgendwie unfair, den alten Herrn, den ich wirklich verehrte, zu überfallen und hinterlistig mit ihm über alte Zeiten zu plaudern. Andererseits mochten seine alten Augen zu glänzen beginnen, wenn wir ihn zu seinem Lieblingsthema befragten. Mit Blatter landete man nach einer gewissen Anlaufphase grundsätzlich bei seinem Friedrich Zwo.

Die Verteilung der Rollen war klar. Ich war es, der Blatter zum Reden bringen musste. Achilles konnte nur wenig Deutsch, Blatter konnte Latein, aber kein Italienisch. Ich hingegen sprach Italienisch und Deutsch und war zudem mit Blatter bekannt. Achilles würde ich als Tochter eines Studienkollegen vorstellen, die wie ich zufällig in Basel war.

Wir parkten das Auto in der Waldstraße, von der die Fußwege zu den Häuserzeilen abgingen. Reihenhäuser präsentierten in gerader Linie ihre alpenländischen Vordächer aus dunklem Holz und die durch Maschendraht abgetrennten Vorgärten Wir gingen an den Häusern entlang, Achilles balancierte den Pappteller mit dem eingepackten Kuchen. Ein Schmuckstück war das letzte Haus im Starenweg auch zu meiner Zeit nicht gewesen, jetzt aber war es ein Schandfleck in der Siedlung. Im Vorgarten wucherten unbeschnittene Stauden, und braun gewordene Farnwedel bedeckten den Boden. Unter dem rissigen Vordach häuften sich nasse, verquollene Kartons. Es gab kein Gartentürchen mehr, und die Platten auf dem Weg zum Haus waren zersprungen oder fehlten ganz. Hinter den Fenstern hingen schmutzig graue Vorhänge. Hier sollte mein zwar etwas schusseliger, aber doch den schweizerischen Grundsätzen von Sauberkeit und Ordnung zugetaner Professor wohnen? Neben der Haustür war noch das alte Türschild angeschraubt: Blatter. Auf Titel hatte er nie Wert gelegt. Achilles und ich schauten einander an. Sie blickte hilflos und hob die Schultern. Ich klingelte, während sie ein freundliches Lächeln aufsetzte.

Blatters Frau machte auf. Was mich erschreckte, war, dass sie zu dem verwilderten Garten und den unappetitlichen Kartons passte. Früher war sie eine zierliche und sehr gepflegte Person gewesen, der man ihre ballettöse Vergangenheit ansah. Nun war sie auseinandergegangen und aufgeschwemmt wie ein Hefegebäck vor dem Schub ins Backrohr. Die früher blonden Haare waren orangerot gefärbt und sollten wohl einen Tituskopf darstellen, der graue Haaransatz war deutlich zu sehen, und das Gesicht war teigig und stark geschminkt. Frau Blatter war keine Terpsychore mehr, sie erinnerte vielmehr an eine arme, alte Kröte. Ihr alemannisches Schwyzerdütsch zwitscherte sie jedoch noch genauso wie früher, und sie erkannte mich sofort. »Jo, wa ischt des? Wär stoht do so plötzlich vor de Igangstüre? Das isch jo de Herr Martin, wäli Freud …«

Ich stellte ihr Dr. Grassi vor, ließ die abgesprochene Einleitung folgen und wies auf Achilles' Kuchenpaket. »Ich hoffe, wir kommen nicht ungelegen?«

Energisch verneinte sie und bat uns ins Haus. Im Flur stapelten sich ebenfalls Kartons, dazu unordentlich aufgeschichtete Zeitungen und Plastiktüten. Es roch unangenehm, nicht nach Essen, sondern nach ungelüfteten Zimmern und ungewaschenen alten Leuten. Obwohl es erst Nachmittag war, brannte Licht. Sie rief ohne Richtung: »Blatter, wo bisch du? Kumm dohära! Eine Überraschig isch do.«

Hinter der halb offenen Tür, die ins Wohnzimmer führte, rührte sich etwas. Frau Blatter sagte »Da kunnt er jo« und zog Achilles, der sie das Kuchenpaket abnahm, in die Küche. Die Wohnzimmertür öffnete sich langsam weiter, und ein Gespenst trat hervor. Es schlurfte in Filzpantoffeln, trug eine zu weite, graue Stoffhose, die im Schritt dunkel verfärbt war, ein ehemals weißes Hemd und eine graue Strickjacke, die um den vorgebeugten Oberkörper schlotterte. Ich ging ein paar Schritte, stolperte über einen Haufen Zeitungen und wollte meinen alt gewordenen Lehrer in den Arm nehmen. Er aber verriet durch kein Zeichen, dass er dies zulassen würde. Stattdessen starrte er mich an und sagte endlich: »Ah, der Perhamer ...«

Ich ging weitere Schritte auf ihn zu und nahm seine Hand, die er mir zögernd entgegenstreckte. Altersflecken bedeckten die Schläfen und den nun fast haarlosen Schädel, und die Habichtsnase wirkte seltsam verschoben. »Ah, der Perhamer. Das ist ja eine Überraschung an einem ganz normalen Werktag. Was führt Sie her nach Basel?«

Ich spulte unsere Legende herunter und wies darauf hin, dass Frau Dr. Grassi in der Küche bei seiner Frau sei. »Wir haben Kuchen mitgebracht. Und Schlagsahne.«

»So, so, Kuchen. Und Schlagsahne. Dann wird es wohl auch Kaffee geben.« Dabei blickte er mich plötzlich sehr genau an. Seine Augen hinter den dicken Brillengläsern waren, obwohl ein wenig trübe geworden, die Augen des Professors, der keinen Fehler, keine nicht belegte Datierung, keine fragwürdige Quellenangabe durchgehen ließ. Nicht aus Schikane, nicht um einen Kandidaten zu quälen, sondern um der Würde der Wissenschaft willen. Er schlurfte vor mir her in Richtung Küche und winkte mir mit der Hand, ihm zu folgen.

In der Küche sah es auf den ersten Blick kaum anders aus als früher. Sie war schon immer das Zentrum des sozialen Lebens bei den Blatters gewesen, während das Wohnzimmer, des Professors »Stübchen«, mit Bücherregalen und einem übergroßen Schreibtisch vollgestellt war. Blatters Frau und Achilles stellten Teller und Henkeltassen auf den Tisch. Wenn man näher hinschaute, zeigte sich jedoch, dass die Verwahrlosung dabei war, auch diesen Raum zu erobern. Vor allem fiel mir eine Unmenge von Medikamentenschachteln auf, die sich auf der Anrichte stapelten. Waren die beiden krank, oder hatte Madame Blatters psychische Situation sich drastisch verschlechtert? Sie redete am laufenden Band, nahm ein fleckiges Glas Instantkaffee aus dem Schrank und flötete: »'s Wasser is heiß für a gueti Tassa Kaffi, Sie wärdet gsä … guet. Der macht klini Zwärgli groß. Händ Sie au Zwärgli? Mier händ eina gha. Jetzt isches wäg, unser Zwärgli.«

Für wirklich verrückt habe ich sie früher nicht gehalten. Jetzt war sie es aber. Blatter stand am Fenster. Seine Arme hingen hilflos herunter. Achilles saß mir gegenüber, hob die Augenbrauen und funkelte mich an. Ich wartete, bis Blatter sich vornüber geneigt auf einen Küchenstuhl setzte und den Teller zu sich heran zog. »Und? Wie geht es Ihnen?«, fragte ich hölzern.

»Gut«, erwiderte er. »Es könnte nicht besser gehen.«

»Arbeiten Sie denn noch wissenschaftlich?«, wagte ich mich vor.

Blatter nickte. »Aber ja. Das Hirn darf nicht einrosten. Es gibt immer etwas Neues, auch wenn meine Augen nicht mehr die besten sind.«

Frau Blatter, die sich das erste Stück Kuchen schon fast einverleibt hatte, sagte etwas von Star und dass das doch schrecklich komisch sei. Der Blatter hat den Star und wohnt im Starenweg. Ich warf Achilles einen Blick zu. Wenn die Dame so weiterzwitscherte, würden wir nie und nimmer zu Friedrich Zwo kommen. Achilles unternahm einen Versuch, stellte fest, dass Frau Blatter ein wenig Englisch verstand, und übernahm auf ihrer Seite des Tisches die Regie. Erleichtert wandte ich mich wieder Blatter zu: »Darf ich raten, woran Sie gerade arbeiten? Ich möchte wetten, es hat mit Ihrem Staufer zu tun.«

Er blickte kurz und fast ein wenig lauernd auf. Ganz so leicht machte er es mir nicht, doch während er behutsam seinen Kuchen zerteilte und seinen Pulverkaffee schlürfte, glitten wir dennoch in gemächlichem Tempo ins Mittelalter. Unweigerlich kam der alte Herr in Fahrt, und meine Recherchen in Rom trugen Früchte. Ich konnte mitreden. »Sie wissen ja, mein Hauptfach war nicht das Mittelalter, aber ich denke oft und gern an unsere damaligen Gespräche zurück«, behauptete ich. »Ich habe immer, soweit ich das konnte, den Stand der Forschung verfolgt.«

Er war überrascht. »Das freut mich. Das freut mich.«

Ich wurde kühner und versuchte es mit der dritten Leiche. Dreist erklärte ich, ich hätte da einen Aufsatz über die Exhumierungen von 1781 und 1998 gelesen. »Haben Sie eine Ahnung, wer die Frau gewesen sein könnte, die man bei ihm gefunden hat?«

Blatter nickte vor sich hin. »Immer noch auf der Suche nach dem Heiligen Gral?«, fragte er mich. »Was für Erkenntnisse gibt es denn bisher? Was sagt uns der Fundort, was sagen uns die Untersuchungen der DNS, die man ja wohl durchgeführt hat, was weiß man über das Alter der Leiche, und was steht in den zeitgenössischen Quellen? Finden sich Hinweise in den bislang erforschten Lebensdaten des Kaisers? Prüfen Sie das alles, Perhamer, und Sie finden es heraus. Oder auch nicht. Friedrich II. ist immer noch ein weites Feld. Da gibt es noch viele Geheimnisse zu entdecken.«

Wir waren also bei Geheimnissen angelangt, und deretwegen waren wir ja nach Basel gekommen. Ich fing an, über dunkle Stellen im Leben eines jeden Menschen zu reden, leitete über zu den Geheimnissen im Leben geschichtlicher Größen allgemein, und gerade als ich wieder auf Friedrich kommen wollte, machte mir die Dame des Hauses einen Strich durch die Rechnung. Sie nahm mit der Hand ein Stück Käsesahnetorte vom Teller und legte es neben die erst halb aufgegessene Linzer Torte Blatters. »Du muäsch essä, Blatter. De Käskuecha. De isch guät. Bald gits jeda Tag Kuechä, wen mir im Paradies sind und de schwarz Risa mitäm wissa Kopf wider kunt. De isch nett. Du dörsch ihn nitt vegässa, Blatter.«

Sie war tatsächlich vollkommen durchgeknallt. Zuerst das kleine Zwergli und jetzt ein schwarzer Riese mit weißem Kopf, der nicht vergessen werden durfte. Armer Blatter. Wie konnte er es nur mit einer solchen Frau aushalten? Er aber war an die Riesen und Zwerge seiner Frau offenbar gewöhnt und sagte leise: »Nein, nein, Liebste«, ehe er sich mir wieder zuwandte. »Ja, die Dinge im Leben eines Menschen … Viele sieht man nicht, und über die wenigen, die man sieht, streitet man. Schauen Sie sich Friedrich II. von Hohenstaufen an. Was wissen wir von ihm? Die Quellen sind gut aufgearbeitet, es gibt jede Menge Abhandlungen und Monografien über ihn. Im Grunde aber wissen wir so gut wie nichts. Wenn wir schon unseren Nächsten, unsere Freunde nicht verstehen, wie sollen wir dann einen, der schon fast 800 Jahre tot ist, begreifen?« Er starrte auf seinen überfüllten Teller und fuhr fort: »Wissen Sie, in letzter Zeit denke ich häufig über Dinge nach, auf die ich früher keinen einzigen Gedanken verschwendet hätte. Was veranlasste Friedrich, die so entsetzlichen Gesetze gegen die Katharer zu erlassen? Schön, die fanden nichts an der Kirche und wollten ihren eigenen Weg gehen, aber eigentlich hätte dieser Weg Friedrich doch sympathisch sein müssen. Warum also den Boden für die Inquisition bereiten mit seinen Gesetzen und warum das Gemetzel 1244 am Montsegur? Zweihundert unschuldige, tiefgläubige Menschen sind von anderen Christenmenschen einfach verbrannt worden. Ich weiß, die allgemeine Lesart ist, dass die Kathargesetze politisch notwendig waren, um dem Papst nicht in die Quere zu kommen. Nur frage ich mich, weswegen Friedrich, der doch keinem Streit mit dem Papsttum aus dem Weg gegangen ist, hier nicht sein kaiserliches Veto eingelegt hat. Sie werden es nicht glauben, ich stelle mir manchmal die Festung Montsegur vor, höre die Leute schreien und frage mich, was der Kaiser sich gedacht hat, als er von dem Massaker erfuhr. Aber ich will Sie nicht mit dem Geschwätz eines alten Mannes langweilen. Erzählen Sie mir lieber, was Sie so machen.«

Ich fand Blatters Gedanken interessant, nur für unsere Zwecke nicht recht hilfreich. Der Montsegur war ein Felsmassiv in Südfrankreich, kein grüner Hügel, und die riesige Burg war schon zu Lebzeiten des Kaisers vollkommen zerstört gewesen. Dennoch erschien mir die elegische Stimmung des Professors als ein guter Einstieg für die Fragen, die ich im Kopf hatte. »Nichts Besonderes«, antwortete ich nebenher. »Alltag eben. Viel interessanter ist für mich, mit welchen Fragen Sie sich beschäftigen. Subjektive Geschichtsschreibung! Arbeiten Sie darüber?«

»Ach was, ich denke nur so vor mich hin. Nehmen Sie zum Beispiel die unumstrittene Tatsache, dass Friedrich keine Entscheidung getroffen hat, ohne vorher seine Astrologen zu befragen. Astrologie ist doch Unfug. Das wissen Sie, und das weiß ich. Dass im 13. Jahrhundert fast jeder, der es sich leisten konnte, einen Hofastrologen alimentierte, wissen wir auch, aber dass der für seine Zeit so weltoffene und gottgläubige Mann sich die Himmelskarten hat legen lassen wie ein furchtsames Weib, will mir nicht in den Kopf. Jacob Burckhardt hat ihn den ersten modernen Menschen auf einem Thron genannt, und um diesen Thron laufen Männer mit Kaffeesatz und Zauberkugeln. Solche Dinge gehen in meinem alten Schädel herum, wenn ich nicht einschlafen kann. Nicht sehr wissenschaftlich, oder?« Blatter blickte mich von der Seite wie eine kluge Eule an.

»Ich kann das verstehen, Herr Professor«, murmelte ich.

»Wen verstehen Sie, Perhamer? Den Kaiser mit seinen Sterndeutern oder mich, der ich nicht einschlafen kann und über solchen Sachen grüble?«

Ich lachte und antwortete: »Sie natürlich. Man darf doch durchaus auch einmal seiner Fantasie die Zügel schießen lassen.«

»Können Sie sich noch daran erinnern, dass ich in jeder Antrittsvorlesung für Erstsemester darauf hingewiesen habe, dass Geschichte eine Wissenschaft ist und nichts für Psychologen und Romanciers?«

Ich lachte wieder. »Ich kann mich erinnern, dass Sie gesagt haben, Geschichte sei nichts für Fantasten, also nichts für Psychologinnen und naive Romanschriftstellerinnen. Da ist ein gewisser Unterschied.«

Lakonisch meinte Blatter: »Das gilt für Männer genauso gut wie für Frauen. Also auch für mich. Übrigens erwäge ich, mich ernsthaft mit Astrologie zu beschäftigen.«

Ich war überrascht und wollte ihn unterbrechen, weil das Gespräch mir in die falsche Richtung abzugleiten schien. Er aber ließ sich nicht stören: »Jawohl, mit Astrologie. Waren Sie einmal in Andria? Nein? Es liegt in Apulien. Castel del Monte, sagt Ihnen das etwas?«

»Das berühmte Jagdschloss Friedrichs II.?«

»In der Tat.« Blatter nickte. »Aber was heißt hier Jagdschloss? Castel del Monte ist ein Unikat, nicht nur unter Friedrichs Bauten, sondern eigentlich unter allen Burgen und Festungen des Mittelalters. Sie müssen einmal hinfahren oder sich Bilder ansehen. Völlig einsam liegt es auf einer Hügelspitze mitten in der kargen Landschaft. Wirklich beeindruckend. Dass Ihnen Castel del Monte so wenig sagt, wundert mich. Es ist eines der bedeutendsten mittelalterlichen Architekturdenkmäler überhaupt. Bauzeit so etwa 1240 bis 1250, wahrscheinlich kurz vor Friedrichs Tod vollendet. Der Grundriss ist ein Achteck, und an den Ecken des oktogonalen Baus stehen acht Türme mit ebenfalls achteckigem Grundriss. Im Inneren befinden sich acht trapezförmige Räume, die in zwei Etagen unterteilt sind. Meines Erachtens kann das niemals ein Jagdschloss gewesen sein. Wir kennen Burgen, die nur zum Vergnügen der Herrscher in wildreichen Gegenden erbaut wurden. Da gab es eine große Küche, einen Festsaal, Unterkünfte für die Jagdgesellschaft und das Personal. Nichts dergleichen findet sich in Castel del Monte, nur der einzige und allein stehende Bau. Denken Sie daran, mit welchem Prunk der Kaiser herumgereist ist! Weshalb sollte er in einem abweisenden, völlig einsamen Steinklotz mit nur acht gleichförmigen Räumen Entspannung suchen? Man hat an ein Gebäude zur Aufbewahrung des Staatsschatzes gedacht, doch das scheint völlig abwegig. Wer lagert denn auf einem Hügel, weithin sichtbar, seinen Staatsschatz, und wo wären die Gebäude der Wachmannschaften? Dann gibt es noch die Theorie, dass Friedrich sich ein Wehrkastell zur Verteidigung hat errichten lassen. Auch diese Theorie taugt nicht mehr als die anderen. Was sollte die Burg denn verteidigen? Das sechzehn Kilometer entfernte unbedeutende Städtchen Andria? Apulien? Dazu liegt die Burg strategisch falsch, und in acht nicht besonders großen Räumen hat höchstens ein mageres Häuflein von Rittern, Knappen und Soldaten Platz. Und wo hätten die im Verteidigungsfall ihren Proviant gelagert?«

Angespannt saß ich auf meinem Küchenstuhl und hörte nicht einmal mehr das englische Gegacker der Damen. »Und zu welcher Überzeugung sind Sie gekommen?«, fragte ich.

Blatter nahm einen Schluck Kaffee und entgegnete trocken: »Zu keiner.«

»Zu keiner?«

»Na ja, so ganz stimmt das auch wieder nicht. Ich habe mich gefragt, ob Castel del Monte in Wirklichkeit vielleicht gar keinen nützlichen Zweck hatte. Es spricht vieles dafür, dass Friedrich selbst an der Planung des Kastells beteiligt war, denn es gibt in der Architektur arabischen Einfluss. Kann es sein, dass das Ganze ein Symbol sein sollte? Trotzig, nutzlos, abweisend, aber hoch aufragend und die ganze Gegend beherrschend?«

»Ein Symbol für was?«

»Für Friedrichs Machtanspruch, für sein Kaisertum. Mitten in Italien. Nicht weit von Rom und dem Vatikan. Hier bin ich,

Friedrich II. aus dem Geschlecht der Staufer, Kaiser und König. Ich bin die steingewordene Macht auf Erden. Bedenken Sie, dass Castel del Monte mit seinen acht Türmen und den geschlossenen, fast fensterlosen Außenwänden aussieht wie eine Krone. Ein Abbild der Kaiserkrone, die ebenfalls oktogonal ist? Acht Ecken hat auch die Pfalzkapelle im Dom von Aachen, wo Friedrich gekrönt wurde. Und acht Ecken hat der Barbarossaleuchter, der in dieser Kapelle hängt.«

Damit verstummte er und starrte geistesabwesend auf den Tisch. Er schien sehr müde zu sein. Wäre ich ein wirklicher Freund gewesen, hätte ich ihn in Ruhe gelassen, ihn in sein Stübchen gebracht, ihm auf sein Sofa geholfen und ihn sanft mit einer Decke zugedeckt. So aber insistierte ich weiter: »Und was hat das mit Astrologie zu tun?«

Schroff, fast hasserfüllt antwortete er: »Ach das. Es wird neuerdings die Meinung vertreten, dass Castel del Monte nach der Konstellation gewisser Sternbilder ausgerichtet ist. Sicher völliger Blödsinn, aber ich habe mir beim Studium der Grundrisspläne des Schlosses überlegt, ob nicht vielleicht doch etwas dran sein könnte, so etwas wie ein Horoskop. Sicher komme ich ohnehin nicht mehr dazu, die Sache zu erforschen und etwas zu veröffentlichen, und das ist auch gut so. Ich könnte mir meinen Ruf ruinieren, obwohl – wer kennt mich denn noch? Sehen Sie sich doch um.«

Wie ein knochiges, zerfleddertes Vögelchen saß der alte Herr in seiner Küche, nun schlapp und in Gedanken versunken. Er war kein weltberühmter Gelehrter, aber ein unendlich sorgfältiger und ehrlicher Mann der Geschichtswissenschaft, der einen guten Namen in der Fachwelt besessen und sich für seine Studenten zerrissen hatte. Und jetzt? Jäh überkam mich ein Gefühl von Zärtlichkeit und auch von Scham. Ich hätte mich um ihn kümmern müssen. Stattdessen hatte ich mich bei ihm eingeschlichen, um Informationen aus ihm herauszukitzeln. Einen Augenblick lang vergaß ich meine Mission, legte meine Hand auf die fleckige rechte Hand Blatters und sagte: »Ich habe so viel bei Ihnen gelernt. Erinnern Sie sich noch, wie wir damals über dem ›Fetzli‹ Geschichte hockten?«

Blatter erwachte aus seiner Lethargie, setzte sich auf und entzog mir ruppig seine Hand. Dann schob er Teller und Tasse von sich und stand auf. Sein Gesicht war verzerrt. »Es ist jetzt genug«, sagte er mit der Stimme eines weinerlichen Greises. »Ich bin müde, und Sie haben ja sicherlich noch anderes zu tun in Basel. Es hat mich gefreut, aber ich bin ein alter Mann.« Damit schlurfte er in seinen Filzpantoffeln aus der Küche.

Ich war wie vor den Kopf gestoßen. Die Damen hatten nichts mitbekommen, schwatzten fröhlich weiter und dachten wohl, Blatter sei gegangen, um etwas aus seinem Stübchen zu holen. Was hatte ich falsch gemacht? Siedend heiß fiel mir meine Vermutung ein, dass Blatter das »Fetzli« nicht wieder dem Uniarchiv einverleibt hatte. Aber was war daran so schlimm? Der Täter war doch ich gewesen, und der Brief Fakhr ad-Dins an Friedrich war in keinem Katalog verzeichnet. Gleich darauf bemerkte Achilles, dass Blatter nicht wiederkam. Das Gespräch verstummte. Frau Blatter fragte, wo ihr Mann sei, ich erwiderte, er sei plötzlich ganz erschöpft gewesen, und sie watschelte aus der Küche. Der Nachmittagskaffee in Oberwil war offenbar zu Ende.

Fragend blickte Achilles mich an. Ich streckte ihr verstohlen die linke Faust mit gestrecktem Daumen entgegen und gab ihr zu verstehen, dass ich ihn wie vereinbart ausgefragt und etwas Neues erfahren hatte. Für diese Geste schäme ich mich noch heute.

Kurz darauf kam Frau Blatter zurück und ließ uns wissen, dass Blatter sich hingelegt habe. Sofort standen wir auf. Als sie uns draußen unter dem Vordach verabschiedete, deutete sie auf einen Fleck im Vorgarten, wo ein paar braune Farnwedel über einem großen Stein lagen, und sagte: »Do isch däs Zwärgli gsi, da hanis oft gsä. Viellicht häts de Blatter, mein Blatterli.«

»Liebste« und »mein Blatterli«. Ich bin mir sicher, dass die beiden sich sehr lieb gehabt haben. Frau Blatter winkte uns hinterher, als hielte sie ein Taschentuch in der Hand.

Aufseufzend ließ Achilles sich in den Autositz plumpsen. »Puh. Länger hätte ich das auch nicht mehr ausgehalten. Was wollte uns die alte Vettel da gerade in ihrem Garten zeigen? Hat sie da ihre Katze begraben? Oder ihre Brillis?«

Erschöpft und traurig lehnte ich mich im Sitz zurück. »Wahrscheinlich ein verschwundener Gartenzwerg«, murmelte ich. Es interessierte mich nicht. Wir fuhren ein paar Straßenzüge weiter, ehe Achilles am Straßenrand anhielt. Sie schaltete den Motor ab und legte mir freundschaftlich die Hand auf den Oberschenkel. »Was hast du herausgebracht?«

Mir ging das zu schnell. Ich war in Gedanken noch im Starenweg, bei den alten Leuten, die in derart schaurigen Verhältnissen lebten. »Ich wünschte, ich könnte etwas für sie tun«, sagte ich.

»Ach, hör doch auf«, fauchte Achilles. »Hast du noch nie etwas von Altersgeiz gehört? Dein Professor bezieht eine fette Beamtenpension, das Haus ist längst abbezahlt, und außerdem hat er sicher noch Einnahmen aus wissenschaftlicher Tätigkeit …«

»Einnahmen aus wissenschaftlicher Tätigkeit, das glaubst du doch wohl selbst nicht.«

Sie bemerkte, wie das Thema mich aufbrachte, und schwenkte um. »Pass auf, wir suchen uns jetzt eine Bleibe für die Nacht und essen schön zu Abend«, schlug sie versöhnlich vor. »Und wenn du den Schock verdaut hast, erzählst du mir alles, einverstanden?«

Sie hatte kein Hotel reserviert und begann nun, im Programm des GPS herumzusuchen.

»Was hältst du von einer Nacht im Gefängnis?«, unterbrach ich sie.

Abrupt ließ sie den Einstellknopf des Bordcomputers los. »Was meinst du damit?«

»Ich meine, wir könnten die Nacht im Gefängnis verbringen.«

»Was heißt ›wir‹?«

»Wir, das heißt wir, du und ich.«

»Ich verstehe dich nicht. Das musst du mir erklären.«

Ich erklärte es ihr. Überlaut lachte sie auf. Wir fuhren in die Innenstadt, und diesmal spielte ich den Wegweiser.

Das Au Violon liegt auf einem Hügel mitten in der Stadt und hat einen herrlichen Blick auf das Münster und den Barfüßerplatz. Dort oben haben die Augustiner Chorherren im Mittelalter die Kirche zu Sankt Leonhard und ein Kloster errichtet. Im Verlauf der Reformation wurde die Kirche protestantisch, und Anfang des 19. Jahrhunderts kamen die Ratsherren von Basel auf die Idee, die leer stehenden Klosterzellen als Gefängnis zu nutzen. Diesem Zweck dienten sie fast 200 Jahre lang, bis ein fantasievoller Basler Bürger die Zellen mit Duschkabinen und Fernsehern ausstattete und aus dem Kerker ein Hotel machte. Während meiner Promotionsprüfung hatte ich einmal eine Nacht dort verbracht.

Wir bekamen anstandslos zwei Einzelzimmer und fuhren mit dem Lift in den zweiten Stock. Der Flur war lang und schmal, über den einfachen Türen prangten römische Ziffern, und nur das Schlüsselgeklapper des Aufsehers fehlte. Unsere Zimmer lagen nebeneinander. Wir hatten vor, uns kurz auszuruhen, ehe wir zum Essen gehen wollten, doch vor ihrer Tür wurde Achilles von Neugier überwältigt. Sie fasste mich am Ärmel. »Nun sag schon, was hat der alte Uhu dir erzählt?«

Widerwillig machte ich mich los und warf ihr lediglich ein paar dürre Worte zu Astrologie, kaiserlichem Aberglauben und einem achteckigen Schloss ohne erkennbaren Zweck hin. Sie hakte sofort ein: »Castel del Monte! Das liegt auf einem Hügel, und der ist grün, nicht wahr?«

Ich zuckte mit den Achseln.

»Na also!«, sagte Achilles und schloss die Tür auf.

Mein Zimmer erinnerte mich an meine Zelle zu Hause. Nur der Betschemel fehlte. Ich legte mich aufs Bett und faltete die Hände über der Brust. Wenn ein Mönch bei uns im Kloster stirbt, wird er in solcher Haltung in der früheren Taufkapelle aufgebahrt, nicht in einem Blazer mit Silberknöpfen, sondern in der weiten schwarzen Kukulle. Dann tragen ihn seine Brüder durch einen langen Gang, gehen ein paar Stufen hinunter, schieben den Sarg in einen Schacht in der Mauer und verschließen die Öffnung mit einer Platte. Auf der steht geschrieben, wer dort ruht, wann er geboren wurde und wann er gestorben ist. Sonst nichts. Das hatte ich mir für mein Leben ausgesucht. Nicht ausgesucht hatte ich mir, mit einer jungen Frau auf Reisen zu gehen und hilflose alte Professoren auszuforschen, auf der Jagd nach einer Fata Morgana, die dem Papst Sorgen machte, mir aber gleichgültig war. Sollte man die Urschrift tatsächlich je finden, wollte ich nicht dabei sein. Ich hatte meinen Glauben, und den wollte ich behalten. Der Mann im Blazer, der noch den Geruch ungewaschener Körper in der Nase hatte und die altersfleckige, zittrige Hand spürte, war mir unsympathisch und fremd.

Lange lag ich unbewegt da und hörte von ferne die Klänge eines Akkordeons, das einen Musettewalzer spielte. Offenbar lief unten im Bistro des Hotels ein Band. Als Achilles klopfte und mich zum Essen abholte, hatte ich eine Entscheidung getroffen. Eine Entscheidung für mich allein.

Es ist nicht weit vom Au Violon zu Tinguelys Brunnen am Theaterplatz. Wir setzten uns auf eine Bank am Rand des Brunnens, der durch Scheinwerfer unter Wasser erleuchtet wurde. Außer uns schaute keiner den zischenden und leise ratternden Wasserspielen zu. Die Touristensaison hatte noch nicht angefangen, und es war kalt. Ich verspürte tief von innen heraus eine Zärtlichkeit. Das ist ja immer so, wenn man sich verabschieden will und damit den anderen verletzt, enttäuscht oder allein zurücklässt. »Schau dir das an, Giovanna!«

Ich ließ diesen törichten Achilles weg. Der war meiner Fantasie entsprungen, und jetzt sollte es um Realität gehen.

Die junge Frau an meiner Seite merkte es sofort. »Ich schaue es mir ja an, caro. Natürlich sagt mir Tinguely etwas. Vielleicht hast du gesehen, dass ich in meinem Wohnzimmer auch ein kinetisches Objekt hängen habe. Nur ist meines berechenbar. Es dreht sich immer im Kreis. Das hier ist Anarchie, sehr lustig, aber eine Spielerei ohne tieferen Sinn.«

»Das stimmt. Die Skulpturen machen alle ganz sinnloses Zeug und spritzen wahllos herum. Sie bewegen sich, ohne miteinander in Kontakt zu kommen. Sie suchen ihn nicht einmal. Jedes wurstelt allein vor sich hin.«

»Ja, das sehe ich. Ein echtes Panoptikum.«

Ich würde mit meinen metaphorischen Überlegungen wohl nicht weit kommen. Trotzdem versuchte ich es. »Ich habe während meiner Zeit in Basel oft hier gesessen und über den Sinn meines Lebens nachgedacht«, erzählte ich ihr.

»Aha! Und danach bist du ins Kloster gegangen.«

»Nein, deswegen nicht. Schau, der da heißt Seechter, Sieb. Ständig taucht die Eisenmaschine eine Blechschale ins Wasser und hebt sie dann wieder hoch. Aber das Blech hat Löcher, das Wasser rinnt wieder heraus.«

»Ziemlich nutzlos«, stellte Achilles fest.

»Manchmal habe ich gedacht, ich bin der Seechter. Aber dann habe ich mich doch für den kleinen Kerl, den Schuufler, entschieden. Siehst du, wie er mit den Tellern an seinen kurbelnden Beinen ohne Unterlass das Wasser bewegt?«

»Ja, niedlich.«

»Er schiebt das Wasser nicht zu sich hin. Das hätte ja einen gewissen nützlichen Zweck. Er schiebt es von sich weg. Ich bin wie er.«

Sie schien endlich den Ernst in meiner Stimme zu bemerken, schob sich näher an mich heran und drückte meine Hand. »Du willst mir etwas sagen und kannst es nicht.«

»Der Motor, der das alles antreibt, die spritzenden Fontänen, das Gewackel, das Zucken der Schläuche und die ungelenk stampfenden Pleuelstangen, das ist Gott. Die herumzappelnden Maschinen sind wir, und ich bin der kleine Schuufler. Der will ich bleiben oder wieder werden. Für den Job, den man uns aufgehängt hat, bin ich nicht geeignet.«

»Du willst aufhören?«, fragte Achilles tonlos. »Daran sind die Blatters schuld, die haben dich aus dem Konzept gebracht. Ich habe nicht gedacht, dass du so ein sentimentales Weichei bist.«

Ich wollte etwas einwenden, doch sie ließ mich nicht zu Wort kommen. »Das ist doch vollkommen idiotisch«, rief sie. »Wir haben durch dich einen sagenhaft interessanten Tipp vom Blatter bekommen, und jetzt willst du plötzlich den Bettel hinschmeißen. Das kannst du nicht machen. Du hast offenbar vergessen, was wir zu tun haben.«

Ich hatte es nicht vergessen, nur war mir alles zu viel. Ich wollte mich nicht mit astrologischen Kniffen, einer alten Burg, einer obskuren Handschrift Christi und einem Wiedergänger von Kaiser auseinandersetzen. Auch an den Papst hatte ich gedacht. Ich mochte ihn, aber es war nicht meine Aufgabe, nach etwas zu suchen, das nicht existierte und, falls es doch existierte, meinen Glauben auf den Kopf stellen würde. Alles sollte wieder so werden, wie es war, bevor mich Bertonazzis Brief erreicht hatte. »Du kannst allein weitermachen«, sagte ich zu Achilles. »Deinen grünen Hügel hast du ja jetzt, und ich kann ohnehin nichts mehr tun. Von Astrologie verstehe ich schlichtweg gar nichts und habe auch schlichtweg gar kein Interesse daran.«

Achilles hatte mir zugehört und wurde still. Endlich fragte sie: »Und was ist mit uns, caro?«

Mit der Frage hatte ich nicht gerechnet, höchstens im Stillen darauf gehofft. Also hatte sie den Kuss so wenig vergessen wie ich. »Ich bin im Vergleich zu dir ein alter Mann«, murmelte ich. »Ich bin ein katholischer Priester und Mönch.« Dann schwieg ich. Damit, dass sie weinte, hatte ich noch weniger gerechnet. Wir standen auf und gingen schweigend und voneinander getrennt zurück zum Hotel. Das Abendessen war vergessen.

Vor unseren Zimmern trennten wir uns. Achilles fragte: »Wir sehen uns doch noch morgen früh?«

Ich sagte: »Natürlich.« Dann ging ich.

Schlafen konnte ich nicht, sondern wälzte mich auf meinem

Bett herum. Gegen Mitternacht klopfte es an meiner Tür. Ich stand auf und öffnete. Draußen stand im Licht der Notbeleuchtung Achilles, barfuß und in einem weißen Nachthemd. »Lass mich bitte rein!«

Sie roch nach Jasminum grandiflorum und Rosa centifolia muscosa. Ich kannte den Duft und die lateinischen Namen aus meiner Kindheit, als ich meiner Mutter im Garten geholfen hatte. Beides habe ich bei mir an der Klostermauer gepflanzt.

Basel II

Als ich aufwachte, war es hell. Auf dem Holzregal, das als Nachttisch diente, stand ein in der Mitte zusammengefaltetes Blatt Papier wie ein kleines Zelt. Achilles hatte mit großer, gerundeter Handschrift darauf geschrieben: »Konnte nicht mehr schlafen. Bin irgendwo im Hotel oder draußen in der Nähe. Such mich und sag Auf Wiedersehen!« Darunter hatte sie ein kleines Herz gemalt. Als ich an ihrem Zimmer klopfte, rührte sich niemand. Im Frühstücksraum waren nur wenige Leute. Ich blickte aus einem der Fenster. Vor dem Hoteleingang, unter einer kahlen Linde, saß eine kleine, schwarz gekleidete Person mit etwas Violettem auf dem Kopf. Als ich hinaustrat, blickte Achilles auf. Ein junges, sehr verletzliches Mädchen in einem langen, schwarzen Mantel und einem anrührenden, aus violetter Wolle gehäkelten Mützchen auf den Locken. Sie saß auf einer kleinen Mauer neben einem Brunnen, der aber nicht plätscherte, und hatte die Hände wegen der Kälte in die Mantelärmel geschoben. Ich setzte mich neben die zum kleinen Mädchen gewordene promovierte Historikerin, nahm ihr schmales, kaltes Gesicht in die Hände und küsste sie.

Nach einer Weile meinte sie: »Die neue Lederjacke steht dir. Was machst du nun mit der in deinem Kloster? Verschenken?«

Ich lachte wie ein ganz junger Mann und sagte: »Ich behalte sie an.«

Erst jetzt nahm sie die Hände aus den Mantelärmeln und umarmte mich. Ich hörte ein leises Schluchzen und spürte ein Zittern in ihrem geschmeidigen Körper. »Ach, Liebster, ich bin so froh. Ich war so alleine hier unten. Ich hatte solche Angst. Jetzt nicht mehr.«

Wir saßen unter der Linde und froren. Ich mehr als Achilles, die wenigstens ihren Mantel anhatte. Wir vertrödelten den Vormittag in der Altstadt von Basel, zeigten einander dieses und jenes alte Haus und waren glücklich, dass wir die gleichen alten Häuser schön fanden. Ich erzählte ihr von der weltberühmten Basler Fasnacht, vom »Morgestraich«, an dem ich selbst einmal teilgenommen hatte, von den Piccoloflöten und Trommeln, die in aller Herrgottsfrühe einen Heidenlärm veranstalteten, und von den Aktiven, die mit einer Larve vor dem Gesicht und einer bunten Laterne auf dem Kopf durch die stockdunklen Gassen zogen. Während sie laut lachend in einem Hauseingang stand, machte ich ihr vor, wie ich damals vor mich hin getappt war. Ich schnitt Grimassen und tat so, als würde ich Piccoloflöte blasen. Es waren kaum Leute auf der Straße. Auch wenn es mehr gewesen wären, sie hätten uns nicht gestört. Sie zog mich in den Hauseingang, schob ihr Gesicht von unten her an meines und flüsterte: »Das bist du, der mit der Flöte. Nicht der arme Schuufler da unten in seinem Brunnen. Trotzdem werd' ich dich so nennen, mein lieber, starker Schuufler. Aber nur wenn wir allein sind.«

Ich fühlte Zärtlichkeit und Stolz. Als ich sie zum ersten Mal Achilles genannt hatte, oben auf dem Palatin, hatte sie gesagt, sie werde sich auch für mich einen Namen ausdenken. Jetzt hatte ich ihn weg. Keiner von uns beiden hatte Friedrichs Schrift erwähnt.

»Was machen wir nun?«, fragte ich.

Auf entzückend traurige Weise verzog Achilles den Mund. »Jetzt muss ich, glaube ich, ein wenig arbeiten. Falls es dich interessiert, was deine kleine Freundin so macht: Ich bin Lektorin in einem winzigen, aber feinen Verlag und schreibe nebenher für eine Tageszeitung Rezensionen. Also werde ich meinen Laptop anwerfen und mir was aus den Fingern saugen, denn ich muss spätestens übermorgen liefern. Du kannst derweil ja in deine hübsche Zelle gehen und den ›Basler Anzeiger‹ lesen. Über das andere – du weißt schon, was – reden wir, wenn ich fertig bin, ja?«

Wir gingen zurück ins Hotel und verlängerten für eine weitere Nacht. Ich las tatsächlich die Basler Zeitung, die unten an der Rezeption auslag, und blätterte wie von selbst zur Seite mit dem Horoskop. Außer den Namen der zwölf Sternzeichen wusste ich von Astrologie wirklich nichts. Ich las, dass es mir als Fischgeborenem heute gut gehen würde, was mich zwar freute, mir allerdings nichts Neues sagte. Glücklicherweise dauerte es nicht allzu lange, bis Achilles kam, um mich abzuholen.

»Lass uns nach unten ins Bistro gehen«, schlug sie vor. »Es ist kein Mensch da, und hier im Zimmer fällt uns sicher nichts Vernünftiges ein.«

Wir bestellten Kaffee und setzten uns in eine Ecke wie zwei Geschäftsleute, die sich gegenseitig übers Ohr hauen wollten. Dass wir über das größte Geheimnis der Christenheit debattierten, sah uns niemand an. Ehe wir von Castel del Monte anfingen, ergriff Achilles über den Tisch hinweg meine Hand und sagte ernst: »Pass auf, caro, bevor wir mit diesem Ding weitermachen, müssen wir eines unter uns klarstellen. Du musst nicht. Was ich gestern gesagt habe, tut mir leid.«

Sie selbst wollte auf jeden Fall weitermachen. Und weil sie es wollte, wollte ich es auch. »Ich bin wieder neugierig«, sagte ich. »Zusammen werden wir das Problem lösen oder zu dem Ergebnis kommen, dass es nicht lösbar ist. Und danach reden wir über uns. Einverstanden?«

Sie zog die Augenbrauen zusammen und sagte wie üblich »Okay«, doch in ihrer Stimme schwangen Zweifel.

In Friedrichs Schloss Castel del Monte waren wir beide noch nie gewesen, aber wir wussten, dass es dort einen Hügel gab, der zu Friedrichs Zeiten grün gewesen sein musste. Das Schloss, an dessen Planung der Kaiser nach Ansicht Blatters persönlich beteiligt gewesen war, stand mutterseelenallein in der Landschaft, hatte keinen ersichtlichen Zweck und war seit Jahrhunderten von Geheimnissen umwittert. »Wenn in dem Gemäuer irgendetwas versteckt ist, hätte man es längst gefunden«, sagte ich. »Es kann mir doch niemand weismachen, dass da nicht Wissenschaftler, Schatzsucher und Verrückte jeden Stein abgeklopft haben. Wenn die nichts entdeckt haben, werden wir zwei Dilettanten auch nichts finden.«

»Mach uns nicht kleiner, als wir sind«, unterbrach mich Achilles. »Wir sind beide hochintelligent, promoviert, von Seiner Heiligkeit auserwählt und ein geradezu wunderbar aufeinander abgestimmtes Team. Es stört dich doch nicht, wenn ich deine Hand streichle, während du so wunderbar dozierst?«

Sie brachte mich außer Fassung, aber ich fand meinen Faden wieder. »Und selbst wenn da doch etwas verborgen ist – das Kastell gehört todsicher zum Weltkulturerbe der UNESCO. Hast du vielleicht die Erlaubnis, dort herumzubohren und es ganz oder teilweise zu zerlegen? Und da ist noch etwas, meine liebste Achilles: Friedrich hat also in Castel del Monte oder irgendwo sonst ein Stück Papyrus verborgen, mit dem er einen religiösen Flächenbrand entfachen kann, und ist fest der Ansicht, er werde als Wiedergänger auf die Welt kommen und es sich wieder abholen. Gesetzt den Fall, all das stimmt, dann dürfte doch Friedrich, der Wiedergänger, längst in Castel del Monte gewesen sein, um sein Eigentum wieder an sich zu nehmen. Immerhin hatte er über 850 Jahre Zeit dazu, und es hätte jede Menge Gelegenheiten in der Kirchengeschichte gegeben, die Botschaft mit einem Riesenkrach in die Welt zu schleudern.«

Mit gespielter Bescheidenheit senkte ich den Kopf und beendete meinen Monolog. Jäh wünschte ich mir einen Musettewalzer, zu dem wir in dem leeren Gastraum miteinander tanzen könnten. Das Mädchen an der Bar würde ihr Buch zuklappen und im Takt dazu klatschen, von überall würden Gäste herbeiströmen, und ich würde der bestaussehende Mann in ganz Basel sein, denn die schönste Frau der Welt würde mich vor allen Leuten auf den Mund küssen.

Achilles hatte mir mit großem Kinderblick zugehört. »Darf ich nun auch etwas sagen?«, fragte sie mit leisem Spott. »Du wirst es nicht glauben, aber auf dieselben Punkte bin ich auch gestoßen. Nun möchte ich dir meine Schlüsse erklären, mein allerliebster Don Basilio.«

Sie ließ eine Kunstpause verstreichen.

»Castel del Monte ist eine astrologische Chiffre«, sagte sie dann. »Castel del Monte ist, wenn überhaupt, der Schlüssel.« Sehr ernst und sehr genau belegte sie ihre These. Kaiser Friedrich von Hohenstaufen war von den berühmtesten Astrologen seiner Zeit umgeben und traf keine Entscheidung, ohne sie vorher zu konsultieren. Es war keineswegs auszuschließen, dass einer von ihnen ihm ein besonderes Ritual angepriesen hatte, mit dem sich Wissen ins nächste Leben transferieren ließ. »Natürlich konnte das nicht funktionieren. Aber der Kaiser hat es geglaubt, und das allein zählt. Das Ritual könnte etwas mit der Konstellation der Sterne zu tun gehabt haben. Es ist denkbar, dass in den Abmessungen des Gebäudes, dem Grundriss, dem Verhältnis einzelner Teilstücke zueinander ein astrologisch deutbarer Hinweis zu finden ist.

Der Schlüssel dazu ist das Horoskop des Kaisers, also die Stellung der Gestirne zum Zeitpunkt seiner Geburt. Das ist nach meiner Überzeugung der einzig brauchbare Hinweis, den wir derzeit haben. Das checken wir noch, und wenn das nichts bringt, hören wir auf. Was meinst du?«

Sie blickte mich strahlend an, und ich stimmte ihr zu. Nicht nur ihres Strahlens wegen, aber doch hauptsächlich. »Also suchen wir jetzt im Telefonbuch eine Basler Astrologin und fahren hin?«, fragte ich.

Achilles lachte und nannte mich einen Kindskopf.

»Verstehst du vielleicht etwas von Astrologie?«, spielte ich den Empörten. »Ich weiß mein Sternzeichen. Das ist aber auch alles.«

Sie ließ die Schultern hängen. »Mir geht es nicht anders, aber wir können doch nicht eine x-beliebige Dame aus dem Telefonbuch befragen. Vielleicht haben die im Vatikan jemanden, der sich auskennt.«

»Die haben da Fachleute für alles und jedes, aber eine Sterndeuterin halte ich für ziemlich unwahrscheinlich.«

Wir waren immer noch alleine im Restaurant und sannen vor uns hin. Als Achilles ausrief: »Ich hab's«, zuckte das Mädchen an der Bar zusammen, eilte herbei und fragte nach unseren Wünschen. Achilles ergriff die Gelegenheit und bestellte einen Cognac. »Ich weiß, was wir machen«, verkündete sie triumphierend. »Wir rufen Herbert an.«

Dr. Herbert von Teschen-Sahlbach war, wie ich gleich darauf erfahren sollte, ein Jugendfreund von Achilles' Vater. Die beiden waren auf eines der Elitecolleges in England gegangen, wo man Beziehungen anknüpft, die später zu Seilschaften werden. Während Signore Grassi die väterlichen Obstplantagen übernahm, vagabundierte von Teschen in Europa und Übersee herum, tauchte jedoch regelmäßig bei den Grassis auf. Was er eigentlich tat, hatte Achilles nie herausbekommen. Er handelte mit irgendetwas, machte in Politik und telefonierte ständig. Und er machte alle Leute in seiner Umgebung mit seiner Astrologie verrückt. Er konnte den Leuten mit beachtlichem Erfolg auf den Kopf zusagen, unter welchem Sternzeichen sie geboren waren und an welchen geheimen Übeln sie litten. Er stellte sogar das Horoskop für das Wetter der nächsten Monate, um seinem Jugendfreund die Pflege seiner Apfelbäume zu erleichtern. »Weißt du, was er bei mir festgestellt hat?«, fragte Achilles kichernd. »Er hat für mich ein Horoskop fabriziert und dann vor der gesamten Familie beim Abendessen verkündet, ich sei dreifache Jungfrau. Du kannst dir vorstellen, was da für ein Gelächter losging. Dreifache Jungfrau!«

Ein wenig schlüpfrig grinste ich: »Warst du mal.«

»Nein! Bin ich immer noch. Herbert hat es uns genau erklärt. Also einmal stand die Sonne bei meiner Geburt im Zeichen der

Jungfrau, der Aszendent war auch von der Jungfrau bestimmt. Frage mich jetzt bitte nicht, was ein Aszendent ist, aber irgendetwas anderes hatte auch noch mit der Jungfrau zu tun. Ich bin etwas ganz Besonderes. Leider hat sich das rasch in der Firma herumgesprochen. Ständig wurden Witze über mich gerissen, sodass ich rot wurde und mich bei Herbert beklagte. Den aber ließ das völlig kalt.«

»Mein Kind, die Sterne lügen nicht.«

»So ungefähr. Herbert ist genau der richtige Mann für uns. Der fährt auf unser Problem ab wie eine Rakete.« Sogleich griff sie nach ihrem Handy und rief ihren Vater im fernen Trentino an. Nach den üblichen Begrüßungsfloskeln fragte sie ihn rundheraus, ob es Herbert noch gäbe. Es gab ihn noch. Von Teschen-Sahlbach war sesshaft geworden, handelte nun mit erlesenen Antiquitäten und wohnte in München. Im letzten Jahr hatte er während eines Urlaubs bei Grassi diesem anhand eines Horoskops einen Enkel vorausgesagt. Natürlich gab es auch eine Telefonnummer und eine Adresse. Ohne das Handy wegzulegen, tippte sie sofort nach der Verabschiedung die Nummer ein und schaute mich, während sie auf die Verbindung wartete, erwartungsfroh an. Kaum meldete sich jemand in München, plauderte Achilles auf Englisch los. Mein eigenes Englisch war kläglich. Zu wissenschaftlichen Studien hatte es gereicht, aber Sprachpraxis hatte ich mir nie erworben. Immerhin bekam ich mit, dass Achilles »Frederick the Second of Hohenstaufen« und »Castel del Monte« erwähnte. Daraufhin wurde die Männerstimme aus dem Handy so laut, dass ich mithören konnte. »Incredibly interesting«, jubelte die Stimme, versprach, sich mit der Sache zu beschäftigen, und lud dann uns beide nach München ein. Achilles wehrte ab, sie wolle »dear Herbert« nicht stören, aber »dear Herbert« beharrte darauf. Die Materie sei viel zu komplex, man müsse das persönlich diskutieren, und für Giovanna habe er immer Zeit.

Am nächsten Morgen fuhren wir mit dem Leihwagen nach München. Zu den Blatters in ihrem Elend bin ich nicht noch einmal gegangen. Bekanntlich verdrängen große Gefühle die kleinen.

München I

Das graue Wetter mit dem Nieselregen hatte aufgehört. Es war ein sonniger Tag, der sogar etwas Wärme versprach. Ich hatte vorgeschlagen, früh aufzubrechen, gemütlich nach München zu reisen und hier und da eine Pause für Sightseeing einzulegen. Achilles war Feuer und Flamme. Vom Rheinfall war sie begeistert. Wir standen eng beieinander unter tropfenden Felsen und wollten einander sagen, wie fantastisch wir dieses Schauspiel der Natur fänden. Es war aber zu laut. Deswegen küssten wir uns und wurden ziemlich nass.

Von den Klosterkirchen am Bodensee fühlte sich Achilles hingegen überfordert. Vielleicht erinnerten sie sie zu stark an das, was ich war. Stattdessen genossen wir die Schönheit der Landschaft und standen lange am Ufer des Untersees. Er lag silbergrau und ruhig. Ich erzählte ihr von meinem Garten, und sie sagte, ich solle nur cremefarbene Blumen anpflanzen, die hätte sie am liebsten. In Konstanz aßen wir zu Mittag und fuhren dann weiter nach München und ließen durchaus noch vorhandene Kirchen und Klöster links liegen. Zwischen Lindau und Kempten gerieten wir in einen Stau. Achilles regte sich schrecklich auf, wütete über die deutschen Autofahrer und trommelte mit den Fingern auf das Lenkrad. Als ich sie benediktinische Geduld lehren wollte, verzerrte sich ihr Gesicht: »Wenn du es besser kannst, dann fahr du doch!« Auch meine Hand wollte sie nicht auf ihrem Schenkel dulden, sondern fauchte: »Lass das!« Kurz darauf löste sich der Stau auf.

Die Walhallastraße lag in einem Nobelviertel von München. So gegen Ende des 19. Jahrhunderts hatten sich betuchte Bürger hier ihre Häuser errichten lassen, um den Wittelsbachern, die im benachbarten Schloss Nymphenburg sommerlich residierten, nahe zu sein. Dr. von Teschen-Sahlbach hatte sein Domizil jedoch nicht in einem dieser Relikte königstreuer Zeit, sondern in einer neu gebauten Villa mit Walmdach. Sie sah sehr teuer aus, war theresianisch-gelb gestrichen, und »dear Herbert« hatte sichtlich eine Vorliebe für Schmiedeeisen. Alle Fenster zur Straßenseite, sogar die runden Luken im geschwungenen Dach, waren mit weiß lackierten Eisengittern versehen. Über der Haustür ging eine Lampe an. Die Dame, die uns erwartete, sah ein wenig aus wie Wallis Simpson, Herzogin von Windsor, in ihren späten Jahren. Sehr schmal, sehr knöchern und sehr unnahbar. Sie trug ein dunkelgraues, hochgeschlossenes Kleid, das Haar straff aus der Stirn gekämmt und die Augenbrauen kohlschwarz gefärbt. Vielleicht hatte der Fachmann für Astrologie dasselbe Laster, das man dem armen Edward VIII. nachsagte, und die Frau im Eingang verbarg einen biegsamen Rohrstock unter ihrem langen Rock. Sie zeigte sich aber überraschend zugänglich und bat uns ins Haus. Im Vorraum, in dem wir unsere Mäntel an einer schmiedeeisernen Garderobe unterbrachten, hingen gerahmte Fotografien, die immer denselben rundlichen Herrn mit gestutztem Schnauzbart in Gesellschaft wechselnder anderer Personen zeigte. Auf manche Bilder war mit großer Schrift eine Widmung geschrieben. An eines erinnere ich mich noch genau. Der Herr war darauf noch nicht so rundlich, er trug einen Trachtenanzug und über der Krawatte ein weiß-blaues Ordenskreuz. Neben ihm lachte ein stiernackiger Mann aus vollem Hals in die Kamera.

Teschen kam die Treppe herunter und küsste Achilles zur Begrüßung auf beide Wangen. Mich stellte sie als Dr. Perhamer aus der Schweiz vor, ohne meine priesterlichen Würden zu erwähnen. Teschen sah aus wie auf den Fotos, nur war er unter seinem gestrickten Trachtenjanker noch fülliger geworden. Seine wasserblauen Augen quollen ein wenig hervor und waren von roten Äderchen durchsetzt. »Bitte folgt mir doch in den Salon«, forderte er uns auf. »Ich darf euch doch etwas anbieten? Nach der höllischen Sitzung, die ich hinter mir habe, kann ich die heure bleue gebrauchen. Whisky oder etwas Leichteres?«

Wir setzten uns unter einem venezianischen Lüster in Fauteuils mit Volants. Der Couchtisch war aus Glas und feuervergoldetem

Gestänge, die Perserteppiche waren mehrlagig im Raum verteilt, und an den Wänden hingen alte Meister. Ich hatte vergessen, dass Teschen nicht nur politische Ambitionen hatte, sondern auch mit erlesenen Antiquitäten handelte. Achilles hatte um ein Tonic mit einem Spritzer Gin gebeten, und ich schloss mich an, obwohl mir der Whisky, den sich unser Gastgeber pur und großzügig einschenkte, lieber gewesen wäre. »Und was kann ich nun für euch tun?«, fragte er.

Ich kam mir vernachlässigt vor, als Teschen und Achilles höchst vertraut auf Englisch parlierten. Wir hätten uns schon vor Jahren durch gemeinschaftliche Studien zu Friedrich II. kennengelernt, behauptete sie. Nun hätte auf einer Historikertagung in Basel ein Professor einen Vortrag über Castel del Monte gehalten und die denkbaren astrologischen Komponenten erwähnt. Spontan sei uns die Idee gekommen, darin könne etwas verborgen liegen, das Aufschluss über den Zweck des Schlosses gab. Im besten Fall hätten wir eine wissenschaftliche Sensation an der Hand und wären mit einem Schlag berühmt. Ein bisschen mager war die Geschichte schon, aber Herbert schluckte sie anstandslos. Ich hatte ihn unterschätzt. Er wusste über die Einzigartigkeit von Castel del Monte ebenso Bescheid wie über die Symbolismen von Kaiserkrone und oktogonalem Grundriss. Sogar die Parallele zur Kaiserpfalz in Aachen kam zur Sprache.

»Ich hatte schon immer die Vermutung, dass Astrologie der Schlüssel sein könnte«, wandte er sich an mich. »Haben Sie gewusst, dass Friedrich in der geometrischen Formelsprache der Schlossanlage Hinweise auf andere Orte gab, die ihm wichtig waren, die Kathedralen von Chartres, Notre Dame in Paris und den Felsendom in Jerusalem? Neuere Berechnungen haben ergeben, dass man bei Castel del Monte als Maßeinheit die altägyptische Elle verwendet hat. Der Umkreis der Burg entspricht genau der Seitenlänge der Cheopspyramide.« Bescheiden fügte er hinzu, dass das nicht »auf seinem eigenen Mist« gewachsen sei. Er habe die Erkenntnisse aus einem Zeitungsartikel.

»Immerhin sehen Sie, dass ich mich mit dem Castel befasst habe. Ich habe es immer als Herausforderung empfunden, aber in der wenigen Zeit, die mir für mein kleines Hobby blieb, konnte ich mich nicht wirklich darum kümmern.« Er blickte mich forschend an und ließ die Eiswürfel in seinem Glas klingeln. »Darf ich Sie nach Ihrem Sternzeichen fragen?«

Bevor ich mich, überrascht durch den plötzlichen Themenwechsel, zu meinen Fischen bekennen konnte, sagte er: »Nein, Herr Doktor Perhamer, lassen Sie mich raten.«

Die weißen Augenbrauen zogen sich über der braunen Stirn zusammen. Die wässrigen Augen wurden stechend. »Haben oder hatten Sie Probleme mit Ihren Füßen?«

Ich gestand, dass ich als Kind mit einer Knochenhautentzündung am rechten Fuß im Krankenhaus gelegen hatte.

»Und?«

»Ab und zu Ekzeme.«

»Das dachte ich mir. Sie sind Sternzeichen Fische. Da sind's immer die Füße. Ihr Aszendent dürfte Skorpion sein. Seien Sie froh darüber. Fische saufen zu viel. Der Skorpion macht sie weniger anfällig, aber dafür aggressiver. Stimmt's?«

Achilles blinzelte mir lächelnd zu. »Stimmt«, gestand ich beeindruckt zu. »Meinen Aszendenten weiß ich allerdings nicht.«

»Ganz sicher Skorpion«, behauptete er. »Wenn Sie mir Ihre Daten geben, lasse ich sie durch den Computer laufen. Fische sind zwar intuitiv, haben aber wenig Durchsetzungskraft. Da nützt der Skorpion.«

Achilles half mir aus der Bedrängnis und brachte Teschen wieder auf den rechten Weg. »Meinst du, man könnte mithilfe deiner wundervollen Kenntnisse in Castel del Monte etwas finden, das bislang verborgen war?«, fragte sie.

»Du meinst, einen Schatz oder so etwas? Forget it! So viel weiß ich auch, dass es in dem Castel keine unbekannten Verstecke mehr gibt. Und wie soll man denn mit astrologischen Mitteln einen bestimmten Punkt finden? Ich bin doch kein Scharlatan. Ich betreibe mein Hobby, eigentlich möchte ich sagen, meine wirkliche Berufung, auf rein wissenschaftlicher Basis. Außerdem dachte ich, ihr wolltet etwas über den Zweck des Gebäudes herausfinden. Darüber nachzudenken, könnte sich lohnen, aber alles andere ist Humbug.«

Da hatten wir es, und unsere Reise war zu Ende. Jetzt war ich gern bereit, Teschen nach meinem Aszendenten suchen zu lassen, und außerdem würde ich ihn um einen großen Whisky bitten. Aber ich hatte nicht mit Achilles gerechnet, die so rasch nicht aufgeben wollte. Sie erbat sich Papier und Bleistift und malte in groben Zügen den Grundriss des Schlosses mit den acht Türmen auf. »Und jetzt seht mal«, rief sie. »Soweit ich weiß, wird ein Horoskop immer mit vielen Linien in einem Kreis dargestellt. Wenn man nun das Horoskop des Kaisers über den Grundriss des Kastells legen würde, so ergäben sich doch Linien des Horoskops und des Grundrisses, die sich überschneiden. Könnten die Schnittpunkte nicht mögliche Fundorte oder andere Auffälligkeiten markieren?«

»Die junge Dame ist stur wie ein Böckchen«, sagte Teschen zu mir und an Achilles gewandt: »Zu Friedrichs Zeiten wurden Horoskope nicht auf runder Basis erstellt. Wahrscheinlich hatten sie Ecken – aber ich muss durchaus zugeben, dass der Grundriss dazu zu passen scheint.« Nachdenklich nahm er Achilles den Bleistift ab, zog ohne Lineal Striche und Sekanten in die Skizze, fügte hier und dort ein Zeichen ein und sprach dabei von Aszendenten, Ephemeriden, Scheitelpunkten, Sonnen- und Planetenstellungen. Zum Schluss warf er den Stift auf den Glastisch und lehnte sich zurück. »Es klappt nicht. Natürlich ergäbe sich eine große Anzahl von Schnittpunkten, aber die können nur eindimensional etwas bringen. Also müsste man am Boden suchen, wo seit über 750 Jahren Putzfrauen und sicher auch ein paar sorgfältige Wissenschaftler zu Gange waren. Wenn ihr mich fragt, lasst es bleiben! Die Idee ist hübsch, aber mehr auch nicht.«

Auf Achilles' tief enttäuschten Blick hin beugte er sich noch einmal vor und starrte die Skizze an. Er kritzelte noch etwas hinein, hielt sie sich dicht vor die Augen und sagte dann fast träumerisch: »Ich weiß nicht, irgendetwas irritiert mich. Vielleicht habe ich einen Faktor übersehen. Wenn man die Türme als virtuelle Fixpunkte betrachten würde, was würde dann passieren? Vielleicht wäre es ja wirklich der Mühe wert, das mal zu überprüfen, aber dazu bräuchte ich die Daten vom Kaiser. Wann und wo geboren? Welche Uhrzeit?«

Ich half ihm aus: »Kaiser Friedrich II. wurde am 26. Dezember 1194, also am zweiten Weihnachtsfeiertag, geboren. Man nimmt an, am Vormittag, eher um die Mittagszeit, genau gesichert ist das allerdings nicht. Jedenfalls kam er in aller Öffentlichkeit zur Welt, nämlich in einem Zelt auf dem Marktplatz von Jesi, das liegt bei Ancona in den Marken.«

»Auf einem Marktplatz? Mitten im Winter?«

»Wegen der Legitimität. Jede Frau aus Jesi sollte zusehen dürfen, wie der künftige Herrscher geboren wurde, damit nicht später ein Wechselbalg mit einer Krone herumlief. Tatsächlich hat man später behauptet, der Kaiser sei der Sohn eines Metzgers.«

»Kein schlechter Beruf«, murmelte Teschen. Dann setzte er sich auf und hob die Stimme: »Also gut, weil ihr es seid und weil es da etwas Undefinierbares gibt, das interessant sein könnte, werde ich mir die Sache ansehen. Es braucht aber Zeit.«

Teschen empfahl uns ein nahe gelegenes Hotel, schrieb sich die Handynummer von Achilles auf und sagte, er würde sich melden, wenn sich Neues ergäbe. Beim Hinausgehen wollte ich ein wenig Konversation machen und sprach Teschen auf die dreifache Jungfrau an. »Das müssen Sie mir unbedingt einmal genauer erklären«, sagte ich.

Verständnislos sah er mich an. »Offen gestanden, ich habe keine Ahnung, wovon Sie sprechen.«

Er hatte die Geschichte wohl vergessen oder war mit seinen Gedanken schon bei den acht Türmen.

München II

Das Hotel, das uns Teschen empfohlen hatte, lag zwar in der Nähe, aber man war dort unfreundlich und zeigte uns nur widerstrebend die Zimmer. Die Doppelzimmer waren so groß wie im Au Violon die Einzelzellen. »Lass uns zwei Zimmer nehmen«, sagte Achilles. »In dieser winzigen Bude würden wir uns auf die Nerven gehen, und außerdem brauche ich schrecklich viel Zeit im Bad und habe vielleicht auch zu arbeiten.«

Als sie meine Enttäuschung bemerkte, umarmte sie mich und drückte ihr Becken gegen meines. »Wir werden uns besuchen, mein Schuufler. Versteh mich doch – du sollst nicht wissen, wie lange ich brauche, um mich für dich hübsch zu machen.«

Wir nahmen zwei sündhaft teure Doppelzimmer. Ich lud mich bei ihr ein und reiste erst im Morgengrauen in mein eigenes Zimmer weiter, wo zwei Schokoladentäfelchen mit der Aufschrift »Welcome to Munich, der Weltstadt mit Herz« auf mich warteten. Am Frühstückstisch saß mir Achilles blass und übernächtigt gegenüber. »Ich habe mit Bertonazzi telefoniert und ihm gesagt, wo wir abgeblieben sind«, erzählte sie. PiBi wolle dem Papst aber erst Bericht erstatten, wenn greifbarere Ergebnisse vorlägen, denn dieser sei wegen der bevorstehenden Reise nach Brasilien ohnehin total im Stress.

»Und was ist mit dir?«, fragte ich.

»Ach, mich hat es schlimm erwischt.« Sie presste sich die Hände an die Schläfen. »Ich habe meine Tage, und eine Migräne ist im Anmarsch. Da hilft nichts außer sich hinlegen, Vorhänge schließen und warten. Wenn ich das heute nicht in den Griff bekomme, bin ich morgen auch noch außer Gefecht.«

Sie bekam es nicht in den Griff, zumindest die nächsten anderthalb Tage nicht. Ich blieb allein, was ich nicht erfreulich fand. Draußen war es so düster, dass die Kerzen, die man zum kargen Frühstück auf die Tische gestellt hatte, weihnachtlich wirkten. Um irgendwie den Tag totzuschlagen, zog ich mich winterfest an und brach zu einem Spaziergang durch den grauen, verhangenen Tag auf. Als ich am Nachmittag zurückkam, fand ich an Achilles' Zimmertür den Anhänger »please do not disturb«, klopfte leise, erhielt jedoch keine Antwort. Als ich vorsichtig die Klinke nach unten drückte, stellte ich fest, dass von innen abgeschlossen war. Achilles tat mir leid. Ich selbst tat mir auch leid. Abends kam Achilles mit zerfurchter Stirn und zusammengepressten Lippen in mein Zimmer. Sie wolle nichts essen, sie habe sich einen Tee heraufbringen lassen, werde jetzt noch zwei »Hämmer« einwerfen und eine Schlaftablette. Bei ihr habe niemand angerufen, auch nicht Teschen. »Warte morgen nicht mit dem Frühstück auf mich. Ich hoffe, die Schlaftablette wirkt den ganzen Tag. Schau dir München an! Morgen Abend bin ich wieder auf dem Damm.«

Ich war der Letzte beim Frühstück, die Brötchen waren aus, und die Bedienung schaute mich vorwurfsvoll an. Das Wetter war so übel wie gestern, nur war jetzt noch Nebel dazugekommen.

Was war los mit mir? Je länger meine Reise im Auftrag des Heiligen Vaters dauerte, desto weniger ertrug ich mich. Ich fand den Dr. Perhamer und seine neue Kleidung ziemlich lächerlich. Ich fand es unter meiner Würde, nachts in Hotelfluren herumzuschleichen und dann alleine gelassen zu werden. Es kränkte meine Ehre, dass ich wie ein Hund an der Rollleine Achilles hinterherlaufen musste. Ich war ungerecht; ich gebe es zu. Aber wie sollte ein weltfremder Mönch aus Mattenthal, den man aus seiner Abgeschiedenheit herauskatapultiert hatte, mit einem gigantischen Auftrag, einer neuen Umgebung und seiner ersten Liebe denn fertigwerden? So etwas hatten wir im Priesterseminar nicht gelernt. Ich zwang mich, aufzustehen, und ging einfach los. Im Nebel zog ich durch den Botanischen Garten. Der Anblick fleischfressender Pflanzen und schillernd blühender Orchideen heiterte mich nicht auf, doch in den Gewächshäusern war es wenigstens warm. Durch den Garten, in dem nichts wuchs, schlenderte ich an großen Porzellanpapageien vorbei hinüber zu den Parkanlagen des Schlosses. Der Nebel verzog sich ein wenig, aber es war noch trüber geworden, als ich durch die Nebenpforte in den Park hinüberwechselte. Vor mir erstreckte sich das menschenleere Parterre des hier noch barock angelegten Parks, nicht allzu weit weg sah ich eine Allee kahler Bäume, dazwischen zog sich ein vereister Kanal entlang. Am Anfang, wo die Allee am breitesten war, überquerte ein violettes Mützchen von links nach rechts die von Bayerns Kurfürsten und Königen erdachte Bühne. Es war nicht nur die auffallende Farbe. Man erkennt Menschen, die man lieb hat, auch von Weitem an ihrem Gang. Kleine, energische Schritte, die Beine gerade, der schmale Oberkörper gestreckt, der Kopf erhoben und der Blick auf ein Ziel gerichtet. Rechts löste sich ein hochgewachsener Mann in einem schwarzen Anorak von einem Brückengeländer. Die beiden umarmten sich und – soweit ich das sehen konnte – küssten sich auch. Dann verließen sie die Bühne und kamen auf mich zu. Ohne nachzudenken, versteckte ich mich hinter einem Baum. Die beiden waren bis auf die Hälfte der Strecke herangekommen, als sie nach links abbogen und hinter einer braun belaubten Hainbuchenhecke verschwanden.

Niemand wird mir verdenken, dass ich mich in der Deckung der Baumstämme zu der Stelle schlich, an der sie verschwunden waren. Es war mir gleichgültig, was der Jüngling, der im Jogginganzug an mir vorüberhechelte, von mir dachte. Sein Herz mochte im Takt der schnellen Schritte hämmern, während meines fast stillstand. In der Hecke war ein Durchlass. Dahinter hatte man einen intimen Garten angelegt und eine Orangerie gebaut, in der einst die Südfrüchte für die fürstliche Tafel heranreiften. Jetzt war dort eine Cafeteria mit dem Namen »Palmencafé« etabliert. Ich schob mich seitlich an dem Durchgang vorbei, fand ein Versteck hinter einem geschlossenen Kiosk und spähte durch die Fenster ins erleuchtete Innere des Palmengartens.

Palmen gab es dort nicht und lediglich zwei Gäste. Unter dem Mützchen sah ich den schmalen Rücken, das Gegenüber hatte sich vorgebeugt und bleckte blendend weiße Zähne. Die junge Frau, die gerade die Bestellung aufnahm, konnte sicher das penetrante

Rasierwasser riechen. Hätte ich hineingehen und Achilles nach ihrer Migräne fragen sollen? Oder mich wie ein harmloser Besucher an den nächsten Tisch setzen und über das Wetter schimpfen? Ich tat nichts davon, sondern verließ die Nische hinter dem Kiosk und ging den Weg, den Achilles und ihr Begleiter gekommen waren, zurück. Ein Ausgang führte direkt aus dem Park in das Viertel, in dem unser Hotel lag.

Im Innern wütete ich mit allen Kräften gegen mich selbst. Was hast du dir denn vorgestellt, du alter Narr?, fuhr ich mich an. Dass sie dich liebt, dich, einen kurzsichtigen Mönch, dem die Haare ausgehen und der von Liebe keine Ahnung hat? Ich sah David im Park von Tivoli, wie er sein Gebiss zeigte und wie ein Gockel krähte: »Nein, Padre, nicht blond, sondern kurze, schwarze Locken. Und keine Madonna, sondern eine kleine, wilde Hexe. Das merkt man ihr aber nicht an. Sie ist sehr klug. Und sie liebt mich.«

Dann sah ich die schwarz gelockte Hexe nackt, im Halbdunkel, über mir knien. Mir war zumute, als seziere ich eine noch zuckende Leiche. Wozu das Ganze? Machte sie das immer mit Männern, mit denen sie verreiste? War sie noch nie mit einem Mönch ins Bett gegangen und war stolz, nun einen auf der Abschussliste zu haben? Der junge Zähneblecker war ein Mann des Opus Dei, aber was hatte das mit mir und Achilles zu tun? Ich bemitleidete mich unsäglich und hätte mich gerne übergeben, aber es ging nicht. Schluchzen ging ebenso wenig, das hatte ich mit den Jahren verlernt.

Im Hotel angekommen, versuchte ich mich, so gut es ging, auf das, was mir bevorstand, vorzubereiten. Zumindest den Abschied wollte ich souverän hinter mich bringen, dann würde ich packen, mich verkriechen und bis an mein Lebensende Choräle singen: »De profundis clamavi ad te Domine … Aus der Tiefe rufe ich zu dir, Herr.« Ältere Akademiker mit Promotion benehmen sich eben in gewissen Situationen nicht viel anders als junge Männer, die Pickel im Gesicht haben und sich vor dem Abitur ängstigen. Die machen es wahrscheinlich sogar besser.

Ich saß im Foyer auf einem der abgeschabten Klubsessel, als Achilles die Tür aufstieß. Sie sah mich sofort, kam zu mir und gab mir einen Kuss auf die Stirn. »Es geht mir besser, caro«, sagte sie.

Mit einer Stimme, die ich für ätzend hielt, antwortete ich: »Das freut mich aber. Hattest du einen erholsamen Spaziergang und interessante Erlebnisse?«

Von oben herab blickte sie mich ernst und forschend an. Ohne Mantel und Mütze abzulegen, setzte sie sich mir gegenüber. Ihr Gesicht war von der Kälte gerötet und wunderschön. »Ich muss dir etwas sagen, caro.«

Wahrscheinlich starrte ich sie durch meine dicken Brillengläsern an wie ein kranker Uhu, der die letzte Maus seines Lebens davonspringen sieht.

»Ich habe gerade mit meinem Freund Schluss gemacht. Weil ich weiß, dass ich dich liebe. Unterbrich mich jetzt bitte nicht. Es muss raus, und dann will ich nicht mehr darüber reden. Es ist David Packham, du kennst ihn aus dem Palazzo Ghislenghi. Wir kennen uns seit ungefähr einem Jahr. Ich habe ihn vorgestern Abend angerufen und ihm mitgeteilt, dass Schluss ist. Er ist ausgerastet und heute mit dem ersten Flieger nach München gekommen. Vom Flughafen hat er mich auf dem Handy angerufen, ich habe mich mit ihm getroffen, und heute Abend fliegt er nach Rom zurück. Er hat es hingenommen, und jetzt hasst er mich. Er tut mir leid, aber dafür kann ich nichts. Und noch etwas: Ich weiß, dass er irgendetwas bei Opus Dei ist, aber das hat mich nie interessiert. Mich interessiert auch nicht, dass du Priester und Mönch bist. So, und jetzt gehen wir essen.« Sie griff über den Tisch hinweg nach meiner Hand und zog mich aus dem Sessel. »Zieh dir was an! Ich habe Hunger.«

Am Nachmittag saß Achilles im Schneidersitz auf ihrem Bett, und ich lag, den Kopf in ihrem Schoß, lang ausgestreckt vor ihr.

Die Schuhe hatte ich ausgezogen. Sie streichelte meine Stirn und meine Haare. Dann stellte ich die dümmlichste Frage, die ein verliebter Mann stellen kann, aber damals erschien sie mir als die wichtigste der Welt: »Sag einmal, Liebste …«

»Ja, Liebster?«

»Wie war er denn so?«

»Wer?«

»Na, du weißt schon.«

»Eigentlich sehr nett, aber zu jung.«

»Das meine ich nicht.«

»Ach, das meinst du.« Leise lachte sie. »Sehr gut, aber lange nicht so gut wie du.«

Zufrieden schlummerte ich ein wenig ein. Andere Fragen hatte ich in diesem Augenblick nicht, und von meinem Morgenspaziergang im Park erzählte ich ihr kein Wort.

München III

Während des Frühstücks brummte das Handy. Stirnrunzelnd schaute Achilles auf das Display und legte die angebissene Semmel weg. Ich befürchtete, der Anruf käme aus Rom: *Ich liebe dich und werde niemals auf dich verzichten. Lass den anderen stehen – er ist ein Priester der katholischen Kirche, und er könnte dein Vater sein.*

Aber der Anrufer war Teschen. Wenn möglich, sollten wir sofort vorbeikommen. Wir gingen zu Fuß, und Teschen erwartete uns bereits an der Tür. »Herein, wenn's kein Schneider ist. Ich bin heute solo. Meine Valeria ist in der Bibelstunde für Frauen.«

Wallis Simpson hieß also Valeria und war fromm. Der Salon sah etwas schäbig aus ohne die Festbeleuchtung. Dafür hatte man einen schönen Ausblick durch die riesigen Fenster. Ein paar verkrüppelte Obstbäume standen im Schnee wie verdrehte Geister. Dazwischen eine Putte aus Marmor, die einen Finger in den Mund steckte. Auf dem Couchtisch lagen Papiere, Schablonen, Folien, Fotos und Computerausdrucke. Teschen machte es spannend. »Die Sache ist enorm interessant«, begann er. »Ich habe vorgestern die ganze Nacht darüber gerätselt und gestern sogar eine Sitzung in einem sehr wichtigen Gremium sausen lassen. Dennoch sage ich euch besser gleich, dass ich euch das, was ihr von mir haben wollt, leider nicht bieten kann.«

Er sprach halb englisch, halb deutsch, sodass Achilles und ich ganz gut zurechtkamen. Mir fiel nur auf, dass er uns beide duzte. Die enttäuschende Nachricht zu Beginn war lediglich ein Kunstgriff zur Erhöhung der Spannung gewesen. »Dear Herbert« hatte durchaus etwas zu bieten. Zuerst legte er uns den Computerausdruck eines Kreises vor, an dessen Rand sich verschiedene fremdartige Zeichen und ein Gewirr sich überschneidender Linien fanden. Es sah aus wie eine schwere Aufgabe aus der Geometrie. In Mathematik war ich immer schlecht gewesen, aber das geometrische Bild inmitten des Kreises hatte etwas Faszinierendes an sich.

»Das Horoskop Kaiser Friedrichs II.«

Wenn also an der Astrologie etwas dran war, dann zeigten sich in diesem Geflecht das Schicksal des Kaisers, seine Eigenschaften, seine Gefährdungen, seine dunklen und hellen Seiten.

»Ich habe schon bemerkt, dass ihr beide von Astrologie so viel versteht wie die Kuh vom Eierlegen. Also halte ich jetzt kein Privatissimum über die Erstellung eines Horoskops. Nur so viel: Eine Konstellation der Sterne wie bei Friedrich II. habe ich noch nie in meinem Leben zu Gesicht bekommen. Wir kommen später darauf. So, und hier haben wir den Grundriss von Castel del Monte. Ich dachte schon, ich müsste in die Staatsbibliothek, doch ein braver Privatgelehrter hatte schon jeden Stein vermessen und seine absonderlichen Messergebnisse inklusive Grundriss ins Internet gestellt. Ich gehe einmal davon aus, dass die Maße stimmen. Nun legen wir die grafische Darstellung des Horoskops über den Grundriss und schauen, was dabei herauskommt.« Teschen fischte aus dem Haufen von Unterlagen eine Folie und überdeckte den Architekturplan. Nun zeigten sich die Linien von Friedrichs Schicksal inmitten der Linien von Friedrichs Schloss. Wir beugten uns vor.

»Wahnsinn«, hörte ich Achilles murmeln.

»Erstaunlich«, murmelte ich selbst.

Teschen sagte nichts. Es schien, als fügten sich die beiden Komponenten zu einem einheitlichen Ganzen. Das Bild, das sich uns bot, hatte etwas Harmonisches, als wäre die geometrische Form des Horoskops in die achteckige Grundform von Castel del Monte hineinkomponiert worden. »Das ist es«, entfuhr es Achilles atemlos. »Das ist der Schlüssel. Jetzt müssen wir ihn nur noch im Schloss drehen.«

Teschen blickte sie väterlich und amüsiert an, nahm dann eine andere Folie und legte sie statt Friedrichs Himmelsdaten auf den Grundriss. Es zeigte sich zwar ein anderes Bild, da die Linien anders liefen, aber der verblüffende Eindruck von Stimmigkeit ergab sich aufs Neue. »Nicht wahr, das ist verwirrend. Ist das auch ein Schlüssel, den wir nur zu drehen brauchen, my dear Joan? Dies ist das Horoskop von Milena, unserer Putzfrau. Ihr könnt jedes Horoskop nehmen, und immer wird sich das verblüffende Ergebnis zeigen. Das liegt an der Ähnlichkeit, die der Bauplan mit der Grundstruktur eines Horoskops aufweist. Nun können wir uns fragen, ob diese Kongruenz gewollt ist oder sich einfach nur zufällig ergibt. Ihr seht die acht Türme, zwischen denen die mächtigen Außenmauern verlaufen, dann die acht trapezförmigen Innenräume im Erdgeschoss, die wiederum begrenzt werden durch die Mauern, die den oktogonalen Innenhof bilden. Die acht Innenwände führen jeweils zu einem Turm. Das Zentrum des Ganzen bildet der vollkommen leere Innenhof. Die Historiker haben keine Ahnung, wofür der eigentlich gut war. Viel zu klein für eine Garnison, viel zu schattig für einen Rosengarten, viel zu ungemütlich für eine Jagdgesellschaft.«

Teschen legte eine neue Folie über das Kastell. Das Horoskop des Kaisers, aber diesmal verkleinert, sodass es nur mehr den Innenraum des Kastells ausfüllte. »Und was haltet ihr davon?« Mit seinem perfekt manikürten Finger deutete er auf die Folie. »Dafür und nur dafür wurde Castel del Monte erbaut. Die Kongruenz, über die ich vorher gesprochen habe, ist nicht zufällig; sie ist gewollt. Ich hoffe, ihr seht es.«

So ganz überzeugt war ich nicht, aber der Eindruck, das eine habe etwas mit dem anderen zu tun, verstärkte sich. Auf das Problem, das sich mir auftat, ging Teschen sogleich ein, als würde er meine Gedanken lesen: »Dieses Horoskop wurde allerdings von einer modernen Software erstellt, die alle heute vorhandenen Daten berücksichtigt. Wisst ihr, wie man im 13. Jahrhundert ein Horoskop berechnet und dargestellt hat? Ich nicht. Aber darauf läuft es doch hinaus, wenn man unterstellt, dass Friedrich von Hohenstaufen Castel del Monte mit seinen eigenen Himmelsdaten in Zusammenhang bringen wollte.«

Teschen erklärte uns, dass die Astrologie erst im 12. oder 13. Jahrhundert wieder in Mode gekommen sei. »Da hat man die Schriften der Araber entdeckt, die etwas von der Materie verstanden. Vorher wusste zwar jeder Gebildete im Abendland, dass es Tierkreiszeichen gab, und man reimte sich auch allerlei Nebulöses zusammen, was die Kirche als Teufelszeug verdammte, doch erst die Schrift des mesopotamischen Astrologen Abu Ma'shar ›Introductorium in astronomiam‹, die aus dem 9. Jahrhundert stammt, brachte die Sache ins Laufen. Und wer hat sich dann wohl richtig hineingekniet? Na, wer schon? Der Kaiser und in seinem Auftrag Michael Scotus, der Mann mit dem Eisentopf.«

Teschen wartete auf eine Reaktion von uns. Als keine kam, sprach er weiter: »Scotus war der berühmteste Astrologe seiner Zeit. Er war etwa in Friedrichs Alter und antwortete dem Kaiser auf einen Katalog kosmologischer und theologischer Fragen. Kann man heute noch nachlesen, wenn man sich die Mühe macht, das Werk heißt ›Liber introductorius‹. Nur lässt sich weder aus den Schriften von Abu Ma'shar noch aus denen von Scotus schlüssig herausfinden, wie ein Geburtshoroskop erstellt und dargestellt wurde. Aller Wahrscheinlichkeit nach war es quadratisch und hatte nicht die sich überschneidenden Linien, wie wir sie kennen. Aber dass es funktionierte, ist erwiesen.«

Ich wagte meiner Skepsis Ausdruck zu verleihen, doch Teschen fuhr sofort ein Geschütz dagegen auf: »Scotus hatte in seinem eigenen Horoskop gesehen, dass er durch einen Stein auf den Kopf sterben würde. Deswegen trug er ständig einen nach seinen Angaben gefertigten Topf aus Eisen. Sogar der Name Cerebrerium ist überliefert. Wahrscheinlich hat man sich am Fürstenhof über diese Marotte amüsiert, doch bald blieb den Spöttern das Lachen im Halse stecken: Bei einem Besuch in einer Kirche nahm Scotus aus Ehrfurcht den schützenden Eisentopf ab. Oben im Gewölbe löste sich ein Stein. Das Ende könnt ihr euch selbst ausmalen. Dieses schlagende Argument dürfte den Kaiser mehr überzeugt haben als das ganze ›Liber introductorius‹.«

Beeindruckt schwiegen wir. Etwas, das ich dagegen hätte vorbringen können, fiel mir nicht ein.

»Leider hilft uns das alles nicht weiter«, sagte Teschen. »Man könnte noch bei Guido Bonatti nachschauen. Auch Zeitgenosse von Friedrich II., auch Hofastrologe, auch Verfasser eines Buches. Sein ›Liber astronomicus‹ ist ein bisschen umfangreich, es hat in der englischen Übersetzung 1450 Seiten. Vielleicht findet ihr etwas, wenn ihr die durchackert. Ich jedenfalls weiß nicht, wie Friedrichs Horoskop ausgesehen hat. Und weil ich das nicht weiß, kann ich es auch nicht in den Innenhof von Castel del Monte einpassen und daraus Schlüsse ziehen.« Teschen setzte sich behaglich in seinem Sessel zurück und weidete sich an unserer Ratlosigkeit, besonders an der von Achilles, die enttäuscht die Folie hin und her schob. »Kannst du uns wirklich nicht helfen?«, fragte sie, überzeugt, dass er noch etwas im Ärmel hatte.

»Nun ja. Eine Idee hätte ich vielleicht noch für euch«, erwiderte er mit unverhohlenem Triumph. »Ich habe stundenlang über diesem verdammten Grundriss gebrütet und mich maßlos geärgert.

Dann bin ich auf den Gedanken gekommen, dass das Castel als Ganzes chiffrierte Astrologie sein könnte. Da sind andere auch schon draufgekommen, aber nie mit dem Zweck des Gebäudes im Hinterkopf. Der erste Gedanke ist doch immer wieder der richtige. Die Türme – erinnert ihr euch, dass die mich schon bei eurem ersten Besuch irritiert haben?«

Er hatte sichtlich Freude daran, unsere verständnislosen Gesichter zu betrachten. »Es sind acht gleich große Türme, die die Grundpfeiler des Oktogons bilden«, fuhr er fort. »Von der Ähnlichkeit mit der Kaiserkrone haben wir ja schon gesprochen. Es ist die Acht, die überall auftaucht. Nach früheren Vorstellungen vermittelt das Achteck zwischen dem Quadrat, dem Symbol der Materie, und dem Kreis, dem Symbol des Geistes, und damit zwischen Diesseits und Jenseits. Die Zahl Acht verweist in den alten Schriften darauf, dass nach sieben Schöpfungstagen der achte der Tag der Neuschöpfung durch die Auferstehung ist, die Acht also der Wiederkunft Christi entspricht. Was hat das aber mit unserer Frage zu tun? Es hat geradezu fundamentale Bedeutung.Wie viele Planeten gibt es, mein lieber Perhamer?«

Überrumpelt kramte ich in meinen Schulkenntnissen und zählte an den Fingern auf: »Merkur, Venus, Mars, Jupiter, Saturn, Uranus, Neptun, Pluto und Erde. Also neun.«

»Uranus, Neptun und Pluto waren im 13. Jahrhundert noch nicht entdeckt«, widersprach er. »Also sechs.«

»Soweit ich weiß, muss man in der Astrologie auch die Sonne und den Mond mitzählen«, mischte sich Achilles ein. »Also kommen wir auf acht.«

Teschen klatschte geziert in die Hände. »Sehr gut! Nur wird in der Astrologie die Erde nie als Planet mitgezählt, also landen wir bei sieben. Was machen wir mit dem achten Turm? Ich will euch nicht länger auf die Folter spannen. Die Erde ist indirekt in jedem Horoskop vorhanden, sie ist der Mittelpunkt des Horoskopkreises, denn dort befindet sich der Besitzer des Horoskops. Er steht auf dem Boden der Erde, allein im Zentrum der Welt. Der Kaiser selbst ist der achte Turm. Er ist Teil seiner Krone zusammen mit Sonne, Mond und den damals bekannten Planeten. Und welcher dieser Türme ist der Kaiser? Um das herauszufinden, habe ich unter Berücksichtigung der damaligen Himmelsstellung der sieben Gestirne und der seinerzeit vorhandenen Messmöglichkeiten Koordinaten in mein Computerprogramm eingegeben. Viel ist dabei nicht herausgekommen, aber ich habe immerhin einen Verdacht, den ich mit den religiösen Vorstellungen im Mittelalter erhärten kann.« Teschen legte uns ein großes Farbfoto des Eingangsportales des Kastells vor. Es war geradezu unscheinbar, ohne aufwendige Verzierung, karg und abweisend wie der Bau selbst. »Schaut man sich die Konstruktion des Portales genauer an, so zeigt sich, dass es wie ein fünfzackiger Stern angelegt ist. Ich habe die genauen Maße verifiziert und herausgefunden, dass das ganze Eingangsportal aus Goldenen Schnitten, deren Quadrat- und Kubikwurzeln beziehungsweise deren Potenzen besteht. Umschreiben wir dem Pentagramm einen Kreis, so hat sein Radius 5,50 Meter oder 10 heilige Ellen, genau das Maß, mit dem Salomo seinen Tempel in Jerusalem konzipiert hat.«

Teschen schaute uns erwartungsvoll an, doch wir blieben ihm die Reaktion schuldig. »Ich hatte gedacht, ihr könntet mir problemlos folgen«, sagte er ein wenig enttäuscht. »Leider scheint das nicht der Fall zu sein. Ihr erinnert euch doch aber sicher an die weltberühmte Zeichnung Leonardo da Vincis, den nackten Mann, der mit gestreckten Armen und Beinen in einem Kreis steht? Sie heißt der ›vitruvianische Mensch‹, benannt nach dem römischen Architekten Vitruv, dessen Werke selbstverständlich im Mittelalter bekannt waren, und sie beweist, dass der Mensch in seinen Maßen den Regeln des Goldenen Schnitts entspricht. Genau das, was ihr jetzt denkt, das habe ich auch gedacht: Im Portal von Castel del Monte steckt eine verschlüsselte Darstellung des wohlproportionierten, harmonischen menschlichen Körpers, also des Menschen an sich. Und wer war nach mittelalterlicher

Vorstellung der perfekte Mensch?« Teschen wurde ganz ruhig, legte seine Hände wie betend zusammen und sagte leise: »Nach der mittelalterlichen Vorstellung war der perfekte Mensch unser Herr Jesus Christus, der Sohn des allmächtigen Gottes.«

Er ließ uns Zeit, das Gesagte zu verdauen, ehe er auf das Foto wies. »Zur Untermauerung meiner These noch Folgendes: Das Portal ist nach Osten ausgerichtet. Ex oriente lux! Im Osten liegt Jerusalem. Aus dem Osten kommt das Licht. Im Mittelalter war dieser Hinweis auf den auferstandenen Christus jedem bekannt. Das Eingangsportal zum Kastell fungiert also als Tor zur Wahrheit. Man stelle sich Jesus Christus in der Mitte des Portals sitzend vor, er blickt gen Osten, und das Eingangstor hinter ihm ist weit offen.« Teschen hielt uns das große Foto wie ein Beweisstück bei Gericht entgegen. »In der Vorstellung des Erbauers von Castel del Monte, also des Kaisers selbst, sollte nicht Jesus Christus, der Herrscher, der Weltenrichter, unsichtbar anwesend sein, sondern Jesus Christus, der Mensch. Anders ist das Portal des Kastells mit seinem Hinweis auf den homo perfectus nicht zu verstehen. Denkt einmal an die Portale der Kirchen, die zu Lebzeiten Friedrichs II. errichtet wurden, etwa an die Kathedrale von Chartres oder an Saint-Etienne in Bourges. Jesus wurde nie alleine abgebildet, sondern zusammen mit Heiligen, Aposteln oder den Stiftern des Gebäudes. Ich kann mir nicht vorstellen, dass der Stauferkaiser sich selbst bei dem aufwendigen Bau unberücksichtigt gelassen hat.«

Ich nickte zustimmend. Der Herr mit dem Schlangenblick hatte sich keinen Moment seines Lebens »unberücksichtigt« gelassen.

»Wir haben also Christus im Kreis der damals bekannten sieben Gestirne, dargestellt von sieben Türmen, und einen achten Turm, von dem ich sage, dass er den Kaiser repräsentiert. Schön und gut, aber welcher der acht ist es? Ich denke, es muss der zur rechten Seite des Herrn sein, weil das damals bei jedem Gastmahl der Ehrenplatz war. Meist wird bei der Darstellung des letzten Abendmahles der Apostel Johannes, der Lieblingsjünger des Herrn, zu dessen rechter Seite gezeigt. Mag sein, dass der Kaiser hier Parallelen zu sich selbst im Auge hatte, doch das ist reine Spekulation.«

»Dear Herbert« machte eine Pause und blickte uns an wie ein gutwilliger Lehrer, ehe er noch einmal ansetzte: »Das Geheimnis des rätselhaftesten Schlosses auf der Welt könnte damit gelöst sein. Der berühmteste Herrscher des Mittelalters hat sich zu seiner eigenen Verherrlichung ein Denkmal gesetzt. Er wartet, zur Rechten Jesu Christi, auf den achten Tag, die Wiederkunft des Herrn, den Tag, an dem die Schöpfung neu geordnet wird. Und noch etwas: Man hat herausgefunden, dass Castel del Monte eine gigantische Sonnenuhr ist. Sogar die Verschiebung der Erdachse ist dabei berücksichtigt. Der Kaiser und Jesus Christus stehen unverrückbar im steten Ablauf der verrinnenden Zeit. Die Zeit gleitet an ihnen vorbei; sie sind das Zentrum, um das sich das Weltgeschehen dreht. Und das letzte Tüpfelchen auf meinem i: Ich habe ja schon erwähnt, dass das Maß der Cheopspyramide mit dem Umfang von Castel del Monte übereinstimmt. Es entspricht präzise dem Maß, in dem die alten Ägypter das kosmische Gleichgewicht manifestiert sahen und das sie ihrem Pharao mit auf seine letzte Reise gaben, auf dass er weiterlebe in Ewigkeit.«

Teschen ließ seine Worte ausklingen, blickte stumm auf den Glastisch und ordnete dann die herumliegenden Papiere zu einem Stapel. Den Grundriss des Kastells ließ er in der Mitte des Tisches liegen. Achilles und ich sagten nichts. Wir ahnten, es würde noch etwas kommen, und wir behielten recht. »Aber wir hatten ja noch etwas vor, nicht wahr? Wir wollten die Folie mit Friedrichs Horoskop wieder auf den Innenhof legen und schauen, was unter den neu gewonnenen Erkenntnissen herauskommt.« Unser Gastgeber nahm die Folie, die oben auf dem Stapel lag, und legte sie wieder auf den Grundriss.

Mir fiel nichts Besonderes auf. »Um ehrlich zu sein, komme ich jetzt nicht mehr mit«, sagte ich. »Wir sind uns doch darüber einig, dass diese Horoskopzeichnung heutigen Erkenntnissen entspricht und nichts mit den Gegebenheiten im 12. oder 13. Jahrhundert zu tun hat. Sie haben uns erklärt, dass Uranus, Neptun und Pluto damals noch gar nicht bekannt waren, aber in der Zeichnung sind diese Planeten doch sicher integriert. Was bringt uns das also?«

»Wenn damals niemand von Uranus, Neptun und Pluto gewusst hat, so waren sie doch trotzdem am Himmel«, erwiderte Teschen. »Sie existierten und übten ihren Einfluss aus, ob die Menschen nun von ihnen wussten oder nicht. Wollen Sie nicht sehen, was dabei zur Lösung unseres Problems herauskommt?«

»Doch, bitte«, rief Achilles eilig. »Mach weiter, das ist alles hochinteressant.«

Sichtlich geschmeichelt warf er ihr einen Blick zu, ehe er fortfuhr: »Ich habe die Radix, so nennt man nämlich diese Zeichnung, nach dem Imum Coeli beim Eingangstor über dem Innenhof ausgerichtet. Zwilling also unten und Schütze oben. Was sehen wir? 26.12. geboren, also Tierkreiszeichen Steinbock. Herrscher ist Saturn. Friedrich II. ist damit der geborene Herrscher und Führer und ein strikter Reformer. Ich habe als Geburtszeit 12 Uhr unterstellt, die Sonne stand am höchsten, und die übrigen Konstellationen legen diesen Schluss nahe. Also Aszendent Widder, Herrscher ist Mars. Das bedeutet dauerndes Kriegführen, Träume, die gleich und sofort erfüllt werden sollen, Visionen, an denen strikt festgehalten wird. Mond im Zwilling, ein kalter, vergeistigter Mond, Uranus im dritten Haus und Zwilling im Trigon zum Mars – damit ist er seiner Zeit weit voraus, und wieder gibt es einen Hinweis auf strikte, vielleicht sogar sture Durchsetzung von Reformen, Ziel war es, oben zu stehen, auf dem Gipfel über allen Menschen. Das achte Haus im Skorpion sagt: besitzen, besitzen, besitzen, aber das neunte Haus ist im Schützen, spricht also immerhin für Idealismus, Fortschritt und Bewegung nach vorne.« Teschen deutete mit der Spitze seines Bleistifts auf die einzelnen Linien und die entsprechenden Symbole. Achilles und ich hatten uns vorgebeugt. Ich roch ihr Parfum. Ein besseres Psychogramm des Kaisers hätte ich auch nicht abgeben können. »Und hier haben wir das vierte Haus. Ihr seht, es deutet zweifellos zum rechten Turm.

Im vierten Haus liegen die tiefsten Wurzeln einer Persönlichkeit, wenn ihr so wollt, seine Seele. Wie sind wir in unserem Innersten wirklich beschaffen? Hier ruht die Basis, von der aus wir dem Leben entgegentreten. Bei Kaiser Friedrich II. wird das vierte Haus vom Planeten Pluto beherrscht. Er ist die Motivationskraft, die wandelnd auf das Ichbild einwirkt. Pluto ist das Stirb und Werde, das Altes zerstören muss, damit Neues entstehen kann. Pluto zeigt die Kraft aus den Tiefen des Unbewussten, die Abgründe der Seele, Fanatismus, Zwangsrituale, Wiedergeburt, Fixierung, Wandlung und Magie. Pluto ist Macht in der allerhöchsten Ausprägung. Pluto ist der Beherrscher des achten Turms.«

Sanft legte er seinen Bleistift auf den Tisch zurück, atmete ein paarmal tief durch und schien erschöpft wie nach schwerer Arbeit. »Das alles kann kein Zufall sein. Die gesamte Planetenkonstellation hat dem Kaiser und seinen Astrologen bei der Planung und Erbauung von Castel del Monte die Hand geführt. So, jetzt habt ihr meine Meinung. Nun könnt ihr damit machen, was ihr wollt.«

Er stand auf, trat ans Fenster und blickte in seinen grauen Garten mit den Obstbäumen. Obwohl er mir aus tiefster Seele zuwider war, musste ich ihn bewundern. Er hatte in zwei Tagen ein fantastisches Konstrukt aufgebaut, das mir schlüssig erschien. Ich sah den Kaiser vor mir, wie er sich mit seinem Hofastrologen Guido Bonatti über die Pläne beugte und den Herrn antrieb: *Hier stimmt etwas nicht. Ändere die Pläne zusammen mit den Baumeistern! Es darf keinen Fehler geben, du weißt, warum. Warst nicht du es, der mir gesagt hat, dass ich an diesen Ort zurückkehren werde am Tag meiner Auferstehung vom Tod? Also tu deine Pflicht, mein Freund!*

Auch aus der Anmerkung Teschens zur Kunstgeschichte zog ich meine Schlüsse: Vermutlich setzte der Kaiser sich dem Lieblingsjünger des Herrn gleich, der nach sonst üblicher Ikonografie zur Rechten Jesu dargestellt wird. In dem herrlich illuminierten Pergament mit den Vogelkrallen unter dem Bild des wundenlosen Christus stand in aramäischen Schriftzeichen: »Und Dir, Johannes, Donnersohn, schreibe ich es auf …«

Aber es gab ein Problem. Achilles hatte es offenbar auch erkannt. Sie bewegte sich unruhig auf ihrem Sessel hin und her und sagte schließlich schüchtern: »Dear Herbert ...«

Teschen drehte sich nicht um.

»Ja, ich weiß schon, dir schwebt noch etwas anderes vor. Wenn du also unbedingt nach Verborgenem graben und die Carabinieri, den Denkmalschutz und Tausende von Wissenschaftlern gegen dich aufbringen willst, dann würde ich im rechten Turm zu bohren anfangen. Das wäre doch das Zentrum des Zentrums, wenn man sich in die Persönlichkeit Friedrichs von Hohenstaufen versetzt.«

»Und wo da?«

Teschen drehte sich endlich um und breitete die Arme aus. »Törichte Frage. Natürlich irgendwo in der Mitte. Egozentriker sehen sich immer im Mittelpunkt. So, jetzt ist's aber genug. Viel Glück beim Graben – und solltest du hinterher mit Gold und edlem Gestein in der Handtasche aus dem Schloss rennen, vergiss mein nicht!«

Augenzwinkernd sandte er mir einen Blick. »Übrigens ist mir die dreifache Jungfrau wieder eingefallen, nach der du mich neulich gefragt hast. Ich hatte glatt vergessen, wie ich die arme Giovanna vor Jahren zum Gespött gemacht habe. Tut mir heute noch leid, aber es stimmt: Giovanna hat eine Merkur-Sonne-Konjunktion in der Jungfrau, und ihr Aszendent ist ebenfalls Jungfrau. Ich warne dich, das sind schwierige Menschen. Sie lieben, wenn überhaupt, nur einmal. Dann allerdings für immer.«

Teschen ging kurz hinaus und kam mit einem großen Kuvert zurück, in dem er die Papiere auf dem Tisch verpackte. »Ich nehme an, ihr wollt die Unterlagen mitnehmen?«

Wir bedankten uns und brachen kurz darauf auf. Auf dem Weg ins Hotel begegnete uns Frau Valeria, die mit raschen Schritten um die Ecke kam. Sie hielt sich nicht lange auf. »Ich muss nach Hause. Herbert will seine Weißwürste. Wenn er das selber macht, zerplatzen sie immer.« Sie eilte weiter. Als ich mich noch einmal umblickte, war sie wie vom Erdboden verschluckt. So schnell konnte sie nicht bei Teschens Villa angekommen sein. Ich wurde das Gefühl nicht los, dass sie in Hörweite unter einem der Hauseingänge stand und uns beobachtete. In dem Fall hätte sie mitbekommen, wie wir stehen blieben und uns stritten.

Rom VII

Wir fuhren auf gut Glück zum Flughafen München und erwischten noch die 5-Uhr-Maschine nach Rom-Fiumicino. Der Flug war eine Katastrophe. In Rom fand am Abend irgendein hochkarätiges Fußballspiel statt, und in der Maschine wimmelte es von jungen Männern mit rot-weißen Schals, die zu viel Bier tranken und sich Obszönitäten zuriefen. Achilles hielt ihre Tasche, in der Teschens Umschlag steckte, fest an sich gedrückt. Nun war sie dem größten Geheimnis der Christenheit seit 2000 Jahren auf der Spur und hatte Angst, dass ihr Nachbar am Fensterplatz sein spätes Mittagessen über ihren Schoß ausleerte. Um über die neuen Erkenntnisse und unseren Streit auf der Straße nach Walhall zu sprechen, war es zu laut.

Nach dem Auschecken aber konnten wir das Thema nicht länger aufschieben. Wie sollte es nun weitergehen? In München hatte ich darauf beharrt, sofort nach Castel del Monte aufzubrechen. Ich wollte die Sache ein für alle Mal hinter mich bringen. Achilles hingegen wollte nichts übereilen. Sie sei überanstrengt und müde, sagte sie, sie wolle erst einmal Fachleute befragen und die Erlaubnis von Bertonazzi einholen. Ich war zornig geworden, Bertonazzi sei mir völlig egal, ich sei ebenfalls müde und zu diesem verdammten Schloss würde ich jetzt oder niemals fahren. Es hatte zu schneien begonnen, und wir waren schweigsam und wütend ins Hotel zurückgekehrt.

Inzwischen hatte der grauenhafte Flug uns milder gestimmt. Wir setzten uns in ein Flughafenbistro. Noch immer wollte ich so schnell als möglich nach Apulien zum rechten Turm. Achilles hingegen wiederholte, sie würde unter keinen Umständen jetzt etwas überstürzen. Ich könne ja alleine losfahren. »Wir müssen vorher auf jeden Fall mit Bertonazzi reden. Kann ja sein, dass das alte Raucherbein die Sache abbläst.«

Dieses Argument überzeugte mich schließlich. Wir würden warten müssen. Der Heilige Vater war in Brasilien, und Bertonazzi hatte ihn mit einiger Sicherheit begleitet. Zu meiner Enttäuschung lud Achilles mich nicht ein, sie in ihre Wohnung zu begleiten. »So ganz offen mit einem katholischen Priester in einer Wohnung, das ist hier in Rom vielleicht für uns beide nicht ganz das Wahre«, sagte sie.

Also blieb mir nur der Ghislenghi und damit der Gedanke, David zu begegnen. Auf einer Bank hob Achilles 2000 Euro ab, gab sie mir und versprach, mich anzurufen. Ich fuhr allein mit einem Taxi nach Trastevere.

Tante Elvira machte mir meine tagelange Abwesenheit nicht zum Vorwurf, sondern servierte mir in meiner Venussuite eine Wurstplatte und eine halbe Flasche Wein. »Aus den Albaner Bergen, Padre, ganz in der Nähe von Castel Gandolfo.« David bekam ich an diesem Abend nicht zu Gesicht. Aus der Kammer mit dem Rechner trat lediglich Carlos, der mich überschwänglich begrüßte. Was hättest du ihn eigentlich fragen wollen?, drang ich, bevor ich einschlief, in mich selbst. Wie oft und in welchen Stellungen er mit seiner kleinen Hexe geschlafen hat?

Die Stellung der Gestirne? Die Stellung Plutos?

OPENING FILE

Imperator Fridericus Secundus Romanorum Caesar Semper Augustus Italicus Siculus Hierosolymitanus Arelatensis Felix Victor Ac Triumphator/dies irae//domini infantibus.

Ich habe nie überprüft, wie der von mir eingebaute Mechanismus wirklich funktioniert. Wie viel Zeit braucht man, um vom Anfang bis zum Ende zu gelangen? Ich nehme an, dass es jetzt Nacht ist oder schon Morgen. Gut möglich, dass mein Bericht einsam und ungelesen auf dem Bildschirm herunterläuft wie der Sand von einem Teil der Uhr in den anderen, weil Du meinen Rat befolgt und Dich davongemacht hast. Auch möglich, dass der Rechner aufgrund einer Fehlfunktion abgestürzt und das von mir Geschriebene schon lange unwiederbringlich verloren ist.

Tempus fugit.

Viel passierte in den nächsten zwei Wochen nicht. Bertonazzi war, wie vermutet, mit dem Heiligen Vater in Brasilien. Man sah im Fernseher, den mir Elvira ins Zimmer gebracht hatte, riesige Menschenmassen auf freiem Feld, wo der Papst auf der Sedia gestatoria vorbeigetragen wurde, erkannte das unverrückbare Delfinlächeln und hörte die klare, wenn auch ein wenig scharfe Stimme. Am Ende jeder Ansprache, die frei und ohne Papier gehalten wurde, ertönte das »Deus lo vult«, Gott will es, das zu Formosus' Markenzeichen geworden war. Der Papst machte unerhörten Eindruck. Von Veranstaltung zu Veranstaltung steigerten sich die Besucherzahlen um Hunderttausende. Die Presse war hingerissen.

Den Höhepunkt bildete die vierjährige Elena Buarque bei der Papstmesse in Belo Horizonte. Heute noch tauchen die Bilder in den Illustrierten auf, und bei YouTube wird das Video ständig aufgerufen. Der Papst saß hoch oben auf seinem schwankenden Thron, inmitten von Menschenmassen bildete sich eine Gasse, es gab keine Absperrung, keine Eisenzäune oder Polizisten, nur Flatterbänder in Weiß und Gold. Wie durch ein Wunder blieb die Gasse frei, bis auf Senhora Buarque, die mitten hineinlief. In den Armen hielt sie ein kleines, blond gelocktes Mädchen in einem grünen, langen T-Shirt. Sie hob es in die Höhe. Die Prozession stoppte, die Sedia hörte auf zu schwanken. Der Papst unterbrach den Segen und blickte hinunter. Gebannt sahen die Umstehenden zu, wie der Papst seinen Trägern eine Anweisung gab und wie die Sedia sich anschließend so tief senkte, dass die weiß gekleidete Gestalt von den Bildschirmen verschwand. Kurz darauf tauchte sie langsam und ruckartig wieder auf. Der Jubel, der ausbrach, war unvorstellbar. Auf dem Schoß des Heiligen Vaters saß ein kleines Mädchen im übergroßen T-Shirt und lachte, wie nur vierjährige Mädchen lachen können. Behutsam hatte der Heilige Vater beide Arme um das Kind gelegt und lachte auch. Elena Buarque spielte mit dem Brustkreuz Seiner Heiligkeit, während die Prozession weiterzog, winkte in die Menge, verteilte Kusshändchen und wurde schließlich müde. Sie bettete sich vertrauensvoll an die seidene Brust und machte die Augen zu. Formosus hob den rechten Arm und legte den Zeigefinger auf seinen Mund. Die Nächststehenden sagten es weiter. Es wurde leiser und leiser, und endlich herrschte völlige Stille. Hunderttausende achteten den Schlaf der kleinen Elena, weil der Papst sie darum gebeten hatte. Mit seiner freien Hand machte Formosus lächelnd große Kreuzzeichen in die Luft, während er durch die schweigende Menge zum erhöhten Altar getragen wurde. Was dann geschah, verblüffte, ja erschreckte die ganze Welt. Der Papst überreichte Senhora Buarque, die hinter der Sedia hergelaufen war, die immer noch schlafende Elena und widmete sich dann seinen Aufgaben. Er las die Messe. Als es Zeit zur Predigt war, stand er vor dem Pult mit den vielen Mikrofonen und blickte auf den Präsidenten, seine Frau, der man nachsagte, sie sei die gierigste Zecke des Landes, und dann auf die namenlose Menge. Der dunkelhäutige Bischof von Belo Horizonte trippelte herbei und reichte Seiner Heiligkeit die Mappe mit dem Text der Rede, den die Presse selbstverständlich schon kannte. Freundlich, aber bestimmt reichte Seine Heiligkeit die Mappe zurück. Dann hielt er frei, in einem schrecklichen, falsch betonten Portugiesisch seine Ansprache. Es musste ihn viel Mühe gekostet haben, sie auswendig zu lernen. »Es ist an der Zeit, dass Christus auf diese Welt komme, hierher, wo unendlich viele Kinder mutterlos und vaterlos umherirren, hungernd und ausgestoßen, während Sie,

Herr Präsident Guilherme Ferreira, und Sie, Frau Larissa Ferreira, die gewichtslosen Reichtümer dieser Erde aufhäufen. Ich bin nicht der Bürgermeister eines Gebietes von ein paar Fußballfeldern und alten Gemäuern, in denen die Heizung ausfällt, ich bin nicht der Herrscher über eine Milliarde Menschen auf diesem Planeten, ich bin kein König oder Politiker, der die Fäden zieht zwischen den Kontinenten. Ich bin der Stellvertreter Jesu Christi. Und als solcher spreche ich zu euch und zu allen anderen, die es betrifft.« Formosus II. sprach über Kinder, über Reichtum und Armut, über Macht und Ohnmacht und **über Matthäus 18**, Vers 6: der Mühlstein am Hals und das Ersäufen im Meer, wo es am tiefsten ist. Am Schluss sprach er über die Liebe und dann über den Tod. Er machte eine große Pause, und dann donnerte das »Deus lo vult« über Brasilien hinweg. »Gott will es.«

Als er nach der Messe die Stufen herabschritt, um die Honoratioren zu begrüßen, stand Präsident Ferreira auf und zog seine Frau Larissa am Arm mit sich hoch. Während alle anderen sich von ihren Stühlen erhoben, kniete der Präsident nieder und zwang seine Frau mit sich herunter. Dann küssten beide den Ring des armen Fischers. Im Fernsehen sah man, wie die beiden weinten.

Achilles rief mich alle paar Tage an. Immer hatte sie wahnsinnig viel zu tun, wollte mich wahnsinnig gerne sehen, aber die Arbeit für den Verlag drängte, und dann kam ihr Vater auf ein paar Tage zu Besuch. Ein einziges Mal trafen wir uns zum Essen und redeten über uns, nicht über Castel del Monte. »Ich habe Sehnsucht nach dir, mein Schuufler«, sagte sie.

»Ich habe Sehnsucht nach dir«, sagte ich.

Ich träumte fast jede Nacht von ihr und sah ihr Gesicht, wenn sie aufstöhnte und die bernsteinfarbenen Augen starr wurden. Ich spielte mit dem Gedanken, mir ein Telefonino anzuschaffen, um für Achilles ständig erreichbar zu sein. Außerdem stellte ich Elvira diskret ein paar Fragen und erfuhr, dass David vor Kurzem aus dem Ghislenghi abberufen und zu Höherem in die Zentrale versetzt worden sei.

Für das Dolcefarniente war ich nicht geschaffen. Ich lungerte herum und verfiel in eine Art sumpfige, verspätete Winterstarre. Unrasiert lag ich auf dem Bett und sah mir Quizsendungen an, bei denen alte Leute Kreuzfahrten gewinnen konnten. Eines Nachmittags klopfte es sehr leise an meiner Tür. Einen Moment lang hoffte ich auf einen Überraschungsbesuch von Achilles, dann aber schob die Tür sich langsam auf, und ein bleicher, weißhaariger Kopf erschien. Eine sanfte, helle Stimme sagte: »Ach, da sind Sie ja, mein lieber Mitbruder. Ich hoffe, ich störe Sie nicht allzu sehr beim Fernsehen.«

Vazquez de Castro kam herein, nur in Soutane, ohne bischöfliche Ingredienzien, ohne Brustkreuz und bunte Farben. Wie er da in der Tür stand, wirkte er noch größer als im Ornat mit Mitra am Altar seiner Kirche. Ich drückte wie ein ertappter Schuljunge auf die Fernbedienung und sprang vom Bett. Dann stand ich in Socken vor ihm und murmelte etwas von »unerwartet« und »welche Ehre, Exzellenz«.

Vazquez kam auf mich zu und breitete die Arme aus. Ich bereitete mich innerlich vor, umarmt zu werden, doch er berührte mich nicht. »Ach, lassen Sie doch diese dumme Exzellenz. Mein Vorname ist Esteban. Ich habe hier gerade in den unteren Gefilden nach dem Rechten gesehen, da fiel mir ein, dass Sie hier oben als einziger Gast vielleicht ein wenig Gesellschaft brauchen. Signora Elvira war nicht da, auch Carlos ist ausgeflogen, also habe ich selber nachgeschaut. Was halten Sie von einer Tasse Kaffee? Ich kenne mich zwar in Küchendingen nicht aus, aber wir haben da draußen ja einen Automaten.«

Ohne meine Antwort abzuwarten, verschwand die hagere Gestalt, ließ die Tür aber offen. Ich hatte zumindest Zeit, mir meine Schuhe anzuziehen und das Skapulier umzulegen. Zum Rasieren reichte es nicht mehr. Ich machte mich auf ein unangenehmes Gespräch gefasst, denn mit Sicherheit würde David seinem Herrn und Meister über das Ende einer Liebe und einen neuen Anfang Bericht erstattet haben. Meine Befürchtungen erwiesen sich jedoch als nahezu grundlos. Kurze Zeit später kam Vazquez wieder herein, trug ein Tablett mit Geschirr und summte eine Melodie vor sich hin. Es klang nicht nach Kirchenlied, sondern nach Strand, Sonne und jungen Leuten. Fürsorglich deckte er den Tisch. Sogar die Schokokringel, die Elvira für Carlos und David bereithielt, hatte er entdeckt. Wir saßen weitab von Frau Venus unter stuckierten Blumengirlanden an einem Barocktisch. Erst jetzt sah ich, dass Elvira vor das Foto des heiligen Josemaría eine Vase mit Frühlingsblumen gestellt hatte.

»Ist es nicht wie ein Wunder, Basilio?«

»Was?«, fragte ich.

»Nun, unser Papst«, erwiderte Vazquez erstaunt. »Nicht nur in Brasilien sind sie von ihm hingerissen. Sein Mut und seine Offenheit sind einfach fantastisch. Da sitzt kein alter Mann auf einem Thron und lispelt etwas herunter, was andere ihm aufgeschrieben habe, da steht jemand aufrecht und sagt, bei mir ist die Wahrheit, weil Gott mich armen Sünder auserwählt hat, euch die Wahrheit zu verkünden. Nicht irgendeine Wahrheit, kein ökumenisches Gesäusel, sondern die einzige Wahrheit, die es gibt: die der katholischen Kirche. Haben Sie im Fernsehen die Sache in Belo Horizonte gesehen?«

Ich hatte, und wir schwärmten beide eine Weile über Charisma, Gottvertrauen und Überzeugungskraft. Beide waren wir sicher, dass die Sache mit Elena Buarque mehr für die Kirche getan hatte als hundert päpstliche Rundschreiben.

»Es ist mir schon klar, dass so etwas in den Hirnen der Menschen schnell wieder verpufft, aber ein Fetzen wird übrig bleiben. Und viele solcher Fetzen ergeben ein Tuch. Alles, was dieser Papst tut, ist Zeichen eines neuen Anfangs. Was mich am meisten fasziniert: Er ist unbequem. Trotzdem lieben sie ihn. Er sagt nicht, habt keine Angst, seid nett zueinander, Christus hat euch doch lieb. Er sagt, Christus verlangt etwas von euch, also tut es! Nicht irgendwann, nicht halb, nicht wenn es euch gerade passt, sondern jetzt und ganz.«

Ich kaute an einem Schokokringel und sagte: »Deus lo vult.«

»Ganz richtig. Und am nächsten Tag kommen hunderttausend Menschen mehr.«

Esteban hatte etwas außerordentlich Überzeugendes. Nicht umsonst war er Bischof geworden und Chef einer wenig überschaubaren und, wenn man den Gerüchten Glauben schenken wollte, unerhört einflussreichen Organisation. Freundlich und seltsam zwingend schaute er mich an. »Was halten Sie von Matthäus Kapitel 10, Vers 34 und folgende?«

Er merkte, dass ich die Stelle im Augenblick nicht präsent hatte und überspielte meine beschämende Unkenntnis, in dem er gleich weiter sprach: »*Denkt nicht, ich sei gekommen, um Frieden auf die Erde zu bringen. Ich bin nicht gekommen, um Frieden zu bringen, sondern das Schwert.* Und dann: *Wer Vater oder Mutter mehr liebt als mich, ist meiner nicht würdig. Und wer nicht sein Kreuz auf sich nimmt und mir nachfolgt, ist meiner nicht würdig. Wer das Leben gewinnen will, wird es verlieren, wer aber das Leben um meinetwillen verliert, wird es gewinnen.*«

Vazquez hatte sich aufgerichtet. Seine Hände lagen flach auf den Intarsien des Tisches. Ich sah, dass er keinen Ring trug und dass seine spatelförmigen Fingernägel pefekt manikürt waren. Sein Gesicht war streng, die Haut spannte sich, die eigentlich sinnlich geschwungenen Lippen bildeten einen dünnen Strich. Er blickte zu den Blumen an der Decke und sagte mit seiner hellen Stimme, die jetzt wirklich wie die einer Frau klang: »Wissen Sie, Basilio, manchmal träume ich.«

Er bemerkte meinen verblüfften Gesichtsausdruck.

»Ja, ich weiß schon: Keiner traut mir zu, dass ich Träume habe, aber Träume braucht man, wenn man etwas gestalten will. Ich träume davon, dass die Worte Jesu bei Matthäus in jeder Kirche, jedem Pfarrheim, jedem Kloster und jedem katholischen Haushalt sichtbar an die Wand geschrieben werden. Unser Glaube ist nichts für Warmduscher. Christus und die Kirche verlangen den ganzen Menschen. Nicht irgendwelche intellektuellen Klugscheißer, die sich ihren ökumenischen Mist zusammenklauben, keine Emanzen, die mit der Pille im Bauch durch die Gegend vögeln und am Sonntag zur Kommunion gehen, und keine Softies, die vor sich hin onanieren, weil ein paar Idioten behaupten, das sei gesund.«

Ruhig, beinahe träumerisch fuhr er fort: »Man muss den Menschen etwas abverlangen. Angeblich wollen sie Spiritualität. Wenn ich das Wort schon höre, kriege ich das Kotzen. In Wirklichkeit wollen sie ein Wirgefühl, sie wollen dampfend und schwitzend beieinanderstehen und schreien sehnsüchtig nach Führung. Aber wo finden sie die? Mit der Politik hören Sie mir auf, und die Kirche hat in den letzten hundert Jahren versagt. Wo führt man die Menschen am besten?«

Ich hielt die Frage für rhetorisch und antwortete nicht. Vazquez wandte sich mir langsam zu. Seine wässrigen blauen Augen waren weit geöffnet. »Sagen Sie es mir, Basilio, wo packt man den Menschen am effektivsten?«

Als ich keine Antwort wusste und nach der Kaffeetasse griff, sagte er noch leiser: »Aber das müssten Sie doch wissen: zwischen seinen Beinen. Den Mann an seinem Schwanz, die Frau an ihrer Möse. Nicht das Hirn, das man bei den meisten ohnehin vergessen kann, der Unterleib ist das A und O.«

Ich dachte, er würde nun auf meinen Unterleib zu sprechen kommen, und wappnete mich. Der meine interessierte ihn jedoch nicht. Es waren die Geschlechtsteile von Millionen und Milliarden. »Die Kirche hätte sich auf den Unfug mit der Spiritualität niemals einlassen dürfen. Von was soll sie die Menschen überhaupt erlösen, wenn zumindest in der Ersten und Zweiten Welt jeder der Überzeugung ist, schon erlöst zu sein? Wir müssen den Menschen wieder leiden lassen, sein Gewissen peinigen, ihm zeigen, was er ist: eine arme, nichtswürdige und sündige Kreatur.«

Vazquez betrachtete seine polierten Fingernägel, streckte den rechten Zeigefinger aus und senkte ihn dann gekrümmt nach unten, wo sich seine langen Beine unter der Soutane abzeichneten.

»Und am sündigsten ist er da.« Plötzlich wurde die Stimme

schrill und geifernd, sodass ich erschreckt hochzuckte. Der Finger stieß auf und ab. »Da, genau da müssen wir ihm sein Kreuz wieder auflegen! Wer hat denn Zulauf? Die harten Mönchsorden, die Schweigeklöster, die Trappisten, auch die Nonnen vom Karmel, die gewinnen Menschen, während die weichen verhungern – auch der Ihre, Basilio.« Er sprach vom Islam, den Zeugen Jehovas, der Kongregation von Pius X., die den »Blödsinn« des letzten Konzils nicht mitgemacht hätte, von Knechtschaft im Namen des Herrn, von ehernen Gesetzen, von Brandmalen und Stigmata und der Macht von Gottes Wort. Zum Schluss sprach er von mir. Ich hatte nichts oder nur wenig begriffen, war lediglich erschrocken über Schwanz, Möse und Vögeln. »Sie haben Charisma, mein Freund. Für so etwas habe ich ein Gespür. Wenn Sie sich anstrengen, können Sie es weit bringen, sofern Sie eingebettet sind in der mächtigsten Organisation der Kirche.«

Er sagte, ich könne Abt werden in Mattenthal. Ich könne Bischof werden oder sogar Kardinal, doch ebenso gut könne ich mein Ordenskleid ablegen und in der Welt für Christus und die Kirche wirken. Man könne mich von meinen Ordensgelübden befreien, und nicht einmal der Zölibat sei ein Tabu. Einen Augenblick lang hatte ich den Eindruck, dass er das mit dem Zölibat besonders betonte, aber sicher war ich mir nicht.

»Kommen Sie zu mir, wenn Jesus Sie zu mir schickt. Ich warte auf Sie und bin sicher, dass Sie kommen werden. Mein Haus steht Ihnen immer offen. Man wird Sie nur ansehen und dann einlassen.«

Als Vazquez das Tablett hinausbalanciert und ich hinter ihm die Tür geschlossen hatte, ließ ich mich wieder aufs Bett fallen. Erst jetzt bemerkte ich, dass ich am ganzen Körper schweißnass war. Ich ging ins Bad, um mich zu rasieren, und betrachtete mein Gesicht. Ich wollte weder Abt noch Bischof werden. Wollte ich zurück in die Welt? Ich ging hinaus in die Küche. Vazquez war gegangen. In einem Schrank fand ich eine halb volle Flasche Cognac, die Tante Elvira wohl zum Würzen ihrer Soßen dort deponiert hatte.

Rom VIII

»Olá, bom dia, meu amigo.« PiBi hatte in Brasilien seine Sprachkenntnisse erweitert. Ich erwartete ihn, wie telefonisch verabredet, im Café »Borromini« an der Piazza Navona. Draußen, weil es schon ein wenig warm war, und nahe bei Berninis Brunnen, weil ich das Geplätscher von Wasser gerne höre. Ich bestellte mir ein Glas Weißwein. Plötzlich war er da, tätschelte mir von hinten die Schulter und setzte sich, wobei er seine schmuddelige Soutane um sich ausbreitete. Vier Tage zuvor war der Heilige Vater in Rom eingeflogen. Die Römer, die ja nun seit weit über 1000 Jahren an Päpste gewöhnt waren, waren in Scharen zum Flughafen geströmt. Aus seinen grau umränderten Pupillen blickte PiBi mich an. »Schlecht schauen Sie aus, fratellino.«

Ich gab das Kompliment zurück.

»Zu wenig Schlaf, viel zu wenig Schlaf. Das Essen war schrecklich, und überall herrschte Rauchverbot, an das ich mich halten musste. Wie der Papst das alles durchgestanden hat, ist mir ein Rätsel. Er schaut noch genauso gesund aus wie bei unserer Abreise, aber er wird ja auch vom Heiligen Geist getragen, während wir zwei den Flieger und die U-Bahn benutzen müssen.«

Er bestellte sich einen Cappucino und suchte fummelnd nach seinen Gauloises.

»Nun, was haben Sie herausgefunden?«

Ich war überrascht. Ich hatte angenommen, Achilles hätte längst Bericht erstattet. PiBi zeigte die vorstehenden Zähne. »Dottoressa Grassi pflegt nicht mit mir zu telefonieren. Und der Heilige Vater ist bis zur Nase beschäftigt mit der Aufarbeitung seiner Brasilienreise. Also, was ist?«

Ich hatte nicht einmal Fotokopien von Teschens Unterlagen. Mit kurzen Worten berichtete ich vom Besuch bei den Blatters und dann von Teschens Ergebnissen. Ich erwähnte die pharaonische Elle, die versteckte Sonnenuhr, Bonatti und Michael Scotus. PiBi hatte eine Aktentasche dabei, Papier und einen angenagten Kugelschreiber. So gut ich konnte, zeichnete ich das Oktogon von Castel del Monte auf seinem grünen Hügel, erklärte Friedrichs Horoskop, ließ Pluto am Himmel und dann am rechten Turm erscheinen und Friedrich zur Rechten des Herrn sitzen. Bertonazzi hörte mir schweigend zu, unterbrach mich nicht mit Fragen, sondern rauchte still vor sich hin. Als ich mit meinem Monolog fertig war, sagte ich ein wenig enttäuscht: »Das alles interessiert Sie offenbar nicht im Geringsten.«

»Da haben Sie recht. Es interessiert mich persönlich überhaupt nicht. Aber den Papst interessiert es.«

»Sie tun wohl alles für ihn?«

Der Insektenkopf nickte. »Ja, das tue ich.«

»Warum eigentlich?«

»Weil er absolut integer und absolut ehrlich ist. Oder soll ich Ihnen die sentimentale Geschichte von dem hässlichen, aber intelligenten Jungen erzählen, der in einem winzigen abruzzischen Dorf täglich von seinem Vater bis aufs Blut geprügelt wurde, der sich irgendwann ins Pfarrhaus schleppte, wo ihn ein junger Priester pflegte und beschützte, ihm Latein und Manieren beibrachte, ihm die Schule und dann das Studium bezahlte? Die eine Variante ist so gut wie die andere.« Er schaute auf die Piazza. Wahrscheinlich hatte er mir gerade ein Geschenk gemacht.

»Und Sie wollen keine violetten Knöpfe, kein rotes Käppchen?«

Er lächelte mich mitleidig an. »Was soll ich mit diesem Firlefanz?« Er nahm meine Zeichnung vom Tisch. »Glauben Sie, dass Sie da etwas finden?«

»Ich habe keine Ahnung«, gestand ich, »aber soweit ich es beurteilen kann, ist dieser Weg zumindest schlüssig. Offen gesagt, ich glaube nicht, dass man überhaupt etwas findet.«

»Der Ansicht bin ich auch«, erwiderte PiBi. »Aber man weiß leider nie.«

»Leider?«

PiBi schaute mich fast wütend an. »Ja, meinen Sie denn, ich bin scharf darauf, so ein Wahnsinnspapier in die Finger zu bekommen? Bin ich lebensmüde?«

»Aber der Papst ist scharf darauf.«

»Ach woher. Genauso wenig wie ich.« PiBi rauchte.

»Der Papst ist, wie ich schon sagte, integer bis auf den letzten Knochen und fühlt sich, seitdem er auf dem Stuhl des heiligen Petrus sitzt, immer mehr und immer ausschließlicher Jesus Christus gegenüber verantwortlich. Wenn es eine Schrift des Herrn gibt, dann muss sie gefunden und wie ein ehernes Gesetz befolgt werden. Der Papst hat, wie Sie ja wissen, vor der Theologie Jura studiert. Ich bin sicher, das prägt fürs ganze Leben. Es bedeutet aber nicht, dass er scharf auf eine neue Heilslehre wäre. Im Gegenteil.«

»Es muss also geprüft werden«, begann ich vorsichtig. »Es wäre aber besser, wenn …«

»Natürlich wäre es besser«, fiel Bertonazzi ein. Versonnen blickte er zum Brunnen hinüber, dann ließ er den Blick nach oben gleiten und im blauen Himmel verharren. »Viel besser«, wiederholte er und stieß mit Ingrimm eine Rauchwolke aus.

Ich blickte ebenfalls nach oben. Unsere Blicke trafen sich zwar nicht im Himmel, aber irgendwo hoch über Rom. Nach einiger Zeit wandte PiBi sich mir wieder zu. »Und was meint la dottoressa dazu?«

»Sie ist auf jeden Fall überzeugter als ich.«

»So, so. Überzeugter ist sie, diese kleine Göre, die alles besser weiß und immer ihr Ziel erreicht.«

»Sie hängt sich wirklich rein«, verteidigte ich Achilles. »Ohne sie wären wir nie so weit gekommen. Manchmal habe ich den Eindruck, sie ist wie ein Teenager auf Schatzsuche.«

»Ich mag Teenager nicht.« PiBis Stimme war kalt.

Der Ober kam vorbei und nahm mein leeres Weinglas mit. Ich bestellte mir einen Grappa. »Und was geschieht nun?«

»Ich werde dem Papst Bericht erstatten. Er wird sich auch noch von Signora Grassi Bericht erstatten lassen. Dann werden wir weitersehen. Meiner Meinung nach ist da nichts, nur ein altes, verkommenes Gemäuer, und das werde ich dem Heiligen Vater auch sagen.«

»Und wenn doch?«

In den alten Augen glomm dasselbe Flackern auf, das ich schon in seiner Bude im Palazzo der Inquisition beobachtet hatte. »Dann werden wir weitersehen. Nehmen wir noch einen Cappuccino? Der macht Ihren Grappa leichter verträglich. – Was treiben Sie eigentlich den ganzen Tag im Nest der Opusmäuschen? Sie sehen gottserbärmlich aus. Die Sache nimmt Sie offenbar mit.«

Ich war nahe daran, PiBi wie in der Beichte mein Herz auszuschütten, ließ es aber dann sein und sagte nur, dass ich mich einsam fühlte. »Ich hoffe, die Sache kommt bald zu einem Ende, sonst werde ich auch noch eins der Mäuschen des Opus.«

»Warum denn das, fratellino? Dazu sind Sie zu intelligent und zu aufrichtig. Das war ein Kompliment, auch wenn man Aufrichtigkeit heute meist mit Dummheit gleichsetzt.«

Ich berichtete Bertonazzi von der dunklen Kapelle und Estebans Besuch im Ghislenghi. Er hörte zu und zerknautschte seine Zigarettenschachtel.

»Ich weiß, dass Seine Exzellenz die Kirche von Grund auf verändern möchte«, sagte er. »Und ab und zu geht dem verehrungswürdigen Vazquez eben der Gaul durch. Dann spinnt er. Wahrscheinlich hat er sexuelle Probleme. Als Junge von seinem Kindermädchen verführt oder einem alten Kanoniker in die Hände gefallen. Jetzt wittert er, dass Sie etwas für den Papst zu erledigen haben, und da wieselt er eben herum, will alles überwachen und missionieren, um sich wichtigzumachen.«

Ich erinnerte ihn an seinen Anruf: »Weshalb sollte ich damals eigentlich augenblicklich den Laptop runterfahren und den Stecker ziehen?«

»Ach, das war nicht so wichtig«, behauptete er. »Ich habe nur gemerkt, dass da einer in Ihrem Computer war. Ich hätte ihn auch drin lassen können, denn was hätte Seine Exzellenz mit Ihrem

Friedrich II. schon anfangen sollen? Es hat mir einfach Spaß gemacht, ihm plötzlich den Saft abzudrehen.«

Als er meine erhobenen Augenbrauen sah, verzog er das Gesicht. »Selbstverständlich hatte ich einen Trojaner auf Ihrem Rechner. Ich musste doch wissen, wohin Ihre flinken Gedanken laufen.« Er sagte das völlig gelassen, als wäre nichts dabei, sich in den PC eines Bruders in Christo einzuschleichen. Mit seiner üblichen Überraschungstaktik wechselte er plötzlich das Thema: »Wollen Sie Bischof werden, fratellino? Vorstellen kann ich es mir bei Ihnen nicht, aber Vazquez hätte tatsächlich die Macht, Sie dazu zu machen. Sie haben ihm doch nichts gesagt von unserem Problem? Nein, das haben Sie nicht. Entschuldigen Sie, dass ich gefragt habe.«

Er stand auf und lächelte auf mich herunter. »Bischof Basilius Perhamer. Ich weiß nicht. Passt nicht zu Ihnen. Kardinal würde da schon besser klingen.« Dann beugte er sich über den Tisch und nahm vor allen Gästen mein Gesicht in seine Hände. »Passen Sie auf sich auf! Gott beschütze Sie. Ich hoffe, es ist bald vorbei.« Im Gehen drehte er sich noch einmal um. »Und hören Sie auf zu trinken. Es hilft nur kurzfristig.«

Zwei Tage später wiederholte sich die Prozedur. Einlass am Bronzetor. Bertonazzi zeigte seinen Ausweis vor. Der Lift hielt wieder im dritten Stock. Diesmal öffnete aber nicht der alte Mesner in seinem schwarzen Anzug, sondern eine junge, grazile Frau mit einem schwarzen Lockenkopf, einer modischen Brille und beigen, sehr hochhackigen Schuhen. Ich hatte Achilles seit unserem Treffen im Café nicht mehr gesehen. »Der Heilige Vater erwartet Sie«, teilte sie PiBi und mir mit.

Er empfing uns diesmal nicht mit Chopin und Cordsamt, sondern in seinem Arbeitszimmer, im innersten Zentrum der Macht. Es gab nichts Privates mehr. Formosus II. saß hinter einem Schreibtisch, hinter dem auch ein Borghesepapst seine Besucher hätte empfangen können. Er trug die übliche schneeweiße Kleidung und das weiße Käppchen, stand auf, als wir eintraten, und streckte mir über den Tisch hinweg die Hand entgegen. Ich geriet ins Schwitzen. Dass ich nicht aufgefordert wurde, diese päpstliche Hand freundlich zu schütteln, war mir klar, aber wie sollte ich mich vor dem Schreibtisch hinknien und den Ring küssen? Also beugte ich mich im Stehen vor und küsste den Ring. PiBi war offenbar von dieser Zeremonie befreit.

Wir setzten uns auf unbequeme Stühle, Bertonazzi und ich im Fokus der päpstlichen Blicke, Achilles an der rechten Schmalseite des Schreibtischs. Und dann entdeckte ich doch etwas Privates. Neben einem Kruzifix, hinter einem Stapel Postmappen und Papierstößen, stand eine kleine Figur, offenbar von Kinderhand aus Knetmasse modelliert worden. Auf den ersten Blick hielt ich es für einen Fisch, doch mit ein wenig Mühe erkannte ich, dass es ein Delfin war. Formosus sah, dass meine Augen abgeschweift waren, und zog die Figur zu sich. »Ein kleiner Junge in Brasilien hat ihn mir geschenkt«, sagte er. »Sogar ich weiß inzwischen, dass mich alle den Delfin nennen. Sie meinen mein Lächeln damit. Wahrscheinlich liegt es an meiner Vollprothese. Wissen Sie, früher hatte ich einen Überbiss, und meine Zähne standen herum wie Kraut und Rüben. Das hat der Zahnarzt nicht mehr hinbekommen, und es wäre auch zu teuer gewesen.« Er schob das kleine Kunstwerk wieder an seinen Platz. »Ich bedanke mich bei Signorina Grassi und bei Ihnen, Padre. Soweit ich verstanden habe, halten Sie die Theorien dieses Schweizer Professors und des Herrn von Teschen-Sahlbach zumindest für schlüssig, während Signorina Grassi von der Richtigkeit überzeugt ist.«

Ich schaute zu Achilles hinüber. Sie blätterte fahrig in ihren Unterlagen, offensichtlich den Papieren von Teschen.

»Mit den Hintergründen Ihres Auftrages wollen wir uns nicht befassen«, fuhr der Papst fort. »Es geht um einen Gegenstand ohne Eigenschaften, und der Eid, den Sie und Signorina Grassi geschworen haben, gilt weiter. Ich will lediglich wissen, ob dieser Gegenstand existiert.«

Hoch aufgerichtet saß er hinter seinem Schreibtisch. Kein alter, bescheidener Priester mehr, der von seiner billigen Vollprothese sprach, sondern der von Gott eingesetzte Herrscher über eine Milliarde Menschen. Einen Moment sah ich ihn in meiner Fantasie mit der Tiara aus Gold, Rubinen, Opalen und gelben Topasen auf dem Kopf. »Es geht hier nicht um meine persönliche Neugier, sondern um die Verpflichtung meines Amtes.«

Neben mir saß PiBi, der die knochigen Hände wie betend in seinem Schoß verkrampfte. Nicht weit von mir entfernt schaute Achilles mit leicht geöffnetem Mund zu ihrem päpstlichen Onkel. Eine Sekunde zeigte sich ihre Zunge, die nervös über die Oberlippe leckte.

»Ich möchte, dass Sie beide nach Castel del Monte reisen und dort diskret Recherchen anstellen«, sagte der Papst. »Danach erstatten Sie mir wieder Bericht. Für den Augenblick will ich noch keine Spezialisten dort unten.«

Damit war die Audienz beendet. Bertonazzi und ich standen auf. Achilles war unschlüssig und packte ihre Papiere zusammen, blieb dann aber sitzen. Der Papst kam um seinen Schreibtisch herum. Ich weiß nicht, woher ich den Mut nahm, ihn zu fragen: »Heiliger Vater, was geschieht, wenn wir das Ding finden?«

Noch in meiner Todesstunde werde ich hören, was der Papst mir antwortete. Formosus II. trat auf mich zu und zeichnete mir mit dem Daumen das Kreuzzeichen auf die Stirn.

»Das habe ich mit Gott, seinem Sohn, dem Heiligen Geist und der Kirche auszumachen. Bin ich der Stellvertreter Christi auf Erden, oder bist du es? Sei froh, dass du es nicht bist.«

Bari / Castel del Monte

Achilles und ich hatten beschlossen, zwei Tage später nach Apulien zu fahren. Ich war derjenige, der zum Aufbruch drängte, während Achilles meinte, ein paar Tage mehr oder weniger spielten bei acht Jahrhunderten keine Rolle mehr. Dem Heiligen Vater aber schien die Sache eilig zu sein, und ich wollte sie endlich hinter mir haben. Außerdem war ich schon viel zu lange nicht mehr mit Achilles allein gewesen.

Kurz vor der Reise rief sie mich im Ghislenghi an und sagte den Termin ab. Sie röchelte wie eine Sterbende. »Mich hat eine Grippe erwischt, caro, ich habe Fieber, Schmerzen überall, und jedes Wort ist wie ein Messer im Hals.«

»Ich komme und kümmere mich um dich«, rief ich spontan.

»Nein, caro, das lass lieber bleiben«, krächzte sie. »Du würdest dich nur anstecken. Am besten melde ich mich, sobald ich wieder auf dem Damm bin.«

In den nächsten Tagen meldete sich jedoch niemand. Ein paarmal rief ich auf dem Festnetz bei ihr an, doch keiner ging an den Apparat. Sie hatte gesagt, sie würde sich verkriechen und erst wieder ins Leben zurückkehren, wenn es ihr besser ginge, und daran hielt sie sich. Erst vierzehn Tage später fuhren wir mit Achilles' knallrotem Fiat 500 nach Bari.

Obwohl ich keine spezielle Kleidervorschrift erhalten hatte, hatte ich mich weltlich gewandet. Sportlich im Wollmantel mit locker gebundenem Gürtel, den Kragen etwas aufgeschlagen, sodass man das hellblaue Hemd und den teuren Pullover sehen konnte. In der Reisetasche hatte ich meine Lederjacke. Bilder von einem einsam gelegenen Schloss und einem romantischen Hotel am mondbeschienenen Meeresstrand schossen mir durch den Sinn, als ich mich neben Achilles in den Fiat quetschte. Als wir bei San Cesareo auf die Autobahn in Richtung Neapel kreuzten, legte ich meine Hand auf ihre. Wenig später wanderte die Hand auf ihren Oberschenkel. Das kleine Auto hatte seine Vorzüge. »Ich hatte so große Sehnsucht nach dir«, sagte sie.

Es war wie ein unbeschwerter Ausflug in den Frühling. Wir alberten herum wie Kinder, während das kleine Auto an sonnigen Berghängen vorbeifuhr und der Himmel sich so blau wie die Glockenblumen bei mir zu Hause über uns wölbte. Wir sprachen nicht über Castel del Monte, nur über uns selbst. Achilles' fieberhaftes Interesse an Friedrichs Hinterlassenschaft schien erloschen, weil ich neben ihr saß. Außerhalb von Bari übernachteten wir in einem Palast aus dem 19. Jahrhundert. »Dieses Mal kein Gefängnis, caro. Dieses Mal ein fürstlicher Palazzo mit einem riesengroßen Bad und einem riesengroßen, weichen Bett.«

Das Hotel lag nicht am Meer, aber in einem weitläufigen Garten. Es war auch nicht vom Mond beschienen, weil sich das Wetter änderte, aber es war ein wunderschöner Ort.

Am Morgen war es vor den großen Sprossenfenstern düster, es regnete, und vom nahen Meer trieben Nebelschwaden durch die Palmen im Garten. Achilles war im Bad verschwunden. Ich lag nackt in dem riesengroßen Bett, hörte sie singen und spürte neben mir noch ihre Wärme und ihren Duft. Keinen Moment lang hatte ich daran gedacht, sie noch einmal nach David zu fragen. Das war nicht notwendig. Sie liebte mich, und erst mit mir hatte ihr Leben begonnen. Ich hörte der Altstimme im Bad zu, dachte an einen Garten mit cremefarbenen Blumen, an Kinder, die darin herumtollten, und an das, was ich mit meinem Theologiestudium in der freien Wirtschaft anfangen würde.

Wir fuhren über die Adriatica nach Andria und dann durchs Land zur Abzweigung nach Castel del Monte. Es nieselte nur noch, aber die dunklen Wolken hingen tief, und der Nebel war auch bis hierher gekommen. Mit dem Auto konnte man nicht bis vor das Schloss fahren. Ein Bus sollte Besucher über eine kleine Straße in die Nähe des Portals bringen, doch es war kein Bus da. Nur ein einsamer Mercedes mit einem deutschen Kennzeichen stand ordentlich geparkt in einer Ecke. Achilles holte einen blauen Schirm mit gelben Bienen aus dem Auto und verstaute die mitgenommene Taschenlampe in ihrer Handtasche. Hand in Hand gingen wir die zwei Kilometer hinauf zu Friedrichs grünem Hügel. Ich hatte nicht das Gefühl, an einem ersehnten Ziel anzukommen, als Friedrichs Burg vor uns aus dem Nebel auftauchte. Ich hatte eine warme, glatte Hand in meiner und die Zukunft vor mir. Aber der einsam und dunkel aufragende Klotz aus Stein beeindruckte mich dennoch. Der Kaiser über das Abendland, das »chint von Pülle«, der erste moderne Mensch auf einem Thron, hier hatte er sein letztes, ungelöstes Rätsel hinterlassen. Erst beim Näherkommen traten die Konturen des Gebäudes hervor. Die Türme des Oktogons waren scharf vom Korpus des Bauwerks abgesetzt, und die wenigen frühgotischen Spitzbogenfenster schienen eher etwas zu verbergen, als sich nach außen hin zu öffnen. Der braungelbe Sandstein wirkte bei diesem Wetter fast schwarz. Das war kein Lustschloss, und es war auch kein Zeichen von irdischem Machtwillen, eher eine nicht fertig gewordene Kirche oder ein gigantisches Mausoleum. Auch die paar aus dem Nebel ragenden Pinien waren kein Zeichen von Leben.

Auf dem Parkplatz stand ein Touristenbus mit der Aufschrift »Buon viaggio – Antonio Carceri«. Wir gingen die Treppe zum Portal hinauf. Von Teschens Goldenem Schnitt bemerkte ich nichts und sah auch nicht Christus unter dem steinernen Bogen sitzen. Ich spürte nur, dass das eiserne Treppengeländer glitschig und die steinernen Stufen rutschig waren, und sagte Achilles, sie solle vorsichtig sein. Innen war es ziemlich dunkel, aber das verglaste Ticketbüro war hell erleuchtet. Darin saß eine dicke Frau in einem schwarzen Kleid, die ihr Gesicht in die Hände gestützt hatte. Als wir vor ihr auftauchten, schreckte sie hoch. Das teigige Gesicht war tränenüberströmt, der nach unten gezogene Mund zitterte. Achilles verlangte ungerührt Eintritt für zwei. Ich fragte, was denn mit ihr los sei. Sie schüttelte den Kopf. »Nichts.«

Sie gab Achilles die Tickets und kassierte den Eintritt. Dann brach es aus ihr heraus. Heute früh habe sie erfahren, dass ihre hochschwangere Tochter in die Klinik gebracht worden sei. Mutter und Kind schwebten in Lebensgefahr. Dabei schluchzte sie und blickte uns fast Hilfe suchend an.

Weil ich mit mir und der Welt eins und glücklich war, überkam mich ein plötzliches Mitgefühl. Automatisch tat ich, was ich gelernt hatte, und sagte freundlich durch die Öffnung in der Glasscheibe: »Der Herr erbarme sich und segne Sie und Ihre Familie.«

Die Frau schaute verdutzt hoch. Achilles zog mich am Ärmel fort und flüsterte in einigem Abstand: »Wir sollten hier besser nicht auffallen.«

In der Eingangshalle schaute uns Friedrich II. aus einem beleuchteten Schaukasten an. Großformatige Fotos zeigten die steinernen Bildnisse, von denen Historiker glaubten, sie stellten den Kaiser dar. Eines sah schrecklich aus. Wie mit einer Axt hatte jemand vor ein paar Hundert Jahren die kaiserlichen Gesichtszüge entzweigeschlagen. Ein Wachmann saß in einer Ecke, reinigte seine Fingernägel und schaute nur kurz auf. Sonst waren wir allein im Raum.

Wie brave Touristen durchquerten wir die Eingangshalle, betrachteten die Kostbarkeiten in den Vitrinen und hörten, ob wir wollten oder nicht, den weit entfernten Ausführungen einer unsichtbaren Reiseleiterin zu, die in einem der Räume dozierte. Um eine gewöhnliche Reiseführerin, die ihr tägliches Programm abspulte, schien es sich jedoch nicht zu handeln. Geradezu wütend schimpfte sie auf den »Verwandler der Welt«, er sei der Antichrist gewesen und ein übler Geselle. Aus ihrer Reisegruppe erfolgte kein Widerspruch. Wir schlenderten in den nächsten Raum. Niemand war da. Nur beleuchtete Glasvitrinen mit Bruchstücken und Säulenresten. Manche Säulen und Kapitelle waren teilweise zerstört, manches schien unfertig, der Boden und die Wände wiesen Risse und Löcher auf. Hier nach einem irgendwann im 13. Jahrhundert versteckten »Heiltum« zu suchen, wäre absolut illusorisch gewesen. Dazu hätte man Lupen und Detektoren, Scheinwerfer und sehr viel Zeit gebraucht. Doch zu unserem Glück hatten wir ja Teschens rechten Turm und seinen Hinweis: *Natürlich irgendwo in der Mitte. Egozentriker sehen sich immer im Mittelpunkt.*

»Hier möchte ich nicht gewohnt haben«, sagte Achilles kühl.

Es hatte wieder wie aus Kübeln zu regnen angefangen. Vor mir lag eines der offenen Portale zum Innenhof. Ich löste mich von meiner Begleiterin und stellte mich unter den gemauerten Bogen. Von oben eingebauten Wasserspeiern oder Austritten im Mauerwerk klatschte Wasser in kleinen Strahlen auf den mit Kalkstein gepflasterten oktogonalen Innenhof. Ich wollte nach draußen, um mir Friedrichs Kaiserkrone von der Innenseite her anzuschauen. Achilles wollte weiter, ließ mir aber meinen Willen und reichte mir ihren Schirm. Als blauer Fleck mit gelben Bienen stand ich in der Mitte des Oktogons. Über mir erstreckte sich der achteckige Ausschnitt des dunklen Himmels, und darüber, nicht sichtbar, verbargen sich die fernen unbekannten Himmelskörper und die bekannten Planeten. Hier stand ich nun genau im Schnittpunkt von Teschens Berechnungen und Friedrichs Schicksalslinien. Hatte ich die Linie Plutos mit den Füßen berührt? Als ich mit nassen Füßen wieder auf die wartende Achilles zustolperte, hörte ich aus dem gegenüberliegenden Portal Chorgesang, einen Frauenchor, der a cappella sang.

»Die haben hier ein Band laufen, damit das Ganze mystischer wird«, sagte Achilles. »Genauso wie in dieser Kirche bei Konstanz, in der wir waren, caro.«

»Das glaube ich nicht«, widersprach ich. Trotz des Geprassels des Regens wurde der Chorgesang lauter. »Dann hätte man Orgelbegleitung oder akustische Finessen eingebaut. Außerdem singen sie zu schlecht. Glaub mir, davon verstehe ich etwas.«

»Das ist ein Choral, nicht wahr?«

»Nicht ganz, es ist ein Hymnus. Aber der Unterschied ist nicht groß. Weißt du, was die da singen?«

»Sag's mir!«, rief Achilles.

»Sie singen das ›Dies irae‹.«

»Und?«

»Der Tag des Zorns. Es wird bei uns im Kloster gesungen, wenn jemand begraben wird. Es ist ein Hymnus über den Tod, das Letzte Gericht und den Weltuntergang.«

»Um Gottes willen!«, entfuhr es ihr. »Das ist ja unheimlich.«

Natürlich konnte man den Text durch den Regen nicht verstehen, aber ich half aus dem Gedächtnis aus: »*Quando iudex est venturus* … Wenn der Richter kommt mit Fragen, streng zu prüfen alle Klagen … Laut wird die Posaune klingen, durch der Erde Gräber dringen … *coget omnes ante thronum* … alle hin zum Throne zwingen … Schaudernd sehen Tod und Leben sich die Kreatur erheben …«

»Hör auf«, fuhr Achilles mir ins Wort. »Du machst mir Angst. Wahrscheinlich ist es nur der Kirchenchor von irgendeinem Kaff in der Nähe, der einen Ausflug macht. Lass uns weitergehen.«

Während die Damen des Kirchenchores unermüdlich weitersangen, betraten wir einen der trapezförmigen Räume, von denen aus man nur über den Hof weiterkam. Entsprechend den richtungsweisenden Pfeilen musste man zum nächsten Portal gehen. Ohne Regenschirm rannten wir über das schmierig gewordene Pflaster. »… *Iuste iudex ultionis, donum fac remissionis* … Richter Du gerechter Rache, Nachsicht üb in meiner Sache«, dröhnten laut die Stimmen des Chores. In dem schwach erleuchteten, leeren Raum standen etwa zehn Nonnen und sangen unter der Leitung ihrer Oberin vom Letzten Gericht. Sie kümmerten sich nicht um uns, sondern sangen unermüdlich weiter. In einer Ecke stand ein dicker uniformierter Aufseher, der das Schauspiel uninteressiert beobachtete. Ich hatte keine Ahnung, welchem Orden die Nonnen angehörten, doch es musste sich um einen Orden strenger Observanz handeln, denn die Kleidung war alles andere als bequem. Die Frauen trugen graue Kutten, Kordeln mit Knoten um den Leib und trotz des regnerischen Wetters Sandalen. Die Gesichter waren umrahmt von weißen Hauben, welche die Stirn bedeckten und über das Kinn reichten. Dazu kamen schwarze Schleier, die ihnen über die Rücken hingen. Es waren junge Gesichter und alte, doch im Ausdruck ließen sie sich kaum unterscheiden. Keine blickte uns an. Zwei der Schwestern hatten offenbar Schwierigkeiten mit ihren Augen. Sie trugen dunkel getönte Brillen. Die singenden Münder waren in dem dunklen Raum wie sich bewegende schwarze Löcher. »…

Lacrimosa dies illa, qua resurget ex favilla … Sel'ges Ende mir verleihe, Tag der Tränen, Tag der Wehen …«

Und dann kam das Ende: »*Pie Iesu Domine, dona eis requiem. Amen.* – Milder Jesus, Herrscher Du, schenk den Toten ew'ge Ruh.«

Die Oberin ließ die Hände sinken, schob sie in die weiten Ärmel ihrer Kutte und beugte den Oberkörper. Die Übrigen folgten. Wir hörten die leise, aber sehr akzentuierte Stimme: »Wir beten nun für Friedrich den schmerzensreichen Rosenkranz und bitten den Herrn, dass er sich dennoch erbarmen möge dieses großen Sünders, denn des Herrn Güte währet ewiglich.« Es war die Stimme der Reiseleiterin von vorhin. Während die Frauen murmelnd mit dem Glaubensbekenntnis auf Latein begannen, gingen wir leise an der Wand entlang zur Tür, die in den nächsten Raum führte.

Achilles schien von dem kleinen Konvent der Nonnen in Friedrichs leeren Gemäuern tief beeindruckt. Leise sagte sie: »Das ist ja schrecklich.«

»Ach, Liebste. Bräute Christi sind eben so, wenn sie einen seltenen Ausflug in die Welt wagen. Zuerst kommt die Bildung. Dann das Gebet für einen Sünder.«

Wütend fuhr sie mich an: »›Bräute Christi‹? Was verstehst du denn schon davon? Und was bist du in deinem gottverlassenen Kloster?«

Darauf wusste ich keine Antwort. Über eine im Turm eingebaute Wendeltreppe stiegen wir ins erste Stockwerk hinauf. Wieder acht trapezförmige leere und unwirtliche Räume. Menschen begegneten wir nicht. Hier oben gab es keine Aufseher, denn es war ja nichts da, was man hätte bewachen können. Wir orientierten uns mit einem Blick durch ein Fenster in die graue Landschaft und strebten dem Saal zu, der an Teschens rechten Turm angrenzte. Das Beten der Frauen war nur noch wie ein leiser, weit entfernter Wind zu hören. Der Raum, in den wir vom Saal aus gelangten, war natürlich wiederum achteckig, klein und von Wänden aus hellem Kalkstein begrenzt. Ein vernünftiger Verwendungszweck war nicht erkennbar. Nach unserer Einschätzung standen wir nun etwa in der Mitte des rechten Turms. Aber die genaue Mitte musste, wenn man den achten Turm gedanklich in zwei gleich große Stücke tranchierte, der Fußboden sein. Achilles hatte mir allerdings von einer Theorie berichtet, nach der das Gebäude ursprünglich drei Geschosse hatte. Zwar war sie heftig umstritten, aber außer Acht lassen durfte man sie nicht und hätte in dem Fall die Mitte natürlich höher ansetzen müssen.

Wenn der Kaiser tatsächlich aus dem Ätna, dem Kyffhäuser oder sonst woher wiederkommen wollte, um seinen Kassiber in Castel del Monte zu finden, dann brauchte er ein Zeichen, eine nur ihm bekannte Auffälligkeit. Und nach diesem Zeichen suchten wir. Achilles holte die Stablampe aus ihrer Handtasche. Sie richtete den Lichtkegel auf die Wände, und ich bewegte mich, den Kopf in den Nacken gelegt, von rechts nach links innerhalb des kleinen Oktogons. Die regelmäßig gehauenen, verschieden großen Kalksteinquader wiesen Risse auf, es gab Vertiefungen, seltsame Verfugungen im Mörtel. Einmal meinte ich, einen Buchstaben zu erkennen, aber es war nur die Maserung im Stein. Nach einer Weile gaben wir die Höhe auf, und ich kniete mich auf den Boden. Einen Moment dachte ich an die Millionen Touristenfüße, die über diese Platten gegangen waren. Stein ist zwar geduldig, aber er wird in Jahrhunderten abgeschliffen, und Zeichen verschwinden. Trotzdem kroch ich pflichtbewusst im Schein der Stablampe das verdächtige Areal ab. Bald würden wir es hinter uns haben und nach Rom zurückkehren. Achilles würde sicher kurzfristig enttäuscht sein, weil sie so viel jünger war als ich und den Erfolg noch brauchte. Aber auf dem Weg war sie immerhin über mich gestolpert, und nun konnte der Erfolg nicht mehr so wichtig sein. Ich würde sie trösten und freute mich darauf. Es blieben nur mehr die Winkel zwischen Fußboden und Wänden. Systematisch rutschte ich auf Knien, die Hände vorne aufgestützt, den Kopf gebeugt, von rechts nach links.

Als ich etwa zwei Drittel der Strecke ergebnislos hinter mich gebracht hatte, hörte ich von oben eine zärtliche Stimme: »Du siehst aus wie ein Muslim, der sein Freitagsgebet in Richtung Mekka verrichtet, Liebster. Allahu Akbar.«

Ich keuchte von unten: »Lass diese häretischen Vergleiche! Was sollen denn die Leute denken …«

Sie lachte.

»Im Übrigen wäre das die falsche Richtung. Wir sind jetzt in etwa der gleichen Höhe wie das Portal, also genau nach Osten ausgerichtet. Nicht aus Mekka kommt das Heil, ex oriente lux.«

Aus dem Osten kommt das Licht.

In diesem Moment sah ich es. Es war klein und unscheinbar, aber es war keine zufällige Laune in der Natur des Kalksteins. Es war ein etwa fünfundzwanzig Zentimeter langer und fünfzehn Zentimer breiter Quader in der Wand, über der Ebene des Bodens, der sich durch Textur, Farbe und Beschaffenheit der Oberfläche vom umliegenden Mauerwerk unterschied. In der Mitte war eine Art Bild in feinen, verschwommenen Linien eingeätzt oder mit einem spitzen Stichel in den Stein geprägt. Etwas Genaues konnte ich nicht erkennen, aber es war etwas Auffälliges. »Hier ist etwas«, rief ich Achilles zu. »Ich kann es aber nicht bestimmen. Vielleicht siehst du mehr als ich.«

Achilles kniete nieder und beugte sich vor, während ich die Stablampe hielt. Ihr kurzer Mantel war hochgerutscht. Ich erahnte die schmalen, jungenhaften Hinterbacken unter den engen, schwarzen Jeans.

»Es ist auf jeden Fall nichts Zufälliges, keine Verwitterung und kein Riss im Stein. Gib mir doch mal meine Handtasche.« Sie holte eine Lupe mit Beleuchtung heraus. »Ein Vogel«, stellte sie fest und legte sich flach auf den Boden. »Es sieht aus wie das Zeichen von Horus.«

Ich zuckte zusammen. »Was?«

»Es ist das Zeichen von Horus. Schau es dir selber an!«

Horus – der altägyptische Gott des Himmels, der lebende Pharao, *»erschienen auf dem Thron der Lebenden, um einen König für immer zu schaffen, einen König, der dauert für alle Zeit«*. Natürlich kannten Friedrich und seine Astrologen die ägyptische Mythologie. Und Teschen hatte uns darauf aufmerksam gemacht, dass es einen wissenschaftlich nachgewiesenen Bezug von Castel del Monte zur Pyramide des Pharaos Cheops in Gizeh gab: Die Seitenlänge der Pyramide entsprach präzise dem Umfang von Friedrichs Burg. Aber deswegen war ich nicht so zusammengezuckt. Erschrocken war ich, weil das Zeichen, das Achilles da über dem Boden gesehen haben wollte, einen Falken darstellen musste. Das Horuszeichen als Hieroglyphe ist ein sitzender Falke. Wenn Friedrich von Hohenstaufen überhaupt je in seinem Leben wirklich geliebt hatte, dann waren es seine Falken gewesen. In jedem zeitgenössischen Bericht über das Leben des Kaisers wurde darauf hingewiesen. Wahrscheinlich fühlte er sich ihnen wesensverwandt. Falke und Gott zugleich – das wäre das gesuchte Zeichen!

Ich lag mit der Lupe in der Hand auf dem Boden. Langsam stand ich auf und sagte: »Du hast recht.«

Zum ersten Mal seit Beginn unserer Suche, seit dem Augenblick, als die schweren Türen in Altingers Keller sich hinter uns geschlossen hatten, überkam mich die dumpfe, erschreckende Ahnung, dass wir tatsächlich etwas finden würden.

Achilles flüsterte atemlos: »Man muss da irgendwie drankommen. Es gibt todsicher einen Mechanismus.«

Ich ließ mich wieder auf den Boden nieder. Der kleine Quaderstein saß genau im umliegenden Mauerwerk. Allerdings konnte ich keine Spuren von Mörtel entdecken. Vielleicht war in der Mitte eine Angel eingesetzt, sodass man den Stein verschieben konnte. Mit wenig Überzeugung drückte ich zuerst links, dann rechts. Ich überprüfte mit der Stablampe die Umgebung des Fundorts. Vielleicht befand sich irgendwo eine drehbare Rosette, ein geheimnisvoller Mechanismus, eine unscheinbare, runde Vertiefung, und dann würde ein drohendes Rumpeln ertönen, ein anschwellendes Grollen, und das ganze Schloss würde über uns einstürzen.

»Wir kommen nicht dran«, sagte ich. »Der Stein ist fest eingemauert. Glaub mir, da ist kein Mechanismus – wir müssen es lassen und später wiederkommen.«

»Wir machen es jetzt oder nie.« Achilles' Stimme wurde laut. »Steh auf und lass mich mal ran.«

»Da rührt und regt sich nichts«, erwiderte ich heftig und erhob mich vom Boden. »Sollen die doch in Rom nachschauen, ob sie etwas finden. Ich jedenfalls gehe jetzt.«

»Lass den Unsinn«, fuhr Achilles mich an. »Du kannst ja gehen, wenn du willst. Aber ich bleibe hier.«

Im nächsten Augenblick hörten wir draußen im Saal Schritte. Geistesgegenwärtig richtete ich den Strahl der Stablampe auf die Quadersteine der Wand und erklärte Achilles etwas Unsinniges über die staufersche Baukunst.

Es war eine der beiden sehbehinderten Nonnen, die plötzlich im dunklen Eingang stand. Stumm blickte sie zu uns herein. Mit der schwarzen Brille inmitten der weißen Haube sah sie aus wie ein großes Insekt. Sie sagte nichts, schaute uns nur an und wandte sich dann wieder um. Ich sah, wie sie gemessenen Schritts die Wände des Saales abschritt und durch die einzige Tür verschwand. Dann leuchtete ich Achilles an und sah, dass ihr schönes Gesicht blass geworden war. »Komm, Liebste, wir gehen«, sagte ich. »Es hat keinen Sinn. Der Stein da unten sitzt bombenfest. Gib es auf und vergiss nicht, dass ich dich liebe.«

»Jetzt oder nie«, wiederholte Achilles verbissen. »Hau doch ab, wenn du Angst hast.«

Kurze Zeit wartete sie, und als ich keine Anstalten machte, zu gehen, gab sie mir die Lampe zum Halten. Sie stemmte sich an der Mauer ab, holte mit dem rechten Bein aus und trat mit ihrer weinrot beschuhten Fußspitze, so kräftig sie konnte, gegen die rechte Seite des Horussteins. Zweifellos tat es weh, aber der Stein hatte sich ein wenig verschoben. Sie versetzte ihm einen weiteren

Tritt. Ich legte mich wieder auf den Boden und drückte mit der Hand nach. Jäh gab der Quader nach, drehte sich um sich selbst und gab einen perfekt ausgemeißelten Hohlraum frei. Drinnen lag Friedrichs Geheimnis. Es war schwarz, ungefähr fünfzehn Zentimeter lang, im Durchmesser wie das schmale Handgelenk meiner Achilles und, als ich es in die Hand nahm, überraschend schwer. Ich schob den Stein wieder an seinen Platz.

Ich weiß heute nicht mehr, was ich damals empfunden habe. Die Dimension war zu groß. Glaubte ich, die Schrift Gottes in der Hand zu halten? Warum verbrannte sie mir nicht die Finger? Dachte ich an die alles erschütternden Auswirkungen dieses schweren, uralten Gegenstands? An die kluge Zikade PiBi? Viel Zeit hatte ich nicht zum Grübeln. Von oben fragte Achilles: »Hast du es?«

Ich antwortete nicht.

»Gib's mir!«

Ich stützte mich mit der linken Hand auf dem Boden ab und stand schwer atmend auf.

»Gib's mir!«

Zwischen den geschwungenen schwarzen Augenbrauen hatte sich eine steile Falte eingegraben. Der volle Mund war leicht geöffnet, die rechte Hand streckte sich mir entgegen. »Los, mach schon! Gib es mir!« Ich sah in ihr Gesicht. In der vergangenen Nacht hatte sie nackt über mir gekniet, während ich ausgestreckt auf dem Rücken lag. Sie hatte sich vorgebeugt und meine Handgelenke fest auf das Bett gedrückt. Ihr schmales, jungenhaftes Becken hatte sich rhythmisch vor und zurück bewegt. Kurz bevor ich ihr ganz ausgeliefert war, hatte ich ihre laute, keuchende Stimme gehört: »Gib's mir!«

Ich steckte das schwarze Ding in meine Manteltasche und sagte: »Nein, jetzt nicht.«

Achilles funkelte mich wütend an. Als ich aus dem kleinen Turmraum in den großen Saal treten wollte, packte sie mich am

Ärmel. Sie schrie fast: »Gib das Ding her. Du weißt nicht, was du tust. Bitte!«

Ich riss mich los. Draußen stand ein asiatisches Paar in Regenmänteln aus durchsichtigem Plastik, das in den Anblick des Kreuzgewölbes versunken war. Achilles verstummte sofort. Ich steuerte die Tür des angrenzenden Saales an, und sie folgte mir. Dann tauchte die Nonne plötzlich aus dem Dunkel im Türrahmen auf und kam auf uns zu. Sie machte keineswegs den Eindruck einer demütigen Braut Christi, vielmehr schien es, als wollte sie mir den Durchgang verwehren. Die Hände schlüpften aus den Ärmeln. Es waren sehr große und wenig feminine Hände. Im selben Augenblick erhellte ein greller Blitz den Raum. Die Nonne hob beide Arme vor ihr Gesicht. Als ich mich umdrehte, sah ich, dass die Asiatin ihre Digitalkamera hochgehoben hatte. Als sie bemerkte, was sie bei der geblendeten Nonne angerichtet hatte, machte sie eine entschuldigende Verbeugung und entblößte schief stehende Zähne. Mit schnellen Schritten ging ich durch die Tür. Achilles stürmte hinter mir her. »Nicht so schnell«, rief sie. »Ich komme nicht mit.«

Ich war der Meinung gewesen, wir wären in dem Turm, der an diesen Raum grenzte, aufgestiegen, doch das erwies sich als Irrtum. Nebenan befand sich ein leeres Gelass ohne Stufen. Achilles, die auf ihren hohen Absätzen stolperte, keuchte: »Gib mir das Ding, und wir gehen ohne Aufsehen zum Ausgang.«

»Nein«, sagte ich. »Jetzt nicht. Vielleicht später.« Im Grunde wusste ich nicht einmal, warum ich so stur war. Ich wollte allein entscheiden über das Ding, das ich schwer in meiner Manteltasche fühlte und das beim Laufen gegen meinen Schenkel schlug. Vielleicht war ich auch einfach zu erregt, um mich vernünftig zu verhalten. Als ich aus dem falschen Turmgelass heraustrat, kam die Nonne durch die Tür. Sie nahm die dunkle Brille ab, was ihr Gesicht nicht freundlicher machte. Aufgrund der dämmrigen Beleuchtung und der Haube war es ohnehin kaum zu erkennen. Vor den Mund hielt sie sich einen Gegenstand. Ich glaubte, leises

Murmeln zu hören. Hinter der nächsten Tür fand ich endlich den Turm mit der engen, links laufenden Wendeltreppe. Zuerst hallten meine Schritte durch die Stille, dann das Klappern von Achilles' Absätzen und schließlich das Klatschen von nassen Sandalen auf den steinernen Stufen.

Als ich unten als Erster in den Saal hinaustrat, erwartete mich ein großer Teil des Konvents der grauen Schwestern. Sie standen verstreut herum, aber alle schauten ungerührt und, wie mir schien, drohend auf mich. Allerdings war inzwischen noch eine weitere Reisegruppe in Friedrichs Schloss eingetroffen. Mehrere Touristen schauten in die Vitrinen mit den alten Steinbrocken. Ich hörte, wie hinter mir Achilles schwer atmend aus dem Turm herauskam. Man sollte annehmen, dass Castel del Monte ein recht übersichtliches Gebäude ist. Oben acht Räume, unten acht Räume und in der Mitte ein achteckiger Hof. Leider ist dem nicht so. Die unteren Säle sind nicht immer mit Türen zum nächsten Raum versehen, und man muss durch zwei Portale des Innenhofes, um wieder zum Ausgang zu gelangen. An beiden Türen des Saales stand wie zufällig eine Nonne. Die anderen hatten sich im Raum verteilt. Ich entschied mich für die linke Tür. Als ich mich an der grauen Wächterin vorbeidrängte, sagte sie ganz nah an meinem Ohr: »Sie kommen hier nicht raus.« Es war eine dunkle, heisere Stimme. Nicht die Stimme einer frommen Frau, die gerade einen Rosenkranz gebetet hatte. »Sie kommen hier nicht raus!«

Panik stieg in mir hoch, und das Ding in meiner Tasche schien mehr zu wiegen, als ich tragen konnte.

Im nächsten Raum war niemand. Nur der dicke Wärter saß wie vorhin in der Ecke auf seinem Stuhl. Hätte ich bei ihm Schutz suchen sollen? Ich rannte an ihm vorbei zum Portal und dann in den Innenhof hinaus. Hinter mir hallte das nervöse Klicken von Achilles' Absätzen und dann das Klatschen vieler Sandalen. Der Wachmann schreckte aus seinem Halbschlaf auf und rief: »Hier wird nicht herumgerannt! Hören Sie mit dem Unsinn auf!«

Draußen regnete es immer noch, aber nicht mehr so stark.

Achilles' Schirm mit den gelben Bienen hatten wir vermutlich beim Stein des Horus stehen lassen. Wir überquerten den Innenhof. Nach meiner Erinnerung mussten wir beim nächsten Portal wieder ins Gebäude, um dann durch den dortigen Raum in die Eingangshalle zu gelangen. Auch hier standen ein paar Touristen vor den Vitrinen. Oder sie saßen schon ermüdet auf dem Sims an der Wand. Aber auch hier trieben sich die grauen, zielstrebigen Frauen herum, die so sanft für das »Staunen der Welt« gebetet hatten. Mein Rennen hatte Aufsehen erregt. Der dicke Wachmann war offenbar in den Regen getreten und hatte seine Kollegen alarmiert. Als wir in der Eingangshalle ankamen, hörte ich Männerstimmen, lautes Rufen und das Geräusch fester Stiefel. Vor mir befand sich das verglaste Ticketbüro, daneben das große, offene Eingangsportal. Eine der Nonnen überholte mich und stellte sich mir direkt in den Weg. Was sollte ich tun? Ich wollte mit der Schrift Jesu Christi hinaus. Ich wollte keine Fragen beantworten, nicht meine Taschen ausleeren, nicht mit Nonnen und Wachmännern diskutieren, sondern mit dem schweren Ding in meiner Manteltasche allein sein und dann entscheiden. Einen Augenblick lang glaubte ich, Achilles wäre nicht mehr hinter mir. Dann aber hörte ich ihre klare Stimme: »Wir müssen da durch. Los!«

Ich rannte los und schubste die Nonne mit einem kräftigen Ruck zur Seite. Damit hatte sie nicht gerechnet. Kurz war ich sicher, einen mir bekannten Duft nach Maiglöckchen oder Lavendel wahrzunehmen. Aber die aufkeimende Erinnerung wurde zugedeckt durch den Geruch von Moder und Weihrauch. Die Nonne stolperte und taumelte gegen die Vitrine mit den Urkunden, Siegeln und Schmuckstücken. Es klirrte. Im nächsten Moment war das Schloss auf dem grünen Hügel von einem schrillen auf- und absteigenden Pfeifen erfüllt. Die Alarmanlage funktionierte und war auf dem neuesten Stand.

Hinter uns schlossen sich mit einem dumpfen Laut die schweren Türflügel. Achilles und ich rannten den Hügel hinunter.

Bis auf ein leises Nieseln hatte der Regen aufgehört. Achilles blieb hinter mir stehen. Ich blieb ebenfalls stehen, drehte mich um und sah ihr Gesicht, das verzerrt war, als würde sie gleich vor Wut oder Verzweiflung heulen. Sie stellte ihre Handtasche neben sich auf die Straße und zog sich mit hastigen Bewegungen die weinroten Stöckelschuhe aus. In der einen Hand die Tasche, in der anderen die Schuhe, lief sie weiter, und auch ich setzte mich wieder in Bewegung. Niemand schien uns zu verfolgen, und es kam uns auch niemand entgegen. Als wir den Parkplatz erreichten, keuchten wir. Auch dort war keine Menschenseele. Das deutsche Auto war weg. Achilles sperrte den Fiat auf, warf Tasche und Schuhe auf den Rücksitz und setzte sich hinter das Steuer. Mit beiden Armen umfing sie das Lenkrad, beugte sich vor und begann zu schluchzen. Ich warf mich neben sie auf den Sitz und knallte die Tür zu. Ich musste etwas sagen. »Ich glaube, wir sollten losfahren. Ehe aus dem Gebüsch noch mehr von diesen furchtbaren Nonnen auftauchen.«

Sie schluchzte weiter.

»Vielleicht hat Kaiser Friedrich einen geheimen Frauenorden gegründet«, versuchte ich, sie mit einem schwachen Scherz aufzuheitern. »Und der sollte über Jahrhunderte hinweg sein Geheimnis beschützen – in Romanen kommt doch so etwas immer vor.«

»Lass den Blödsinn«, fauchte sie noch immer schluchzend. »Du bist doch schuld an diesem Irrsinn, du mit deiner Machotour. Hättest du mir das Ding gegeben, wäre das alles nicht passiert.«

»Wieso denn das?«, fragte ich verblüfft.

»Bist du so blöd, oder tust du nur so? Die Schwester da oben hat unseren Streit mitbekommen, und dann haben sie geglaubt, wir hätten etwas gestohlen oder kaputt gemacht. Die waren ganz harmlos, aber du musstest ja den großen Zampano spielen und sie auf uns aufmerksam machen!«

Ich legte ihr versöhnlich die Hand auf die Schulter.

Sie schrie auf: »Rühr mich nicht an!«

Sie steckte den Zündschlüssel ins Schloss, fuhr mit Vollgas los und schaltete den Scheibenwischer an, obwohl es nicht mehr regnete. Ein Bus kam uns entgegen. Neue zahlende Gäste für Castel del Monte. Viel würden sie nicht zu sehen bekommen, und Friedrichs Geheimnis, das der Burg seine Seele eingehaucht hatte, war fort. Vielleicht waren die großen Tore sogar geschlossen, weil man auf die Polizei wartete.

Wir fuhren zurück nach Andria. Achilles schaltete den Scheibenwischer wieder aus. Im Zentrum von Andria bog sie nach links ab. Inzwischen hatten sich die Wolken verzogen, und die Sonne schien so wie gestern, als Achilles und ich durch die Hügel Apuliens nach Bari gefahren waren. Ein paar Kilometer weiter stoppte sie abrupt den Fiat, setzte den Wagen zurück und holperte in einen Feldweg hinein. Der endete aber nach etwa zweihundert Metern im Niemandsland. Das braungelbe Gras war noch feucht, aber wir fanden unter einer einsamen Pinie den geeigneten Platz: ein paar flache Felsen, die von der Sonne schon getrocknet und wie für uns geschaffen waren – ein Stein für Achilles, einer für mich und der in der Mitte für den Kaiser. Achilles war wortlos ausgestiegen und hinaus auf die verdorrte Wiese gegangen. In der Ferne konnten wir auf dem Hügel Castel del Monte sehen, das jetzt in der Farbe matt ziselierten Goldes schimmerte. Wie ein ertappter, aber wenig bußwilliger Sünder war ich ihr gefolgt. Wir setzten uns auf die unbequemen Steine. Sie lächelte schief. Ihre Wut schien sich gelegt zu haben. Die schwarzen Locken waren noch feucht und kräuselten sich. »So, caro, und nun sei so lieb und gib mir das Ding.«

Ich griff in meine Manteltasche. Der Gegenstand hatte nichts Spektakuläres an sich, die Türme hatten nicht gewankt, und Castel del Monte war nicht über uns zusammengestürzt. Und doch konnte dieses unscheinbare Ding 2000 Jahre Kirchengeschichte zunichtemachen. Es war eine Art Pyxis, ein im Mittelalter durchaus gebräuchliches Behältnis, in dem man Reliquien aufbewahrte, um sie mit sich führen zu können. Man verwendete eine solche Pyxis auch als Ziborium für konsekrierte Hostien, wenn der Priester zu Sterbenden oder Kranken gerufen wurde. Ungewöhnlich waren nur die Form und das Material. Pyxiden sind rund, diese war oktogonal, und beim Herausnehmen entdeckte ich, dass der Behälter aus schwerem Gold war. Das Metall war zwar dunkel angelaufen, aber es schimmerte durch die Oxidationsschicht. Bei näherer Betrachtung entdeckte ich auf der Oberseite der achteckigen Verschlusskappe in jeder der Ecken einen kleinen Kreis. Die Kreise gruppierten sich um einen größeren Kreis in der Mitte, und alle waren durch feine Linien miteinander verbunden. Der Grundriss von Castel del Monte. An der Kappe waren vier Ösen angelötet. Die Drähte, die daran hingen, waren mit weiteren Ösen verbunden, die in der Mitte des Konus eingearbeitet waren. Über zwei dieser Drähte, die offensichtlich auch aus Gold bestanden, waren Siegel aus Wachs gedrückt. Obwohl das Wachs mürbe geworden war, erkannte ich das Majestätssiegel Kaiser Friedrichs II., den sitzenden Kaiser mit den Reichsinsignien. Auf dem zweiten Siegel waren die drei Löwen der Staufer. Während ich die Pyxis in meinen Händen drehte, sagte ich die Ergebnisse meiner Untersuchungen laut vor mich hin wie ein Sachverständiger vor Gericht. »Aufmachen ist schwierig. Dazu sitzen die Siegel noch zu fest.«

Achilles gab keine Antwort.

»Aber sie sind schon ziemlich morsch. Sie könnten abgefallen sein ... Die Drähte sind an den unteren Ösen angelötet, aber sie sind fast 800 Jahre alt, und wer weiß, wie perfekt die damals gelötet haben.«

»Wahrscheinlich besser als wir heute«, sagte Achilles.

»Du willst nicht wissen, was drin ist?«

Sie blickte in die steppengelbe Landschaft. »Nein, will ich nicht. Was soll schon anderes drin sein als das, was wir annehmen?«

»Und du willst es abliefern?«

»Natürlich. Wir haben eine schwierige Aufgabe gestellt bekommen, und wir haben sie gelöst.«

»Obwohl du weißt, was das für Konsequenzen haben kann?«
»Um die Konsequenzen sollen sich andere kümmern.«
»Manchmal ist es besser, etwas nicht zu finden«, wandte ich ein.
Von Neuem gab sie mir keine Antwort.
Ich legte das schwere Artefakt vorsichtig auf den Felsen in unserer Mitte.
Sie schien vorausgeahnt zu haben, was ich vorhatte. Als ich den Stein in die Hand nahm und mit dem Arm ausholte, um Friedrichs Unding zu zertrümmern, es zu einem Fladen aus geschichtslosem Gold zu schlagen, sprang sie auf. »Bist du wahnsinnig, du Idiot?«, schrie sie und stürzte sich auf mich.

Ich fiel neben den Felsen auf den lehmigen Boden. Meine rechte Wange schmerzte, und ich fühlte, dass ich blutete. Ich setzte mich auf und suchte meine Brille, die durch den Schlag von Achilles' kleiner Faust davongeflogen war. Ich fand sie und war überrascht, dass sie noch ganz war. Dann merkte ich, dass es vor meinem linken Auge dunkel wurde. Als ich mühsam aufstand, sah ich einäugig, dass die Pyxis nicht mehr auf ihrem Felsen lag.
Achilles war zum Fiat gegangen. Sie saß auf dem Fahrersitz, hielt ihr Handy in der Hand und hatte offenbar eine Nummer gewählt und wartete. Ich hörte, wie sie vor sich hin redete: »Verdammter Scheiß, immer wenn man ihn braucht, ist er nicht da, sondern betet für die Welt.«
Ich sah ihre schmalen Finger mit den kurzen Nägeln, die mir gerade so erfolgreich das Gesicht zerkratzt hatten, eine neue Nummer wählen. »Komm schon, du alter Schleicher. Auch wenn dich der Schlag trifft, geh endlich dran.« Er tat es. »Padre Bertonazzi?«, rief Achilles, und nach einer Pause: »Ja, wir haben etwas gefunden.« Eine Weile lang hörte sie lediglich zu, dann sagte sie: »Okay. Wir fahren sofort zurück und melden uns im Santo ufficio. Geben Sie an der Pforte Bescheid?«
Das bestätigte er offenbar. »Okay«, sagte sie noch einmal. »Ja, ich habe verstanden. Sie warten die ganze Nacht auf uns.«

Damit war das Gespräch beendet. Ich stand unter der Pinie, merkte, wie mein linkes Auge zuschwoll, und spürte Blut, das mir über Wange und Kinn in den Kragen meines neuen Hemdes tröpfelte. Sie saß im Auto und legte ihr Handy zur Seite. Sie schaute mich an und vollführte eine kleine Geste mit der Hand. »Steig ein oder steig nicht ein. Eigentlich ist es jetzt egal, aber was willst du hier alleine in der Pampa?«

Ich stieg ein.

Sie sagte mit bodenloser Verachtung: »Ich hätte es wissen müssen. Von Anfang an. Du hast nie geglaubt, dass wir es finden. Und jetzt, wo wir es haben – du bist ein Feigling!«

Die Rückreise war ein Albtraum. Achilles schaffte die knapp fünfhundert Kilometer in kaum vier Stunden, obwohl auf der Autobahn höllischer Verkehr herrschte. Kurz vor Grottaminarda fing es wieder stark zu regnen an, was Achilles nicht davon abhielt, den Cinquecento mit Höchstgeschwindigkeit zu fahren. Sie überholte rücksichtslos links oder rechts, und die Geschwindigkeitsbegrenzung war ihr vollkommen egal. Sie saß mit ausdruckslosem Gesicht hinter dem Steuer. Wenn ich zusammenzuckte oder erschrocken zurückwich, weil sie um ein Haar auf einen Lastwagen auffuhr, blickte sie kurz und böse zu mir herüber. Kurz kam mir der Gedanke an einen Unfall, ein brennendes Auto und zwei verschmorte Leichen, die über einem geschmolzenen Batzen Gold lagen. Einmal erhaschte ich einen Blick in den Rückspiegel. Mein linkes Auge war rundum verschwollen. Über meine rechte Wange zog sich ein Kratzer bis zum Kinn. Das bisschen Blut war getrocknet und verkrustet.

Kurz nach Neapel tankten wir. Achilles kramte aus ihrer Handtasche ein Papiertaschentuch und gab es mir in die Hand. »Du musst dir das Blut aus dem Gesicht wischen.«

Dafür war es aber zu spät. Ich spuckte auf das Papier und rieb an meinem Gesicht herum. Es tat weh, und auf dem Zellstoff zeigten sich nur geringe rote Spuren. Schließlich ließ ich es bleiben. Auf den Rücksitzen standen unsere Reisetaschen. Dazwischen stand Achilles' Handtasche, und in der lag Friedrichs Ding. Sie hatte es in ihren Schal, weinrot, passend zu ihren Schuhen, gewickelt. Den Rest der Fahrt brachten wir schweigend hinter uns.

Die Ewige Stadt, das Zentrum der Christenheit, empfing Jesus Christus, wenn er denn wirklich in seiner Handschrift hinter uns auf dem Rücksitz lag, mit Regen und dem üblichen Verkehrschaos. Achilles trommelte mit den Fingern auf das Lenkrad, hupte so unbeherrscht wie die anderen und zischte Unziemliches. Die Schleichwege, die sie anvisierte, erwiesen sich als dunkle Gassen, die an einer Baustelle endeten. Wenn mir innerlich nicht so übel gewesen wäre, hätte ich der Situation durchaus etwas Komisches abgewinnen können. So aber saß ich schweigend neben Achilles und blickte starr durch die Windschutzscheibe. Mir fiel kein Wort, kein Satz ein, mit dem ich das Schweigen hätte brechen können. Ich war mir nicht einmal sicher, ob ich es brechen wollte.

Es war gegen 21 Uhr, als wir im Santo ufficio ankamen. Es hatte zu regnen aufgehört. Das Gebäude lag düster und unbelebt vor uns. Die Archivare, die Prälaten, die sich mit Häretikern in Bangalore oder Zürich, mit der Überprüfung von Wundern und nicht erklärbaren Heilungen befassten, waren längst nach Hause gegangen. Die paar Nonnen, welche die Computer bedienten oder Kaffee kochten, waren um diese Zeit in ihren Klöstern oder Kongregationshäusern beim Gebet. Ich blickte nach oben, fand jedoch kein erleuchtetes Fenster. Bertonazzis Mansarde musste nach hinten hinaus liegen. Achilles griff hinter sich und griff nach der Handtasche. Ich wurde gar nicht gefragt und hätte genauso gut sitzen bleiben können.

An der Pforte erwartete uns ein junger Kleriker. Er verzog keine Miene, als er mein blaues Auge und den verschorften Kratzer auf meiner Wange sah, fragte mit geschulter Freundlichkeit nach unseren Namen und ob wir den Weg wüssten. Achilles sagte mit Abscheu in der Stimme, sie sei hier noch nie gewesen. Ich hätte den Weg auch nicht wiedergefunden, also führte er uns mit raschelnder Soutane durch die nur dürftig erhellten Gänge, Flure und Treppenhäuser. Vor der Resopaltür von PiBis seltsamer Kommandozentrale blieb er stehen, verbeugte sich kurz und trat den Rückweg an. Achilles blickte mich an. Ich klopfte kräftig, weil ich wusste, dass PiBi sich hinter einer gepolsterten Doppeltür verschanzt hielt. Unvermittelt, als hätte er auf das Klopfen gewartet, öffnete er.

»Kommen Sie herein«, sagte PiBi und schloss sorgfältig beide Türen hinter uns. Dann trat er hinter seinen zerkratzten Katheder, streckte, ohne uns anzusehen, den Arm aus und öffnete die Hand. Herrisch und mit nie erlebter Autorität fragte er: »Wo ist es?«

Achilles griff unwillkürlich nach ihrer Tasche.

»Geben Sie es schon her, Dottoressa.«

Sie nahm die Tasche von der Schulter, stellte sie auf den Schreibtisch und tauchte ihre schmale, gebräunte Hand hinein. Dann schob sie Friedrichs Geheimnis, eingewickelt in ihren Schal, in Bertonazzis Hand. Der legte den Gegenstand auf die Tischplatte, setzte sich und schlug die seidene Stoffbahn zur Seite. Einige Sekunden lang betrachtete er den achteckigen Zylinder, als müsste er vor einem eingesperrten giftigen Tier ausharren. Dann wandte er sich mir zu. Die Verletzungen in meinem Gesicht hatte er längst registriert, und ich hatte den Eindruck, dass er deren Ursache erahnte. Noch etwas anderes glaubte ich in diesen einsamen, grau umrandeten Augen zu sehen. Bedauern und die Frage: *Warum hast du es nicht klüger angestellt, kleiner Bruder?*

»Ich danke Ihnen für Ihre Mühe«, sagte er endlich kühl. »Bitte schließen Sie die Türen hinter sich. Der Pförtner lässt Sie hinaus.« Ehe ich die erste Tür schloss, sah ich, wie er, die Ellbogen aufgestützt, das Gesicht in den Händen, auf den unscheinbaren Gegenstand starrte.

Unten wartete bereits der junge Kleriker. Als er uns um die Ecke kommen sah, nahm er seinen Mantel aus einem Schrank, ging dann mit uns hinaus und versperrte sorgfältig das Portal. Ich stellte mir vor, wie Pietro Bertonazzi, der geprügelte Junge aus den Abruzzen, da oben in seiner Bude saß und das Ding anstarrte.

Wie er ganz alleine durch die leeren Hallen, Säle und geheimen Kellergewölbe irrte und sich dann im letzten Winkel auf einer Pritsche zu einem von Albträumen verseuchten Schlaf niederlegte. Hinter Achilles trottete ich zum Auto. Sie fuhr mich noch zum Ghislenghi. Ich griff nach hinten und holte meine Reisetasche. Bevor ich die Tür aufmachte, berührte sie kurz meine Hand und sagte: »Leb wohl, caro.«

Ich schwieg und stieg aus. Achilles brachte den laufenden Motor auf Touren und fuhr mit einem Ruck los.

OPENING FILE

Imperator Fridericus Secundus Romanorum Caesar Semper Augustus Italicus Siculus Hierosolymitanus Arelatensis Felix Victor Ac Triumphator/dies irae//domini infantibus.

Was soll ich eigentlich noch berichten? Du weißt doch sowieso, was geschehen wird. Jeder weiß es. Ist es inzwischen nicht Kirchengeschichte? Die nächste Osternacht. Blau und golden stand der Himmel über der Stadt. Der Tag ging zu Ende; die Schatten der Heiligenstatuen auf den Bernini-Arkaden fielen länger auf den riesigen Platz. Der Obelisk in der Mitte wirkte rosig, fast durchscheinend. Langsam wurde der Tag zur Nacht, zur Nacht des Karsamstags, die zum Tag der Auferstehung des Herrn führte. Die überall im Verborgenen aufgestellten Scheinwerfer brachten den gigantischen Dom und die alles umfassende Kuppel Michelangelos zum Leuchten. Darunter ruhte das Grab des Apostels Petrus, des kleinen Netzfischers auf dem See Genezareth, sowie die Gräber vieler heiliggesprochener und unheilig gebliebener Vorgänger des Papstes Formosus II. in ihren dunklen, heute verlassenen Nischen. Das Zentrum der Christenheit lag hier, das Zentrum von einer Milliarde Menschen, und dies war die Nacht des Durchgangs, in der Jesus Christus durch den Tod zum Leben schritt, zur Auferstehung am Ostermorgen.

Die Hallen des Domes waren dunkel. Dreifach gesungen erklang das einsame »Lumen Christi«, Licht des Herrn, Kerzen wurden entzündet, heller Schimmer breitete sich wellenartig für das größte und wichtigste Fest der katholischen Kirche aus. Die Liturgie erklang in einer jahrtausendealten Sprache, die keiner mehr sprach. Der Heilige Vater erschien im Licht der Kerzen unter Berninis Altarhimmel. Für die hinten Stehenden war er als winzige goldene Ikone sichtbar, für die Fernsehkameras in der Welt als schmaler, alter Mann in goldenen Gewändern, der lächelte wie ein freundlicher Delfin. Um ihn herum scharte sich eine große Anzahl von Männern, uralte Männer, die gebeugt die vorgeschriebenen Schritte unternahmen, junge Männer, Buben mit frommem Augenaufschlag. Und in der Mitte stand der Nachfolger des heiligen Petrus. Es gab eine kleine Pause, ein Atemholen für den nächsten genau geplanten Teil des Gottesdienstes. Für gewöhnlich war im Ritual der Osternacht nichts Neues vorgesehen, doch diese Nacht war nicht gewöhnlich. Der Papst winkte kurz. Die brennende Osterkerze wurde ihm aus der Hand genommen. Der Camerlengo der heiligen römischen Kirche, Kardinal Sparacio, trat zu einem kleinen Tisch. Dann krönte er den Papst mit der Tiara. Es wurde still in der nunmehr hellen Basilika. Auf der Legende des Zeremonienmeisters stand als Nächstes ein in gregorianischem Duktus vorzutragendes Gebet. Leises Gemurmel begann im Dom der Christenheit. Die Mitzelebranten, Diakone, Akoluthen und Zeremoniare schauten einander verblüfft und verstohlen an. Dann rückte der Heilige Vater das vor ihm stehende Mikrofon näher zu sich heran. Man hörte ein leises Räuspern, gefolgt vom Geraschel von Papier. Es war das erste Mal, dass Formosus II. nicht frei sprach. Die Stimme, die inzwischen nicht nur jeder Katholik, sondern die ganze Welt kannte, hallte aus den Lautsprechern. Das erste und einzige Mal in seiner ganzen Regierungszeit benutzte Formosus II. den Pluralis Majestatis:

»Geliebte Brüder und Schwestern in unserem Herrn Jesus Chris-

tus, Wir wollen euch in dieser Nacht des Todes und der Auferstehung etwas sagen, etwas ganz Persönliches und etwas als der, zu dem Uns der Heilige Geist durch die Hilfe meiner geistlichen Brüder gemacht hat. Nach langem Gebet und inständigen Bitten, in eingehender Erforschung der Lehre der heiligen katholischen und apostolischen Kirche sowie der Gesetze, welche uns die Natur eröffnet hat, und in Zwiesprache mit meinen Vorgängern auf diesem Stuhl, insbesondere mit den verehrungswürdigen Leo XIII. und Pius XI., dem heiliggemäßen Paulus VI. und dem heiligen Johannes Paulus II., haben Wir beschlossen, euch, die ihr hier versammelt seid, und der ganzen Welt zu sagen, dass Wir am Tag des Todes der Apostel Petrus und Paulus ein Dogma verkünden werden, das beginnen wird mit den Worten ›Domini infantibus‹, den Kindern des Herrn, für euch hier und für alle in der Welt, die Kinder des Herrn Jesus Christus sind, und für alle, die nach euch kommen werden. Wir werden erklären und definieren, dass es ein von Gott geoffenbartes Dogma ist, dass jedweder, Wir sagen: jedweder Eingriff in die von Gott dem Menschen gegebene Natur und der damit untrennbar verbundenen Fähigkeit, das Leben weiterzutragen, gegen Gottes Willen gerichtet und damit anathema ist. Es ist nicht die Sache des Einzelnen, darüber zu entscheiden, es ist die Sache des Lehramtes der katholischen Kirche, die im alleinigen Besitz der Wahrheit ist. Sollte es deshalb jemand wagen, was Gott abwende, dies entweder zu leugnen oder freiwillig in Zweifel zu ziehen, was von Uns definiert werden wird, so soll er wissen, dass er vom göttlichen und katholischen Glauben ganz und gar abgefallen ist.«

Sparacio nahm dem Papst die Tiara wieder ab, und die Osterliturgie nahm ihren normalen Fortgang.

Anathema, sei verflucht? Ein Begriff aus dem Mittelalter. Längst aus dem Wortschatz der Kirche gestrichen. Aber der Papst ist nicht an Zeit und schon gar nicht an Gebräuche und Riten gebunden.

Soll ich Dir noch von den neun Wochen bis zum 29. Juni, dem Fest der Apostel Petrus und Paulus, berichten? Der Papst und die katholische Kirche kamen nicht nur in sämtliche Schlagzeilen, sie kamen vor allen Dingen nicht mehr heraus.

Plötzlich schwebte das »Anathema« über einem Lehrsatz der Kirche, der so neu nicht war, sondern schon seit der Enzyklika Pauls VI. »Humanae vitae« Geltung hatte: Keine wider die Natur gerichtete Empfängnisverhütung in der christlichen Ehe! Wer aber hatte sich daran gehalten? Man müsse das doch nicht so ernst nehmen, hieß es, es sei schließlich die Gewissensentscheidung jedes Einzelnen, und in den Beichstühlen, wenn sie denn überhaupt besetzt waren, kam das Problem nicht mehr vor. Jetzt jedoch galt es nicht mehr allein für die christliche Ehe, sondern für alle, und es stand unter dem Bannfluch Anathema – ausgestoßen aus der Gemeinschaft der Gläubigen. Anathema, das bedeutete, der Heilige Vater und alle anwesenden Bischöfe und Kardinäle würden ihre Fackeln umdrehen und sie auslöschen. Wie am 17. Juli 1245 in Lyon, als Innozenz IV. Friedrich II., die Bestie, das Tier, den König der Pestilenz, absetzte.

Es ist mir zu langweilig, diese Wochen noch einmal an mir vorüberziehen zu lassen. Wenn Du es vergessen haben solltest, schau im Internet unter »domini infantibus« nach, und Du findest Tausende von Aufrufen! Ein Aufschrei ging durch die liberale Presse, die Laiengremien, die Bischöfe und Kardinäle. Protest kam von Politikern, die Gefahr eines universellen Schismas wurde beschworen, die einen sahen die Kirche wieder im Mittelalter, die anderen auf dem Weg zu Jesus Christus. Ich glaube, es war ein Bischof aus einer kleinen Diözese in Deutschland, der als Erster die Worte Johannes' des Täufers über den kommenden Messias, die in Matthäus 3, Vers 12 überliefert sind, in sein dunkles gotisches Kirchenschiff schleuderte und damit die Vorlage für immer mehr gleichlautende Predigten überall in der Welt lieferte: »Er hat die Wurfschaufel in der Hand und wird damit die Spreu vom Weizen trennen. Den Weizen wird er in die Scheune bringen, die Spreu wird er in nie erlöschendem Feuer verbrennen.« Entscheidet euch! Deus lo vult!

Aber kein Wort ließ der Papst über das Ding verlauten, das nun offenbar kein Ding mehr war, sondern die Schrift Jesu Christi. Kein Wort über den »Tod auf Erden und wieder auf Erden, so lange, bis ihr eins seid mit dem Vater …«

Was tat ich eigentlich in dieser Zeit noch in Rom?

Rom IX

Man hatte mich offenbar vergessen. Ich wohnte weiterhin im Ghislenghi. Niemand forderte mich auf, zu gehen, zu bleiben oder eine andere Aufgabe zu übernehmen. Es wäre, so glaube ich, niemandem aufgefallen, wenn ich meine Sachen gepackt hätte und nach Mattenthal zurückgefahren wäre. Tante Elvira hätte ergeben auf den nächsten Gast gewartet und die Blumen vor dem Bild des heiligen Josemaría erneuert.

Ich weiß eigentlich heute nicht, weshalb ich in Rom ausharrte. Das immer stärker werdende Gedränge auf dem Petersplatz, die immer größer werdende Zahl von schwarz gewandeten Männern mit violetten oder purpurnen Scheitelkäppchen, die, gefolgt von ebenfalls schwarz gekleideten Aktenträgern, durch die Straßen um den Vatikan hin und her wieselten, können es nicht gewesen sein. Es war keine Sensationslust, die mich bleiben ließ. Vielleicht war es eine dunkle Art der meinem Orden gebotenen Stabilitas loci, der Sesshaftigkeit, die mich bestimmte, bis zum Ende auszuhalten. Vielleicht waren es aber auch nur die Bequemlichkeit meiner Venussuite, die Kochkünste von Tante Elvira und die Cognacflasche, die sie – ohne jemals etwas zu sagen – täglich auffüllte. Achilles wird es wohl nicht gewesen sein, obwohl ich bei meinen häufigen Ausflügen in der Stadt wie durch Zufall an ihrer Wohnung vorbeikam und zu den Fenstern hinaufschaute. Die Vorhänge waren immer zugezogen.

Warum auch immer – in jedem Fall blieb ich. Manchmal traf ich im Lift eine eilfertige junge Dame mit weißer Bluse und schwarzem Rock oder einen eilfertigen jungen Mann mit schwarzer Hose und weißem Hemd. Sie grüßten mit immer gleichbleibendem Lächeln, stiegen aus oder ein und verschwanden unter Girlanden von bröckelndem Stuck. Carlos saß vor seinem PC. Was er da eigentlich tat, habe ich nie herausgefunden. David war nach wie vor zu Höherem berufen.

Ab und zu rief ich im Kloster an. Man vermisste mich nicht. Einmal fragte Abt Othmar, was ich denn in Rom überhaupt triebe, ich hätte doch nicht etwa mit »diesem verrückten Dogma« zu tun. Seiner Ausdrucksweise war anzumerken, dass er von Formosus' Entscheidung nicht allzu viel hielt. Nur Aufregung und vielleicht ein wenig mehr Arbeit. Weit über hundert Jahre hatte sich nichts geändert, nur dass die Stimmen in unserer alten Basilika immer dürftiger geworden waren, was also sollte das beständig anschwellende Getöse in Rom und in der Welt uns bringen? Höchst unehrbietig meinte mein Abt: »Aber meinetwegen, wenn es denn sein muss: Deus lo vult.«

Das Logo des Papstes verbreitete sich inzwischen über Discos, Chatrooms, Weblogs, Karikaturen, Schulhöfe, Jugendkneipen, Fernsehrunden, Predigten, überall. Deus lo vult. Ich antwortete Abt Othmar, ich sei nur ganz am Rande befasst mit »Domini infantibus«.

»Na, dann viel Vergnügen«, wünschte er mir.

Immer häufiger war ich in der Bar »da Beppo« in der Via della Cisterna anzutreffen. Weit genug weg vom Ghislenghi, um anonym zu bleiben, aber doch nah genug, um zu Fuß nach Hause zu kommen. Die kleine Bar lag im Souterrain eines Mietshauses. Es gab nur ein paar Tische, und der Inhaber war ein zwergenhafter Mann, der mir freundlich auf die Schulter klopfte, nichts fragte und die Grappaflasche auf dem Tisch stehen ließ. Ich dachte über meine Zukunft nach. Vom päpstlichen Büro hatte ich eine Einlasskarte für die Zeremonie vom 29. Juni im Petersdom erhalten.

Da wollte ich noch dabei sein, um danach sang- und klanglos die Heimreise anzutreten. Aber hatte ich überhaupt noch ein Heim? Mir war klar, dass ich Mattenthal nicht mehr so nennen konnte, aber wo sollte ich denn sonst hin? Immerhin hatte ich dort neben den Gemüsebeeten von Placidus einen Platz, den mir keiner wegnehmen würde. Die Tür zu dem Garten mit den cremefarbenen Blumen hatte eine schmale Hand krachend ins Schloss geworfen. Bevor man mich abschob, wollte ich zumindest den Anschein eigener Entscheidung zeigen. Manchmal träumte ich davon, noch einmal nach Castel del Monte zu fahren und ganz privat Abschied zu nehmen von dem Mann mit dem Schlangenblick, der die letzten Monate meines Lebens geteilt hatte. Vom König der Pestilenz, der Bestie voller Namen der Lästerung, die Mohammed, Moses und Jesus die größten Betrüger genannt hatte, von dem Mann, der bald aus seiner glühenden Gruft im siebten Kreis der Hölle, in der ihn Dante als Ketzer hatte liegen sehen, emporsteigen würde, um dem Nachfolger Innozenz' IV. über die Schulter zu sehen. Ich wollte ihn noch einmal besuchen an dem Ort, an den er offenbar bisher nicht noch einmal gelangt war, trotz Bonatti und Michael Scotus mit dem Eisentopf. Mit einer gewissen infantilen Schadenfreude stellte ich mir vor, wie er dort herumirrte und seinen Kassiber nicht mehr finden konnte, weil Achilles und ich ihn ihm weggenommen hatten. 800 Jahre sind vor Gott eine Winzigkeit. Vielleicht hatten er und seine Berater den Zeitfaktor falsch eingeschätzt. Oder Plutos unbekannte Bahn war ihnen in die Quere gekommen. Oder Chronos hatte ihn verschlungen. Was ich für die wahrscheinlichste Lösung hielt.

Ich wollte gemütlich mit der Bahn nach Bari fahren, aus dem Fenster sehen und die Landschaft vorüberziehen lassen, Wolken betrachten, in Andria oder Ruvo di Terlizzi übernachten und dann bedächtig zum Castel del Monte wandern. Es schien mir ein würdiger Abschied zu sein. Vielleicht würde ich auch den Platz wiederfinden, wo Achilles und ich auf das Ding gestarrt hatten. Ich würde dort eine Weile stille stehen und dann weiterschreiten bis zu den Mauern Friedrichs von Hohenstaufen. So stellte ich mir das jedenfalls vor, wenn ich durch die Fenster der Bar die Beine der Vorübergehenden betrachtete und mir überlegte, was für Menschen zu diesen Beinen gehörten.

Ab und an legte ich meine Wanderungen durch die vom Frühling und dann vom nahen Sommer ins Licht getauchte Ewige Stadt so, dass ich an der Via del S. Uffizio vorbeikam. Ich ging dann immer zur Pforte, sagte meinen Namen und fragte ehrerbietig, ob ich Padre Bertonazzi sprechen könnte. Jedes Mal teilte man mir mit freundlichem Mitleid mit, der Padre sei nicht da, er sei drüben im Vatikan oder der Padre habe eine Besprechung. Und dann hieß es eines Tages völlig überraschend, ja, der Padre sei zu sprechen, und ich wurde zu ihm vorgelassen.

Diesmal fand ich den Weg allein. Als ich auf sein »Avanti« eintrat, stand er am Fenster. Er hatte es aufgemacht, um die Sonne herein- und die Rauchschwaden hinauszulassen. »Kommen Sie herein, fratello. Plaudern wir ein bisschen. Ich habe Espresso kommen lassen. Sie trinken doch einen mit mir?«

Aus dem Brüderchen war ein Bruder geworden.

Wir saßen einander gegenüber, und er schob mir eine Tasse zu. Dann goss er uns aus einem alten Metallkännchen ein.

»Hochprozentiges habe ich leider nicht anzubieten. Wenn ich mich allerdings hier im Haus auf die Suche begeben würde, würde ich in vielen Schreibtischschubladen und Schrankfächern zweifellos fündig werden. Haben Sie gewusst, dass die meisten Priester, die straffällig wurden, nicht Ministranten missbraucht oder die Kollekte unterschlagen haben? Nein, sie sind betrunken mit dem Auto gefahren. Aber bei Ihnen besteht zum Glück diese Gefahr nicht. Sie lassen sich ja lieber fahren.«

Er sagte, es täte ihm leid, dass man sich nicht um mich gekümmert habe. »Gewiss denken Sie, Sie sind so etwas wie der Mohr, der seine Schuldigkeit getan hat und nun gehen kann. Aber so ist es nicht, das müssen Sie mir glauben. Ich habe in den letzten

Wochen Jahre meines Lebens verbraucht.« Er machte eine Pause, dann fragte er: »Was wollen Sie wissen, Bruder?«

Ja, was wollte ich eigentlich wissen? Ganz klar war mir das selbst nicht. Das, was er mir schließlich erklärte, hatte ich schon seit der Osternacht gewusst: Man hatte das Ding und seinen Inhalt nach den modernsten wissenschaftlichen Methoden von zwei voneinander unabhängigen Instituten untersuchen lassen. Das Wachs, in das die Siegel des Kaisers gedrückt worden waren, stammte aus Bienenstöcken aus dem 13. Jahrhundert. Der Papyrus war um die Zeitenwende herum geklebt worden, und mit achtundneunzigprozentiger Sicherheit hatte man die Tinte, mit der geschrieben worden war, Galläpfeln aus derselben Epoche zuordnen können. Ich fragte der Ordnung halber nach dem »bet« und dem »sat«, obwohl ich die Antwort ebenfalls kannte.

»Die auf der illuminierten Urkunde falsch geschriebenen aramäischen Schriftzeichen sind in der Urschrift korrekt«, erwiderte Bertonazzi erwartungsgemäß. »Ansonsten sind beide Texte deckungsgleich.«

»Und was geschieht nun mit diesem Geschenk Friedrichs II.?«

»Die Geschäftsverbindung mit dem Bankhaus Altinger besteht sehr zum Leidwesen seines Inhabers nicht mehr«, erwiderte er.

»Und wo ist es jetzt?«

PiBi blickte zuerst an mir vorbei. Dann hob er die Arme und schaute nach oben auf den gelb verfärbten Plafond seines Büros. »Was weiß denn ich?« Er konnte mir schlecht sagen, dass er es war, der es verbrannt hatte.

»Und unser Fund?«, fragte ich. »Es ist die größte Reliquie der Christenheit.«

Bertonazzi griff mit beiden Händen über den Schreibtisch hinweg nach meiner Rechten. Ich spürte trockene, alte Haut und einen schwachen Druck.

»Ich weiß es nicht. In einer der Bernini-Säulen? Unter dem Grab des heiligen Petrus oder tief in den Katakomben? Nur der Papst weiß es, und er wird sein Wissen mit ins Grab nehmen.«

Auf einmal wusste ich, weshalb ich hergekommen war. Ich sagte mit einer mich selbst überraschenden Bitterkeit: »… von wo er wieder kommen wird und wieder sterben wird, bis er eins ist mit dem Vater.«

PiBi hielt meine Hand nach wie vor umschlossen. »›Ich aber sage dir: Kleingläubiger, nichts zählt das Geschriebene vor den Augen des Vaters«, sagte er sanft, »sondern nur der Glaube und die Liebe, denn nur ich bin das Wort.‹ Die Kirche Jesu Christi hat 2000 Jahre überdauert. Soll sie nun zugrunde gehen wegen einiger geschriebener Worte? Wir beide sind nicht unfehlbar. Wir beide haben kein Vertrauen in den Herrn. Wir beide sind nicht umfangen von der Liebe Jesu Christi. Wir zwei kleinen Brüder sind nichts. Gar nichts.«

Er zog seine Hände zurück, tat so, als wolle er Ordnung in seine Papierhaufen bringen, und meinte abschließend kühl: »Und wir dürfen ja nicht vergessen: In den letzten 2000 Jahren hat sich noch keiner beschwert. Keiner ist gekommen und hat gesagt, ich war tot, bin nicht erlöst worden und stehe hier nun anklagend vor dem Heiligen Stuhl. Sie dürfen versichert sein: Es wird auch in den nächsten 2000 Jahren keiner kommen.«

Zum Schluss konnte ich mich nicht hindern, ihn zu fragen, wo Dr. Grassi abgeblieben sei. »La dottoressa?« PiBi zuckte die Schultern. »Soweit ich weiß, ist sie im Trentino. Irgendein Verwandter von ihr hat einen Hirntumor.«

Rom X

Kann man einen Papst absetzen? Man kann nicht. Kann man einem Papst den Gehorsam verweigern? Man kann nicht, es sei denn, man riskiert die Exkommunikation oder gründet eine andere Kirche. Kann ein Papst ohne die Zustimmung der Bischöfe und Kardinäle, ohne ein Konzil, ein Dogma, das für eine Milliarde Menschen Geltung hat, verkünden? Er kann. Können vierzehn Kardinäle und zweiunddreißig Bischöfe und Erzbischöfe den Papst inständig und unter Anrufung des Heiligen Geistes darum bitten, ein Dogma zu überdenken und nicht übereilt zu verkünden? Sie können, aber der Papst kann ihnen die Bitte abschlagen.

Letztes Jahr im Frühling hatten einhundertachtundzwanzig Purpurträger in der Sixtinischen Kapelle geklatscht, als der einhundertneunundzwanzigste die Wahl annahm und den Purpur mit der schneeweißen Soutane vertauschte. Hellgraue Rauchwölkchen waren über dem vatikanischen Palast aufgestiegen, das »Habemus Papam« war über den überfüllten Petersplatz gehallt, und ein Mann war aus dem Dunkel langsam auf die Loggia über dem Portal von Sankt Peter getreten. Dorthin würde er jetzt wieder treten: »Ihr habt mich mit der Hilfe des Heiligen Geistes gewählt. Ich bin der Stellvertreter unseres Herrn Jesus Christus auf Erden. Nun, meine Brüder, nun folget mir nach!«

Die Presse heulte auf, der Vorsitzende des Zentralkomitees der deutschen Katholiken legte sein Amt nieder, Debby Walters, die Vorsitzende des amerikanischen Komitees »against abortion« gab bekannt, sie werde zum katholischen Glauben konvertieren. In Wien gab es eine Menschenkette um den Stephansdom, die für das Dogma demonstrierte, in Krakau, um den Wawelhügel, gab es eine dagegen. Die Welt war in Unordnung geraten. Rom war in Unordnung geraten. Drei Tage vor dem Fest Peter und Paul war die Stadt hoffnungslos überfüllt. Hotels, Pilgerherbergen und Klöster waren bis zum letzten Platz ausgebucht. Die Menschen nächtigten in öffentlichen Parks und auf den berühmten Barockplätzen. Auf dem Petersplatz drängten sich bei Tag und Nacht Demonstranten, die diskutierten, sich anbrüllten oder sich umarmten und Schilder in die Höhe hielten, auf denen »Deus lo vult« oder »DLV« stand oder nur schlicht: »NO«.

Vier Tage vorher hatte der Episkopat erklärt, man erkenne »die von Jesus Christus erfüllte Weitsicht des Heiligen Vaters«, und einen Tag danach gab es eine Fernsehübertragung, in welcher der größte Gegner des Dogmas, Kardinal de Hoven, vor Formosus kniete und seine Hände in die des Papstes legte. Es würde kein Schisma geben.

Ich saß an diesem Abend bei Beppo und dümpelte vor mich hin. Damen hatte ich dort nie zu sehen bekommen, es war eine typische Bar für stumme oder geschwätzige Männer. Als die arme Valeria alias Wallis Simpson die paar Stufen herunter- und durch die offene Eingangstür kam, verstummten die Gespräche. Ich erkannte sie sofort, obwohl sie sich sehr verändert hatte. Sie trug eine Art Trenchcoat, der nicht zum Sommer in Rom passte. Valeria steuerte direkt auf meinen Einzeltisch zu, setzte sich und blickte mich aus verquollenen Augen an. Die schwarz gefärbten Haare standen kaum gekämmt um den hageren Kopf, die Augenbrauen waren keine dunkel gemalten Bögen mehr, sondern lediglich zwei graue, schlecht gezupfte Kommas. Ehe sie leise zu sprechen begann, drehte sie sich um und musterte die paar Gäste. Für die war die kleine Sensation schon vorüber, denn es war ja nichts Blondes und Langbeiniges die Stufen herabgeglitten. Ihr Alltag hatte sie wieder.

»Ich bin Ihnen gefolgt, Pater. Ihre Adresse habe ich aus Herberts Unterlagen.« Sie blickte auf meinen speckig gewordenen Habit. »Daher weiß ich auch, dass Sie katholischer Priester sind.«

In meiner Verblüffung kam mir die Frage, woher Teschen-Sahlbach das wusste, nicht in den Sinn. Weil mir sonst nichts einfiel, fragte ich sie, ob ich ihr etwas bestellen dürfe.

»Nein. Ich muss gleich weiter. Das Schwein hat Sie und Ihre Freundin reingelegt.« Der vertrocknete, ungeschminkte Mund entblößte viel zu regelmäßige Zähne. »Der Teufel soll ihn holen, den Mistkerl.«

Teschen hatte sie vor ein paar Tagen rausgeschmissen. »Einfach fallen gelassen wie eine heiße Kartoffel. Wegen einer jungen Nutte hat er mich auf die Straße gesetzt.«

Obwohl sie doch alles gemacht habe, »wie eine Sklavin«, den ganzen Haushalt und diese »abartigen Sachen«. Weil sie ihn liebte. Sie fing an zu weinen. Mir tat sie leid, aber ich hatte kein Taschentuch dabei. Sie selbst fischte schließlich eine Packung Tempotücher aus einer geräumigen, giftgrünen Handtasche, in der sie offenbar ihre ganzen Habseligkeiten untergebracht hatte, putzte sich die Nase und zischte: »Schon bevor sie beide gekommen sind, hat er ewig lang herumtelefoniert wegen dieses dämlichen Schlosses und des Horoskops. Sicher Auslandsgespräche, er hat immer englisch gesprochen. Ich habe gelauscht, aber kaum etwas verstanden. Ich kann nur ein paar Brocken Englisch. Es muss aber ein hohes Tier gewesen sein, weil er so devot herumgetan hat mit ›Your Excellency‹ und all das. Das erste Gespräch habe ich verbunden. Da war ein besonders Hochnäsiger dran. Teschen kam dann an den Apparat. Herbert war wahnsinnig überrascht, machte Verbeugungen, obwohl gar keiner da war, und schloss dann die Tür. Beim Abendessen hat er so richtig dreckig gelacht und immer wieder ›gigantisch‹ gemurmelt. Ich habe ihn gefragt, was denn so gigantisch ist, aber er hat ja nie richtig mit mir geredet. Bevor Sie das zweite Mal gekommen sind, hat er sich vorbereitet wie auf eine Rede vor einem Ausschuss oder vor Parteileuten. Im Salon ist er ständig hin und her gegangen und hat mit den Händen gefuchtelt, und dann ist er vor dem großen Spiegel stehen geblieben und hat Grimassen geschnitten. Als Sie weg waren und ich von der Bibelstunde, zu der er mich dauernd geschickt hat, zurückkam, hat er wieder ›gigantisch‹ vor sich hin geblökt und ›Die haben den Wurm mitsamt dem Haken gefressen‹. Dann hat er seine Weißwürste in sich hineingestopft, und anschließend hat er mich im Speisezimmer …« Sie unterbrach sich, ihre Augen waren zerquält und voller Hass.

Viel mehr war nicht aus ihr herauszubringen. Sie sagte, ich wüsste sicher, um welche Schweinerei es ginge, und ich solle dafür sorgen, dass er »plattgemacht« würde. So plötzlich, wie sie erschienen war, verschwand sie auch wieder. Sie habe noch einiges zu tun. Ich sei der Erste auf ihrer Liste in Rom. »Sie würden nicht glauben, mit wem Herbert es überall in Rom zu tun hat.« Sie war aufgestanden und schaute wie eine Rachegöttin auf mich herunter. »Jetzt geht es ums Geld. Mit mir kann man das nicht machen. Der wird sein blaues Wunder erleben.« Dabei klopfte sie auf ihre ausgebeulte Handtasche, ehe sie aus der Bar stürmte.

Ich saß vielleicht noch eine halbe Stunde an meinem Tisch. Zu Beppos Verblüffung hatte ich mir zwei doppelte Espressi und eine Flasche Mineralwasser bestellt. Die anderen Gäste gingen einer nach dem anderen. Irgendwo heulte die Sirene eines Krankenwagens. Die Straßenlaternen waren angegangen. Ich trank Kaffee, zermürbte mir den Kopf, brachte aber die Fäden nicht zusammen.

Kurz vor der Kreuzung, an der die Via della Cisterna in die Via dei Fienaroli mündet, stand eine Menschenmenge auf Bürgersteig und Straße. Ich sah eine Funkstreife mit rotierendem Blaulicht, daneben einen Wagen von der Ambulanz.

»Was ist denn passiert?«, fragte ich eine der gaffenden Frauen.

»Ein Motorradfahrer hat sie angefahren, als er ihr die Handtasche wegriss«, berichtete sie eifrig. »Natürlich abgehauen. Ist ja logisch. Sieht nicht gut aus.«

Als ich sie fragte, ob die Handtasche giftgrün gewesen sei, schaute sie mich verständnislos an. »Wie soll ich das wissen?«

Am nächsten Morgen fuhr ich mit dem ersten Zug nach Bari.

Bari / Castel del Monte / Rom

Am Bahnhof von Bari nahm ich mir ein Taxi, das ich am Besucherparkplatz unterhalb des Hügels von Castel del Monte halten ließ. Von dort fuhr ich mit dem Bus. Es war Mittagszeit, und nur wenige Touristen stiegen ein. Friedrichs Schloss, auf das wir zufuhren, lag strahlend und majestätisch auf seinem einsamen Hügel. Es erinnerte tatsächlich an eine Krone. Nichts Unheimliches hatte es an sich, nur schnörkellose, irdische, intelligente Klarheit. Ganz anders als damals bei dem Regen, den dunklen Wolkenwänden und der Kälte. Nicht dass ich dem Geheimnis dieses einzigartigen Gebäudes näher gekommen wäre, aber ich sah es mit anderen Augen. Es lenkte mich ja auch niemand mehr ab.

Vor dem verglasten Kassenschalter reihte ich mich in die kleine Schlange von Besuchern ein. Hinter dem Schalter saß wieder die dicke Matrone, die damals so verstört und traurig gewesen war. Während sie das Wechselgeld zählte, fragte ich, wie es es denn ihrer Tochter und dem Baby ginge. Sie hörte auf zu zählen und blickte zu mir hoch. Ein geradezu verzücktes Lächeln verklärte ihr rundes Gesicht. »Ach, Sie sind es. Ich habe so oft an Sie gedacht. Sie waren an dem Tag da, als die verrückten Klosterschwestern den Alarm ausgelöst haben. Sie haben mir Gottes Segen gewünscht, das werde ich nie in meinem Leben vergessen.«

»Ist denn alles gut gegangen?«

Sie nickte. »Es war ein Wunder. Ein kerngesunder Junge, der uns alle auf Trab hält. Wissen Sie, wie wir ihn genannt haben? Federico! Wie unseren Kaiser!«

Die hinter mir stehenden Italiener klatschten Beifall. Ich fragte nach den verrückten Klosterschwestern.

»Sie haben das wohl nicht mehr mitgekriegt«, erwiderte sie. »Hier war die Hölle los, kann ich Ihnen sagen. Mindestens zehn Schwestern sind herumgesaust, und eine ist an die Vitrine mit den wertvollen Sachen gerumpelt. Ich schwöre Ihnen, dass das ein Mann war. Ich wollte das auch der Polizei sagen, aber dann tauchte dieser weißhaarige Großkotz mit dem goldenen Kreuz auf der Brust auf, und schon war die Sache erledigt. Angeblich war es ein Versehen, die Nonnen hatten eine Haftpflichtversicherung, und im Nu war die Polizei wieder weg. Aber diese Schwester war ein Mann, das schwöre ich. Es war derselbe Kerl, der ein paar Tage vorher die Bauarbeiten hier beaufsichtigt hat.«

»Bauarbeiten?«

»Ich weiß auch nicht, was die da gemacht haben. Die kamen

ganz plötzlich, nur zwei oder drei Männer, und von einer hiesigen Firma waren die nicht. Uns hat kein Mensch etwas gesagt, das war alles ganz geheimnisvoll. Alles wurde abgeriegelt, und wir hatten zwei Tage frei. Der vom Kiosk meinte, die hätten in einem der Türme herumgewerkelt.«

»Please«, ließ sich ein Ungeduldiger hinter mir vernehmen. »We haven't got all day.«

Erschrocken setzte die Kassenfrau sich wieder hin. »Ich muss jetzt weitermachen, Padre.«

Ich fragte nicht, ob die männliche Nonne nach Maiglöckchen oder Lavendel gerochen hatte. Es war nicht notwendig. Wie eine alte Freundin lächelte sie mich an. »Heute wünsche ich Ihnen Gottes Segen.«

Ich nahm meine Eintrittskarte und betrat das Schloss. Ruhig blieb ich im Eingangsbereich stehen. Die nach mir Kommenden blätterten in ihren Reiseführern. Ein älterer Herr sagte zu seiner Frau, die kurze Hosen trug, dass man »ihn« auch »stupor mundi« genannt habe, das Staunen der Welt. Die Fußnägel der Frau ragten grellrot lackiert aus Sandalen. Ein kleiner Junge schrie, und jemand machte laut »Pst«. Ich drehte mich um und ging langsam an der Warteschlange vorbei wieder nach draußen. Dann begann ich zu laufen. Ich schürzte meinen Habit wie eine Frau ihren Rock und lief immer schneller. Im Laufen überlegte ich: Achilles war im Trentino, weil jemand aus ihrer Verwandtschaft einen Hirntumor hatte. War es ihr Vater, der im Trentino Obst anbaute? Oder war sie inzwischen nach Rom zurückgekehrt? Wenn sie nicht dort war, musste ich versuchen, sie im Trentino zu erreichen. Eine Handynummer hatte ich nicht. Den Vornamen ihres Vaters hatte sie mir irgendwann gesagt, aber er fiel mir nicht ein. Während ich rannte, ließ ich italienische Männervornamen in meinem Kopf ablaufen. Federico war es auf jeden Fall nicht. Giancarlo?

Auf dem Parkplatz stieg gerade ein amerikanisches Paar in seinen Leihwagen. Ich überwand alle Hemmungen und sprach sie an. Sie hießen Jocelyne und Charles Gardiner, kamen aus

Quincy in Massachusetts und nahmen mich mit nach Bari, das sie als Ausgangspunkt für die Apulienreise gewählt hatten. Ich musste um jeden Preis Achilles erreichen. Hieß der Vater Lorenzo? Battista? Während der Fahrt sprachen wir über das Dogma. Alle sprachen ja darüber. »The pope is a wonderful, charismatic man, we love him«, teilte Jocelyne mir mit, und das Dogma nannte sie »a very serious and important matter«. Am Bahnhof von Bari ließen sie mich aussteigen. Jocelyne lud mich nach Massachusetts ein, und ich versprach fest, zu kommen. Während ich zum Eingang des Bahnhofs rannte, standen beide bei ihrem Auto und winkten.

In einer dunklen Ecke neben den Toiletten fand ich eine Telefonsäule. Nach zehn Minuten des Herumirrens verkaufte mir ein altes Gespenst in einem Kiosk mit Reiseandenken eine Telefonkarte. Ich versuchte es in Achilles' Wohnung, ließ es so lange läuten, bis mir die Telefonica die Leitung kappte. Ich erwischte gerade noch einen Direktzug nach Rom. Der Name fiel mir erst ein, als ich schweißnass die Landschaft, die Wolken vorbeifliegen sah und hoffte, dass ich ohne Schwierigkeiten eine Fahrkarte würde nachlösen können. Rigoberto. Warum war ich nicht gleich draufgekommen?

Über die Bahnfahrt will ich nicht berichten. Ich war mit meinen Gedanken in einem Käfig eingesperrt, der von A nach B fuhr. Durch den Schädel geisterte mir unentwegt der Satz: *»Manifestare ea, quae sunt, sicut sunt.« Sichtbar zu machen die Dinge, die sind, so wie sie sind.* Das Motto, welches Kaiser Friedrich II. von Hohenstaufen seinem berühmten Falkenbuch und im Grunde seinem ganzen Leben voranstellte. *Sicut sunt,* so wie sie sind, nicht so, wie sie vielleicht sein könnten oder würden oder sollten oder wie man sich wünscht, dass sie sein könnten oder sollten. Nur: so wie sie sind. Das ist eine äußerst ungewohnte, geradezu fürchterliche Regel, und ebendeshalb will ich über die knapp sieben Stunden, die ich im Zug saß, nichts berichten.

Zumindest hatte ich Zeit genug, mir minutiös zurechtzulegen, was ich tun wollte, wenn ich dem Fahrplan nach um 20.53 Uhr auf dem Bahnhof Giovanni Paolo II ankam. Ich würde mir ein Internetcafé oder ein öffentliches Terminal suchen und sämtliche Suchmaschinen dieser Welt nutzen, um im Bereich Trient einen Rigoberto Grassi dingfest zu machen, der Obst anbaute. Das Internetcafé war jedoch bereits geschlossen, und vor den Terminals lagerten zahllose junge Menschen mit Rucksäcken. Im Licht der Bildschirme sah man konzentrierte Gesichter: *Bin gut angekommen. Betet mit mir für den Papst. Bin in Rom. Die Gottesmutter schütze Dich. Wir machen übermorgen diesem Unsinn ein Ende. Ich bin angekommen, endlich angekommen. I am arrived. Arrivato. Je suis arrivée. Przybyly. Ter chegado.* Und ich stand am Ende der Schlange. Bis die jungen Rompilger ihre außerordentlich wichtigen Nachrichten in alle Welt gesandt hatten, würde ich niemanden mehr erreichen. Ein Mädchen, das still auf seinem Rucksack saß und in einem Buch blätterte, hatte offenbar Mitleid mit dem schwarz gewandeten Mann mit den dicken Brillengläsern und dem fahlen, überanstrengten Gesicht. Sie sah mich an und deutete mit einem Finger zum nächstliegenden Bildschirm. Ich nickte. Es war wie ein kleines Wunder: Plötzlich blickten alle zu mir hin, und alle lächelten mich an. Man rückte zur Seite und machte vorne Platz. Nur kurze Zeit ragte ich aus der lagernden Menge heraus. Ich legte meine Hände wie betend zusammen und verbeugte mich – fast wie ein kleiner Papst, der sich für die Huldigung Hunderttausender bedankte.

Niemand blickte mir über die Schulter, als ich mich auf die Suche begab. Es hätte auch keinen guten Eindruck gemacht. Da lässt man extra einen Mönch nach vorne rücken, weil man meint, er habe im Vorfeld des Dogmas Wichtiges abzufragen oder auszusenden, und dann tippt er nur *Rigoberto Grassi, frutta, verdure* und *Trentino* in die Maschine. Wenigstens ging es sehr schnell. Der einzige Rigoberto Grassi hatte eine Adresse und Telefonnummer in einem Dorf außerhalb von Trient. Ich suchte wild in den Taschen meines Habits nach Stift und Papier, fand den

Fahrschein, den mir der Schaffner im Zug ausgestellt hatte, aber nichts, womit ich mir Nummer und Adresse hätte aufschreiben können. Da tauchte von unten her eine junge, weibliche Hand auf und reichte mir einen Kugelschreiber. Hastig machte ich meine Notizen und verabschiedete mich wie der kleine Papst. Manche winkten mir zu. Sie waren alle so müde, so weit weg von zu Hause, so eng und fest zusammen.

Die in Bari gekaufte Telefonkarte funktionierte auch in Rom. Ich ließ es lange läuten. Gerade als ich aufgeben wollte, hob jemand ab. Eine männliche Stimme: »Grassi.«

Ich fragte, ob ich mit Rigoberto Grassi spreche.

»Mit wem sonst?« Das klang nicht verärgert oder böse, sondern eher amüsiert.

Ich entschuldigte mich für die späte Störung und stellte mich ihm als Martin Perhamer vor. »Ich bin auf der Suche nach Giovanna Grassi – bin ich da bei Ihnen richtig?«

»Wenn Sie damit meine Tochter meinen, sind Sie bei mir in der Tat richtig«, erwiderte er.

Ich hatte also doch ein wenig Glück an diesem Tag. Noch einmal entschuldigte ich mich. »Es handelt sich um eine wirklich dringliche Sache – könnten Sie mir bitte Giovanna an den Apparat holen?«

»Nein, das kann ich leider nicht«, sagte die Stimme freundlich und leicht belustigt.

»Und weshalb nicht?«

»Weil sie nicht da ist.«

Mühsam schluckte ich meine Enttäuschung hinunter und bat ihn, mir Giovannas Nummer zu geben oder mir zu sagen, wann sie zurückkäme.

»Keine Ahnung«, erwiderte ihr Vater.

»Aber sie ist doch bei Ihnen?«, stammelte ich.

»Das ist mir neu«, versetzte er. »Weshalb sollte sie?«

»Wegen des Hirntumors«, platzte ich heraus.

»Hirntumor?« Ich konnte förmlich hören, wie Signore Grassi

die Brauen hob. »Ich habe, soweit ich weiß, keinen. Auch sonst ist mir in der näheren Verwandtschaft nichts bekannt. Hat sie etwa wieder etwas angestellt?«

»Wer?«, fragte ich höchst überflüssig.

»Na, wer schon? Mein liebes Töchterchen. Hirntumor kommt mir irgendwie bekannt vor. Wir hatten auch schon einen von ihr geheilten Lungenkrebs und einen Autounfall in Bozen mit zwei Verletzten und einer siebzehnjährigen Toten, die schwanger war und der meine Tochter die Letzte Ölung gab, während der umgestürzte Lkw über ihr hin und her wippte. Nun sagen Sie schon, was Sie von ihr wollen. Will sie wieder die ganze Welt verändern? Darunter tut sie es ja nicht. Als kleinem Mädchen ist ihr unter meinem ältesten Apfelbaum die Maria erschienen. Später ging sie zu den Roten Brigaden und wollte mit Backpulver Bomben basteln.«

Die Stimme wurde böser, hektischer, als wäre die bislang ertragene Vergangenheit in der Gegenwart angekommen. »Vielleicht ist sie jetzt in einem Ausbildungslager im Irak, hat sich mit dem Teufel verschworen oder sitzt in Rom auf dem Schoß meines heiligen Schwagers. Ich will es nicht wissen. Ich will überhaupt nichts von ihr wissen. Wie kommen Sie dazu, mich mitten in der Nacht anzurufen? Sagen Sie einmal, Herr Perhamber oder wie immer Sie heißen, sind Sie vielleicht vom Geheimdienst?«

Die Frage war nicht ernst gemeint. Signore Grassi hatte längst an meinen Reaktionen gemerkt, dass die Welt seines nächtlichen Anrufers aus den Fugen geriet. Er hatte seine Tochter seit fünf Jahren nicht gesehen und nichts von ihr gehört. Er wollte sie auch in den nächsten fünf Jahren nicht sehen und nichts von ihr hören. Er wollte sie überhaupt nicht mehr sehen.

»Haben Sie ein College besucht?«, fragte ich.

»Was soll die Frage? Meine Eltern waren Obstbauern, meine Großeltern waren Obstbauern. Ich war auf der Volksschule in Villnös.«

»Dann kennen Sie wohl auch keinen Dr. Herbert von Teschen-Sahlbach?«

»Nein. Nie gehört«, blaffte er. »Ich hab's nicht mit Adeligen.«

Als ich mich verabschiedete, hatte ich den Eindruck, dass ich Achilles' Vater leidtat. »Besuchen Sie mich doch einmal«, sagte er noch. »Sie klingen nett am Telefon.«

Wie es im Palazzo del ufficio in der Nacht zuging, wusste ich inzwischen. Das Portal würde längst abgesperrt sein, aber irgendwann musste PiBi ja auch einmal schlafen. Ich fuhr mit dem Taxi zum Collegio der heiligen Cäcilia. Die Adresse hatte ich noch im Kopf. Es waren mehr Menschen unterwegs als üblich. Demonstranten, glühende Pilger und Journalisten ließen sich durch römisches Nachtleben treiben. Das Collegio war in einem unscheinbaren Gebäude aus den Fünfzigerjahren untergebracht. Ich sah nirgends ein erleuchtetes Fenster. Es gab ein Messingschild, in das eine Dame mit kleiner Handorgel und einem Heiligenschein eingraviert war, und darunter einen Klingelknopf. Zuerst versuchte ich es moderat. Dann ließ ich den Klingelknopf nicht mehr los. Später schlug ich mit der Faust gegen die Tür, und zuletzt trat ich mehrmals dagegen. Ich weiß nicht mehr, wo der alte Mann in seinem blau-weiß gestreiften Bademantel herkam, der mich wütend ankeifte. Ich faselte, dass es um Leben und Tod ginge und dass ich unbedingt Padre Bertonazzi sprechen müsse. »Um was es geht, ist mir völlig egal«, schrie der Alte. »Der Padre war seit mindestens einer Woche nicht mehr hier. Wahrscheinlich ist er irgendwo im Vatikanpalast. Und ehe Sie fragen: Nein, seine Telefonnummer habe ich nicht.« Damit schob er die Tür vor mir zu.

An dem verschlossenen Bronzetor unter den Bernini-Arkaden zu rütteln und nach Pietro Bertonazzi zu schreien, schien mir kindisch. Ich war schließlich nicht Friedrich II. oder sein Abgesandter Petrus de Vinea, der nächtens in den päpstlichen Palast geritten war, um ein Stück Pergament und eine Botschaft zu überbringen. Petrus de Vinea, an den musste ich denken, als ich mich nach einem Taxi umschaute. Friedrich II. hatte ihn 1249 blenden lassen, weil er ihn verdächtigte, an einem päpstlichen Giftanschlag beteiligt gewesen zu sein. Blind und vor Schmerzen irre rannte er in den Verliesen von San Miniato gegen die Mauern, bis er sich selbst den Schädel einschlug. Kein schöner Tod. Ich hoffe, der meinige geht glimpflicher ab.

Da kein Taxi aufzutreiben war, ging ich zu Fuß. Es dauerte eine Dreiviertelstunde, bis ich im Ghislenghi ankam. Das rhythmische Ausschreiten meiner Beine, das Rascheln meiner Tunika bei jedem Schritt und die Müdigkeit, die sich langsam überall in mir ausbreitete, halfen mir, den Tag zu Ende zu bringen. Als ich das Tor zum Ghislenghi aufsperrte, flackerten die Neonleuchten in der Durchfahrt auf. Daran hatte ich mich schon gewöhnt. Die Videokameras funktionierten nur bei Licht. Vermutlich sind in den digitalen Speichern noch heute die abgehackten Bewegungen eines Benediktiners aufbewahrt. Im Reich des heiligen Josemaría Escrivá de Balaguer wird nichts gelöscht.

In meiner Suite zählte ich mein restliches Geld. Es ist erstaunlich, was man so macht, wenn man verzweifelt ist. Der eine schreit, bis etwas Ähnliches wie Schlaf ihn übermannt, der andere schlägt seinen Kopf gegen Mauern, bis er tot ist, der Dritte taumelt durch die Räume auf der Suche nach dem letzten Tropfen Rum. Auf diese Idee kam ich nicht, obwohl ich mich ja in Elviras Küche gut auskannte. Ich zählte penibel Scheine und Münzen, die über Achilles aus den vatikanischen Kammern zu mir gelangt waren. Für die Heimreise würde es bequem reichen, zu mehr aber auch nicht. Nicht die Zugfahrt nach Bari hatte das größte Loch in meine Kasse gerissen, sondern die vielen bequemen Taxifahrten und die Grappini bei Beppo. In Opferstöcken hatte ich jedenfalls nichts versenkt. Ich war in keiner Kirche mehr gewesen.

Als wäre meine innere Uhr wieder angesprungen, wachte ich kurz vor 5 Uhr auf. Nur warteten nicht meine Brüder in unserem dunklen Münster auf mich, um mit mir die Matutin, das erste Chorgebet des Tages, zu singen. Ich war in Rom, und auf mich wartete der Tag vor dem Fest der heiligen Apostel Petrus und Paulus. Das tragbare Telefon stand auf einer Konsole im Flur. Ich hatte mir vorgenommen, Blatter und Teschen in aller Frühe anzurufen. Beim Anziehen sah ich auf das Bild des etwas dicklichen, heiliggesprochenen Herrn, der mich durch frische Blütenrispen anblickte. Ob Bischof Vazquez de Castro seinen großen, weißen Körper betend vor einem ähnlichen Bild zusammengefaltet hatte, bevor er sein privates Telefonbüchlein aus der Tasche seiner Soutane zog und mit »Dios y audacia« zu telefonieren anfing? So ein kleines abgewetztes Buch, das jeder Mächtige dieser Welt mit sich führt und in dem bei Vazquez sowohl »Teschen-Sahlbach« als auch »Blatter« verzeichnet waren. Dazu vielleicht der Kustos eines kleinen Museums in Messina, der nach ehrerbietigem Nachdenken für Seine Exzellenz eine oktogonale Pyxis in einer verstaubten Vitrine fand. Ein Professor aus Boston, international bekannt für seine Sammlung mittelalterlicher Wachssiegel, der sich von zwei seiner Prachtstücke trennte, und ein katholischer Antiquar in Jerusalem, der dem besten Fälscher frühchristlicher Papyri einen Auftrag erteilte und ein Nummernkonto auf den Virgin Islands einrichtete. Dann das stille Warten, bis alles beisammen war, ein Goldschmied letzte Hand anlegte und dann Seine Exzellenz mit Gott und Kühnheit seinen kleinen Bautrupp aufstellen konnte. Die wenigen dazu notwendigen italienischen Telefonnummern hatte der Mann aus der Viale Bruno Buozzi zweifellos im Kopf, und die Nummer von Achilles' Handy ebenfalls.

Ich benutzte das Telefon im Flur nicht, sondern machte mich auf zu den Internetterminals im Gioppa due. Es wurde langsam hell, als ich an Santa Maria in Trastevere vorbeiging. Im November, als ich in Rom angekommen war, wollte ich dort die Messe besuchen und durfte nicht. Später hätte mich keiner gehindert, aber ich mochte nicht. Jetzt ging ich in die Kirche, deren Fundamente wohl die ältesten aller Kirchen in der Ewigen Stadt waren. Hier hatten die römischen Christen im frühen 3. Jahrhundert ihre ersten Gottesdienste abgehalten. Die Sklaven, kleinen Handwerker und Tagelöhner im ärmsten Viertel Roms konnten nicht lesen und hatten anderes zu tun, als sich über einen Fund an der Straße nach Beth Ahsor aufzuregen. Calixtus I., der damalige Bischof von Rom, Papst und unfehlbar, der nicht wusste, dass er Papst und unfehlbar war, hätte dem Fetzen Papyrus, dessen Sprache er nicht verstand, keine Bedeutung beigemessen.

Im Kirchenschiff war es fast dunkel, doch Scheinwerfer beleuchteten die goldenen Mosaiken in der Apsis. Der alte Priester in verschlissenem Brokat, der ohne Ministrant die Messe las, tat mir leid. Er war es gewohnt, die erste Messe des Tages allein mit dem lieben Gott und drei oder vier dunklen Gestalten in den ersten Bankreihen zu feiern. Jetzt hingegen waren alle Bänke besetzt. Die Menschen standen im Zwischengang und drängten sich an den Seiten. So wird es an diesem Morgen in allen Kirchen Roms gewesen sein. Die Responsorien klangen schütter und ungeübt. Man musste sich die Worte des Zwiegesprächs zwischen Priester und Gläubigen erst aus der Kindheit wiederholen. Mit einem derartigen Ansturm in aller Frühe hatte niemand gerechnet. Die Hostien gingen aus, sodass die alten, geweihten Finger zuerst den Leib Christi in Hälften und dann in kleine Viertel zerbrechen mussten. Ich stahl mich still davon.

An den Terminals war nichts mehr los. Nur auf einer Bank in der Nähe lag ein Mann und schlief. Die Polzei hatte ein Einsehen mit ihm, ebenso wie mit den zahllosen jungen Leuten, die sich jetzt wohl in den Parks der Ewigen Stadt, auf den Treppen und Plätzen aus ihren Decken schälten und ihre Isomatten zusammenrollten. Oder schon aufgestanden waren und in Santa Maria di Trastevere auf die Kommunion warteten. Diesmal hatte ich Stift und Papier dabei, um mir die Telefonnummern aufzuschreiben.

»Blatter.«

Es war die brüchige Stimme, die ich vor ein paar Wochen kennengelernt hatte. Nur klang sie sehr müde, als hätte der alte Mann die Nacht über nicht geschlafen.

Als ich meinen Namen nannte, entstand eine lange Pause. Fast fürchtete ich, Blatter würde einhängen, doch er holte lediglich tief Atem. Dann schrie er mich an, wobei sich das leicht schweizerisch eingefärbte Hochdeutsch, das ich von seinen Vorlesungen kannte, in den Dialekt eines Bauern aus dem hintersten Wallis verwandelte: »Schamet Sie sich! Ä Prieschter! Ä katholische Prieschter! Lässet Sie mi go.« Man habe ihm doch versprochen, ihn nie wieder auf die Sache anzusprechen. Er habe doch getan, was man von ihm verlangt habe. Das »dammig Briefli« sei doch zurück in der Bibliothek. »Sagen Sie dem hohn Herrn da aus Rom, er chünt mi im Arsch lecke. Guet, ich hab em Tüfel es Ohr abgloge, aber was hent i denn machen sollen? Mit meine Frau und diese schräckliche Schulde. Und das bissli Theatr bei dem Kaiser sin Schloss, das hat do niemend gschadet. Odr? Odr? Jedefalls 's Geld isch am Konto, und da bliebets au. D' Frau packt scho 's Züüg zamme, und 's Alteheim isch e guets.« Er wiederholte sich. Am Schluss verstand ich ihn nicht mehr. Ich hängte ein.

Ich hatte nichts anderes erwartet, sondern es nur genau wissen wollen. Zumindest war für den alten Blatter und seine verrückte Frau gesorgt, wenn »de schwarz Risa mitäm wissa Kopf« sein Wort hielt. Leider hatte ich daran meine Zweifel.

Herbert von Teschen-Sahlbach war nicht in seiner Münchner Dornröschenvilla. Die Stimme, die sich meldete, klang frisch und jung, nicht ordinär und nuttig. »Er wird heute wohl nicht weit vor Santiago de Compostela übernachtet haben«, berichtete sie. »Und morgen wird er dann am Grab des heiligen Jakobus für das wundervolle, epochale Werk des Papstes beten.«

»Er ist auf dem Jakobsweg.«

»Schon seit einer Woche«, bestätigte sie. »In den überfüllten Pilgerherbergen, nicht im Hotel. Stellen Sie sich vor, Herr von Teschen-Sahlbach in einem Matratzenlager, wo es stinkt.« Ein Handy hatte er natürlich nicht dabei, das ziemte sich nicht für einen Pilger. Mitte nächster Woche wurde er zurückerwartet. »Soll ich ihm etwas ausrichten?«

»Nein, das ist nicht notwendig«, erwiderte ich. Ich war nur nahe daran, zu sagen, sie solle dafür sorgen, dass die Putte im nun sommerlichen Garten von Nymphenburg den Finger aus dem Mund nimmt und ihn sich in den Hintern steckt. Aber die Nachfolgerin der armen Valeria hätte diesen Wunsch nicht verstanden.

Dass ich Bertonazzi auch tagsüber nicht erreichen konnte, verstand sich im Grunde von selbst. Je näher ich Sankt Peter kam, desto mehr Menschen drängten in meine Richtung. Die römische Polizei hatte Absperrgitter aufgestellt, Straßen gesperrt und Ampeln ausgeschaltet. Für den Stadtbereich, die Kinder und vielen alten Leute, die in den Massen eingekeilt waren, war sie zuständig, denn der Staat des Herrschers über die Christenheit beginnt bekanntlich erst am Rande des Petersplatzes. Der Autoverkehr endete jenseits des Tibers an quergestellten, blinkenden Polizeifahrzeugen. In den Gesichtern der Beamten sah ich Anspannung und Besorgnis. Wenn es heute schon so schlimm war, wie würde es dann erst morgen sein?

Das Gelände des Santo ufficio war abgesperrt, aber aufgrund meines heiligen Gewandes und meiner Überredungskünste ließ man mich durch. Als ich unten am Empfang nach Padre Bertonazzi fragte, schaute mich der junge Kleriker an, als wäre ich von einem fernen Stern zu ihm herabgefallen. »Der Padre ist nicht da. Was glauben Sie denn? Er ist drüben bei Seiner Heiligkeit.«

»Ich muss ihn unbedingt sprechen«, insistierte ich. »Es ist von außerordentlicher Wichtigkeit – verbinden Sie mich mit seinem Handy, sagen Sie mir, wo ich ihn im vatikanischen Palast erreichen kann, tun Sie irgendetwas, nur stehen Sie hier nicht so dumm herum und lächeln!«

Der junge Mann tat nichts, sondern musterte mich mit ernstem, abwägendem Gesichtsausdruck. »Haben Sie vergessen, was für ein Tag morgen ist?«, fragte er endlich. »Padre Bertonazzi ist beim Papst und somit für niemanden zu erreichen.«

»Dann verbinden Sie mich mit dem Papst!«, schrie ich und schlug mit beiden Fäusten auf den Counter. »Um Christi willen! Glauben Sie mir, es geht um mehr als Leben und Tod. Ich muss den Papst sprechen. Sofort!«

Vermutlich brüllte ich immer noch wild nach dem Papst, als von irgendwoher ein großer, massiger Mann auftauchte, mir sanft einen Arm um die Schultern legte und mich nach draußen drängte. Während er mich die Stufen nach unten schob, sagte er fürsorglich: »Nichts für ungut, Padre, aber kommen Sie nicht mehr hierher. Zumindest heute und morgen nicht. Sie sehen doch, was hier los ist.« Dann tätschelte er brüderlich meine Schulter und ließ mich stehen.

Manchmal denke ich darüber nach, was geschehen wäre, wenn mich der junge Theologe doch mit der geheimsten aller Nummern verbunden hätte. Hätte ich in meiner Aufregung die richtigen Worte gefunden? *Stopp! Zurück! Macht alledem ein Ende, Heiliger Vater!* Hätte er mich sofort zu sich zitiert? Wie wäre ich denn über den verstopften Petersplatz gekommen? Wäre ich durch einen unterirdischen Gang tief in den Gewölben des Inquisitionsgebäudes in die geheimen Keller des Vatikanpalastes gelangt, wo PiBi mich hinter einer knarrenden Metalltür empfangen hätte? Hätte der Papst die Verkündung von »Domini infantibus« ausgesetzt? Oder wäre er gleich vor Gram und Gewissensnot tot umgefallen? Das wäre ein versöhnlicher Schluss gewesen. Statt eines Dogmas der Beginn der Sedisvakanz und die pompösen Trauerfeierlichkeiten.

Natürlich habe ich auch an die Presse gedacht. Mit wehendem Habit in die gläserne Halle von RAI 1? Am Tag vor Peter und Paul?

Im Santo ufficio hatte man mich sanft nach unten geleitet. Dort würde ein Krankenwagen für mich bestellt.

Eigentlich könnte ich an dieser Stelle aufhören. Der Rest ist wie ein Stein, der in einen See geworfen wird und ein paar kleine Wellen ausschickt, die nach langer Zeit am Ufer ankommen. Der Stein liegt dann längst auf dem Grund. Man sieht, ich finde nicht den richtigen Einstieg. Wer sich in dunkle Metaphern begibt, hat etwas Dunkles zu verbergen. Ich könnte auch sagen, der Rest gehöre alleine mir. Oder ich sei zu feige, den Rest aufzuschreiben. Wie war das mit Julius Caesar bei Shakespeare? Der Feige stirbt schon vielmal, eh er stirbt; die Tapfern kosten *einmal* nur den Tod.

Ich schaue auf meinen penibel aufgeräumten Schreibtisch, auf die bilderlose Wand vor mir und denke an die leeren Schubladen sowie an den Mechanismus, der winzig in diesem Blechkasten neben mir vor sich hin fiebert. Im Grunde bin ich doch auf dieses *einmal* nicht schlecht vorbereitet.

Das Gebäude in der Viale Bruno Buozzi fiel mir ein. Warum sollte ich nicht dort vorsprechen? Erreichen würde ich nichts, aber irgendetwas musste ich tun. Alles war besser, als tatenlos umherzurennen oder auf einer Parkbank zu sitzen und vor sich hin zu heulen.

Die Frau an der Pforte, eigentlich fast noch ein Mädchen, war ebenso freundlich wie bestimmt. Ich stellte mich vor und erklärte ihr, dass Seine Exzellenz der Bischof mich jederzeit empfangen würde. Sie trug einen schwarzen Rock und eine hübsche weiße Bluse. Ihre schmalen Finger flogen über das Keyboard des Computers. Sie blickte auf den Bildschirm und dann auf mein Gesicht. »Oh ja, Pater Basilius Perhamer. Ich begrüße Sie aufs Herzlichste bei uns.«

Ihr Deutsch war fast akzentlos.

»Zu meinem großen Bedauern muss ich Ihnen mitteilen, dass Seine Exzellenz nicht anwesend ist. Er ist, wie Sie sich vielleicht denken können, im Vatikan. Alle sind heute dort. Wir kümmern uns um die Organisation, haben ärztliche Notstationen eingerichtet und sind Ansprechpartner für die vielen Gläubigen. Ich bin hier gewissermaßen nur die Stallwache. Es tut mir wirklich leid – kann ich sonst irgendetwas für Sie tun?«

Ich schüttelte den Kopf.

»Darf ich Ihnen eine Erfrischung anbieten? Oder wollen Sie sich bei uns umsehen? Ich kann Sie zwar nicht begleiten, die Pforte muss besetzt bleiben, aber sicher gibt es das eine oder andere, was Sie interessiert. Vielleicht wollen Sie unsere Krypta besuchen. Bitte.« Ihre junge Stimme klang fast flehend. Wahrscheinlich sah sie auf ihrem Bildschirm mein Foto, meine Daten und rot unterstrichen »wichtige Person«. »Dort war der Vater vor seiner Heiligsprechung bestattet. Jetzt ist er ja unter dem Altar in der Kirche. Aber ich spüre ihn dort unten viel mehr und ganz nahe bei mir. So wie er gesagt hat: Verbergen und Verschwinden, damit allein Jesus ans Licht trete.« Sie beschrieb mir den Weg, obwohl ich ihn ja kannte.

Als ich die Treppen hinunterging, dachte ich an die Worte des Vaters. Dann hörte ich es. Es klang wie das Klatschen ungeübt geführter Ruderblätter auf einem See. Als ich um die Ecke trat, sah ich vor dem Altar jemanden knien. Es war eine Frau mit nacktem Oberkörper und schwarzen, kurz geschnittenen Locken. Ihr Rücken war sehr hell, zeigte zierliche Schulterblätter. Weit ausholend schlug sie sich mit einer Peitsche auf die linke Schulter. Dann nahm sie die Peitsche in die andere Hand, holte wieder weit aus und schlug sich auf die rechte Schulter. Die Bewegungen waren fließend und beherrscht. Der so zarte, so geschmeidige Rücken wies schwache Striemen auf. Sie blickte sich um. Es war das verzerrte Gesicht, das ich in Basel gesehen, das unter mir gelegen hatte. Die junge Frau sah mich, hob hastig ein Kleidungsstück auf und verbarg damit ihre spitzen, kleinen Brüste. Dann sprang sie auf und lief mit klappernden Absätzen zu dem Ausgang, durch den ich damals eingetreten war. Die Peitsche blieb liegen.

Vom Vater spürte ich nichts. Als ich wieder nach oben kam, sah ich einen Mann mit schwarzer Hose und weißem Hemd, der den Flur entlang vor mir davonlief. Ich erkannte die maskulinen Bewegungen eines Footballspielers und den muskulösen, typisch amerikanischen Männerhintern, auf den ich vielleicht ein wenig neidisch war. Flüchtig verabschiedete ich mich von dem Mädchen an der Pforte, setzte mich im nahen Park der Villa Borghese auf eine Bank unter Pinien und heulte vor mich hin.

Auch die Leute vom Ghislenghi waren geschlossen im Vatikan. Ich fing an zu packen. Viel besaß ich ja nicht. Die Sachen, die mir Achilles gekauft hatte, wollte ich liegen lassen, doch zu guter Letzt legte ich sie doch noch in den Koffer, gewissermaßen als Souvenir. Meine Notizen über Friedrich II. von Hohenstaufen würde ich, so hatte ich mir vorgenommen, zerreißen und in den Tiber werfen. Als draußen im Flur das Telefon klingelte, versuchte ich, nicht darauf zu achten. Das Klingeln hörte aber nicht auf. Schließlich nahm ich entnervt den Hörer ab, sagte »Pronto« und hoffte eine Sekunde lang, eine weibliche Stimme zu hören. *Caro ... bitte ...*

»Hier ist der Papst. Ist Padre Perhamer zu sprechen?«

Die Welt stand still. Das unübersehbare Meer von Menschen auf dem Platz vor Sankt Peter verharrte, als hätte ein Mächtiger Ruhe geboten oder eine Filmspule sich verhakt. Um ein Haar hätte ich mich mit dem Telefonhörer auf den Boden gekniet. »Ich bin am Apparat, Heiliger Vater. Ich muss ...«

»Sie müssen überhaupt nichts.« Die Stimme des Delfins klang barsch, verletzt und wütend. »Sie halten jetzt gefälligst den Mund. Ich hatte gerade einen Anruf von meiner Nichte und weiß jetzt, was meine kleine Giovanna von Ihnen aushalten musste. Und Sie stellen ihr immer noch nach – sind Sie denn von allen guten Geistern verlassen? Sie sind Priester, Sie sind ein Mönch der Kirche! Hören Sie, Sie packen jetzt Ihre Siebensachen und fahren in Ihr Kloster zurück! Spätestens ab morgen früh will ich Sie nicht mehr in Rom sehen. Ich hoffe, ich habe mich klar ausgedrückt.«

Dann hörte ich nur noch ein Knacken in der Leitung.

Als ich am nächsten Morgen im Bahnhof eintraf, war nicht nur das Gebäude, sondern auch der Vorplatz fast menschenleer. Der Zug nach Zürich fuhr erst am späten Vormittag. In der Bahnhofshalle hatte man eine Art Public Viewing installiert. So konnte ich zusehen, wie Formosus II. nach der Messe in vollem Ornat und gekrönt mit der Tiara durch das Kirchenschiff von Sankt Peter getragen wurde. Anschließend zog die kleine Prozession durch das Portal des Domes nach draußen, wo man über den Stufen ein Podest errichtet hatte. Die Sedia wurde zu Boden gestellt, und die Träger traten zurück ins Dunkel des Portals. Ganz allein stand der Papst vor dem Mikrofon. Keine Purpurträger warteten an den Seiten, hinter ihm erhob sich einzig die riesige Fassade des Zentrums der Christenheit. Er verkündete das Dogma »Domini infantibus«. Ohne Manuskript in der Hand. Vor ihm ballte sich die ungeheure Menschenmenge. Die Fernsehübertragung lief ohne Ton, sonst hätte man die Zugdurchsagen nicht verstehen können. Soweit ich es beobachten konnte, verhielten sich die über hunderttausend Versammelten vollkommen ruhig.

Ich saß auf einer der unbequemen Drahtbänke und schaute still auf den riesigen Bildschirm. Zuerst roch ich das Rasierwasser, dann spürte ich seine Hand auf der Schulter. Eigentlich hatte ich David erwartet, aber es war Carlos, der sagte, es sei Zeit zum Einsteigen. Kein strahlendes Lächeln diesmal. »Ihr Zug wartet nicht auf Sie. Sie haben jetzt lange genug hier herumgesessen.« Er hielt sich eng neben mir, während wir zum Bahnsteig gingen. Meinen Koffer trug ich selbst. Als die Tür des Waggons zischend aufging, packte er mich an meinem Skapulier und zog mich zu sich heran. »Vergessen Sie nicht: Wir sind überall. Sie wissen, was Sie zu tun haben? Nichts. Absolut nichts. Es täte mir leid um Sie ...« Er schob sein schwarzes Sommersakko lässig zur Seite. Aus der Innentasche ragte etwas Schwarzes. Entweder wollte mir der junge Mann weismachen, er habe da eine Pistole. Oder es war wirklich eine. Er wartete auf dem Bahnsteig, bis der Zug abfuhr.

OPENING FILE

Imperator Fridericus Secundus Romanorum Caesar Semper Augustus Italicus Siculus Hierosolymitanus Arelatensis Felix Victor Ac Triumphator/dies irae//domini infantibus.

Das sollte es eigentlich gewesen sein: Er wartete auf dem Bahnsteig, bis der Zug mit mir abfuhr. So hatte ich mir das jedenfalls vorge-

stellt. Das war das Ende meines Ausflugs in die Kirchengeschichte und das Ende meines Berichts. Manchmal bin ich nach Abschluss meiner »Arbeit« in mein kleines Labyrinth hinabgestiegen, um zu sehen, ob es noch da ist und ob alles noch funktioniert. Ab und zu habe ich auch die »Nachstellungen«, die der Papst mir verboten hatte, wieder aufgenommen. Im Internet, bei Facebook, bei allen Organisationen, die sich um Entwicklungshilfe bemühten, habe ich nach ihr gesucht. In einer solchen Organisation, so hatte der Papst mir geschrieben, sollte sie verschwunden sein, doch ich habe nie einen Hinweis gefunden. Ich hatte die Sache mit mir, der Kirche und der Weltgeschichte abgeschlossen. Mit meinen bescheidenen Kenntnissen war ich davon ausgegangen, dass eine Eiterbeule durch die Gezeiten der Körpersäfte langsam schrumpft, vergeht und sich der Ebene der Haut wieder anpasst. Ich hätte nie gedacht, sie könne auf einmal wieder anschwellen wie ein gelber, nässender Berg.

Anstatt meine Pflanzen zu gießen und mich an ihnen zu freuen, sitze ich nun wieder in meinen Kellerabteilen, taste mich an den Wänden entlang und weiß, dass ich nicht mehr aus meinem selbst geschaffenen Labyrinth herausfinden werde. Was ging mich eigentlich die katholische Kirche an? Ich verrichtete meine Gebete und fügte mich in die Klostergemeinschaft ein. Zu etwas anderem taugte ich nicht – ich hätte dabei bleiben sollen. Aber nein: Der alte Basilisk musste noch einmal aus seinem Garten herauskriechen, das Maul aufreißen und mit der Wahrheit hausieren gehen. Weil er glaubte, dass er es zumindest einem schuldig war. Weil er gemeint hat, dass er es der Kirche, die ihn von Kindesbeinen an geprägt hat, schuldig war und den 1,1 Milliarden Geschöpfen katholischen Glaubens, die auf der Erde herumwimmelten. Also sitze ich wieder hier, tippe mit meinen zwei Fingern auf die Tastatur und bringe den dunkel gewordenen Tag des Zorns zu Ende. Dann schließe ich endgültig die Kellertür, lasse vielleicht die Notbeleuchtung an und mache mich auf die Socken. Nur weiß ich noch nicht, wohin. Was soll's. Wer die Gefahr liebt, kommt eben darin um.

Sonderlich erregend war es für die Schweiz sicher nicht, als die Sprecherin gegen Ende der Abendnachrichten vom Teleprompter ablas, dass der Papst vier neue Kardinäle ernannt habe, darunter den umstrittenen Chef des Opus Dei, Vazquez de Castro, und dass er diesen Kardinal zugleich zum Staatssekretär und Camerlengo der heiligen römisch-katholischen Kirche befördert habe. Vazquez sei dadurch enorm aufgewertet worden und könne durchaus der nächste Papst werden. Die wenigen von uns, die vor dem Fernseher saßen, fühlten sich nicht angesprochen. Nur ich. Merkte man es mir an? Notker, der neben mir saß, fragte, ob mir unwohl sei. Ich sei ganz grün im Gesicht.

Es gibt Entscheidungen, die man am Abend vor dem Schlafengehen trifft, die aber am Morgen, bei Licht besehen und nach friedlichem Schlaf, völlig blödsinnig erscheinen und beim Rasieren verschluckt werden. Wenn man jedodch die ganze Nacht hindurch nicht schläft, widert einen vor der Matutin das hohlwangige Gespenst im Spiegel an. Man will es wieder lebendig machen, und der Mund im eingeseiften Gesicht sagt: Du musst es tun.

Also habe ich es getan.

Padre Pietro Bertonazzi, PiBi, die graue Eminenz des Heiligen Vaters, die Zikade, war genau da, wo sie als musikalisches Insekt hingehörte: bei der heiligen Cäcilia mit ihrem Örgelchen am Klingelschild. Ob es der Mann mit dem Bademantel war, der die Verbindung herstellte, weiß ich nicht. In der Stimme war jedenfalls keine Erinnerung an einen verzweifelt an die Tür donnernden Nachtschwärmer, der die Zeit aufhalten wollte, erkennbar.

PiBi klang leise, alt und weit weg. Natürlich würde er sich freuen, mich zu sehen. Noch für kurze Zeit sei er im Collegio zu erreichen. Übernachten sei schwierig, aber es gäbe da eine kleine Pension in der Nähe von St. Peter.

Abt Othmar fragte mich nicht nach Gründen und machte keine seiner sarkastischen Bemerkungen. Vielleicht erinnerte er sich an die mit purpurnem Band umwickelten Rollen, die ich ihm ausgehändigt hatte. »Wenn Sie nach Rom müssen, müssen Sie nach

Rom«, sagte er und schob mir sanft die Geldscheine über den Schreibtisch. »Nehmen Sie das nächste Flugzeug.«

Ehe ich mich bedanken konnte, fügte er hinzu: »Wenn Sie mich brauchen, mein lieber Bruder, ich bin immer für Sie da. Tag und Nacht. Jede Minute.« Im Hinausgehen glaubte ich zu erkennen, wie er mir mit seiner beringten Hand das Kreuzzeichen nachschickte. Ach, lieber, freundlicher Vater Abt, Rituale besänftigen niemanden, schon gar nicht den Teufel.

Allem Anschein nach hatte PiBi den Glanz seiner Stellung eingebüßt. Kein raschelnder Kanonikus führte mich zu ihm, eine mürrische Ordensschwester betätigte ein Haustelefon, und wenig später kam er mühsam, eine Hand am Geländer, die Treppe heruntergetrippelt. Er umarmte mich. Seine Haut war kalt und feucht. »Ah, fratellino, so schön, Sie zu sehen«, sagte er nah an meinem Ohr. »Kommen Sie mit mir in mein Pflegeheim.«

Es war ein gemütliches, großes Zimmer, ohne Akten und PC und geradezu antiseptisch aufgeräumt. Es roch nach Bohnerwachs und Krankheit. PiBi versuchte ein Lächeln: »Es geht mir schon viel besser. Sechs Wochen lag ich stationär. Der Aufenthalt in Davos danach hat mir gutgetan. Fast hätte ich Sie angerufen, aber es ging dann doch nicht. COPD. Lungenemphysem. Man erstickt da so langsam. Jetzt bin ich unter der Kuratel der Schwestern und bewohne dieses schöne Zimmer. Sogar mit Bad. Mein früheres war zu verraucht. Lange werde ich hier allerdings auch nicht mehr bleiben.«

Einen Moment lang glaubte ich, PiBi habe von seinem nahenden Tod gesprochen. Dann aber sagte er: »Ich reise in zwei Tagen ab. In den Ort, wo ich herkomme. Übrigens die erste Pfarre des Heiligen Vaters, ein gottverlassenes Nest in den Abruzzen. Meiner Erinnerung nach ist die Luft dort gut, und es gibt keine Nonnen, die meine Unterhosen überprüfen. In Rom braucht mich keiner mehr. Ich mache den Dorfpfarrer. Die Leute da oben verstehen mich auch, wenn ich mir bei der Predigt die Seele aus dem Leib kotze. Ich habe mir das immer gewünscht: zurückzukehren.« PiBi ergriff meine Hände, die weißen Ringe um seine Pupillen hatten sich vergrößert. Mit einem Kichern, das an früher erinnerte, sagte er: »Und was wünschen Sie, Eminenz?«

Ich wollte den Papst sprechen, unverzüglich, ohne Zeugen und Präliminarien, ohne in die Dateien des Vatikans zu geraten. »So wie damals bei meiner ersten Audienz – registriert als ›non nomen‹.«

PiBis Gesicht wurde noch fahler. Ich hörte seinen Atem rasseln. Er stand auf. Während er in einer Schreibtischschublade herumkramte, fragte er leise: »Ist etwas faul?«

Ich nickte, aber er sah es nicht. Aus der Schublade holte er eine Menge Zeitschriften und stapelte sie neben dem Schreibtisch auf den Boden. Dann kam ein Zigarrenkistchen zum Vorschein, das er vorsichtig auf den Schreibtisch stellte und öffnete. Zum Vorschein kamen ein Bündel vergilbter Fotos, das er neben das Kistchen legte, die rote Schachtel mit Gauloises und ein Wegwerffeuerzeug. »Sie werden mich doch nicht verraten, Basilio? Mein neuestes Versteck. Bislang haben sie es noch nicht entdeckt. Sie können sich einfach nicht vorstellen, dass ich Zigaretten unter den Fotos meiner Mutter deponiere.« Er öffnete das Fenster. Der Blick ging in einen Hinterhof hinaus, auf dem ein schwarzes Auto unter einer Akazie stand. »Kommen Sie zu mir. Ich rauche direkt zum Fenster hinaus. Sonst merken sie es sofort. Und wir sollten leise sein. Ich weiß nicht, vielleicht leide ich inzwischen nicht nur an einer unheilbaren Krankheit, sondern auch noch an Verfolgungswahn.«

Er zündete sich eine Zigarette an und inhalierte gierig. Dann hustete er unterdrückt und tief aus dem Körper heraus. »Was ist faul, Basilio? Sie waren ganz nah dran, es mir zu sagen, als ich damals bei Ihnen im Kloster war. Vielleicht habe ich einen Fehler gemacht und zu viel oder zu wenig geredet. Wahrscheinlich wollte ich es auch gar nicht wissen.«

Wir standen am Fenster. Ab und zu keuchte er sich ein Wölkchen aus der Kehle, das zum Himmel stieg wie der weiße Rauch aus dem Ofenrohr über der Sixtina. »Was ist faul, fratellino?«, fragte er noch einmal.

Ich sagte es ihm nicht. Er war es doch gewesen, der mich im Gebäude der Inquisition nach Castel del Monte, zu dem Mann mit dem Schlangenblick geschickt hatte. Als treuer Diener seines Herrn, als geprügelter Bengel aus einem verkommenen Dorf in den Abruzzen, der seine Schulden abtrug, ohne Rücksicht auf die Welt, die ihn sonst umgab. Nun war ich am Zug. Ich schüttelte den Kopf. »Ich kann und werde es nur dem Stellvertreter Christi sagen.«

PiBi sog den Rauch ein, keuchte eine Weile und krächzte kaum verständlich: »Es geht um den neuen Camerlengo, nicht wahr?«

Ich nickte, sagte aber dazu: »Nicht nur.«

»Der hat sie also hierhergescheucht«, bemerkte PiBi. »Er könnte Papst werden. Sogar sehr wahrscheinlich.« Er blickte mich fragend von unten her an. Entweder war ich immer größer gewesen oder er war kleiner geworden. »Nicht nur, Basilio?«

»Das sagte ich bereits, Pietro. Es ist auch mein Gewissen. Und die katholische Kirche.«

Bertonazzi hob die störrischen Augenbrauen. »Du lieber Gott, ist das jetzt im Augenblick so wichtig? Müssen Sie deswegen den Heiligen Vater behelligen?«

Ich sah ihm zu, wie er an der heruntergebrannten Zigarette sog, und antwortete mit einer Kälte, die mich selbst überraschte: »Ja, Padre.«

Er schaute mich nicht an. »So faul ist es?«

Ich nahm seine linke Hand, die auf dem Fensterbrett lag: »Ja, Padre. Um Christi willen.«

»Gut, fratellino«, sagte er schließlich und stieß das letzte Wölkchen in den Himmel. »Ihr Gewissen und mein Gewissen sind zwei, die übereinstimmen.« Mit seiner typischen drehenden Handbewegung drückte er den Zigarettenstummel auf der Packung aus und steckte ihn hinein. »Ganz weg vom Fenster bin ich auch noch nicht. Der Papst hat zwar keinen Nutzen mehr an mir, aber er mag mich. Und noch kenne ich ein paar Schleichwege, von denen niemand etwas weiß. Keine Brieftauben, die in den Vatikan flattern, aber

ein Handy mit ein paar eingespeicherten Nummern. Warten Sie ein wenig. Ich gehe in meine Telefonzelle.«

Ich hatte den Eindruck, dass PiBi Gefallen an der Situation fand. Er grinste fast so wie früher. Dann schlurfte er durchs Zimmer, öffnete eine Tür und schloss sie hinter sich. Ich blickte auf die Akazie hinaus und stellte mir vor, wie Bertonazzi in seinem Bad das Handy aus der Soutane holte, sich auf den Toilettendeckel setzte und mit dem Herrscher der Christenheit telefonierte. Es dauerte ziemlich lange, dann hörte ich das Rauschen der Toilettenspülung, und PiBi kam zurück. Er trat ans Fenster und beugte sich hinaus. »Seien Sie morgen pünktlichst um 16 Uhr am Portone di Bronzo«, sagte er so leise, dass ich mich ebenfalls vorbeugen musste. »Dort steht links ein Schwarzer in Soutane, mindestens zwei Meter groß. Er heißt Dr. Arthur Ngombo und hat eine Tätowierung auf der rechten Backe. Sprechen Sie ihn an. Er wird Sie führen. Wenn es nach Regen aussieht, sollten Sie einen Schirm mitnehmen.«

Er machte das Fenster zu und brachte seine Schreibtischschublade wieder in die alte Ordnung. Einen Augenblick betrachtete er die Fotos seiner Mutter, bevor er sie zurück in das Kistchen legte. »Kommen Sie mich einmal besuchen, Eminenz. Das Pfarrhaus ist riesig. Wir haben sogar Strom, wenn auch leider keine Heizung. Dafür sind die Menschen nett. Wir könnten zusammen kochen und am Sonntag die Messe lesen. Dann predigen Sie einfach weiter, wenn mir der Atem ausgeht. Außerdem gibt es dort einen entzückenden Friedhof mit Blick ins Tal und uralten Zypressen. Ich schreibe Ihnen für alle Fälle die Telefonnummer auf.Handynummer aufHandynummer«

Er brachte mich wieder nach unten. Auf der Treppe kam uns eine junge, hübsche Nonne entgegen. Als wir an ihr vorbeigingen, machte sie eine zierliche Verbeugung, dann hob sie den Kopf, schnupperte in die Luft und kicherte. »Aber Hochwürden!« Sie senkte die Lider und huschte vorbei. »Das war Schwester Angelika«, sagte PiBi. »Frauen sind eben doch viel klüger als Männer. Du siehst, ich habe dazugelernt.« Das war das erste Mal, dass er Du zu mir sagte.

Das Hotel, das mir PiBi empfohlen hatte, war eher eine Pension, aber es lag zentral. Ich richtete mich ein. Dann ging ich in den Petersdom. Kurz betrachtete ich Michelangelos Pietà und lange die Statuen von Päpsten, die über ihre Gräber wachten. Aus jeder Nische schaute einer heraus. Sie waren alle tot, aber sie konzentrierten sich über den Zeitraum von 20 Jahrhunderten in dem einen, der noch lebte. Ich hatte um mich keine Angst, aber ich hatte Angst um diesen einen.

Ich aß irgendwo und machte einen Abstecher zu Beppo, der mich nicht mehr erkannte und mir mürrisch den Espresso auf den Tisch stellte. Vielleicht hatte ich mich in der Zwischenzeit zu stark verändert.

Dr. Ngombo war in der Tat ein Riese. Er gab mir eine große, warme Hand, legte die andere auf meine Schulter und sagte: »Folgen Sie mir bitte, Padre. Wir dürfen uns nicht verspäten. Der Heilige Vater hasst Unpünktlichkeit.« Mit einem Schlüssel öffnete er eine kleine Seitenpforte am Ende des riesigen Durchgangs. Dann ging es durch lange Flure mit Marmor und wiederum Päpsten, die aber fröhlicher und gütiger wirkten. Sie wachten ja auch nicht über Gräbern, sondern hatten sich bereits zu Lebzeiten in Stein schlagen lassen. Sooft Dr. Ngombo einen Schritt machte, brauchte ich mindestens zwei. Deswegen ging er sehr langsam.

Vor der Büste eines etwas dicklichen Herrn mit verkniffenen Lippen und Tiara auf dem Kopf hielt er kurz inne. Ich hörte von oben seine sanfte Stimme: »Papst Paul II., Padre.« Als wir weitergingen und er merkte, dass bei mir nichts klingelte, sagte er: »Ich halte da immer inne, wenn ich vorbeikomme, und amüsiere mich. Pietro Barbo, Papst im 15. Jahrhundert. Kein großer Pontifex, eher das Gegenteil, aber wissen Sie, wie er sich nach seiner Wahl im Konklave nennen wollte? Formosus secundus. Die Kardinäle haben es ihm schnell ausgeredet. Was für ein Glück! So hat ein großer Pontifex, wenn nicht der größte, einen einmaligen Namen. Der zerfledderte Tod auf dem Stuhl des heiligen Petrus und 1200 Jahre später das neue Leben der Kirche. Einen dritten Formosus wird es nicht geben. Keiner wird sich das trauen.«

Er schritt schneller aus. Ich bat ihn, langsamer zu gehen, als wollte ich die Zeit aufhalten. Er sperrte eine Eisentür auf, und jäh standen wir in hellem Licht. Jetzt verstand ich PiBis Rat mit dem Regenschirm. Wir waren in die vatikanischen Gärten hinausgetreten. Über uns wölbte sich blauer Himmel, die Sonne schien, und die Vögel zwitscherten. »Dieser Teil der Gärten ist für die Öffentlichkeit gesperrt«, sagte Dr. Ngombo. »Sehen Sie da vorne die Buchsbaumhecke unter der Platane? Warten Sie dort auf den Heiligen Vater. Er wird gleich kommen. Ich warte so lange hier auf Sie.« Er zog eine Zeitung aus seiner Soutane und machte es sich auf einem Balkonstuhl, der neben der Pforte stand, bequem.

Ich hatte mich vorbereitet, hatte mir die Worte zurechtgelegt und die Ereignisse chronologisch geordnet. Zum Schluss wollte ich etwas Ähnliches wie »Heiliger Vater, hier stehe ich und kann nicht anders« sagen. Stattdessen kniete ich nieder und schluchzte wie ein Kind.

Über den breiten, kiesbestreuten Weg fuhr eine schwarze Limousine langsam auf mich zu. Ich sah, wie Dr. Ngombo aufsprang und seine Zeitung wegsteckte. Die Limousine hielt an, der schwarze Riese öffnete die hintere Wagentür und half einer kleinen, weißen Gestalt heraus. Einen Augenblick lang standen die beiden nebeneinander, der so klein, so verletzlich wirkende Papst und der schwarze, vor Kraft berstende Hüne. Formosus *II. war sehr alt geworden. Er ließ Dr. Ngombo stehen und schlurfte auf mich zu. Ich eilte ihm entgegen. Er begrüßte mich nicht, sondern fasste mit seiner beringten Hand meinen Habit und sagte mit leiser, ein wenig brüchiger Stimme: »Keine Zeit für Präliminarien, Basilio. Gehen wir ein kleines Stück. Hinter der Hecke da vorne ist ein hübsches Rondell mit einer Bank.«*

Nun war ich es, der seine Schritte im Zaum halten musste. Fast hätte ich ihm meinen Arm als Stütze angeboten. Er durchschaute meine Absicht. »Nein, nein, es geht noch«, sagte er. »Bin ich sehr viel älter geworden?«

»Aber nein, Heiliger Vater«, erwiderte ich ehrerbietig.

Auf dem eingefallenen Gesicht erschien ein müdes Lächeln: »Und ich dachte, ein aufrechter Eidgenosse lügt nicht.«

Das Rondell war hübsch. Es gab sogar einen dicken Amor, der aus seinem sinnlichen Mund Wasser in ein muschelförmiges Becken spritzte. Vor der Buchshecke, die den Platz nach außen hin abschirmte, stand eine Marmorbank. Der Papst setzte sich und ordnete seine Soutane. »Setzen Sie sich zu mir! Links oder rechts, das ist mir gleichgültig. Ich sitze sowieso in der Mitte.« Dabei schaute er mich an wie mein Vater, als wir seine Sachen einpackten, um ihn ins Kantonsspital zu fahren.

Ich sah hinunter auf den Stellvertreter Jesu Christi: »Wenn Sie es erlauben, Heiliger Vater, so möchte ich gerne knien.«

Er sagte heiser: »Büßer und Menschen, die beichten, knien. Also knien Sie meinetwegen.«

Ich kniete nieder und entgegnete: »Auch Menschen, die schwören, die Wahrheit zu sagen, müssen knien.« Dann ging alles ziemlich rasch. Ich brauchte kaum zwanzig Minuten, und der alte Herr auf seiner Bank unterbrach mich kein einziges Mal. Er hatte die Hände in seinen schneeweißen Schoß gelegt und schaute auf den plätschernden Wasserstrahl. Ich hatte sogar den Eindruck, dass er die Lider manchmal geschlossen hielt, doch ich war sicher, dass er genau zuhörte. Er stöhnte nicht auf, stellte keine Frage, zuckte nicht zusammen, sondern war völlig still. Es gab nur eine Unterbrechung. Eine kleine, grauschwarze Schlange glitt zwischen den braunen Straßenschuhen des Papstes hindurch in die Sonne. »Vorsicht, Heiligkeit«, rief ich, und Formosus II. schreckte auf.

Dann sah er in meine Blickrichtung. »Das ist eine junge Äskulapnatter, Basilio. Die vatikanischen Gärten sind bekannt für ihre Eidechsen und Schlangen. Wir passen auf sie auf. Sie ist nicht giftig und tut nichts. Manchmal, wenn ich hier sitze, besucht sie mich, und wir unterhalten uns dann ein wenig. Was hat man nur den Schlangen angetan, als man sie um den Baum der Erkenntnis gewickelt hat? Seien Sie freundlich zu dem Tier! Es will nur ein wenig Wärme. Und nun fahren Sie fort.«

Ich ließ nichts aus. Mein Bericht endete mit meinem Weg aus der Krypta in der Viale Bruno Buozzi. Formosus merkte, dass ich fertig war, und wendete mir sein Gesicht wie in Zeitlupe zu. Seine grauen Augen waren starr und blicklos wie die eines Toten. In diesem Moment fing ich zu heulen an. Schluchzend stammelte ich Unzusammenhängendes – dass ich versucht hätte, ihm noch vor Peter und Paul alles offenzulegen, dass ich ihn liebte wie einen Vater und dass ich ihm diese Qual nie angetan hätte, wenn nicht der Stuhl des heiligen Petrus im nächsten Konklave an Kardinal Vazquez fallen könnte.

»Es ist gut, Padre«, unterbrach er mich scharf. »Lassen Sie mich jetzt allein. Sagen Sie Kardinal Ngombo, er soll Sie nach draußen bringen und mich dann abholen. Ach ja, das purpurne Birett. Ich glaube, jetzt hätten Sie es für Ihren Mut wahrhaftig verdient. Wollen Sie es noch?«

Ich schüttelte den Kopf. Ich wollte ihn noch fragen, was er nun tun würde, aber er saß zusammengesunken auf seiner Bank und war bereits viel zu weit von mir entfernt.

Als ich aus der Hecke heraustrat, wischte ich mir mit dem Ärmel die Augen. Ngombo hatte sicher nichts gemerkt. Während wir über die langen Flure zurückgingen, entschuldigte ich mich, dass ich ihn nicht mit Eminenz angesprochen hatte. Er lachte laut und sagte, wir seien doch beide nur Knechte im Weinberg des Herrn. »Und am Ende des Tages bekommen wir beide den gleichen Lohn: die Herrlichkeit Gottes.«

Ich fragte ihn, ob der Heilige Vater noch Chopin spielte. »Nein, schon lange nicht mehr«, erwiderte er verdutzt.

Am nächsten Morgen saß ich als Einziger im Frühstücksraum. Eine junge, fröhliche Frau empfahl mir Rührei, aber ich wollte nur Kaffee. Das Fenster zur Straße hin stand noch offen, weil Rom erst im Erwachen war. Von nicht allzu weit her begann eine Glocke zu schlagen. Es war ein dunkles Vibrieren, das nach zaghaften Einzelschlägen überging in ein weithin hallendes Schwingen und immer lauter wurde, bis der schwere Bronzeklöppel einen gleichbleibenden

Rhythmus gefunden hatte. Die junge Frau legte erschrocken eine Hand auf den Mund. Dann rief sie: »Madonna, der Campanone, es ist der Campanone.« Im selben Atemzug schrie sie gellend: »Der Papst, der Papst …«, und lief aus dem Zimmer, um die Nachricht im ganzen Haus zu verbreiten.

Die Morgenmaschine war voll besetzt. Ich hatte dennoch einen Fensterplatz bekommen, obwohl ich keinen verlangt hatte. Mit meinem kleinen Koffer war ich aus dem Taxi gesprungen und keuchend am Counter angekommen. Die Stewardess, die den PC bediente, weinte ununterbrochen und tupfte sich die geschminkten Augen mit einem Kleenex. Als das Flugzeug abhob und an Höhe gewann, schaute ich durch das Fenster nach unten. Rom lag unter einer goldenen Haube von Smog, doch ich konnte die Kuppel von St. Peter erkennen. Herren in ihren dunklen Geschäftsanzügen tippten konfus auf ihre Laptops, starrten vor sich hin oder hatten wie zufällig ihre Hände betend zusammengelegt. Sie wirkten wie eine Gruppe von Bestattungsunternehmern.

Während ich in Zürich auf den Anschlussflug nach Luzern wartete, lagen sich wildfremde Menschen schluchzend in den Armen. Ich kauerte verkrampft auf einer Bank, in meinem schwarzen Habit leicht als katholischer Priester zu erkennen. Neben mir saßen zwei alte Italiener, die gestikulierten und sich gegenseitig unterbrachen. Es sei ein Herzschlag gewesen, wollte der eine heute früh noch erfahren haben. Man habe ihn umgebracht wie den lächelnden Papst Albino Luciani, behauptete der andere. »So schnell kann das doch gar nicht gehen mit einem Herzschlag, nicht bei den ärztlichen Möglichkeiten, die der Papst hat.«

»Er war doch schon länger krank.«

»Das stimmt nicht.«

»Stimmt doch.«

Am Ende schwiegen sie beide und starrten vor sich hin. Ich überlegte, ob der neue Camerlengo in der Nacht vor dem Monitor der Herzmaschine gestanden und die Linie betrachtet hatte, die nun bis in alle Ewigkeit zackenlos verlief. Hatte er vielleicht den uralten und vergessenen Ritus zelebriert und dreimal gefragt: »Ascanio, dormisne? Ascanio, schläfst du? Onkel Hund, schläfst du?« Und hatte er dann den Fischerring vom Finger des toten Delfins gezogen, zertrümmert und gedacht: Der nächste Papst bekommt einen neuen geschmiedet?

Es war ein Herzinfarkt, wie der Camerlengo im Fernsehen verkündete. Und wenn der Camerlengo, während der Sedisvakanz die höchste Instanz der katholischen Kirche, Derartiges verlautbarte, dann musste es wohl stimmen. Weltweites Erstaunen erregte die Nachricht, dass Formosus II. am Vorabend seines Todes seine sehr ungewöhnlichen Bestattungsmodalitäten genauestens testamentarisch hatte festlegen lassen. Fast einhellig wurde in der Presse die Meinung vertreten, der große Papst habe seinen Tod vorausgeahnt. Das deutsche Nachrichtenmagazin »Der Spiegel« hatte die Möglichkeit eines Suizids angedeutet. Die letzte Person, die den Papst noch lebend gesehen habe, sei eine gewisse Dr. Giovanna Grassi, die Nichte des Papstes, gewesen. Hübsch und intelligent, deswegen möglicherweise auch intrigant. Man hat damit die Auflage zweifellos erheblich gesteigert, umso mehr, als danach alle anderen Gazetten über den »Spiegel« herfielen und der Vatikan verkündete: »Dies ist des Teufels Werk.«

Gestern war die Beisetzung gewesen. Drei Tage nach seinem Tod sollte sie durchgeführt werden, und verlangt hatte er einen schlichten Sarg aus Fichtenbrettern. Keine Einbalsamierung und keine Pontifikalien, sondern nur ein Totenhemd aus weißem Leinen. Keine öffentliche Aufbahrung der Leiche. Ein grauer Vormittag über der Ewigen Stadt. Die Wolken hingen tief, aber es regnete nicht. Auf dem Petersplatz, die Via della Conciliazione hinunter und in sämtlichen Nebenstraßen ballte sich eine einzige Masse dicht aneinandergedrängter, schweigender Menschen. Ohne jeden Schmuck stand der Sarg auf den Stufen des höchsten Heiligtums der katholischen Kirche. Eine stille Messe und die Totenliturgie wurden von einem Priester aus der ärmsten Pfarre Roms an einem Altar gebetet, der vor dem offenen Mittelportal aufgestellt war. Dann schulterten sechs Schweizergardisten den Sarg und trugen ihn dem Pfarrer und den Ministranten voraus durch das Tor. Weitere Gardisten schlossen es von innen. In ihrer furchtbaren Schlichtheit war es die gigantischste Totenfeier, die jemals auf dem Petersplatz abgehalten wurde. Ein Sprecher sagte, der Dom sei nun völlig menschenleer und der tote Papst würde in die Katakomben unter Sankt Peter getragen, an eine Stelle, wo der Zutritt für Besucher untersagt sei.

Vielleicht hat er die Nachbarschaft zu seinem Namensbruder gesucht. Vielleicht heißt es in ein paar Jahrzehnten von ihm: Vivit et non vivit. Er lebt und lebt nicht.

Nach meiner Rückkehr aus Rom saß ich wieder in meiner digitalen Krypta, klapperte am PC und dachte unaufhörlich daran: Was geschieht mit der Kirche? Und: Was geschieht mit mir? Die erste Frage war leicht zu beantworten: Derjenige, der mir glaubte und der das Ruder des Schifflein Petri in Richtung Wahrheit gesteuert hätte, war tot. Die wenigen Stunden hatten nicht ausgereicht, oder man hatte ihm die notwendige Zeit nicht gelassen. Im Geist sah ich einen Kardinal auf die Loggia des Petersdomes treten: »Annuntio vobis gaudium … Habemus Papam …« Dann trat ein großer, weißhaariger Mann aus dem Dunkel ins Licht und in die Augen der Kameras.

Die Beantwortung der zweiten Frage war viel schwieriger und wichtiger, denn es ging um mich, um das Einzige, was ich noch hatte: Natürlich war ich in dem weißhaarigen Kopf gespeichert – und in den Akten nicht minder. Wahrscheinlich war mein Besuch in den vatikanischen Gärten am Tag vor dem Tod des Heiligen Vaters nicht unbemerkt geblieben. Ein Teleobjektiv aus einem der zahllosen Fenster konnte den knienden Mönch bei dem weißen, alten Mann eingefangen und an ein Computerprogramm gesandt haben. Beim Abgleich der Gesichter wäre ein rotes Lämpchen aufgeflackert. Vielleicht waren die Cashmeremäuse bereits auf dem Weg zu uns. Oder sie sind schon da. Möglicherweise erzeugen meine kaputten Nerven, meine Schlaflosigkeit und diese Schreiberei Halluzinationen. Ich sah fremde Autos und fremde Menschen. Ich bilde mir ein, dass jemand in meinem Garten war. Nicht Placidus. Der verabscheut mich zwar, aber er würde niemals Blumen zertreten. Im Grunde weiß ich seit dem Läuten des Campanone, dass ich hier wegmuss. Mir war nur nicht klar, wohin. Mit meinem Abt kann ich nicht darüber reden, dazu mag ich ihn zu gern. Also werde ich eben verschwunden sein. Ich schicke eine Nachricht, damit man sich keine übermäßige Sorgen macht. Wenn keine ankommt, dann habe ich wahrscheinlich das Kloster vor den Scherereien eines tot herumliegenden Mönchs bewahrt.

Nun bin ich wirklich am Ende meines Berichts. Nur die letzte Entscheidung steht an. Jetzt alles löschen? Offen muss ich gestehen, ich habe auch mit dem Gedanken gespielt, den Mechanismus, der alles unwiederbringlich in sich hineinfrisst, auszuschalten. Dann aber erinnerte ich mich an Einsteins Ausspruch, dass Gott nicht würfelt, und verwarf diese Möglichkeit. Später jedoch fiel mir Stephen Hawking ein, der bewegungslos in seinem Rollstuhl und im Zentrum des Kosmos sitzt. »Gott würfelt nicht nur, er bescheißt auch noch«, hatte der gesagt. Dazwischen habe ich mich entschieden. Ist das der letzte Rest von Eitelkeit? Immerhin habe ich viel Zeit und Mühe hier verbracht. Mögen meine Eitelkeit, Gott, das Schicksal, der Zufall oder alle vier entscheiden! Oder Du entscheidest, der Du jetzt am Ende angekommen bist: Ich habe die Notbeleuchtung angelassen, wie Du ja bemerkt haben wirst. Aber jetzt, Du Armer, der Du Dich bis hierher geschleppt hast, jetzt geht sie aus.

Chronik des Klosters Mattenthal

Nun bin ich wohl keine Interimslösung mehr. Es ist, so glaube ich, nicht meine plötzliche Berühmtheit, die mir die Sympathie meines Abtes eingetragen hat. Vielmehr habe ich den Eindruck, er mag mich wirklich. Vielleicht ist er auch ein wenig stolz auf mich. Meine Berühmtheit wird ohnehin verfliegen, was mir nur recht sein kann, denn sie ist schlecht, und es gibt viele, die mich dafür hassen.

Nachdem des Basilisken seltsame Nichts-Chronik sich ebenfalls in nichts aufgelöst hat, ist unser Kloster seit Jahren geschichtslos. So schlimm sei das nun auch wieder nicht, meinte Abt Othmar, aber ein Neubeginn sei jetzt vielleicht auch bei uns notwendig. »Also fangen Sie da an, wo *der andere* aufgehört hat«, sagte er. »Es ist ja auch Ihre Geschichte, Anselm. Also ist es auch Ihre Aufgabe, sie aufzuschreiben. Und wenn Sie einmal ein alter, unbeschäftigter Mönch sind, dann tragen Sie die *andere* Geschichte ebenfalls in unsere Chronik ein, denn da gehört sie ja wohl hin. Wenn Sie aber etwas Besseres vorhaben, lassen Sie es. So wichtig kann es ja kaum mehr sein.« Er lächelte melancholisch: »Nehmen Sie für Ihre Arbeit den alten Rechner. Ich habe Ihnen ja seine Zelle zugeteilt. Ihre eigenen Aufzeichnungen habe ich zwischenzeitlich gelesen. Lassen Sie sie stehen. Sie haben sich solche Mühe gegeben, und Sie haben ein gewisses Talent. Machen Sie so weiter! Meinetwegen auch ohne Respekt vor Ihrem Abt, nur machen Sie es besser als Ihr Vorgänger! Und länger …«

Nach einer Pause fragte er ein wenig scheu: »Wussten Sie, dass Äbte Novizen umbenennen können? Der Name Ihres Zellenvorgängers ist ja nun vakant, und in Mattenthal hat es seit dem Mittelalter immer einen Bruder mit dem Namen des großen Heiligen gegeben. Haben Sie Interesse? Nach Ihrer Priesterweihe? Denken Sie darüber nach!«

Den Namen Basils sprach er nicht aus. Er war und blieb *der andere.*

Der andere war fort, und ich hatte ihn nicht gefunden. Weder lebend noch an einem Sparren hängend. Dafür hatte ich mich, ohne meinen Abt zu fragen, in eine Datei geschlichen, deren Inhalt die Kirche, der ich mein Leben geweiht hatte, zum Wanken brachte. Angefangen hatte Basils Tag des Zorns am Nachmittag. Dann war es stockfinstere Nacht geworden. Ich hatte nicht die leisen Schritte meiner Mitbrüder draußen gehört, hatte weder mitbekommen, wie sich die Zellentüren vor der Komplet öffneten, noch, wie sie sich zur Nachtruhe schlossen. Ich saß vor dem Bildschirm und merkte nicht, dass der immer heller und die Zelle immer dunkler wurde. Stur starrte ich auf die Buchstaben, die sich zu Wörtern, zu Sätzen, zu Absätzen, zu ganzen Seiten formten, die oben aus dem Nichts auftauchten, um unten im Nichts zu verschwinden. Ich las wie ein Verzweifelter und wusste doch, dass ich Gift in mich hineinschlang. Und dass ich am Schluss mit diesem Gift in mir alleine übrig bleiben würde. Tempus fugit. Die Zeit flieht, und du wirst bemerken, dass sie unwiederbringlich von dannen zieht.

Natürlich spielte ich am Anfang mit sämtlichen Tasten und Knöpfen, aber Seine Eminenz behielt recht: Das Programm lief unabänderlich ab. Gehetzt lief ich ins Obergeschoss, wo sich unter den Mansarden unsere Zellen befanden. Mit einem USB-Stick kam ich zurück. Der leuchtete zwar auf, doch er nahm nichts an. Seiner Eminenz war nicht beizukommen. Ich allein schluckte dieses Gift und keiner würde mir glauben, wenn ich berichtete, was ich neugierig und unerlaubt in mich hineingeschlungen hatte. Eine Sekunde lang hatte ich gehofft, am Ende würde Basils Eitelkeit siegen, doch dann ging, wie vorhergesagt, »die Notbeleuchtung« aus. Das stundenlange Sickern des Textes hörte auf. Ein halber Bildschirm, gefüllt mit Zeichen, flimmerte in der Dunkelheit vor sich hin. Die Buchstaben begannen sich langsam zu verformen, wurden fließend und liefen ineinander über. Dann verschwand die amorphe Masse vom Monitor und floss träge in den von Basil zitierten Gully der Geschichte.

Es war nicht so, dass ich verzweifelt heulend vor dem leeren Bildschirm saß. Ich stolperte auch nicht händeringend in Basils Zelle umher oder rannte in die nachtdunkle Kirche zu meinem Gott. Stattdessen überfiel mich aus unerfindlichen Gründen Hunger. Mir fiel der Apfel in Basils Schublade ein. Noch heute höre ich das laute Krachen, Knirschen und Schmatzen, mit dem ich ihn verschlang. Kurz darauf stand ich über das kleine Waschbecken gebeugt und überschwemmte es mit halb zerkauten Apfelstücken und übel riechender Flüssigkeit, bis nichts mehr kam. Aber auch dann hörte das krampfende Würgen nicht auf.

Am nächsten Tag beim Mittagessen kam Bruder Emmeram, der Pförtner, ins Refektorium. Es war noch Tischlesung. Pater Korbinian las aus einer Schwarte über die Entstehung und die Durchführung eines Konklaves. Immerhin waren die Zeitungen voll davon, die Kardinäle reisten aus allen Himmelsrichtungen nach Rom, und 20 Tage nach dem Tod des Papstes musste es nach den Regeln beginnen. Außer mir löffelten alle ihre Rüblicremesuppe. Emmeram eilte hurtig und leise an den Tischen mit den schlürfenden Mitbrüdern entlang zum erhöhten Podest, auf dem Abt Othmar saß. Ein wenig unwillig sah der auf, als Emmeram sich zu ihm hinunterbeugte, ihm etwas ins Ohr flüsterte und ein Stück Papier neben seinen Suppenteller legte. Emmeram verließ das Podest und trat den Rückweg an, blieb in der Tür jedoch wartend stehen. Unser Abt legte den Löffel hin, nahm das Papier in die Hand und fing an zu lesen. Jeder wusste, dass etwas Bedeutsames vor sich ging, lediglich Pater Korbinian las ungerührt weiter. Entweder hatte er nichts bemerkt oder der mönchische Gehorsam war zu seiner ersten Natur geworden. Abt Othmar ließ das Papier wieder auf den Tisch sinken und faltete beide Hände zum Beten unter seinem Kinn. Vielleicht war er ein wenig blasser als sonst, als er leise »Sufficit« sagte. Sufficit, es genügt – das Zeichen für den Tischleser, aufzuhören. Lautes Klirren von Besteck setzte ein, begleitet von gedrosselten Stimmen junger und alter Männer. Korbinian hatte nichts gehört und las weiter. Abt Othmar ballte die Hände zu Fäusten, ließ sie auf die Tischplatte krachen und brüllte unbeherrscht in nie gekannter Lautstärke: »Sufficit!«

Mitten im Satz brach Korbinian ab. Totenstille trat ein. Emmeram wartete an der Tür. Abt Othmar stand auf. »Ich teile dem Konvent mit, dass Pater Basilius unseren Orden verlassen hat. Er wird nicht mehr wiederkommen.«

Othmar setzte sich wieder, starrte auf seinen Suppenteller und sagte leise: »Ich bitte den Konvent, mir meinen Zornesausbruch zu verzeihen. Bitte, lieber Korbinian, lesen Sie weiter. Es ist noch nicht an der Zeit für Gespräche.«

Korbinian suchte verzweifelt den Anschluss, fing dann irgendwo im Text mit seinem eintönigen Geleier wieder an und ließ uns wissen, dass bei einem Konklave jedweder Kontakt nach draußen bei Strafe der Exkommunikation verboten sei. Das wussten wir ohnehin. Ein paar von uns aßen weiter, die meisten starrten wie Abt Othmar vor sich hin. Ich hoffte auf einen Blickkontakt mit meinem Oberen, vielleicht auf ein Nicken des Kopfes, das mir signalisierte, dass meine Aufgabe erledigt war. Womöglich wollte ich unbewusst Abt Othmar ein Zeichen meiner inneren Not senden. Er aber blickte bis zum Ende der Tischzeit weiter wie betend vor sich hin. Dachte er an den überstürzten Rombesuch Basils, an seine Rückkehr am Todestag des Deus-lo-vult-Papstes, an Kardinäle im Allgemeinen und an einen im Besonderen? An mich dachte er jedenfalls nicht, und sein Essen rührte er nicht mehr an.

Ich hatte eine Entscheidung zu treffen. An den Fingern hatte ich mir während des Essens ausgerechnet, dass das Konklave in 11 Tagen beginnen würde. Sollte ich mich vor Abt Othmar hinknien, meinen neugierigen Ungehorsam beichten und ihm dann von der Schlange berichten, die unter der Soutane des verstorbenen Papstes hervorgekrochen war? Aber ich allein hatte das Gift geschluckt, und keiner würde mir glauben. Und wenn mir doch jemand glaubte, würden die Türen der Sixtinischen Kapelle geschlossen sein. Oder sie waren schon wieder geöffnet worden, damit die Stimme über den Petersplatz hallen konnte: »Habemus Papam.«

Und dann würde der herauskommen, von dem ich – ebenso wie Basil – sicher war, dass er der nächste Papst werden würde.

Ich gestehe es offen: Sehr lange habe ich nicht nachgedacht. Ich habe nicht die Felsen, auf denen die Kirche erbaut ist, hin und her geschoben, um eine Ablage für meinen seelischen Konflikt ausfindig zu machen. Ich war jung, und die Wahrheit ist ja in dieser Lebensphase wichtiger als später, wenn man ein alter Mann geworden ist. Also verschwand binnen Kurzem wiederum ein Mönch aus Mattenthal. Diesmal aber war zumindest eine formelle Abmeldung erfolgt. Ich hatte einen Zettel in den Briefkasten neben der Tür zur Abtei geworfen: »Musste verreisen, wichtig, bitte keine Sorgen, Verzeihung.«

Mit dem Bus fuhr ich nach Luzern und von dort nach Sempach. In der offenen Garage sah ich neben dem Bentley meines Vaters den Z4, den ich bei meinem Eintritt ins Kloster meinem Bruder Theo geschenkt hatte. Seppi, unser Chauffeur, wienerte an der Motorhaube herum und winkte. Das Hausmädchen ließ mich ein. Meine Mutter war – wie immer – unterwegs, doch mein Vater war zu Hause. Überrascht erhob er sich von seinem Schreibtischstuhl, als ich in sein Arbeitszimmer trat. Scheu wie stets nahm er mich in den Arm. »Was ist los, Jürgen?« An den Namen Anselm hatte er sich nie gewöhnt, und er hat ihn nie ausgesprochen.

Ich sagte nur: »Papa, frag nichts! Ich muss sofort wieder weg. Kann ich Theos Auto haben?«

»Es ist nach wie vor deines«, antwortete er. »Theo hat ein anderes bekommen. Er ist damit für zwei Monate in Budapest.«

Nachdem ich mich in meinem Zimmer umgezogen und ein paar Sachen eingepackt hatte, kehrte ich ins Zimmer meines Vaters zurück. Er hatte mir die Autoschlüssel, die Wagenpapiere und einen Stoß Euronoten auf dem Schreibtisch bereitgelegt. »Ich habe gedacht, das könntest du brauchen.«

Als ich das Geld in die Hosentasche meiner Jeans schob, empfand ich Zärtlichkeit für ihn und hoffte, er würde irgendwann einmal stolz auf mich sein. »Und was soll ich deiner Mutter sagen, wenn sie zurückkommt?«, fragte er.

»Am besten nichts«, antwortete ich.

»Gut, ich werde das Hausmädchen entsprechend instruieren. Joseph hat den Z4 zur Inspektion gefahren.« Dann nahm er die nächste Akte und beugte sich darüber. Links die unbearbeiteten, rechts die erledigten. Dazwischen er. Früher hat mich das zur Weißglut gebracht. Ich bin sicher, er wollte noch etwas sagen:

»Pass auf dich auf, mein Sohn!« oder etwas in der Art. Stattdessen gab er mir sein Handy und fischte das Aufladegerät aus einer Schublade. »Meine Geheimnummer ist eingespeist. Ich habe noch ein zweites.«

»Danke«, murmelte ich. Über das, was ich ihm gern noch gesagt hätte, dachte ich nach, als ich das Navi auf Sasso di Ortoli einstellte und dann aus der Einfahrt unserer Villa hinausfuhr.

Sasso di Ortoli ist ein kleiner Ort in den Abruzzen mit 630 Einwohnern, einer Kirche und einem Denkmal. Das Denkmal steht auf dem Marktplatz und stellt einen delfinartig lächelnden Herrn mit Tiara und segnender Hand dar. Es war nicht schwer, bei Wikipedia die erste Wirkungsstätte von Formosus II. herauszufinden. Sasso di Ortoli hatte sogar eine Homepage, auf der man die Betonfigur bewundern konnte. Auch einen Bericht über die segensreiche Tätigkeit des jungen Pfarrers gab es in holperigem Italienisch. Ich setzte alles auf eine Karte, besser gesagt: auf zwei. Die eine sollte sich nach Basils Bericht schon in Sasso befinden, und wo sollte die andere denn hingeraten sein, wenn nicht dorthin? Zwei alte Männer, die sich aneinanderkuscheln und die Köpfe einziehen, wenn das Grollen der Apokalypse über sie hinwegzieht – Bertonazzi, jahrelang graue Eminenz im Vatikan, der außer seinem Husten nichts mehr hören wollte, und unser Basilisk, den Resignation und Furcht aus seinem Madonnengärtchen getrieben hatten. »Kommen Sie mich besuchen«, hatte Bertonazzi zu ihm gesagt. »Wir können zusammen kochen und predigen, fratellino.« Ich konnte dieses idiotische »fratellino« nicht mehr hören.

Natürlich war es auch möglich, dass ich in Sasso nur einen von beiden vorfand. Dann musste ich mit diesem auskommen. War keiner von beiden da, so hatte ich verspielt und konnte in meinem Zorn gegen das Denkmal pissen. Was sollte ich denn sonst tun mit nichts in der Hand und einem verschwundenen Wahnsinnsbericht im Kopf, während die Zimmerer in der Sixtina schon an den Baldachinen hämmerten?

Die Fahrt zog sich. Besonders, als ich von der Autobahn heruntermusste. Ich hatte die Nacht vorher nicht geschlafen, und in meinem Magen herrschte Leere. Also aß ich an einer Raststätte etwas und schlief im Auto, bis mich Ziegen weckten, die jemand über die Straße trieb.

Gegen 10 Uhr fuhr ich in Sasso ein. So ähnlich hatte ich es mir vorgestellt. Eine schmuddelige Hauptstraße führte zum Marktplatz, ein paar Stufen hinauf ging es zu einer großen pseudoromanischen Kirche. Mein roter Z4 stand einsam unter der segnenden Hand des Papstes. Der war viel kleiner, als es auf der Website den Anschein hatte. Es war niemand zu sehen. Der Alimentari-Laden war geschlossen, und die Osteria »Formoso II.« hatte die Vorhänge zugezogen. Dann fiel mir ein, dass Sonntag war. Entweder lagen hier alle noch in den Betten oder sie waren in der Kirche. Ich ging die Stufen hinauf und drückte die schräg in den Angeln hängende Tür nach innen. Ich brauchte einige Zeit, um mich an die Düsternis zu gewöhnen. Die Kirche war für den kleinen Ort viel zu groß. Vorne in der Apsis hing ein Leuchter, der den Altarbereich einigermaßen erhellte. Erstaunlich viele Gläubige saßen in den vorderen Bänken. Vermutlich waren sie gekommen, um ihren neuen Pfarrer zu sehen und seinen neuen Kaplan noch dazu. Vom einen hörte man im Lautsprecher keuchend und nach Luft schnappend die Wandlungsworte, der andere stand, auch im Messgewand, daneben und blickte hinter dicken Brillengläsern ins Kirchenschiff. Die beiden Karten, auf die ich gesetzt hatte, lagen auf dem Tisch des Herrn.

Als die Messe zu Ende war, drängten sich die Einwohner Sassos aus ihren Bänken und eilten dem Ausgang und der Sonne entgegen. Wahrscheinlich würde der Wirt der Osteria »Formoso II.« nun seine Vorhänge aufziehen. Ich blieb sitzen. Das Licht ging aus, und jemand verschloss lautstark die Sakristeitür. Dann kamen die zwei über die Altarstufen herunter, der eine behutsam gestützt vom anderen. Als ich hinter ihnen hinausging, hielt mir Basil freundlich die Tür auf. In meinem marineblauen Poloshirt und den Jeans erkannte er mich im Halbdunkel nicht. Als ich ihnen hinunter auf den Marktplatz folgte und »Grüezi, Pater Basil« sagte, zuckte der eine zusammen, während der andere sich langsam umwandte, als wittere er eine Gefahr. Ich blickte in ein zerquältes, furchtsames Gesicht mit Augen ohne Spott und Ironie. »Ach, der Anselm«, sagte er nur. Vielleicht hatte er eine nach Sasso di Ortoli gewieselte Cashmereratte erwartet.

»Ich möchte nicht stören«, sagte ich, um ihn zu beruhigen. »Ich will nur mit Ihnen reden. Und mit ihm auch.« Dabei deutete ich auf den neuen Pfarrer von Sasso di Ortoli. Der stand auf der untersten Stufe und blickte lauernd nach oben. »Das ist Frater Anselm«, stellte Basil mich vor. »Ein Mitbruder aus Mattenthal.«

Weitere Vorstellungen erübrigten sich. »Ich weiß, wer Sie sind. Sie sind Padre Pietro Bertonazzi. Darf ich auch PiBi zu Ihnen sagen?« sagte ich frech.

Unter gefurchten Brauen sah er mich prüfend an. Sofort war mir klar, warum er in seinem verräucherten Quartier die Strippen des Vatikans hatte ziehen können. In Sekundenschnelle entschärfte er die Situation: »Ah, Anselmo, was für ein hübscher Name für einen armen Benediktiner. Und Sie sind sicher auch der stolze Besitzer dieses phänomenalen Autos, das da in der Sonne glüht. Ein BMW Z4, wenn ich mich nicht irre. Bringt, wenn es geht, 300 Stundenkilometer auf die Piste. Passen Sie auf, dass man es Ihnen nicht klaut. Die Leute sind arm hier.« Dabei deutete er auf den Marktplatz, wo junge Kirchgänger und aufgeputzte Mädchen um meine Karre herumstanden und gestikulierten. »Sie müssen keine Angst haben. Die tun nichts. Und Sie sind ja doch auch versichert, nicht wahr?« Er winkte zu der Gruppe hinüber, und die jungen Leute winkten fröhlich zurück.

»Nehmen Sie mich bitte am Arm, Anselmo. Ich bin nicht mehr gut zu Fuß. Leisten Sie uns beim Frühstück Gesellschaft? Wir machen einen Brunch. Sie schauen hungrig aus. Natürlich können Sie PiBi zu mir sagen, aber bitte nicht hier vor anderen. Ich möchte den Kanarienvogel endlich loswerden. Don Pietro klingt doch viel ehrwürdiger, finden Sie nicht?«

Ich führte ihn vorsichtig über das Kopfsteinpflaster. Alle paar Meter stockte er, schnaufte mitleiderregend und sprach über die Preise von deutschen Sportwagen in Italien. Basil lief stumm nebenher. Ganz sicher hätte Bertonazzi die kurze Strecke zum Pfarrhaus auch ohne Hilfe zurücklegen können.

Brunch war übertrieben. Entweder fanden die beiden keinen Gefallen mehr am Essen oder sie waren zur Armut des heiligen Franz zurückgekehrt. Während Bertonazzi auf einem vorsintflutlichen Herd Kaffee aufbrühte, saß mir Basil schlaff am Küchentisch gegenüber und schaute still in mein Gesicht. Bertonazzi stellte abgestoßene Tassen und Teller auf den Tisch, und ich sagte: »Dies irae, Pater Basil. Ich habe lange dazu gebraucht.«

Kurz zeigte sich die rosige Zunge. »Und?«

»Jetzt ist alles weg. Ihr Mechanismus hat funktioniert, und ich saß die ganze Zeit alleine vor Ihrem Rechner. Ich allein habe alles im Kopf und bin ebenso aus Mattenthal abgehauen wie Sie.«

Basils Blick änderte sich nicht: »Und?« Ich hatte Überraschung, Nervosität oder Aufregung erwartet, nicht dieses hilflose, große Fragezeichen.

Ich gab keine Antwort, stand auf und fragte den herumschlurfenden PiBi, ob ich helfen könne. Er überließ mir die Kaffeekanne, aus der ich uns allen einschenkte.

PiBi trank mit vorgeschobenen Lippen einen Schluck und schnaufte: »Nehmen Sie von der Salami, Anselmo! Sie wird hier im Ort hergestellt, und es ist Esel drin.« Als er merkte, dass er mich damit nicht schrecken konnte, stellte er seine Tasse auf den Tisch und blickte distanziert wie ein pensionierter Buchhalter in die Runde. »Also sind wir jetzt drei. Guten Appetit!« Er sah meinen sicher etwas blöden Gesichtsausdruck und schob mit einem Lächeln, das tatsächlich an ein Insekt erinnerte, nach: »Basilio weiß es, ich weiß es inzwischen von Basilio, und Sie wissen es, weil Sie ein schlauer Junge sind und alte Männer eitel und geschwätzig. Und nun sagen Sie uns, mein junger Freund, was Sie hierher führt in Ihrem feuerroten Automobil.«

Im Nachhinein muss ich gestehen, dass undurchdachter Aktionismus für meine überstürzte Fahrt nach Sasso verantwortlich war. Einen auskalkulierten Plan hatte ich nicht. Ich wollte gegen etwas Ungeheuerliches vorgehen, das meine Überzeugungen und alles, an das ich glaubte, vernichten würde, und dazu brauchte ich Mitstreiter. »Das liegt doch auf der Hand«, erwiderte ich erregt. »Das Konklave beginnt in 10 Tagen.«

Milde sagte PiBi: »Das ist uns durchaus bekannt.«

»Wahrscheinlich ist der Papst ermordet worden.«

»Unwahrscheinlich, aber nichts ist unmöglich.«

»Die gesamte Kirche, Milliarden von Menschen werden durch ein falsches Dogma in die Irre geführt.«

»Auch das ist uns bekannt.«

»Und es besteht die Gefahr, dass das Schwein, das sich das alles ausgedacht hat, Papst wird.«

»Päpste sind keine Schweine«, erwiderte PiBi. »Obwohl ich in diesem Fall vielleicht eine Ausnahme machen könnte. Aber Sie haben recht: Er wird es wahrscheinlich, sogar mit ziemlicher Sicherheit. Und was ist dabei?«

Fassungslos fragte ich: »Wollen Sie denn nichts unternehmen?«

PiBi rasselte leise, aber sehr akzentuiert. »Was meinen Sie, junger Freund, was wir in den letzten Tagen hier gemacht haben? Gebetet? Natürlich. Aber wir haben auch nachgedacht und Tage und Nächte durchdiskutiert. Was meinen Sie, was dabei herausgekommen ist?«

Mir fiel keine Antwort ein.

»Nichts«, bemerkte PiBi trocken. »Wie stellen Sie sich das vor? Sollen Basilio und ich uns vor der Peterskirche aufstellen und die Wahrheit herausbrüllen? Kein Konklave! Wartet ab! Der Antichrist ist unterwegs! Um ehrlich zu sein, gefällt es uns hier besser als in einer Gefängniszelle oder im Irrenhaus. Was können wir beweisen? Ein wiedergeborener Friedrich von Hohenstaufen, eine Schrift Jesu Christi, Qumran, Kassiber, die sich Päpste über den Tod hinaus zuschieben, eine schöne Frau, die einen alten Mönch verführt, Castel del Monte im Regen, falsche, männliche Nonnen … soll ich fortfahren? Oder fangen Sie an zu begreifen? Wir stehen vor einem Konklave der heiligen römischen Kirche und nicht vor der Romanpremiere eines amerikanischen Autors. Der Einzige, der hätte handeln können, ist tot. Warum sagen Sie uns nicht, was wir tun sollen?«

»Gott kann das nicht zulassen«, rief ich so laut, dass Basil aus seiner Lethargie aufschreckte.

Bertonazzi beugte sich über den Tisch und legte sanft seine Hand auf meine. »Essen Sie etwas, mein Junge, und machen Sie dem lieben Gott keine Vorschriften. Er gehorcht sowieso nicht.«

Die Stille, die nun folgte, war nur unterlegt von den keuchenden Atemzügen PiBis, an die ich mich schon gewöhnt hatte. Ich aß zwar nichts, aber ich beruhigte mich. »Und wenn wir uns an die Presse wenden?«

Basil erwachte. »Auch daran haben wir natürlich gedacht«, sagte er. »Es war mein erster Gedanke. Aber wer nimmt uns die Geschichte ab? Journalisten nagen zwar an jedem Knochen, aber der ist zu groß. Und es ist viel zu wenig Fleisch dran.«

»Wir haben immerhin den früheren Privatsekretär, die graue Eminenz des Papstes, als Zeugen auf unserer Seite«, argumentierte ich.

Die graue Eminenz hatte sich ein Stück Brot genommen. »So eminent war ich gar nicht«, behauptete er. »Und einen Teil der Geschichte könnte ich zwar bestätigen, aber nicht, dass dieses Scheißding eine Fälschung ist.«

»Aber zusammen mit Pater Basils Geschichte müsste das doch Gewicht haben«, beharrte ich. »Er ist immerhin so etwas wie ein Kardinal der katholischen Kirche.«

»Aussage gegen Aussage«, erwiderte PiBi. »Und die paar Unterlagen in den Archiven sind längst vernichtet. Sie machen sich völlig falsche Vorstellungen von den Netzwerken im Vatikan. Zwei Spinner gegen den Vatikan, gegen 2000 Jahre Kirche, gegen ein verkündetes Dogma? Und Sie glauben, da macht jemand mit? Wir sind nicht größenwahnsinnig. Und Sie sind es auch nicht, wenn Sie wieder auf dem Teppich angelangt sind.«

»Was ist mit Dr. Grassi?«, wagte ich mich vor.

Basil stöhnte auf, und PiBi sagte mit abgrundtiefer Verachtung: »Das Gör war nie bei den armen Negerlein in Afrika. Wahrscheinlich lag sie an der Côte d'Azur mit ihrem Beschäler, der sie ab und zu festgebunden und fachgerecht ausgepeitscht hat. Und jetzt trauert sie in Rom herum und wartet darauf, insgeheim zur Kardinälin ernannt zu werden. Was wollen Sie mit der?«

Zumindest hatte ich die beiden dazu gebracht, zu reden und sich nicht länger hinter betonierten Entscheidungen zu verbarrikadieren. Ich fing noch einmal mit den Medien an. »Ich sehe ja ein, dass wir nicht viel in der Hand haben, aber ein mit allen Wassern gewaschener Journalist könnte doch etwas daraus machen.«

»Natürlich könnte er«, mischte Bertonazzi sich ein. »Damit steigert er die Auflage seines Blatts, wir machen uns lächerlich und haben auf unsere alten Tage einen Prozess am Hals. Ohne mich.«

»Wir sind Laien«, gab ich zu bedenken. »Aber so ein Presseheini kennt doch sein Metier. Er könnte Zusammenhänge und Möglichkeiten sehen, auf die wir nie gekommen wären. So oder so – wir haben nur diese eine Chance. Und die Presse ist der Wahrheit verpflichtet. Um die geht es!«

Bertonazzi lachte tief aus seiner Lunge heraus und krächzte: »Wahrheit, Wahrheit, ach du mein lieber Gott … bei den Medien? Junge, was sind Sie naiv. Der verstorbene Papst hat Ihre Presseheinis Gullyschreiber genannt und manchmal das, was sie absondern, Teufelsdreck.«

Überlaut entgegnete ich: »Gut, wenn Sie meinen, die Presse sei Teufelsdreck, dann muss eben der Teufel für die Wahrheit sorgen.«

PiBi schaute mich fast bewundernd an. »Sie sind zwar naiv, mein Junge, aber auch ganz schön kühn. Die Idee ist theologisch interessant.« Nun waren wir bei der Theologie, und jetzt kam das Argument, das die beiden verschwiegen, aber die ganze Zeit im Kopf hatten.

»Und was ist mit der Kirche, wenn die Sache wirklich herauskommt?«, fragte PiBi gedehnt. »Sie wird in ihren Grundfesten erschüttert. Was ist, wenn die Medien die Sache aufblasen, aber dann die Luft herauspfeift? Die Kirche nimmt auf jeden Fall Schaden.«

»Ist es besser, wenn sie lügt, die Frohe Botschaft Jesu Christi falsch verkündet und einen Betrüger auf den Stuhl Petri setzt?«, konterte ich. »Was hat die Kirche in ihren 2000 Jahren nicht alles verdaut und ist doch immer noch da?«

Ich wollte mit der Aufzählung beginnen, aber PiBi winkte müde ab: »Wir wissen es. Mit den Hexenverbrennungen, dem Ablasshandel und Galileo Galilei brauchen Sie gar nicht erst anzufangen.« Er ging zum Küchenschrank, kehrte dann auf seinen Platz zurück und zündete sich mit zitternden Händen eine Zigarette an. Der erste Zug führte zu einem Hustenanfall, vor dem zweiten sagte er: »Jesus sprach: ›Du bist Petrus, und auf diesen Felsen will ich bauen meine Kirche, und die Pforten der Hölle sollen sie nicht überwältigen.‹ Was meinst du, Basilio? Hetzen wir Bruder Anselmo zuliebe den einen Teufel gegen den anderen, der gerade im Konklave sitzt?«

Basil antwortete: »Ich glaube an keinen Teufel mehr, aber ich bin einverstanden.«

PiBi rauchte weiter und sagte dann grimmig zu mir: »Und jetzt, lieber Junge, werden Sie uns sagen, wie wir innerhalb von 10 Tagen die Medien und die Öffentlichkeit so aufmischen können, dass die von Ihnen so geliebte Wahrheit ans Licht der Welt tritt. Wir hier können Ihnen dabei leider nicht behilflich sein. In Sasso di Ortoli gibt es nämlich keine Zeitung, und wir kennen, soweit ich weiß, auch keinen Superagenten der internationalen Weltpresse.« Er drehte umständlich seinen Zigarettenstummel auf einem Teller aus: »So, und jetzt ist das Thema wohl von unserem Frühstückstisch und aufgegessen. Übrigens ziemt es sich nicht für unser Fähnlein der drei Aufrechten, dessen Wimpel gerade in Fetzen fliegt, dass wir uns siezen. Sag Du zu mir, Anselmo! Ich bin Pietro.«

Sasso sah von oben auch nicht viel besser aus als unten in den schmutzigen Gassen. Immerhin zeigten die terrakottafarbenen Dächer südländisches Flair. Ich saß auf einem felsigen Hügel über dem Dorf, da das Handy meines Vaters weder im Pfarrhof noch auf dem Marktplatz Empfang hatte. Das Telefon im Pfarrbüro wollte ich nicht benutzen, weil ich den Verdacht nicht loswurde, dass jemand es angezapft hatte. Es läutete nur kurz auf der anderen Seite, dann ertönte das gewohnte kurze »Ja« meines Vaters. Er mochte keine »Fisimatenten«, wie er weit ausholende Berichterstattung nannte, also machte ich auch keine. Nur einmal unterbrach er mich und fragte, ob der Privatsekretär des Papstes, von dem ich sprach, *der* Pietro Bertonazzi sei. Als ich dies bejahte, sagte er: »Gut, also keine Räuberpistole«, und ließ mich meinen Bericht beenden.

»Und was habe ich damit zu tun?«, fragte er dann. »Du weißt, wie ich zur katholischen Kirche stehe, Jürgen. Und Presseleute kenne ich nicht. Es ist dir offenbar entgangen, dass ich nur ein einfacher Bankier bin.«

Ich versuchte es mit Schmeichelei, weil ich wusste, dass mein Vater dafür manchmal anfällig war. »Von wegen einfacher Bankier – die gesamte Finanzwelt hört auf dich. Ich weiß von keiner wichtigen Zeitung, in deren Wirtschaftsteil du nicht mindestens einmal im Monat abgebildet bist. Papa, bitte ...« Ich hoffte, das würde seine Wirkung tun: Sein renitenter Sohn, der Calvin verraten hatte und zur anderen Seite gewechselt war, brauchte ihn und sagte »bitte«.

Er räusperte sich. »Wenn ich mich recht erinnere, gab es im ›Spiegel‹ einen Artikel über den Tod des Papstes. Wo bist du genau?«

Ich beschrieb ihm meine Lage über den Dächern von Sasso di Ortoli.

»Bleib da sitzen«, sagte mein Vater. »Ich rufe zurück. Vergiss aber nicht, dass heute Sonntag ist – es kann also dauern.«

Ich wartete über eine Stunde, in der ich mir einen Sonnenbrand holte. Dann schnurrte das Handy. »Ein Redakteur des ›Spiegels‹

wird dich anrufen«, teilte mein Vater mir mit. »Er heißt Heiko Jennsen. Alles Weitere musst du mit dem ausmachen – ich kenne ihn nicht. Und noch etwas: Ich habe deiner Mutter nichts erzählt. Wir dürfen sie nicht aufregen.« Ehe er auflegte, fügte er noch rasch hinzu: »Pass auf dich auf, du weißt nicht, auf was du dich da einlässt. Aber eines muss ich dir lassen: Du traust dich was. Good luck!«

Ich wartete eine weitere Stunde, bis es wieder neben mir brummte. »Hier spricht Heiko Jennsen«, verkündete eine unmodulierte Stimme. »Mein Flieger landet um 20.13 Uhr in Pescara. Mit dem Leihwagen müsste ich dann so in etwa zwei Stunden bei Ihnen sein. Wo treffen wir uns?«

Ich nannte ihm die Adresse des Pfarrhofs.

»Und Bertonazzi ist auch da?«, fragte er.

Ich versprach es, und wir verabschiedeten uns.

Von meinem Hügel stieg ich herab wie Moses vom Berge Sinai. Nur brachte ich nicht die Tafeln mit den Zehn Geboten, sondern die Nachricht vom Besuch des Herrn Jennsen vom Magazin »Der Spiegel«. Pietro schaute auf, wie wenn da wirklich Moses herabgeschritten wäre. Basil zog die Augenbrauen hoch und grinste: »Dein Vater ist irgendein großes Tier, nicht wahr? Zumindest kursierten im Kloster derartige Gerüchte.«

Pietro ließ sich erklären, wer mein Vater war. »*Der*?«, fragte er.

Ich nickte.

»Das hättest du mir auch gleich sagen können«, fauchte er. Es ging ein Ruck durch seinen schmächtigen Körper, als er keuchte: »Gut, aber dann sollten wir uns jetzt auf diesen Besuch vorbereiten und unsere Erinnerungen auf Vordermann bringen. Unser siebengescheiter Anselmo kann den Supervisor spielen. Das wird ihm gefallen. Ich habe zwar nicht damit gerechnet, dass wirklich etwas in Gang kommt, aber jetzt müssen wir da eben durch.«

Als ich erleichtert und sogar übermütig »Deus lo vult« murmelte, knurrte er nur: »Halt bloß den Mund, du Lausbub!«

Heiko Jennsen war ein Fanatiker der Ökonomie. Ich glaube, er überlegte sich bei jedem Atemzug, ob dieser notwendig und den Lungenbläschen förderlich wäre. Später, als wir ihn schon näher kannten, zitierte er einmal Shaw: »Distance is the secret of all culture.« Das war wohl auch sein Geheimnis.

Wir warteten in der Küche auf ihn. Auf Pietros Rat hin hatten wir unsere Erinnerungen aufgefrischt und sogar eine Art Agenda erstellt, die auf dem Tisch auf ihren Einsatz wartete. Ziemlich genau zum angegebenen Zeitpunkt fuhr Jennsen auf dem Marktplatz vor, und ich ging hinaus, um ihn zu empfangen. Aus dem Wagen stieg ein sehr kleiner Mann in einem mausgrauen Anzug. Er hatte ein teigiges Kindergesicht und eine Halbglatze. Vom Hinterkopf ringelten sich ein paar graue, fettige Locken in den Nacken. Mit einer leisen, präzise artikulierenden Stimme fragte er, ohne mir die Hand zu geben: »Sie sind der Sohn?«

Ich nickte und wollte ihm seine schwere Umhängetasche abnehmen. Er wehrte ab. »Ich trage sie immer selbst. Hübsches Auto, das da steht. Ihres? Gehen wir?«

Ich hatte mir einen strahlenderen Verfechter der Wahrheit erhofft, aber schließlich war auch Napoleon kleinwüchsig und – zumindest bis zu einem gewissen Zeitpunkt – unscheinbar gewesen. Jennsen folgte mir in die Küche, ging auf Pietro zu und gab ihm die Hand. »Guten Abend, Padre Bertonazzi«, sagte er auf Italienisch. »Ich freue mich, den Mann hinter dem verstorbenen Papst endlich persönlich kennenzulernen.«

Dann wandte er sich an Basil: »Und Sie sind der Mönch aus dem Benediktinerkloster Mattenthal? Ich bin Heiko Jennsen. Grüezi.«

Er wuchtete seine Tasche auf den Küchentisch und zog den Reißverschluss auf. Ich konnte einen Laptop erkennen und mehrere in graues Flanell gewickelte Gegenstände. Der Koffer eines Veterinärs oder Sachverständigen für Bauschäden. Mit seinen kleinen, feingliedrigen Händen nahm er einen Gegenstand heraus, schlug das Flanell zur Seite und sagte kühl: »Wir sollten gleich anfangen. Unter Umständen haben wir wenig Zeit. Ich würde vorschlagen, dass Padre Bertonazzi beginnt. Dies ist ein Aufnahmegerät mit integriertem Video. Sie erklären bitte eingangs, dass Sie mit der elektronischen Aufzeichnung Ihres Berichts und mit der Verwertung einverstanden sind. Bitte beachten Sie, dass Ihre Aussage Gegenstand einer bei Gericht vorgelegten eidesstattlichen Versicherung werden kann. Am Ende des Berichts werde ich entscheiden, was wir tun. Sind wir uns einig?«

Verblüfft blickte Pietro erst zu Basil und dann auf die Agenda. »Ich habe ein Lungenemphysem«, erklärte er hustend. »Das Sprechen fällt mir schwer, deshalb haben Basilio Perhamer und ich vereinbart, uns mit der Erzählung abzuwechseln.«

Jennsen zuckte kaum merklich mit den mausgrauen Schultern. »Bitte, wie Sie wollen. Wenn es sich allerdings nur um eine Erzählung handelt, können Sie sich die Anstrengung sparen und Ihre Lunge schonen.«

Jennsen war ein eiskalter, widerwärtiger Brocken, stellte ich fest. Zweifellos hatte seine Verlagsleitung ihn angewiesen, in die Abruzzen zu reisen und eine wahnwitzige Geschichte schnellstmöglich abzuhaken, weil die Verlagsleitung auf den Anruf eines einflussreichen Bankers eben reagieren musste. Jennsen stellte das Gerät an. Pietro tat mir leid. Er blickte uns Hilfe suchend an, ballte die Hände zu Fäusten, entspannte sie dann wieder und legte sie übereinander. Endlich gab er sich einen Ruck und stöhnte ins Mikrofon: »Ich bin Pietro Bertonazzi, katholischer Priester und war lange Zeit Privatsekretär des verstorbenen Papstes Formosus secundus …«

Es dauerte gut zwei Stunden, bis die beiden fertig waren. Sie machten ihre Sache ausgezeichnet. Pietro begann mit Johannes XXIII., Don Carlo Falcone und Qumran, Basil steuerte ein kurzes Statement über Friedrich II. und seinen Fund in der Basler Bibliothek bei, und Pietro übernahm dann wieder in den Räumen des Vatikans, wo der neu gewählte Formosus sich mit einer illuminierten Handschrift und einem Text Jesu Christi quälte. Ab Altingers Kellergeschoss wurde es ein Alleingang des Mönchs aus

Mattenthal, nur gelegentlich unterbrochen durch Insiderinformationen der grauen Eminenz. Basils Stimme stockte, als er von Dr. Giovanna Grassi, Bari und Castel del Monte berichtete, aber er hielt tapfer durch.

Als fürchterlichen Ausklang berichtete dann Pietro, wie er die Pyxis in die Hände des Papstes gelegt hatte, und zuletzt fügte Basil seine Privataudienz in den vatikanischen Gärten an. Heiko Jennsen saß während der gesamten zwei Stunden unbeweglich und kerzengerade auf seinem Küchenstuhl und unterbrach kein einziges Mal. Ab und zu schrieb er sich etwas in ein kleines Notizbuch, während er die beiden Priester nicht aus den Augen ließ. Ich glaube, er registrierte jeden Blickkontakt, jede Färbung der Stimme, jedes Röcheln bei Pietro und jedes verschämte Senken der Augenlider bei Basil.

Als die beiden geendet hatten, griff Jennsen über den Tisch und schaltete das Gerät ab. »Danke, das war's«, sagte er. »Weiß einer der Herren vielleicht etwas über die Todesumstände Formosus' II.?«

Pietro schüttelte den Kopf, und Basil fragte patzig: »Weshalb sehen Sie nicht in den Archiven des ›Spiegels‹ nach? Da gibt es nämlich einen Artikel …«

»Das weiß ich«, erwiderte Jennsen kühl, »er stammt von mir.«

Die Priester wirkten erschöpft und sehnten sich augenscheinlich nach ihren Betten. In den Obergeschossen des Pfarrhauses gab es jede Menge Zimmer, und eines davon hatten wir für unseren Besucher so wohnlich wie möglich hergerichtet. Jennsen erklärte jedoch, er habe noch zu arbeiten, man solle sich nicht weiter um ihn kümmern. Lediglich eine Steckdose bräuchte er. Ich drückte mich in der Tür herum, während er anfing, seine Tasche auszupacken, und den Laptop auf den Tisch stellte.

»Hier unten haben Sie mit einem Handy keinen Empfang«, sagte ich.

»Ich brauche auch keinen«, erwiderte er gelassen.

Ich fasste mir ein Herz und fragte: »Was wird denn nun geschehen?«

Ohne jede Erregung drehte er sich zu mir um. »Das müssen Sie schon mir überlassen, junger Mann«, sagte er. »Die Story gehört jetzt mir. Und nun lassen Sie mich bitte in Ruhe arbeiten. Gute Nacht.«

Als ich am nächsten Morgen gegen 9 Uhr in der Küche eintrudelte, waren er und seine Tasche verschwunden. Nur die handgeschriebene Agenda lag noch auf dem Tisch. Jennsen hatte sich mitsamt seiner Story aus dem Staub gemacht. Siedend heiß wurde mir klar, dass er eine völlig unrecherchierte Schundgeschichte voller Abgründe und Gerüchte drucken konnte und dass ich die Zikade und den Basilisken in diese Falle hineingejagt hatte. Mir drehte sich der Magen um. Dann allerdings entdeckte ich Jennsens VW Polo, der friedlich neben meinem Z4 in der Morgensonne stand. Kurz darauf öffnete sich die verglaste Tür der Osteria »Formoso II.«, und heraus trat der graue, kleine Mann. Er trug einen grauen Aktendeckel unter dem Arm und kam mit eiligen Schritten über das Kopfsteinpflaster zu uns herüber. Ohne Gruß trat er in die Küche. »Sind die beiden geistlichen Herren schon wach?« Er legte den Aktendeckel auf den Tisch. »Ich habe gerade per Mail die eidesstattlichen Versicherungen von der Redaktion erhalten und ausgedruckt. Bitte jeweils eine unterschreiben und dann schnellstens an mich. Ich habe mich da drüben einquartiert. So störe ich hier nicht.«

Der Erste, der herunterkam, war Pietro. Er sah erbärmlich aus, wollte keinen Kaffee und auch nichts von der Eselswurst. Nach vorne gekrümmt saß er am Tisch und fing an, sich in die für ihn bestimmten Papiere zu vertiefen. Kaum hörbar murmelte er: »Ah ja … jetzt wird es ernst … in Kenntnis der Strafbarkeit der Abgabe einer falschen eidesstattlichen Versicherung versichere ich … Bertonazzi Pietro … woher weiß dieser Kerl mein Geburtsdatum? Das gibt's doch nicht.«

Kurze Zeit später saßen zwei übernächtigte alte Männer über

raschelnde, eng bedruckte Kanzleibögen gebeugt. »Weiß er dein Geburtsdatum auch?«, fragte Pietro.

Basil nickte: »... und dass ich promoviert bin und Martin heiße. Der Mann ist ein Unsympath, aber er versteht offenbar sein Handwerk.«

»Alles absolut korrekt und kein einziger Tippfehler«, bestätigte Pietro. »Die Sekretärin möchte ich gehabt haben. Also, was ist, Basilio, unterschreiben wir unsere Einweisungsbescheide in die Psychiatrie?«

Er kritzelte seine Unterschrift hin. Dabei blickte er mich an. Entweder steckte etwas Störendes zwischen seinen gelben, vorstehenden Zähnen oder er lächelte.

Jennsen saß allein in einer Ecke der Gaststube, als ich mit den Dokumenten eintraf. Vor sich hatte er einen Berg Spaghetti bolognese, rechts lag ein überdimensionales Handy mit Antenne, links ein Haufen Ausdrucke. Er quirlte die Nudeln geschickt mit der Gabel und schlürfte sie in sich hinein. Gleichzeitig nahm er mit einem Bleistiftstummel Unterstreichungen auf einem der Papiere vor. Ich legte die eidesstattlichen Versicherungen auf den Tisch. Es hingen noch ein paar rot gefärbte Nudeln aus seinem Mund, als er fragte: »Haben sie unterschrieben? Gut. Seien Sie so freundlich und richten Sie den Herren aus, dass ich entweder heute Abend oder morgen früh herüberkomme. Ich werde noch einige Fragen haben.« Im Hinausgehen sah ich, dass es sich bei dem Handy um ein Satellitentelefon handelte. Vermutlich hatte er damit überall Empfang.

Ich erzählte den anderen davon. »Wer weiß, vielleicht zapft er damit jetzt die Privatleitung von Vazquez de Castro an«, vermutete Basil.

Am Abend setzten wir uns zu dritt vor den Fernseher. Bereits jetzt drehte sich alles um die Papstwahl. Bilder vergangener Konklaves wurden gezeigt, und Kommentatoren spekulierten über die Person des neuen Papstes. Der Name des Camerlengos fiel häufig. »Viele sind schon als Päpste ins Konklave gegangen und als Kardinäle wieder herausgekommen«, sagte Basil.

»Kann man sich da auf den Heiligen Geist verlassen?«, fragte ich.

Basil stand auf und machte den Fernseher aus.

Am nächsten Morgen tauchte Jennsen erneut auf und stellte sein Aufnahmegerät auf den Tisch. Diesmal hatte er lange ausgedruckte Listen mit Fragen dabei. Er fragte Pietro nach genauen Daten und den Instituten, die Pyxis und Handschrift überprüft hatten. Von Basil verlangte er Uhrzeiten, Informationen zu David, Carlos und Tante Elvira, präzise Ortsbeschreibungen. »Welche Zimmernummer im Au Violon? Welche Zimmernummer im Terranobile Metaresort, wo sie in Bari abgestiegen sind? Wie wurde bezahlt? Mit Karte? Was kostete der Eintritt im Castel del Monte? Wie war das Wetter bei Ihrem ersten Besuch?« Ohne Ende bohrte er zum Beispiel in der Person des Professors aus Basel herum: »Glauben Sie, dass Blatter ein im Grunde ehrlicher Mensch ist? Weshalb hat er sich dann Ihrer Ansicht nach bestechen lassen? Was meinen Sie, haben Blatter und seine Frau noch Verkehr? Nimmt sie Drogen?« Auch Teschen-Sahlbach und seine schrille Hausdame wurden bis auf die Unterwäsche und noch weiter entkleidet und dann wieder angezogen. Sogar über die Stellung eines Horoskops und der Gestirne hatte sich Jennsen kundig gemacht. An dieser Stelle verlor der kleine graue Mann das einzige Mal die Fassung. »Goodness gracious me«, murmelte er, »wie kann man auf so etwas nur hereinfallen?«

Zu Valeria hatte er uns etwas Neues zu berichten. »Wir haben sie ausfindig gemacht«, sagte er. »Sie heißt Monika Löffler, ist seit dem Unfall gehbehindert, betreibt eine Frühstückspension in Ruhpolding. Und sie ist sowohl rach- als auch geldsüchtig.«

Als die beiden ausgelaugten Priester glaubten, die Fragerei sei zu Ende, nahm Jennsen einen neuen Papierbogen zur Hand und verkrallte sich in das Thema, das ihn am meisten interessierte: Dr.

Giovanna Grassi. Ich war mir sicher, dass er die Erschöpfung seiner Gegenüber einkalkuliert hatte. Er nahm keinerlei Rücksicht, immer schneller und ruppiger wurden seine Fragen. Tiefer und tiefer wurde der arme Basil in den Strudel seiner Erinnerungen getrieben: »Welches Make-up bevorzugt sie, welches Parfum, erzählen Sie mir von ihren modische Vorlieben! – Warum hat sie Ihrer Ansicht nach im Bankhaus Altinger geweint, war es ein kurzes Schluchzen oder ein längeres Weinen, hatte sie ein Taschentuch dabei?« Die Projektile kamen der Stelle immer näher, an der Basil am verletzlichsten war. Er wand sich, legte Pausen ein, wurde jedoch von seinem grauen Inquisitor sofort wieder angetrieben: »Dass Sie sich geküsst haben, sagten Sie bereits. Ich will wissen, wie? Mit Zunge? Ohne Zunge? Wessen Zunge zuerst?«

Als er schließlich fragte, in welchen Stellungen der Geschlechtsverkehr ausgeübt worden war und wie Basil bemerkt habe, dass Doktor Grassi einen Orgasmus gehabt habe, sprang jener auf und brüllte: »Das geht Sie einen Scheißdreck an, Sie Scheißkerl.«

Ungerührt blickte Jennsen auf seinen Fragenkatalog. »Beruhigen Sie sich«, sagte er. »Ich mache das beileibe nicht aus Spaß, ich muss einfach wissen, wie die tickt. Können wir jetzt weitermachen? Wo waren wir stehen geblieben? Ah ja, beim Orgasmus …«

Über den großen, weißhaarigen Mann, der sich anschickte, der nächste Papst zu werden, fragte er fast gar nichts. Zufrieden mit seiner Ausbeute ging er schließlich über den Marktplatz zurück.

Die ganze Woche über ließ er uns schmoren. Es war seine Geschichte, hatte er gesagt, und er dachte offenbar nicht daran, uns einzuweihen. Abends sahen wir die Nachrichten. In Rom verdichteten sich die Weihrauchschwaden, Bilder der einzelnen Kardinäle wurden aus den Archiven heraufgescannt, und die Papabiles erschienen länger auf dem Bildschirm als die chancenlosen Kandidaten aus Deutschland und Paraguay. Basil schaltete den Fernseher nicht mehr aus. Wir saßen im Saal des Pfarrhauses auf ausrangierten Bettgestellen und sahen uns Quizsendungen mit idiotischen Fragen und halb nackten Mädchen an. Basil trank

Mineralwasser, und Pietro suchte erst vor dem Schlafengehen nach seiner Zigarettenschachtel. Viel Schlaf bekamen wir alle drei nicht.

Am Sonntag feierte Basil an Pietros Stelle die Messe in der Kirche von Sasso di Ortoli, und ich diente ihm als Ministrant. Er predigte über die Arbeiter im Weinberg des Herrn, von denen ein jeder am Abend den gleichen Lohn erhielt, einerlei ob er am frühen Morgen oder erst kurz vor Torschluss mit der Arbeit begonnen hatte. Nach der Messe standen wir alle drei am Portal und wechselten mit jedem, der wollte, ein paar Worte. »Wer wird der neue Papst?« lautete die Frage, die in einem fort gestellt wurde.

Wir waren kaum zurück im Pfarrhof, als der Bote von drüben eintraf. Wichtigtuerisch übereichte der Betreiber vom »Formoso II.« jedem von uns einen mehrseitigen Ausdruck, wünschte einen guten Sonntag und verschwand.

Eine halbe Stunde später zogen zwei alte Männer und ein junger über den Marktplatz, der Osteria »Formoso II.« entgegen. Nicht das Fähnlein der drei Aufrechten mit flatternder Standarte. Es war eher der Zug zweier Sterbenskranker, angeführt von einem völlig unkundigen Pfleger.

Heiko Jennsen saß in seinem grauen Anzug an einem Tisch und stand auf, als wir hereinkamen. »Ich habe Sie eher erwartet«, sagte er. »Falls Sie rauchen wollen, Padre Bertonazzi, hier ist es erlaubt.«

Seelenruhig sah er uns entgegen, während wir innerlich kochten. Mit meiner Beherrschung war es zu Ende. »Der Artikel, den Sie da zusammengeschmiert haben«, schrie ich, »der ist eine Sauerei!«

Jennsen zuckte nicht mit der Wimper. »Da haben Sie wahrscheinlich recht«, sagte er. »Aber er ist gute Journalistenarbeit.« Er nahm wieder Platz und schenkte sich Wein ein »Sie sind enttäuscht, weil mein Beitrag für die morgige Ausgabe das Thema, das Sie umtreibt, überhaupt nicht ankratzt, nicht wahr?«

»Dafür haben Sie eine schmuddelige Kriminalgeschichte fabriziert«, sagte Basil müde. »Und Dottoressa Grassi haben Sie unter der Hand zur Papstmörderin gemacht.«

»Nun, eines ist doch auf jeden Fall gesichert«, erwiderte Jennsen. »Dr. Grassi war die Letzte, die den Papst lebend gesehen hat.«

»Aber deshalb hat sie ihn doch noch lange nicht ermordet.«

»Nein, vermutlich nicht, aber sie ist eben eine schillernde Figur, so eine Art Messalina, der man so etwas zutrauen könnte.«

Basil senkte den Blick. »Warum das Ganze?«, fragte ich. »Warum kein Wort über den infamen Schwindel und das falsche Dogma und stattdessen diese hochgezwirbelten Verdächtigungen gegen die Grassi?«

Jennsen blickte mir direkt in die Augen: »Weil wir sie brauchen«, sagte er. »Ohne sie geht es nicht, und wir können sie nicht finden. Sie ist wie vom Erdboden verschluckt. Das hier ist die größte, gefährlichste Story, die der ›Spiegel‹ jemals hatte. Wenn wir hier einbrechen, sind die Folgen unausdenkbar. Der gesamte Apparat ist seit einer Woche damit beschäftigt, wir haben eidesstattliche Versicherungen von Blatter, seiner Frau, Monika Löffler und der Kassenfrau von Castel del Monte, die sowohl die Nonne David Packham als auch Vazquez auf Fotos identifiziert hat. Wir haben zwar David Packham nicht, aber Aussagen aus seinem Umfeld, die einiges hergeben. Die Elvira aus diesem Puff oder was immer das ist, schweigt wie ein Grab, und Teschen-Sahlbach verschanzt sich politisch. Carlos Hernandez sprudelt zwar, aber etwas Nützliches hat der kleine Schwule noch nicht von sich gegeben. Wir haben eine notariell beglaubigte Versicherung eines Mannes aus Tel Aviv, der die Jesushandschrift angefertigt hat, doch er hat sie einem Dritten geliefert, den wir bisher nicht ermitteln konnten. Und diese Schublade in dem Treppenhaus von Castel del Monte ist spurlos verschwunden. Für den wichtigsten, den ausschlaggebenden Teil haben wir somit nur Sie, Dr. Perhamer. Und das reicht uns nicht. Wir brauchen die Grassi.«

Als wir ihn wortlos anstarrten, fuhr er fort: »In meinem Artikel gibt es durchaus Andeutungen über einen Skandal, der in der Luft liegt. In Ihrer Enttäuschung haben Sie die wahrscheinlich überlesen. Eine brennende Lunte, die sich langsam nach vorne frisst und die Explosion einer Bombe verspricht. Das ist unser Handwerk und steigert die Auflage.«

Pietro setzte sein listiges Lächeln auf. Als Einziger schien er Jennsens Gedankengänge verstanden zu haben. »Und Sie meinen, unsere Messalina wird auf diesen schundigen Artikel reagieren und aus dem Unterholz hervortreten?«

»Davon bin ich überzeugt«, antwortete Jennsen. »Sie wird auftauchen.«

»Weil Sie jetzt wissen, wie sie tickt?«, fragte Pietro. »Sie meinen, sie wird den Stier bei den Hörnern packen und in die Höhle des Löwen rennen?«

»So ungefähr«, stimmte Jennsen zu. »Ich habe einmal einen Bericht über die Aborigines gelesen. Keine Ahnung, ob er stimmt. Da schlagen die jungen Männer des Stammes mit Holzprügeln auf die Erde, und ein paar Kilometer weit entfernt kriecht eine fette Schlange direkt in den bereitgehaltenen Kochtopf der hungrigen Oma. Wir haben sie beschuldigt, ihren Onkel, den größten Papst seit Jahrhunderten, um die Ecke gebracht zu haben. Das kann sie nicht auf sich sitzen lassen. Und eine wie sie schleicht sich nicht in eine Anwaltskanzlei. Die kommt mit flammendem Schwert und verlangt Rechenschaft.«

»Sie steht unter dem Schutz des Opus«, gab Pietro zu bedenken.

»Das bezweifle ich«, bekannte Jennsen. »Das Opus wird sich an einer potenziellen Papstmörderin nicht die Finger verbrennen, sondern leugnen, sie je gekannt zu haben. Sie wird allein im Regen stehen.«

»Ja, das könnte stimmen«, gab Pietro zu. »Und was machen Sie, wenn die vereinsamte Schlange zischend und Flammen speiend aus ihrem Loch kriecht?«

Jennsens Mund wurde schmal wie ein Strich: »Dann koche ich sie ab.«

Aber das Konklave beginnt schon in drei Tagen!«, fuhr ich dazwischen. »Soweit ich weiß, erscheint der ›Spiegel‹ montags – morgen kommt also die Ausgabe mit Ihrem Artikel. Nehmen wir an,

Sie behalten recht und die Schlange rührt sich – dann könnten Sie die Bombe doch frühestens am nächsten Montag platzen lassen. Und da sind die Sixtina und alle anderen Räume der Kardinäle dicht. Wer weiß, vielleicht erscheint Vazquez de Castro ja sogar schon am Donnerstag oder Freitag auf der Loggia des Petersdomes.«

Jennsen ließ sich nicht aus der Ruhe bringen. »Nach unseren Informationen ist mit mehreren Wahlgängen zu rechnen«, sagte er. »Wir haben die Story bereits ausformuliert, das Cover ist fertig, und die Aussage der Grassi einzubauen, ist eine Arbeit von ein paar Stunden.«

»Und was ist mit dem strikten Verbot der Kommunikation zwischen drinnen und draußen?«, hakte ich nach. »In die Sixtina kommt doch während des Konklaves kein Mensch mehr.«

Jennsen faltete seine Händchen und blickte mit frommem Augenaufschlag zur Decke. Ich wäre ihm am liebsten an die Gurgel gegangen. »Ach ja, diese Regeln, die sie alle bei Gott und den sieben Zwergen beschwören müssen. Früher gab es kleine Tauben mit Zettelchen am Bein. Heutzutage gibt es winzige Handys«, sagte er. »Ich garantiere Ihnen, diese Ausgabe des ›Spiegels‹ wird auch im Konklave gelesen.«

»Und wenn nicht?«

Jennsen grinste wie ein Haifisch, der ein Menschenbein strampeln sieht »Dann erscheint unser Artikel eben während des Konklaves, die Kardinäle wissen nichts und wählen nach den Regeln den neuen Papst. Wenn unser neuer Pontifex nichts ahnend aus dem Dunkel tritt, ist der Petersplatz leer, oder es sind Hunderttausende da, die ihn auspfeifen.«

Basil hatte bisher kein Wort gesagt. Jetzt fragte er leise und traurig: »Und was geschieht, wenn sie nicht kommt? Oder sich nicht … abkochen lässt?«

Jennsen zuckte mit den Achseln. »Gar nichts. In unseren Archiven modern viele große Storys ungelesen vor sich hin.« Er ordnete die Papiere auf dem Tisch und sagte beiläufig: »Im Übrigen kann es ja durchaus sein, dass das Dogma gar nicht falsch ist.«

Er weidete sich nur kurz an unserer Verblüffung und fuhr fort. »Was ist, wenn dieser Araberfürst dem Schlangenkaiser tatsächlich die echte Handschrift Jesu Christi hat zukommen lassen, hm? Immerhin haben wir die Koinzidenz mit Beth`Ahsor. Und wenn Friedrich II. diesen Papyrus tatsächlich irgendwo vergraben hat und, nun ja, wohl nicht mehr dazu gekommen ist, ihn wieder auszubuddeln? Oder mit dem Spaten noch unterwegs ist? Dann ist das Papierchen doch noch irgendwo und Formosus II. hätte durchaus Recht gehabt mit seinem »infantibus domini«.« Er sah uns an wie ein verschlagener, kleiner Zauberer, der ein lebloses Kaninchen aus seinem Zylinder kramt. »Vergessen Sie bitte nicht die unendlich verflochtenen und so wundersamen Wege des Heiligen Geistes. Gott schreibt doch auch auf krummen Wegen gerade. Oder etwa nicht?« Pietro verschränkte seine knotigen Finger wie zum Beten, so fest, dass die Knöchel weiß hervor traten , und knurrte böse: »Ich glaube, Sie machen sich falsche Vorstellungen vom Wirken des Heiligen Geistes. So dumm ist der nicht.«

Am Montag erschien die Schundgeschichte im »Spiegel«. Zumindest gingen wir davon aus, denn in Sasso di Ortoli gab es keinen Kiosk mit deutschen Magazinen. Gegen Mittag erschien Jennsen mit seiner Umhängetasche und einem ratternden Rollköfferchen bei uns im Pfarrhaus. Er fragte Pietro, ob er bei uns für die nächsten Tage eine Bleibe finden könne. In der Redaktion sei man angewiesen, einer gewissen Anruferin den Pfarrhof von Sasso als seinen Aufenthaltsort anzugeben. »Dass Sie sich hierher zurückgezogen haben, weiß sie sicher ohnehin«, sagte er. »Und vermutlich geht sie davon aus, dass Sie hinter der Story stecken.«

»Gut möglich«, erwiderte Pietro. »Sie hasst mich. Das macht sie verwundbar. Und was ist mit Basilio?«

Jennsen schaute zu Basil, der mit einer Küchenschürze angetan den Abwasch erledigte. »Den heben wir uns als Überraschungsgast auf. Dass er mitmischt, kann sie sich bestimmt nicht vorstellen.«

Basil trocknete eine Tasse ab und fragte: »Warum nicht?«

Pietro lachte krächzend: »Weil sie meint, dass du keine Eier in der Hose hast, amico.«

»So drastisch hättest du es nicht ausdrücken müssen«, sagte Basil. »Aber es stimmt.«

Jennsen richtete sich in seinem Zimmer ein und verhielt sich völlig unauffällig. Er hatte sich nur mit einer streunenden Katze angefreundet, die ihm überallhin folgte und lautstark schnurrte, wenn er sie streichelte. Ich hörte häufig sein Handy summen, doch wenn ich danach fragte, bekam ich lediglich ausweichende Antworten: »Allgemeiner Wirbel, nichts weiter. Die üblichen Presseagenturen und natürlich das Fernsehen. Vielleicht bringen sie etwas in den Abendnachrichten.«

Sie brachten es nicht. Auf dem deutschen Sender, den wir auf Jennsens Laptop empfangen konnten, waren nur schwermütige Politiker, eine Überschwemmung und das gusseiserne Kanonenöfchen zu sehen. Es kam dann in den Morgennachrichten. Erst am folgenden Abend hatte Jennsen nach einem weiteren Telefonat eine Neuigkeit für uns: »Sie hat angebissen. Von jetzt an sollte ständig jemand am Fenster Wache stehen, damit wir sofort informiert sind, wenn sie ankommt.«

Zum ersten Mal bemerkte ich einen Riss in seiner Gelassenheit. Es schien, als hasse er Giovanna Grassi, bevor er sie überhaupt zu Gesicht bekommen hatte.

Während die 117 wahlberechtigten Kardinäle in der Cappella Paolina des Apostolischen Palastes die Messe feierten und dann unter dem Gesang »Veni creator spiritus …« in die Sixtinische Kapelle einzogen, saß ich am Küchenfenster des Pfarrhauses und beobachtete das Kommen und Gehen der Dorfbewohner. »Sie sind der Jüngste und haben die besten Augen.« Damit hatte Jennsen verfügt, dass ich die erste Wache übernahm. Die beiden Priester hatten sich in ihren Zimmern verkrochen, und Jennsen saß beim Küchenherd wie ein grauer Buddha. Auf seinem Laptop hatte er mir ein Bild der Grassi gezeigt. Eine spitznasige, bebrillte junge

Frau schaute vage in die Kamera und sah aus wie eine strenge Grundschullehrerin. »Das einzige Bild, das wir auftreiben konnten«, hatte Jennsen gesagt. »Kann ja sein, dass sie in echt hübscher ist.«

Gegen 12 Uhr liefen in feierliche Gewänder gekleidete Männer durch den Vatikan und riefen laut »Extra omnes«. Und als wirklich alle draußen waren, schlossen sich die Pforten, und der Vatikan wurde von der Außenwelt abgeschnitten. Das Konklave hatte begonnen. Unter den 117 Purpurträgern befand sich der Nachfolger des Pontifex maximus, der die Kirche spirituell erneuert und eine klare Entscheidung für oder gegen seinen Herrn verlangt hatte. Er war da drinnen, und ich saß am Küchenfenster des Pfarrhauses von Sasso di Ortoli, einem winzigen Ort in der abgelegensten Gegend der Abruzzen. Worauf wartete ich eigentlich? Auf Signorina Grassi? Auf die Wahrheit, die Befriedigung meiner Rechthaberei, auch wenn ich damit den Glauben von mehr als einer Milliarde Menschen durcheinanderbringen würde? Für die es viel besser wäre, es bliebe alles so, wie es jetzt ist. Im Nachhinein kann ich alle diese Fragen nicht mehr beantworten. Ich weiß nicht, worauf ich wartete. Vielleicht wusste es der Heilige Geist, der zu dieser Stunde unter seinem Abbild von Michelangelo in die Sixtinische Kapelle eingezogen war.

Sie kam am frühen Nachmittag. Die Sonne brütete über dem leeren Platz, die Fensterläden der Häuser waren geschlossen, und die Menschen hielten in der Hitze Mittagsruhe. Aus der schattigen Hauptstraße, in der sie vermutlich ihr Auto geparkt hatte, trat sie in das grelle Licht. Wie ein Engel mit dem Flammenschwert sah sie nicht aus. Eher erinnerte sie mich an ein verlorenes Schulmädchen. Sie ging auf die Kirche zu. »Sie kommt«, sagte ich zu Jennsen.

»Lassen wir sie kommen«, erwiderte er. »Gehen Sie vom Fenster weg.«

Die Eingangstür war kaputt und stand immer offen. Nach einer Weile ertönte ein schüchternes Klopfen, und dann schob sich ein dunkler Lockenkopf durch den Türspalt. »Hallo, ist da jemand?«

Jennsen stand auf. Als könne er plötzlich kein einziges Wort Italienisch mehr, faltete er die Hände wie zum Gebet, machte ein schnarchendes Geräusch und deutete nach oben. Die Frau, die Basil Achilles nannte, kam herein. Stockend fragte sie, ob einer von uns Englisch könne. Ich nickte, und Jennsen erklärte mit feinstem Oxforder Näseln, er sei der Sprache zwar mächtig, doch der Herr Pfarrer sei nicht da, er habe sich hingelegt und schlummere.

»Ich suche nicht den Herrn Pfarrer«, erwiderte sie verunsichert. »Ich suche einen Herrn Jennsen, aber ich bin wohl falsch informiert worden.«

Bevor sie sich zurückziehen und die Tür wieder hinter sich schließen konnte, positionierte sich Jennsen in der Mitte der Küche und verbeugte sich. »Gestatten, Jennsen. Was kann ich für Sie tun?«

Die Frau erstarrte. Ungläubig deutete sie mit einem Finger auf den kleinen Mann, der vor ihr stand. »Sie sind der Mensch, der diesen Artikel im ›Spiegel‹ über mich geschrieben hat?«

»Ich habe schon viele Artikel im ›Spiegel‹ geschrieben«, entgegnete Jennsen kühl. »Sie kann ich allerdings im Augenblick nicht zuordnen.«

»Hören Sie auf«, herrschte sie ihn an. »Sie wissen ganz genau, wen sie vor sich haben und weshalb ich hier bin. Sie haben diesen Drecksartikel in Ihrem Drecksblatt geschrieben. Ich bin Dottoressa Giovanna Grassi.«

Das Spiel um die Wahrheit und die Zukunft der Kirche hatte begonnen.

»Wenn Sie Probleme haben, wenden Sie sich an die Redaktion in Hamburg«, näselte Jennsen. »Ich bin nicht der richtige Ansprechpartner.«

»Und ob Sie das sind«, fauchte Achilles. »Ich verlange in der nächsten Ausgabe einen sofortigen Widerruf.«

»Möchten Sie die Adresse meines Anwalts?«, fragte Jennsen.

Vermutlich war es seine völlige Ungerührtheit, die sie dazu brachte, ihre Taktik zu ändern. »Sagen Sie, können wir nicht vernünftig über die Sache reden?« Die Jungmädchenhaftigkeit war zurück, diesmal jedoch nicht schüchtern, sondern charmant. »Ich bin durch Ihren Artikel in wahnsinnige Schwierigkeiten geraten und würde einfach gern einiges klarstellen.«

Mit einer Geste bot er ihr einen Stuhl am Küchentisch an. Da auf mich niemand achtete, nahm ich den freien Platz am Herd ein.

»Wie können Sie behaupten, ich hätte etwas mit dem Tod meines Onkels zu tun gehabt? Wissen Sie, dass ich keinen Menschen auf der Welt mehr geliebt habe?«

»Des Menschen Seele ist ein Abgrund, Madam«, sagte Jennsen. »Sie wären nicht die Erste, die das vernichtet hätte, was sie am meisten liebt. Und wer weiß schon, was in einem geschlossenen System wie dem Vatikan geschieht? Im Übrigen habe ich nie gesagt, dass Sie eine Mörderin sind, sondern höchstens, dass es so sein könnte.«

Sanft und wie beiläufig legte Jennsen seine Karten auf den Tisch. Er schien sämtliche dunklen Punkte ihres Lebens zu kennen. »Sie waren ziemlich lange bei einer autonomen linken Gruppe engagiert, nicht wahr? Und die eher größeren, sagen wir, Feuerwerkskörper, mit denen Sie getändelt haben, passen auch nicht sonderlich gut ins Bild von der liebenden Papstnichte. Erinnern Sie sich noch an Teresa Montefiori? Ihre Rektorin im Abiturjahr? Wissen Sie, was sie über Sie sagt? Ein intrigantes Luder nennt sie Sie, größenwahnsinnig, geht über Leichen und lügt, wenn sie den Mund aufmacht.«

Achilles wurde schön, während sie sich empörte. Ihr schmales Gesicht leuchtete im Zorn. Sie war jetzt nicht mehr Dr. Giovanna Grassi, sie war Achilles, und Basil hatte jedes Recht gehabt, ihr diesen Namen zu geben. Sie war fantastisch. Einfach hinreißend. War Jennsen dagegen völlig immun?

»Sehen Sie, Madam, wir kommen doch um eines nicht herum«, sagte er. »Sie waren es doch, die den Papst zuletzt lebend gesehen hat. Und am Abend vorher hat er ein äußerst seltsames Testament gemacht. Ein Problem hat es zwischen Ihnen und Ihrem Onkel ja wohl gegeben, oder nicht?«

»Ich weiß von keinem Problem«, versetzte Achilles schneidend. »Mit meinem Onkel hat es nie Probleme gegeben.«

Sie wirkte verausgabt, er hingegen munter wie ein giftiger Fisch im tiefen, kühlen Meer.

»Am Nachmittag des Todestages gab es eine päpstliche Privataudienz in den vatikanischen Gärten«, erklärte er ihr. »Eine Audienz unter vier Augen. Der Besucher war übrigens ein Bekannter von Ihnen.«

Achilles fuhr sich mit der Hand über die Stirn. Wusste sie etwa nichts von Basils Reise nach Rom? Wusste sie auch nicht, dass der Papst in alles eingeweiht gewesen war?

»Vielleicht habe ich mich unpräzise ausgedrückt«, sagte Jennsen. »Dieses Problem zwischen Ihnen und Ihrem Onkel war ein schwerwiegendes, nicht wahr? Pures Gold ist schwer. Papyrus hingegen ist leicht, kann aber trotzdem unerhört gewichtig sein, und unter beidem zusammen könnte selbst Sankt Peter in sich zusammenfallen.«

Achilles fuhr zusammen. Vermutlich erfasste sie in diesem Augenblick, dass sie im Begriff stand, in eine Falle zu laufen. Mir dagegen war immer noch nicht klar, was Jennsen eigentlich bezweckte.

»Dieser kolossale Einsturz wird ein paar Leute mit sich reißen«, fuhr er fort. »Vor allen Dingen aber Sie.«

»Über was reden Sie überhaupt?«, presste sie heraus.

Jennsen erklärte es ihr. Die ganze Geschichte, an der Basil sich die Finger wund getippt und die ich in einem halben Tag und einer Nacht gelesen hatte, fasste er ihr in ein paar Sätzen zusammen. Sie kannte sie ja ohnehin. »Und Sie, Frau Doktor, waren die Letzte beim Papst, der an diesem Tag die Wahrheit erfahren hatte. Verstehen Sie jetzt den Zusammenhang?«

Achilles stockte nur kurz. Dann brach sie in Gelächter aus. »Ganz ehrlich, das ist die blödeste Story, die ich je gehört habe.

Wenn Sie aus diesem Unsinn einen Artikel stricken wollen, bitte sehr. Damit habe ich nichts zu tun.«

»Ich denke, ich muss jetzt den Pfarrer aus seinem Mittagsschlaf wecken«, sagte Jennsen.

Diesmal klang Achilles' Lachen verkrampft. »Ach, lassen Sie doch den alten Bertonazzi weiterschlafen. Erstens geht er bald über den Jordan, und zweitens weiß er nichts von dieser absurden Verschwörung, mit der Sie mir hier auf die Nerven gehen. Weil es die nämlich nie gegeben hat.«

»Sasso di Ortoli verfügt seit Neuestem sogar über zwei Geistliche«, sagte Jennsen. »Erstaunlich für einen so kleinen Ort.« Damit schickte er mich nach oben.

Die beiden saßen zusammen in Pietros Zimmer auf dem Bett. Sie hatten unten Stimmen gehört und wussten, dass sie da war. Zuerst ging Pietro dramatisch röchelnd hinunter, dann folgte ein angstvoller Basilisk. Er schaute zu der jungen Frau, die am Küchentisch saß. Achilles schaute an ihm vorbei und dann auf den Tisch. Jennsen bat die beiden, Platz zu nehmen. Schweigend saßen die drei einander gegenüber.

»Wir haben wie immer zwei Möglichkeiten«, sagte Jennsen. »Zum einen können wir eine groß aufgemachte Story über den Tod des Papstes machen, mit allem, was wir wissen und was Dr. Perhamer beisteuern kann. Selbst wenn er wirklich an einem Herzinfarkt gestorben ist, hätten Sie ihn verschuldet und gehen als seine Mörderin zwar nicht ins Zuchthaus, aber auf jeden Fall in die Weltgeschichte ein. Als intrigante, verlogene Nichte des größten Papstes seit Jahrhunderten werden Sie ein Stigma tragen, ein Kainsmal, solange Sie leben. Möchten Sie jetzt die zweite Möglichkeit hören?«

Achilles sagte nichts, sie nickte nicht einmal.

»Wir lassen den Tod des Papstes außen vor«, sagte Jennsen. »Stattdessen bringen wir die Story mit dem gefälschten Papyrus. Darin spielt eine junge, von Idealen beseelte Frau die Hauptrolle, die durch die teuflischen Pläne einer dunklen Organisation fehlgeleitet wird. In ihrem flammenden Wunsch, die Kirche zu erneuern, lässt sie sich auf ein Spiel ein, das sie nicht versteht. Sie ist ein Opfer, keine Täterin.« Jennsen machte eine Pause.

»Und?«, kam es fragend und leise von Achilles.

»Und diese junge Frau findet zu ihrem Gewissen zurück«, sagte Jennsen. »Sie erkennt die diabolischen Zusammenhänge, steht trotz ihrer Verzweiflung auf und schreit es in die Welt hinaus: Um Christi willen, die Wahrheit muss ans Licht.« Wieder machte er eine Pause und drosselte dabei sein Pathos auf null. »Wenn Sie wollen, machen wir eine Art Jeanne d'Arc aus Ihnen. Und der Papst bliebe ebenfalls relativ unbeschädigt. Man soll große Menschen nicht vom Denkmal stürzen, das mögen die Leser nicht. Dass wir uns die Sache etwas kosten lassen würden, kann ich mir durchaus vorstellen. Eine dritte Variante sehe ich jedoch nicht.«

Achilles saß zierlich und klein auf ihrem Küchenstuhl. Ohne jemanden anzusehen, richtete sie sich auf und sagte auf Italienisch: »Was seid ihr doch für Idioten! Ich, eine Frau, habe eurer Kirche wiedergegeben, was sie verloren hatte: Format, Strenge und klare Entscheidung.«

Jennsen stand auf, ging quer durch den Raum und holte sich die neben der Kredenz abgestellte Umhängetasche. Sanft sagte er, nun ebenfalls in akzentlosem Italienisch: »Ich glaube, ich rede jetzt am besten mit der Signorina alleine.«

Im Hinausgehen hörte ich Achilles fragen: »Wie viel, wenn ich aussage?«

»Darüber müssen wir reden«, antwortete Jennsen. »Wir werden uns sicher einigen.«

Ich hatte kein Mitleid mit ihr, aber ich musste zugeben: Sie war eine schöne Frau.

Kaum saßen wir im Saal wieder vor dem Fernseher, sahen wir auf dem Bildschirm schwarzen Rauch aufsteigen. Der erste Wahlgang war ergebnislos verlaufen.

Gegen Abend, es dämmerte schon, beobachtete ich, wie Achilles über den Marktplatz ging. Sehr aufrecht, sehr beherrscht, mit leicht schwingenden Armen verschwand sie um die Ecke. Dann hörte ich das wilde Aufheulen eines Motors und quietschende Reifen. Als ich in die Küche kam, saß Jennsen vor seinem Laptop. Auf dem Tisch stand das ausgeschaltete Aufnahmegerät. Die kleinen Finger hämmerten in atemberaubender Schnelligkeit auf die Tastatur ein. Es klang, als würden Kakerlaken über einen frisch gebohnerten Boden krabbeln.

Am nächsten Morgen verließ er uns. Er müsse zurück in die Redaktion. Beim Frühstück sagte er: »Übrigens brauchen Sie nicht nach einem Versteck vor der Presse zu suchen. Ich lasse Sie aus der Geschichte raus. Sie stören nur. Die fantastische Grassi und das, was wir sonst noch haben, reichen vollständig aus.«

Ich brachte ihn zu seinem Auto und zog sein Rollköfferchen hinter mir her. Um wie viel sich jetzt die Auflage steigern würde, fragte ich ihn. Er reichte mir die Hand und schaute mich von unten her an wie ein altes Kind: »Ich würde schätzen, so um die 150 000. Aber das interessiert nur meinen Verleger. Mich nicht.«

Er behielt recht. So schnell ging es nicht in Rom. Immerhin brauchte es Zeit, um einen Papst zu wählen, dessen Füße in die riesigen Schuhe seines Vorgängers passten. Von Donnerstag bis Samstag absolvierten die Kardinäle ihr vorgeschriebenes Pensum von vier Wahlgängen, die alle mit schwarzen Rauchfahnen endeten. Am Sonntag passierte in Rom nichts, die Herren in Purpur machten, wie die Statuten es ihnen erlaubten, eine Denkpause. Bei uns in Sasso di Ortoli feierten wir wieder die Eucharistie und beantworteten die Fragen der Gläubigen. »Wer wird der nächste Papst?« Wenn jemand sagte, es werde aber nun langsam Zeit, nickten wir weise mit den Häuptern.

Am Abend saß ich auf einer der Stufen, die zum Eingang des Pfarrhauses führten, und schaute ein paar Kindern zu, die herumschrien. Ich hörte ein Rattern, das lauter wurde. Ein in schwarzes Leder gekleideter Mann auf einem Motorrad kurvte auf den Platz, fuhr langsam an den Häusern vorbei und hielt dann vor mir. Er schob sein Visier nach oben. In gebrochenem Deutsch fragte er, ob dies das Pfarrhaus und ob ich Jennsens Bekannter aus der Schweiz sei. Dann öffnete er den Reißverschluss seiner Jacke, zog ein großes Kuvert heraus und reichte es mir. Gleich darauf klappte er das Visier wieder herunter und röhrte aus dem Ort.

Auf dem Cover der drei druckfrischen Ausgaben des »Spiegels« sah man im Hintergrund rot beleuchtet die Kuppel des Petersdomes und darüber, in päpstlichem Gelb gedruckt, die Worte »Deus lo vult«. Darunter stand in noch größeren, schwarzen Lettern: »Ist das Dogma eine Lüge?« Auf einem der Exemplare war oben rechts eine Visitenkarte von Heiko Jennsen, Journalist, angetackert, auf der in winziger Schrift stand: »Abendnachrichten anschauen! Gruß J.«

Die Titelgeschichte war so, wie sie Jennsen in unserer Küche geschildert hatte. Kein Wort über Pietro und Basil und schon gar keines über mich. Die drei großen Fotos sagten im Grunde alles. Dr. Giovanna Grassi im Halbprofil, ungeschminkt, mädchenhaft, ein leidender Zug um den vollen Mund, der Blick auf eine hügelige Landschaft mit Zypressen gerichtet und in der Ferne die Burg Castel del Monte. Dann, von unten her aufgenommen, Kardinal Vazquez de Castro, wie eine hoch aufgerichtete Made, geschmückt mit Brokat und Mitra. Zuletzt Formosus II., leicht nach vorne gebeugt, um den Mund ein kleines, delfinisches Lächeln, seine beringte Hand im Fell einer gefleckten Hauskatze, die auf seinem weißen Schoß liegt. Das Foto hatte sicher Jennsen aus dem Archiv gefischt.

Weitere Fotos zeigten wütende Menschen, die Schilder mit der Aufschrift »NO« und »DLV« in den Himmel hielten, während im Hintergrund noch ein Fetzen der Bernini-Arkaden sichtbar war. Es gab Bilder von der Verkündung des Dogmas und verschwommene Aufnahmen eines bebrillten Herrn Muhamad al Dschalil, der mit alten und auch neuen alten Papyri handelte. Einen davon, dessen Text ihm genau in Erinnerung war, hatte er an einen Herrn David Packham weitergegeben, und ein Herr von Teschen-Sahlbach äußerte sich entsetzt, ja zutiefst in seinem katholischen Glauben erschüttert über die Folgen seines doch so harmlosen Scherzes. Natürlich fanden sich auch Statements von Bibelexegeten, Psychologen und Stauferforschern, und ein Bischof von irgendwo tat seine Ansicht kund. Das Ende des Artikels bildete ein Foto, auf dem in Farbe die Kardinäle feierlich in Richtung Sixtina schritten. Darunter prangte in breiten Lettern die Frage: »Was nun? Quo vadis ecclesia?«

Besser hätte man es nicht machen können.

Wir schauten uns die Abendnachrichten im italienischen Fernsehen an. Die blonde Ansagerin ordnete ihre Papiere, ehe sie in die Kamera blickte. »In der neuesten Ausgabe des deutschen Magazins ›Der Spiegel‹ wird berichtet …«, begann sie, und dann sahen wir Achilles mit Zypressen, Vazquez und den letzten Papst mit Katze.

Pietro stand ächzend auf und schaltete den Fernseher aus. Basil und ich saßen stumm auf den nackten Sprungfedern der Bettgestelle. Keiner von uns hob die Faust und jubelte »Vinceremo« oder »Halleluja«. Es war, wenn ich mich recht erinnere, Basil, der sagte: »Was haltet ihr davon, wenn wir jetzt hinüber in die Kirche gehen?«

»Ich habe keine Lust zum Beten«, bekannte ich. »Das alles ist mir widerlich.«

Basil und Pietro machten sich schweigend auf den Weg. Später ging ich ihnen dann doch nach. Die Tür des Portals quietschte, und im Innern war es stockdunkel. Nur das ewige Licht flackerte rot vorne im Altarraum. Ich hörte zwei alte Männerstimmen, die auf Latein den Psalm 130 beteten: »De profundis clamavi ad te Domine, Domine exaudi vocem meam … Aus der Tiefe rufe ich zu dir, Herr … wende dein Ohr mir zu … würdest du, Herr, unsere Sünden beachten, Herr, wer könnte bestehen …«

Ich ging wieder und ließ die Tür hinter mir laut krachend zufallen. Drüben in der Taverne zum zweiten Formosus war die Bude voll. Als ich hereinkam, begrüßten mich die Männer mit Zurufen: »Il nostro piccolo prete!« – »Komm herein, kleiner Pfarrer, setz dich zu uns.«

»Die geht aufs Haus«, verkündete der Padrone und stellte eine Grappaflasche auf den Tisch. Über das falsche Dogma schien sich kein Mensch sonderlich aufzuregen. Kam das Gespräch auf Kardinal Vazquez, bekreuzigten sich die Männer und wetzten mit dem Zeigefinger an ihren Kehlen. Formosus II. blieb »il santo Papa«, »il meraviglioso Papa«, »nostro padre«. Als die Rede auf Achilles kam, stieg der Geräuschpegel, und Wut zeigte sich in den Gesichtern. Einer rief ein Wort, das ich als »tritacarne« verstand. Die anderen klopften mit den Gläsern auf den Tisch und skandierten mehrmals »tri...ta...carne«. Als sie merkten, dass ich nichts verstand, vollführten sie kurbelnde Bewegungen mit den Armen. Der Padrone, der an unserem Tisch stand, verschwand kurz in seiner Küche und kam mit einem Fleischwolf wieder. Er drehte die Kurbel vor meinen Augen und sagte voller Abscheu: »Puttana.« Das Wort kannte ich.

Wie es aussah, hatte Achilles doch aufs falsche Pferd gesetzt. Als Sohn eines Bankiers überlegte ich, wie viel sie wohl für ihre Kapitulation bekommen hatte. Wie ich Heiko Jennsen einschätzte, hatte er das Limit, das sein Verlag ihm gesetzt hatte, ohne Zweifel erheblich unterschritten.

Um ganz ehrlich zu sein: Ein wenig ärgerte ich mich, dass ich in Jennsens Artikel nicht vorkam.

Am Montag kam der »Spiegel« in die Läden und Kioske. Ein technisch versiertes Gemeindemitglied installierte uns am Morgen provisorisch eine Antenne, um unseren Fernsehempfang zu verbessern. Alle Zeitungen und sämtliche Agenturen brachten die Story. Die Welt ging zwar nicht unter, aber sie schrie auf. Was die Affäre zusätzlich aufregend machte, war die Tatsache, dass alle wirklich Betroffenen wie auf einer einsamen Insel saßen, auf der nicht einmal eine Flaschenpost anlanden konnte. Um kurz nach 10 Uhr und dann noch einmal um 12.45 Uhr stieg von der Insel schwarzer Rauch auf. Der Petersplatz war schwarz von Menschen. Ich überlegte, ob man in der Sixtina das tausendfache Rufen hören konnte.

Am Nachmittag fand ein weiterer ergebnisloser Wahlgang statt. Alle Reporter der Welt waren auf der Suche nach Dr. Giovanna Grassi, doch die war nicht aufzufinden. Der »Spiegel« erklärte, sie sei zu mitgenommen, um sich der Presse zu stellen. Am Abend gab es ein Special, in dem der Erzbischof einer deutschen Großstadt zum ersten Mal aus der Apokalypse des Johannes zitierte: Der Antichrist ist unterwegs, der große Drache, die alte Schlange, die da heißt Teufel und Satan, der die ganze Welt verführt. Auf die Frage, ob er damit Kardinal Vazquez de Castro meine oder den »Spiegel«, wurde er böse und sagte, die Frage sei gotteslästerlich und eine Beleidigung der katholischen Kirche.

Am Dienstag geschah im abgeschotteten Vatikan etwas, was es seit Menschengedenken nicht gegeben hatte: Es geschah nichts. Kein schwarzer und kein weißer Rauch. Die Kardinäle hatten nicht gewählt.

Allem Anschein nach hatte Jennsen auch darin recht behalten. Die Taube war über die Leoninischen Mauern geflogen: Das Handy hatte geklingelt.

Von Mittwoch bis Freitag geschah im Vatikan nichts, aber dafür umso mehr in den Medien. Der Korrespondent eines Privatsenders wollte über dem ragenden Ofenrohr flirrende Hitze entdeckt haben. Von Bedeutung war diese Beobachtung allerdings nicht. In Rom herrschte überall flirrende und unerträgliche Hitze.

Am Samstagvormittag klingelte bei uns das Telefon. Es war Jennsen, der uns mitteilte, dass das Konklave zu Ende wäre. Der Vatikan würde in einer Viertelstunde eine Presseerklärung abgeben, die von allen Sendern ausgestrahlt würde. Er klang abgehetzt und fasste sich noch kürzer als sonst.

Der Pressesaal des Heiligen Stuhls ist ein moderner Raum ohne Fresken und Papststatuen, der ungefähr 400 Menschen Platz bietet. Der Pressesprecher des Vatikans, ein relativ junger deutscher

Jesuit, trat vor die Kameras und Mikrofone. Mit versteinertem Gesichtsausdruck erklärte er, dass der Camerlengo des Heiligen Stuhls eine Erklärung verlesen werde. Es täte ihm leid, die anwesenden Journalisten informieren zu müssen, dass Fragen nicht zugelassen seien.

Starr vor Spannung warteten wir auf den Camerlengo, Kardinal Vazquez de Castro. Die Tür hinter dem Pult mit den Mikrofonen öffnete sich. Heraus trat Kardinal Domenico Sparacio, der Vorgänger von Vazquez, gefolgt von einem riesigen Schwarzafrikaner. Beide trugen keinerlei Insignien einer Würde, keine Brustkreuze, keine purpurnen Scheitelkäppchen und Schärpen, sondern nur die schwarzen Soutanen einfacher Priester.

Sparacio ging zum Pult, rückte seine Brille zurecht und verlas eine Erklärung in Latein, die simultan in alle gängigen Sprachen übersetzt wurde: »In Anbetracht der außergewöhnlichen, in der Geschichte beispiellosen Umstände haben sich die 116 wahlberechtigten Kardinäle der römisch-katholischen Kirche einstimmig dazu entschlossen, die Wahl des Nachfolgers auf dem Stuhl Petri zu verschieben. Uns ist bewusst, dass wir damit gegen alle Regeln verstoßen. Wir sind aber nach ernster Erforschung unseres Gewissens und nach Anrufung unseres Herrn Jesus Christis zu der Überzeugung gelangt, dass dies die einzige von unserem Herrn gewollte und gebilligte Entscheidung ist. Zugleich haben wir beschlossen, kurzfristig ein allgemeines Konzil in Rom einzuberufen, zu dem alle christlich geprägten, aber auch alle anderen Religionsgemeinschaften eingeladen sind. Zum Koordinator dieses Konzils haben wir ebenfalls einstimmig den Kardinal von Nairobi, Dr. Arthur Ngombo, ernannt. Das Konzil wird berufen sein, die Botschaft Jesu Christi neu zu überdenken. Ich bedanke mich.«

Sparacio rückte wieder an seiner Brille und begann das Papier zusammenzufalten. Der schwarze Riese legte seine Hand auf den Arm des Camerlengos und flüsterte ihm etwas ins Ohr. Sparacio nickte ein wenig unwillig, faltete das Papier wieder auseinander und sagte: »Ich berichtige mich: Das Konzil wird berufen sein, die Frohe Botschaft Jesu Christi neu zu überdenken.«

Als er sich zum Gehen wandte, brach die Pressemeute in Gebrüll aus. Hilflos schrie der Vatikansprecher mit seinem Mikrofon dagegen an: »Keine Fragen, bitte, keine Fragen!«

Ein Reporter in der vordersten Reihe brüllte am lautesten: »Weshalb nur 116 Kardinäle, es waren doch 117?«

Der alte Mann kehrte noch einmal ans Pult zurück und sagte mit schneidender Stimme: »Das Kardinalskollegium hat bei einem Abstimmungsergebnis von 116 Stimmen bei einer Enthaltung entschieden, dass es fortan nur noch aus 116 Mitgliedern besteht.«

Damit ging er endgültig, und Dr. Ngombo folgte ihm. Als er in der Tür stand, drehte er sich, bevor er den Saal verließ, halb um und lächelte in die schreiende, gestikulierende Menge der Presseleute. Ich bilde mir ein, gesehen zu haben, wie er mit seiner riesigen schwarzen Hand kleine wedelnde Bewegungen machte. Als ob er winken wollte.

Epilog

Pietro Bertonazzi und Dr. Martin Perhamer blieben als Seelsorger in Sasso di Ortoli. Bertonazzi starb zwei Jahre nach den hier geschilderten Vorgängen an einem Erstickungsanfall, obwohl er sich das Rauchen abgewöhnt hatte.

Perhamer starb zwölf Jahre später friedlich im Bett. In der kleinen Gemeinde nannte man ihn voll Verehrung Don Martino. Seinen Familiennamen kannte man wohl, doch hatte ihn niemand geschrieben gesehen. So kam es, dass auf dem Straßenschild ein wenig außerhalb des Ortskerns »Via Don Martino Bärhammer« steht.

Frater Anselm, später Pater Basilius und noch später Abt des Klosters Mattenthal, soll sich im Alter sehr eingehend mit der Geschichte des Klosters und dessen Chronik beschäftigt haben. Bei meiner Vorsprache im Kloster wurde mir dies bestätigt, die Datei mit seinen Aufzeichnungen sei jedoch, zumindest derzeit, sub sigillo. Also musste ich warten, bis diese Sperre aufgehoben wurde.

A. F.

Dank

Mr. Claudia mit den elf Reisegefährtinnen/-gefährten auf dem Dreimastschoner »Sir Winston Churchill« und den fünf Lemuren aus der Münchner Briennerstraße. Sie hörten mir geduldig zu.

der Astrologin Sabine Reichart aus München. Sie holte mir Pluto vom Himmel.

meinem Literaturagenten Roman Hocke, der mich daran hinderte, zwei meiner Protagonisten zu ermorden.

der großartigsten Lektorin, die es gibt: Charlotte Lyne.

A. F.

Der Autor

Andreas Fuchs, aus sehr katholischem Elternhaus, schrieb während seines Studiums Hörspiele für den *Saarländischen Rundfunk*. Nach seinen Examina ließ er sich als Rechtsanwalt nieder und wurde mehrfach bei Umfragen des Magazins *Focus* zu den besten Anwälten Deutschlands im Familienrecht gezählt. Er verfasste Rechtsratgeber (Scheidungs- und Erbrecht), satirische Eheratgeber (*Trauen Sie sich doch!*) und Beiträge für die *Süddeutsche Zeitung*. Er ist verheiratet und hat zwei Kinder.